KB175514

李宰一

다시,
칠석
야

다시, 칠석야

ⓒ이재일 2022

초판1쇄 인쇄	2022년 2월 18일
초판1쇄 발행	2022년 2월 22일

지은이	이재일
펴낸이	박대일
편집	이문영 · 박지해 · 임유리 · 이지영 · 김하랑 · 임지원
마케팅	임유미
디자인	박현주
교정	김미영

펴낸곳	파란미디어
출판등록	2004년 9월 14일 제313-2004-00214호

주소	03992 서울시 마포구 동교로23길 14 국제빌딩 6층
전화	02.3141.5589 영업부 070.4616.2012 편집부
팩스	02.3141.5590
전자우편	paranbook@gmail.com
카페	http://cafe.naver.com/paranmedia
인스타그램	@paranmedia

ISBN	978-89-6371-981-8(03810)

다시, 칠석야

이재일
무협 중단편집

새파란상상

차 례

7

어쩌다 보니

11

다시, 칠석야七夕夜

393

삼휘도三諱刀에 관한 열두 가지 이야기

515

문지기

어쩌다 보니

다른 사람의 경우는 어떤지 잘 모르겠지만, 내 경우는 '어쩌다 보니' 하는 일이 계획적으로 하는 일보다 훨씬 많았다. 내가 무엇을 하는 경우도 그랬고, 내가 무엇이 되는 경우도 그랬다. 교사이셨던 부친을 따라 이리저리 이사를 다니며 전학생 딱지를 꼬리표처럼 매달고 산 어린 시절도 사실 내 입장에서는 '어쩌다 보니' 그렇게 된 것에 지나지 않았다. 이 '어쩌다 보니'는 운명처럼 나를 따라다녔고, 생의 반환점을 돈 지 한참 되는 이날까지도 내게 극적인 반전을 보여 줄 의향은 딱히 없는 듯하다.

이 책도 '어쩌다 보니'의 경향에서 크게 벗어나지는 않는 것 같다.

분량 기준 대/중/소로 구분되는 감자탕 집 메뉴처럼 원고지 기준 1200매/400매/200매로 배치된 덕분에 혹시라도 작가의 치밀한 계획이 반영되었구나라고 생각하신 분이 있다면 오해라고 말씀드리고 싶다. '어쩌다 보니' 그렇게 된 거니까. 다만 이번 '어쩌다 보니'에는 '어쩌다 보니'라는 흐리멍덩한 말로 얼버무릴 수 없는 뚜렷한 목적도 하나 끼어 있었다. 이 책에서 가장 많은 분량을 차지하는 〈칠석야〉를 다시 쓴다는 목적 말이다.

이십 년도 더 된 처녀작을, 단순히 문장을 손보는 수준이 아니라 기둥과 들보만 뺀 모든 것을 바꾸는 수준으로 다시 쓰겠다고 했을 때, 아내와 동료 작가를 포함한 모든 관계자들이 이구동성으로 말린 이유에 대해서는 지금도 잘 모르겠다.

정확히 언제인지는 기억나지 않지만 나는 〈칠석야〉를 다시 읽고 말았고, 읽는 내내 도저히 읽지 못하겠다는 생각을 했으며, 그래서 책을 덮기도 전에 언젠가는 기필코 다시 쓰겠다는 결심을 한 것은 필연이라고 할 수 있었다. '어쩌다 보니'가 주재하는 내 삶에서 이번처럼 뚜렷한 목적이 개입된 적은 거의 없는데 그들은 왜 말리려 한 것일까?

〈칠석야〉를 다시 쓰려는 이유 중 가장 큰 부분은 등장인물이었다. 다시 읽은 결과, 〈칠석야〉를 쓸 당시의 나는 등장인물과 그들의 삶을 표현하는 방식에 대해 무지했음을 인정하지 않을 수 없었다. 작가라면 자신의 작품 속 등장인물들에 대해 거의 부모에 가깝게 파악하고 장악해야 하는데도, 당시의 나는 그러지 못했다. 피상적으로 설정했고, 기계적으로 드러냈고, 무책임하게 버렸다. 작가는 그러면 안 되는 건데.

그래서 이번 작업에 가장 공을 들인 부분은 등장인물에게 삶다운 삶을 부여하는 것이었다. 이성과 감정, 명분과 욕망을 각자의 삶 위 세밀한 지점에서 드러내도록 하고, 그 지점들을 융화시키거나 충돌시키는 과정들로 플롯을 짜 나갔다. 하지만 이야기의 근본적인 뼈대, 앞서 기둥과 들보라고 말한 그 부분만큼은 가급적 보존하기 위해 노력했다. 그것마저 허문다면 더 이상 〈칠석야〉로 부를 수 없을 테니까.

석 달을 잡고 시작한 작업은 그 곱절에 가까운 시간이 흐른 뒤에야 끝났고, 지인 몇 명에게 모니터링을 받은 뒤, 다시 한 달을 투자하여 퇴고를 마쳤다.

그리하여 〈칠석야〉는 〈다시, 칠석야〉라는 새로운 제목을 달고 다시 내 곁을 떠나 세상에 나가게 되었다.

이 책에 함께 실린 중편 〈삼휘도에 대한 열두 가지 이야기〉와 단편 〈문지기〉는 각각 2012년과 2013년 ㈜로크미디어에서 출간한 장르소설 앤솔로지 '꿈을걷다'에 수록된 작품들이다. 〈삼휘도……〉는 애거서 크리스티의 추리소설 〈오리엔탈특급 살인사건〉에서 모티프를 얻었고, 〈문지기〉는 오랫동안 구상 중인 '흑삼객전기'의 외전이다.

〈삼휘도……〉는 해당 앤솔로지에서 뿐만 아니라 내 작가 인생을 통틀어서도 최저 원고료를 받은 작품으로 기록되었다. 참여 작가 전원이 분량에 상관없이 동일한 원고료를 받는다는 것이 그 앤솔로지의 계약 방식이었는데, 〈삼휘도……〉가 입고된 작품들 가운데 일등—그것도 전체 책의 삼분지 일 분량에 해당하는 압도적인 일등—을 차지했기 때문이다. 그 탓에 십 년이 지난 지금까지도 동료 작가들의 놀림감이 되는 불운한 작품이기도 하다.

이 책의 막내 〈문지기〉가 세운 기록은 한 살 터울 형님인 〈삼휘도……〉가 세운 것보다 훨씬 바람직하다. 가장 짧은 기간에 완성한 작품이니까. 단편이기는 해도 하루 반 만에 완성했다는 것은 자랑할 만한 일이라고 본다. 손이 늦기로 악명 높은 내가 그런 과업을 이룰 수 있었던 이유는 흑삼객 양업이라는 인물에 대한 내 오랜 연모에서 찾아야 한다. 양업은 내가 꿈꾸는 무협의 원형이라고 할 수 있는 인물이다. 나는 양업보다 열 살쯤 어린 나이에 처음으로 양업을 떠올렸고, 이십 년이 흐른 지금도 큰 집을 짓는 목수의 심정으로 양업의 생애를 조합해 나가고 있다.

끝으로 〈삼휘도……〉와 〈문지기〉에 대한 수정 및 보완 작업은 따로 하지 않았음을 밝힌다.

물론 '어쩌다 보니' 그렇게 된 것이다.

이재일 배상

다시, 칠석야

만력萬曆 41년 6월 21일

만애청萬靄晴은 두 아름이 넘는 벽오동 밑동에 기대앉아 있었다.

가늘게 열린 눈에 담긴 풍경은 평화로웠다. 여름 하늘에 잔잔한 물결을 만드는 새털구름, 그 아래로 푸른 자락을 길게 드리운 산줄기, 풍요로운 빛으로 물들어 가는 논밭을 건너 야트막한 언덕길을 따라 올라오던 시선이 싸리를 엮어 만든 울타리와 그 위로 건강하게 솟아오른 조릿대들 위에 잠시 머물렀다.

문득 피리 소리가 들렸다. 조릿대의 새파란 이파리를 흔드는 것은 싸리 울타리를 타고 넘는 바람일까, 그 안쪽에서 흘러나온 피리 소리일까.

만애청의 입꼬리가 실룩거렸다. 그는 본디 차가운 사람이지만, 지금은 아니었다. 평화로운 풍경 위로 피리 소리의 고운 선율이 윤슬처럼 아롱지는 이때만큼은. 그래서 나무줄기에 기댄 등을 떼고 저도 모르게 일어서고 말았다.

그가 앉아 있던 벽오동 그늘에서 울타리까지의 거리는 예닐곱 걸음. 바람처럼 가벼운 육체에게는 너무나 가까운, 그러나 납덩이처럼 무거운 마음에게는 너무나 먼 예닐곱 걸음.

만애청은 언제나 그랬듯 마음의 척도를 수용했다. 다시 주저앉았다. 그러면서 풀잎 하나를 끊어 입에 문 까닭은 소태를 문 것처럼 씁쓸해진 스스로에게 핑곗거리를 주기 위함이었다. 질겅거리는 이빨 아래 배어 나온 풀물 탓에 입이 쓴 거라고.

그러는 사이 피리 소리가 끊겼다.

만애청은 고개를 들어 피리 소리가 흘러나오던 울타리 안쪽을, 조릿대 너머를, 그곳에 엎어 놓은 소쿠리처럼 소박하게 자리한 초당을 바라보았다. '취아숙聚雅宿'이라는 현판이 보인다. 고아함이 모이는 배움터. 잘 어울리는 당호였다. 저곳 주인의 피리 솜씨는 확실히 고아했으니까. 그리고 주인 본인은 더욱 고아했으니까. 외모도, 성정도, 목소리도…… 심지어는 타박하는 목소리마저도.

"만 사형, 저녁때가 다 돼 가는데 계속 그렇게 계실 건가요?"

취아숙의 주인이 초당 마루에 드리운 빛바랜 대발 너머에서 말했다. 그리 크지 않은 그 말이 산사의 목탁 소리처럼 땅땅하게 들리는 것은 만애청이 쌓은 심후한 내공 때문만은 아니리라. 수원水源을 향해 십칠 년 동안 뻗어 나간 뿌리는 작은 물기라도 놓치지 않을 만큼 민감할 터이기에.

만애청은 입안에서 질겅거리던 풀잎을 뱉은 다음, 취아숙으로 이어지는 언덕길을 내려다보았다.

"형아亨兒가 늦는군."

북슬북슬한 수염으로 가려진 입가에서 흘러나온 것은 선 굵은 얼굴에 어울리는 중저음이었다.

"또 딴소리군요."

대발 너머로부터 흘러나온 여자의 목소리에는 엷은 짜증이 배어 있었지만 만애청은 개의치 않았다.

"개울에 간 건가? 혼자선 가지 말라고 그렇게 얘기했는데."

대발 너머에서는 잠시 아무 말도 들리지 않았다. 만애청은 그 침묵의 의미를 짐작할 수 있었다. 살가운 어미라고 하기는 힘들어도 어미는 어미. 해 질 녘까지 돌아오지 않는 일곱 살짜리 아들이 걱정되지 않을 리 없었다.

이윽고 초당 마루에 드리운 대발이 차르륵 소리를 내며 걷혔다. 만애청은 다시 초당 쪽으로 고개를 돌렸고, 한 손에 피리를 든 여자가 뉘엿한 저녁 햇살 아래로 천천히 걸어 나오는 모습을 망연히 바라보았다. 서늘한 눈매와 오뚝한 콧대와 도톰한 입술. 연홍빛 깁을 댄 베옷에 흔한 장신구 하나 없는 수수한 차림새도 빼어난 본바탕을 가리지는 못했다. 이십 대를 넘겨 삼십 대에 접어든 나이가 천생의 자색 위에 관능적인 만숙미를 더하고 있었다.

황다영黃多英은 아름다웠다.

만애청은 그녀를 처음 보았던 날 이후 단 한 번도 이 명제를 부정해 본 적이 없었다. 그의 기름칠을 한 것처럼 번들거리는 눈알 위로 복잡한 감정이 떠올랐다. 그것은 웃음이었고 울음이었다. 뜨거운 애욕이었고 차가운 원망이었다.

울타리 너머에 서 있는 만애청을 본 황다영이 난초 초리처럼 매끈하게 뻗은 눈썹을 찡그렸다.

"그런 눈으로 저를 쳐다보지 마세요."

만애청은 눈길을 돌렸다. 황다영의 말은 그에게 있어서 신탁이나 다름없었다. 신탁이란 거역할 수 없는 명령. 복종으로 귀결될 수밖에 없었다. 단 한 가지만을 제외한다면.

황다영의 목소리가 다시 들렸다. 조금 더 딴딴해진 목소리였다.

"만 사형."

만애청은 대답하지 않았다. 굳이 듣지 않아도 그녀의 다음 말을 알 수 있었다. 그것은 그가 유일하게 복종하지 않는, 복종할 수 없는 신탁이었다.

"이제는 저희 모자 곁을 떠날 때가 되지 않았나요?"

만애청은 대답하지 않았다.

"저는 사형을 받아들일 수 없어요."

백 번도 더 들었던 말. 황다영은 여전히 거북이 같았다. 커다란 껍데기 속에 스스로를 묻은 채 세상 밖으로 머리를 내밀려 하지 않았다. 애증과 죄의식으로 딴딴히 굳어 버린 그 껍데기를 만애청은 도저히 깨뜨릴 수 없었다. 팔 년의 혹독한 수련으로 얻은 절세적인 무공도 이 경우만큼은 아무 소용 없었다. 등을 기댄 벽오동 밑동이 갑자기 배겨 왔다.

만애청이 작게 한숨을 쉰 뒤 말했다.

"나를 받아들이든 말든 그건 사매의 마음이지."

황다영도 한숨을 쉬었다. 백 번도 더 들었던 말. 이어질 말이 무엇인지는 그녀 또한 잘 알고 있었던 것이다.

"내가 무엇을 하든 그건 내 마음이고."

황다영은 고개를 돌렸다. 여위어 가는 햇살이 산 능선을 따라 암녹색 그늘을 드리우고 있었다. 그것을 바라보는 여자의 얼굴 위로도 설핏 그늘이 드리웠다. 이 시간이 되도록 귀가하지 않은 일곱 살짜리 아들에게 생각이 미친 모양이었다.

"너무 늦는군."

만애청이 벽오동 밑동에서 등을 떼고 몸을 일으켰다. 육 척이 넘는 훤칠한 키에 균형 잡힌 체형. 움직이지 않을 때는 무엇으로도 흔들지 못할 것 같더니, 일단 움직이기 시작하자 사냥에 나선 표범처럼 생생한 활력이 풍겼다.

"내가 찾아오지."

몸을 돌려 벽오동 그늘 아래를 벗어나려던 만애청이 우뚝 멈췄다. 취아숙으로 이어지는 언덕길로 이제 막 접어든 청의 사내를 발견했기 때문이다.

이십 장도 넘는 거리지만 만애청의 뛰어난 시력은 청의 사내의 전반을 한눈에 포착할 수 있었다. 안정적인 보폭과 걸음걸이, 오른쪽 허리춤에서 작게 흔들리는 칼집, 입술 오른쪽에 달린 검은 사마귀, 유난히 도드라진 광대뼈, 거기에 차갑게 빛나는 안광까지. 모든 요소들은 저자가 다년간의 수련을 거친 강호인임을 말해 주었다.

만애청이 황다영을 찾아 이곳에 온 지도 벌써 삼 년. 그동안 저 언덕길에 발을 들인 강호인은 만애청 본인뿐이었다. 이는 저자의 출현이 절대로 일상적이지 않다는 뜻이었다.

생각과 동시에 몸이 움직였다. 만애청의 훤칠한 신형이 그 자리에서 연기처럼 꺼져 버렸다.

"아아, 나는 삼산파三山派의 암표범, 날수비연辣手飛燕의 매운 손을 맛보려고 온 것이 아니오."

청의 사내가 다소 과장스럽게 양손을 내둘렀다. 하지만 황다영은 그자의 언행에 개의치 않았다.

"다시 말해 봐라. 내 아들이 어떻게 되었다고?"

이 질문이 끝나기도 전에 황다영의 수도는 청의 사내의 턱 밑에 들이밀어져 있었다. 마음만 먹는다면 청의 사내의 목뼈는 삼산일절三山一絶이라는 참룡수斬龍手에 의해 수숫대처럼 부러지리라. 하지만 청의 사내는 여유를 잃지 않았다.

"귀하의 보배 같은 아드님은 귀하가 이러시는 것을 좋아하지 않을 거요."

이 말이 황다영의 손에 모인 공력을 흩트려 놓았다. 그녀는 손을 내리고 청의 사내로부터 물러설 수밖에 없었다.

"그 아이는 지금 어디에 있느냐?"

청의 사내는 그녀의 수도가 닿았던 목젖 부위를 한두 차례 문지른 뒤 대답했다.

"내 동료들이 잘 보살피고 있소. 부친이 누군지는 몰라도 참 씩씩한 아이더구려."

상대의 입에서 '부친'이란 말이 나오자 황다영의 얼굴이 일그러졌다. 아이의 이름은 황원형黃元亨, 하지만 아이의 아버지는 황씨가 아니었다. 버림받은 여자는 자신을 버린 남자의 성을 자식에게 물려주지 않았다.

"그 아이에게 무슨 일이 생기면……."

가만두지 않겠다는 말을 할 작정이었다. 하지만 그 말이 지닌 의미에 제풀에 놀란 황다영은 입을 다물고 말았다. 가랑잎처럼 말라비틀어진 그녀의 삶에서 아이의 존재는 유일한 생기였다. 차갑고 무섭기만 한 어미의 모습밖에 기억하지 못할 아이는 인정하지 않을지도 모르지만.

"아, 그 점은 염려 마시길. 아이를 이용할 만큼 비열하기는 해도, 아이를 해칠 만큼 잔인하지는 않으니까."

청의 사내의 말을 들으며 황다영은 입술을 지그시 깨물었다. 이런 상황에서 침착해진다는 것이 결코 쉬운 일은 아니겠지만, 그럼에도 침착해질 필요가 있었다. 흥분은 오히려 독이 될 뿐이었다. 고막을 울리던 심장 소리가 가라앉고, 붉게 달아오른 뺨이 제 빛을 찾는 데에는 제법 시간이 필요했다.

이윽고 황다영이 청의 사내에게 물었다.

"바라는 게 뭐냐?"

"이제야 대화를 할 준비가 된 것 같구려."

청의 사내는 이를 드러냈다. 칼자루를 쥔 자의 양양함이 그대로 드러나는 미소였다.

"우리를 위해 한 가지 일을 해 주시오."

"무슨 일을?"

"살인."

황다영은 여유로운 표정으로 살인을 언급하는 저 사내를 죽이고 싶어졌다. 그와 동시에 한 가지 의문이 떠올랐다.

"왜 하필 나지?"

황다영은 무공에 뛰어난 재능이 있었다. 덕분에 이십 대 초반에 여자 중에서는 적수를 찾기 힘든 경지에 오를 수 있었다. 하지만 여자의 신체는 상승 무공을 수련하고 펼치는 데 적지 않은 장애가 있었다. 때문에 그녀의 사문인 삼산파만 하더라도 그녀를 능가하는 남자가 여럿 있었던 것이다. 하물며 임신과 출산을 거치며 수련을 그만둔 그녀가 아니던가. 그런 그녀에게 한창때의 솜씨를 기대하기란 어려운 일이었다. 다시 말해, 그녀의 아들을 납치하는 파렴치한 짓을 저지르면서까지 그녀를 끌어내야 하는 필연적인 이유가 없었던 것이다.

"귀하가 적임이니까."

이 말을 들었을 때에도 황다영의 의문은 여전히 풀리지 않았다. 하지만 이어진 말을 들었을 때, 그녀는 '적임'이라는 말뜻을 정확히 이해하게 되었다.

"삼산파의 대제자 검연黔然을 죽여 주시오."

네 평 남짓한 방은 주인을 닮아 고아했다. 왼쪽 벽 가에 놓인 나무틀에는 교습에 사용하는 피리들이 크기에 맞춰 정돈되어 있었고, 오른쪽 벽면에는 피리를 부는 한상자韓湘子(도교팔선 중 한 명)와 그 곡조에 맞춰 춤추는 학이 그려진 족자 한 폭이 걸려 있었다. 화분 한 채 찾아볼 수 없으니 공기 중에 감도는 담담한 향기는 그녀의 체향일 공산이 컸다.

그러므로 만애청은 감격해야 마땅했다. 취아숙에 온 지 삼 년이 지났지만 첫날을 제외하고는 단 한 번도 집 안으로 들어가지 못한 그였으니까. 그의 자리는 언제나 제한되어 있었고, 황다영과 형아를 제외한 어느 누구의 눈에 뜨여서도 안 되었다. 그런데 드디어, 그것도 등잔불의 동백기름 냄새가 그윽한 깊은 밤에, 그녀의 방에 들어가는 영광을 누리게 된 것이다. 그러나 그의 마음은 바위에 눌린 양 무겁기만 했다.

"변하기 쉬운 것이 사람이라지만…… 그래도 이건 좀 이상하군."

만애청의 입에서 마음만큼이나 무거운 목소리가 흘러나왔다.

서탁에 괸 손으로 이마를 짚은 채 조각상처럼 앉아 있던 황다영의 고개가 천천히 들렸다.

"사형도 융비隆조, 그가 한 짓이라고 생각하세요?"

만애청은 융비에 대해 생각했다. 땅딸막한 키에 딱 벌어진 가슴, 만주 벌판을 닮은 야성적인 청년. 그리고…….

만애청의 입술이 일그러졌다. 융비를 생각하다 보니 원치 않은 얼굴까지 자연스레 떠올려 버린 것이었다. 바로 검연이라는 남자의 얼굴을.

긴 세월로도 치유하지 못하는 상처가 있다. 누그러뜨리지 못하는 분노가 있다. 만애청에게 있어서 검연이라는 남자는 바로 그런 상처였고, 분노였다. 만약 누군가가 융비와 검연 중 어느 쪽을 좋아하느냐고 묻는다면, 그는 촌각도 망설이지 않고 융비라고 대답할 것이다. 그러나…….

"모든 정황이 그렇잖아."

만애청은 투덜거리듯이 말했다.

검연은 지난 칠 년간 삼산파의 대제자 자리에 앉아 있었다. 그러나 처음부터 대제자였던 것은 아니었다. 검연에게는 본디 사형이 한 사람 있었다. 바로 만애청, 과거 삼산파의 대제자였지만 난문亂門의 죄를 입어 파문당한 그가 검연의 사형이자 사형제들 중 대사형이었다. 그다음이 검연, 그다음이 황다영, 융비는 막내였다.

검연이 황다영에게 살해당함으로써 가장 이득을 보는 사람은 융비였다. 왜냐하면 삼산파의 현 장문인인 무적궁無敵弓 상관욱上官旭은 강북제일인으로 칭송받을 뿐만 아니라 실질적으로는 천하제일인이나 다름없는 흑삼객黑衫客에게 패한 뒤 산송장과 다름없는 몸이 되었고, 그래서 삼산파의 장로원에서는 오는 중추절에 검연과 융비 중 한 사람을 새로운 장문인으로 추대할 거라는 소문이 관동關東(산해관 동쪽 지역) 일대에 자자했기 때문이다. 그런 마당에 사형이자 경쟁자인 검연이 제거된다면 그 혜택이 누구에게 돌아갈지는 자명했다.

"아무리 그렇다지만 융비 사제가 제게 어떻게 이런 짓을……."

만애청이 아는 바를 황다영이라고 어찌 모를까. 하지만 그녀는 쉽사리 받아들이지 못하는 눈치였다. 그리고 그 점은 만애청도 마찬가지였다.

만애청이 아는 융비는 두 살 터울의 사저師姐인 황다영을 친누이처럼 따랐다. 그런 융비가 장문인 자리를 차지하기 위해 오래전 문파를 떠난 사저를 이용한다? 그것도 그녀의 아이를 납치하는 파렴치한 짓까지 불사하면서? 거칠기는 해도 야비하지는 않은 융비의 성정으로 미루어 납득하기 힘든 일이었다.

"내가 아는 융비는 이런 짓을 할 사람이 아니지."

만애청은 잠시 뒤에 덧붙였다.

"검연, 그 개자식이라면 그러고도 남겠지만."

황다영의 고개가 발딱 치켜세워졌다.

"그를 그런 식으로 부르지 마세요."

만애청은 황다영의 두 눈을 물끄러미 들여다보았다. 방금 그녀를 둘러싼 껍데기를 건드렸다. 그 껍데기는, 바깥쪽으로는 딴딴하지만 안쪽으로는 여전히 여려 쉽사리 상처를 받곤 했다. 그러므로 그녀의 저 반응은 분노가 아니라 고통이었다. 그리고 그녀의 고통을 지켜보는 만애청은…… 분노했다. 그녀로 하여금 불균형한 껍데기를 뒤집어쓰게 만든 남자, 검연을 향하여.

한동안 두 사람 사이엔 아무런 대화가 없었다. 그러다가 황다영의 고개가 천천히 숙어졌다.

"미안해요."

미안하다는 말, 지난 삼 년간 단 한 번도 들어 본 적이 없었다. 하지만 만애청은 뿌듯해하는 대신 얼굴을 일그러트리고 말았다. 황다영은 부드러워진 것이 아니라 무기력해진 것이었다. 그리고 그 무기력의 원인이 납치된 아이에게 있음을 만애청은 알고 있었다. 이런 사과 따위 절대로 듣고 싶지 않았다.

만애청이 약간 잠긴 목소리로 물었다.

"어쩔 건가?"

황다영은 대답하지 않았다. 하지만 만애청은 그녀의 침묵을 능히 해석할 수 있었다. 형아가 그자들의 손에 떨어졌다. 그러므로 그녀는 그자들의 요구를 거절할 수 없었다. 하지만 선선히 수락할 수도 없는 처지. 그녀가 검연을 죽이도록 만들기 위해 그자들은 그녀의 아이를 납치해야만 했다. 바꿔 말하면, 검연은 그녀에게 있어서 그 정도로 특별한 존재라는 뜻이었다.

만애청은 손을 내밀었다.

"그걸 줘 봐."

황다영의 눈길이 자신을 향해 펼쳐진 만애청의 손바닥 위에 얹혔다. 보통 사람의 것보다 마디 하나는 더 큰 손바닥. 오래된 솥의 바닥처럼 자잘한 상처들로 뒤덮여 있는 손바닥. 그 손바닥을 잠시 내려다보던 그녀가 한숨을 내쉬더니 소매 속에서 노리개 갑만 한 상자를 꺼내어 그 손바닥 위에 올려놓았다. 해 질 녘에 다녀간 청의 사내가 남기고 간 물건이었다.

만애청은 대뜸 상자를 열었다. 그 안에는 기묘하게 생긴 물건이 들어 있었다. 그의 입꼬리가 슬쩍 말려 올라갔다.

"깜찍하군."

길이가 두 치쯤 되는 원통형 물건이었다. 겉면 한쪽에 가지런히 나 있는 세 개의 돌기는 손가락 사이에 끼우기에 적당해 보였다. 만애청은 왼손 네 손가락 사이 세 군데 공간에 그 돌기들을 끼워 보았다. 손가락이 돌기의 간격보다 굵은 탓에 약간 거북한 느낌이 들었다. 하지만 그의 손은 보통 남자의 손보다 컸고, 그녀의 손보다는 당연히 훨씬 컸다.

만애청은 손을 뒤집어 보았다. 불빛에 비친 손등에는 뭔가를 끼워 감춘 흔적이 드러나지 않았다. 이보다 가늘고 늘씬한 그녀의 손가락이라면 훨씬 자연스러워 보이리라.

"손가락 사이에 이렇게 끼운 상태에서 진기를 주입하면 이 옆으로 뭐가 튀어 나간다 이건가?"

"예."

만애청은 손을 다시 뒤집어 손가락 사이에 끼운 물건을 유심히 살펴보았다. 원통의 한쪽 끝단에는 주의 깊게 관찰하지 않으면 발견하지 못할 둥근 금이 나 있었다.

이제 만애청은 이 기묘하고 깜찍한 물건의 작동 원리를 파악하게 되었다. 세 개의 돌기에 강한 자극을 주면 뚜껑 역할을 하는 둥근 금이 열리고, 그 안에 기계적인 장치로 압축되어 있던 독침이 튀어 나가는 것이었다. 적어도 눈으로 관찰하여 추측한 바로는 그랬다. 그러나 만애청은 확실한 것을 좋아했다.

만애청이 물건을 끼운 손을 서탁 위에 갖다 대자 황다영의 눈이 동그래졌다.

"사형?"

팍.

뭐라 말릴 사이도 없이 물건이 작동되었다. 물건과 서탁의 접촉면에서 파란 실 같은 연기가 피어올랐다.

"그걸 지금 써 버리면 어떻게 해요?"

황다영이 비명처럼 외쳤다. 그러나 만애청은 들은 척도 하지 않고 서탁에 얼굴을 가져다 댔다. 파란 연기가 그의 콧속으로 빨려들어 가고……

"사형!"

황다영은 재차 뭐라 말하려 했지만 만애청의 얼굴에 곧바로 떠오른 검푸른 기운에 입을 다물고 말았다.

길게 들이마시는 숨소리와 함께 만애청의 몸이 보일 듯 말 듯 진동했다. 그러고는 입정에 든 고승처럼 꼼짝하지 않았다. 황다영은 화도 나고 궁금하기도 했지만 아무 말 없이 만애청을 지켜보기만 할 수밖에 없었다. 해독을 위한 운기행공運氣行功에 든 사람에게는 외부로부터의 작은 충격도 치명적일 수 있음을 알기 때문이었다.

"후우."

만애청이 긴 숨을 토해 내며 눈을 뜬 것은 그로부터 일각(약 15분)가량이 지난 뒤였다. 검푸른 빛으로 물들었던 안색이 어느새 본래대로 돌아와 있었다. 그리 길지 않은 시간 사이 본신의 내공만으로 독을 제압하는 데 성공했다는 증거였다. 이에 황다영은 놀라움을 금할 수 없었다.

만애청이 사문인 삼산파에서 사라진 것은 지금으로부터 십일 년 전이었다. 그렇게 실종된 대사형을 다시 만난 것은 하루하루 불러오는 배를 안고 사문을 떠난 그녀가 이곳에 정착한 지 사 년이나 지난 뒤였으니, 자그마치 십 년이 넘는 세월을 못 보고 산 셈이었다.

동문 중 누구도 모르리라고 여겼던 이곳에 도깨비처럼 불쑥 나타난 대사형은 수련을 중단한 그녀의 눈에도 과거보다 강해진 것처럼 보였다. 당연하다고 생각했다. 무쇠 같은 의지를 가진 사람이니만큼 십 년 사이 강해지지 않았다면 그쪽이 오히려 이상할 터였다. 하지만 그럼에도, 고작 일각의 운기행공으로 이기제독以氣除毒에 성공할 만큼 강해졌으리라고는 짐작 못 했다. 관동 일대에서 제일가는 고수로 칭송받던 그들의 사부조차 저렇게 깊은 내공을 지니지는 못했을 터이니.

아무도 모르는 십 년의 세월, 만애청은 어디에서 무슨 수련을 한 것일까?

궁금증으로 복잡해진 황다영의 머릿속은 알 바 아니라는 듯, 만애청은 왼손을 뒤춤으로 돌려 단도 한 자루를 꺼냈다. 단도가 오른손 약지 끝을 가볍게 긋자 칼날이 지나간 자리로 새까만 피가 방울방울 맺혀 나왔다.

만애청은 등잔불 위로 손가락을 기울였다. 핏방울이 불꽃 위로 떨어지더니 치이익, 소리와 함께 매캐한 냄새가 방 안으로 퍼져 나갔다. 그 냄새가 코끝을 스친 순간 황다영은 아찔한 현기증을 느꼈다. 급히 공력을 끌어올리는 그녀의 눈에, 날벌레라도 쫓듯 손을 내저어 방 안에 찬 독취毒臭를 창밖으로 몰아내는 만애청이 보였다.

손짓 한번으로 환기를 끝마친 만애청이 황다영을 돌아보았다.

"몽령독夢靈毒은 역시 지독하지?"

황다영은 깜짝 놀랐다. 그 독성의 맹렬함도 물론 놀랍지만, 그녀가 놀란 이유는 따로 있었다.

"그렇다면 역시 융비 사제가?"

몽령독은 여진족에게 전해 내려오는 극독 중 하나였다. 그리고 융비는 한족이 아니라 여진족이었다.

만애청은 황다영의 질문에 가타부타하는 대신 서탁 위에 놓인 물건을 내려다보며 말했다.

"이놈의 이름을 이제야 알겠군. 정인무情人撫. 정인의 손길처럼 부드럽게 다가가서 순식간에 끝장내 버린다는 뜻이지."

예로부터 여진족은 화기火器나 암기暗器 제작에 능했다. 정인무는 그들이 만들어 낸 암기 중 하나였다.

황다영도 그 물건을 내려다보다가 만애청 쪽으로 시선을 들었다. 그녀의 눈썹에 매서운 기운이 어렸다.

"이제 어쩔 거죠? 암기를 이 서탁에다 써 버렸으니 그들의 요구를 들어줄 수 없게 되었잖아요!"

만애청이 픽 웃었다.

"들어줄 생각이었나?"

황다영은 아무 대답 없이 만애청을 노려보았다.

"칠석까지는 보름 정도 남았군. 소흑산小黑山 오작루烏鵲樓까지 가려면 넉넉한 시간은 아니지."

만애청은 암기를 집어 그녀에게 내밀었다.

"내일 아침 이걸 가지고 출발해. 놈들이 지켜보고 있을 테니 다른 길로 샐 생각 하지 말고."

황다영은 정인무를 받으려 하지 않고 만애청을 계속 노려보기만 했다. 만애청이 어쩔 수 없다는 표정으로 말했다.

"사매는 검연을 죽일 수 없어. 아니, 죽여서는 안 돼."

"하지만 어쩔 수 없잖아요. 그들이 시키는 대로 하지 않으면 형아가……."

"형아는 내게 맡겨."

황다영의 표정이 멍해졌다.

"사매는 내일 아침 출발해. 칠석까지 소흑산 오작루로 형아를 데리고 갈 테니까."

이 말을 끝으로 자리를 뜨려는 만애청을 황다영이 다급히 불러 세웠다.

"자, 잠깐만요! 형아가 어디 있는지는 알아요? 아니, 그자들이 누군지는 알아요?"

방문을 나서던 만애청의 몸이 멈췄다.

"몰라."

그러고는 밖으로 나가며 덧붙였다.

"하지만 곧 알게 되겠지."

6월 22일

⊗

흉터는 손바닥에만 있는 것이 아니었다. 굵고 억세 보이는 손가락에도 있었고 녹슨 구리처럼 칙칙한 손등에도 있었다. 특히 손등은 가문 날 논바닥처럼 쩍쩍 갈라져 당장이라도 핏물을 흘려 낼 것 같았다.

그렇게 흉터들로 뒤덮인 커다란 손이 허리춤에 찬 주머니 속으로 느릿하게 들어갔다. 그 손에 잡힌 것은 이른 새벽 마을에서 구해 온 육포 중 한 장이었다. 육포가 북슬북슬한 턱수염을 지나 입으로 들어가고, 턱을 우물거리자 들척지근한 육즙이 입안으로 퍼졌다.

지금 만애청이 있는 곳은 지상으로부터 열두어 자쯤 떨어진 나무 위였다. 첫 가지가 갈라져 나가는 곳에 편안한 자세로 기대앉아 멀찍이 떨어진 취아숙을 바라보고 있었다. 피리를 배우러 찾아온 세 명의 소녀들이 종달새처럼 재잘거리면서 돌아간 것도 벌써 반 시진 전. 취아숙의 피리 선생은 자신의 제자들에게 말했을 것이다. 일신상의 사유로 당분간 학당 문을 닫겠노라고.

'당분간이라…….'

그녀는, 그리고 그는 과연 이곳으로 다시 돌아올 수 있을까?

잠시 후 황다영이 취아숙의 사립문을 나서는 것이 보였다. 머리에는 챙 넓은 죽립, 소매 좁은 상의에 삼베 각반으로 종아리를 동인 바지, 등에는 작은 봇짐을 짊어지고 있었다. 차림새만 보아도 그녀가 밤새 다졌을 결의를 짐작할 수 있었다.

언덕길을 내려가던 황다영의 모습이 시야에서 사라질 즈음, 만애청이 아까부터 점찍어 두었던 사내가 마침내 움직이기 시작했다.

만애청은 우물거리던 육포를 꿀꺽 삼켰다.

봉우리 정상에 오른 홍기洪麒는 주위를 둘러보았다. 사전에 답사했을 때도 느낀 바지만 이곳의 입지 조건은 무척 훌륭했다. 동서남북 사방이 시원하게 트인 데다 골짜기를 타고 올라온 바람이 정상 주변의 공기를 띄워 주고 있었다. 홍기는 미소를 지었다. 이곳이라면 아이를 데리고 있을 부문주도, 고고하신 위장衛將 나리도, 모두 지켜볼 수 있으리라.

홍기는 어깨에 짊어진 자루를 땅에 내려놓았다. 자루 안에서 나온 것은 뚜껑의 색깔이 각기 다른 단지 세 개였다. 그는 주위에 널린 잔가지를 모아 불을 피웠다. 부싯돌 치는 소리가 탁탁 울리더니 이내 불꽃이 피어올랐다. 입바람을 불어 불씨를 키운 다음, 단지들 중 뚜껑이 붉은 것을 뜯어 내용물을 불 속에 털어 넣었다.

타타탁!

불길이 갑자기 맹렬해지더니 붉은 연기가 일어나기 시작했다. 연기를 바라보는 홍기의 얼굴에 다시 한번 미소가 어렸다. 그러나

등 뒤에서 들린 굵은 목소리가 그 미소를 얼어붙게 만들었다.

"무슨 신호지?"

홍기는 천천히 돌아섰다. 언제 올라왔는지, 뒷전에는 마의를 입은 남자 하나가 팔짱을 끼고 서 있었다. 육 척에 달하는 키에 균형 잡힌 체형, 날카로운 눈매와 북슬북슬한 턱수염이 차갑고 강인한 인상을 풍겼다.

"저게 무슨 신호인지 묻잖아?"

마의 남자가 다시 말했다. 남자의 눈길은 홍기의 머리 너머로 뭉클뭉클 올라가는 붉은 연기에 머물러 있었다.

홍기는 마의 남자를 노려보며 물었다.

"넌 누구냐?"

마의 남자는 대답 대신 다른 질문을 던졌다. 홍기의 입장에서는 등골이 서늘해지는 질문이었다.

"그녀가 예정대로 출발했다는 신호인가?"

홍기는 허리춤에 걸어 둔 칼을 뽑았다.

쉬앙!

그늘 한 점 찾아볼 수 없는 봉오리 정상, 이른 시각임에도 벌써부터 쨍쨍한 여름 햇살이 석 자 길이의 칼날 위에서 알록달록한 빛으로 부서지고 있었다. 홍기에게 척골객剔骨客이라는 살벌한 별호를 안겨 준 척골반도剔骨斑刀였다. 차분하게 가라앉아 있던 마의 남자의 눈빛이 약간 변했다. 재미난 구경거리라도 발견한 듯한 눈빛이었다.

홍기는 척골반도를 어깨 위로 비스듬히 치켜올리면서 마의 남자에게 말했다.

"그 계집의 기둥서방이라도 되는 모양이군."

"그게 내 소원이지."

"그래서 화가 난 건가? 짝사랑하는 계집을 건드려서?"

마의 남자의 턱수염이 꿈틀거렸다. 그것이 웃음이라는 것을 깨달았을 때, 홍기는 당황할 수밖에 없었다. 왜 웃는 거지?

"아니, 난 화나지 않았어. 오히려 너희들에게 고마워하는 중이지."

"뭐?"

"덕분에 소원을 이루게 될지도 모르니까."

말을 하는 입가와 달리 전혀 웃지 않는 마의 남자의 눈을 본 순간, 홍기의 목덜미 위로 소름이 쫙 돋아났다. 남자의 말이 진심이라는 것을 알아차렸기 때문이다. 불길했다. 갑자기 엄습한 불길한 기분을 떨치기 위해서라도, 홍기는 팽팽히 긴장시켜 둔 두 다리로 바닥을 힘껏 박찼다.

팟! 팟! 파팟!

살을 에는 칼바람이 두 사람 사이의 공간을 난자하며 좁혀 갔다. 쉬운 상대가 아니라는 점은 이미 간파한 뒤였다. 선제공격에 기세를 아낄 이유가 없었다.

수직으로, 또 수평으로 베어 가던 척골반도가 마의 남자의 왼쪽 어깨 위에 사선으로 떨어져 내렸다.

'베었……다?'

눈에는 분명 벤 것처럼 보였다. 그러나 칼자루를 쥔 오른손이, 어떠한 장애감도 없이 허무하게 휘젓고 만 그 손이 아무것도 베지 못했다고 외치고 있었다. 이를 증명하듯, 칼날에 휩쓸린 마의 남자가 연기처럼 흩어지더니 일 장 뒤에서 다시 육신을 형성한다. 주변에 쏟아지는 눈부신 햇살을 무색하게 만드는 귀신같은 몸놀림이었다.

"이얍!"

홍기는 힘찬 기합과 함께 마의 남자를 향해 재차 진격했다. 칼자루를 움켜쥔 오른손 손등 위로 지렁이 같은 힘줄이 꿈틀거렸다. 다음 순간, 치이익 하는 날카로운 소리와 함께 어지러운 도광이 솟구쳤다. 이름하여 오방혼세五方混世. 홍기가 수련한 도법 중에서 가장 악랄한 초식이었다.

놀랍게도 마의 남자는 홍기의 도법을 단번에 알아보았다.

"오방도법이군."

담담한 한마디와 함께 마의 남자의 몸이 또다시 흐릿해졌다. 척골반도가 만들어 낸 도광은 마의 남자가 남긴 잔상만 가를 뿐이었다.

'어디?'

사라진 마의 남자를 찾아 빠르게 움직이는 시선 속에, 좌방으로부터 얼음을 지치듯 미끄러져 가는 희뿌연 인영이 들어왔다. 홍기는 왼발을 축으로 빠르게 반전하며 하방에 둔 척골반도를 지체 없이 쳐 올렸다. 상대의 뒤를 쫓기보다는 앞서서 맞이하고자 함이니, 홍기의 대전 능력이 만만하지 않음을 보여 주는 증거라 할 터였다.

그러나 칼날이 가른 것은 이번에도 허공에 불과했다. 마의 남자는 홍기의 눈이 볼 수 있는 어느 곳에도, 그의 칼이 벨 수 있는 어느 거리에도 존재하지 않는 것 같았다. 이게 어떻게 된 일일까?

홍기는 당황하는 대신 칼을 가슴 앞에다 빠르게 휘돌리며 뒤로 물러났다. 헛손질로 끝난 첫 공격을 뒤로하고 다음 공격을 준비하기 위함이었다.

그런 홍기의 눈앞에 마의 남자의 얼굴이 불쑥 들이밀렸다. 반사적으로 칼을 휘둘러 그 얼굴을 베려 했지만, 그러한 의도는 절반밖에 실행되지 못했다.

퍽!

쇠망치처럼 묵직한 것이 홍기의 오른쪽 어깨를 후려쳤다. 칼을 놓치는 것이 도객으로서 얼마나 수치스러운 일인지 잘 알지만, 이번만큼은 어쩔 수 없었다. 그 한 번의 타격에 오른팔은 물론 우반신 전체가 마비되어 버렸으니까.

땅!

척골반도가 쇳소리를 내며 바닥에 떨어졌다. 다음 순간, 자잘한 흉터들로 뒤덮인 커다란 손바닥이 홍기의 시야로 확대되어 왔다. 홍기는 비명도 지르지 못하고 정신을 잃고 말았다.

부옇던 시야가 조금씩 선명해졌다. 그러고도 잠시 더 멍하니 있던 홍기는 어느 순간 자신이 깨어났음을 인지했다.

가장 먼저 눈에 띈 것은 몇 발짝 앞에 펼쳐진 베수건이었다. 베수건 위에는 두 개의 쇠붙이가 놓여 있었다. 단도 그리고 바늘. 바늘 끝에 달린 기다란 실이 미치도록 불길해 보였다.

홍기는 숙이고 있던 고개를 들어 올렸다. 실낱같이 가늘어진 붉은 연기가 눈에 들어왔다. 자신이 봉화로 피워 올린 모닥불이 꺼지고 있었다.

다음 순간 홍기는 홉 하고 숨을 들이마셨다. 감각이 돌아오자

명치 어림에 어려 있던 고통이 믿을 수 없을 만큼 생생해졌기 때문이다. 빠개질 것 같은 가슴을 감싸려고 손을 움직이려 했지만 등 뒤로 돌아가 있는 두 손은 꼼짝도 하지 않았다.

홍기는 자신의 가슴을 내려다보았다. 곱슬곱슬한 털이 숭숭 돋아난 가슴팍 위에 흑자색 장인掌印 한 개가 진짜 도장으로 찍어 놓은 것처럼 뚜렷하게 찍혀 있었다. 그제야 자신이 벌거벗겨진 채 묶여 있음을 깨달았다. 등짝이 까끌까끌한 것을 보니 나무줄기에라도 묶인 모양이었다.

"점혈點穴을 하면 안 되는 이유가 있어서…… 불편해도 이해해라."

갑자기 들린 목소리에 홍기는 고개를 홱 돌렸다. 마의 남자가 몇 걸음 떨어진 곳에 쭈그리고 앉아 있는 것이 보였다. 바닥에 놓인 푸른색 천 뭉치를 뒤적거리고 있었는데, 다시 보니 자신이 입고 있던 옷이었다.

"당산唐山의 오방도문五方刀門, 도법을 보고 그럴 줄 알았지."

청색 무복을 뒤적거리던 마의 남자의 손에 길이가 세 치쯤 되는 죽편 하나가 걸려 나왔다. 홍기의 눈꼬리가 파르르 떨렸다. 저 죽편은 오방도문의 다섯 간부, 오객五客을 상징하는 신패였다. 신분을 드러낼 만한 물건은 두고 가라는 문주의 지시가 떠올랐다. 그러나 홍기는 그렇게 하지 않았다. 과한 지시라고, 그렇게까지 조심해야 할 필요는 없다고 여겼다.

'자결해야 한다!'

혀라도 깨물어야 했다. 그렇게 해서라도 저자가 이번 거사의 실체에 접근하는 것을 막아야 했다. 하지만 그마저도 뜻대로 할 수 없었다. 입에 단단한 나무토막 하나가 우악스럽게 물려 있기 때문이었다. 악에 받친 홍기는 내공을 끌어올려 몸뚱이를 결박한 밧줄을 끊으려 했다…….

"내공을 끌어올릴 생각은 하지 않는 게 좋아. 참룡수를 나만큼 익힌 사람도 드물거든."

마의 남자의 말은 늦은 감이 있었다. 이미 홍기는 단전으로부터 솟구쳐 오른 극렬한 고통에 전신을 부들부들 떨고 있었으니까.

"꺼어어……."

배 속에서 화산이라도 폭발한 것 같은 고통에 신음하면서도, 참룡수라는 한마디가 홍기의 머리 깊이 파고들었다. 삼산파의 절기인 참룡수가 최고조에 이르면 내가중수법內家重手法과 같은 묘용을 발휘한다고 들었다. 지금 자신의 상태가 그러했다. 맞은 곳은 명치인데 그 피해가 모든 경락에 이르고 있었다. 그렇다면 저자도 그 계집처럼 삼산파 제자란 말인가?

홍기의 신음이 수그러들기를 기다려 마의 남자가 입을 열었다.

"이제 시작하지. 대답할 생각이면 고개를 끄떡여."

마의 남자는 잠시 쌈을 두었다가 물었다.

"아이는 어디 있나?"

홍기는 고개를 끄덕이지 않았다. 고개를 끄덕인 사람은 오히려 마의 남자였다.

"그럴 줄 알았지."

마의 남자가 홍기 쪽으로 걸어왔다. 남자의 걸음이 멎은 곳은 바닥에 깔려 있는 베수건 앞이었다.

"누구를 고문해 본 적은 한 번도 없어."

마의 남자는 허리를 숙여 베수건 위에 놓인 두 개의 쇠붙이 중 하나를 집어 들었다.

"하지만 어쩔 수 없지. 단서라고는 네가 유일하니."

홍기의 눈이 커졌다.

그 뒤로 일각 동안, 마의 남자는 한마디 말도 꺼내지 않았다. 단도는 한 번도 쓰이지 않았다. 남자가 사용한 것은 오직 실이 달린 바늘뿐. 하지만 홍기는 그것만으로도 생지옥이란 말의 뜻을 충분히 알게 되었다.

마의 남자가 입을 연 것은, 홍기의 왼쪽 뒤꿈치로 들어갔던 바늘이 넓적다리 한가운데를 뚫고 나온 다음이었다.

"대답할 건가?"

어떤 고통 앞에서도 꺾이지 않는 굳센 의지가 존재한다면, 어떤 의지도 꺾어 놓는 끔찍한 고통도 존재하는 것 같았다. 홍기는 자신의 행동이 상대의 눈에 단순한 경련으로 비치지 않기를 바라며, 필사적으로 고개를 끄덕였다. 홍기의 얼굴은 이미 핏물로 범벅이 되어 있었다. 동공에 뚫린 바늘구멍 하나로부터 그렇게 많은 피가 흘러나올 수 있다는 것은 직접 보지 않고서는 믿기 힘든 일이었다.

"나무토막은 빼 주지 않을 거야. 대답할 게 있으면 오른발로 땅에다 써."

그제야 이 악마 같은 남자가 자신의 오른쪽 다리만큼은 건드리지 않은 이유를 알 수 있었다.

"동명루 옥상아."

만애청은 흙바닥 위에 삐뚤삐뚤 쓰인 글자를 다시 한번 읽어 보았다. 오방도문에서 온 사내가 마지막으로 남긴 글자였다. 사내는 만애청이 묻는 말에 무저항적으로 대답해 주었다. 다소 애매한 질문에도 최대한의 성의를 보이려고 애썼다. 실제로 '상아嫦娥'처럼 획수 많은 글자를 발로 쓰는 것은 어지간한 성의 없이는 하기 힘든 일이었다. 그래서 그자가 간절히 바라던 것을, 깔끔한 죽음을 선사해 주었다.

만애청은 나무에 묶인 채 죽어 있는 사내를 잠시 바라보다가 그자의 피가 묻은 단도로 눈길을 돌렸다. 사람을 죽인 것은 삼 년 만이었다. 오랜만에 느끼는 살인의 전율이 가랑비처럼 천천히 전신을 적시고 있었다.

죽은 사내에게서 알아낸 사항이 그리 많다고는 할 수 없었다. 다만 이번 일에 오방도문 전체가 관련되어 있다는 사실은 분명히 알게 되었다. 이는 아이를 되찾기 위해 훨씬 더 많은 수의 살인을 행해야 할지도 모른다는 뜻. 만애청은 살인마가 아니었다. 피는 짜릿한 만큼이나 혐오스러운 것이었다. 그러나 아이를 되찾기 위해서라면…….

잠시 일그러졌던 얼굴이 본래의 무표정함을 회복했다. 만애청은 피 묻은 단도를 베수건에 문지른 뒤 몸을 돌렸다.

황다영은 산 아랫길로 접어들면서부터 누군가에게 미행당하고 있음을 깨달았다.

어디부터였을까? 점심을 먹은 반점?

그곳 외에는 딱히 떠오르는 장소가 없었다. 그렇다면 미행자는 대단한 능력의 소유자임이 분명했다. 한낱 미물도 자식에게서 떨어지면 목털을 곤두세우는 법. 날카로워질 대로 날카로워진 그녀의 이목을 한 시진 넘게 속일 수 있다는 것은 결코 쉬운 일이 아니었다. 이처럼 호젓한 길이라면 더욱 그러했고.

강도나 채화음적採花淫賊일까?

그렇다면 조금도 두렵지 않았다. 잡배를 상대하는 데 몇 년의 공백기는 큰 문제가 되지 않을 것이기에. 그러나 황다영은 그 생각을 금방 접어야 했다. 잡배에게 저 정도 능력이 있을 리 없었다.

'어떻게 한다?'

고민하던 차에 멀리 갈림길이 보였다. 한쪽은 산 아래를 빙 돌아가는 평탄한 길이고, 다른 한쪽은 산줄기를 타고 넘어가는 가파른 길이었다. 문득 반점 주인이 한 말이 떠올랐다. 그때는 대수롭지 않게 넘겼는데, 지금은 기억해 두길 잘했다는 생각이 들었다.

황다영은 고갯길 쪽으로 방향을 잡았다.

반점 주인은 친절한 사람이었다. 젊고 예쁜 여자 혼자 먼 길을 나섰다는 사실을 알고는, 흉악한 인간들이 심심찮게 출몰하는 흑계령黑溪嶺을 피해 가라 몇 번이고 권했다.

친절한 것은 반점 주인만이 아니었다. 반점이 있는 흑양제黑羊堤의 주민 대부분이 친절했다. 그래서 흑계령을 지키며 행인들의 전대를 털어 먹고사는 도원삼걸桃園三傑은 요즘 들어 마수걸이도 제대로 못 하는 날이 대부분이었다.

졸개 하나 없이 두목 셋만으로 이루어진 엉터리 산채일망정 꾸려 나가려면 돈이 필요했고, 돈을 구하려면 행인을 털어야 했다. 때문에 공치는 날이 열에 아홉인 줄 뻔히 알면서도 봉이 걸릴지도 모르는 하루를 놓치지 않으려 매일같이 흑계령 고개 위로 출근해야 했다.

그런데 오늘 마침내 봉이 걸렸다. 그것도 진짜 봉황이!

"이게 웬 선녀냐?"

도원삼걸의 둘째 독두철권禿頭鐵拳 하태河兌는 입이 찢어져라 웃으며 앞으로 뛰어나갔다. 기쁘기로는 첫째인 상문부喪門斧 오웅吳雄과 셋째 유엽도柳葉刀 조삼曹三도 마찬가지였다. 하태의 말처럼 고개를 올라오는 여자는 선녀도 울고 갈 만큼 절색이었던 것이다.

"으헤헤! 길 가는 그대, 잠시 멈추시게!"

하태는 음충맞은 웃음을 흘리며 여자의 앞을 가로막았다. 한데 여자의 반응이 매우 특이했다. 이런 경우 '에구머니!'를 외치며 폭삭 주저앉아야 정상인데, 무슨 더러운 물건이라도 대한 것처럼 눈썹만 찡그린 것이었다. 예쁜 년은 뭐가 달라도 다른 것일까? 괴이한 기분이 들기는 했지만 하태는 개의치 않기로 했다.

"큼! 공적인 볼일과 사적인 볼일이 있는데 뭐부터 해결할까나?"

여자가 붉은 입술을 오물거렸다.

"무슨 말인지 도통 모르겠군요."

얼굴만큼이나 윤기가 잘잘 흐르는 목소리였다. 하태는 벌렁거리는 가슴을 애써 진정시키며 점잖게 말했다.

"몰라도 괜찮으니 하나만 고르라고."

여자는 잠시 생각하다가 말했다.

"공적인 걸로 하지요."

"좋은 선택이야. 귀한 건 아껴 먹어야 제맛이거든. 자, 그러면 공적인 일부터 해결하도록 하지."

하태는 여자를 향해 손바닥을 내밀었다. 여자가 물었다.

"어쩌라는 건가요?"

"잘 모르는 모양인데, 이 흑계령을 지나가려면 통행료를 내야 하거든."

"통행료?"

고개를 갸웃거리던 여자가 돌연 하태의 얼굴을 노려보며 매섭게 쏘아붙였다.

"네놈은 산적이구나."

하태는 당장이라도 여자를 끌어안을 듯 두 팔을 활짝 펼쳤다.

"으헤헤! 귀여운 것이 입은 걸구나! 서방님께 네놈이라니? 에이, 사적인 일도 함께 해결해야겠구나!"

여자는 가볍게 진저리를 쳤다. 그 자태가 더욱 고혹적인지라 수풀 속에 숨어 있던 오웅과 조삼도 더는 참지 못하고 우르르 달려 나왔다.

"둘째야, 너는 왜 그리 사설이 기냐? 처자께서 우리 산채를 구경하고 싶다지 않으냐."

"둘째 형, 어서 끌고 갑시다. 여자 냄새 못 맡아 본 지가 한 달은 된 것 같소."

조삼이란 놈은 보란 듯이 사타구니까지 긁적거리고 있었다.

여자의 두 눈썹이 곤두섰다. 그와 동시에 그녀의 교구가 시위를 떠난 화살처럼 앞으로 쏘아졌다.

"엇!"

오웅과 조삼은 여자가 믿을 수 없을 만큼 빠른 속도로 쇄도해 오자 화들짝 놀라며 몸을 피했다. 하지만 가뜩이나 작은 눈을 거의 감고 헤벌쭉거리기만 하던 하태는 여자가 때린 일 장을 가슴으로 고스란히 받을 수밖에 없었다.

"꺽!"

섬섬옥수 고운 손이 어찌 이리도 무지막지하단 말인가. 하태는 온 뼈마디가 산산이 흩어지는 것 같은 고통에 비명을 지르며 뒤로 날아갔다.

"엇?"

"이년이 제법 손발을 쓸 줄 아는구나!"

오웅과 조삼은 각각 도끼와 유엽도를 움켜쥐고 여자의 좌우를 공격해 들어갔다. 도끼가 천중을 가르고 유엽도가 허공을 찢을 때는 제법 매서운 바람 소리가 울렸다. 하지만 여자는 이미 두 자루 병기의 공격권으로부터 벗어나 일 장쯤 떨어진 곳에 몸을 세우고 있었다. 새파랗게 빛나는 안광과 빈틈 한 점 찾아볼 수 없는 자세로부터 고수의 풍모가 자연스럽게 풍겨 나왔다.

"이거…… 보통 계집이 아닌가 보다."

오웅과 조삼은 가슴이 철렁 내려앉는 기분이 들었다. 인근 수십 리에 걸쳐 악명이 자자하다고 해 봤자 고갯마루에 숨어 행인들이나 상대하는 산적에 불과한 그들이었다. 훌륭한 사부로부터 상승무공을 배운 강호인과 싸우기엔 아무래도 부족한 면이 많을 수밖에 없었다.

그런데 이상한 일이 벌어졌다. 여자가 갑자기 당황한 표정을 짓더니 몸을 비틀거린 것이었다.

"이, 이 더러운 놈들, 미약迷藥을 쓰다니……."

미약을 썼다고? 누가?

오웅과 조삼은 서로를 바라보았다. 그들은 눈빛만으로도 마음을 읽을 만큼 가까운 사이였다. 상대의 눈에 떠오른 기색이 자신의 것과 다름없음을 알아차린 두 사람은 약속이나 한 듯 하태를 돌아보았다. 바닥에 대자로 뻗은 하태는 이미 의식을 잃은 뒤였다. 그 모습이 몹시 한심해 보였지만, 그럼에도 여자에게 수작을 부렸을 만한 사람은 하태뿐이었다.

"흐흐, 과연 둘째로군. 보통 년이 아님을 벌써 알아봤잖아?"

"그러게 말이우. 생긴 건 곰인데 속은 여우라니까."

오웅과 조삼은 희희낙락하며 여자에게 다가갔다. 그래도 만약을 대비하는 마음은 버리지 않아서 병기를 단단히 꼬나 쥔 채였다.

"다, 다가오지 마라!"

여자는 비칠비칠 뒷걸음질을 쳤다. 하지만 몇 발짝 못 가 나무 줄기에 가로막히자 사색이 되고 말았다. 겁에 질린 그 얼굴이 두 사람의 음심을 더욱 자극했다.

바로 그때였다.

"비열한 놈들!"

고갯마루를 쩌렁 울리는 호통과 함께 여자가 등을 기댄 나무 뒤로부터 희끗한 인영이 튀어나왔다.

그 인영의 허리춤에서 뿜어 나온 시퍼런 번갯불이 검광이라는 사실을, 오웅은 알고 조삼은 알지 못했다. 오웅이 특별히 잘나서가 아니라 그 번갯불이 조삼의 목을 그대로 갈라 버렸기 때문이다.

"히익!"

나란히 서 있던 의형제의 머리통이 허공으로 말려 올라가는 광경에, 오웅은 기겁을 하며 양손으로 쥐고 있던 도끼를 가슴 앞에 치켜세웠다. 하지만 번갯불 같은 검광이 허공에 짧은 궤적을 남기며 꺾여 내려오자 그러한 행동은 아무런 의미도 가질 수 없게 되었다. 조삼의 머리통을 날릴 때는 노한 파도처럼 탕탕하더니 오웅의 가슴을 찔러 오는 지금은 수풀 아래 독사처럼 기척조차 없었다.

　검봉이 가슴에서 빠져나간 뒤에도 잠시 그대로 서 있던 오웅이 통나무처럼 뻣뻣하게 넘어갔다.

　나무 뒤에서 튀어나오기 무섭게 눈부신 검술로 두 명의 산적을 해치운 사람은 깨끗한 백의 차림에 머리에는 검은색 마포탕건麻布宕巾을 쓴 남자였다. 검을 허리춤의 검집에 갈무리한 남자가 나무 밑동에 기대앉은 여자에게로 달려갔다.

　"부인, 괜찮으시……."

　조심스러운 손길로 여자의 어깨를 흔들던 남자는 갑자기 엄습한 싸늘한 기운에 깜짝 놀라고 말았다. 여자의 오른손 장심이 어느 틈엔가 자신의 명치에 달라붙어 있었기 때문이다.

　여자가 숙이고 있던 고개를 천천히 들었다.

　"손가락 하나라도 까딱하면 네 심장은 박살 날 것이다."

　딱 부러지는 말투며 새파랗게 빛나는 눈동자는 미약에 당해 쓰러진 사람과 거리가 멀었다.

　"부인, 나는 도적이 아니오. 도적들은 내가 이미……."

　"쉿."

　어느새 꺼냈는지 여자의 왼손엔 날붙이 한 자루가 들려 있었다. 자루까지 합쳐도 한 자 길이밖에 안 되는 단검이었다.

"일어서라. 천천히."

남자는 여자의 말에 따를 수밖에 없었다. 단검의 날을 그의 턱 밑에 바짝 들이민 여자가 천천히 몸을 일으켰기 때문이다.

"목에 흉터가 있구나. 이번과 비슷한 짓을 한 적이 있나 보지?"

여자의 말에 남자는 쓴웃음을 지었다. 그의 목에는 커다란 흉터가 빙 둘러 있었다. 목도리라도 두르지 않고서는 가릴 방도가 없기에 가급적 신경 쓰지 않고 살려고 노력했는데, 턱을 치켜올리고 엉거주춤 서 있다 보니 신경이 쓰이지 않을 수 없었다.

"찌르려거든 거기를 찌르시구려. 부모님께서 물려주신 몸뚱이에 또 다른 흉터가 남는 것은 원치 않으니까."

남자의 담담한 말에 여자의 미간이 좁아졌다.

"이름이 뭐냐?"

남자는 자신의 이름을 감추지 않았다.

"국일한菊逸翰이라 하오."

"국일한……."

그 이름을 작게 뇌까리던 여자가 다시 물었다.

"누가 시켰느냐?"

"무슨 말씀인지?"

"누가 시켰느냐?"

남자의 턱 밑에 대어진 단검이 살짝 움직였다. 선뜻했고, 뭔가 흘러내리는 것이 느껴졌다. 남자는 또 한 번 쓴웃음을 지었다. 이걸 자비라고 해야 하나. 바라던 대로 흉터 위를 찔렸으니 말이다.

남자가 말했다.

"부인, 뭔가 오해를 하신 듯한데, 나는 관인官人이오."

여자가 코웃음을 쳤다.

"거짓말."

"거짓말이 아니오. 오른쪽 허리춤에 내 신분을 증명하는 영패令牌가 걸려 있을 거요. 직접 확인해 보시오."

여자는 왼손으로 여전히 단검을 겨눈 채 오른손을 아래로 뻗어 남자의 상의 옷자락을 들춰 보았다. 과연 그 허리춤에는 길쭉한 철패가 매달려 있었다. 툭. 줄 끊어지는 소리와 함께 철패가 여자의 손안으로 들어갔다. 여자는 곁눈질로 철패를 살펴보았다.

〈북진무상방北鎭武上房〉

여자는 철패를 뒤집어 보았다.

〈금승위金繩衛 제일위장第一衛將〉

여자, 황다영의 표정이 변했다.

남자, 국일한이 말했다.

"그래도 의심이 풀리지 않는다면 뒤춤에 찬 포승을 보여 드리겠소. 고명한 무공을 수련하신 분이니 금빛 포승을 가지고 다니는 관인들에 대해 한 번쯤 들어 보셨으리라 믿소."

금빛 포승으로 상징되는 '관부의 사자獅子' 금승위의 이름은 황다영도 들은 적이 있었다.

황다영은 새삼스러운 눈으로 국일한을 살펴보았다. 삼십 대 후반쯤 되어 보이는 나이에, 미남까지는 아니어도 차분한 눈매와 잘

46

다듬어진 콧수염과 넉넉한 귓불이 점잖은 분위기를 풍기고 있었다. 거기에 직급 높은 무관답게 체격도 당당했으니…….

다시 말해, 일곱 살짜리 아이를 납치하는 파렴치한 짓에 끼어들 사람처럼 보이지는 않는다는 뜻이었다.

마음을 정한 황다영은 단검을 거두었다.

"후우."

국일한은 긴 숨을 뱉으며 목을 문질렀다. 그 손길에 번지는 붉은 핏자국에 황다영은 마음이 불편해졌다. 그녀는 소매에서 손수건을 꺼내 국일한에게 내밀었다.

"그런데 왜 내 뒤를 미행했나요?"

이렇게 묻는 목소리에는 아직도 냉기가 남아 있었다. 아니, 경계심이라고 해야 할지도 모르겠다. 국일한은 그녀가 준 손수건으로 목을 닦으며 말했다.

"아까 반점 주인과 나누는 얘기를 본의 아니게 듣게 되었소. 여자 혼자서 산길을 간다는 소리에 무슨 봉변이라도 당하면 어쩌나 싶어 실례를 무릅쓰고 따라온 것이오. 설마 부인께서 눈치챘으리라고는 예상치 못했소."

말본새는 정연하고 표정은 엄숙하다. 이런 기질은 거짓으로 꾸며 낼 수 있는 것이 아니라는 생각이 들었다. 황다영의 마음에 남아 있던 경계심이 조금 더 옅어졌다.

"상처를 입혀 미안해요. 하지만 나는 나리 같은 분께서 괴롭히지만 않는다면 언제 어디서든 스스로를 지킬 능력은 가지고 있어요."

방금 본 국일한의 검법은 놀랄 만큼 빠르고 깔끔했다. 동창東廠과 금의위錦衣衛로 대표되는 제국의 감찰 조직이 스스로 조장한 권력 투쟁의 아수라장에서 헤어 나오지 못하는 사이, 대외 감찰의 새로운 핵심으로 부상한 조직이 바로 금승위였다. 그 안에는 당장 강호에 나와도 능히 일방을 주름잡을 만한 강자들이 대거 포진해 있다는데, 저 국일한이란 남자를 보니 그것이 과장된 소문이 아님을 실감할 수 있었다.

"솜씨를 보니 그 말씀, 믿지 않을 수 없구려."

국일한이 피 묻은 손수건을 돌려주며 말했다. 황다영은 그 손수건으로 단검을 둘둘 감싸 등에 진 봇짐 아래 갈무리했다.

"제 솜씨를 믿으신다니 더는 미행하지 않으시겠죠?"

"설마."

국일한이 항복한 병사처럼 두 팔을 들어 보였다.

"그럼 이만."

황다영은 국일한에게 가볍게 목례한 뒤 몸을 돌렸다. 하지만 몇 걸음 옮기기도 전에 잰걸음으로 따라붙은 국일한에 의해 멈추게 되었다.

"어디로 가시는 길이오?"

황다영은 국일한을 돌아보았다.

"꼭 대답해야 하나요?"

가시 돋친 말에도 국일한은 빙긋 웃었다.

"또 오해를 살까 두려우니 이 몸의 행선지부터 밝히리다. 나는 공무로 산해관에서 멀지 않은 백석둔白石屯이란 곳에 가는 중이오."

"그런데요?"

"부인께서 허락하신다면 되는 곳까지라도 호위해 드리고 싶소."

황다영은 눈썹을 찌푸렸다.

"나리께선 남녀가 유별하다는 가르침도 배우지 못하셨나 보죠? 점잖으신 분인 줄 알았는데, 사람을 잘못 보았나 보군요."

국일한은 바닥에 널브러진 산적들을 턱짓으로 가리켰다.

"시절이 흉흉한 탓에 천자께서 계신 황성이 멀지 않은 이곳에서도 저런 악도들이 횡행하고 있소. 산해관에 가까워질수록 형편은 더욱 안 좋아질 텐데, 그럴 때마다 손을 더럽히실 것을 생각하니 마음이 좋지 않아서 그러는 거요."

황다영은 국일한의 얼굴을 빤히 노려보았다. 본심을 잡아내려는 듯한 매서운 눈길에도 국일한의 표정은 태연하기만 했다.

황다영이 눈빛에 세운 날을 거두고 고개를 끄덕인 것은 한참이 지나서였다.

"좋아요. 저는 요동에 있는 소흑산으로 가는 길이니 백석둔까지는 동행해 드릴 수 있어요. 단, 공무를 기다려 드릴 여유는 당연히 없으니, 만일 나리께 무슨 볼일이 생긴다면 혼자 곧바로 떠나겠어요."

이 말에 남자의 미소가 함박웃음으로 바뀌었다. 국일한은 자세를 바로 하고 양 주먹을 눈높이로 들어 깍듯한 포권을 올렸다.

"가는 동안 특별한 볼일이 있는 것도 아니니 부인을 호위함에 있어서 추호의 소홀함도 없을 것이오. 잘 부탁드리겠소."

이리하여 동북 지방으로 접어드는 흑계령 고갯마루 위에서 상급 무관과 피리 선생의 기이한 동행이 만들어졌다.

맹하지절임에도 불구하고 산중의 낮 시간은 그리 길지 않았다.

유시酉時(오후 여섯 시 전후)도 채 다하지 않았건만 서녘 하늘을 물들이던 노을은 어느덧 스러지고, 좁은 산길 위론 땅거미가 짙어졌다. 밤은 유상촌楡桑村이라는 이름의 작은 산골 마을에도 소리 없이 내려앉았다.

"워! 워!"

만애청이 말을 멈춘 곳은 유상촌 어귀에 자리한 주막 앞이었다. 삼 년 전에 들른 적이 있는데, 흔한 주기酒旗 하나 내걸지 않은 낡고 허름한 주막이지만 산중에서 밤을 맞는 나그네에겐 고마운 쉼터가 되어 주었다는 기억이 남아 있었다.

투르르르!

말이 길게 투레질을 하며 주막 앞 흙바닥에다 발굽을 퍽퍽 찍어 댔다. 더 달리고 싶은데 왜 멈추느냐고 성내는 기색이 역력했다. 만애청은 놈의 목을 북북 쓸어 주었다.

"네 기분은 알지만 오늘은 그만 쉬자꾸나."

밤색 털에 윤기가 자르르 도는 이 건마健馬의 원주인은 한눈에도 졸부임을 알아볼 수 있는 배불뚝이 중늙은이였다. 호위 둘을 앞세우고 산책하듯 유람하듯 관도를 지나던 그에게 만애청의 출현은 날벼락 같은 일이었음이 분명했다. 제 다리로 걷는 일에 익숙하지 않은 졸부라도 호위 둘을 단번에 날려 버린 무시무시한 강도 앞에서 말고삐를 붙들고 버틸 용기는 없었을 테니까.

다만, 좋은 혈통에도 불구하고 주인을 잘못 만난 탓에 뻗치는 힘을 마음껏 발산해 보지 못한 말에게는 강도의 출현이 못내 기뻤나 보다. 낯가림을 하지 않은 것은 물론이거니와, 애써 재촉하지도 않았건만 백 리에 가까운 장도를 뛰는 듯 나는 듯 주파했으니 말이다.

그래도 오늘은 이쯤에서 쉬는 편이 좋았다. '고양이 아빠'가 사는 야계野鷄까지는 아직 삼백 리가 넘게 남아 있었다. 밤을 도와 달려도 당도할 거리가 아닌 바에야 무리하게 진을 빼는 것은 현명하지 못했다. 싸움은 막 시작되었다. 조급해할 필요는 없었다.

주막에서 나온 늙수그레한 사내에게 말고삐를 내준 만애청은 얼굴 앞을 귀찮게 하는 날벌레들을 손사래로 쫓으며 안으로 들어갔다. 실내는 한산했다. 명승이라 할 만한 곳도 없는 산인 데다 시절도 편치 못하니 그럴 만도 했다. 손님이 든 식탁은 겨우 두 군데. 그나마 한 군데는 달랑 한 손님뿐이었다.

그 하나뿐인 손님을 본 만애청은 안쪽으로 향하던 걸음을 멈추었다. 그 손님이 식탁에 기대어 세워 둔 한 자루 강궁強弓을 알아보았기 때문이다. 몸체를 따라 뱀과 거북이를 새겨 놓은 저 강궁의 이름은 북천현무궁北天玄武弓. 만애청에게는 너무나도 익숙한 병기였다.

그런데 활고자 한쪽에 매달린 저 하얀 헝겊은 무엇을 의미하는 것일까? 만애청의 눈이 가늘어졌다.

"삼산 문하이시오?"

만애청이 말을 걸자 국수를 먹고 있던 손님이 젓가락질을 멈추고 고개를 들었다. 이십 대 초반의 나이. 까무잡잡한 얼굴에 동그란 눈이 영리한 느낌을 주는 청년이었다.

"그렇습니다만?"

몸을 일으키진 않았지만 오금과 장딴지에 힘을 주는 것을 보면 경계하는 기색이 역력했다. 만애청은 쓴웃음을 삼켰다. 한때는 삼산파의 후계자였던 그였다. 시간은 한 사람의 존재감을 이토록 철저히 지워 버린 것이었다.

"요극了克 장로께선 쾌차하셨소?"

만애청의 말에 청년의 눈이 반짝였다.

"장로님을 아십니까?"

"예전에 몇 번 신세를 진 적이 있소. 산에서 낙상하셨다는 소문을 듣고 걱정하던 참인데, 지금은 어떠신지 궁금하구려."

죽는 쪽이 차라리 나은 고약한 늙은이들만 우글거리는 삼산파 장로원에서 요극은 드물게도 괜찮은 인물이었다. 비록 문파의 대사를 결정할 수 있는 삼대장로에는 들지 못하지만 아랫사람들로부터 얻는 신망은 누구보다 두터웠다. 만애청이 요극의 이름을 입에 담자 청년의 경계심이 눈에 띄게 누그러졌다.

"장로님께선 많이 나아지셨습니다. 조선에서 구한 인삼이 큰일을 했지요. 의원 말로는 한두 달 내에 예전처럼 왕성해지실 거라 하더군요."

"그렇다니 다행이오. 유주幽州에서 온 왕청王晴이라고 하오."

만애청은 청년을 향해 주먹을 모으며 적당한 이름을 만들어 냈다. 청년도 황급히 포권하며 이름을 밝혔다.

"왕 대형이셨군요. 소제는 삼산파의 타특리지打特利智라고 합니다."

얼핏 듣기에도 한족의 이름은 아니었다. 하지만 만애청은 이를 이상히 여기지 않았다. 삼산파는 한족 중심으로 구성된 관내關內의 문파들과 달리 여진인이나 거란인, 심지어는 해동의 조선인까지도 문도로 받아들이기를 꺼리지 않았다. 지리적인 불리함에도 불구하고 인재가 풍성했던 이유도 거기에 있었다.

"삼산쌍영三山雙英, 두 분 소협께서도 무양하신지?"

"물론입니다. 두 분 사형 모두 중추절에 있을 대회에 대비하여 외부 출입을 삼가며 심신을 정히 다듬고 계시지요."

삼산쌍영이라면 삼산파 장문인인 무적궁 상관욱의 두 제자, 검연과 융비를 함께 칭하는 말이었다. 그 두 사람은 쌍영이라는 별호에 걸맞게 관동 일대에서는 가장 뛰어난 기재로 꼽혔다.

"한데 문파 내에 상사라도 생겼소이까?"

만애청은 북천현무궁의 활고자에 매달린 하얀 헝겊을 슬쩍 돌아보며 궁금히 여기던 점을 물어보았다. 타특리지의 얼굴에 그늘이 깔렸다.

"모르셨나 보군요. 폐파의 장문인께서 열흘 전 운명하셨습니다."

만애청은 어금니를 깨물었다. 사부가 송장과 다름없는 신세로 연명 중이라는 얘기는 이미 들은 바였다. 그래서 처음 저 헝겊을 보았을 때 '혹시?' 하는 생각을 떠올리지 않은 것도 아니었다. 그럼에도, 사부의 부음이 가져온 충격은 컸다. 스스로도 놀랄 만큼.

"사문의 큰 어른을 떠나보내신 슬픔, 얼마나 크겠소이까."

만애청은 타특리지를 향해 깊이 허리를 숙였다. 그 기색이 예사롭지 않다 여겼는지 얼른 자리에서 일어선 타특리지가 만애청에게 정중히 답례했다.

"폐파의 사정에 이토록 관심을 보내 주시니 얼마나 감사한지 모르겠습니다. 제가 이번에 사문을 나선 것도 선장문인의 부음을 강호의 동도들께 알리기 위함이지요."

허리를 편 만애청의 눈가는 조금 붉어져 있었다.

"식사하시는 데 공연히 방해를 한 거나 아닌지 모르겠소."

"무슨 황송한 말씀을! 오는 중추절에 새로운 장문인을 뽑는 대회가 삼산에서 열립니다. 바쁘신 일이 없다면 왕 대형께서도 꼭 참석해 주시기 바랍니다."

만애청은 가타부타 대답 대신 가벼운 목례를 보낸 뒤 안쪽의 빈자리로 걸음을 옮겼다. 그가 자리를 잡자 아까 말고삐를 받아 든 중늙은이가 다가와 주문을 받았다. 입에서 나오는 대로 대충 주문하여 중늙은이를 돌려보내고, 주막의 낡은 천장에 망연한 눈길을 주었다. 사부의 부음이 이토록 마음을 어지럽힐 줄은 몰랐다. 삼산파와 관련된 모든 일들을 마음속에서 지워 버렸노라 믿어 왔건만.

만애청은 시선을 천천히 내렸다. 식탁 위에 아무렇게나 올려 둔 흉터투성이 두 손이 눈에 들어왔다. 쓰디쓴 미소가 입가에 떠올랐다. 사부가 허락하지 않을까 봐 편지 한 장만을 남기고 사문을 떠난 뒤 떠올리기조차 싫은 팔 년의 고련 끝에 얻은 손이었다. 그렇게 얻은 무공이었다. 그리고 다시 사문으로 돌아왔을 때……

으드득.

만애청은 두 손을 우악스럽게 움켜쥐었다. 여간해서는 뜻대로 움직여 주지 않던 세 손가락도 이번만큼은 그의 감정에 반응해 주었다.

팔 년 만의 귀환은 전혀 즐겁지 않았다. 그녀가 자신의 사랑을 저버리고 검연과 관계를 가졌다는 사실은 그에게 있어서 분노보다는 슬픔으로 닥쳐들었다. 하지만 검연이 그녀의 사랑을 저버리고 태산검문泰山劍門의 여식을 신부로 맞이했다는 사실은 그에게 있어서 오직 분노일 수밖에 없었다. 그리고 모든 사실을 알고도 방관만

한 사부의 처사는 그에게 있어서 슬픔인 동시에 분노였다. 태산검문이란 데가 사부에게는 그토록 탐나는 존재였을까?

그날, 삼산파는 잔치 분위기로 흥청거리고 있었다. 아무나 붙잡고 물어보니 검연과 태산검문의 여식 사이에서 아들이 태어났다고 했다. 모두들 기뻐하고 있었다. 그 분위기가 얼마나 흥겨웠던지 온 세상 사람들이 기뻐하는 게 아닌가 하는 생각마저 들 정도였다. 만애청 본인과 세상 어딘가에서 반드시 비참해져 있을 그녀를 제외한 모든 사람들이.

만애청은 참을 수 없었다.

아득한 북방의 외딴 계곡에서 팔 년의 세월을 바친 무공이, 손바닥이 찢기고 손등이 갈라지는 고통을 이겨 내며 연성한 무적의 장법이, 만애청의 육신을 빌려 한 갑자 만에 세상에 모습을 드러냈다.

우르릉!

하늘이 뒤집어지는 폭음과 함께 연회장 가장자리를 받친 한 아름 기둥이 수수깡처럼 부러져 나갔다. 사십 명이 둘러앉을 수 있는 튼튼한 식탁이 코끼리 떼가 밟고 지나간 것처럼 폭삭 주저앉았다.

경악에 물든 사람들의 얼굴을 뒤로한 채 만애청은 주석主席을 향해 성큼성큼 걸어갔다. 검연의 얼굴, 그녀를 유혹하는 데 쓰였을 빤질빤질한 그 얼굴에 공포의 그림자가 떠오르는 것이 보였다.

'사, 사형, 살려 주세요.'

과거에도 검연은 만애청에게 저렇게 애원한 적이 있었다. 당시 소년이었던 녀석은 칡넝쿨 하나를 붙든 채 매달려 있었고, 그 밑으로는 백 장 높이의 허방이 아스라이 떨어져 내리고 있었다. 만애청은 사냥 중 실족한 사제가 추락사하도록 놔두고 싶지 않았다. 위험을 무릅쓰고 벼랑 턱 아래로 내려가 있는 힘껏 오른팔을 뻗었다.

그때 녀석이 어떻게 했더라?

자신에게 내밀어진 사형의 오른손을, 궁수에게는 생명과도 같은 오른손 세 손가락을 어떻게 했더라?

만애청은 그 오른손을 번쩍 치켜올렸다.

손가락 세 개를 거의 잃다시피 한 그에게 사모님은 간절히 말씀하셨다.

'둘째가 많이 뉘우치고 있단다. 그때는 너무 무서워서 제정신이 아니었다고 몇 번이나 말하더구나. 그러니 첫째야, 둘째를 용서해 주려무나. 내가 이렇게 부탁하마.'

사모님의 당부는 도저히 거절할 수 없었다. 그래서 녀석을 용서해 주었다. 하지만 그 사모님은 이미 팔 년 전 돌아가시지 않았던가?

이번에는 용서치 않겠다!

이번에는 용서치 않겠다!

만애청은 치켜든 오른손을 검연의 얼굴에 내리치려 했다.

그때 만애청의 가슴에서 핏물이 솟구쳤다…….

만애청은 자신의 가슴팍을 내려다보았다. 옷깃 사이로 보이는 철판 같은 가슴 위에는 검붉은 반점 하나가 칼로 새긴 듯 또렷이 찍혀 있었다. 그의 눈가가 가늘게 떨렸다.

그날, 만애청은 자신의 가슴에서 솟구치는 피를 망연히 내려다볼 수밖에 없었다. 딴딴한 근육을 뚫고, 갈비뼈 두 대를 쪼개고, 허파에까지 이른 깊은 상처는 삼산파의 장문영부와도 같은 무시천궁無矢天弓이 남긴 작품이었다. 무시천궁으로 이토록 위력적인 무형전無形箭을 쏠 수 있는 사람은 오직 사부뿐이었다. 그리고 주석 뒤편에서 자신을 노려보고 있는 사부의 무서운 눈을 보았을 때, 만애청은 자신의 짐작이 틀리지 않았음을 알 수 있었다.

　검연이 재빨리 몸을 물리더니 주변을 향해 외쳤다.

'무엇 하느냐! 저 반역도를 당장 죽여라!'

　돌변한 검연의 기세도 놀랍거니와, 녀석이 한 말은 더욱 놀라웠다. 사부의 허락 없이 장기간 사문을 떠나 있었던 것이 잘한 일은 아니지만, 그래도 반역도로까지 몰렸으리라고는 생각지 못했다. 그래서 사부가 무형전을 쏜 것일까? 단순히 이 잔치를 망친 데 대한 벌이 아니라 반역도를 죽이기 위해서?

　우두커니 선 채로 피를 흘리고 있는 만애청을 향해 개떼처럼 달려드는 사람들.

　아는 얼굴보다 모르는 얼굴이 더 많았지만 만애청은 그들과 싸울 수 없었다. 삼산파는 그를 길러 준 곳이었고, 아는 얼굴이든 모르는 얼굴이든 삼산파의 제자인 이상 그에게는 동문인 셈이었다. 사문의 마당에 동문의 피를 뿌릴 수는 없었다. 그때 만애청이 할 수 있는 유일한 일은 다친 육신을 겨우겨우 수습하며 달아나는 것뿐이었다.

그길로 국경을 넘어 중원으로 들어왔고, 이후 삼산파가 있는 요동 방면은 돌아보지도 않으려 했다. 검연이 그날 외친 '반역도'라는 말은 사부의 무형전이 새겨 놓은 상처만큼이나 오랫동안 그를 괴롭혔지만, 그에게는 더욱 중요한 일이 있었다. 삼산파에서 사라진 그녀를 찾아내는 일. 그는 포기를 모르는 사냥개처럼 그녀의 자취를 더듬었고, 마침내 그녀를 찾아내는 데 성공했다.

그녀와 다시 만났다!

만애청은 비로소 행복해졌고, 너그러워지기도 했다. 그녀를 다시 만난 이상 다른 것들은 얼마든지 흘려버릴 수 있을 것 같았다. 삼산파도, 검연도, 사부도.

하지만……

"식사가 나왔습니다."

곁에서 들린 소리에 문득 고개를 들어 보니 중늙은이가 탁자 위에 음식을 내려놓고 있었다. 김이 펄펄 나는 우육면과 소채 한 접시. 그것들을 물끄러미 바라보노라니 당시 사부의 심정을 이해할 수도 있겠다는 생각이 들었다.

비록 몇 년 새 눈에 띄게 쇠퇴했다고는 하지만 철검선생鐵劍先生 이대창李大昌이 건재할 당시에는 누구도 태산검문을 무시하지 못했다. 이대창으로 말하자면 강북제일인 흑삼객마저도 청년 시절 우상으로 여겼다던 일세의 검호劍豪였다. 그런 인물이 이끌던 태산검문은 천하를 발아래로 굽어보던, 이름 그대로 강호의 태산이었다.

사부는 모든 것들을 최대한 이용했다. 강호를 진동하는 이대창의 명성, 강북 땅 구석구석 뿌리내린 태산검문의 세력, 그리고 그것들

58

로부터 파생되는 시시콜콜한 실리까지도. 그럼으로써 변방의 군소 문파에 불과하던 삼산파를 관동 제일의 문파로 키울 수 있었다.

생각이 여기에 미치자, 검연의 행동도 이해할 수 있게 되었다. 어릴 적부터 욕심이 많던 녀석이었다. 욕심을 잘 치장하여 장부의 포부처럼 보이게 만드는 재주도 가진 녀석이었다. 그리고 욕심을 달성하기 위해 윤리를 저버릴 수 있는 독심마저 품은 녀석이었다. 그런 녀석인 만큼 태산검문처럼 힘 있는 처가를 둘 기회를 놓치고 싶지 않았을 것이다.

그리고 그들에게 감사하는 마음도 들었다. 덕분에 그녀 곁에 머물 수 있게 되었으니까.

그녀 곁에…….

만애청은 어지럽던 마음이 거짓말처럼 정리되는 것을 느꼈다.

그녀 곁에 머물 수 있다는 것. 만애청에게 있어서 이보다 중요한 일이 또 있을까? 취아숙에서 그녀와 그녀의 아이를 바라보며 지낸 삼 년은 그의 인생에서 가장 행복한 시간이었다. 그런데 지금 누군가 그 행복을 깨뜨리려 하고 있었다.

만애청의 눈알이 번득였다.

누구도 그 행복을 깨뜨리지는 못할 것이다!

6월 23일

———— ✕ ————

　계염무桂廉戊는 아침 식사를 중요시하는 사람이었다. 아침에는 기름진 음식을 피하는 것이 중국인들의 보편적인 식습관이지만, 그는 그런 통설에 괘념치 않았다.

　오늘 아침상에 올라온 광동식 오리찜은 맛깔스러운 양념이 속살까지 잘 배어 그의 위장과 마음을 동시에 만족시켜 주었다. 식사를 다 마치기까지 다른 사람들의 두 배에 가까운 시간을 소비한 그는, 시비가 내온 진귀한 차로 식후의 포만감을 만끽했다. 무장을 한 남자 하나가 내실로 들어온 것은 그가 차 한 주전자를 거의 비울 무렵이었다.

　"아침부터 무슨 일인가?"

　계염무는 찻잔을 내려놓으며 남자에게 물었다. 푸른 전포戰袍 차림에 사자의 갈기처럼 곤두선 구레나룻이 몹시도 용맹스러워 보이는 그 남자의 이름은 육술陸述. 이십 년 가까운 군문 경력의 대부분을 계염무의 휘하에서 보낸 심복 중의 심복이라고 할 수 있었다.

"장춘長春의 악이출哪爾出 대인이 방담을 청했습니다."

육술의 대답에 계염무는 고개를 갸웃거렸다.

"그 오랑캐가?"

천하제일관이라고도 불리는 산해관의 총병總兵 계염무와 장춘의 거부 악이출은 민족을 초월하는 교분을 나누는 사이로 알려져 있었다. 그러나 이는 어디까지나 겉보기일 뿐. 세간에는 악이출이 마음 내킬 때면 계염무를 찾아와 환담을 나누다 가는 것으로 알려져 있지만, 모든 방문의 이면에는 드러나지 않은 의도가 감춰져 있었다.

"들여보내게."

잠시 후 화려한 비단옷을 입은 초로의 사내가 내실에 들어왔다. 계염무는 호피 깔린 의자에 파묻었던 비대한 몸을 일으키며 양팔을 활짝 벌렸다.

"어서 오시오, 대인."

산해관 총병으로부터 환대를 받은 초로의 사내, 악이출은 두 팔을 소매 속으로 집어넣으며 공손히 허리를 굽혔다. 그러자 뒷머리만 남긴 변발이 활짝 드러났다.

"사평부四平府의 일이 늦어지는 바람에 그간 찾아뵙지 못했습니다."

"그러셨군요. 자, 이리로."

계염무는 악이출의 소매를 잡아 다탁으로 인도했다. 악이출은 의자에 앉기 전 소매 속에서 자그마한 상자 하나를 꺼내 놓았다.

"사평부에서 구한 물건입니다. 약소하나마 그간 적조했던 과실을 이것으로 감해 볼까 합니다."

계염무의 실눈 속으로 기광이 스쳐 갔다.

"허허, 또 이런 것을. 대인께서 자꾸 이러시니 본관이 수뢰를 일삼는 탐관 소리를 듣는 게 아니오."

"일단 열어 보시지요."

상자 안에서 나온 물건은 가장자리를 청옥으로 장식한 것 외에는 특별한 게 없는 자그마한 향로였다. 악이출이 빙긋 웃으며 말했다.

"싸구려라고 할 수는 없는 물건입니다만, 뇌물이라고 하기에는 대장군께서 앉으신 자리가 너무도 존귀할 겁니다."

그럴 것이다. 산해관은 말 그대로 천하제일의 관문. 산해관 총병이라면 동북 지방의 육상 무역에 결정적인 영향력을 행사할 수 있는 자리였다. 옥으로 장식한 향로 하나가 뇌물이 되기엔 계염무의 지위가 너무도 높은 것이다.

계염무는 껄껄 웃더니 향로를 다탁 구석으로 밀어 두었다.

"그래, 이번에 가신 일은 어찌 되었소?"

"그쪽 사람들이 얼마나 짜게 구는지 손해만 잔뜩 보았습니다."

"장사꾼이 손해 보았다는 말처럼 믿을 수 없는 소리도 없다던데?"

"하하, 믿으라고 드린 말씀은 아니었습니다."

악이출이 돌아가기까지 반 시진 동안 이어진 것은 귀담아 둘 만한 데가 별로 없는 일상의 한담들에 불과했다.

손님을 내실 문까지 배웅하고 돌아와 다탁 앞에 다시 앉은 계염무는 지난 반 시진 동안 눈길 한번 주지 않은 향로를 바라보았다. 혈색 좋은 입술 위에 기묘한 미소를 짓더니, 향로의 뚜껑을 열고 그 안에서 손가락 길이로 돌돌 말린 종이를 꺼냈다. 통통한 손가락을 놀려 종이를 펼친 다음 그 위에 적힌 글을 읽어 내려가는 산해관 총병의 눈에 호기심이 어리기 시작했다.

　산해관에서 남쪽으로 십 리쯤 떨어진 바닷가엔 영해성寧海城이라는 이름의 자그마한 관성關城이 자리 잡고 있었다. 계염무가 그 영해성의 성문 안으로 들어선 것은 한낮의 후끈한 열기도 한풀 꺾인 유시酉時(오후 여섯 시 전후) 초였다.

　계염무로 말할 것 같으면 이 일대에 주둔한 팔만 오천 정병을 지휘하는 총병인 동시에 천자로부터 정로대장군征虜大將軍의 인끈을 하사받은 군부의 거물이었다. 그런 거물이 납시었으니 영해성을 관장하는 진장鎭將은 극존의 예로 맞이해야 마땅할 터이나, 그가 성문 안으로 들어설 때에는 그 흔한 취라 소리 한번 울리지 않았다. 인파에 섞여 움직이는 평복 차림의 풍보를 눈여겨볼 만큼 세심한 수문관은 찾기 힘든 탓이었다. 덕분에 계염무는 누구에게도 방해받지 않는 호젓한 저녁 시간을 누릴 수 있었다.

　계염무는 고비정古碑亭이라는 이름의 정자에 올라 난간 너머로 펼쳐진 발해의 검푸른 물결에 시선을 주었다. 몇몇 사람이 오고 또 떠나기를 반복하더니, 땅거미가 내릴 즈음이 되자 정자 위에는 그 혼자만이 머물게 되었다.

　노을로 물든 바다를 바라보던 계염무가 불쑥 입을 열었다.

　"왔는가?"

　누군가가 대답했다.

　"예."

　언제 올라온 것인지 계염무의 뒤쪽에는 허름한 마의를 걸친 초로인 하나가 서 있었다. 나이는 오십 전후, 길을 가다 몇 번이고 마주쳐도 기억 못 할 것 같은 평범한 외모의 소유자였다. 특이한 점이 있다면 인지와 중지, 두 손가락이 잘려 나간 왼손 정도랄까.

계염무는 시선을 발해 바다 위에 둔 채 다시 물었다.

"황태극皇太極(홍타이지)에 대해 어떻게 생각하는가?"

초로인은 오래 생각지 않고 대답했다.

"새끼 호랑이라고 생각합니다."

"황태극의 부친은 노아합적奴兒哈赤(누르하치)이지. 하면 노아합적이 호랑이란 말인가?"

"노아합적은 아무리 높이 쳐 줘도 늑대 이상은 못 되겠지요."

계염무가 짧게 웃었다.

"늑대가 호랑이를 낳았다는 뜻이군."

"개가 호랑이를 부리는 세상인데, 늑대가 호랑이를 낳는 것이 무에 이상하겠습니까."

초로인의 말에 계염무가 그를 향해 천천히 몸을 돌렸다.

"제국의 천자를 개에 비유하다니, 구족을 멸할 놈이 아닌가."

이렇게 질책하면서도 계염무는 입가에 어린 웃음기를 지우지 않았다. 왜냐하면 그 개 같은 천자에게 부림을 받는 호랑이가 자신을 지칭한다는 것을 알기 때문이었다.

"다른 건 몰라도 황태극이 새끼 호랑이라는 점에 대해서는 동의하지 않을 수 없군. 아니, 어쩌면 이미 다 자란 호랑이일지도 모르지. 단지 늑대가 아직 살아 있는 탓에 산의 주인이 되지 못했을 뿐."

여진족의 대족장으로서 이미 여러 해 전 만주국을 세워 왕을 참칭해 온 노아합적에게는 여러 명의 아들이 있었는데, 그중 가장 야심 많고 영리하다고 알려진 인물이 바로 황태극이었다. 산해관 총

64

병인 계염무에게 악이출이라는 장사치를 보내 교통을 시도해 온 인물 또한 그였으니, 이제 갓 약관이 된 이가 드러내기 시작한 수완이 실로 대단하다 할 터였다.

초로인의 말처럼, 오래전 멸망한 금나라의 적통을 자처하는 노아합적에게는 확실히 호랑이가 되지 못할 한계가 엿보였다. 하지만 황태극은 헛된 명분에 목매는 부친과는 여러 면에서 달랐다. 계산적이고 실리를 중시할 뿐만 아니라, 오래 생각하고 빠르게 추진하는 병가兵家의 묘리까지도 일찍감치 터득하고 있었다. 그래서 계염무는 종종 생각했다. 노아합적이 앉아 있는 자리에 황태극이 오르는 날, 제국의 운명은 심각한 위기를 맞이하게 될 거라고.

초로인이 물었다.

"갑자기 오랑캐들의 이야기를 꺼내시는 이유가 무엇인지 궁금합니다."

계염무는 대답 대신 긴 소매 속에서 빼낸 손가락을 가볍게 튕겼다. 손가락 사이에 끼워져 있던 작은 종이 두루마리가 초로인에게로 사뿐히 날아갔다.

"오늘 아침 악이출이 가져온 밀서다."

초로인은 두루마리를 펼쳐 두 번 거듭하여 읽은 다음 계염무를 바라보았다. 계염무가 고개를 작게 끄떡이자 두루마리는 초로인의 손안에서 가루가 되어 흩어졌다.

"모르는 이름들이 있는데 누군지 가르쳐 줄 만한 사람이 없더군. 대놓고 물을 수도 없는 노릇이고 말이지."

"무영충巫永忠과 이환李桓을 두고 하시는 말씀 같군요."

"맞아. 그자들이 누군가?"

"무영충은 삼산파의, 아, 삼산파는 관문 동쪽에서 제법 이름을 떨치는……."

"삼산파라면 나도 알아. 요즘 황태극이 눈독 들이는 곳이지."

"예. 바로 그 삼산파의 장로 중 한 명입니다. 얼마 전 죽은 장문인과 사형제 간이라고 알고 있습니다."

"장로라면 삼대장로 중 한 명인가?"

황태극이 눈독 들인 곳이기에 따로 조사해 본 적이 있었다. 덕분에 이렇게 구체적으로 질문할 수 있는 것이고.

계염무의 질문에 초로인이 고개를 저었다.

"그건 아닙니다. 삼대장로 자리는 이십 년이 넘도록 불변이었으니까요."

"그렇다면 이름만 장로지 허수아비나 다름없는 신세겠군."

"그렇습니다. 때문에 무영충의 입장에서는 지나치게 장수하는 늙은이들이 몹시 원망스러울 겁니다."

흔히 장수는 하늘이 내린 축복이라고들 하지만, 장수의 주체가 누구냐에 따라 축복의 범주는 크게 달라진다. 장수해서는 곤란한 자가 장수하는 것은 주변 사람들에게는 물론 세상 전체에도 결코 축복이 될 수 없었다.

초로인이 목소리를 조금 낮춰 말했다.

"무영충은 허수아비라고 봐도 무방하지만 이환이라는 자는 그렇지 않습니다."

"왜?"

"태산검문의 현 문주니까요."

태산검문이라면 따로 조사하지 않고도 웬만큼은 알 정도로 유명한 문파였다. 강호는 물론 군문에까지 쟁쟁한 명성을 떨쳤던 철검선생 이대창이 작고한 뒤로 그 아들 되는 인물이 문파를 이어받았다는데⋯⋯. 계염무의 실눈이 더욱 가늘어졌다.

"하면 그 이환이 태산검룡泰山劍龍 이환?"

"맞습니다."

"이런, 분명 들어 본 이름인데도 이리 가물가물한 걸 보면 나도 이젠 늙은 게 분명해."

계염무는 과장스럽게 이마를 두드렸고, 초로인은 빙긋 웃기만 했다.

"한데 황태극은 삼산파의 허수아비 장로와 태산검문의 젊은 문주에게 왜 주목하는 거지? 관내에서 그들이 벌이는 일에 대해 알아봐 달라는데, 과연 내가 나설 만한 가치가 있는 자들일까?"

초로인이 웃음을 지우며 말했다.

"만일 밀서에 적힌 이름이 그 둘뿐이라면 대장군께서 나서실 가치가 없다고 말씀드렸을 겁니다. 하지만 그들의 이름 앞에는 다른 이름이 하나 더 있지 않습니까."

계염무의 살진 볼이 실룩거렸다. 그런 다음 흘러나온 이름은⋯⋯.

"도언화陶彦華."

"그렇습니다. 천자의 부마이자 동북순무사東北巡撫使인 도언화의 이름이 그들의 이름 앞에 언급된 이상, 이번 일이 강호의 문제로만 국한되지 않는다는 것이 제 생각입니다."

동북 지방의 병권을 움켜쥔 계염무에게는 중앙 관리로서 지방 군부의 감찰권을 가진 순무사의 존재가 껄끄러울 수밖에 없었다. 그 순무사가 부마로서는 드물게 조정 내에서 만만치 않은 영향력을 행사하는 신흥 권력자라면 더욱더.

"그러하다면……."

계염무는 말끝을 길게 늘이며 허리를 펴 올렸다. 그러고는 눈앞에 서 있는 평범한 외모의 초로인을 지그시 바라보았다. 초로인이 계염무를 향해 허리를 숙였다.

"저를 부르신 이유를 이제 알겠습니다."

계염무가 물었다.

"할 수 있겠는가?"

초로인은 허리를 숙인 채 아무 말도 하지 않았지만, 그것이 어떤 말보다 자신감에 찬 대답임을 계염무는 모르지 않았다.

그리하여, 본명 대신 대황大黃이라는 가명으로 십 년간 숨어 살아온 희대의 마두를 뒤로하고 계단을 내려가는 계염무는 정자를 오를 때와 달리 홀가분한 기분을 느낄 수 있었다.

히이힝!

방문 밖에서 말 울음소리가 들린 것은 타립마朵立磨가 매운 양념에 비빈 국수에다 젓가락을 막 찔러 넣으려 할 때였다.

"이런 젠장!"

타립마는 젓가락을 팽개치다시피 내려놓고 방 안을 둘러보았다. 아니나 다를까.

끼야야옹! 미이야오오오!

벽 가에 늘어선 나무 우리들 속에서 어금니를 시큰하게 만드는 울음소리가 연달아 터져 나오기 시작했다. 타립마는 묘부猫父, 즉 고양이 아빠라고 불릴 정도로 고양이를 많이 키우고 있었다. 때마침 발정기에 들어간 고양이들이 집 밖에서 울린 말 울음소리에 일제히 동요한 것이었다.

"어떤 우라질 새끼가 감히……."

집 가까이 말을 끌고 온 것만으로도 충분히 짜증 나는 일인데, 심지어 말을 탄 채로 마당 안까지 들어오다니. 타립마는 식탁으로 쓰는 빈 우리를 거칠게 밀치고 일어나 방문을 왈칵 열어젖혔다. 하지만 말 등에서 내리는 마의 남자를 본 순간 욕설이 목구멍 아래로 쑥 들어가고 말았다. 뽀얀 흙먼지를 뒤집어쓴 그 남자는 바로 만애청이었다.

"오랜만이야."

말고삐를 집 기둥에 대충 묶은 만애청이 타립마를 향해 무뚝뚝한 한마디를 뱉고는 성큼성큼 걸어온다. 타립마는 방문 앞에 서 있는 자신을 밀치듯 지나쳐 방 안으로 들어가는 불청객을 멍하니 지켜볼 수밖에 없었다.

꾹 다물려 있던 타립마의 입이 열린 것은 불청객이 자신 몫의 비빔국수를 말끔히 먹어 치운 뒤였다.

"왜 왔어?"

"좀 맵군. 회족식인가?"

삼 년 만에 꺼낸 첫말이 무참하게 무시당했다. 타립마의 올 성근 눈썹이 신경질적으로 곤두섰다.

"조선식이야. 왜 왔냐니까?"

이번에는 대답이 돌아왔다. 손목을 동인 가죽 투수로 입가를 닦은 만애청이 두 다리를 방바닥 위로 쭉 뻗으면서 말했다.

"가져갈 게 있어서."

빌려 가는 것도 아니고 얻어 가는 것도 아닌, 가져갈 거란다. 이 집에 제 물건이 뭐가 있다고?

"뭔데?"

"별거 아니야."

그러고는 주절주절 풀어놓는 품목들을 다 듣고서, 타립마는 방바닥이 꺼져라 한숨을 내쉬었다.

"그게 별거 아니라고?"

"시간 없어. 빨리 준비해 줘."

만애청이 깍지 낀 손을 베개 삼아 벌렁 드러누웠다. 그러면서 툭 던진 한마디가 타립마의 속을 또 한 번 뒤집어 놓았다.

"청소 좀 하고 살지그래. 고양이털이 이리 날려서야, 원."

타립마는 아무 죄 없는 천장을 한동안 노려보다가 벌떡 일어나서 벽에 걸린 팔소매 없는 갖옷을 걸쳐 입었다. 방문을 열고 나가려다가 뒤를 홱 돌아보며 차갑게 말했다.

"네게 진 빚은 이걸로 갚은 거다."

만애청에게선 아무 대답도 나오지 않았다. 그새 잠들어 버렸기 때문이다.

타립마가 돌아온 것은 저녁때가 훨씬 지나서였다.

"기죽祁竹 열여섯 간."

와다닥.

길이 열 자에 직경이 반 뼘쯤 되는 대나무 장대들이 요란한 소리를 내며 방바닥에 쏟아졌다.

"곽궁郭弓 여덟 정, 화살 일백 대."

털썩.

삼베 천으로 둘둘 감싼 보따리가 둔중한 소리와 함께 던져졌다.

"그리고 흑색화약 열 근."

기름종이로 포장한 네모난 덩어리는 앞의 물건들과 달리 조심스럽게 놓았다.

타립마가 내려놓은 물건들을 뒤적거리던 만애청이 눈썹을 찌푸렸다.

"묘갈독苗蝎毒하고 봉침棒針은?"

"봉침은 여기 있어. 서까래로 쓰려던 가래나무로 만들었으니까 쇠침만큼 단단할 거야."

타립마는 길쭉한 대나무 통을 만애청에게 던졌다.

"하지만 묘갈독은 구할 수 없었어."

맥이 약간 풀린 타립마의 말에 만애청이 또 한 번 눈썹을 찌푸렸다.

"소토노번小吐奴番에서 구하지 못하는 물건도 있나?"

이 야계의 다른 이름인 소토노번에는 동북 지역에 정착한 여러 민족 중에서도 소수라 할 수 있는 회족이 모여 살고 있었다. 회족은 천산북로를 통한 무역을 천직으로 삼는 상인 민족. 소토노번에서 구하지 못하는 물건은 세상 어디에서도 구할 수 없다는 말이 나온 이유이기도 했다. 그리고 타립마는 빈약해 보이는 외양과 달리 소토노번의 촌장이었다.

"여기를 무슨 요술단지처럼 여기는 모양이지?"

타립마는 구시렁거리며 벽장을 열었다. 벽장 안에는 약방에서 흔히 볼 수 있는 약장이 이중으로 설치되어 있었다. 약장에 달린 서랍 중 하나를 연 타립마가 주먹만 한 봉지를 꺼내어 만애청에게 던졌다.

"해남도의 해파리로부터 얻은 독이다. 즉효성이고, 고통이 지독하다는 점에서는 묘갈독과 별 차이 없을 거야."

봉지에 코를 대고 킁킁 냄새를 맡던 만애청이 고개를 갸웃거렸다.

"해파리 독이라기에 비린내가 날 줄 알았는데…….."

"비린내? 바보냐?"

코웃음을 친 타립마는 방바닥에 주저앉으며 투덜거렸다.

"젠장, 이렇게 귀찮게 굴 줄 알았다면 그때 네 도움을 받지 않았을 거야."

만애청이 빙긋 웃었다. 이 집에 들어선 뒤 처음으로 짓는 웃음이었다.

"앞으로는 귀찮게 굴지 않을게. 약속하지."

"당연하지!"

신경질적으로 쏘아붙이는 타립마에게 만애청이 은근한 목소리로 덧붙였다.

"두 가지만 빼고."

"두 가지?"

"그래, 두 가지."

타립마의 귀밑이 실룩거렸다.

"뭔데?"

"설묘雪猫를 줘."

"컥!"

만애청의 목소리가 낮아진 반면, 타립마의 입에서는 숨넘어가는 소리가 터져 나왔다.

"미친놈! 내가 허락할 것 같아?"

"그놈 이름이 비춰였던가?"

타립마의 눈에 쌍심지가 돋았다. 도무지 이 인간은 남의 말을 듣는 것 같지가 않았다. 그저 제 할 말만 끝나면 그만이라는 듯. 지금도 그랬다.

"가진 게 육포밖에 없는데, 그놈이 싫어하지 않으면 좋겠군."

타립마는 한숨을 푹 내쉬었다. 비취라는 예쁜 이름을 붙여 준 설묘가 자식처럼 소중한 존재라도, 결국에는 저 날강도 같은 작자에게 내줄 수밖에 없다는 현실을 받아들인 것이다.

"웅묘산熊猫散도 필요하겠지?"

"당연한 거 아냐?"

타립마는 질책하듯 반문을 해 오는 만애청을 무섭게 노려보았다. 그러자 만애청의 얼굴에 참으로 드물게도 미안해하는 기색이 떠올랐다.

"그럴 만한 사정이 있다고."

타립마가 퉁명스럽게 말했다.

"그 사정, 들어나 보자."

만애청이 한숨을 쉬었다.

"누군가를 고문한다는 건 쉬운 일이 아니야."

"고문?"

"특히 이런 손가락으로는."

만애청은 오른손 무지와 인지와 중지를 들어 까닥여 보였다. 그 부자연스러운 움직임을 지켜보던 타립마가 조금 누그러진 목소리로 물었다.

"그래서 어떤 놈을 고문하는 대신 비취의 도움을 받겠다는 건가?"

"바로 그거지."

"네가 무슨 수작을 꾸미는지 알 바 아니지만……."

타립마는 방바닥에 수북하게 쌓여 있는 물건들을 둘러보았다.

"저걸로 끝날 일이 아니란 건가?"

"아마도."

타립마는 벽돌처럼 생긴 흑색화약을 집어 들었다.

"이거 한 방이면 이런 집 한 채가 흔적도 없이 날아가는데도?"

"알아."

"어디 문파라도 한 군데 작살낼 작정인가 보군."

만애청은 어깨를 슬쩍 으쓱거렸다.

"한 군데로 끝나길 바랄 뿐이야."

타립마는 만애청이 대체 누구를, 혹은 어디를 상대하려는지 궁금해졌다. 저 남자가 이런 식의 번잡한 사전 준비를 필요로 하지 않을 만큼 강하다는 점을 알기 때문이었다.

삼 년 전 천산사귀天山四鬼라는 자들이 야계로 찾아온 일이 있었다. 천산북로의 주인을 자처해 온 그 악당들은 과거 타립마와 그의 상단이 자신들에게 큰 손해를 끼쳤다면서, 동북 지방에 온 김에 그 대가를 받아 가겠다고 주장했다. 한마디로 개소리였지만 놈들에게는 개소리를 해도 될 만한 능력이 있었다.

순식간에 여러 사람이 죽었고, 타립마 또한 절체절명의 위기에 빠졌다. 만애청이 나타난 것은 그때였다. 청년 시절 이런저런 일로 만나 얼굴을 익힌 사이이기는 해도 친구라고 할 정도는 아니었고, 게다가 여러 해 모습을 보이지 않아서 그냥 잊혔구나 싶어 이쪽에서도 잊고 산 남자.

그 만애청이 타립마에게 물었다.

'살려 줄까?'

타립마는 대답했다.

'제발!'

그랬더니, 천산사귀를 때려죽여 버렸다.

타립마는 죽는 날까지 잊지 못할 것이다. 천산사귀에게 둘러싸인 만애청의 훤칠한 신형이 어느 순간 허깨비처럼 사라지고, 우르릉 꽈르릉 하늘이 무너지는 폭음과 함께 곤죽으로 으스러진 시체 네 구가 허공으로 훌훌 날아가던 광경을.

눈으로는 잡아낼 수 없는 귀신같은 신법과 천둥 같은 폭음을 동반한 패도적인 장법. 만애청은 청년 시절과는 비교도 안 될 만큼 강렬한 인상으로 타립마의 삶 속에 다시 발을 들여놓았던 것이다.

타립마는 음울하게 중얼거렸다.

"어떤 놈들인지는 몰라도 불쌍하게 됐군."

한동안 동북 지방 전체가 시끄러워질 것 같았다.

"무사히 돌려보낸다고만 약속하면, 그래, 비취를 빌려주지."

타립마의 말에 만애청이 심드렁하게 대꾸했다.

"고양이를 데려다줄 시간 같은 건 없어."

"비취는 그냥 고양이가 아니라 설묘라고, 설묘!"

하지만 이번에는 대꾸도 없이 기지개를 켜는 저 만애청에게 설묘라는 종種이 가진 놀라운 능력을 늘어놓는 것은 시간 낭비에 불과할 터였다. 타립마는 한숨을 푹 내쉬었다.

"데려다줄 필요 없어. 웅묘산이 다 날아가면 비취 혼자 알아서 돌아올 테니까. 부탁할 게 두 가지랬지? 남은 하나는 뭐야?"

만애청이 다시 한번 기지개를 크게 켰다. 거친 마의에 가려진 근육과 관절에서 우두둑거리는 소리가 음악처럼 울려 나왔다.

"하룻밤 재워 줘. 내일은 종일 달려야 하니까."

이제까지 해 달라고 한 것들에 비하면 부탁이라고 부를 수도 없을 만큼 간단한 일인데…….

만애청이 벽돌 모양의 흑색화약을 베개 삼아 몸을 눕히며 말했다.

"손님 잠자리가 이래서 쓰겠어? 청소 좀 부탁해, 주인 양반."

타립마의 얼굴이 또다시 일그러졌다.

6월 25일

———— ✖ ————

국일한이 차고 있던 금승위 위장의 영패는 진짜였다. 그를 만난 지 만으로 하루 반이 지난 지금, 황다영은 사하보沙河堡의 역참驛站에서 그 사실을 확인할 수 있었다.

"필요로 하시는 모든 방편을 제공하라는 지시가 내려왔습니다."

붉은 전립을 쓴 역참수졸驛站首卒이 공손한 어조로 말했다.

"그거 잘됐군."

국일한이 뻐기고 싶은 것을 참는 아이 같은 표정으로 황다영을 돌아보았다. 황다영은 저도 모르게 웃고 말았다.

"왜 웃소?"

"아무것도 아니에요."

"흐음."

국일한이 미심쩍어하는 눈길로 고개를 갸웃거리다가 이내 표정을 풀고 말했다.

"여기 돼지 내장탕이 유명하다던데, 조금 이르지만 점심부터 먹고 출발하는 게 어떻소?"

"저는 아무래도 상관없어요."

"아무래도가 아니라 내장탕이오, 내장탕. 공무건 사무건 다 먹고 살자고 하는 짓인데, 기왕이면 맛난 걸로 먹어야 하지 않겠소."

국일한이 역참수졸을 돌아보며 물었다.

"여기서 내장탕을 제일 잘하는 집이 어딘가?"

"큰길 맞은편, 금실로 쓴 주기를 걸어 놓은 집이 제일 잘합니다. 소인들 단골집이기도 하지요."

"현지인의 단골집이면 믿을 수 있지. 우리는 반 시진쯤 뒤에 돌아오겠네. 그때까지 튼튼한 마차를 준비해 놓게. 아, 마차를 몰 마부도 함께."

"분부대로 하겠습니다."

어째 역참수졸의 허리가 구부러지면 구부러질수록 국일한의 얼굴은 한층 더 의기양양해지는 것 같았다.

내장탕은 입에 안 맞았다. 내장 특유의 누린내가 강해 반 넘게 남겼다. 하지만 국일한은 그 누린내가 오히려 좋은지 바닥까지 닥닥 긁어 먹고는 황다영이 먹다 남긴 탕국 그릇을 힐끔거렸다. 허락만 떨어지면 당장이라도 제 앞으로 당겨 갈 눈치지만 황다영은 못 본 척 외면했다. 어쩌다 어울리게 된 동행, 식탁은 함께 할망정 그릇까지 함께 할 마음은 없었다.

거의 맨밥만으로 때운 점심은 마음에 들지 않았지만, 역참 앞에 대기하고 있는 마차는 마음에 들었다. 고급이라고 할 수는 없어도 크고 튼튼해 보였다. 기다란 횡목橫木에 매여 출발을 기다리는 두 필의 말도 마찬가지로 크고 튼튼해 보였고.

댓살을 엮어 만든 갈퀴로 말 등을 쓸어 주던 남자가 마차로 다가온 두 사람을 보더니 고개를 꾸벅 숙였다.

"장이張二라고 불러 주십시오. 이제부터 소인이 마부석에 앉겠습니다."

서북 사투리로 두 사람에게 인사하는 남자는 삼십 대 초중반 나이로 보였고, 마부치고는 무척 준수한 용모를 가지고 있었다.

"잘 부탁해요."

황다영은 품속에서 은화 한 닢을 꺼내 장이라는 마부에게 건네주었다. 마부는 함박웃음을 지으며 코가 땅에 닿도록 허리를 숙였다.

"아이고, 감사합니다!"

황다영이 몸을 돌려 마차 안으로 들어가는 사이, 국일한과 마부의 시선이 잠깐 마주쳤다. 마부의 눈썹꼬리가 아래로 말려 내려갔다. 마치 '재미 좀 보시겠구려'라고 말하듯이.

국일한은 쓰게 웃기만 했다.

만애청은 팽팽하게 당겨진 밧줄들을 하나하나 점검했다. 삼실로 단단히 꼰 밧줄은 그가 손가락을 튕길 때마다 팅, 팅, 경쾌한 반향과 함께 진동했다. 만애청은 곽궁의 발사각을 조정한 뒤 이마에 흐르는 땀을 닦았다. 그늘진 숲속이라도 유월 말의 날씨는 만만치 않았다. 땀에 젖어 살갗에 들러붙는 베옷이 성가시게 느껴졌다.

활 작업을 마친 만애청은 말안장에 꽂혀 있던 기다란 박도朴刀

를 꺼내 들고 더 깊은 숲으로 들어갔다. 작업한 것을 위장하기 위해서는 넓은 잎이 많이 달린 나뭇가지가 필요했다. 다행히 여름 숲은 울창했고, 필요한 나뭇가지들을 얻는 데는 칼질 몇 번으로 충분했다.

어젯밤부터 시작한 작업이 모두 끝난 것은 점심때를 훌쩍 넘긴 시간이었다.

저녁을 먹기에는 조금 이른 시간, 만애청이 말을 멈춘 곳은 동북 지역에서 손꼽힐 만큼 번화한 당산에서도 가장 화려한 동명루東明樓였다.

"어서 오십시오, 나리!"

얍삽하게 생긴 점소이가 달려 나와 만애청이 내미는 말고삐를 받아 들었다. 만애청이 동전 한 닢을 던져 주며 말했다.

"옥상아에게 안내하게."

점소이가 흠칫하더니 조심스럽게 물어 왔다.

"그녀와 술을 드시게요?"

"아니, 그녀와 잘 걸세."

점소이는 거침없이 말하는 만애청을 뜨악한 표정으로 쳐다보았다.

"얼굴로 말하자면 새로 온 추란秋蘭이 더 낫습니다. 나이도 더어리고요. 그리로 모시겠습니다."

"옥상아."

만애청은 단호하게 그 이름을 반복했다.

"그녀는 창기가 아닙니다."

"안내하게."

점소이는 난색을 지으며 손사래를 쳤다.

"아이고, 소인은 죽어도 그렇게 못 하겠습니다."

만애청은 전낭에서 작은 은덩이 하나를 꺼내 점소이의 손에 쥐여 준 뒤 목소리를 낮춰 말했다.

"굳이 안내할 필요도 없겠군. 그녀의 방이 어딘지만 알려 주면 돼. 그다음 곧장 오방도문으로 달려가도 상관하지 않겠네. 어떤 건달이 자네가 말리는 데도 듣지 않고 옥상아에게 들어갔다고 하면, 전대귀錢大貴도 자네를 책하지 않을 걸세."

점소이의 눈이 휘둥그레졌다. 외지인으로 보이는 손님이 옥상아의 무서운 기둥서방에 대해서도 훤히 알고 있다는 점에 놀란 눈치였다.

"소인은 절대 그럴 수 없습니다!"

점소이는 만애청의 제안을 당차게 거절했다. 그러나 말과 달리 점소이의 손가락은 만애청의 손바닥 위에 '동랑삼층東廊三層' 넉 자를 쓰고 있었다.

옥상아의 기둥서방이자 오방도문의 부문주이기도 한 전대귀는 지금 오방도문의 문주 갈홍석葛弘錫의 내실에서 술자리를 갖고 있었다.

손님으로 온 자가 술을 즐기지 않는다 하여 찻주전자와 술병이 나란히 놓이게 된 다소 이상한 술자리지만, 그럼에도 전대귀의 기분은 몹시 좋았다. 전임 부문주가 문주의 눈 밖에 나 쫓겨나고 뒤이어 부문주 자리에 오른 그였다. 그에게 내려진 첫 번째 임무는 당산에서 사나흘 거리에 있는 산골 마을에서 일곱 살짜리 사내아이 하나를 데려오는 일. 바깥바람 한번 쐬는 정도밖에 안 되는 소소한 일로 문주의 눈에 들게 된 것이 엄청난 행운처럼 여겨졌다.

"하루 이틀은 더 걸릴 줄 알았는데 생각보다 빨리 끝내 주었어."

오방도문의 문주 갈홍석이 염소수염이 돋아난 하관에 연신 웃음을 지으며 전대귀의 술잔을 가득 채워 주었다. 전대귀의 눈에는 술잔 밖으로 넘쳐흐르는 것이 술이 아니라 문주의 신임처럼 보였다.

"감사합니다."

깍듯하게 사례하고 술잔을 단숨에 비워 냈다.

"우리 부문주, 일 처리만 시원시원한 게 아니라 술 마시는 모습도 시원시원하구먼. 그 빙충맞은 놈하고는 여러모로 달라. 내가 확실히 사람 보는 눈이 있는 것 같아. 자자, 한 잔 더 받게."

본래 갈홍석은 칭찬에 헤픈 사람이 아니었다. 그런 사람이 이리 살갑게 구는 것은 신임 부문주가 예뻐서만은 아닐 터였다. 전대귀도 바보는 아니라서 그 점을 모르지는 않았다. 그리고 문주를 평소와 다르게 만든 진짜 원인이 무엇인지도 짐작하고 있었다.

수하의 술잔을 다시 채워 준 갈홍석이 그 진짜 원인에게로 시선을 돌렸다.

"어떻소이까? 우리 오방도문, 이만하면 대사를 함께하기에 부족함이 없지 않소이까, 김 대인?"

갈홍석의 시선이 향한 자리에는 술을 즐기지 않는 탓에 술병 옆에 찻주전자를 가져다 놓게 만든 손님, 김 대인이 그림 속 인물처럼 단정하게 앉아 있었다.

김 대인은 청년의 활력과 중년의 노련함을 함께 풍기는, 그래서 삼십 대 초반에서 사십 대 중반까지 어떤 나이라고 해도 수긍할 만한 용모의 소유자였다. 검은자와 흰자의 구분이 뚜렷한 두 눈은 많은 것을 담는 듯하기도 하고 아무것도 보지 않는 듯하기도 하여, 마주하고 있는 사람을 순간순간 당황하게 만든다. 그렇다고 오만하다거나 위압적인 느낌을 받는 것도 아니니, 퍼뜩 정신을 차리고 다시 보면 그저 온화한 인상의 남자를 대면하고 있을 뿐. 실로 보기 드문 기파氣波를 가진 인물이라 하겠다.

게다가 김 대인은 한족이 아닌 이방인이었다. 스스로를 해동에서 건너온 하찮은 장사치라고 소개한 조선인.

그 김 대인이 유창한 한어로 말했다.

"순무사 영감께서도 이번 일의 시작이 이리 순조로운 것을 기뻐하실 겁니다."

연보라색 단삼 위에 질 좋은 청라靑羅(푸른색의 가볍고 얇은 비단)로 지은 겉옷을 걸친 김 대인은 실내임에도 불구하고 머리에 쓴 까만 갓을 벗지 않고 있었다. 해동의 예법인 것 같았다.

"아무렴요, 당연히 기뻐하실 테지요. 김 대인께서 순무사 영감께 잘 좀 말씀드려 주십시오. 이번 일을 성사시키기 위해 우리 오방도문이 얼마나 노력하고 있는지를요."

"이르다 뿐이겠습니까."

자신 앞에 놓인 차를 한 모금 마신 김 대인이 차분한 목소리로 덧붙였다.

"이번 일이 잘 끝나기만 하면 산해관의 총병도 교체될 겁니다. 그러면 오방도문에도 굵직한 상권이 떨어질 테니, 그때 가서 소생을 모르는 체하지 말아 주시기 바랍니다."

이 말에 갈홍석은 물론 공손히 듣기만 하던 전대귀의 입까지 함박만 하게 벌어졌다.

갈홍석이 이곳 당산에 오방도문을 세운 지도 어느덧 십오 년. 다른 지역에서라면 이미 기루나 전장 몇 군데는 암중에서 관리하고 있을 기간이었다. 하지만 천하제일관이라는 산해관을 꿰차고 앉은 총병 계염무는 그의 관할 안에 있는 이권을 너무도 철저하게 관리했다. 자신과 연줄이 닿은 문파나 방회에만 이권의 일부를 허락하고, 국경의 치안을 엄히 다스린다는 빌미로 후발 세력이 넘보는 것을 절대 용납하지 않았다.

"그렇게만 된다면 저희들이 김 대인의 공을 어찌 잊겠습니까?"

갈홍석이 자리에서 벌떡 일어나 김 대인에게 포권을 올렸다. 엉겁결에 따라 일어나 포권을 올린 전대귀는, 그래도 이건 좀 과한 게 아닌가 싶었다. 강호 전체로 보자면 동북쪽 변방의 소규모 문파에 불과하지만, 그래도 그 동북에서는 둘째가라면 서러워할 데가 바로 오방도문이었다. 게다가 문주인 갈홍석은 머리를 쓰는 수완가라기보다는 몸으로 직접 부딪치는 행동가라고 할 수 있었다. 동북에서 제일가는 칼잡이 소리를 들은 것도 벌써 여러 해 전. 다시 말해, 조선인 장사치에게 이렇게 깍듯이 굴어야 할 입장은 아니라는 뜻이었다.

오방도문 문주와 부문주의 사례에 김 대인이 자리에서 일어나더니 마주 읍하며 말했다.

"소생에게 무슨 공이 있다고 이러십니까. 감당하기 어려우니 거두어 주십시오."

갈홍석이 포권을 풀며 너털웃음을 지었다.

"공이 없다니요. 김 대인께서 중간에서 힘써 주지 않으셨다면 고고하신 순무사 영감께서 어찌 우리 같은 야인들에게 손을 내밀었겠습니까. 해동 땅에는 군자가 많다는 소리를 들었는데, 참으로 겸손하십니다, 김 대인."

그러고는 자리에 앉는 갈홍석을 따라 몸을 앉히는 김 대인은 담담한 미소만 지을 따름이었다.

전대귀는 뒤늦게 포권을 풀고 엉거주춤 자리에 앉으면서도 여전히 의아해하고 있었다. 저 김 대인이라는 자가 동북순무사인 도언화와 뜻을 함께하고 있다는 것은 아는 바이나, 그것이 갈홍석처럼 거친 흑도인을 고분고분하게 만든 이유의 전부는 아닐 것 같았다. 김 대인을 슬금슬금 훔쳐보며 또 다른 이유가 무엇일까 생각하던 중, 문밖에서 인기척이 들렸다.

"저, 부문주님."

문주의 내실 밖에서 엉뚱하게도 자신을 찾는 소리가 울리자 전대귀는 송구한 마음으로 갈홍석의 눈치를 살폈다. 다행히 갈홍석은 지금의 분위기를 깨고 싶지 않은지 웃는 낯으로 가볍게 손짓을 해 보였다. 전대귀는 조심스럽게 자리에서 일어서서 문밖으로 나갔다.

잠시 후 내실로 돌아온 전대귀의 얼굴은 딱딱하게 굳어 있었다.

"문주님, 죄송합니다만 저는 이쯤에서 자리를 떠야겠습니다."

갈홍석이 눈썹을 찌푸렸다.

"무슨 일 있는가?"

"그게…… 마누라가 많이 아프다고 하는군요."

"그래도 김 대인께서 계신 자리인데……."

갈홍석이 말끝을 흐리면서 눈치를 보자 김 대인이 빙긋 웃으며 말했다.

"가정이 화평해야 만사가 순탄한 법이지요. 마침 저도 일어서려던 참이었습니다. 순무사 영감께서 아이를 한시바삐 대리영大理營으로 데려오라 하셔서 말이죠."

"그래도 대접도 변변히 못 해 드렸는데……."

"오늘만 날이겠습니까. 괘념치 마십시오."

김 대인의 말에 전대귀는 그를 향해 얼른 포권을 올렸다.

"배웅 못 하는 결례를 용서해 주십시오."

전대귀는 갈홍석이 뭐라고 하기 전에 얼른 내실을 빠져나왔다. 소식을 가져온 심복의 뒤를 따라가는 오방도문 부문주의 두 눈은 내실에서와 달리 분노로 이글거리고 있었다.

타립마는 양심적인 장사꾼이라서 자신의 물건이 고객을 실망시키는 것을 바라지 않았다. 그래서 만애청이 출발하기 전 웅묘산의 사용법에 대해 시시콜콜 알려 주었는데, 그중 하나가 맹물보다는 독한 술에 탔을 때 약효가 더 오래간다는 점이었다. 만애청은 타립마의 충고를 흘려듣지 않았다.

콸콸콸.

만애청은 술병 안에 든 술을 사발에 따랐다. 그 사발은 술 한 병이 전부 들어갈 만큼 컸지만 절반 이상 채우지는 않았다. 이어 품에서 작은 주석 병을 꺼내 마개 대신 봉해진 밀랍을 떼어 냈다. 주석 병 안에 들어 있는 웅묘산을 술 사발 안에 붓는 그의 손길은 매우 신중했다. 행여 웅묘산이 손가락이나 옷에 묻으면 곤란하기 때문이었다.

노란색 고운 가루로 이루어진 웅묘산은 술 사발 안에서 금세 퍼져 녹아들었다. 사발 위로 고개를 기울여 본 만애청은 훅 풍겨 온 시큼한 냄새에 얼굴을 찡그렸다. 인간과 고양이의 취향이 같을 리는 없지만, 그래도 이렇게나 다를 줄은 몰랐다.

공기 중에 갑자기 퍼진 시큼한 냄새 탓일까?

"으응."

방 안쪽에서 작은 신음이 울렸다. 만애청은 소리가 난 곳으로 눈길을 돌렸다. 연보라색 비단 휘장으로 가려진 침대, 휘장 너머에서 작게 꿈틀거리는 그림자가 보였다.

"조용히."

만애청의 한마디가 꿈틀거림을 멈추게 만들었다.

"좋아, 그렇게 얌전히 있으면 아무 일도 없을 거야."

만애청은 다시 고개를 돌렸다. 술 사발이 놓인 식탁 앞에 앉은 채 굳게 닫힌 방문을 지켜보았다.

한동안 실내에서는 어떠한 소리도 들리지 않았다. 휘장 너머 침대 위에 있는 사람도, 방 한가운데 앉아 있는 만애청도 조용히 있기만 했다. 번창한 기루답게 취객들의 걸걸한 말소리며 기녀들의 짜랑짜랑한 웃음소리가 사방에서 울려오건만, 오직 이 방만은 침묵과 정적으로 못 박혀 있을 따름이었다.

그렇게 얼마나 지났을까. 방문 밖 복도에서 거친 발소리가 쿵쾅쿵쾅 가까워 오는 것이 들렸다. 만애청은 픽 웃었다. 저렇게 마구 기척을 드러내는 것을 보니 정말로 뜨내기 건달이 왔다고 여긴 모양이었다.

꽈작!

세찬 소리와 함께 방문이 부서졌다. 산산조각 난 문짝을 와작와작 밟으며 실내로 들어선 사람은 눈이 동그랗고 하관 전체가 돌출되어 개 대가리, 혹은 고양이 대가리처럼 보이는 두상을 가진 장년 남자였다. 별호대로라면 표범 대가리로 봐 줘야 하나? 그렇다면 엄청나게 화가 난 표범 대가리일 터였다. 동그란 눈가에는 벌써부터 불그죽죽한 살기가 어려 있었다.

만애청은 식탁 앞에 그대로 앉은 채 장년 남자에게 물었다.

"표두독도豹頭毒刀 전대귀?"

이 말을 듣고 장년 사내가 움찔거린 데에는 두 가지 이유가 있으리라. 첫 번째는 전대귀 본인이 맞기에. 두 번째는 뜨내기 건달이 자신의 이름을 안다는 사실에, 더 정확히는 자신을 알면서도 옥상아를 건드렸다는 사실에 놀라서. 만애청에게 두 번째 이유는 그리 중요하지 않았다. 전대귀 본인만 맞는다면 그만이었다.

촥!

사발에 담긴 술이 전대귀에게 뿌려졌다. 만애청의 손놀림이 어찌나 빨랐던지 전대귀는 피할 엄두도 내지 못하고 고스란히 뒤집어쓰고 말았다. 표범 대가리를 닮은 얼굴에 순간적으로 당혹감이 떠올랐다. 술 냄새에 섞여 있는 시큼한 냄새 때문인 것 같았다.

"독은 아니니 안심해."

만애청의 말이 아니더라도, 독을 탔다면 중독에 따른 증상이 나타났을 것이다. 약간의 시간이 지나도 아무런 징후가 보이지 않자 전대귀의 눈가에 다시 살기가 차올랐다.

"네놈이 호랑이 간이라도 삶아 먹은 모양이구나. 감히……."

"호랑이 간은 아니지만 표범 간은 먹어 보고 싶군."

만애청의 이 말에 전대귀의 돌출된 하관에서 으드득하고 이 갈리는 소리가 흘러나왔다. 다음 순간.

"이 새끼!"

전대귀의 오른손이 칼날처럼 빳빳하게 곤두선 채 만애청을 향해 휘둘러졌다.

빠작!

식탁과 의자가 산산이 부서졌다. 하지만 만애청은 이미 몇 발짝 떨어진 창가에 서 있었다.

"싸우고 싶으면 밖으로 나와라."

말의 끄트머리는 창밖에서 들려오고 있었다.

"죽인다!"

포효 같은 노성과 함께 전대귀의 몸이 열린 창으로 쏘아져 나갔다.

잠시 후 누군가가 방 안으로 살금살금 들어왔다. 아까 만애청의 손바닥에 '동랑삼층'이라는 글자를 썼던 점소이였다. 점소이는 침대 기둥에 드리운 비단 휘장을 조심스럽게 들춰 보았다. 침상 위에는 손발이 묶이고 입까지 틀어막힌 기녀 옥상아가 커다란 눈 가득 눈물을 머금은 채 오들오들 떨고 있었다.

쿵.

삼층에서 뛰어내린 전대귀가 땅바닥에 내려섰을 때, 옥상아를 건드린 건달 놈은 그에게서 칠팔 보 떨어진 곳에 서 있었다. 전대귀는 바보가 아니었다. 그래서 두 손을 늘어뜨린 방만한 자세로 자신을 바라보고 있는 저 건달 놈이 평범한 건달 놈이 아님을 금세 알아차렸다. 표두독도 전대귀라는 명호를 입에 담은 시점부터 평범한 건달 놈과는 무관한 자가 되어 버렸다. 게다가 자신의 공격을 피할 때 보여 준, 아니 제대로 보이지도 않았던 그 몸놀림.

전대귀는 구부린 몸을 천천히 펴 올리는 한편 새삼스러운 눈길로, 감정보다는 이성에 더 무게를 둔 눈길로 상대를 살펴보았다.

나이는 자신보다 서너 살 많아 보인다. 그렇다면 삼십 대 후반에서 사십 대 초반. 신체 어디에도 무기 비슷한 것은 찾아볼 수 없으니 권장拳掌이나 각퇴脚腿에 능한 자임을 짐작할 수 있다. 훤칠한 키와 길쭉길쭉한 팔다리, 낡은 마의 위로도 여실히 드러나는 우람한 어깨 근육이 그 짐작에 신뢰를 더해 주었다.

'하지만 그래 봤자 맨손.'

도법을 장기로 삼는 전대귀에게 상대가 맨손이라는 사실은 무척이나 고무적인 점이 아닐 수 없었다. 전대귀는 권사 혹은 권법가를 자처하는 부류를 그리 높이 평가하지 않았고, 이는 병기를 사용하는 대다수 강호인의 시각과도 일치했다. 권법의 종주라는 소림사의 중들마저도 막상 실전에 임하면 곤봉이나 선장 같은 타병打兵에 의존하는 경우가 적지 않은 데는 그럴 만한 이유가 있었던 것이다. 하기야 맨손으로도 적수를 찾지 못해 공수무적空手無敵이라고 불리는 흑삼객에게는 해당되지 않는 얘기겠지만.

어쨌거나 전대귀는 흔들리던 자신감을 바로잡을 수 있었다. 그는 이제부터 죽든 죽이든 결판을 짓는 실전을 할 작정이었고, 예리하기가 면도面刀 못지않은 두 자 길이의 칼은 그에게 큰 힘이 되어 줄 터였다.

바로 그 칼이, 오방도법을 펼치는 데 최적화된 길이와 두께로 제련된 칼이 싸아악 하는 소름 돋는 고음과 함께 칼집에서 뽑혀 나왔다. 시퍼런 칼날이 갑자기 모습을 드러내자, 야밤에 기루 안마당에서 무슨 일인가 싶어 모여든 구경꾼들 사이에서 비명인지 탄성인지 모를 소리가 일었다.

"네가 자초한 일이다. 원망을 하려거든 너 자신에게 하려무나."

전대귀가 칼자루를 움켜쥔 오른손을 얼굴 앞으로 끌어 올리며 말했지만 마의 남자는 대꾸는커녕 미동조차 보이지 않았다. 으드득, 다시 한번 어금니를 갈아붙인 전대귀가 땅바닥을 박차며 마의 남자에게 달려들었다.

첫 번째 수법부터 전력을 다했다.

사사사사…… 팟!

현란한 변화를 장점으로 삼는 오방도법 중에서도 기만술에 특히 능한 사허일실四許一實, 네 번의 가짜 속에 숨긴 한 번의 진짜로 적의 숨통을 끊는다는 절초가 전대귀가 뿌려 내는 칼날 위에서 춤을 추었다. 다만, 이번에 만난 적의 숨통을 끊기에는 가짜든 진짜든 부족한 감이 있었다. 마의 남자는 칼날이 그린 모든 궤도로부터 벗어났고, 그러기 위해 별다른 공을 들인 것 같지도 않아 보였다.

그럼에도 전대귀는 실망하지 않았다. 몸놀림이 날래다는 점은 이미 파악한 바, 첫 삽에 우물물이 터져 오르리라고는 바라지도 않았다.

"핫!"

마의 남자와의 거리가 넉 자 안쪽까지 줄어든 것을 인지한 전대귀가 몸을 회전시켰다. 선풍소엽旋風掃葉에 이은 오방난비五方亂飛

의 사나운 도풍이 그의 몸 주위로 돌개바람처럼 일어났다.

파파파파파!

오방난비에 속한 다섯 번의 칼질이 끝났을 때, 전대귀는 칼끝을 통해 전해 온 작은 저항감에 회심의 미소를 지었다. 칼끝이 상대의 상체 어딘가를 찍고 지나갔음을 알아차린 것이다. 하지만 호보 虎步를 역으로 밟아 물러서며 상대를 살핀 순간, 입가에 어렸던 미소는 스러지고 말았다. 의기양양하기에는 성과가 너무 미미했기 때문이다.

마의 남자가 전대귀의 칼끝에 걸려 두 치쯤 갈라진 자신의 상의 오른쪽 어깨 부분을 내려다보더니 작게 중얼거렸다.

"사마귀보다는 좀 낫군."

처음에는 무슨 말인지 못 알아들었다. 그래서 무시하고 재차 달려들려다가, 멈칫했다. 얼굴에 사마귀가 난 누군가가 문득 떠올랐기 때문이다.

"홍기를 만났나?"

마의 남자는 어깨를 으쓱거렸다.

"이름은 몰라."

그래도 만나기는 했다는 뜻이었다.

전대귀의 머릿속이 지금까지와는 다른 의미에서 빠르게 돌아갔다. 오방도문의 간부 가운데 한 명인 척골객 홍기는 부문주인 자신과 함께 문파의 중요한 일 하나를 진행 중이었다. 아까 문주가 베풀어 준 술자리도 바로 그 일이 순조롭게 시작되었음을 치하하기 위해서였다. 그런데 만일 저자가 홍기를 만났다면, 게다가 만난 시점이 예전이 아니라 이번 일이 시작된 뒤라면…….

'이건 심각한 문제가 아닌가!'

마의 남자가 픽 웃었다.

"생각이 많은 놈이군."

마치 전대귀의 머릿속을 들여다보기라도 한 것처럼 말한 마의 남자가 전대귀를 향해 다가오며 말을 이었다.

"머리를 굴리기보다 칼질에 더 집중하라고. 내가 땀을 흘릴 수 있게 말이야."

하지만 그때로부터 일각쯤 지난 시점에 땀으로 흠뻑 젖은 사람은 오히려 전대귀였다.

일각은 그리 긴 시간이라고 할 수는 없지만 그것도 사람 나름. 그 사이 한 번도 쉬지 않고 칼을 휘두른 사람에게는 너무도 길고 고된 시간일 수밖에 없었다. 그 일각 동안 오방도법의 스물다섯 초식을 몇 번이나 거듭하여 펼쳤는지 기억도 나지 않았다. 두 발목에 족쇄가 채워진 것 같았고, 두 자짜리 얄팍한 칼이 철퇴처럼 무겁게 느껴졌다. 전대귀는 지금 콧구멍으로 밀려들어 오는 시큼한 냄새가 일각 전 상대가 끼얹은 수상한 액체 탓인지, 아니면 자신이 일각 동안 흘린 땀 탓인지 분간할 수 없었다.

반면에 상대는, 적어도 겉으로 보기에는, 땀 한 방울 흘리지 않은 것 같았다. 그자는 전대귀가 휘두른 모든 칼질을 피해 냈다. 초반에는 아슬아슬하게 피해 냈다고 여겼는데 나중에 가니 그게 아님을 알게 되었다. 그자는 딱 위험하지 않을 만큼의 거리를 둔 채 전대귀의 모든 공격을 흘려보냈다. 칼이 빠르건 느리건, 초식이 단순하건 복잡하건 결과는 마찬가지였다. 그러는 동안에도 그자의 두 손은 단 한 번도 허리 위로 올라오지 않았다. 마치 반격할 의사가 전혀 없다는 듯이.

"너⋯⋯."

전대귀가 거친 숨을 몰아쉬며 마의 남자에게 물었다.

"⋯⋯뭐냐?"

누군지, 왜 시비를 건 건지, 반격하지 않는 이유는 무엇인지 등등, 묻고 싶은 것이 너무 많다 보니 제대로 된 질문이 나오지 않았다.

마의 남자는 아무 대답 없이 전대귀에게 다가왔다.

"이익!"

전대귀는 천근만근 무거워진 몸을 억지로 움직여 마의 남자를 향해 칼을 휘둘렀다. 하지만 온갖 절초들을 모두 피해 낸 남자가 이런 무식한 칼질에 맞아 줄 리 없다는 것은 전대귀 본인부터가 잘 알고 있었다.

그런데 이번만큼은 색다른 결과가 기다리고 있었다. 칼을 피하는 대신 이제껏 한 번도 허리 위로 올린 적이 없는 왼손을 들어 전대귀의 오른 손목을 덥석 움켜잡은 것이었다.

땅.

칼이 청석 바닥 위로 떨어졌다. 손목에 작렬한 끔찍한 고통이 전대귀의 입을 딱 벌어지게 만들었다. 마의 남자의 악력은 무시무시했다. 맥문이 제압된 것도 아니건만 손가락 하나 까딱할 수 없었다.

마의 남자가 말했다.

"상을 주마. 조금이기는 해도 땀이 나기는 했으니까."

전대귀는 그제야 마의 남자의 귀밑머리가 약간 젖어 있다는 사실을 알아볼 수 있었다. 다음 순간, 전대귀의 위아래 이빨들이 쩔꺽 소리를 내며 다물렸다.

뚝.

손목이 부러지는 소리가 전대귀의 머릿속을 화살처럼 관통하고 지나갔다. 그 직후, 전대귀는 마의 남자의 손이 자신의 손목에서 떨어지는 것을 느꼈다.

"끄으……."

전대귀는 비명조차 제대로 내지 못하고 그 자리에 주저앉았다. 고통이 어찌나 심한지 온몸이 덜덜 떨리고 있었다. 가물거리는 시야 속으로 앞서 떨어트린 칼이 들어왔지만 잡을 엄두는 나지 않았다. 아니, 엄두가 난다 한들 부러진 오른손으로 무엇을 할 수 있겠는가.

"오방도법을 더 보고 싶다."

전대귀는 덜덜 떨리는 고개를 힘겹게 들어 올렸다. 마의 남자가 두 눈을 광물의 단면처럼 반들거리면서 말을 이었다.

"마을 어귀에 있는 소나무 숲에서 기다릴 테니 동료들을 데려와라. 오방도문 전체가 와도 좋다."

이 말을 끝으로 몸을 돌린 마의 남자가 어둠 속으로 성큼성큼 멀어져 갔다.

6월 26일

─────❀─────

　자정을 막 넘긴 시각.

　그믐에 가까운 달은 칼금처럼 얇았다. 흐릿한 달빛에 횃불 빛을 더하며 마을을 벗어나는 무리가 있었다. 서른 명 남짓한 무리의 선두에 선 자는 두 시진 전 동명루에서 정체불명의 남자에게 낭패를 본 표두독도 전대귀. 핼쑥하게 질린 낯빛과 부목을 댄 오른쪽 손목이 오방도문 신임 부문주의 위신을 사정없이 깎아내리는 듯했다.

　"바로 저잡니다."

　소나무 숲의 윤곽이 어렴풋이 보이는 지점에서 걸음을 멈춘 전대귀가 뒤를 따르는 문주에게 고했다. 전대귀의 목소리에서는 두 시진 전에 밴 공포의 여흔이 풍기고 있었다. 그 점을 못마땅히 여기면서, 오방도문의 문주 갈홍석은 길쭉한 눈을 더욱 가늘게 접어 앞쪽을 바라보았다.

　소나무 숲 앞에는 작은 모닥불이 타오르고 있었고, 불가에는 한 남자가 앉아 있었다. 횃불을 여러 개 밝히고 온 만큼 이쪽의 등장을 모를 리 없을 텐데도 놀라거나 당황한 기색을 전혀 엿볼 수 없었다.

"기다리겠다는 말이 허풍은 아니었군."

이 말에 전대귀가 눈치 없이 맞장구를 쳤다.

"맞습니다! 허풍을 칠 자는 절대 아니었습니다!"

갈홍석은 한심할 만큼 심약해진 전대귀를 노려보다가 생각을 고쳐먹었다. 경험이 부족한 전대귀를 부문주 자리에 앉힌 데는 도법보다 흑도인다운 강단과 담력을 높이 산 이유가 컸다. 그런 전대귀를 잠깐 사이에 겁먹은 토끼로 만들어 놓았다면······.

'만만히 여길 자가 아니라는 뜻이겠지.'

하지만 그것이 문파의 정예를 총동원한 이유의 전부는 아니었다.

갈홍석이 이끄는 오방도문은 현재 절호의 기회를 맞이한 상황이었다. 이번 일만 성공리에 마치면 관부에서는 순무사, 강호에서는 태산검문이라는 든든한 후원자가 생기게 되는 것이다. 그들이라면 변방 문파에 불과한 오방도문을 훨훨 날게 해 줄 힘찬 날개가 되어 줄 수 있었다. 이처럼 막대한 급부를 얻기 위해 해야 하는 일이 고작 어린애 하나 납치하는 것이라니, 갈홍석의 입장에서는 호박이 넝쿨째 굴러들어 온 셈.

하지만 갈홍석은 호사다마라는 말 또한 잊지 않았다. 좋은 일에는 왕왕 골칫거리가 끼는 법. 부문주의 손목을 부러뜨린 것도 모자라 오방도문 전체에 시비를 건 저 남자가 그런 골칫거리는 아닌지, 갈홍석으로서는 우려하지 않을 수 없었던 것이다.

바로 그 남자가 천천히 일어서고 있었다. 체격이 좋다는 얘기는 전대귀로부터 이미 들은 바, 모닥불의 불빛을 등진 채 팔짱을 끼고

선 모습이 무척 당당해 보였다.

하지만 이 생각에 동의하지 않는 자도 있었다.

"부문주가 하도 호들갑을 떨기에 삼두육비까지는 아니어도 이두사비는 될 줄 알았는데, 막상 보니 머리통 하나에 팔도 둘뿐입니다그려."

이렇게 빈정거리며 문주 옆으로 나선 자는 오객의 우두머리 격인 잔심객殘心客 당백唐白이었다. 칼자루를 잡은 지 이십 년이 넘는 당백의 도법은 전대귀의 것보다 윗길이었다. 때문에 공석이 된 부문주 자리가 자신에게 올 것으로 기대했고, 그 기대를 무너트리고 부문주 자리를 꿰찬 전대귀를 어떻게든 깎아내리려고 안달했다. 그러던 참에 이런 사건이 벌어졌으니, 당백이 내심 얼마나 고소해할지는 충분히 짐작할 수 있었다.

물론 이 정도 알력이야 흑도 문파에서는 비일비재한 일. 갈홍석은 그렇게 여기며 남자를 향해 걸음을 내디뎠다.

"우리 오방도문에게 시비를 건 사람이 귀하요?"

남자로부터 열댓 걸음 떨어진 곳에 멈춰 선 갈홍석이 말했다. 말투는 정중하지만 공력이 실린 목소리는 정중하지 않았다. 남자 뒤쪽의 소나무 숲에서 밤새 여러 마리가 후드득 날아오른 것도 그 때문일 텐데, 남자는 개의치 않는 눈치였다.

"부풍도귀浮風刀鬼 갈홍석."

부르는 건지 묻는 건지 애매한 남자의 말에, 당산에서만큼은 부풍도신浮風刀神이라는 별호로 통하는 갈홍석은 세 가닥 수염을 파르르 떨었다.

"그렇소, 본인이 바로 갈홍석이오. 귀하는……."

“오방도법을 보고 싶다.”

남자는 소개를 요구하는 갈홍석의 말을 중간에서 툭 잘랐다. 갈홍석이 배 속에서 울컥 치민 분노를 터뜨리기도 전.

“건방진 놈!”

“죽고 싶어 환장했구나!”

두 사람이 앞다투듯 외치며, 갈홍석의 양옆으로 역시 앞다투듯 뛰쳐나갔다. 갈홍석은 눈살을 찌푸렸지만 굳이 그들을 제지하지는 않았다. 오객 중 두 명이 나선다면 남자의 내력을 밝혀낼 수 있으리라 여겼기 때문이다.

남자의 앞에 자리 잡은 두 사람은 칼을 가지고 있지 않았다. 남자가 고개를 삐딱하게 기울이더니 두 사람에게 물었다.

“칼은 어디 있지?”

오방도문에는 도법 대신 다른 재간에 능한 자들도 있었다. 방금 나선 철수객鐵手客과 묘령객猫靈客이 바로 그런 자들인데, 과거 갈홍석이 문파의 세력을 확장하는 과정에서 초빙하거나 복속시킨 인물들이었다.

철수객이 만숙한 철사장鐵沙掌 공력으로 인해 푸르뎅뎅해진 쌍수를 들어 올리며 묘령객을 돌아보았다.

“형님, 사람을 죽일 때 반드시 칼을 써야 한다는 법이 있단 말을 들어 보셨소?”

묘령객이 열 손가락마다 골무처럼 끼운 강철 손톱을 까닥거리며 대답했다.

“못 들어 봤네. 하지만 닭 잡는 데 소 잡는 칼을 쓰지 말라는 말은 들어 봤지.”

남자가 한숨을 쉬며 팔짱을 풀었다.

"실망이야. 오방도법을 보고 싶었는데."

이 말이 끝난 순간, 갈홍석은 눈을 깜빡거렸다. 시야 안에다 단단히 붙잡고 있던 남자의 모습이 갑자기 사라져 버렸기 때문이다. 어두운 밤인 데다, 철수객과 묘령객 너머에 있고, 거기에 모닥불의 역광까지 어른거린다지만, 갈홍석 수준의 도객에게는 그런 것들에 지장받지 않을 만큼 예리한 안력이 있었다. 그런데도 허깨비처럼 훅 꺼져 버린 것이다.

남자는 사라지거나 꺼진 것이 아니었다. 단지 노련한 도객의 눈으로도 파악하지 못할 만큼 빠르게 움직였을 뿐. 그리고 그 움직임은 남자를 목전에 두고 있던 철수객과 묘령객에게 치명적인 요소로 작용했다.

사라진 듯 꺼진 듯하던 남자가 묘령객의 좌측 다섯 자쯤 떨어진 곳에 나타났다. 묘령객은 그때까지도 사태의 심각성을 알아차리지 못하고 오른편에 있는 철수객에게 고개를 돌린 채 왼손 다섯 손가락에 끼워진 강철 손톱을 까닥거리고 있었다.

"어? 형님!"

"조심해!"

남자를 발견한 철수객과 갈홍석이 동시에 경호성을 터뜨렸다.

"음?"

본능적으로 핵 돌아간 묘령객의 시선에 남자의 얼굴이 들어왔다. 바위나 나무처럼 무감해 보이는 그 얼굴이 쭉 확대되어 오고.

통.

남자가 수평으로 눕힌 오른손 손날을 짧게 쳐 냈다. 그 손날이 묘령객의 왼손 손목을 두들겼다. 빠르지도 강력하지도 않아 보이는 이 평범한 일격이 북파묘정권北派猫精拳의 당대 계승자로 알려진 조법 고수의 생사를 갈라놓았다.

그……르르…….

묘령객의 입술 사이로 핏물 섞인 거품이 새어 나왔다. 좌측 목으로 파고든 강철 손톱에 기관부氣管部를 관통당한 탓이었다. 좌측으로 들어간 것은 네 개인데 우측으로 나온 것은 세 개뿐인 까닭은 가운데 손톱 하나가 목뼈에 부딪혀 전진을 멈춰서인데, 주인의 즉사라는 결과에는 별 영향을 주지 못했다.

갈홍석은 놀랐다. 남자가 강해서가 아니라 단호해서 놀란 것이었다. 남자는 오방도문의 두 간부와 달리 살인에 대해 한마디도 언급하지 않았다. 위협하는 말도 없었으며 경고하는 말은 더더욱 없었다. 오직 행동으로 보여 주었을 뿐이다. 소름 끼칠 만큼 효율적인 행동으로.

철수객은 갈홍석과 다른 이유에서 놀란 것 같았다. 두어 발짝 떨어진 자리에 나란히 서서 얘기를 나누던 동료가 순식간에 꼬치 꼴이 되었으니, 그것도 자기 손톱에 찍혀 그렇게 되었으니 놀라지 않을 도리가 없었으리라.

"이놈!"

철수객이 천둥 같은 호통을 내지르며 묘령객을 죽인 남자에게 달려들었다. 하지만 그 호통이 천둥과 다르다는 점은 즉시 드러났다. 가볍게 몸을 돌린 남자가 철수객을 향해 좌장을 뻗어 냈을 때, 그 장심에서 터진 폭음이야말로 정말이지 천둥 같았던 것이다.

꽈르릉!

갈홍석은 자신이 서 있는 곳을 향해 날아오는 흉측한 덩어리를 보았다. 허공을 훌훌 날다 지면에 철퍼덕 떨어져 덜그럭덜그럭 굴러온 그 덩어리의 정체는 당연히 철수객이었다. 그러나 대포알에 맞은 듯 앞가슴이 움푹 함몰되고, 뾰족뾰족하게 쪼개진 갈비뼈들이 등짝을 뚫고 튀어나온 그 철수객은 갈홍석이 평소 알던 철수객과 많이 달라 보였다.

"흑!"

경악을 꾹꾹 눌러 담은 이 외마디 신음이 곁에 선 전대귀의 입에서 나온 것인지 아니면 본인의 입에서 나온 것인지, 갈홍석은 얼른 분간할 수 없었다.

"시간만 낭비했군."

얼어붙은 듯 굳어 버린 오방도문 사람들에게 남자의 건조한 목소리가 들려왔다. 퍼뜩 정신을 차린 갈홍석이 전방을 바라보았을 때, 남자는 모닥불을 건너 숲으로 걸어가고 있었다. 잠깐 사이 두 개의 목숨을 끊어 놓은 살인자라기에는 그 뒷모습이 너무도 유유해 보였다. 그래서일까, 갈홍석의 입에서 잔뜩 억눌린 목소리가 새어 나온 것은 남자의 뒷모습이 어두운 숲 그늘 아래로 사라진 뒤였다.

"놈을…… 잡아라."

하지만 서른 명에 달하는 문도들은 한꺼번에 귀머거리가 되어 버린 듯 꼼짝도 하지 않았다. 남자는 오객 중 두 명을 잠깐 사이에 죽일 만큼 강했다. 하지만 문도들을 꼼짝 못 하게 만든 이유는 그자가 강하다는 점 하나만이 아닐 터였다.

누구든 살인을 한 직후에는 어느 정도 흥분하기 마련이고, 이는 살인을 한 자 또한 인간의 범주에 속한다는 증거였다. 하지만 남자는 달랐다. 무덤덤하게 나섰고, 무덤덤하게 죽였고, 무덤덤하게 떠났다. 살인은 그자에게 있어서 좁쌀만 한 의미도 갖지 못하는 것 같았다. 그래서 더욱 두렵고 꺼리는 마음이 생겼으리라. 누구라도 그런 취급을 당하며 죽고 싶지는 않을 것이기에. 심지어는 고수를 자처해 온 갈홍석조차도.

"당장 놈을 잡아!"

갈홍석의 찢어지는 목소리가 밤하늘에 울려 퍼졌다.

단지 오방도문의 문주를 자극할 목적 하나로 오방도법을 언급한 것은 아니었다. 봉화를 올리던 사마귀를 상대할 때도 그렇고 표두독도 전대귀를 상대할 때도 그렇고, 만애청은 그들이 펼친 오방도법 자체에 흥미를 느끼고 있었다.

과거 들었던 대로 그 도법은 흑도의 도법답게 빠르고, 독하며, 무엇보다 실전적이었다. 지난 삼 년간 누군가와 전심전력으로 싸울 기회를 갖지 못한 만애청에게는 무뎌진 실전 감각을 벼릴 숫돌이 필요했다. 오방도법이면, 특히 오방도문의 문주가 직접 펼치는 오방도법이면 그런 숫돌이 돼 줄 것 같았다.

하지만 그 전에 적들의 머릿수를 줄여 놓을 필요가 있었다.

만애청은 자신의 능력을 과신하지 않았다. 칼을 가진 서른 명과 싸워 이기는 것은 천하제일 고수 소리를 듣는 흑삼객에게도 쉬운 일이 아니었고, 하물며 삼 년간 은둔 생활을 해 온 만애청 본인에게는 더더욱 그러했다. 어디선가 날아든 눈먼 칼 한 자루가 그가 세운 계획을 망칠지도 몰랐다. 그는 자신의 계획에 변수가 개입하는 것을 원치 않았다. 그래서 고양이 아빠의 도움이 필요했던 것이다.

숲 그늘로 들어선 것과 동시에 만애청의 움직임이 바뀌었다. 이제껏 보여 주던 유유함을 버리고, 표범처럼 날렵하고 은밀하게 한 그루 소나무 위로 올라갔다.

세 길쯤 되는 높이에서 오르기를 멈춘 만애청은 숲 바깥쪽을 살폈다. 숲을 향해 파도처럼 밀려드는 무리의 면면을 훑어보았다. 예상대로 문주와 부문주는 가장 후미에 처져 있었다. 특히 부문주의 경우는 반드시 저래 주기를 바라고 손목을 부러뜨린 것이었다. 자신이 진짜로 상을 받았다는 사실을, 저자는 알까?

만애청은 입꼬리를 슬쩍 비튼 뒤 아래로 몸을 던졌다. 세 길 높이에서 바닥으로 내려서는 그에게서는 작은 소리 하나 울리지 않았다. 다음 순간, 그의 훤칠한 신형이 어둠 속으로 연기처럼 스며들었다.

잔심객 당백은 왼손을 들어 오른 손목을 지그시 잡쥐었다. 떨리는 오른손을 진정시키기 위해서였다.

'애송이 시절에도 안 하던 짓을…….'

오른손의 떨림은 좀처럼 멈추지 않았다. 그 손으로 움켜쥔 칼 또한 흔들림을 멈추지 않았다. 오른손이 떨리는 이유는 명확했다. 조금 전 목격한 살인극.

외부에서 유입된 철수객과 묘령객에 대해 그리 높이 평가하지 않았던 당백이지만 그들이 순식간에 죽어 나갈 약골이라고 생각한 적은 없었다. 그런데 순식간에 죽어 나간 것이다. 숨 한번 쉴 정도의 짧은 시차를 두고 연달아서. 이는 철수객과 묘령객을 죽인 남자

가 삼두육비의 괴물과 비견될 만한 강자라는 증거였다. 그런 강자
가 있는 숲으로 앞장서서 들어왔으니…….

꿀꺽.

목젖 아래로 넘어가는 침 소리가 북소리처럼 커다랗게 들렸다.
이제 당백은 자신이 공포에 질려 있다는 사실을 인정하지 않을 수
없었다. 뒤따라오는 문도들에게 그 사실을 들키고 싶지는 않지만,
그렇다고 혼자서 훌쩍 앞서 나갈 수도 없었다. 이 숲 어딘가에 숨
어 있을 그 남자와 단신으로 마주하느니 겁쟁이로 낙인찍히는 편
이 나았다.

까르르르…….

어둠 속으로부터 갑자기 날카로운 소리가 울려왔다. 이곳이 마
을 안이라면 갓난아기의 울음소리로 착각했을 그 소리에 당백은
하마터면 비명을 지를 뻔했다.

까르르, 까르르, 까릉!

소리가 높아지고 사나워졌다. 당백은 소리가 울리는 방향으로
돌아선 다음 칼끝을 앞세우고 조심조심 나아갔다. 그렇게 스무 걸
음쯤 나아갔을 때, 앞쪽에서 시커먼 그림자 하나가 휙 지나가는 것
이 보였다.

'놈이다!'

당백은 눈을 빛냈다. 기특한 일은, 남자의 자취를 찾기 전에는
그토록 가슴을 졸였건만 막상 찾은 뒤에는 스무 해 넘게 먹은 칼밥
이 제 몫을 해 준다는 것이었다. 당백은 지금까지의 조심스러운 움
직임을 떨어내고 그림자의 뒤를 일직선으로 추격했다. 그러면서도
공포를 이겨 낸 스스로에게 찬사를 보냈다. 애송이 부문주 따위는

흉내도 내지 못할 것이 분명했다.

다음 순간, 요란한 바람 소리와 함께 시야 속 세상이 뒤집혔다.

"으왓!"

잠시 맛보던 고양감을 한순간에 잃어버린 채 비명을 터뜨리는 당백의 머리 위에선 지금껏 딛고 있던 땅이 크게 출렁거리고 있었다. 아니, 정확히 표현하면 머리 위가 아니라 머리 아래였다. 왜냐하면 지금 당백은 머리를 땅으로 향한 채 거꾸로 매달린 상태였으니까. 지면과의 거리는 한 길이 훨씬 넘을 것 같았다.

놀라고 당황한 당백은 자신의 발목을 올려다보았다. 엄지손가락만 한 굵기의 밧줄이 그의 오른 발목을 바짝 조이고 있었다. 짐승을 사냥할 때 쓰는 올무에 당한 것이었다. 다만 일반적인 올무라면 포박한 짐승을 이렇게 높이 매달 리 없었다.

올무를 놓은 자가 누구인지는 명백했다.

만애청은 화도火刀로 돌을 쳐 불꽃을 일으켰다. 그러고는 그 불꽃이 도화선 위로 달려가는 것을 지켜보았다. 그 종착점이 열 근의 흑색화약이라는 사실을 아는 사람은 오직 만애청뿐이었다. 그러므로 잠시 후 무슨 일이 벌어질지 아는 사람 또한 그가 유일했다.

불꽃이 흑색화약이 묻혀 있는 나무 부근에 이르렀을 때, 만애청은 자리를 떴다.

"나, 나리!"

아래쪽에서 부름 소리가 들렸다. 당백은 고개를 꺾어 아래쪽을 내려다보았다. 그를 붙잡아 매단 나무 주변으로 문도들이 모여들고 있었다. 그들 중 하나가 바닥에 떨어진 칼 한 자루를 줍는 것이 보였다. 당백 본인의 칼이었다. 거꾸로 매달리는 와중에 놓친 듯했다.

아랫것들 앞에서 이 꼴로 매달린 것만으로도 혀를 깨물 만큼 수치스러운 일인데, 거기에 칼을 놓친 것까지 들키다니!

'죽인다! 반드시 찢어 죽일 것이다!'

당백은 올무를 놓은 남자에게 이를 갈면서 오른팔을 아래로 뻗었다.

"칼!"

상관의 목소리에 담긴 분노를 읽었는지 칼을 주운 자가 얼른 올려 주었다.

배에 힘을 줘 허리를 경첩처럼 꺾어 올린 당백이 왼손으로 올무를 움켜잡았다. 그런 다음 오른손에 쥔 칼로 그 올무를……

번쩍!

당백의 칼이 올무를 찍은 것이 먼저인지 아니면 당백을 매단 소나무 밑동에서 눈부신 섬광이 분출한 것이 먼저인지는, 최소한 그 나무 주변에 모여 있던 자들에게는 중요하지 않은 문제가 되어 버렸다. 섬광을 뒤따라 일어난 천번지복의 폭음과 겁화 같은 화염이 잔심객 당백을 포함한 그들 모두를 한꺼번에 휩쓸었기 때문이다.

쫘아앙……!

눈부신 섬광과 엄청난 폭음과 화끈한 열기가 순차적으로 부딪쳐 왔다.

후미에서 문도들을 따라가던 금강객金剛客 진궁陳弓은 본능적으로 고개를 숙이며 고슴도치처럼 몸을 말았다. 그가 다시 고개를 들었을 때는 이전에 없던 불덩어리 하나가 전방을 휘황하게 밝히고 있었다. 화광을 등지고 예닐곱 명의 문도들이 허겁지겁 달려오는 것이 보였다.

"무슨 일이냐?"

진궁이 문도들을 향해 물었다. 하지만 공포에 휩싸인 그들의 귀에는 그 질문이 들리지 않는 모양이었다.

"놈은 사람도 아니야!"

"나가! 여, 여기서 빨리 나가야 해!"

진궁은 옆을 지나는 문도 하나의 멱살을 낚아챘다.

"정신 차리고, 무슨 일이 있었는지 보고해라!"

문도의 눈동자가 그제야 진궁에게 맞춰졌다. 호랑이라도 본 것처럼 허옇게 질린 얼굴 위로 안도하는 기색이 떠올랐지만, 금세 사라지고 말았다.

"다, 당백 나리께서 죽었습니다!"

"당 형님이 죽어? 어쩌다?"

"올무에 걸려 나무에 매달렸는데, 그 나무가 통째로 폭발했습니다! 당백 나리만이 아니라 그 주변에 있던 형제들도…… 찢어지고…… 불타고…… 다 죽었어…… 으아아!"

말을 잇지 못하고 또다시 공황에 빠져 버리는 문도를 보며 진궁은 정신이 번쩍 드는 것을 느꼈다. 당백을 죽였다는 올무와 폭발이 아무 맥락 없이 갑자기 생겨나지는 않았을 거라는 합리적인 추측 때문이었다. 만일 올무와 폭발이 그 남자가 사전에 설치해 둔 함정이라면, 그것들이 함정의 전부일 리는 없지 않겠는가!

진궁은 늑대를 본 양 떼처럼 정신없이 달아나는 문도들을 향해 소리쳤다.

"멈춰! 달아나면 안 돼!"

수풀 뒤에서 귀를 기울이던 만애청이 입속으로 숫자를 세었다.

"하나, 둘, 셋."

그의 손에 들린 단도가 팽팽하게 당겨진 밧줄 위로 떨어졌다.

흔히 대나무를 충신열사에 비유하는 것은 부러질지언정 휘지 않는 성질 때문이다. 하지만 모든 대나무가 그런 것은 아니다. 기죽이라는 대나무는 버들가지만큼이나 잘 휘어졌고, 탄력 또한 놀랍도록 좋았다.

삐리릿!

불그죽죽한 대나무들이 날카로운 소성과 함께 숲길 양편에서 폭발적인 기세로 튕겨 올랐다. 긴 시간 밧줄에 매여 휘어져 있던 기죽들이 분풀이 대상으로 택한 것은 한 덩이로 엉켜 숲길을 달려 나가는 자들의 몸뚱이였다.

와다다닥!

대나무로 이루어진 채찍이 인간의 정수리와 얼굴, 어깨며 등짝이며 팔다리를 사정없이 갈겨 댔다.

"으악!"

"끄아!"

단련된 무사라면 대나무에 얻어맞은 정도로 이런 비명을 터뜨리지는 않는다. 하지만 무슨 이유에서인지 오방도문의 문도들은 고래고래 악을 쓰며 바닥을 뒹굴고 있었다. 사지를 배배 뒤트는 모습이 꼭 갯물이라도 마신 것 같은데, 그런 자들이 반이요 멀쩡한 자들이 반이었다. 멀쩡한 자들은 바닥을 뒹굴며 난리를 치는 동료들의 모습에 발이 굳어 버린 것 같았다.

그 장소로 한 사람이 뛰어들었다.

"찻!"

우렁찬 기합과 함께 매서운 칼바람이 돌풍처럼 일어났다. 탄력을 채 해소하지 못하고 앞뒤로 출렁대던 대나무들이 칼바람에 휩쓸려 수십 수백 조각으로 잘려 나갔다.

그나마 두 다리로 서 있던 문도들이 울음 섞인 목소리로 구원자를 반겼다.

"진 나리!"

떨쳐 낸 칼을 끌어당겨 앞가슴을 방호하는 구원자의 정체는 달아나는 문도들을 쫓아 달려온 금강객 진궁이었다.

"입 다물고 주변을 철저히 경계해라."

진궁은 흑도인답지 않게 진중한 사람이었다. 흑도인다운 독기와 결기가 부족하다는 이유로 문파 내에서 중용되지는 못했지만, 지금처럼 황망한 상황을 맞이하니 그 진중함이 새삼 부각되는 듯했다.

"고작 대나무 따위에 이 무슨 엄살이냐? 빨리 일어나지…… 음?"

바닥을 뒹구는 문도들에게 호통을 치던 진궁이 눈을 번득였다. 자신의 칼에 잘려 흩뿌려진 대나무 파편들 표면에 박혀 있는 기다란 침들을 발견했기 때문이다. 만일 저 침에 고약한 독이라도 발려 있다면, 그것에 당한 문도들이 저렇게 난리를 치는 것도 이해 못 할 일은 아니었다.

진궁은 정체불명의 학살자가 이제까지 벌인 일들을 순차적으로 떠올려 보았다. 오객 중 두 명을 죽여 오방도문 전체를 숲속으로 유인하고, 잔심객 당백을 올가미로 잡고, 당백에게 모여든 문도들을 화기로 폭사시키고, 겁에 질려 달아나는 문도들을 독침이 달린 대나무로 공격하고…….

생각을 이어 가던 진궁은 별안간 등골이 오싹해지는 기분을 느꼈다. 앞서도 했던 합리적인 추측.

'그게 전부일까?'

그게 전부가 아님을, 어둠 속에서 발사된 수십 발의 강전이 알려 주었다.

슈슈슉!

오방도문의 문주와 부문주는 넋이 완전히 빠진 얼굴로 서 있었다. 숲속에서 터진 화광과 폭음에 황급히 달려 들어온 그들을 맞이한 광경이 너무나도 참혹했기 때문이다.

"끄어어…….”

"제발…… 제…… 끄악!"

바닥을 뒹굴며 제 살갗을 쥐어뜯는 자들은 그래도 운이 좋다 할 터였다. 그들 중간중간에서 팔뚝 길이의 강전들을 몸뚱이 여기저기에 박은 채 죽어 널브러져 있는 자들과 비교하면 말이다. 꼬치 신세로 죽은 자들 가운데 오객 중 한 명인 금강객 진궁이 포함되어 있는 것을 발견한 갈홍석은 어깨를 부르르 떨었다.

진궁은 이마 한가운데를 정통으로 당했다. 한 자 남짓한 강전으로 두개골의 앞과 뒤를 한꺼번에 꿰뚫었다는 것은, 그 강전이 인력에 의해서가 아니라 기계적인 장치에 의해 발사되었음을 의미했다. 아니, 아니, 이 시점에서 그런 것은 중요하지 않았다.

풀을 밟는 버석거리는 소리가 귓전으로 흘러들었다. 갈홍석의 고개가 그 방향으로 스르르 돌아갔다.

바로 그 남자였다.

철수객과 묘령객을 때려죽이고 이 숲으로 들어온 남자.

남자의 얼굴은 철수객과 묘령객을 때려죽인 직후처럼 무감하기만 했다.

갈홍석이 입술을 떼었다.

"왜……."

하지만 입속이 쩍쩍 말라 말을 잇기가 어려웠다. 갈홍석은 세차게 고개를 흔든 뒤 다시 입술을 떼었다.

"왜 이런 짓을 한 거냐?"

오방도문은 끝장났다. 평생을 일궈 온 사업체가 하룻밤 사이에 와르르 무너져 버린 것이다. 갈홍석을 더욱 환장하게 만드는 점은, 이렇게 된 이유를 전혀 모른다는 것이었다. 이유라도 알아야 받아들이든 억울해하든 할 것이 아닌가!

그래서 갈홍석은 비통하게 부르짖었다.

"대체 왜 이런 거냐? 우리에게 무슨 원한이 있다고?"

남자는 질문으로 대답을 대신했다.

"너희는 무슨 원한이 있어서 그 아이를 납치한 거지?"

"그 아이?"

그 아이가 누구인지 깨달은 것은 바로 다음 순간이었다.

갈홍석의 시선이 뒷전에 서 있는 전대귀에게로 돌아갔다. 비슷한 생각을 했는지 전대귀의 얼굴 위로 경악한 표정이 떠오르고 있었다.

남자가 말했다.

"대답할 필요는 없어. 피차 할 일을 하는 거니까."

갈홍석의 고개가 남자에게로 홱 돌아왔다. 지독하게 건조한 저 말이 지독하게 설득력 있게 들리는 것은 왜일까? 갈홍석은 남자의 얼굴을 뚫어져라 노려보다가 어깨를 들썩거리기 시작했다.

"흐…… 흐흐……."

천 자락이 풀썩거리는 소리처럼 작던 웃음이 점점 커지더니 한 바탕 광소가 되었다.

"하하! 으하하하!"

그러다가 어느 순간 뚝 그쳤다.

"옳은 말이야. 강호인이 할 일을 하는 데 이유를 물을 필요는 없겠지."

갈홍석은 허리춤에 차고 있던 칼을 뽑았다. 그런 다음 허리띠 고리에 걸린 칼집을 빼내어 멀리 던져 버렸다.

"그리고 내가 지금 해야 할 일은 이거 같군."

갈홍석이 버린 것은 칼집만이 아니었다. 칼과 살의만 남기고 모든 것을 버린 도객. 뒤에서 부문주 전대귀가 비칠비칠 뒷걸음질 치는 소리가 들렸지만 갈홍석은 개의치 않았다.

"동감이야."

남자의 눈빛이 차갑게 가라앉았다.

오방도문과 그들이 사용하는 도법에 관해 만애청에게 일러 준 사람은 삼산파의 장로원주인 언자징廖子徵이었다. 삼산파에서 가장 나이가 많을 뿐 아니라 아는 것도 가장 많다고 알려진 그 노인은 종종 제자들을 모아 놓고 자신의 박식한 견문을 뻐기듯 들려주곤 했는데, 요동에서 그리 멀지 않은 당산을 근거지로 삼고 있는 칼잡이들에 관한 이야기를 빼놓을 리는 없던 것이다. 만애청이 오방도법에 대해 얼마간 기대감을 품어 온 것은 그 때문인데…….

얼굴에 사마귀가 난 홍기라는 자와 표두독도 전대귀의 오방도법으로는 전혀 만족스럽지가 않았다. 만애청은 실망했지만 아쉬워하지는 않았다. 왜냐하면 오방도법의 창안자이자 최고수인 부풍도귀 갈홍석은 그들과 다를 것이라고 믿었기 때문이다.

만애청은 한 갑자 전 무적을 구가했던 어떤 권법가의 가르침을 좇아 갈홍석의 눈동자와 칼끝과 발을 동시에 눈에 담았다. 하나에만 집중하면 기만당하기 쉽고, 둘을 잡고 하나를 놓친 경우에도 그하나가 치명적인 암수로 돌아올 수 있다. 그러므로 상대의 눈동자와 병기와 발, 이 세 가지 모두를 항시 놓치지 말아야 한다. 이것이 그 권법가가 주창한 포안법捕眼法이었다.

삼산파의 개파조사와 인연이 있었다는 그 권법가에게는 두 가지 광세절학이 있었다. 하나는 벼락의 장법 번천칠절飜天七絕, 다른 하나는 바람의 신법 벽류풍擘柳風.

지금 만애청의 키는 두 뼘쯤 줄어들어 있었다. 목과 허리와 무릎 관절을 조금씩 구부린 결과였다. 발은 뒤꿈치를 들어 발끝으로 체중을 지탱한 상태. 그 상태에서 신체의 무게중심을 왼쪽 다리로, 다시 오른쪽 다리로 슬쩍슬쩍 옮기고 있었다.

절대적인 파괴력으로 평가할 수 있는 번천칠절과 달리 벽류풍

114

은 적당한 상대 없이는 제대로 된 평가를 내릴 수 없었다. 여자와 아이 곁에서 숨어 사는 동안에는 그런 기회를 만나지 못한 것이 당연했다.

'바람.'

만애청은 자신을 바람이라고 생각했다.

중단으로 치켜든 칼끝으로 남자를 겨누던 부풍도귀 갈홍석은 두 눈을 실처럼 가늘게 접었다. 체중을 좌우 다리로 번갈아 옮겨 싣던 남자가 어느 순간 흐릿해졌기 때문이다. 처음에는 뒷골목 불량배들이 하는 양으로 건들거리는 줄로만 알았다. 그래서 이자가 끝까지 자신을 조롱하는 것이라고 여겼는데, 이제 보니 그게 아니었다. 지금 갈홍석의 눈에 비친 남자는 바람만 불어도 훌훌 날아가 버릴 홀씨 같았다. 아니, 홀씨를 날리는 바람 자체인지도 모른다.

갈홍석은 어금니를 꾹 물었다. 남자가 자신만큼이나 진지하며, 이미 실력을 발휘하고 있음을 알았다. 기선을 내줘서는 안 된다는 생각이 뇌리를 강하게 때렸다. 그러므로…….

스읏.

점점 흐릿해지던 남자가 좌우의 윤곽을 허물며 넓적하게 늘어났다. 그 순간, 갈홍석은 반 자쯤 물려 놓았던 오른발 발바닥에 힘을 주며 남자를 향해 돌진했다.

"짯!"

날카로운 기합과 함께 두 자 길이의 칼이 남자의 가슴을 직격했다. 베기에 특화된 오방도법은 찌르는 묘용이 부족한 것으로 알려져 있으나, 갈홍석 수준의 도객에게는 도법의 제약이 큰 의미가 없었다.

화살처럼 쏘아 간 칼끝이 남자의 가슴을 관통했다. 하지만 갈홍석은 방금 찔린 남자가 허상에 불과함을 이미 예측했고, 손으로 전달되는 느낌을 통해 예측이 맞았음을 확인했으며, 그래서 즉각적으로 도법을 변화시켰다.

"흑! 흑!"

짧게 울린 두 번의 입바람이 곧 두 번의 칼질이 되었다. 칼자루를 비틀어 칼날을 수평으로 뉜 상태에서 좌로 한 차례 우로 한 차례. 칼자루 끝부분을 받친 왼손 손바닥이 이 음양삭분陰陽削分의 수법에 절도를 더해 주었다.

두 자 길이의 예리한 칼날이 얼굴과 가슴 위를 스치듯 지나갔다. 벽류풍의 여섯 갈래 중 하나인 연굴포편軟屈蒲鞭으로 상체를 젖히는 것이 조금만 늦었다면 당했을지도 모른다. 갈홍석이 도법의 변화를 준비하고 있었다는 점은 포안법을 통해 이미 파악하고 있었다. 그럼에도 위태로워진 것은 반응 속도가 그만큼 늦다는 증거였다.

만애청은 젖혔던 허리를 펴 올림과 동시에, 벽류풍의 여섯 갈래 중 진퇴에 특별한 장점이 있는 선양분진扇揚粉塵을 펼쳐 도법의 공격권에서 벗어났다.

"짯!"

갈홍석이 날카로운 기합을 터뜨리며 만애청을 따라붙었다. 사실 첫 접전에서 기선이 갈홍석에게 돌아간 데는 만애청의 의도가 작용했다고 볼 수 있었다. 하지만 갈홍석은 상대의 의도 따위 개의치 않는다는 듯 자신에게 넘어온 기선을 악착같이 움켜잡았다.

그리고 마음껏 활용했다. 그 결과, 만애청이 선양분진으로 확보한 거리가 순식간에 사라져 버렸다.

일직선으로 달려들던 갈홍석이 한순간 납작해졌다. 달리는 자세 그대로 고꾸라지듯 주저앉은 몸을 폭발적으로 튕겨 올렸다.

"짜다닷!"

도약과 동시에 하방으로부터 확 일어난 시퍼런 도기는 모두 다섯 줄기. 하지만 넷은 가짜요 하나만 진짜였다. 두어 시진 전 표두독도 전대귀를 통해 이미 견식한 도법인데, 위력으로 말하자면 전대귀 따위와 비교할 바가 아니었다. 삼중으로 잡아내는 포안법으로도 허초와 실초를 분간하기 어려웠다.

만애청은 삼재보三才步를 역으로 밟아 썰물처럼 물러나며 다시 한번 연굴포편을 펼쳤다. 부들 줄기처럼 흐느적거리는 그의 잔영 위를 다섯 줄기의 도기가 모질게 할퀴고 지나갔다.

촷.

왼쪽 눈 밑이 서늘해졌다. 다섯 가운데 숨어 있던 하나의 진짜가 그것이었나 보다. 상처 자체는 무시해도 될 정도로 얕았다. 그러나 한 치만 더 깊이 베였어도 무시할 수 있었을까?

갈홍석은 이런 변방에서 썩기에 아까운 무인이었다. 그런 무인이 전심으로 내뿜는 살의, 전력으로 펼치는 도법은 두려움의 대상이 되기에 충분했다. 그래서 만애청은 실로 오랜만에 두려움을 느꼈다. 전신의 모든 땀구멍이 잔뜩 오므라드는 기분, 그것과 별개로 역설적인 쾌감 또한 느꼈다. 몸속에 잠들어 있던 뭔가가 깨어나는 느낌. 오감이 확장되고, 핏물이 끓어오르고, 근육이 팽팽해지는 느낌.

보라! 반응 속도가 빨라지고, 빨라지고, 빨라지고 있지 않은가!

스스로 움직이기 시작한 육체와 그것을 냉철하게 지켜보는 정신.

이제 만애청은 갈홍석과의 거리를 벌리려 하지 않았다. 갈홍석이 쳐 내는 칼날로부터 최대 한 자 이상 떨어지지 않는 육체는 이전보다 한 뼘가량 더 낮은 자세를 유지하고 있었다. 덕분에 운신에 적용할 수 있는 탄력은 배가되었다. 그런 가운데, 발바닥 족심足心을 통해 뿜어 나온 기류가 지면과의 마찰력을 줄여 주고 있었다. 벽류풍 여섯 갈래 중 하나이자 나머지 다섯 갈래의 토대이기도 한 부신은영浮身隱影이 자연스러워졌다는 증거였다.

씻! 촤촥! 촥!

칼날이 소나기처럼 퍼부어진다. 갈홍석의 도법은 여전히 위력적이다. 그러나 더 이상은 만애청을 위태롭게 만들지 못한다. 광물의 단면처럼 반들거리는 만애청의 눈은 도객의 살기 어린 눈동자와 현란하게 움직이는 칼끝과 땅바닥을 디뎌 미는 신코를 한꺼번에 포착하는 데 어려움을 느끼지 않는다. 보지 않는 듯 전부를 본다, 파악한다, 통제한다.

'바람.'

만애청은 다시 한번 자신이 바람이라고 생각했고, 민감해진 육체와 무감해진 정신을 완전히 조화시킴으로써, 마침내 바람이 되었다. 풍성하게 늘어진 버들가지들을 후리고 지나가는 바람. 가느다란 가지들 사이사이로 올올이 흩어지면서도 무엇 하나 걸리지 않고 무엇 하나 남기지 않는 그 무하유無何有의 자유.

열 초식 안에 남자의 움직임을 따라잡을 수 있으리라 믿었다.

실제로 네댓 초식 만에 남자의 얼굴을 긁어 놓는 데 성공하기도 했다. 비록 미미한 상처에 불과하지만 남자를 위축시킨 것만큼은 분명했다. 갈홍석은 남자의 눈동자가 불안하게 흔들리는 것을 보았다. 남자에게서 풍기는 두려움의 냄새를 맡았다. 그런데…….

남자의 움직임이 조금씩 빨라지기 시작한 것은 그 직후부터인 듯했다. 칼끝과 칼날의 공세를 아슬아슬하게 피해 내던 남자가 점차 안정을 찾아가는 것이 확연히 보였다. 빠름과 느림은 상대적인 개념인 관계로, 갈홍석은 혹시 자신의 칼이 느려진 것은 아닌지 의심해 보았다. 하지만 아니었다. 그의 칼은 여전히 빨랐다. 그럼에도 시간이 흐를수록 남자를 따라잡는 것이 어려워졌다.

남자가 공간 위에 무작위로 풀어놓는 잔영의 길이는 점점 길어졌고, 폭 또한 점점 넓어졌다. 잡풀로 뒤덮인 땅 위를 미끄러지는 소리가 줄어들더니, 어느 순간부터는 아무 소리도 들리지 않았다. 남자의 움직임은 인간의 움직임처럼 보이지 않았다.

이제 갈홍석은 단정 내릴 수 없게 되었다. 주위에 허깨비처럼 부유하고 있는 저 불분명한 형상이 남자의 실체인지 잔영인지를. 심상으로 불길하게 스며들어 오는 이 두려움의 냄새가 남자의 것인지 자신의 것인지를.

"쯔핫!"

머릿속에서 꿈틀거리기 시작한 미혹을 떨쳐 내려는 의도였을까. 갈홍석은 이전보다 더욱 날카로운 기합을 발하며 오른손에 움켜쥔 칼을 격렬하게 휘돌려 쳤다. 선풍소엽旋風掃葉의 살벌한 쾌도가 남자의 가슴께를 수평으로 가르고 지나갔다.

남자의 상체가 칼날이 긋고 지나간 금을 기준으로 상하로 갈라졌다. 다음 순간 남자가 사라지더니, 칼과 오른팔의 궤적 안에서 불쑥 생겨났다. 남자가 어떻게 그리할 수 있는지는 알 수 없었다. 갈홍석이 알 수 있는 것은 오직 하나, 남자가 첫 번째 반격에 나섰다는 점뿐이었다.

그리고 그 첫 번째 반격이 승패와 생사를 함께 결정지었다.

오른쪽 겨드랑이 바로 밑을 때려 온 묵직한 충격이 부풍도귀 갈홍석의 모든 것을 한순간에 집어삼켜 버렸다.

만애청은 구부리고 있던 목과 허리와 무릎의 관절들을 천천히 펴 올렸다. 그의 오른손은 전방을 향해 슬쩍 내밀어져 있었고, 그 손에 달린 다섯 손가락은 방금 발출한 장력의 여파로 가늘게 떨리고 있었다.

오방도문의 문주는 만애청에게서 다섯 걸음쯤 떨어진 곳에 널브러져 있었다. 벼락의 장법이라는 번천칠절, 그중에서도 첫 번째 수법인 인자수仁慈手에 당한 것이었다.

인자수는, 최소한 만애청에 의해 펼쳐진 그 수법은, 절대로 인자하지 않았다. 창안자에게는 미안한 일이지만, 만애청은 번천칠절의 일곱 수법 중 드물게 온건한 성질을 품은 인자수를 빠르고 정확한 타격에 특화된 수법으로 재구성했다. 그는 실전성을 무엇보다 중시하는 사람이었다. 사문의 무공을 포기할 수밖에 없는 상황이 되자 옛사람의 유학을 찾아 북녘으로의 먼 길을 떠난 것도 같은 맥락에서 한 일이라고 봐야 했다.

"너……."

갈홍석에게서 헐떡거림 같은 말소리가 흘러나왔다. 만애청은 그쪽으로 걸음을 옮겼다.

"강하구나……."

핏물에 잠긴 목소리지만 알아듣는 데는 별문제가 없었다. 만애청은 갈홍석을 내려다보았다. 오른쪽 겨드랑이를 치명적인 요처라고 표현하기는 뭣하지만, 번천칠절에 당했다면 얘기가 다르다. 오른쪽 겨드랑이를 중심점 삼아 흉부 전체가 쐐기 모양으로 꺾여 버린 갈홍석이 그 점을 입증해 주고 있었다. 비상식적으로 늘어난 왼쪽 동체 면을 따라 삐죽빼죽 튀어나온 갈비뼈들은 흉강 내 장기들을 구성하던 살점들로 뒤발이 되어 있었다. 지금 하는 저 말이 부풍도귀 갈홍석의 유언이 될 게 분명했다.

"하지만 그 조선인에게는……."

갈홍석의 눈동자가 떨림을 멈췄다.

"안 될 거……."

유언이 끝났다.

목숨도 마찬가지였다.

만애청은 갈홍석이 마지막으로 남긴 말에 대해 잠시 생각해 보았다. 난데없이 튀어나온 '그 조선인'이라는 인물이 마음에 걸렸다. 말의 맥락으로 미루어 갈홍석이 진심으로 인정하는 고수인 것 같은데…… 대체 누굴까?

하지만 이 의문을 풀어 줄 사람은, 최소한 이 자리에는 아무도 없었다. 오방도문의 문주는 죽어 버렸고, 부문주는…….

만애청은 고개를 들고 표두독도 전대귀가 서 있던 곳을 돌아보았다. 상관과 부하들을 한꺼번에 잃은 오방도문의 부문주는 이미 달아난 뒤였다. 언제 달아났는지는 알 수 없었다. 오랜만에 맞이

한 생사결전生死決戰에 몰입해 있던 탓이었다. 하지만 만애청은 조금도 당황하지 않았다. 전대귀가 달아난 것은 계획에 포함되어 있던 일이었으니까.

만애청은 몸을 돌렸고, 이제는 오방도문의 무덤이 되어 버린 소나무 숲 안쪽으로 걸어 들어갔다. 그의 발길이 향한 곳에서는 아까 당백이 들었던 기괴한 울음소리가 끊임없이 울려오고 있었다.

까르르, 까르르, 꺄오옹!

만애청이 '그 조선인'의 존재를 마음속에 처음으로 새겨 넣을 무렵, '그 조선인'은 두 마리 말이 끄는 마차를 타고 동북 방면으로 이어진 관도 위를 이동하고 있었다. 마차에 탄 사람은 모두 세 명이었다. 조선인에게는 마부석에 앉은 마부 말고도 또 한 명의 동행인이 있었던 것이다.

조선인과 함께 마차 안에 탄 동행인은 지금 잠들어 있었다. 조선인이 처음 보았을 때도 잠들어 있었고, 마차 안으로 옮겨 실을 때도 깨어나지 않았으며, 두 시진 넘게 달리는 마차 안에서도 눈을 뜬 적이 없었으니 꽤나 깊은 잠에 빠졌다고 봐야 했다.

조선인은 심산의 두루미처럼 고고한 인물이었다. 비단 그 이유 때문이 아니더라도, 그는 국경을 넘어 중국이라는 거대한 땅덩어리에 발을 들인 뒤로 동행이란 것을 거의 해 본 적이 없었다. 그에게는 남이 알면 안 되는 비밀스러운 임무가 있었고, 동행은 그 임무를 수행하는 데 있어 불필요할 뿐 아니라 오히려 지장을 초래

할 공산이 컸다. 하지만 이번 동행만큼은 그로서도 피할 길이 없었다. 왜냐하면 이번 동행 자체가 그가 맡은 임무의 핵심이기 때문이었다.

이번 동행에서 조선인이 맡은 역할은 보호자인 동시에 감시자였다. 두 역할 모두 어렵지는 않았다. 그에게는 누군가를 보호할 만한 능력이 있었고, 그의 동행인에게는 그의 감시로부터 벗어날 만한 능력이 없었다. 왜냐하면 그는 해동 땅에서 가장 강한 검객이었고, 그의 동행인은 키가 넉 자에도 못 미치는 일곱 살짜리 어린아이이기 때문이었다. 게다가 그 어린아이는 모종의 약물에 취해 깊이 잠든 상태였으니.

다시 말하거니와, 조선인은 심산의 두루미처럼 고고한 인물이었다. 조선의 모든 무인들에게 전설처럼 알려진 절심일맥絶心一脈의 당대 계승자였고, 이십 년 전 해동 반도를 휩쓴 왜란 때에는 홍안의 나이로 단신 출전하여 섭국왕자攝國王子(모종의 사유로 왕을 대신해 국사를 맡은 왕자)의 목숨을 두 번이나 구해 주는 전공을 세웠으며, 그 왕자가 왕위에 오른 뒤에는 왕실 근위대를 지휘하는 내금위장內禁衛將으로 전격 발탁되어 온 나라를 놀라게 한 바 있었다. 선비의 고매함과 무사의 결연함과 신하로서의 충성심과 겨레를 긍휼히 여기는 애민 의식을 머리로 배우고 마음으로 새기며 몸소 실천해 온 인물이 바로 그 조선인인 것이었다.

그런데 이처럼 대단한 인물이 일곱 살짜리 어린아이를 납치하는 일에 가담하다니!

"후."

김이金珥라는 이름을 가진 조선인은 자신도 모르게 한숨을 내쉬었다. 명분과 양심이 늘 일치하지 않는다는 점은 아는 바이나 이번처럼 극렬히 상충하는 경우는 드물 거라고 생각하면서.

오방도문 문주의 호의 혹은 경외가 담긴 마차는 꽤나 튼튼하게 만들어진 것이었고, 군용로로도 자주 쓰이는 동북 방면 관도는 중국 내 다른 관도에 비해 넓고 평탄했다. 덕분에 김이는 달리는 마차 안에서도 소나무처럼 안정적인 자세를 유지할 수 있었다. 그러나 맞은편 자리에 잠들어 있는 아이에게로 부지불식 향하는 눈빛만큼은 바람 속 촛불처럼 위태롭게 흔들릴 수밖에 없었다.

그리 크지 않은 마을에서 피리 선생 노릇으로 버는 수입은 제한적이었다. 가욋벌이가 전혀 없는 황다영으로서는 바닥 난 뒤주를 내려다보며 한숨을 삼킨 일이 다반사였고, 그나마 대사형이 온 뒤로 조금은 나아졌다고 할 수 있으나, 그렇다고 빈궁한 형편 자체가 바뀐 것은 아니었다. 그처럼 빠듯한 가계에서 황망하게 나선 길이니만큼 독행천리獨行千里에 풍찬노숙風餐露宿을 면할 도리가 없으리라고 단단히 각오했었다. 한데 지금의 처지를 놓고 보자면…….

'독행천리도 아닌 데다 풍찬노숙과는 멀어도 너무 멀다고 해야겠지.'

황다영은 마차의 차창 너머를 내다보며 이렇게 생각했다. 언제 이런 계절이 되었을까. 한여름의 젊고 싱싱한 풍경이 마차의 진동에 맞춰 부드럽게 흔들리며 뒤로 밀려가고 있었다.

어제 점심 무렵부터 타기 시작한 이 크고 튼튼한 이두마차는 팍

팍할 수밖에 없었던 행보에 놀랍도록 큰 편의를 제공해 주었다. 자리에 앉은 채로 하루 이백 리를 이동할 수 있다는 것만 해도 감지덕지한 일인데, 거기에 실내 구석구석 배어 있는 고급한 풍격은 그녀 같은 평민으로서는 부담을 넘어 두려움마저 느낄 정도였다. 차창 안쪽에 달려 그녀의 코앞에서 어른거리고 있는 휘장만 해도 그랬다. 그녀는 이만큼 좋은 비단으로 지은 옷을 한 번도 가져 본 적이 없었다.

따지고 보면, 아니 따지고 말고 할 것도 없이, 이 편의는 전적으로 금승위 제일위장인 국일한이라는 남자 덕분이었다. 그리고 그남자는 지금 황다영의 맞은편 자리에 팔짱을 끼고 앉은 채 잠들어 있었다.

국일한의 얼굴에서 가장 눈에 띄는 부위는 뭐니 뭐니 해도 콧수염이었다. 날개를 편 기러기 모양으로 다듬어 놓은 저 콧수염이 없다면 무관으로서 지나치게 온순한 인상이었을 거라는 생각이 들었다. 그런데 조금 더 자세히 관찰하다 보니 단지 그 이유 하나만으로 콧수염을 기른 것 같지는 않다는 생각이 들었다. 콧방울 옆으로 흐르는 팔자주름 왼쪽에 작은 홈 하나가 파여 있는 것을 발견했기 때문이다. 아마도 마맛자국인 듯싶은데, 저 홈이 아래로 더 이어져 있다면 콧수염을 길러 덮고 싶은 마음이 생길 법도 했다.

황다영은 설핏 웃으며 생각했다.

'티는 안 내지만 외모에 꽤나 신경을 쓰는 사람인가 봐.'

문득, 누군가의 얼굴을 이렇게 물끄러미 바라본 게 언제 적 일인지 모르겠다는 생각이 들었다. 삼산파를 떠난 뒤로 여러 해 동안, 그녀가 물끄러미 바라볼 수 있었던 얼굴은 그 기간에 낳고 키운 아들의 얼굴이 유일했으니까.

황다영은 삼산파를 떠난 뒤로 스스로를 절반쯤 죽은 사람이라고 여겼다. 절반쯤 죽은 사람이 다른 사람의 얼굴을 물끄러미 바라볼 일은 없을 터였다. 끈질긴 사냥개처럼 그녀의 초당을 맴돌던 대사형마저도 그녀를 속박하는 이 우울한 규칙을 피해 가지는 못했다.

'그런데 지금은 왜 아무렇지도 않게 저 남자의 얼굴을 보고 있는 걸까?'

국일한이라는 남자에게 호감을 가진 것은 사실이었다. 하지만 그 호감이 편의를 제공받은 데 따른 고마움을 넘어서는 것은 절대 아니었다. 단지 고맙다는 이유만으로 얼굴에 숨어 있는 마맛자국까지 찾아낼 만큼 열심히 뜯어보지는 않을…….

여기까지 생각하던 황다영은 귓가에서 팍팍 소리가 울리도록 고개를 흔들었다.

'지금 그런 게 문제가 아니잖아!'

지금은 하나뿐인 아들이 납치당한 상황이었다. 그래서 납치범들이 요구하는 한 가지 일을 처리하기 위해 이동하는 중이었다. 이동 과정에 상당한 편의가 주어졌다고 해서 바뀌는 것은 아무것도 없었다. 아들은 여전히 납치당한 상태고, 그녀는 여전히 그 일을 처리해야만 한다. 극도로 초조하고 절박해야 마땅하지 않은가? 그러니 창밖 풍경에 눈길을 주거나, 차내 기물을 품평하거나, 낮잠을 자는 외간 남자의 얼굴에 관심을 둘 여유 따위는 없어야 했다.

그런데, 그렇지가 않았다.

혹시나 싶어 거듭 자문해 보았지만, 그렇지가 않았다.

다시 말하거니와, 삼산파를 떠난 뒤부터 황다영은 스스로를 절

126

반쯤 죽은 사람이라고 여겨 왔었다. 한데 그렇게 죽은 절반이 극도로 초조하고 절박해야 마땅한 이 여정 속에서 되살아나고 있음을, 그녀는 희미하게나마 자각할 수 있었다. 그리고 그렇게 되살아난 절반은 지금의 이 상황을 즐기고 있는 것 같았다.

황다영 본인도 믿기 힘들지만, 실제로 그런 것 같았다.

그때, 텅 하는 소리와 함께 차체 한쪽이 펄쩍 솟구치더니 마차가 급히 멈췄다. 그 바람에 앉아 있던 자리에서 한 뼘이나 튀어 오른 황다영은 마차 벽에 걸린 휘장을 붙잡으며 몸을 버텼다. 하지만 맞은편에 팔짱을 끼고 앉아 꾸벅꾸벅 졸고 있던 남자는 그녀처럼 민첩하게 반응하지 못했다. 팔짱을 낀 채로 한 뼘이나 튀어 올랐다가, 급히 푼 양팔을 날개처럼 퍼덕거리며 의자 위로 떨어졌다가, 끝내 중심을 못 잡고 마차 바닥에 엎어지고 말았다. 마차 바닥에 푹신한 융단이 깔려 있지 않았다면 코가 깨졌을지도 모른다.

"음?"

융단에 처박힌 고개를 들어 올리던 국일한이 눈을 끔뻑거리다가 화들짝 놀란다. 마차 바닥에 엎어지며 비몽사몽으로 휘저은 자신의 양팔이 무엇을 끌어안았는지 그제야 알아차린 눈치였다. 바로 황다영의 발목.

얄궂은 순간, 남자와 여자의 눈길이 마주쳤다.

"헉!"

국일한이 두 팔을 풀며 펄쩍 뛰어올랐다. 이 대목에서 아쉬운 점은, 금승위 제일위장의 끗발로 빌린 마차가 제법 큰 편이기는 해도 그 금승위 제일위장이 펄쩍 뛰어올라도 될 만큼 크지는 않다는 것. 그 결과 국일한은 송판으로 짠 마차 천장에서 쩍, 소리가 울리도록 정수리를 들이받고는 다시금 마차 바닥으로 떨어질 수밖에 없었다. 하지만 융단에 재차 박힌 얼굴을 얼른 들지 못하는 것은 정수리에 가해진 충격과 무관한 듯했다.

"하하……."

하체는 위, 상체는 아래로 향한 상태로 자신의 신코 바로 앞에 고개를 박고 있는 남자를 내려다보던 황다영이 갑자기 폭소를 터뜨렸다.

"하하하, 아하하하!"

말 그대로 폭소, 배 속으로부터 덩어리진 웃음들이 폭죽처럼 솟구쳐 나왔다.

황다영의 웃음은 한참 동안 이어졌다. 옆구리가 결리고, 턱 밑이 뻐근하고, 일그러진 눈에서는 눈물까지 찔끔 났지만, 그래도 웃음을 멈출 방도가 없었다. 아니, 멈추겠다는 생각조차 들지 않았다.

"하, 하하…… 하아……."

토혈처럼 격렬한 그 웃음이 마침내 멈췄을 때, 황다영은 융단에서 고개를 들고 자신을 올려다보는 국일한과 눈이 마주쳤다. 그녀는 국일한의 얼굴이 조금 붉어져 있는 것을 발견했다. 부끄러워하는 것 같기도 했고, 화를 내는 것 같기도 했다.

"제가 너무 크게 웃었나요?"

눈길을 피하며 꾸물꾸물 몸을 일으키는 국일한에게, 황다영이 고개를 숙여 보였다.

"그랬다면 사과드릴게요."

국일한이 피했던 눈길을 다시 맞추며 그녀에게 물었다.

"내 꼴이 그렇게 우스웠소?"

그랬나?

우스웠던 것은 맞지만, 또 그래서 웃기 시작한 것도 맞는 것 같지만, 방금 터진 폭소를 그런 것만으로 설명할 수는 없었다. 황다영이 아무 대답도 하지 않자 이번에는 국일한 쪽에서 그녀를 향해 고개를 꾸벅 숙였다.

"뭐죠?"

"어…… 그러니까……."

몇 번 뜸을 들이던 국일한이 관청에 처음 들어가 본 촌사람처럼 경직된 표정으로 말했다.

"믿어 주시오."

"예? 뭘……?"

"조금 전 부인의…… 부인의 신체에 손을 댄 것은 절대로 이 사람의 고의가 아니었소."

황다영은 배 속이 또다시 간질거리는 기분을 느꼈다. 하지만 이 시점에서 아까와 같은 폭소가 한 번 더 터진다면 피차 난처해질 것 같았다. 그녀는 무너지려는 입술 모양을 억지로 버티면서 국일한에게 말했다.

"만일 고의로 그랬다면, 굉장한 연기력이라고 칭찬해 드리고 싶군요."

"고의가 아니라고 했잖소!"

"그래요, 고의 아닌 거 알고 있어요. 알고 있으니까 그렇게 정색하실 필요 없고요."

국일한의 얼굴이 확 밝아졌다.

"정말로 그렇게 생각하시오?"

"그렇다니까요."

실소 같은 한숨을 쉰 황다영이 말을 이었다.

"대저택에 사는 귀부인처럼 조신하게 굴 작정이라면 애당초 강호에 발을 들일 생각조차 말아야겠죠. 염려 마세요. 나는 그런 귀부인하고 거리가 먼 사람이니까. 사람끼리 몸 좀 닿는 게 무슨 대단한 일이라고. 자, 그런 김에 한 번 더 만져 보시겠어요?"

그러면서 앉은 채로 다리를 슬쩍 뻗어 내니, 국일한이 황망한 표정을 지으며 손을 홰홰 내두른다. 황다영은 빙긋 웃으며 자세를 바로 했다.

"흠, 흠."

헛기침으로 어색함을 지우던 국일한이 눈길을 차창 밖으로 돌리며 말했다.

"그나저나 마차가 멈췄구려."

황다영도 국일한을 좇아 차창 밖을 돌아보았다.

"그렇군요."

"마부에게 이유를 물어봐야겠소."

마차 내부와 마부석은 나무 벽으로 가로막혀 있었고, 그 가운데에는 미닫이창 하나가 나 있었다. 국일한이 앉은 몸을 뒤로 돌려 창을 열자 젊은 마부의 잘생긴 얼굴이 곧바로 보였다. 히죽히죽 웃고 있는 것으로 미루어 차 안의 동정을 살핀 지 제법 되는 것 같았다.

국일한이 마부에게 물었다.

"마차가 왜 멈추었는가?"

마부가 웃음기를 매단 채 대답했다.

"조금 전에 들개 두 마리가 나타났습지요. 그 바람에 말들이 놀란 모양입니다."

마부는 어깨를 으쓱거린 뒤 말을 이었다.

"하지만 소인이 멀리 쫓아 버렸으니 두 분께서는 안심하시고 환담을 계속 나누셔도 됩니다."

국일한이 눈살을 찌푸렸다.

"환담?"

마부는 대답 대신 히죽 웃기만 했다. 그 웃는 얼굴에 대고 탁, 소리 나게 미닫이창을 닫은 국일한이 불퉁한 얼굴로 황다영에게 말했다.

"저 마부, 몹시 경박한 자인 것 같소."

황다영 또한 대답 없이 빙긋 웃기만 하여, 국일한의 얼굴은 더욱 불퉁해질 수밖에 없었다.

"히랴!"

잘생겼지만 경박한 마부의 외침이 울리고, 멈춰 있던 마차가 관도를 따라 다시 굴러가기 시작했다.

잘생겼지만 경박한 마부가 언급한 들개 두 마리는, 실제로는 들개가 아니었다. 그들은 엄연히 사람이고, 보다 상세히 말하면 말라깽이 중늙은이와 대머리 거한이며, 지금은 두 사람 모두 심각한 표정으로 어금니를 질끈 깨물고 있었다. 이유는 비도飛刀 한 자루였는데, 그 비도는 거한의 왼쪽 어깨에 깊숙이 박혀 있었다.

"끕!"

중늙은이가 비도를 잡아 뽑은 순간 거한의 꾹 다문 입술 사이로 짓눌린 신음이 터졌다. 칼날을 따라 붉은 핏물이 쭉 뿜어 나오고, 중늙은이는 준비해 두었던 오징어 뼛가루를 상처 부위에 뿌린 다음 기다란 천으로 친친 감았다.

"아아, 살살 좀…… 젠장, 우라지게 아프네."

거한이 누런 천 위로 빠르게 배어 올라오는 핏자국을 노려보며 투덜거렸다. 그자의 민머리는 잠깐 사이 흘린 진땀으로 번질거리고 있었다.

"근육이 많은 데라 뼈는 상하지 않은 것 같아. 이만하길 다행으로 여기라고."

중늙은이가 천의 양 끝을 동이며 말했다.

"남은 아파 죽겠다는데 다행이라니, 그걸 위로라고 하는 거요?"

대머리가 인상을 우그러트리며 따졌다. 중늙은이는 대머리의 얼굴을 잠시 쳐다보다 픽 웃었다.

"이 이름을 들으면 위로가 될지도 모르겠군."

"이름? 무슨 이름?"

"장휴."

"장휴?"

기억을 더듬듯 천천히 끔뻑거리던 거한의 두 눈이 어느 순간 왕방울처럼 휘둥그레졌다.

"금승위의 장휴? 태항산의 적씨 형제들을 단신으로 결판내 버렸다는 바로 그 장휴?"

"그래, 바로 그 장휴. 이걸 보라고."

중늙은이는 바닥에 놓인 피 묻은 비도를 들어 거한의 얼굴 앞에 들이밀었다.

"이 관음보살. 천하에 비도를 쓰는 고수는 많지만 관음보살이 조각된 비도를 쓰는 인물은 오직 관음비도觀音飛刀 장휴張休 한 사람뿐이지."

중늙은이의 말대로 비도의 손잡이에는 관음보살의 전신상이 정교하게 돋을새김 되어 있었다. 그 관음보살을 한참 들여다보던 거한이 입속에 고인 침을 꿀꺽 삼기더니 확인하듯이 물었다.

"형님 말씀인즉, 아까 그 마차를 몰던 마부가 관음비도 장휴라 이거요?"

"왜 아니겠나."

"젠장, 어째 보수가 두둑하다 했더니만."

"큰돈에는 그만한 대가가 따르는 법이지."

중늙은이의 말에 자신의 다친 어깨를 슬쩍 내려다본 거한이 고개를 갸웃거렸다.

"하지만 이상하잖소. 고수들이 득시글거리는 금승위에서도 세 손가락 안에 꼽힌다는 장휴가 무슨 까닭에 평복 차림으로 마부 노릇이나 하고 있단 말이오?"

"그것까지는 알 수 없지. 오늘 우리가 알아낸 것은 그 마부가 관음비도 장휴라는 사실 하나뿐이니까. 아니, 정확히 말하면 우리가 알아낸 게 아니라 장휴 쪽에서 우리에게 알려 줬다고 해야겠지."

중늙은이가 손에 쥔 비도를 까닥거렸다. 비도를 노려보던 거한이 침중하게 중얼거렸다.

"내가 누군지 알려 줄 테니 귀찮게 굴지 마라……."

"맞아. 이를테면 경고장인 셈이지, 이 비도는."

중늙은이는 마차가 사라진 방향으로 시선을 돌렸다.

"다른 것들을 더 알아내기 위해서는 장휴인 줄 알면서도 건드려야 한다는 얘긴데…… 내 생각에는 안 그러는 게 좋을 것 같구먼."

거한의 표정이 망연해졌다. 아마도 조금 전에 벌어졌던 일들을, 관도 옆 숲에 숨어 있던 자신이 달리는 마차를 향해 화살 한 대를 발사한 일과, 그 마차를 몰던 마부가 말채찍을 슬쩍 휘둘러 화살을 걷어 낸 일과, 마부의 소매 속에서 튀어나온 비도가 빛살처럼 날아와 자신의 어깨에 박힌 일과, 비도가 뿌려 낸 빛살만큼이나 날카로운 마부의 안광이 십여 장 거리를 격하여 자신의 얼굴에 꽂혀 든 일 등을 한꺼번에 떠올린 눈치였다.

거한이 부르르 진저리를 치더니 중늙은이에게 말했다.

"하지 맙시다, 형님."

중늙은이는 당연하다는 듯이 고개를 끄덕인 뒤 바닥에 내려놓았던 봇짐에서 붓과 먹물이 담긴 통과 닥종이 한 장을 꺼냈다. 봇짐 옆에는 댓살로 짠 새장이 한 채 놓여 있었고, 그 새장 안에는 몸통은 희고 머리통은 새까만 비둘기 한 마리가 반들거리는 눈으로 바깥의 사람들을 내다보고 있었다.

중늙은이는 흑도인답지 않게 무척이나 꼼꼼한 성격이었다. 그는 닥종이 위에 신중히 붓을 놀려 십여 개의 글자를 적은 뒤, 그 아래쪽에다가는 비도 손잡이에 돋을새김 된 관음보살의 탑본까지 떠 넣었다.

비둘기가 새장 밖으로 꺼내졌다. 돌돌 말린 닥종이가 비둘기의 발목에 단단히 묶이고, 비둘기를 두 손으로 붙잡아 들어 올린 중늙은이는 대머리 거한을 돌아보며 말했다.

"아우나 나 같은 조무래기야 관음보살의 경고 한 방에 꼬리를 말 수밖에 없지만, 글쎄, 이 전서를 받아 볼 사람에게는 그 경고가 먹힐 것 같지 않구먼."

잠시 후 비둘기 한 마리가 푸드덕 날갯짓을 하며 숲 위로 날아올랐다.

태산검문의 젊은 주인은 예정보다 반 시진가량 늦게 객잔에 도착했다. 비단 그 이유 때문이 아니더라도 김이는 그자를, 나아가 이 나라 강호에서는 명성이 자자한 태산검문이라는 문파를 탐탁지 않게 여겼다. 다만 그자를 맞이하는 자리에서는 그런 기색을 전혀 내비치지 않았다. 고국을 떠난 지 여러 해인 검객은 자신의 속내를 감추는 데 이미 익숙해져 있었다. 노련한 장사꾼처럼, 혹은……

'노련한 첩자처럼.'

이렇게 자학에 가까운 생각을 하면서, 김이는 자리에서 천천히 일어서서 읍례를 올렸다.

"변방의 소국에서 온 장사치가 중원 강호에 위명 쟁쟁하신 태산검문의 문주께 인사 올립니다."

이처럼 낯간지러운 말을 술술 읊는 것도 노련한 장사치 혹은 첩자답다고 해야 할 터. 국경을 넘기 전이라면 상상도 못 했을 일인데 이제는 혀끝에 짝짝 붙어 나오고 있었다.

김이의 이런 심정을 알 리 없는 상대는, 그러니까 그리 넓지도 않은 객잔에 여덟 명이나 되는 검객들을 거느리고 위풍당당하게 들어온 태산검문의 젊은 문주는, 초면의 이방인에게 그다지 신경을 쓰지 않는 눈치였다. 그런 태도는 시간을 맞추지 못한 데 대한 사과 따위 일절 생략한 무성의한 답례에서도 여실히 드러났다.

"반갑소. 태산검문의 이환이오."

소개받은 대로 그렇고 그런 장사치로 간주하는 것이라면, 김이는 태산검룡이라는 굉장한 별호를 가진 저 젊은 문주에 대한 평가를 한 단계 더 낮출 작정이었다. 자신이 부지불식간에 드러낸 검기를 감지하고 알아서 숙이고 들어온 오방도문의 문주 갈홍석보다도 감이 떨어지는 자가 분명할 테니. 하기야 갈홍석의 감이 별난 편이기는 했다. 들짐승처럼 예민한 그 칼잡이는 변방 흑도 문파의 주인으로 썩기에 확실히 아까운 면이 있었다.

이쪽에서 권하기도 전에 맞은편 자리에 털썩 앉은 태산검룡 이환이 여전히 서 있는 김이를 올려다보며 물었다.

"사람은 어디 있소?"

심산의 두루미처럼 고고한 검객이라면 모를까, 노련한 첩자는 새파란 청년의 무례에도 불쾌한 기색을 드러내지 않았다. 김이는 우선 자리에 앉은 다음, 이제껏 만난 중국인들 대개가 좋아하던 은근한 미소를 얼굴에 그리며 대답했다.

"객방에 데려다 놓았습니다. 지금은 잠들어 있지요. 다만 그 잠이 지나치게 길어질까 우려되기는 합니다."

"우려?"

이환은 재미없는 농담이라도 들은 사람처럼 고개를 갸웃거리더니 말을 이었다.

"본 파의 몰환향沒患香에 취한 자를 깨우는 유일한 방도는 본 파의 해약을 복용시키는 것뿐이거늘, 그 일에 대해서 귀하가 왜 우려

136

하는지 모르겠구려."

'근심을 없애는 향기'라는 뜻의 몰환향.

하지만 이름만 그럴싸할 뿐 인간을 장시간 잠재우는 독한 수면제에 불과했다.

김이가 태산검문이라는 문파 전체를 탐탁지 않게 여기는 이유도 바로 이런 점에 있었다. 중국에 들어와 접한 소문들 중에는 태산검문의 전대 문주인 철검선생 이대창과 관련된 것도 몇 가지 있었는데, 그 이대창이 검법만큼이나 집착했던 분야가 어떤 해명으로도 미화시키지 못할 위험천만한 약리학藥理學이라는 사실을 안 뒤에는, 그리고 그 과정에서 탄생한 다종의 비약들이 태산검문을 강호 굴지의 세력으로 끌어올리는 데 큰 몫을 했다는 사실을 안 뒤에는, 이미 작고한 검법 대가에 대한 존경심을 깨끗이 접게 되었던 것이다.

"귀 문파의 몰환향에 취한 자가 일곱 살짜리 아이이기 때문에 우려하는 겁니다. 자칫 아이의 건강에 문제라도 생기면 곤란하지 않겠습니까?"

김이의 말에 이환이 작게 코웃음을 쳤다.

"해동이 군자의 나라라고 하더니만, 귀하가 그런 군자인 줄은 미처 몰랐소. 다만, 이번 일이 제국의 안위와 관련된 대사라는 점을 잊지는 마시기 바라오. 값싼 동정심은 금물이라는 뜻이오."

일곱 살짜리 아이에게 독한 수면제를 쓴 일에 대한 변명치고는 지나치게 거창하다는 생각이 들었지만, 그래도 김이는 빙긋 웃었다.

"문주의 금언, 마음에 새겨 두겠습니다."

상대의 고분고분한 반응이 마음에 들었는지 이환의 표정이 더욱 양양해졌다.

"마음에 새겨 둔다니 다행이오. 귀하는 이만 가 보도록 하시오."

김이가 물었다.

"어디로 가라는 말씀인지?"

"귀하가 어디로 가는지까지 내가 알려 줘야 하오?"

이환으로부터 돌아온 퉁명스러운 반문에, 김이는 탁자 옆에 기대 세워 둔 자신의 죽장竹杖을 내려다보았다.

'젊은 친구, 호의까지는 아니더라도 적의는 품고 싶지 않으니 부디 선을 넘지는 말게나.'

하지만 이런 생각에 반하는 궁금증도, 즉 갈홍석에게는 있고 이환에게는 없는 감으로 말미암아 태산검문이 지불할 대가가 무엇일지에 대한 궁금증도 일어났다.

다시 고개를 든 김이가 이환에게 물었다.

"문주의 말씀은, 소생더러 이번 일에서 빠지라는 뜻인가요?"

이환은 거만한 눈길로 김이를 바라보았고, 김이는 그것을 대답으로 받아들였다.

이 무언의 대답을 알아차린 자는 또 있었다. 이환이 데려온 여덟 명의 검객 중 이마에 붉은 영웅건을 두른 한 명이 김이가 앉은 의자 옆으로 다가와 고압적인 투로 말했다.

"문주께서는 귀하에게 가라고 말씀하셨소."

그자에게는 눈길도 주지 않은 채, 김이가 이환에게 말했다.

"대리영에 계시는 순무사 영감께서는 문주께서 이러시는 것을 좋아하지 않으실 텐데요."

이환이 이번에는 입을 열어 대꾸해 주었다.

"순무사 영감께는 본인이 잘 말씀드리리다. 사리 분별에 밝은 분이시니 중화인도 아닌 귀하를 이번 일에서 배제하고자 하는 본인의 의향을 납득하실 것이라 믿소."

말을 마친 이환이 김이의 옆에 서 있는 검객에게 눈짓을 보냈다. 턱에서 덜컥 소리가 날 만큼 고개를 크게 끄덕인 검객이 김이의 왼쪽 어깨를 향해 오른손을 뻗었다.

"그만 일어서시지."

결코 길다 할 수 없는 이 두 마디가 그자의 입에서 흘러나오는 사이, 김이는 왼손으로 죽장의 목을 잡음과 동시에 오른손으로 죽장의 머리를 움켜 비틀었다. 그럼으로써 죽장 안에서 뽑혀 나온 길고 가느다란 칼날을 휘두른 다음, 다시 죽장 안으로 되돌려 넣었다. 김이는 여전히 의자에 앉은 상태였고, 그가 움직이는 것을 알아차린 사람은 아무도 없었다. 심지어는 바로 맞은편에 앉아서 지켜보던 이환조차도.

딸깍.

죽장의 머리가 죽장의 몸체에 맞물리는 소리가 작게 울리고, "헉!" 하는 탄성이 그 뒤를 따랐다.

탄성을 터뜨린 사람은 김이를 위협하던 검객이었다. 지금 그 검객은 눈꼬리가 찢어지지 않을까 걱정스러울 만큼 눈을 흡뜨고 있었는데, 이마에 둘렀던 붉은 영웅건이 두 쪽으로 잘려 나풀나풀 떨어지는 광경을 본 때문이리라.

다음 순간, 그 검객의 얼굴이 흉하게 일그러졌다. 방금 자신에게 벌어진 일이 누구로부터 비롯되었는지를 그제야 알아차린 듯했다.

"에익!"

영웅건을 잃고 산발이 된 검객이 어깨너머로 튀어나온 검자루를 향해 오른손을 들어 올렸다.

김이의 눈동자 깊숙한 곳에서 서늘한 빛이 번득였다.

딸깍.

대나무끼리 맞물리는 소리가 다시 한번 울리고, 장검을 잡아 뽑기 위해 올라간 검객의 오른손은 검객의 어깨 위 어딘가에서 엉거주춤하게 멈추고, 그 장검이 검집째 마룻바닥에 떨어지는 텅, 소리가 울렸다. 이번에 김이가 자른 것은 검집을 등에 고정해 주는 가죽끈이었던 것이다.

"다음에는 손목입니다."

김이가 이환에게 말했다. 그는 여전히 의자에 앉아 있었고, 중국인들 대개가 좋아하던 은근한 미소를 한 번도 거둔 적이 없었지만, 다음에 손목을 자르겠다는 말만큼은 진심이었다. 이방인의 땅에서 장사치의 의복을 입고 돌아다니는 이상 모욕을 당하는 것은 얼마든지 참을 수 있었다. 그러나 고국을 위한 임무에서 배제되는 것은 인내심으로 누를 성질의 문제가 아니었다. 필요하다면 그는 일말의 주저도 없이 절심일맥의 검을 뽑을 작정이었다.

김이를 바라보는 이환의 표정이 잠깐 사이에 몇 차례나 바뀌었다. 그것이 명예와 실리 사이에서 일어난 갈등의 표증임을, 김이는 어렵지 않게 알아볼 수 있었다. 그는 눈앞의 젊은이에게 명예를 지나치게 따지는 경향이 없기를 바랐다. 오물로 가득한 배일망정 한배를 탄 처지임에는 분명한 만큼, 동승자의 피를 보는 일은 피하고 싶었기 때문이다.

다행히 태산검문의 젊은 문주는 명예보다 실리를 중히 여긴 것 같았다. 장사치로 위장한 검객이 검객으로서의 본색을 드러내자, 검객으로 위장한 장사치 또한 장사치로서의 본색을 드러낸 것이라고 봐야 할지도 모르겠다.

"순무사 영감께서 김 대인을 이번 행사에 참가시키신 이유가 있었군요. 고수를 눈앞에 두고도 알아보지 못한 점, 늦게나마 사과드리겠습니다."

자리에서 일어선 이환이 김이에게 포권을 올렸다.

"심하深河에 아이를 깨울 수 있는 분이 계십니다. 김 대인께서 허락하신다면, 아이와 함께 그곳으로 모시겠습니다."

심하면 이곳에서 하루 거리에 있는 동북의 큰 도회였다. 김이는 자리에서 일어나 이환을 향해 마주 포권을 올렸다.

"사양하지 않겠습니다."

이로써 한배에 탄 승객들은 김이가 걱정하던 선을 넘지 않을 수 있었다.

6월 27일

⊗

'엄마, 잘못했어요.'

아이가 운다.

'엄마, 잘못했어요.'

아이가 빈다.

'엄마, 다시는 안 그럴……'

그녀는 잘못한 것도 없는데 잘못했다면서 울고 비는 아이가 밉다. 아이를 그렇게 만든 본인이 밉다. 그래서 아이를 때린다. 머리통이며 어깨, 등짝 가릴 것 없이 손바닥으로 팡팡 두들긴다.

아이가 작은 몸을 고슴도치처럼 말며 그 자리에 웅크린다. 아이는 맞는 데 익숙하다. 네 살밖에 되지 않는 아이지만 훨씬 어릴 때부터 어미에게 맞아 왔기 때문이다.

아이에게 떨어지는 그녀의 손이 누군가에게 붙잡힌다. 그녀는 고개를 들어 그 사람을 바라본다.

대사형.

사모님이 돌아가시고 얼마 지나지 않아 사문에서 훌쩍 사라져 버린 남자.

그 남자가 그녀 앞에 다시 나타난 것이다. 버림받고 스스로 쫓겨 나와 엉망진창이 되어 버린 그녀의 삶 위에 다시금 크고 단호한 그림자를 드리운 것이다.

대사형이 말한다. 아무렇지도 않게, 마치 어제 헤어졌다 오늘 만난 사람처럼.

'사매의 아이인가? 똑똑하게 생겼는걸. 엄마가 엄한 건 나쁘지 않지만, 그래도 때리기엔 너무 어린 것 같군. 그런데 아이 이름이 뭐지?'

그녀가 대답한다.

'원형……'

대사형이 다시 묻는다. 아무렇지도 않게, 하지만 눈을 섬뜩하게 번득이면서.

'성은?'

황다영은 눈을 떴다.

희끄무레한 것이 눈앞에서 떠다니고 있었다. 방금 꾼 꿈, 지난 삼 년간 수십 번이나 꾼 탓에 깨어난 즉시 꿈이라는 것을 알아차릴 수 있는 그 꿈의 잔영일까? 하지만 눈에 초점이 맺힐 때까지 계속 올려다보노라니 저 희끄무레한 것이 꿈이 아닌 현실 속 물체임을 알 수 있었다. 휘장이었다. 하얀 비단으로 만든 휘장이 침대에 누워 있는 그녀의 얼굴 위에서 큰 깃발처럼 나부끼고 있었다.

시선을 조금 옮기자 창문이 열린 것이 보였다. 그리로 들어온 밤

바람이 침대 머리맡에 드리워 놓은 휘장을 두드려 날리고 있었다.

황다영은 침대에서 일어나 앉았다. 손가락으로 눈가를 비비자 찐득한 눈물 가루가 점점이 붙어 나왔다. 꿈을 꾸며 운 것일까? 그럴 것이다. 그 꿈을 꿀 때마다 울었던 것 같으니까. 아이를 때리다가 울었을지도 모르고, 아니면 대사형의 번득이는 눈이 무서워서 울었을지도 모른다.

'성은?'

이름은 지어 줬지만 성은 지어 주지 않았다. 그래서 아이는 네 살이 되도록 성 없이 이름으로만 불렸다. 그런 아이가 처음으로 성을 얻은 날이 바로 그날이었다. 오래전 사라진 대사형이 불쑥 찾아온 날. 별 이유도 없이 아이를 때리던 어미의 손을 붙잡아 막은 날. 그 어미는, 심신이 모두 피폐해져 병적일 만큼 신경질적으로 변해 버린 황다영은, 그날 대사형의 번득이는 눈을 외면하며 떨리는 목소리로 이렇게 대답했다.

'애 성은 황이에요.'

아이는 그렇게 성을 갖게 되었다. 어미의 성을.

바람에 날리는 휘장이 자꾸 목덜미를 쓸어 댄다. 황다영은 침대에서 나와 창가로 걸어갔다. 얇은 여름 속옷이 팔랑거리지만 그녀는 옷깃을 여밀 생각도 하지 못했다. 누군가를 조롱하듯 건들거리는 창문을 닫으려다가, 그냥 놔두기로 했다. 여름밤에 부는 바람치고는 제법 서늘했지만 그 서늘함이 오히려 반가웠다. 까닭 없이 달아오른 얼굴이 차가워지고, 정리한 지 몇 년은 된 옷장처럼 복잡하기만 하던 머릿속도 조금씩 정리되는 기분이 들었다.

서늘한 밤바람을 맞으면서 황다영은 입술을 작게 달싹거렸다.

"황, 원형."

아비의 성조차 물려받지 못한 아이에게 어미는 왜 그렇게 못되게 굴었을까?

황다영은 이 질문에 대한 나름의 답을 이미 내놓은 뒤였다. 아비를 똑 빼닮은 아이였다. 또랑또랑한 이목구비만이 아니었다. 영특한 두뇌와 세심한 마음씨까지 그 남자 그대로였다. 그래서 미웠다.

하지만 정말로 밉기만 한 것이었을까?

'사매가 싫어져서가 아니야. 사부님을 위해서는, 우리 삼산파의 미래를 위해서는 이럴 수밖에 없어. 그래, 이런 날 욕해도 좋아. 때려도 좋아. 하지만 사매, 사매를 향한 내 마음만은 변치 않았다는 걸 알아줘. 제발.'

칠 년 전 그 남자가 변명처럼 늘어놓은 이별의 당위는 그리 설득력이 없었지만, 그럼에도 황다영은 그 말에 따랐다. 어릴 적 친부모를 잃은 그녀에게 사부님은 부친이요 사문은 집안이었다. 그래서 부친과 집안을 위해 자신의 감정을 희생하는 착한 딸이 되기로 마음먹었다.

그래, 없던 일로 치자. 하룻밤 달콤한 꿈을 꾸었다고 치자. 그는 그대로, 나는 나대로 그렇게 사는 거야. 가슴이 아프겠지만, 눈물도 흘리겠지만, 그냥 그렇게 살아 보는 거야.

하지만 없던 일로 치는 것은 불가능했다. 없던 일로 치기 위해 수도 없이 짓씹었던 입술의 상처가 채 아물기도 전, 자신의 태 안에서 꿈틀거리기 시작한 그 남자의 씨앗을 느꼈기 때문이다. 월경이 그치고, 냄새에 예민해지고, 살구처럼 시큼한 것이 입에 당기고, 젖가슴이 커지고……. 여자라면 당연히 알아차릴 수밖에 없는 잉태의 증거들은 황다영을 지옥 같은 번민 속으로 몰아넣었다.

사모님이 계셨다면 이 번민을 조금이라도 나눌 수 있었을 텐데. 하지만 사모님은 이미 돌아가셨지 않은가.

그 남자에게 이 사실을 알릴까? 혹시 마음을 돌릴지도 모르잖아?

하지만 태산검문의 여식과 택일까지 마친 그 남자가 눈에 보이지도 않는 작은 씨앗 하나에 마음을 돌려 옛사랑에게로 돌아올 가능성은 전혀 없어 보였다. 그녀를 아껴 주시던 사부님도 이번만큼은 별 도움이 될 것 같지 않았다. 이번 혼례에 가장 고무된 사람은 바로 사부님이니까.

아기를 지워 버릴까?

그럴 수도 없었다. 아기와의 생리적 유대는 이미 시작된 뒤였다. 식사 때만 되면 헛구역질부터 나와도, 조금만 움직이면 숨이 턱에 차도, 황다영은 기꺼이 감내했다. 아기의 태동이 안겨 주는 아랫배의 무지근함마저도 예비 엄마에게는 오직 경이로울 따름이었다. 슬픔으로 가득 찬 일상을 지키기 위해 이 작고도 힘찬 생명을 지운다는 것은 잔인할 뿐만 아니라 비루하기까지 한 일처럼 여겨졌다.

그런 가운데도 시간은 하루하루 흐르고, 자신이 임신한 사실을 더 이상 감출 수 없는 지경에 이르렀을 때 황다영은 결국 달아나듯 사문을 떠날 수밖에 없었다.

그렇게 낳은 아이를 어찌 미워한단 말인가!

그런데, 미워한 게 맞았다. 비록 그 미움이 아이로부터 발원한 것이 아니더라도, 남자에게 버림받고 미망과 한탄 속에서 하루하루 비참한 삶을 이어 가는 자기 자신에 대한 미움의 반영反影일지라도, 결과를 놓고 본다면 아이를 미워하고 심지어 학대까지 한 사실을 부정할 수는 없었다.

그날 대사형이 불쑥 나타나지 않았다면 아이는 일곱 살이 된 오늘날까지 계속 학대당했을지도 모른다.

대사형은 말했다.

'다른 건 몰라도 때리는 건 안 돼. 때릴 일이 생기면 나한테 얘기해. 내가 대신 때려 줄 테니까.'

이 말도 부끄러웠거니와, 다음 말은 끔찍할 만큼 부끄러웠다.

'술이 떨어져도 마찬가지야. 나한테 얘기하라고. 큰 독째로 가져다줄 테니까.'

그날 대사형이 불쑥 나타났을 때, 황다영은 왼손으로 아이를 때리고 있었다. 그녀의 오른손은 빈 술병을 붙잡고 있었기 때문이다. 사실 아이를 때린 것도 술을 가져오라는 말에 술이 떨어졌다고 대꾸해서였으니.

황다영은 대사형에게 아이를 때려 달라고도, 술독을 가져다 달라고도 부탁하지 않았다. 더 이상은 아이를 때리지 않았고, 더 이상은 술을 마시지 않았다.

학대가 구타라는 행위로만 이루어지는 것은 아니고, 또 타락한 인간이 술주정뱅이의 형태로만 나타나는 것도 아니지만, 어쨌거나 손찌검을 멈추고 술을 끊자 많은 것이 바뀌기 시작했다. 삶에 규칙이 생기고, 거지 소굴 같던 집구석이 점점 깨끗해졌으며, 모자는 끼니를 거르지 않게 되었다. 사문에서 가지고 나왔지만 골방 깊숙이 처박아 두었던 피리를 찾아낸 것도 그 무렵이었다.

아이가 잠든 깊은 밤. 황다영은 피리의 취구吹口에 입을 댄 다음 오랜 세월 몸속에서 탁하게 웅크리고 있던 무엇인가를 조심조심 불어넣었다. 피리 소리가 울렸다. 사부님은 손뼉을 치시고, 사모님은 뿌듯해하시고, 대사형은 묵묵한 완상에 잠기고, 그 남자는 찬사를 보내 주던 자신의 피리 소리를 들으며 그녀는 눈물을 흘렸다. 대사형은 초당의 싸리 울타리 너머 어딘가에서 또다시 묵묵한 완상에 잠겨 있으리라.

영영 잃어버린 줄로만 알았던 보석은, 실제로는 자신의 주머니 안에 있었다. 단지 그 주머니를 뒤져 볼 생각을 하지 못했을 뿐.

얼마 뒤 그 산골 마을에는 아름다운 피리 선생 한 사람이 등장했다…….

생각이 여기에 이르자, 절망의 구덩이 속에서 허우적거리던 모자에게 구원의 손길을 내밀어 준 유일한 사람이 누구인지를 새삼 깨닫게 되었다.

바로 대사형.

'나를 받아들이든 말든 그건 사매 마음이지. 내가 무엇을 하든 그건 내 마음이고.'

이제 됐으니 그만 떠나 달라는 말에 대사형은 늘 이렇게 대꾸했다. 황다영은 이제야 처음으로 자문해 보았다.

나는 왜 대사형더러 자꾸 떠나 달라고 한 걸까?

지난 삼 년간 대사형은 모자에게 어떠한 해도 끼치지 않았다. 집 안에 들어오면 안 된다는 요구에도, 다른 사람들의 눈에 띄면 안 된다는 요구에도 순순히 응했다. 대사형은 모자가 사는 초당 부근 어딘가에 머물렀지만, 유령이나 허깨비처럼 머물렀다. 황다영은 삼 년이 지난 지금까지도 대사형이 머무는 곳이 어디인지 알아 내지 못했다.

　돌이켜 보면, 대사형은 모자에게 해를 끼치기는커녕 지속적으로 도움을 주었다. 닷새 혹은 엿새마다 싸리 울타리 안쪽에 놓여 있는 베자루가 그 증거였다. 때로는 밀이며 보리 같은 곡물이, 때로는 채소나 과일이, 심지어는 잘 손질된 고깃덩이까지 담겨 있던 그 고마운 베자루가 닷새 혹은 엿새마다 하늘에서 떨어져 주는 것이 아님을 황다영이 모를 수가 없었던 것이다.

　아이에 대해서도 마찬가지였다. 황다영은 자신은 무서워하던 대사형을 아들인 형아는 전혀 무서워하지 않는다는 사실을 알고는 깜짝 놀랄 수밖에 없었다. 일곱 살 터울의 대사형은 어릴 적 그녀에게 너무도 크고, 너무도 무뚝뚝하고, 너무도 단호한 사람이었다. 그래서 대사형이 자신을 대하는 태도와는 무관하게, 무서워했다. 사문에서 모습을 감추기 전날 밤, 강해지면 돌아올 테니 자기를 기다려 달라는 말로 본심을 고백했을 때도, 그녀의 마음 한편에서는 당분간 저 무서운 사람을 안 볼 수 있겠구나 하는 안도감이 든 것도 사실이었다.

　그런데 형아는 달랐다. 아이는 첫날부터 대사형에게 큰 호기심을 느꼈고, 대사형이 하는 말에 능동적으로 따랐다. 어느 날부터인가는 느리고 뚝뚝 끊어지는 대사형의 말투를 흉내 내기 시작했으며, 심지어는 단것보다 쓴 것이 남자에게 좋다는 대사형의 괴상한 지론을 옮기며 전에는 입에 대지도 않으려 하던 고채苦菜(씀바귀)까지 우적우적 씹어 먹었다.

형아와 대사형이 만날 수 있는 공간은 집 밖으로 한정되었고, 때문에 그녀가 파악한 두 사람의 관계란 제한적일 수밖에 없었다. 하지만 조그만 아이와 커다란 남자 사이에 이미 부자지간에 가까운 유대가 형성되었다는 점은 충분히 짐작할 수 있었다. 다시 말해, 형아에게는 대사형이 필요했다.

그런 대사형을, 왜 자꾸 떠나라고 한 것일까?

황다영은 이 질문에 대한 해답을 명쾌히 내릴 수 없었다. 다만, 아들을 찾기 위한 이번 여행이 자신을 그 해답에 한 발 더 다가가게 해 주리라는 점을 직감할 수는 있었다.

"후."

황다영은 작게 한숨을 쉰 뒤 창문을 닫았다.

여자의 한숨 소리가 들렸다.

그런 다음, 탁 하는 소리와 함께 창문이 닫혔다.

그녀의 자취를 삼킨 객잔 건물은 유일한 매력을 잃어버린 노인처럼 보잘것없이 바뀌었다. 그믐밤으로 인해 더욱 어두운 나무 그늘 아래 몸을 감춘 채 창문을 올려다보던 국일한은 그제야 천천히 몸을 돌렸다. 뒤쪽에 한 사람이 다가와 있음을 안 것은 제법 되지만, 창가에 서 있던 그녀에게서 시선을 돌리고 싶지 않아 모르는 체 무시하던 중이었다. 그 사람도 국일한의 심정을 헤아린 듯 기척을 내지 않았다. 서른 넘도록 악동 티를 벗지 못한 위인치고는 어지간히 참아 준 셈이라 하겠다.

국일한의 시선이 그 사람과 마주쳤다. 잘생겼지만 경박한 마부가 히죽 웃는 얼굴로 고갯짓을 하더니 몸을 돌린다. 저리 가서 얘기 좀 하자는 뜻이리라.

국일한은 닫힌 창문을 슬쩍 돌아본 뒤 마부의 뒤를 따랐다.

객잔 건물에서 멀찍이 떨어진 담벼락 아래에 이르자 마부가 비로소 입을 열었다.

"아까 낮에 나타났던 들개들의 정체를 알아냈습니다."

국일한은 묵묵히 다음 말을 기다렸다.

"관외쌍패關外雙覇. 청룡하靑龍河 중류 지역에서는 제법 이름이 알려진 흑도인들이라고 합니다."

마부는 이 객잔에 들어온 초저녁 무렵 볼일이 있다면서 자리를 떴다. 지금 하는 보고가 그 볼일의 결과물이었다.

"물론 배후가 있겠지?"

국일한의 질문에 마부가 고개를 끄덕였다.

"이틀 전 관외쌍패 중 한 명이 이 근동의 지인들에게 공짜 술을 돌렸다더군요. 눈먼 돈이 두둑이 들어왔다면서 말입니다. 아마 오늘 일의 대가로 선불 받은 돈일 겁니다."

"사주한 자가 누구인지는 알아내지 못한 모양이군."

책망기가 담긴 말에 마부의 양 눈썹 끝이 솟구쳤다.

"여기까지 알아내는 데만 해도 몇 놈이나 족쳐야 했는지 아십니까? 누구는 미녀의 그윽한 향기 속에서 좋은 시간 보내는데 누구는 왈패들의 구린내 나는 꽁무니나 쫓아다녀야 한다니, 좀 불공평하다는 생각이 안 드십니까?"

국일한은 마부의 얼굴을 물끄러미 바라보다가 툭 던지듯이 말했다.

"확실히 불공평해."

"예?"

"이럴 줄 알았다면 그 말채찍, 내가 잡았을 걸세."

마부가 콧방귀를 뀌었다.

"농담하시는 건가요?"

"내 말이 농담처럼 들리나?"

반문하는 국일한을 빤히 바라보던 마부가 비로소 심각한 표정을 지었다.

"형님, 설마…….""

"맞아. 누른색 밧줄을 차고 다닌 뒤로 온갖 일들을 다 해 본 나지만, 정말이지 이건 인간으로서 차마 못 할 짓 같군."

자책감이 짙게 밴 국일한의 말에 마부는 객잔 건물이 있는 쪽을 돌아보았다.

"이번 작전이 마음에 들지 않는 건 저도 마찬가집니다. 하지만 어쩔 수 없는 일 아닙니까."

국일한은 마부가 한 말을 음울하게 되뇌어 보았다.

"어쩔 수 없다……."

마부가 시선을 다시 국일한에게로 돌렸다.

"작금의 국면에 관동 지역은 우리 제국과 여진족과 조선, 세 나라의 명운을 좌우하는 저울추 같은 땅이 되었습니다. 여진족의 차기 지도자씩이나 되는 인물이 관동의 군소 문파인 삼산파에 눈독을 들이는 이유가 무엇이겠습니까. 삼산파를 저울추 중에서도 저

울추라고 여기기 때문입니다. 삼산파가 넘어가면 오래지 않아 관동 전체가 넘어가고, 결국 제국의 동북 방면이 위태로워지게 될 겁니다. 하지만 산해관의 총병 계염무에게는 여진족을 견제할 의향이 별로 없어 보이지요. 순무사님께서는 오히려 그자가 황태극과 내통하고 있지는 않나 의심하고 계십니다. 형님, 시국이 이렇습니다. 그리고 우리에게는 그리 많은 수단이 주어지지 않았습니다. 이용할 수단이 있다면 주저 없이 이용해야지요. 그것이 철부지 어린아이든 아름다운 여인이든 말입니다."

마부의 엄중한 일장 연설은, 하지만 국일한에게는 새로울 것이 전혀 없었다. 작전이 시작되기 전 이미 충분히 공유하고, 숙지하고, 심지어는 깊이 동감까지 한 내용이기 때문이었다.

'그러나 지금은……'

국일한은 고개를 세게 털었다. 생각이 누군가에게로, 정확히는 마차 안에서 폭소를 터뜨리던 여자에게로 옮아가는 것을 막기 위함이었다. 여자 하나로 인해 흔들리는 것은 자기답지 않다고 애써 되뇌면서, 국일한은 화제를 돌렸다.

"관외쌍패라고 했나?"

"예. 하지만 이름만 거창하지 잔챙이에 불과한 자들입니다."

"잔챙이건 아니건 이번 작전에 외부인이 끼어들었다는 것은 좋지 않은 징조야. 우리는 조금 더 신중을 기할 필요가 있을 것 같네. 음, 백석둔까지는 얼마나 남았지?"

백석둔은 국일한이 여자에게 밝힌 본인의 행선지였다.

"사흘쯤 걸릴 겁니다."

마부는 살짝 인상을 쓰며 덧붙였다.

"귀찮은 일이 벌어지지 않는다면요."

백석둔에서 산해관까지는 도보로 넉넉잡아 이틀 거리였다. 산해관 너머는 관동 땅, 마부의 말대로 귀찮은 일이 벌어지지 않는다면 그녀가 목적지인 소흑산에 칠석날까지 도착하는 데에는 별문제 없을 터였다.

칠석날 이후 그녀의 운명은 어떻게 될까?

국일한의 안색이 침울해졌다. 현장을 빠져나가지 못한 자객의 앞날이 어떠할지에 생각이 미친 탓이었다.

'이런, 또 그 여자 생각을……'

국일한은 다시 한번 고개를 세게 털고는 마부에게 물었다.

"동원할 수 있는 수하들이 몇이나 되나?"

마부가 잠시 궁리하는 시늉을 하다가 대답했다.

"열 명쯤 됩니다."

"모두 부르게. 백석둔까지 원거리 호위를 맡겨야겠네. 물론 그녀가 눈치채지 못하게."

백석둔부터는 사방이 군영이라 금승위 위장들이 대놓고 돌아다닐 형편이 못 되었다. 같은 이유로, 백석둔에서 산해관까지는 안전지대로 볼 수 있었다. 한때 날수비연으로 불린 강호의 여고수라면 더더욱. 그래서 그녀와의 동행은 백석둔까지가 한계였고, 국일한은 헤어지는 시점까지 그녀에게 최대한의 안전과 편의를 제공하고 싶었다. 이러는 스스로가 가증스럽게 느껴졌지만, 그녀를 위해 해줄 수 있는 일은 그것뿐인 것 같았다.

마부는, 금승위 다섯 위장 중 세 번째 서열인 관음비도 장휴는, 유유하던 자세를 바로 고친 뒤 금승위 다섯 위장 중 첫 번째 서열인 국일한에게 포권을 올렸다.

"지시대로 행하겠습니다."

산해관 총병의 아침상은 오늘도 풍성했다. 특히 식탁 한가운데 놓인 꽃게찜은 계염무가 가장 좋아하는 요리라고 할 수 있었다.

계염무가 큼직한 꽃게의 등딱지를 막 뜯어내려던 순간, 모깃소리 같은 전음이 귓속으로 흘러들어 왔다.

[다녀왔습니다.]

계염무의 두툼한 턱살이 슬쩍 흔들렸다. 하지만 손길을 멈추지는 않았다.

트득.

등딱지가 벗겨지며 하얗게 익은 게살로부터 고소한 향기가 모락모락 올라왔다. 콧숨을 깊이 들이마셔 그 농익은 향기를 음미한 계염무는 이어 등딱지 안쪽에 두툼하게 들러붙은 주황색 꽃게 알을 입으로 가져갔다. 꽃게 알이 그의 이 사이에서 뭉개질 때, 다음번 전음이 들려왔다.

[밖에서 기다리겠습니다.]

"수확이 있었습니다."

인지와 중지가 잘려 나간 왼손으로 말고삐를 잡고 앞서 걸어가던 대황은 한적한 곳에 이르러서야 운을 떼었다.

"도언화가 뭔가를 꾸미고 있는 것은 확실합니다."

안장 위에서 좌우로 천천히 흔들거리던 계염무의 거구로부터 큰 맹수의 목울음 소리 같은 중얼거림이 흘러나왔다.

"도가 애송이가 마침내 내게 시비를 걸었단 말이지?"

대황에게 한 말이 아니었다. 기형적으로 발달한 살덩이 속에 숨어 있는 자신의 투지에게 한 말이었다. 투지가 오랜 잠에서 깨어나는 기분은 잘 익은 고깃덩이를 크게 베어 무는 기분과 비슷했다. 조금은 부담되지만, 그래도 기대가 더 큰 기분.

대황이 말했다.

"어제 역참에서 관리하는 마차 한 대가 청룡하를 건넜습니다."

"청룡하면 멀지 않은 곳이군. 그래, 누가 탄 마차인가?"

"안에 탄 사람까지는 확인하지 못했습니다. 다만, 마부석에 마부로 위장한 장휴가 앉아 있었습니다."

"장휴? 금승위 다섯 위장 중 한 명인 그 장휴?"

"예."

계염무의 표정이 조금 심각해졌다.

"금승위라면 나로서도 만만히 여길 수 있는 집단이 아니다. 그런 집단을 특정하려면 증거가 있어야 할 것이야."

대황이 말고삐를 잡지 않은 오른손을 뒤로 뻗어 뭔가를 내밀었다. 계염무가 받아 보니 한 장의 종이였다. 꼬깃꼬깃하게 접힌 모양새로 미루어 전서구의 발목에 묶여 있던 것 같았다.

산해관 총병의 조그만 눈동자가 종이 하단에 찍혀 있는 탑본으로 향할 무렵, 대황이 말했다.

"그 관음보살이면 말씀하신 증거가 되리라고 봅니다."

계염무의 눈가가 실룩거렸다. 현임 동북순무사인 도언화는 여타 지역의 순무사들과 달리 중앙의 감찰 조직으로부터 지원을 받을 수 있는 총주감찰권總州鑑察權을 가지고 있었다. 군문에 몸을 던진 지 사십 년이 넘는 자신조차 대놓고 사병을 거느리지 못하여 대황 같은 그림자 인간을 부릴 수밖에 없건만, 고귀하신 부마 나리께서는 천자의 총애를 등에 업고 '관부의 사자'들을 수족처럼 부리고 있었던 것이다.

계염무가 종이를 손안에서 지그시 움킬 때, 대황이 다시 말했다.

"도중에 머문 객잔들에서 알아봤는데, 마차의 종착지는 백석둔이라고 합니다."

"백석둔이면 이 산해관으로 오는 관문과도 같은 곳이군."

"그렇습니다."

상황은 단순했다. 마차는, 정확히는 마차에 탄 누군가는 산해관을 통관하여 관동으로 가려 한다. 그리고 관동에는 삼산파가 있었다. 악이출이 가져온 밀서에 적혀 있던, 여진족의 황태극이 눈독을 들이고 있는 바로 그 문파가.

'마차에 탄 자의 목적 또한 그 삼산파에 있지 않을까?'

이 추측은 매우 합리적이었다. 마차에 탄 자로 인해 삼산파에 모종의 변화가 생긴다면, 그 변화는 필시 도언화가 바라는 방향일 터요, 황태극이 바라지 않는 방향일 터였다. 그리되면 삼산파를 수중에 넣기 위해 애가 달았던 황태극의 분노와 비난은 계염무 본인이 고스란히 감당하게 될 것이었다.

"끄음."

계염무의 입에서 무거운 신음이 흘러나왔다. 그는 자신이 몸담은 제국이 오늘내일하는 늙은이에 지나지 않음을 알고 있었다. 반면 만주에서 발호하여 동남쪽으로 세력을 확장 중인 여진족은 한창 자라나는 소년에 비유할 수 있었다. 그들은 반드시 산해관을 넘어 중토로 들어올 것이고, 그 시기가 그리 먼 미래는 아니리라는 것이 정세와 시류를 읽는 데 밝은 산해관 총병의 판단이었다. 그러면 새로운 황조가, 비록 오랑캐에 의한 황조지만, 젊고 싱싱한 황조가 시작된다. 그리고 계염무는 바로 그 전환기 위에서 자신의 가치를 인정받고 싶었다. 오랑캐면 어떤가. 수백 년 전에도 몽골의 유목민족에게 내준 바 있는 땅이거늘.

"백석둔에 당도하기 전에 마차를 멈춰라."

마침내 계염무가 명령을 내렸다.

"백석둔부터는 내 관할, 내 관할 안에서 손을 쓴다면 순무사에게 빌미를 잡힐 수도 있다. 나는 그것을 바라지 않는다."

동북순무사 도언화가 집무를 보는 순무원은 산해관의 턱밑이라고 할 수 있는 대리영에 자리 잡고 있었다. 만일 계염무의 관할 안에서 금승위 위장에게 무슨 변고라도 일어난다면, 정략에 능한 도언화는 그 일을 허술히 넘기지 않을 것이 분명했다.

청수함과 음험함을 겸비한 젊은 정적政敵의 얼굴을 다시 한번 머릿속에 떠올리면서, 계염무가 낮고 묵직하게 말했다.

"돈은 얼마가 들어도 좋다. 믿을 만한 자들을 쓰도록."

대황이 돌아서서 고개를 숙였다.

"알겠습니다."

계염무는 그런 대황을 물끄러미 바라보다 말을 이었다.

"네가 직접 움직여 준다면 안심할 수 있을 텐데."

대황은 고개를 들었다. 이제껏 계염무를 위해 많은 일을 처리한 바 있지만, 그가 직접 손을 쓴 적은 한 번도 없었다. 관부에게 쫓기는 중이라는 이유도 있지만, 그가 직접 손을 써야 할 만한 일이 이 세상에 드물다는 이유가 더 컸다. 하지만 이번은 달랐다. 평소답지 않게 말꼬리를 흐리는 모습에서 대황은 산해관 총병이 이번 일을 얼마나 중대하게 여기는지 알게 되었다. 그렇다면…….

"제가 직접 움직이겠습니다."

일단 대답을 하고 나자, 대황은 참으로 오랜만에 피가 뜨거워지는 기분을 느꼈다.

염천의 햇빛이 작살처럼 쏟아지는 사자문로獅子門路.

남루한 도포를 걸친 노인 한 명이 붉은 담벼락 밑에 앉아 있었다. 노인 옆에는 빛바랜 깃발 하나가 말라 죽은 나무처럼 을씨년스럽게 서 있었다. 깃발에는 조잡한 필체로 '문수問數'라는 두 글자가 쓰여 있었는데, 노인이 점을 봐 주고 먹고사는 자임을 알려 주었다.

대황이 다가간 곳은 바로 그 노인의 앞자리였다.

"신수를 보고 싶소."

노인이 눈을 가늘게 접어 대황을 바라보았다. 신수란 본디 연초에 보는 것으로, 한 해의 절반이 이미 지난 한여름에 신수를 보는 사람은 조금 이상한 사람일 것이다.

"흉하길 바라오, 길하길 바라오?"

노인의 질문 또한 조금 이상했다. 바라는 대로 점괘를 뽑아 주겠다는 뜻일까? 그리고 이어진 대황의 대답 또한 분명히 이상했다.

"기왕이면 흉한 쪽으로."

노인이 고개를 주억거리며 다시 물었다.

"복채는 얼마나 준비해 오셨소?"

대황은 짤막하게 대답했다.

"백 냥."

노인의 몸이 움찔거렸다. 본래 그는 양지에서 활약하기 힘든 어떤 집단에 속해 있었다. 그가 맡은 임무는 이 자리에 앉아 점쟁이 노릇을 하면서 비밀스럽게 받은 청부를 상부에 보고하는 것. 신수니 길흉이니 따위의 조금 이상한 용어들은 청부에 수반되는 암호라고 할 수 있었다.

청부란 게 정기적으로 들어오는 것이 아닌 탓에 이번 달 그가 속한 집단이 올린 실적을 전부 합쳐도 은 백 냥에 미치지 못했다. 그런 마당에 단 한 건에 백 냥이라니, 보기 드문 큰 건을 문 셈이었다.

그러나 이어진 대황의 말을 들었을 때, 노인은 자신의 생각을 통째로 수정할 수밖에 없었다.

"황금으로."

무더운 날씨임에도 불구하고 노인은 목덜미 위로 소름이 돋는 것을 느꼈다. 이건 단순히 큰 건이 아니었다. 황금 백 냥이면 그가 속한 집단이 이제까지 받은 대금 중 최고 액수, 그것도 독보적인 최고 액수라고 해야 옳았다.

"나를 따라오시오."

노인은 자리를 걷고 앞장서서 걸음을 옮겼다.

그로부터 반 시진이 지난 뒤, 대황은 산해관 외성에 자리 잡은 한 다루茶樓의 이층에서 어떤 사내와 마주 앉아 있었다. 삼십 대 중반쯤 되는 나이에 왼쪽 눈을 검은 안대로 가린 사내였다. 하나뿐인 눈은 웃고 있지만 눈동자만큼은 칼끝처럼 매서워 보였다.

"액수를 듣고 이 눈이 번쩍 뜨이는 줄 알았소."

안대를 찬 자신의 왼쪽 눈을 가리키며 히죽 웃는 애꾸 사내에게 대황은 고개를 끄덕여 보였다.

"이해하오. 황금 백 냥은 적은 돈이 결코 아니니까."

"하지만 대가가 클수록 할 일은 많은 법. 만만한 청부는 아니겠다는 생각이 드는구려."

"공 없이 녹을 바라면 안 되는 일 아니겠소, 예 방주."

애꾸 사내가 하나뿐인 눈을 다시 한번 번득였다.

"나와 본 방에 대해 아는 것이 적지 않은 모양이외다."

산해관 안쪽과 바깥쪽을 망라하여 활발한 활동을 벌이는 청부 집단, 비응방飛鷹幇의 방주인 예좌흔譽佐欣의 말에는 위협적인 기운이 담겨 있었지만, 대황은 담담히 무시했다.

탐색하는 눈빛으로 대황을 살피던 애꾸 사내 예좌흔이 경직된 표정을 풀며 물었다.

"청부 내용은 뭐요?"

"이틀 뒤 역참 소속 마차 한 대가 백석둔으로 올 거요. 그 마차에 탄 사람을 죽여 주시오."

예좌흔은 고개를 갸웃거렸다.

"역참 소속 마차면 관부와 관련된 일이겠구려. 그런 종류의 일에는 추가 비용이 붙는 것이 관례지만, 그래도 황금 백 냥짜리 일로 보이지는 않소."

대황이 말했다.

"호위가 있소."

"당연히 있겠지."

"한 명 이상일 수도 있소."

"그것 역시도 황금 백 냥에 대한 설명은 되지 않소."

대황은 상대의 신중함이 마음에 들었다. 청부업자의 첫 번째 미덕은 신중함이어야 한다는 생각을 숨어 사는 십 년 동안 수도 없이 곱씹었던 것이다.

예좌흔이 미소를 지으며 말했다.

"자, 이제 무엇이 이 건을 황금 백 냥짜리로 만들었는지를 들어 봅시다."

대황이 말했다.

"확인된 호위 한 명의 이름이 장휴요."

예좌흔의 얼굴에서 미소가 사라졌다.

"관음비도?"

"그렇소."

예좌흔은 팔짱을 깊숙이 끼고, 침묵했다. 꽤 오랜 시간 동안.

젊은 청부업자의 입이 다시 열린 것은 두 사람 앞에 놓인 차가 싸늘하게 식은 뒤였다.

"청부를 받아들이겠소."

"그럴 줄 알았소."

대황은 고개를 끄덕였다. 아무리 신중한 청부업자라도 황금 백 냥의 유혹을 이겨 내지는 못할 것이기에.

"단, 조건이 있소."

"말해 보시오."

"대금을 전액 선불로 지불해 주시오."

대황이 고개를 갸웃거렸다.

"지불 방식은 시작하기 전에 절반, 끝난 뒤에 절반이라고 알고 있는데, 내가 모르는 사이 방식이 바뀐 거요?"

"바뀌지 않았소. 하지만 '관부의 사자' 금승위를 건드리는 일이라면, 얼마든지 바뀔 수 있소. 뒤탈이 생길 것에 대비해 조직 전체가 지하로 숨어들어야 하는데, 그러려면 사전에 준비할 것들이 한두 가지가 아니오."

예좌흔이 팔짱을 풀고 두 손으로 탁자의 모서리를 짚은 뒤 말을 이었다.

"전액 선불. 가능하오?"

가능하지 않다고 대답하면 당장 이 자리를 떠나겠다는 태도였다. 그래서 대황은 빙긋 웃었다. 이 후배가 정말로 마음에 들었기 때문이다.

"가능하오."

예좌흔의 얼굴이 탁자 위로 밀고 들어왔다.

"정말이오?"

대황은 고개를 끄덕였다.

"정확히 한 시진 뒤, 당신은 이 자리에서 황금 백 냥을 받게 될 것이오."

의뢰인으로부터 확답을 들은 청부업자가 경직된 얼굴 근육을 푸는 것을 지켜보면서, 대황이 덧붙였다.

"단, 조건이 있소."

또다시 얼굴 근육을 경직시키는 예좌흔과는 반대로, 대황은 환하게 웃으며 덧붙였다.

"나도 당신들과 함께 움직이겠소. 전액을 선불로 낸 이상 이번 일이 어떻게 돌아가는지 직접 확인할 필요가 있으니까."

몰환향에 취해 잠든 아이는 해약을 복용한 뒤 정신을 차렸다. 납치된 이후 대엿새를 내처 잠만 잔 아이는 깨어난 뒤에도 제대로 움직이지 못하고 축 늘어져 버렸지만, 몰환향을 만들어 낸 장본인은 그 점에 대해 일말의 가책도 느끼지 않는 눈치였다.

"죽은 가지가 꽃을 피우고 살아나니 이것이 바로 발활發活의 묘리. 문주, 이 늙은이의 재주가 어떤가?"

태산검문의 젊은 문주에게 이렇게 묻는 노인의 얼굴에는 칭찬을 바라는 아이 같은 기색이 어려 있었다.

"숙부님의 높은 성취를 조카가 어찌 감히 평가하겠습니까. 오직 감탄할 뿐이지요."

이환의 찬사에 너털웃음을 흘리는 노인은, 최소한 외견상으로는 고상해 보였다. 약선藥仙이라는 별호로 오랜 세월 명성을 떨쳐 온 만큼 이름 또한 고상하다 할 터였다. 하지만 김이가 그 고상함 속에 감춰진 본색을 뚫어 보는 데에는 그리 긴 시간이 필요치 않았다.

"그나저나, 흐음, 꽤나 예쁘장하게 생겼는걸."

약선이 아이를 내려다보며 말했다. 태산검룡 이환의 얼굴에 난색이 떠올랐다.

"숙부님의 취향을 모르는 바는 아니지만, 내일 아침 일찍 순무사 영감에게 보낼 아이라서……."

"꼭 보내야 하는가?"

"예."

아이를 또 한 번 내려다본 약선이 아깝다는 듯 입맛을 다시며 말했다.

"내일 아침 출발한다니, 그래도 오늘 하루는 노부가 데리고 있을 수 있겠군."

아마도 본능이 알아차린 것이리라. 약선과 눈이 마주친 아이가 날갯죽지를 틀어잡힌 병아리처럼 파르르 몸을 떨었다. 그 모습을 본 김이는 고개를 절레절레 흔들었다.

'너무하는군.'

자신이 올라탄 배가 얼마나 지저분한지를 새삼 자각하며, 김이는 더 이상 방관하지 않기로 마음먹었다.

"오늘 밤 저 아이는 소생이 데리고 있겠습니다."

약선은 이 방에 들어온 뒤 뒷전에 서서 한마디도 하지 않고 있던 조선인 남자를 돌아보았다. 신선처럼 청수하게 늙은 얼굴에 의아한 기색이 떠올랐다.

김이는 어제저녁 이환과 벌인 성가신 신경전을 이 자리에서 반복하고 싶지 않았다. 그래서 절심일맥의 서릿발처럼 차가운 검기를 담은 눈길로 위선적인 늙은이를 쏘아보며 다시 한번 말했다.

"아이는 소생이 데리고 있겠습니다."

약선의 눈가가 부들부들 떨리기 시작했다. 김이가 사전에 조사한 바, 철검선생 이대창의 의아우이자 동악쌍선東岳雙仙 중 한 명인 약선은 약리와 용독술에 특별히 능할 뿐 무공 방면으로는 그리 대단한 성취를 이루지 못한 위인이었다. 그런 자에게 절심일맥의 검기는 감당 불가능한 압박일 수밖에 없었다.

"큽!"

약선이 신음을 토했다. 보이지 않는 손이 목줄을 조여 오는 기분이었으리라.

약선에게는 호위들이 붙어 있었다. 약선이 움직이는 곳마다 그림자처럼 붙어 다니는 두 명의 흑의인이 그 호위들이라는 사실을 김이는 일찌감치 파악해 둔 상태였다.

약선이 핍박을 당하자 호위들이 앞으로 나섰다.

"쯧."

김이는 짧은 혓소리를 내며 오른손으로 죽장의 머리를 감아쥐었다. 지금의 그는 어느 정도 분노한 상태였다. 약선이라면 모를까 다른 자들의 피를 보는 데는 주저하지 않을 작정이었다.

김이의 기세가 심상치 않음을 알아차린 듯, 이환이 재빨리 끼어들었다.

"다들 진정하시지요."

김이는 자세를 풀지 않았다. 눈길은 약선에게, 오른손은 죽장의 머리에, 그러면서도 귀는 이환의 입 쪽으로 향했다.

이환이 어색한 웃음을 지으며 말했다.

"순무사 영감의 당부가 있었던 만큼, 대리영에 당도할 때까지는 김 대인께서 아이를 맡으시는 것이 합당하겠지요."

김이는 그제야 약선에게 고정한 눈길을 거두었다. 다만 죽장의 머리에 얹은 오른손을 뗀 것은 두 명의 흑의인이 원래 자리로 물러난 뒤였다.

"허어어!"

막혀 있던 숨통이 열린 약선은 지친 농우처럼 헐떡거리다가 침대 가장자리에 털썩 주저앉았다. 그런 약선을 향해 김이가 성큼성큼 다가갔다. 화들짝 놀란 약선이 급히 일어나 비켜섰지만, 김이의 관심은 위선적인 늙은이에게서 이미 멀어진 뒤였다.

침대 위에 늘어져 있는 아이의 등을 한 손바닥으로 받쳐 조심스럽게 안아 올린 김이가 이환에게 말했다.

"아이와 머물 방을 안내해 주시겠습니까?"

밖은 어느새 어두워져 있었다.

이환의 뒤를 따라 약선의 처소를 나서다가, 김이는 품에 안긴 아이가 뭐라고 중얼거리는 소리를 들었다.

"만…… 저씨가…… 거예요."

하지만 입안이 말라붙은 탓인지 발음이 분명하지 않았다.

김이가 아이에게 물었다.

"뭐라고 했느냐?"

혓바닥으로 입술을 축인 아이가 김이의 얼굴을 빤히 올려다보며 이전보다 분명해진 발음으로 말했다.

"만 아저씨가 저 사람들을 혼내 줄 거라고 했어요."

김이는 걸음을 멈추고 콧등을 찡그렸다. 엄마와 단둘이 사는 아이라고 들었는데, 아이의 입에서 갑자기 튀어나온 만 아저씨라는 인물은 대체 누굴까? 친하게 지내는 동네 어른? 그 외에는 달리 짐작 가는 바가 없었고, 그렇다면 아이의 앙심에서 비롯된 실현 가망

성 없는 바람에 불과했다.

"목소리에 기운이 하나도 없구나. 방으로 가면 뭣부터 좀 먹어야겠다."

부드러운 말투로 아이를 다독인 김이는 멈췄던 걸음을 다시 떼어 놓았다.

김이가 아이에게서 '만 아저씨'라는 인물의 존재를 처음으로 들은 시각, '만 아저씨'는 아이로부터 이백 리쯤 떨어진 소로 위를 달리고 있었다. 이 강인한 남자는 질주하는 군마만큼이나 빨랐지만, 칠팔 장 앞서 달려가는 작고 하얀 짐승보다 빠르지는 못했다. 그 짐승은 정말로 빨랐다. 벽류풍이라는 절세 신법의 계승자조차 따라붙는 데 급급할 만큼.

둘 사이의 거리가 십 장 넘게 벌어졌을 때, 작고 하얀 짐승이 길 한복판에 우뚝 멈춰 섰다. 그러고는 고개를 홱 돌리더니 뒤따라오는 만애청을 향해 긴 울음소리를 뽑아낸다.

까르르르……!

짐승 곁에 당도한 만애청이 거칠어진 숨을 몰아쉬며 물었다.

"비취야, 훅, 왜, 훅, 멈춘 거니?"

비취라 불린 짐승은 새하얀 털 색깔과 대비되는 청록색 눈동자로 만애청을 빤히 올려다본다.

"배고프니?"

그러면서 뒤춤에 찬 주머니에서 육포를 꺼내자, 비취가 고개를 내려 제 앞발을 핥는다. 긴 꼬리를 유연하게 휘둘러 만애청의 종아리를 툭툭 두드리고는, 길옆으로 어슬렁어슬렁 걸어 나간다.

그 모습을 바라보던 만애청은 비취가 힘들어서 멈춘 것도, 배고파서 저러는 것도 아님을 알 수 있었다. 저 영특한 짐승은 자기보다 느린 인간을 기다려 준 것이었다. 자기보다 지친 인간에게 휴식할 시간을 주려는 것이었다.

'설묘가 영물이라더니.'

설묘는 천산의 눈 덮인 고지대에서만 서식하는 희귀한 고양이였다. 고양이 아빠 타림마의 말에 따르면, 설묘는 일 년에 두 번 발정기를 맞는데 다른 종의 고양이와 교배하면 새끼를 낳을 수 없었다. 천산은 넓고 설묘는 드물었다. 그래서 자연은 설묘에게 멀리 있는 짝의 냄새를 찾을 수 있는 특별한 후각과 눈 덮인 비탈을 이레 동안 달려도 지치지 않는 끈질긴 지구력을 함께 주어 그들로 하여금 종족을 보존할 수 있도록 안배한 것이었다.

지금 만애청을 인도하고 있는 비취는 암컷 설묘였다. 비취는 지금껏 전대귀의 냄새를, 보다 정확히는 만애청이 옥상아의 방에서 전대귀에게 끼얹은 웅묘산의 냄새를 뒤쫓는 중이었다. 수컷 설묘가 발정기 때 분비한 체액을 정제한 것이 바로 웅묘산이기 때문인데, 더 놀라운 사실은 비취가 본능을 누르고 지친 만애청을 배려하고 있다는 점이었다. 그 모습이 인간에게 종속된 짐승이라기보다는 노련한 조력자처럼 보였다.

'타림마가 보물처럼 아끼는 데는 다 이유가 있군.'

만애청은 어둠이 짙게 깔린 앞길을 돌아보았다. 문주와 문도들을 하루아침에 잃고 외톨이가 되어 버린 전대귀는 무시무시한 살인마로부터 자신을 보호해 줄 존재를 찾아 저 앞쪽 어딘가를 죽을 힘을 다해 달려가고 있을 터였다. 말을 구해 타고 달아나는 그자를 잡는 것은 벽류풍의 계승자에게 문제도 아니었다. 목표가 그자를 잡는 것이 아니기에 일정 거리를 두고 추적만 하고 있을 뿐.

다만, 아무리 만애청이라 해도 무한한 체력을 가지지는 못한 탓에 피로감이 쌓여 가는 것은 어쩔 수 없었다.

깡!

길옆 고목 아래 벌써 자리를 잡은 비취가 만애청을 향해 날카롭게 울었다. 그 소리가 꼭 왜 안 오느냐고 꾸짖는 것처럼 들려 만애청은 쓰게 웃을 수밖에 없었다.

"녀석……."

아이에게 다가가는 일이 무엇보다 중요하다는 데에는 변함이 없지만, 아이를 만난 시점에 이렇게 지쳐 있어서는 곤란했다. 전대귀도 밤새 달리지는 않을 터. 만애청은 노련한 조력자의 배려를 받아들이기로 했다.

6월 28일

———❈———

이상하게 생긴 갓을 쓰고 맞은편에 앉아 있는 '김 대인'이라는 남자가 방금 떠나온 커다란 집 안에 있던 어떤 사람보다 강하다는 점을, 아이는 직감적으로 알아차리고 있었다. 그렇기 때문에, 비록 어젯밤에 자기를 보호해 줬다는 사실을 잘 알면서도, 아이는 김 대인에게 얼마쯤 두려워하는 마음을 품을 수밖에 없었다.

"사람을 흘끔거리는 건 좋은 버릇이 아니란다."

어깨를 찔끔 움츠리는 아이에게, 김 대인이 조금 부드러워진 목소리로 덧붙였다.

"나무라는 게 아니라, 내 얼굴을 보고 싶으면 고개를 들고 똑바로 보라는 뜻이야."

아이는 고개를 들고 김 대인의 얼굴을 똑바로 응시했다. 아이가 한동안 눈길을 돌리지 않자 김 대인이 물었다.

"내게 할 말이라도 있느냐?"

아이가 입을 열었다.

"나리는……."

"그냥 아저씨라고 불러도 된다."

"나리는 저를 '대리영'이라는 곳으로 데려가실 건가요?"

김 대인은 고집스럽게 호칭을 바꾸지 않는 아이를 바라보다가 짧은 콧수염 아래로 설핏 미소를 지었다.

"똑똑하구나. 뭘 기억할 상태가 아니었을 텐데."

칭찬을 들었지만 조금도 기쁘지 않았다. 아이는 김 대인의 얼굴을 빤히 쳐다보았다. 김 대인이 흠, 하는 콧소리를 내더니 고개를 끄덕였다.

"그래, 우리는 대리영으로 가는 중이다."

"거기가 어딘데요?"

아이의 두 번째 질문에 김 대인이 콧등을 찡긋거린다. 어린아이도 알아들을 만한 대답을 찾듯이.

"높으신 어른이 계신 곳이지."

"천자님요?"

김 대인이 이번에는 흰 이를 보이며 크게 웃었다.

"하하, 천자님은 아니야. 하지만 천자님과 관련 있는 분인 건 맞단다."

하지만 이어진 아이의 말에 그 웃음은 뚝 끊길 수밖에 없었다.

"거기 있는 분이 천자님이라도 저는 가기 싫어요."

김 대인의 표정이 굳어 가는 것을 보며 두려움을 느꼈지만, 그래도 아이는 말을 멈추지 않았다.

"엿새나 잤다면서요. 엄마가 많이 슬퍼할 거예요. 우리 엄마, 슬프면 다시 술을 마실지도 몰라요."

"술?"

"만 아저씨가 그랬어요. 엄마가 술을 마신 건 슬프기 때문이라고. 하지만 제가 말 잘 듣고 공부 열심히 하면 엄마가 슬퍼하지 않을 거랬어요. 그래서 말도 잘 듣고 공부도 열심히 했는데, 진짜 만 아저씨 말대로 된 거예요! 엄마가 아주아주 오랫동안 술을 마시지 않았으니까요! 그랬는데……."

말하던 중 제풀에 흥분해서 눈을 반짝이던 아이가 갑자기 시무룩해진다.

"……엄마가 다시 술을 마시기 시작하면 만 아저씨가 많이 실망할 거예요. 다 저 때문이에요. 만 아저씨한테 알리지도 않고 마을에 내려가는 게 아니었는데."

만 아저씨한테 알리지 않은 이유가 있었다. 납치되기 전날 저녁에 아이는 엄마에게 물었다.

'엄마, 만 아저씨 멋있지 않아?'

바느질을 하던 엄마는 대답하지 않았다.

'키도 크고, 힘도 세고, 멋있잖아. 아냐?'

조르듯 자꾸 묻는 아이에게 엄마는 귀찮다는 듯이 대꾸해 주었다.

'하나도 안 멋있어.'

'왜?'

'머리가 지저분해서. 가까이 가면 냄새날 거야.'

'어? 아저씨한테 나쁜 냄새 안 나는데.'

'그래도 싫어. 엄마는 머리 잘 빗는 남자가 좋거든. 아, 말 나온 김에 너도 머리 좀 빗자……. 이리 오지 못해?'

그래서 마을에 내려갔던 것이다. 남몰래 한 푼 두 푼 모아 놓은 용돈으로 빗을 사려고. 그 빗으로 만 아저씨 머리를 빗겨 주려고. 그러면 엄마가 만 아저씨를 조금 더 좋아하게 될지도 모르니까.

빗은 샀다. 손잡이는 오동나무, 빗살은 대나무로 된 튼튼한 빗이라 마음에 쏙 들었다. 하지만 그 빗을 두 손에 꼭 쥐고 집으로 돌아오던 길에 나쁜 사람들을 만났다. 개울을 건너던 중 돌다리 양쪽에서 다가온 그들에게 붙잡혔고, 독한 냄새가 나는 수건이 얼굴을 덮은 뒤부터는 아무것도 기억나지 않았다. 그러다가 깨어난 것이 어제저녁. 만 아저씨를 위해 산 빗은 당연히 사라진 뒤였다.

"빗."

아이가 말했다. 김 대인이 콧등을 찡그렸다.

"빗?"

"만 아저씨 줄 건데 잃어버렸어요. 개울에 떨어졌을 거예요. 벌써 누가 집어 갔겠죠."

아이는 이렇게 말하며 의자에 앉은 몸을 푹 늘어트린다. 그런 아이를 잠시 지켜보던 김 대인이 불쑥 물었다.

"또 사면 되지 않느냐."

아이는 뿌루퉁하게 대꾸했다.

"그러고 싶어도 돈이 없는걸요."

"정말?"

"예."

"아닌 것 같은데."

이렇게 말하며 몸을 엉거주춤 일으킨 김 대인이 아이를 향해 왼손을 뻗었다. 아이는 엉겁결에 목을 움츠렸지만, 김 대인의 손은 어느새 아이의 목덜미를 짚고 빠져나간 뒤였다.

"여기 이런 게 있구나."

아이는 턱 밑에 내밀어진 김 대인의 손바닥을 보았다. 만 아저씨의 손바닥만큼은 아니라도 손금 마디마디마다 단단한 굳은살이 들어찬 그 손바닥 위에는 누른색 콩알 한 알이 놓여 있었다. 금으로 만든 콩알, 바로 금두金豆였다. 말로만 들었지 금두란 걸 실제로 보기는 처음이라서 아이의 눈은 휘둥그레질 수밖에 없었다. 김 대인이 아이의 손에 금두를 쥐여 주었다.

"받아라, 네 거니까."

엉겁결에 금두를 받아 쥔 아이가 눈을 찡그렸다.

"치, 이게 왜 내 거예요? 나리가 미리 손에 감추고 있던 거잖아요."

김 대인은 고개를 갸웃거리더니 왼손을 아이의 눈앞에 들어 올렸다.

"여기 감추고 있었다고?"

"당연하죠!"

김 대인이 아무것도 없는 그 손을 앞뒤로 돌려 보였다.

"봐라, 빈손 아니냐."

"지금은 빈손이지만 아까는……."

그 순간 김 대인의 왼손이 아이의 목덜미를 한 번 더 짚고 돌아갔다.

"하나 더 있구나."

아이는 김 대인의 굳은살 덮인 손바닥 위에서 반짝거리는 두 번째 금두를 당황한 눈길로 바라보았다.

"어?"

김 대인은 아이의 손에 두 번째 금두를 쥐어 주었다.

"이제는 만 아저씨 빚에다 엄마 빚까지 살 수 있겠구나."

금두 두 알이 얼마나 큰 돈인지 아이는 알지 못했다. 하지만 마을 사람 전체에게 빚을 사 주고도 남을 돈이라는 것 정도는 짐작할 수 있었다. 손안의 금두 두 알을 뚫어져라 내려다보던 아이가 한참만에야 입을 열었다.

"만 아저씨한테 나리는 혼내지 말아 달라고 말해 줄게요."

김 대인이 빙긋 웃었다.

"만 아저씨가 싸움을 잘하는 모양이지?"

아이는 고개를 끄덕였다. 아이를 잠시 바라보던 김 대인이 웃음기를 거두며 말했다.

"하지만 만 아저씨가 나를 만나는 일은 없을 거다. 그는 우리를 따라오지 못할 테니까."

아이는 김 대인의 얼굴을 빤히 쳐다보다가 말했다.

"나리가 틀렸어요."

"음?"

"만 아저씨는 절대로 포기하지 않아요. 만 아저씨는 꼭 저를 따라올 거예요. 그리고 만 아저씨는……."

아이는 더 이상 말하지 않았다.

김 대인도 더 이상 말하지 않았다.

그런 가운데도 그들이 탄 마차는 대리영이 있는 동쪽을 향해 쉼없이 달려가고 있었다.

심하 남쪽에 자리 잡은 마을인 장가구張家口에서 장 노야보다 유명한 사람은 없었다. 장가구라는 마을 자체를 장 노야가 만든 것이나 다름없기 때문이었다.

장 노야가 인가 한 채 없는 벌판 위에 고가장古佳莊이라는 이름의 거대한 장원을 세운 것도 벌써 십여 년 전의 일. 장 노야는 장원의 한쪽 벽을 터서 점포를 만들고 그곳에서 골동품을 매매하기 시작했다.

외딴 벌판에 뜬금없이 생겨난 골동품점이 처음부터 성업할 리는 없었다. 하지만 고가장에서 취급하는 물품이 하나같이 진품이며 종류도 북경의 유리창琉璃廠에 못지않다는 소문이 돌자, 국내의 상인은 물론이거니와 회족의 대상이나 해동의 사신단까지도 주목하게 되었다. 사람들의 왕래가 잦아지자 자연히 반점과 객잔이 들어섰다. 각지에서 하나둘 몰려온 유민들이 장원 인근의 황무지를 일구어 농토로 바꾸었다. 그렇게 형성된 장가구는 이제 누가 보아도 어엿한 마을로 자리매김하게 된 것이었다.

그 장가구에 설묘를 앞세운 만애청이 들어선 것은 하얗게 쏟아지는 폭양에 만물이 숨죽이는 미시未時(오후 두 시 전후) 무렵이었다.

"여기가 맞느냐?"

장원의 바깥 담벼락을 크게 한 바퀴 맴돈 만애청이 품에 안고 있던 비취에게 물었다. 비취가 고개를 틀어 올려다보더니 만애청의 팔죽지에 머리통을 슥슥 문질렀다.

마을 안으로 들어와 이 장원의 대문 앞에 이른 비취는 만애청의 품으로 폴짝 뛰어 안겼다. 만애청은 영물의 그런 행동을 더 이상은 달리지 않겠다는 의사로 받아들였다. 다시 말해, 이 장원으로 전대귀가 들어갔다는 뜻.

"돌아가는 길은 아느냐?"

그러자 비취가 다시 한번 머리통을 문질러 온다.

"고맙다."

만애청은 비취의 머리통을 쓰다듬어 준 뒤 땅바닥에 내려놓았다. 비취는 어젯밤 그랬던 것처럼 긴 꼬리로 그의 종아리를 툭툭 두드리더니, 그것으로 자신의 임무를 다 마쳤다는 듯이 뒤도 돌아보지 않고 떠나 버렸다.

만애청은 집으로 돌아가는 영물의 뒷모습을 한동안 바라보다가 몸을 천천히 돌려 장원의 높은 담벼락을 바라보았다.

'형아도 있을까?'

저 너머에 전대귀가 있다는 것은 비취가 보장해 줄 수 있지만, 아이가 있다는 것까지 보장해 주지는 못했다. 만일 전대귀가 아이와 관련 없는 엉뚱한 장소를 피신처로 택했다면 만애청의 계획은 완전히 틀어지고 만다.

하지만 만애청은 그 생각을 머릿속에서 지웠다. 애당초 철저한 계획하에 움직일 수 있는 상황이 아니었고, 한 줌의 가능성이라도 있다면 붙들고 늘어져야 했다. 저 안에 아이가 없다면, 그다음은 그때 가서 생각할 문제였다.

만애청은 중천에 떠 있는 태양을 올려다보았다. 소란을 일으키기에는 너무 환한 시각이었다. 그런 면에서 장원의 규모가 크다는 점은 긍정적인 요소로 작용했다. 어두워질 때까지 시간을 보낼 장소를 찾는 데 별 어려움이 없을 테니까.

곧장 쳐들어가 뒤지고 싶은 마음은 굴뚝같았지만, 조바심은 금물이라고 스스로를 다독였다. 지금 밟아 가는 이 길이 단 한 번의 실수도 용납하지 않는 외가닥 밧줄임을 잘 알기 때문이었다.

만애청은 주변을 한차례 둘러본 뒤 담벼락을 훌쩍 뛰어넘었다.

잘 달리던 마차가 갑자기 멈춘 것은 뜨겁던 태양이 서쪽으로 부쩍 기울어진 유시酉時(오후 여섯 시 전후) 무렵이었다. 내처 달리면 깜깜해지기 전에 대리영에 도착할 수 있겠다고 여기던 김이로서는 예상치 못한 정차였다. 게다가 김이는 마차가 멈추기 전, 전방으로부터 접근해 오는 말발굽 소리를 이미 들은 뒤였다.

무슨 일일까 싶어 몸을 일으키는 김이에게, 마차 밖에서 우렁우렁한 목소리가 들렸다.

"마차 안에 계신 분이 김 대인 맞습니까?"

이건 더욱 예상치 못한 전개였다.

"너는 안에 있거라."

아이에게 이른 김이는 자리 옆에 기대 놓은 죽장을 쥐고 마차 문을 열었다.

마차 밖에서는 다섯 필의 말과 다섯 명의 기수가 자신들이 만들어 낸 흙먼지 속에서 김이를 기다리고 있었다. 뒤쪽의 네 명은 흑단으로 지은 무관복 차림이었고, 선두의 한 명은 쇠 징이 촘촘하게 박힌 전포 차림이었다. 김이는 전포 차림을 한 덩치 큰 남자가 자신과는 구면임을 어렵지 않게 알아볼 수 있었다.

"경 위장님이셨군요."

말에서 내려 성큼성큼 걸어오는 덩치 큰 남자의 이름은 경인달景仁達, 금승위 다섯 위장 중 네 번째 서열을 차지하고 있는 인물이었다. 동북순무사 도언화의 요청으로 중앙에서 파견 나온 금승위 위장은 모두 세 명인데, 경인달도 그중 한 명이었다.

마차 옆에 당도한 경인달이 경직된 얼굴로 포권을 올리고는, 마주 예를 취하는 김이에게 단도직입적으로 물었다.

"아이는 지금 어디 있습니까?"

"마차 안에 있습니다."

대답을 듣고서야 표정을 푸는 경인달에게, 이번에는 김이가 물었다.

"대리영 순무원에 계신 줄 알고 있었는데 어쩐 일로 여기까지 나오셨습니까?"

경인달은 소림사의 속가제자로, 강호에서 다년간 활동한 바 있었다. 그런 이유로 얼굴을 알아보는 자가 나올지도 몰라 이번 작전에서는 후방 지원 임무를 맡았다.

"문제가 하나 생겼습니다. 그래서 순무사님께서 아이의 신병을 확인하라는 지시를 내리셨는데……."

경인달은 굵은 목을 빼 마차 안쪽을 슬쩍 넘겨보았다.

"아이가 무사히 왔으니 다행입니다."

벙긋 웃는 경인달과 달리 김이는 얼굴을 굳혔다.

"문제라니요?"

"당산의 관아에서 급보가 올라왔습니다. 관할 내 오방도문에서 변고가 발생하여 문주 휘하 다수의 문도들이 사망했다고…….."

안색이 변한 김이가 물었다.

"문주라면, 갈홍석?"

경인달이 고개를 끄덕였다.

"그렇습니다. 피해자가 다수라서 당산 일대가 발칵 뒤집혔다고 합니다. 게다가…… 음……."

무슨 까닭인지 말을 얼버무리는 경인달에게 김이가 이제까지와 달리 엄하게 말했다.

"사안이 중대합니다. 아시는 게 있다면 뭐든 말씀해 주십시오."

경인달은 주저하다가 입을 열었다.

"믿기 어렵긴 하지만 그래도 말씀드리지요. 운 좋게 살아남은 자가 하나 있는데, 그자 말이 단 한 명이라고 합니다."

김이는 이 말의 의미를 얼른 파악하지 못했다. 그러자 경인달이 헛웃음을 흘리며 부연해 주었다.

"흉수가 단 한 명이란 뜻입니다. 그 한 명이 부풍도귀 갈홍석을 포함한 서른 명 가까운 강호인들을 죽였다는 얘기지요. 흑삼객이라도 나타났다면 모를까, 이건 도무지……."

경인달이 저러는 것도 이해가 되었다. 갈홍석이라면 김이도 어느 정도는 인정하는 자. 아이에게 독한 약을 썼다는 말에 부지불식간 드러낸 절심일맥의 실금 같은 검기를 그 들짐승 같은 칼잡이는 놓치지 않았다. 그런 갈홍석에 더하여 서른 명에 가까운 무사들까지 단신으로 해치울 수 있는 자라면…….

잠시 침묵하던 김이가 경인달에게 물었다.

"언제라고 하던가요, 갈홍석이 당한 것이?"

"시신들이 발견된 게 그제 아침이라고 하니, 아마도 전날 밤이나 그날 새벽일 겁니다."

그제 아침을 기준으로 전날 밤이면, 갈홍석은 김이와 더불어 술자리를 나누고 있었다. 그러므로 그 술자리가 파한 뒤에, 다시 말해 자신이 자리를 뜬 뒤에 그런 변고가 벌어졌다는 뜻이었다. 그리고 김이는 그 술자리에 한 사람이 더 참석해 있었음을 잊지 않았다. 아이에게 독한 수면제를 쓴 장본인.

'아내가 아프다고 자리를 떴지.'

전대귀라는 이름의 그 남자는, 아내가 아프다는 소식을 들은 사람치고는 지나치게 상기된 얼굴을 하고 있었다. 마치 몹시 화가 난 사람처럼. 만일 다른 일을 감추기 위해 거짓말을 한 것이라면, 그 일과 오방도문에 닥친 변고 사이에 어떤 접점이 있을지도 모른다는 생각이 들었다.

'아닐지도 모르고.'

따지고 보면 이 모두가 공연한 걱정일 수도 있었다. 크고 작은 원한들을 빨랫감처럼 여기저기 늘어놓고 다니는 자들이 바로 강호인이라는 족속이라지 않던가. 정말로 천하제일 고수라는 흑삼객이 나타나 갈홍석 이하 오방도문에게 '잘 만났다, 원수들아!' 외치며 신나게 도륙했을 가능성도 아주 없지만은 않은 것이다.

그러나…….

'만 아저씨가 저 사람들을 혼내 줄 거예요.'

'만 아저씨는 절대로 포기하지 않아요. 만 아저씨는 꼭 저를 따라올 거예요.'

이유는 모르지만 김이는 아이가 했던 말을 떠올렸고, 그 말을 흘려 넘겨서는 안 된다는 생각이 자신 안에서 점점 확신으로 굳어지고 있음을 깨달았다.

김이가 말했다.

"고가장으로 돌아가 봐야겠습니다."

경인달의 부리부리한 눈이 조금 더 커졌다.

"예? 하지만 아이를 순무원으로 호송해야 하지 않습니까?"

"미안합니다만 그 일은 경 위장님께 부탁드리겠습니다."

"그래도……."

김이는 이어지려는 경인달의 만류를 잘라 버렸다.

"마음에 걸리는 것이 있습니다. 그것을 확인해야겠습니다."

이마에 깊은 주름까지 잡고 고민하던 경인달이 이내 고개를 끄덕였다.

"정 그러시다면 저도 동행하겠습니다. 여기서 순무원은 지척이나 다름없으니, 아이를 호송하는 일은 수하 한 명에게 맡기도록 하지요."

잠시 후, 김이는 금승위에 소속된 네 명의 남자들과 무리를 이루어 말달리고 있었다. 그는 오늘 아침 마차 안에서 아이에게 이렇게 말했었다.

'만 아저씨가 나를 만나는 일은 없을 거다. 그는 우리를 따라오지 못할 테니까.'

해동 제일 검객의 발달된 직감은 그 말이 지나치게 섣부른 것이었음을 벌써부터 인정하고 있었다.

국일한은 이 술자리가 어쩌다 시작되었는지 되짚어 보았다.

역참에서 빌린 마차로 또 하루를 달렸고, 땅거미가 질 무렵 또한 곳의 객잔에 들었고, 객방 두 개를 잡았고, 그 객잔이 운영하는 식당에서 늦은 저녁밥을 먹었고, 이제는 일어서서 각자의 방으로 돌아가야겠거니 생각할 무렵, 황다영이 불쑥 말했던 것이다. '술이나 한잔 사 주시겠어요?'라고.

솔직히, 설렜다.

다만 국일한은 그 설렘을 밖으로는 감추고 안으로는 무시하려 애쓰며 황다영의 청을 수락했다. 객잔에서 제일 비싼 술을 시키고, 그 술에 어울리는 안주 몇 가지를 시켰다. 여자는 술상이 차려지는 것을 지켜보며 소녀처럼 해맑은 미소를 지었고, 남자는 그런 여자를 지켜보며 가슴이 뿌듯해지는 것을 느꼈다.

그렇게 시작된 술자리였는데…….

황다영이 술을 마시는 법은 독특했다. 한 잔의 술을 언제나 한 번에 비웠다. 보통 사람은 그런 식으로 술을 마시지 않았다. 잔이 작아도 세 번쯤에 나눠 마시는 게 보통의 음주법이니까. 하지만 황다영은 보통 따위 알 바 아니라는 듯 입술로 가져간 잔을 단번에 꺾었다. 술잔도 작은 편이 아니어서 벌써 두 병째. 먹음직스러운 안주는 무참히 외면당했고, 그동안 국일한은 첫 잔만 겨우 비웠을 따름이다.

"한 잔 더 주시겠어요?"

자신의 코앞에 내밀어진 황다영의 빈 잔을 노려보던 국일한이 말했다.

"부인, 누가 쫓아오는 것도 아니니 좀 천천히 마시는 게 어떻소?"

황다영이 풋 웃었다. 살짝 벌어진 붉은 입술이 묘하게 퇴폐적으로 보였다.

"재미없게 왜 이래요. 술이나 주세요."

국일한은 술병을 잡았다. 장백산 산삼으로 담갔다는 그 술은, 비싼 만큼이나 몸에 좋을 거라는 객잔 주인의 장담과 달리 배 속에 불을 댕기는 것처럼 독했다. 술을 그리 즐기지 않는 국일한으로서는 두 번째 잔을 채우기가 겁날 지경인데, 저 여자는 전혀 그렇지 않은 모양이었다.

"어서요."

맑은 빛깔의 액체가 빈 잔을 채우고, 황다영은 이번에도 어김없이 한 번에 비워 냈다.

"하아."

달뜬 숨소리가 술 향기와 함께 감각 기관을 간질였다. 국일한은 고개를 슬쩍 돌렸다. 저러는 여자가 못마땅해서가 아니었다. 제풀에 싱숭생숭해지는 스스로의 마음을 추스르기 위해서였다. 그런 국일한을 향해 빈 잔이 창처럼 또다시 찔러 들어왔다.

"한 잔 더."

눈살을 찌푸린 국일한이 술병을 기울여 자신의 잔부터 채웠다.

"내가 보조를 맞춰 드리리다. 술이 약한 편이니 부디 천천히 부탁드리겠소."

그다음 내민 잔을 채워 주니, 국일한을 바라보는 여자의 두 눈이 반달 모양으로 접힌다.

"참 친절하시군요. 처음이나, 지금이나."

말을 마친 황다영이 부끄럽다는 듯 고개를 돌리며 짧게 웃었다. 주머니 속 방울이 굴러다니는 듯한 웃음소리가 국일한의 목덜미를 화끈거리게 만들었다.

다시 고개를 돌린 황다영이 둥글게 접은 눈으로 물었다.

"그렇게 친절하신 분이 젊은 여자 혼자서 소흑산까지 가는 이유는 왜 안 물어보세요?"

갑자기 날아든 것치고는 꽤나 날카로운 질문이었다. 국일한은 신중히 대답했다.

"궁금하긴 해도 아녀자의 행보를 꼬치꼬치 캐묻는 건 예의가 아닌 듯하여……."

"대장부의 체면, 이런 거?"

"대충 그렇소. 스스로 대장부라고 생각하는 건 아니지만."

"대장부 맞는데 겸손하시기는."

이렇게 말하며 황다영은 국일한의 얼굴을 바라보았다. 그 눈빛이 부담스러워질 즈음, 그녀가 다시 말했다.

"좋아요. 위장님께선 묻지 않으셨지만, 그래도 제가 왜 소흑산에 가려 하는지 알려 드릴게요."

국일한은 급히 손을 내저었다.

"아, 굳이 말씀하지 않으셔도 되오."

"왜요?"

눈을 빛내며 곧바로 물어 오는 황다영을 보면서, 국일한은 대꾸할 말을 찾지 못했다. 왜 말하지 않아도 되느냐면, 그녀가 소흑

186

산으로 가는 이유를 이미 알기 때문이다. 아는 얘기라도 들어 주지 못할 것은 없지만, 그래도 그녀의 입에서 그 얘기가 나오는 것은 바라지 않았다. 즐거운 얘기가 아닐 것이기에 그랬다. 그녀로서는 괴롭기 짝이 없는 얘기일 것이기에 그랬다. 하지만 이런 사정을 밝힐 수는 없었다. 그녀에게 자신은 우연히 만난 동행 겸 호위여야 하니까.

국일한이 입을 열지 않자, 황다영이 눈빛을 부드럽게 풀며 말을 이었다.

"그냥 얘기일 뿐인데 뭘 그리 심각하게 굴어요? 분명히 재미있을 테니 한번 들어 보세요."

국일한은 큼큼, 헛기침을 한 뒤 고개를 끄덕였다.

"말씀해 보시오."

"음, 이 얘기를 어떻게 시작해야 하나……."

눈썹을 모으고 고개를 갸웃거리던 황다영이 갑자기 손가락을 들어 제 얼굴을 가리켰다.

"제가 몇 살로 보이세요?"

국일한은 바보처럼 눈을 끔뻑거렸다. 전혀 예상치 못한 질문인 탓에 뭐라고 대답해야 할지 종잡기 힘들었다.

"글쎄요, 스물……다섯쯤?"

황다영의 눈이 동그래졌다. 그러더니 갑자기 웃음을 터뜨렸다. 이틀 전 마차 안에서처럼 격렬한 웃음이라서 국일한은 식당 안에 있는 사람들의 시선을 걱정해야 했다.

다행히 이번 웃음은 이틀 전처럼 길지 않았다. 웃음을 멈춘 황다영이 손가락으로 눈꼬리에 고인 눈물방울을 찍어 내며 말했다.

"아아, 그렇게 봐 주셨다니 고맙긴 하지만, 그래도 스물다섯은 너무했어요."

"내가 틀렸소?"

"틀리다마다요. 서른을 넘긴 게 벌써 재작년이니까요."

솔직히, 놀랐다.

저 여자에게 일곱 살짜리 아들이 있다는 사실은 당연히 알고 있었다. 하지만 직접 만난 그녀는 방년을 막 넘긴 처녀처럼 젊어 보였고, 때문에 자신과 같은 삼십 대라고는 여기지 않았다.

"표정이 왜 그래요? 혹시 비싼 술값을 투자한 여자가 너무 늙어서 실망하신 건가요?"

"아, 아니오! 그럴 리가!"

"그렇다면 그 술, 따라만 놓고 왜 안 마시세요?"

국일한은 황다영이 턱짓으로 가리킨 술잔을 황급히 비웠다. 그러고는 곧바로 사레가 들렸다.

황다영은 허리를 구부리고 쿨룩거리는 국일한을 잠시 바라보다가 자신의 잔을 훌떡 비웠다. 빈 잔을 식탁 위에 내려놓은 그녀가 앞서보다 가라앉은 목소리로 말했다.

"술이 약하다는 말씀은 진짜였군요."

저 말이, 이제껏 한 다른 말들은 거짓이 아니냐는 질책처럼 들리는 것은 단지 기분 탓일까? 국일한은 고개를 천천히 들어 올렸다.

황다영이 말했다.

"위장님이 말씀하신 그 스물다섯 살에, 저는 아이를 낳았어요. 올해로 일곱 살이 됐죠. 저는 좋은 엄마가 못 되지만, 그 아이는 좋은 아이예요. 착하고, 씩씩하고, 건강하고……. 그런데 지금은 악당들이 데리고 있어요."

본의든 아니든 그 악당들 안에 속하게 된 국일한은 아무 말도 할 수 없었다.

"그들은 제게 한 가지 일을 요구했어요. 그 일을 하지 않으면 아이를 해치겠다고 하더군요. 그래서 그 일을 하기 위해 소흑산으로 가는 거예요. 소흑산…… 그곳에는 삼산파가 있죠."

말을 멈춘 황다영은 스스로 잔을 채웠고, 비웠다. 술자리가 시작된 이후 처음으로 음울한 기색을 드러내면서, 그녀는 이야기를 이어 갔다.

"제가 삼산파에 들어간 건 아주 어릴 때였어요. 그 전에 돌아가셨다는 부모님은 얼굴도 기억나질 않아요. 저를 삼산파에 맡겼다는 친척 어른이 누군지도 모르죠. 아, 제 어린 시절이 불우했다는 점을 말씀드리려는 게 아니에요. 중원 강호에는 이름도 잘 알려지지 않은 삼산파가 제게는 어디보다 소중한 고향 집이나 다름없다는 점을 말씀드리려는 거예요."

잠시의 짬. 그사이 또 한 잔의 독주가 여자의 목구멍 아래로 내려간다.

"처음부터 정식 제자가 된 건 당연히 아니었어요. 음, 그걸 비속제자非屬弟子라고 하던가요? 사부도 정해지지 않은 상태로 문파 내에 머물면서 온갖 잡일을 도맡아 하는. 예, 제가 그런 비속제자였어요. 청소도 하고, 물도 긷고, 빨래도 하고……. 말이 좋아 제자지, 그냥 하녀였다고 생각하시면 돼요. 그렇게 몇 년인가를 살았는데, 그러다가 우연히, 음, 지금 생각하면 그게 꼭 우연인지 의심스럽긴 하지만, 어쨌든 제가 가진 어떤 기질? 재능? 그런 게 누군가의 눈에 띄었다고 하더라고요. 덕분에 조사당祖師堂으로 불려 가게 되었고, 그 자리에서 삼산파 장문인을 사부님으로 모시게 되었어요. 그때 사부님의 옆자리에는 비속제자인 저를 눈여겨본 사람이, 그러니까 대사형이 있었죠."

국일한은 그 '대사형'이 누구인지 알고 있었다. 무적궁 상관욱의 제자들 가운데 가장 서열이 높은 검연. 하지만 이어진 황다영의 말을 듣고는 자신이 잘못 알고 있었음을 깨달았다.

"아, 물론 그 전에도 대사형을 본 적은 있었어요. 하지만 하녀나 다름없는 계집애가 자기보다 일곱 살이나 많은 정식 후계자와 말을 섞을 일은 없었으니 그냥 '저 사람이 그 사람이구나' 하고 지나치는 정도였죠."

황다영을 스물다섯 살로 여긴다면 저 말을 듣고도 대수롭지 않게 넘겼을 것이다. 하지만 국일한은 그녀의 나이가 겉보기보다 훨씬 많은 서른두 살이라는 사실을 이미 알아 버렸다. 이번 작전을 시작하기 전 조사한 바로는 검연의 나이는 서른네 살. 그녀와의 나이 차이는 두 살밖에 나지 않는다. 다시 말해, 그녀보다 일곱 살 많다는 그 대사형은 검연이 아니라는 뜻이었다.

그러자 의문이 생겼다.

삼산파는 오는 중추절에 새로운 장문인을 뽑는다. 후보는 삼산쌍영이라는 이름으로 함께 불리는 첫째 제자 검연과 둘째 제자 융비. 하지만 황다영이 방금 언급한 대사형이란 인물이 건재하다면 후보는 둘이 아니라 셋이어야 한다. 아니, 상관욱의 제자들 가운데 검연의 서열이 가장 높다는 현재의 상황부터가 말이 안 되는 것이다.

"그 대사형이란 분, 지금도 삼산파에 계시오?"

오랜만에 나온 국일한의 질문에 황다영이 선선히 대답해 주었다.

"아뇨. 그는 오래전에 사문을 떠났어요."

"떠났다니, 파문이라도 당했단 말이오?"

황다영은 눈썹을 살짝 찡그렸다.

"파문을 당한 것은 맞아요. 하지만 파문을 당했기 때문에 사문을 떠난 것도 아니고, 사문을 떠났기 때문에 파문을 당한 것도 아니에요."

국일한은 황다영의 말을 얼른 이해할 수 없었다. 파문을 당하면 사문을 떠나야 한다. 또는, 제멋대로 사문을 떠나면 파문을 당하기도 한다. 한데 그 두 가지 모두에 해당하지 않는다?

"그렇다면 파문당한 이유가 뭐요?"

"누명이죠."

"누명?"

"대사형은 사문을 떠나 있었기 때문에 자신에게 씌워진 누명을 풀 방도가 없었어요. 그래서 사문의 보물을 훔쳐 달아났다는 누명을 고스란히 뒤집어쓰고 파문당한 거죠."

사문의 보물을 훔쳐 달아났다면 파문당하는 것이 당연하리라. 그런데 황다영은 왜 그것이 누명이라고 단정하는 것일까?

"그가 누명을 썼다고 믿는 근거라도 있소?"

이 질문에, 풀려 있던 여자의 눈빛이 순간적으로 또렷해졌다.

"대사형이 어떤 사람인지 아니까요."

"어떤 사람이오?"

"정말로 가지고 싶은 것이 있다면 싸워서 빼앗는 사람. 싸워서 빼앗을 수 없는 것이라면 가질 수 있을 때까지 기다리는 사람. 몰래 훔쳐서 달아나는 짓 따위는 절대 안 해요. 그게 바로 대사형이에요."

이 대목에서 국일한의 표정을 살핀 황다영이 픽 웃었다.

"제 말이 근거가 되기엔 부족하다고 여기시는군요."

"솔직히 그렇소."

"그렇다면 한 가지 더 말씀드리죠. 당시 삼산파에서 사라진 보물은 대사형에게는 아무 도움도 되지 못하는 물건이었어요."

국일한은 미간을 오므렸다.

"그 보물이란 게 정확히 무엇인지 알려 주실 수 있소?"

보물이라면 왕왕 목숨도 거는 강호인의 생리를 모르지 않는 이상 조심스러울 수밖에 없는 질문이었다. 하지만 황다영은 거리낌 없이 대답을 주었다.

"좌씨검보佐氏劍譜."

국일한은 천자의 녹을 받는 관원이기에 앞서 한 자루 장검과 더불어 청춘을 보낸 검객이었다. 그래서 저도 모르게 마른침을 꿀꺽 삼키고 말았다.

강호에는 전설로만 전해 내려오는 절대적인 무공이 몇 가지 있는데, 좌씨검보에 수록된 좌씨검법이 그중 대표적인 것이었다. 남송 시대 좌씨 성을 가진 대검호가 창안했다는 그 검법은, 몽골의 침략과 함께 장기간 절전되었다가 과거 천하제일 가문으로 칭송받던 강동江東의 석씨石氏들이 오랜 노력 끝에 복원했다고 알려져 있었다.

"좌씨검보가 삼산파에 있었다고요?"

반사적으로 튀어나온 질문에 황다영은 고개를 끄덕였다.

"하지만 어떻게? 강동의 석씨들이 '다툼 없는 골짜기'로 은거한 뒤 세상에서 완전히 사라졌다는 그 검보가 어떻게 국경 너머 삼산 파까지 흘러들어 갔단 말이오?"

"자세한 내막은 저도 잘 몰라요. 다만……."

"다만?"

"다만 사모님께서 처녀 시절 좌씨 성을 쓰셨다는 사실은 알아요. 문파 내에서 좌씨검보에 관한 얘기가 돌기 시작한 것도 사모님께서 세상을 떠나신 직후였죠. 사모님께서 처녀 적부터 남몰래 간직하셨던 것을 부군이신 사부님께서 사모님의 유품을 정리하던 중 발견하셨다면, 꽤 그럴 법한 이야기가 되지 않을까요?"

그럴 법한 이야기였다. 다른 성씨의 노력으로 복원된 검보가 어떤 경로로 원래 성씨에게 돌아갔는지는 설명할 수 없지만, '공명정대公明正大'를 가훈 삼아 대대로 대인협객을 배출한 석씨들이라면 선대가 입은 은혜를 누백 년이 지나 갚는 것도 아주 이상한 이야기만은 아니었다.

국일한이 이런 생각을 하는 사이에도 황다영의 말은 이어지고 있었다.

"돌아가신 사모님…… 제겐 친어머니 같은 분이셨어요. 아니, 제게만 그런 게 아니에요. 우리 사형제 모두를 친자식처럼 살갑게 돌봐 주셨거든요. 사문에서 이미 마음이 떠난 대사형을 마지막까지 붙잡은 것도 어쩌면 사모님을 실망시켜 드리고 싶지 않다는, 마치 큰아들이 엄마를 위하는 것과 비슷한 그런 마음일지도 몰라요. 그게 아니면 굳이 사모님 사십구재가 끝난 날 떠나지는 않았겠죠. 그래서 대사형은 검보를 훔친 범인이 더더욱 아니라는 거예요. 대사형이 사문에서 가장 따르고 존경한 어른이 바로 사모님이니까요. 살아 계실 적에도, 그리고 돌아가신 뒤에도."

여기까지 말한 황다영은 술 한 잔을 더 따라 마셨다. 그녀가 술잔을 내려놓기를 기다려, 국일한이 물었다.

"대사형이 아니면 누가 좌씨검보를 훔쳤다는 거요?"

황다영은 빈 술잔만 내려다볼 뿐 아무 대답도 하지 않았다. 모르기 때문일까? 아니다. 국일한에게는 누군가를 신문하고 취조한 경험이 다수 있었다. 그 경험에 비춰 볼 때, 저 표정은 범인이 누구인지 알고 있는, 최소한 짐작이라도 하고 있는 표정이었다. 그럼에도 밝히지 않는 이유는 무엇일까?

황다영은 한참 만에야 입을 열었다. 다시 시작된 이야기는 좌씨검보에 관한 부분은 모두 걷어 내고, 원래의 줄기에 닿아 있었다.

"대사형은 저를 좋아했어요. 제가 비속제자였을 때부터 그랬던 것 같아요. 덩치가 큰 데다 나이 차이도 꽤 나는 사람이라 처음에는 어렵고 무서웠는데, 몇 년 함께 수련하며 생활하다 보니 처음 느낌만큼 어렵고 무서운 사람은 아니라는 생각이 들더라고요. 크고, 무뚝뚝하고, 단호하지만, 도리에 맞지 않는 행동을 하는 경우는 거의 없었죠. 저도 대사형이 싫지는 않았고, 음, 막 좋아한 것은 아니지만 그래도 가까이 붙어 다니는 게 싫지는 않았고, 그러니까 만일 대사형이 사문을 떠나지 않았다면 별문제 없이 결혼까지 했을지도 몰라요. 특히 사모님께서는 그렇게 되기를 바라셨죠. 큰 애에게는 거칠고 과격한 면이 있는데 그걸 누그러트릴 사람은 셋째 너밖에 없다고 하시면서. 사모님께서 잘 보신 거예요. 아무리 화가 났어도 제 말 한마디면 금세 풀어지는 게 대사형이었으니까요. 심지어 제가 시키면 노래도 했어요. 아마 대사형의 노래를 들어 본 사람은 세상에서 저 하나밖에 없을걸요."

그 광경을 떠올린 듯 손으로 입을 가리며 짧은 웃음소리를 낸 황다영이 조금 가라앉은 투로 말을 이었다.

"하지만 대사형에겐 단점이 있었어요. 삼산파 대제자로서는 치명적인 단점이었죠."

대사형이란 인물에 대해 조금씩 흥미를 느껴 가던 국일한은 고개를 식탁 위로 내밀며 물었다.

"무슨 단점이기에 치명적이란 말까지 쓴단 말이오?"

"활."

"활?"

"창, 칼, 검, 그 밖의 거의 모든 병기들과 합이 맞지 않았어요."

국일한은 고개를 갸웃거렸다. 삼산파가 궁술을 장기로 삼는다는 점은 이번 작전을 시작하기 전부터 알던 바였다. 그런 문파의 대제자라면 다른 병기들은 몰라도 활 한 가지만큼은 잘 다루어야 정상이 아니겠는가?

매우 타당하다고 할 수 있는 이 의문을, 황다영이 곧바로 풀어 주었다.

"처음부터 그런 것은 아니었어요. 대사형은 소년 시절에도 이미 유명한 궁수였고, 삼산파의 비기인 무형전의 경지도 꽤 높았다고 해요. 하지만 오른손을 다친 뒤로는…… 아, 제가 정식 제자로 들어가기 한 해 전에 사고가 있었대요. 장백산으로 사냥을 나갔다가 오른손을 크게 다친 거죠. 함께 사냥을 나갔던 사문 어른의 말로는 손가락 세 개가 거의 잘릴 뻔했다고 하더라고요."

그러면서 해당되는 손가락 세 개를 들어 올려서 보란 듯이 까닥거렸다. 국일한은 저도 모르게 인상을 찌푸렸다. 오른손 무지와 검지와 중지. 활을 쏠 때 가장 중요하달 수 있는 부위였다.

"대사형은 천생 무골이었어요. 손바닥을 사용하는 참룡수, 주먹을 사용하는 옥호권玉虎拳, 보법과 신법 모두 대사형의 경지를 따를 사람이 없었죠. 하지만 정작 삼산파가 주력으로 삼는 궁술 방면으로는 모든 것을 접어야 했으니…… 그나마 버팀목이 되어 주시던 사모님께서 돌아가시고 나자 대사형으로서는 더 이상 주저할 이유가 없었을 거예요. 사부님께는 '제자에게 맞는 무공을 수련하러 떠납니다. 허락 없이 문파를 비우는 제자를 용서해 주십시오'라는 편지를, 제게는 '강해지면 돌아올게, 기다려 줘'라는 말을 남긴 채 사라져 버렸죠."

앞서 황다영은 이렇게 말했었다. 삼산파에서 사라진 보물이 대사형에게는 별 도움이 못 될 거라고.

국일한은 이제 그 말을 이해할 수 있었다. 무지와 검지와 중지가 망가진 자는 절대로 강한 검객이 될 수 없을 테니까. 손을 바꿔 왼손으로 익히면 되지 않느냐고? 서른 살이 다 되어 새로운 검법을 익히는 것만 해도 대단한 일인데, 심지어 좌씨검법 같은 전설적인 검법을, 그것도 손을 바꿔 익힌다고? 검객인 국일한에게는 웃기는 소리에 불과했다.

황다영은 한동안 아무 말 없이 빈 술잔만 내려다보았다. 그 잔을 채워 주려던 국일한은 술병이 비었음을 깨달았다.

"한 병 더 시키리다."

국일한의 말에 황다영이 고개를 살며시 저었다.

"왜? 그만 드시겠소?"

황다영이 말했다.

"저는 두 명의 남자를 알아요. 제 인생에 커다란 영향을 끼친 남자들이죠. 그중 한 명에 대해서는 술을 마시면서 이야기해도 괜찮아요. 하지만 다른 한 명은 아니에요. 그 남자를 떠올릴 땐 절대로 술을 마시지 않겠다고 저 자신에게 맹세했거든요."

첫 번째 남자가 대사형이라는 것은 알겠다. 그리고 그녀를 맹세하게 만든 두 번째 남자가 누구인지도 알 것 같았다. 현 삼산파의 대제자인 검연. 이번에는 잘못 아는 게 아닐 터였다.

"그 남자는 제 바로 위 사형이었어요. 대사형 바로 밑이라서 저는 둘째 사형이라고 불렀죠. 그리고…… 그리고 그 남자는 제 연인이기도 했어요."

국일한은 고개를 숙였다. 저절로 일그러져 버린 자신의 얼굴을 황다영에게 들키고 싶지 않아서인데, 그러면서 생각했다.

'내가 검연이라는 남자를 질투하는 건가?'

그녀와 검연이 연인 사이였다는 걸 이미 알고 있었는데도?

만일 지금 가슴속에서 꿈틀거리는 감정이 질투가 맞는다면, 이건 심각한 문제였다. 임무를 위해 만난 여자에게 사적인 감정을 품는 것은 금승위 제일위장으로서 절대로 해서는 안 될 짓이니까. 그런데…… 불행히도 질투가 맞는 것 같았다. 연민이나 동정 혹은 죄책감에서 비롯되었더라도, 자신이 지금 황다영이라는 여자에게 깊이 빠져 있음을 부정할 수는 없었다.

이런 국일한의 속내를 아는지 모르는지, 황다영은 검연이라는 남자에 대한 이야기를 이어 나갔다.

"어릴 적에는 그 남자를 좋아하지 않았어요. 오히려 싫어했죠. 나이 차이도 얼마 안 나면서 사형이랍시고 얼마나 잘난 척을 하던지. 계집애처럼 곱살하게 생긴 주제에 재수 없게."

국일한은 고개를 숙인 채로 눈알만 슬쩍 올려 황다영의 표정을 살펴보았다. 입은 웃고 있는데 눈은 촉촉해져 있었다. 마음 한 부분이 정으로 쪼인 것처럼 아팠다. 화도 났다. 자기 자신에게.

"그 남자를 조금 다른 눈으로 보게 된 건 대사형이 떠나고 일 년쯤 지난 뒤였어요. 사모님도 없고, 대사형도 없고, 삼산파란 데가 그렇게 삭막하게 느껴진 적은 없었죠. 그래서일 거예요. 매일매일 우울하고 만사에 무기력하더니, 갑자기 아프더라고요. 나중에 생각해 보니 몸이 아니라 마음에 병이 났던 것 같아요. 열이 펄펄 나고 맥이 하나도 없었어요. 매일 나가던 아침 수련에도 참가 못 하고 축 늘어져 버렸죠. 끼니를 죄다 거르고 사흘을 죽은 듯이 잤어요. 그러다 사흘째 되는 날 어둑해질 녘에 겨우 깨어났는데, 놀랍게도 그 남자 얼굴이 보이는 게 아니겠어요. 누가 시킨 것도 아니고, 제가 부탁한 건 더더욱 아닌데, 제가 누운 항炕(중국 북방식 온돌) 아래 의자에 그 남자가 앉아서 꾸벅꾸벅 졸고 있는 거였어요. 항 위에는 다 식은 죽사발들이 여러 개 놓여 있었고요. 저는 누운 채로 그의 얼굴을 올려다보았어요. 솔직히 조는 사람 얼굴이 멋져 보이기는 쉽지 않잖아요. 그런데도 참 멋지게 생겼다는 생각이 들더군요. 그래서 계속 올려다보았죠. 창문 밖이 깜깜해져서 아무것도 보이지 않을 때까지."

마음이 아픈 중에도 이틀 전 마차 안에서 있었던 일이 떠올랐다. 그녀 앞에서 꾸벅꾸벅 졸다가, 마차 바닥에 엎어졌다가, 마차 천장을 들이받았던 일. 당시 그녀가 터뜨린 폭소가 귓가에 울리는 듯해 국일한은 소년처럼 얼굴을 붉혔다.

"그 뒤로도 그 남자는 제가 다 나을 때까지 쭉 간병을 맡았어요. 약삭빠르고 욕심 많은 사람이라고만 알았는데, 그때 보니 그렇게 헌신적일 수가 없더라고요. 한 달 가까이 앓았는데, 그 남자가 아니었다면 훨씬 더 오래 앓았을 거예요. 그 일이 있고 난 뒤 우리는 놀랍도록 친해졌어요. 그러다가 누가 먼저인지 모르게 손을 잡았고, 음, 뭐, 하여튼 그랬어요. 그렇게 삼 년을 지냈죠. 제 평생에서 가장 행복했던 삼 년이었을 거예요."

"기다려 달라고 한 대사형에게 미안한 마음은 들지 않았소?"

묻는 말투가 이상하게 공격적이었다. 국일한은 자신이 어느새 대사형이라는 인물에게 감정이 이입되었음을 깨달았다. 본 적도 없고 심지어는 이름조차 모르는 남자에게 이처럼 자연스럽게 공감할 수 있는 까닭은, 한심하게도 역시 검연에 대한 질투 때문이리라.

황다영은 국일한의 공격적인 질문에 공격적인 질문으로 맞섰다.

"제가 왜 기다려야 하죠?"

"그건……."

국일한은 뒷말을 잇지 못했다.

"저는 대사형에게 기다리겠다는 약속을 한 적이 없어요."

"하지만…… 그래도 너무 빨리……."

국일한이 가까스로 꺼낸 말은 상대에 의해 간단히 잘렸다.

"너무 빨리 다른 남자에게 안긴 게 아니냐고요? 이보세요, 위장님. 누구를 좋아하는 감정이 때를 봐 가며 일어난다고 생각하시나요? 그렇지 않아요. 어느 날 갑자기 확 일어나요. 그러고는 들불처럼 걷잡을 수 없이 번지는 거죠. 게다가 그때의 저는 지금처럼 서른두 살이 아니라 스물두 살이었다고요, 스물두 살!"

제풀에 흥분했던 황다영이 하아, 하고 긴 숨을 내쉬더니 조금 차분해진 투로 말을 이었다.

"대사형은 아빠나 오빠로 삼기에는 아주 괜찮은 사람이에요. 강하고 든든하니까. 함께 있으면 안전하다는 기분이 드니까. 하지만 연인으로는 삼기에는 조금 꺼리게 되는 면이 있는 것도 사실이죠. 크고, 무뚝뚝하고, 매사에 지나치게 단호하고. 그 남자도 대사형을 두려워했어요. 이전에도 그랬지만, 저와 연인이 된 뒤로는 더욱 그랬죠. 그 남자는 종종 말했어요. 사형이 알면 엄청나게 화를 낼 거라고. 좌씨검법을 익혔을 테니 우리 두 사람은 물론 사문까지 위험해질지 모른다고. 저야 물론 동의하지 않았지만, 그 남자는 대사형이 검보를 훔쳐 갔다고 철석같이 믿고 있었어요. 하기야 삼산파 사람 대부분이 그렇게 믿었으니 그 남자를 탓할 일만은 아니겠죠."

황다영이 문득 자세를 펴고 주위를 둘러보았다. 시간이 늦어서인지 식당 안이 한산해져 있었다.

"제 얘기가 너무 길었죠? 아침 일찍 출발해야 하니 얼른 본론으로 들어가야겠네요."

본론이라는 말이 이상하게 마음에 걸렸다.

"소흑산으로 가는 이유에 대해서는 아까 말씀드렸죠? 악당들이 시킨 일을 하기 위해 가는 거라고. 하지만 그 일이 무엇인지 정확히 말씀드리지는 않았어요. 지금 말씀드릴게요."

아, 그래서 본론이라고 한 건가?

"그 일은 바로 살인이에요. 둘째 사형이었던 남자를, 과거의 연

200

인이었던 그 남자를 죽여야 하는 거죠. 그리고 그 남자는⋯⋯."

황다영이 말꼬리를 길게 늘이며 국일한의 얼굴을 빤히 바라보았다. 국일한도 그녀의 얼굴을 마주 보았다. 독주를 두 병 가까이 마셨는데도 그녀의 눈동자에서는 약간의 취기도 찾아볼 수 없었다. 마치 그날 고갯마루 위에서 그의 턱 밑에 단검을 들이밀었을 때처럼 새파랗게 빛나고 있었다. 그리고 그녀가 멈췄던 말을 마무리 지었을 때⋯⋯.

"내 아이의 아빠이기도 해요."

국일한은 멍해지고 말았다.

'내 아이의 아빠? 저 말이 무슨 뜻이지?'

하지만 무슨 뜻인지 모를 리가 없지 않은가!

뒤늦게 경악한 표정을 짓는 국일한에게, 황다영이 두 번째 공격을 가했다.

"당신들도 거기까지는 몰랐던 모양이군요."

당신들이라고 했다. 누구를 가리키는 말일까? 국일한은 이 질문의 답 또한 알고 있었다. 아이를 납치한 악당들. 자신을 포함해 이번 작전에 참가한 각양각색의 인간들.

한동안 침묵하던 국일한이 잔뜩 짓눌린 목소리로 물었다.

"알고 있었소?"

황다영이 고개를 끄덕였다.

"물론이죠."

"언제부터?"

"최소한 어제오늘은 아니에요."

국일한은 끙, 신음 소리를 냈다.

"내가 그 정도로 어설픈 배우인지는 몰랐소."

"위장님의 연기는 괜찮은 편이었어요. 다만, 금승위 제일위장이란 자리가 우연히 본 여자에게 과다한 친절을 베풀 만큼 한가하지는 않으리라는 생각이 들었을 뿐."

"금승위 제일위장도 남자인 것은 분명한데, 남자가 부인 같은 미녀에게 호감을 느끼는 건 자연스러운 일 아니오?"

황다영이 방긋 웃었다.

"미녀로 봐 주셔서 고마워요. 하지만 정말로 자연스러우려면 그 '부인' 소리는 하지 마셨어야죠. 위장님 입으로 말씀하셨잖아요. 제가 스물다섯 살로 보인다고. 스물다섯 살이면 대뜸 '부인' 소리를 붙이기엔 너무 젊은 나이 아닌가요?"

저 말이 옳았다. 그녀의 인적 사항에 대해 사전에 알고 있지 않았다면, 국일한은 그녀를 '부인'이 아니라 '소저'로 불렀을 것이다.

"게다가 시도 때도 없이 싱글거리는 우리 마부님, 마부로 변장하기엔 너무 멀끔하게 생기셨다는 생각, 한 번도 안 해 보셨나요?"

국일한은 입술을 질근질근 씹다가 말했다.

"안 그래도 후회하는 중이오. 그 일을 내가 맡았다면 지금 이 자리에 앉아 있는 사람은 그 친구였을 테니까."

"지금 제가 위장님을 비난한다고 생각하시는군요."

"아니오?"

"아니에요."

황다영은 망설이지 않고 즉각 대답했다. 국일한은 그녀의 얼굴을 바라보았다. 그녀가 진심임을 아는 데는 그리 긴 시간이 필요치 않았다. 그래서 더 당황스러웠다.

"아시는 바대로 나는 악당과 한패요. 아, 이렇게 말하는 것도 가증스러우실 테니 정정하리다. 나는 악당이오. 그러니 부인께서는 마음껏 비난하셔도 되오."

황다영이 작게 고개를 저었다.

"저는 위장님을 비난하지 않겠어요."

"왜? 대체 왜 비난하지 않겠다는 거요?"

국일한은 저도 모르게 목소리를 높였다. 황다영은 그런 국일한을 빤히 쳐다보다가 말했다.

"위장님이 좋은 사람이란 걸 아니까."

국일한은 말문이 막혀 버렸다.

황다영이 말했다.

"위장님은 처음 만났을 때부터 지금까지 제게 친절하셨고, 깍듯하셨죠. 처음에는 가식이라고, 단지 연기일 뿐이라고 여겼어요. 하지만 시간이 좀 지나자 그런 게 아닐지도 모른다는 생각이 들더군요. 그리고 이 술자리를 통해 위장님이 어떤 사람인지 확실히 알게 되었어요. 위장님처럼 좋은 사람이 어쩌다 이런 사건에 끼어들게 되었을까 궁금했었는데, 지금은 아니에요. 그런 걸 알아서 무슨 소용 있겠어요? 우리는 어쨌거나 백석둔까지 동행할 테고, 어쨌거나 거기서 헤어질 텐데. 안 그래요?"

국일한이 악문 이 사이로 말했다.

"그렇소."

"역시 그렇군요."

고개를 끄덕인 황다영이 다시 말했다.

"사실 위장님께는 얼마쯤 감사한 마음도 가지고 있어요."

이 말이 지금까지 들은 어떤 말보다 당황스러웠다.

"이해하실지 모르지만, 위장님과 여행하는 동안 저는 점점 살아나는 기분을 느꼈어요."

"살아나는…… 기분?"

"그 남자에게 버림받고 숨어 산 지도 칠 년이나 되었죠. 그동안은 살아도 산 게 아니었어요. 처음에는 슬픔과 미움에 겨워 형편없이 망가져 버렸고, 다음에는 삶의 껍질만 겨우 뒤집어쓴 채로 무력하게 세월을 보냈죠. 그러다가 이번 일이 터졌고, 자의든 타의든 세상 밖으로 다시 나오게 되었어요. 위장님은 의도하지 않으셨겠지만, 저는 위장님 덕분에 스스로를 돌아볼 기회를 가질 수 있었어요. 그러자 보이더군요. 제가 죽지 않았다는 것이. 살아 있다는 것이. 살고 싶어 한다는 것이. 그래요, 저는 살고 싶어요. 이번 일만 잘 해결된다면, 그때는 정말로 사람답게 살 수 있을 것 같아요."

말을 마친 황다영은 환한 미소를 지었다. 하지만 국일한의 얼굴은 보기 흉하게 일그러질 수밖에 없었다. 사람답게 살고 싶다는 그녀의 소박한 소망이 결코 실현되지 못하리라는 것을 알기 때문이었다.

"봐요, 지금도 괴로워하시잖아요. 이 상황에서도 제 처지를 안타깝게 여기고 계시니, 제가 어떻게 위장님을 좋은 사람이라고 말하지 않을 수 있겠어요. 하지만 위장님, 너무 안타까워하지 마세요."

식탁을 넘어온 손이 국일한의 손등 위에 살며시 포개진다. 국일한은 그 손을 망연히 내려다보다가 시선을 천천히 들어 황다영과 눈을 맞추었다.

황다영은 번민에 빠진 남자의 손을 잡고 이렇게 말했다.

"제게는 아직 마지막 패가 남아 있으니까요."

7월 1일

황다영이 말한 '마지막 패'가 움직이기 시작한 것은 자정을 막 넘긴 시각이었다.

이제껏 숨어 있던 잡동사니들 뒤에서 모습을 드러낸 만애청은 고양이처럼 은밀한 몸놀림으로 창고를 빠져나왔다.

달도 없는 그믐밤. 밤하늘에는 먹구름까지 잔뜩 끼어 있었다. 비가 오려는지 공기는 눅눅했고, 그것이 장원을 점령한 어둠에 밀도를 더해 주고 있었다. 의지할 빛이 없어 오직 본인의 안력만으로 살펴야 하는, 문자 그대로 칠야漆夜.

모두가 잠들어야 마땅한 시각이지만 얼마간 돌아다니다 보니 잠들지 않은 자도 볼 수 있었다. 이 장원에서 일하는 하인 중 하나로 보이는 사내인데, 연신 하품을 하면서도 바지춤을 부스럭부스럭 조이는 품이 자다가 깨어 측간에 다녀오는 길인 듯했다. 사내의 뒤로 따라붙으며 만애청은 눈을 번득였다.

"흐억."

제법 크게 울렸어야 할 비명이 흉터투성이 손바닥에 가로막혀 입속말로 오그라들고 말았다. 양손으로 사내의 멱살과 입을 동시에 틀어잡은 만애청은 방금까지 몸을 감추고 있던 나무 그늘 속으로 되돌아왔다. 들쥐를 채 가는 매도 이렇게 신속한 진퇴는 보이기 힘들 터였다.

  "묻는 말에 솔직히 대답하면 살려 주마."

  협박은 어둠 속에서 시퍼렇게 빛나는 눈동자만으로도 충분했으리라. 만애청은 사내의 입을 막은 손바닥을 떼어 낸 뒤 물었다.

  "아이는 어디 있느냐?"

  사내가 덜덜 떨다가 반문했다.

  "아, 아이라뇨? 결혼도 못 한 소인이 무슨 아이…… 큭."

  만애청은 사내의 멱살을 틀어쥔 손에 힘을 가했다.

  "얼마 전 이곳에 잡혀 온 아이 말이다. 지금 어디 있지?"

  사내는 숨통이 졸려 보랏빛으로 변한 얼굴을 옆으로 흔들었다.

  "모릅…… 끄…… 소인은 모릅니다……."

  사내는 평범한 하인으로 보였다. 다시 말해, 이 상황에서도 주인을 위해 거짓말을 할 강단이 있는 자로는 보이지 않는다는 뜻이었다. 잠시 인상을 쓰던 만애청이 다른 것을 물어보았다.

  "최근 이 장원에 들어온 남자가 있을 것이다. 중키에 얼굴 아래가 개처럼 툭 튀어나왔고 한쪽 손목에 부목을 대고 있었을 것이다. 그 남자를 보았느냐?"

  그러고는 으스스한 목소리로 덧붙였다.

  "이번에도 모른다고 하지 않길 바란다."

  만애청과 하인 모두에게 다행스럽게도, 이번에는 쓸 만한 대답이 나왔다.

"아! 아침나절에 그런 남자가 왔었습니다. 소인이 안내를 해서 똑똑히 기억합니다."

"지금 어디 있느냐?"

"객청에 머물고 있습니다."

사내에게서 객청의 대략적인 위치까지 알아낸 만애청이 마지막 질문을 던졌다.

"이 장원 안에 뇌옥이 있느냐?"

사내가 눈을 끔벅거렸다.

"뇌, 뇌옥이라고 하셨습니까?"

"그렇다, 사람을 가두는 곳."

눈동자를 치뜨며 기억을 더듬던 사내가 확신 없는 투로 말했다.

"뇌옥이 있는지는 잘 모르겠고…… 북쪽 끝에 있는 향천각香川 閣 지하에 누가 갇혀 있다는 얘기를 들은 적이 있는데…….."

만애청은 사내의 말 중에서 몇 개의 단어를 골라 되뇌었다.

"북쪽 끝, 향천각, 지하."

"그렇습니다요. 칼 찬 무사들이 늘 지키고 있어서 비복들은 가까이 가지도 못하는……."

이 말이 끝나기도 전에 만애청의 손날이 사내의 뒷목에 떨어졌다. 죽일 의도는 없으니 두어 시진 뒤에 깨어날 터였다.

축 늘어진 사내를 수풀 너머에 잘 감춘 만애청은 방금 얻어 낸 정보를 정리해 보았다. 아이가 이곳에 있는지 여부는 알 수 없고, 전대귀는 객청에 머물고 있으며, 북쪽 끝 향천각 지하에는 누군가 갇혀 있었다.

만애청은 머릿속으로 그린 동선이 합리적인지를 점검한 다음 자리를 떴다.

향천각을 지키던 두 명의 보초는 영문도 모르고 짚단처럼 쓰러졌다. 지붕으로부터 떨어져 내린 시커먼 그림자에게 등 뒤 요혈을 가격당한 탓이었다.

삼산파의 옥호권 두 방으로 보초들을 기절시킨 만애청은 석축 아래 세워진 돌사자에 그들을 기대앉힌 다음 건물 안으로 들어갔다.

향천각은 그리 크지 않은 단층 건물이었고, 진짜 용도는 지상이 아닌 지하층에 있음을 금세 알 수 있었다. 지하로 내려가는 계단을 찾는 것은 그리 어렵지 않았다. 고아한 건물 이름과 어울리지 않는 이 지독한 악취를 따라가기만 하면 되니까.

계단 근처에 이르자 악취가 무섭도록 심해졌다. 묵은 곰팡이 냄새와 뭔가가 썩는 냄새, 거기에 인분 냄새까지 더해지니 잠시만 맡아도 구역질이 나올 지경이었다. 그러나 만애청은 주저 없이 계단을 내려갔다.

계단 아래 돌벽에 걸려 있는 횃불을 빼 들고는 지하층을 비춰 보았다. 폭이 한 길쯤 되는 복도가 길게 뻗어 있었고, 복도 양쪽으로 엄지손가락 굵기의 쇠창살이 즐비하게 늘어서 있었다. 만애청은 복도를 따라 걸음을 옮겼다. 지하층에 마련된 옥방은 모두 여덟 개였는데, 제일 구석진 곳에 있는 하나만 빼고 모두 비어 있었다. 만애청은 유일하게 비어 있지 않은 옥방 앞에서 걸음을 멈추고 횃불로 쇠창살 너머를 비춰 보았다.

옥방 구석에 깔린 거적때기 위에 누군가 새우처럼 몸을 말고 엎어져 있었다. 누더기나 다름없는 옷에는 핏자국으로 보이는 검은 얼룩이 덕지덕지 붙어 있어서 그자가 이 옥방 안에서 당한 고초를 짐작하게 해 주었다. 그러나 그자가 어떤 행색을 하고 있건 만애청의 관심을 끌지는 못했다. 몸을 아무리 작게 말고 있다 한들 일곱 살짜리 아이로는 도저히 보이지 않았기 때문이다.

'실망하기엔 아직 이르다.'

스스로를 독려한 만애청이 발길을 돌릴 때, 옥방 안의 수인으로부터 갈라진 목소리가 흘러나왔다.

"왜 그냥 가느냐? 삼산파에 대해 더 이상 알고 싶은 게 없다는 뜻이냐?"

삼산파? 만애청은 고개를 돌렸다. 쇠창살 너머로 수인이 힘겹게 몸을 일으키는 것이 보였다. 수인이 수그리고 있던 고개를 부스스 들었을 때, 만애청은 봉두난발로 헝클어진 앞머리 사이로 자신을 쏘아보는 붉은 눈 하나를 볼 수 있었다. 가엾게도 반대쪽 눈이 있을 자리에는 검붉은 구멍만 파여 있을 뿐이었다.

수인이 두 손을 치켜올리며 음산하게 웃었다.

"흐흐, 여기 손가락이 네 개나 남아 있구나. 망치로 찧든 작두로 자르든 마음대로 하려무나. 하지만 무슨 짓을 하든 너희가 원하는 대답은 듣지 못할 게다."

만애청은 그자의 손을 보지 않았다. 그 대신 그자의 얼굴을 유심히 바라보다가 불쑥 물었다.

"유소악?"

수인은 코웃음을 쳤다.

"처음부터 다시 시작하자는 거냐? 오냐, 내가 유소악이다. 삼산파 제자 유소악이다. 하지만 내게서 들을 수 있는 대답은 이게 전부일 거다."

만애청은 횃불을 자신의 얼굴 쪽으로 들어 올렸다.

"나를 봐라."

수인의 외눈이 작게 흔들렸다.

만애청이 다시 말했다.

"내가 누군지 모르겠느냐, 소악?"

흔들리던 외눈이 어느 순간 커졌다.

"마, 만애청?"

만애청은 픽 웃었다.

"대사형의 이름을 함부로 부르다니, 안 본 사이 버릇이 없어졌구나."

하지만 이어진 유소악의 행동이 만애청의 웃음을 지워 놓았다.

"이놈!"

유소악이 바닥을 밀치며 쇠창살을 향해 몸을 솟구쳤다. 손가락이 네 개밖에 남지 않은 양손을 쇠창살 사이로 뻗어 만애청의 얼굴을 할퀴려고 했다. 물론 만애청에게는 위협이 될 리 없었다. 돌발적인 상황에 그저 어처구니가 없을 뿐.

"무슨 짓이냐?"

유소악의 손길을 간단히 피한 만애청이 물었다.

"반역도!"

유소악이 새된 소리로 외쳤다.

"반역도?"

그 순간 만애청의 머릿속에 떠오르는 기억 하나가 있었다.

210

'무엇 하느냐! 저 반역도를 당장 죽여라!'

팔 년 만에 삼산파로 복귀한 그날, 자신을 죽이려는 만애청을 향해 검연은 그렇게 외쳤던 것이다. 사부의 허락 없이 사문을 비운 죄로 정말 반역도로 몰렸나 보다 생각하는데, 유소악이 재차 악을 썼다.

"반역도가 아니면! 검보를 훔쳐 간 게 네놈이 아니라고 우길 셈이냐?"

만애청의 표정이 딱딱하게 굳었다.

"검보라니?"

"가증스러운 놈, 돌아가신 사모님께서 네놈을 얼마나 아껴 주셨는데…… 큭."

만애청은 쇠창살 사이로 손을 뻗어 유소악의 멱살을 틀어잡았다. 숨통이 조여져 버둥거리는 유소악에게 다시 물었다.

"무슨 검보를 말하는 거냐?"

"사, 사모님의 유품에서 나온…… 좌, 좌씨검보 말이다…….'"

만애청은 순간적으로 멍해졌다. 그도 강호인인 이상 좌씨검보에 대해서는 들어 본 적이 있었다. 그 검보 안에는 자신이 팔 년 동안 각고로 익힌 무공보다 더욱 유서 깊고 명성 높은 검법이 실려 있다고 하니, 만일 검보를 훔쳐 달아났다면 반역도 소리를 들어도 할 말이 없을 터였다.

만애청은 유소악의 멱살을 움켜쥔 손에서 힘을 풀었다. 쇠창살에 문대어지던 유소악의 몸이 아래로 주르륵 흘러내렸다.

"나는 검보를 훔치지 않았다."

만애청의 이 말을 유소악은 믿지 않았다.

"네가 사문에서 사라진 날 검보도 함께 없어졌다는 것이 밝혀졌는데도 거짓말을 할 작정이냐?"

만애청은 유소악의 하나 남은 눈을 내려다보며 물었다.

"내가 거짓말을 하는 것 같나?"

만애청을 올려다보는 유소악의 외눈이 또 한 번 흔들렸다. 혼란스러워하는 것 같았다. 만애청은 유소악의 눈앞에 자신의 오른손을 내밀었다.

"너도 알 거다. 내 손이 상승 검법을 익힐 수 있는 손이 아니라는 것을."

오른손 다섯 손가락을 구부려 움키자 무지와 인지와 중지, 세 손가락의 부자연스러운 움직임이 곧바로 드러났다.

"그, 그렇다면…… 그렇다면 검보는 누가 훔쳐 갔단 말이오?"

말투가 바뀐 것으로 미루어 이제는 믿어 주는 것 같았다.

"그걸 내가 어떻게 알겠나. 검보 얘기를 들은 것도 지금이 처음인데."

"끄으음."

갑자기 긴장이 풀렸는지, 악 하나로 버티던 유소악이 가냘픈 신음을 흘리며 옆으로 쓰러졌다.

'곤란하게 됐군.'

유소악은 삼산파 장로원의 원주이자 삼대장로 중 맏이 격인 언자징의 제자였다. 만애청에게는 방계 사제가 되지만, 성격이 강직하고 활달하여 직계 사형제 못지않게 가까이 지냈던 기억이 있었다. 바로 그 기억이 만애청을 갈등으로 밀어 넣었다. 아이를 찾는 데 방해가 되는 것은 무엇도 돌아보지 않으려 했지만, 그럼에도 유소악을 버려두고 갈 수는 없었다. 만애청은 결정을 내렸다.

'유소악을 안전한 장소로 피신시킨 뒤, 다시 들어온다.'

이미 쑤셔 놓은 흔적들이 있는 이상 수색을 이어 가기가 쉽지는 않을 터. 그 위험을 감수하기로 했다. 만애청의 장점 중 하나는 한 번 결정한 일에 대해 미련을 두지 않는다는 것이었다.

만애청은 들고 있던 횃불을 바닥에 내려놓았다. 두 사람 사이를 가로막은 쇠창살을 살펴보더니, 천장과 바닥에 깊숙이 고정된 그 것을 한두 번 흔들어 보고는, 그 너머에 쓰러져 있는 유소악에게 말했다.

"먼지가 날 테니 물러나 있게."

"무, 무엇을 하려고……."

유소악이 말을 하다 말고 입을 다물었다. 창처럼 곧추세운 만애청의 왼손 위로 푸르스름한 광채가 어리는 광경을 보았기 때문이리라. 그 푸르스름한 손이 돌바닥 속으로 파고들어 갔다.

한 번, 두 번, 세 번.

통으로 된 암반은 아니고, 기초를 다지는 과정에서 돌덩이처럼 단단해진 지반 위에 판석을 촘촘히 깔아 놓은 것에 불과했다. 그렇다고는 해도 돌바닥은 돌바닥인데, 번천칠절 중 건곤참乾坤斬의 강기를 운용한 손날 아래 모래땅처럼 푹푹 파여 나가고 있었다.

쇠창살이 박힌 돌바닥에 큼직한 구덩이를 판 만애청이 쇠창살을 붙잡아 아래로 당겨 뽑았다. 천장 일부가 퍽, 소리를 내며 쪼개지더니 쇠창살 끝부분이 힘없이 딸려 나왔다. 그렇게 두 개를 더 뽑아내자 사람 한 명이 너끈히 출입할 공간이 만들어졌다.

"자, 나가세."

참혹한 고문은 유소악의 육신에 복구 불가능한 흔적을 여러 군데 남겨 놓았다. 끊어진 발꿈치 인대도 그런 흔적 중 하나였다. 그로 인해 제 힘으로는 걷지 못하는 신세가 되었는데, 앉은뱅이나 다름없는 사람을 부축해 이동하려니 운신에 제약이 가는 것은 어쩔 수 없었다.

지상으로 올라가는 돌계단 앞에서, 만애청은 유소악의 상의를 벗겼다. 가장 비참한 거지도 돌아보지 않을 만큼 더러운 그 상의를 몇 가닥의 띠로 찢은 다음 하나로 연결하여 기다란 줄을 만들었다.

"업히게."

유소악이 업히자 줄을 이용해 자신의 몸에다 단단히 붙들어 맸다. 만애청은 방금 구출한 포로가 얼마나 쇠약한 상태인지 알고 있었다. 스스로 매달릴 기력이 없다는 판단에, 신음을 흘리든 비명을 내든 매듭을 조이는 데 사정을 봐주지 않았다. 그러고 나니 운신하는 데 조금은 나아진 것 같았다.

유소악과 한 덩이가 된 만애청은 계단을 오르기 시작했다. 목덜미 바로 뒤에서 악취 섞인 유소악의 말이 들려왔다.

"오늘이 며칠이오?"

만애청은 걸음을 멈추지 않고 대답했다.

"자정이 지났으니 칠월 초하루겠군."

"초하루……"

계단을 거의 올랐을 무렵, 유소악의 말이 이어졌다.

"소제가 사부님의 명으로 소흑산을 내려온 게 유월 초이레니,

벌써 스무 날이 넘게 지났구려."

계단이 끝났다. 만애청은 걸음을 멈추고 전방을 살펴보았다. 어둠과 정적. 지하로 내려갈 때와 달라진 것은 없어 보였다.

"본래는 심양瀋陽으로 가던 길이었소. 그곳에 있는 여진족 족장에게 장로원에서 내정한 차기 장문인의 이름을 알려 주는 게 소제의 임무였으니까."

만애청은 눈살을 찌푸렸다. 장로원의 푹신한 의자 위에 퍼져 앉아 문파의 대소사를 쥐락펴락하는 소위 삼대장로라는 작자들은 언제나 이런 식이었다. 입으로는 공평무사를 주장하면서 뒷구멍으로는 밥맛없는 수작을 부려 왔다. 이번에도 마찬가지였다. 차기 장문인을 선출한다는 중추절 대회는 요식행위에 불과했던 것이다. 결국에 가서는 자신들이 미는 자를, 아마도 자신들과 같은 한족인 검연을 장문인 자리에 앉힐 것이 분명했다.

이런 생각을 하는 사이에도 유소악의 말은 계속 이어졌다.

"그런데 소흑산의 경계를 벗어나기가 무섭게 적으로부터 공격을 받게 되었소."

이 말 중 한 부분이 이상하게 들렸다. 삼산파 제자로부터 '적'이라고 불릴 만한 대상은, 적어도 만애청이 후계자로 있을 때는 존재하지 않았다.

"그 적이 누군가?"

유소악이 어금니를 뿌드득 갈아붙였다.

"태산검문이지 어디겠소. 흥, 절대 우연이 아니오. 놈들은 분명히 소제를 노리고 있었소."

이 대답은 더욱 이상하게 들렸다.

"태산검문이 언제부터 삼산파의 적이 되었지?"

검연이 황다영을 버린 이유는 태산검문의 전대 문주인 철검선생 이대창의 여식과 결혼하기 위함이었다. 그렇다면 태산검문은 적이 아니라 친구, 그것도 혼인으로 맺어진 혈맹이라고 봐야 옳지 않겠는가?

"예전에는 물론 아니었소. 하지만 지금은 적이오. 왜냐하면 이번 중추절 대회에서……."

"쉿."

만애청은 유소악의 말을 자르지 않을 수 없었다. 향천각의 입구 너머로부터 인기척이 들려왔기 때문이다.

바닥 위를 소리 없이 미끄러져 입구의 벽 가에 몸을 붙였다. 고개만 살짝 내밀어 바깥을 살피니 향천각을 향해 다가오는 등불 하나가 보였다. 등불의 노란 광휘를 십여 명이 뒤따르고 있었는데, 흥미롭게도 그중 한 명이 만애청과 구면이었다.

표두독도 전대귀.

이제는 유명무실해진 오방도문의 부문주는 지금 곤경에 처한 것처럼 보였다. 두 명의 건장한 사내에게 좌우 팔죽지를 틀어잡혀 끌려오고 있는 점만 봐도 알 수 있었다. 도피처가 되어 주어야 할 이 장원에서 죄인 취급을 받는 이유가 궁금했다.

그리고 그 점에 대해 궁금해하는 사람은 만애청 하나만이 아니었다.

"소생에게 이러시는 이유가 무엇입니까? 소생은 사실만을 고했습니다. 아이를 추적하는 자가 있다는 것을 알려 드리기 위해 수백 리를 달려왔단 말입니다!"

전대귀가 앞서가는 누군가에게 항의했다. 그 사람은 신선처럼 청수한 용모를 가진 노인이었는데, 일신에 새하얀 학창의鶴氅衣를 걸쳐 유달리 두드러져 보였다.

"저 새끼……."

유소악이 이를 갈았다.

"아는 자인가?"

"동악쌍선 중 한 명인 약선이 바로 저 늙은이라오. 이 집의 주인이기도 하오."

태산검문의 두 신선, 동악쌍선에 대해서는 만애청도 익히 들어 본 바 있었다. 철검선생 이대창이 죽은 뒤에도 동악쌍선의 명성은 여전히 쟁쟁하여, 전대의 성세를 되찾기 위해 동분서주하는 젊은 문주에게 큰 힘이 되어 준다고 했다.

"소제의 손을 이 꼴로 만든 것도 바로 저 늙은이였소. 그러면서도 웃더이다. 아주 온화하게."

그렇다면 이를 갈 만했다. 신선의 탈을 쓴 늙은 악당을 주시하는 만애청의 눈빛이 차가워졌다.

그러는 동안에도 전대귀의 항의는 계속 이어졌다.

"노선배님! 이유라도 알려 주십시오!"

약선이 걸음을 멈추고 전대귀를 돌아보았다.

"본 파의 문주가 당산으로 갔네."

"다, 당산에는 왜……?"

"부풍도귀 갈홍석이라면 모를까, 이름 한번 들어 보지 못한 자의 말 한마디에 오랫동안 준비해 온 계획을 수정할 수는 없는 노릇 아니겠는가? 다만 그 내용만큼은 심각하다고 판단하여 문주가 직접 확인한다고 하니, 문주가 돌아올 때까지 저 안에서 기다리고 있으면 될 것이야.”

전대귀가 목소리를 높였다.

“객청에서도 얼마든지 기다릴 수 있지 않습니까?”

“산삼과 계백분鷄白糞(약재로 쓰이는 닭똥)은 한자리에 보관하지 않는 법. 객청은 손님이 머무는 곳이고, 자네 같은 사람에게 어울리는 곳은 따로 있겠지.”

약선은 조롱기를 굳이 감추려 하지 않았다. 이에 전대귀의 얼굴이 시체처럼 창백해졌다. 자신의 신세가 끈 떨어진 연 모양으로 처량해졌다는 사실을 그제야 받아들인 눈치였다.

그리고 만애청은 전대귀와는 다른 의미에서 약선의 말을 곱씹고 있었다. 그 말 중에 등장하는 ‘문주’란 태산검문의 현 문주인 이환을 가리킬 터. 약선에 이어 이환까지 나섰다는 것은 이 일에 태산검문이 얼마나 깊이 개입해 있는지를 보여 주는 증거라고 할 수 있었다. 조금 전 유소악이 전한 말이 사실이라는 뜻이기도 한데, 다만 그 점에 대해 깊게 생각하지는 않았다. 지금 생각해야 할 것은 이 상황에 대한 대처였다.

‘어떻게 하지?’

입구와 출구가 한곳인 만큼 저들과 마주치는 것을 피할 수는 없었다. 마주치는 장소가 건물 밖이냐 건물 안이냐를 놓고 고민할 필요는 없었다. 무조건 건물 밖이어야 하니까. 건물 안에서 기다렸다가 기습하는 것도 방법 중 하나겠지만, 그 방법을 택할 수 없는 결정적인 이유가 있었다.

만애청이 속삭였다.

"꽉 붙잡게."

목을 두른 유소악의 두 팔에 힘이 들어가는 것이 느껴졌다.

그즈음 약선이 멈췄던 걸음을 다시 옮기기 시작했다. 하지만 향천각으로 오르는 돌계단 아래 세워진 돌사자 앞에서 또다시 멈춰 서고 말았다. 그 돌사자에는 만애청에게 제압당한 두 명의 보초가 마치 근무 시간에 조는 자들처럼 태만한 자세로 기대앉아 있었다. 만애청이 건물 안에서 기다려서는 안 되는 결정적인 이유이기도 했다.

"이것들이……."

약선이 하얀 눈썹을 매섭게 치올린 순간, 향천각 입구 안쪽에 몸을 숨기고 있던 만애청이 움직였다.

사람 하나를 업은 상태인데도 만애청은 빨랐다. 벽류풍의 여섯 갈래 중 하나인 선양분진은 부채 바람에 날리는 먼지처럼 기척마저 없었다. 보초들을 닦달하려던 약선이 이 빠르고 은밀한 기습을 알아차린 것은, 석축 위를 빛살처럼 질주해 온 만애청이 돌계단 머리를 박차고 몸을 날리는 시점이었으니…….

끄직.

약선의 앞쪽에서 등불을 들고 서 있던 사내의 목에서 섬뜩한 소리가 울려 나왔다. 허공을 가로질러 날아와 정수리를 디딘 만애청의 발이 그자의 목뼈를 부러뜨려 놓은 것이었다.

영문도 모른 채 절명한 사내가 멍한 얼굴을 하고서 옆으로 쓰러질 때, 만애청은 그 반동으로 다시 솟구친 몸을 한 바퀴 휘돌리고 있었다. 다음 순간 그의 가슴 앞에서 합쳐진 쌍장이 뇌성과 함께 분리되며 하방에 위치한 약선을 향해 내리꽂혔다.

우르릉!

번천칠절의 다섯 번째 수법인 춘뢰소야春雷燒野가 미치는 범위는 넓었다. 약선을 중심으로 반경 다섯 자 공간이 상방으로부터 쏟아진 압력에 짓눌렸다.

약선이 강호에서 얻은 명성의 대부분은 약리와 용독술에서 비롯되었다. 그의 무공이 대단치 않다는 점은 널리 알려진 바, 그래서 태산검문의 전대 문주인 철검선생 이대창은 두 명의 유능한 호위로 하여금 그의 신변을 지키도록 조치했고, 그 조치는 아들인 태산검룡 이환 대에도 그대로 유지되고 있었다.

유능한 호위들은 약선의 위기를 좌시하지 않았다. 일 장쯤 떨어진 곳에서 약선을 수행하던 두 흑의인 중 한 명이 재빨리 몸을 날려 약선을 장력의 범위 밖으로 밀쳐 냈고, 다른 한 명은 어느새 뽑아 든 철검으로 허공에 떠 있는 만애청을 후려쳐 갔다. 한마디 의견 교환도 없이 역할을 분담하는 것을 보면 이런 경우에 대비한 훈련이 잘되어 있는 듯했다.

춘뢰소야의 장력이 지면을 찍어 눌렀다.

"꺽!"

약선을 밀쳐 낸 호위가 약선 대신 돌바닥 위에 납작하게 짜부라질 때, 또 다른 호위가 휘두른 철검은 만애청이 올려 친 손날과 부딪치고 있었다.

깡!

건곤참의 강기를 두른 푸르스름한 손날 아래 철검이 유리처럼 깨져 나가고, 빠르게 뒤쫓아간 만애청의 오른 주먹이 흑의인의 관자놀이를 강타했다. 장력을 쏟아 내고, 장검을 막고, 옥호권을 때리는 세 가지 동작이 한 호흡 안에, 그것도 지지할 데 하나 없는 허공에서 물 흐르듯 이어진 것이었다.

돌계단 머리에서 솟구친 만애청이 지면에 내려선 것은 얼굴 한쪽이 움푹하게 꺼진 호위가 쓰러진 뒤였다.

"너, 넌 누구냐?"

"으아악!"

질문을 던진 사람은 호위에게 떠밀려 나동그라진 약선이었고, 비명을 지른 사람은 만애청을 본 순간 제풀에 주저앉은 전대귀였다. 만애청은 두 사람에게서 나온 두 가지 반응 모두를 납득했다. 궁금할 것이고, 무서울 것이다. 물론 납득하지 못했다고 해도 약선을 향해 지체 없이 달려드는 그의 행동이 바뀌지는 않았을 테지만.

"헙!"

헛바람을 삼킨 약선이 몸을 데굴데굴 굴렸다. 백도 명숙다운 몸놀림은 아니어도 목숨을 건지는 데는 적절한 몸놀림이었다. 간발의 차이로 표적을 놓친 만애청의 손날이 애먼 돌바닥을 콱 파고들었다.

접은 몸을 튕기듯이 세우는 만애청에게 태산검문의 저력이 들이닥쳤다.

"자객이다!"

"장주님을 보호해라!"

한때는 소림사와 무당파 같은 전통 있는 명문들도 발아래로 굽어보던 태산검문이었다. 철검선생 이대창이 사망한 뒤로 기세가 꺾였다고는 하나 문파의 토대까지 흔들린 것은 아니었다. 삼엄하게 날아드는 검 하나하나가 예기로 빛나니, 사람 하나를 등에 업은 만애청으로서는 감히 경시할 수 없는 상황이었다.

그럼에도 만애청은 약선에게 집중했다. 다수의 적과 싸우는 상지상책上之上策은 그 우두머리부터 찾아 제거하는 것. 졸자들부터 상대하느라 힘과 시간을 낭비하는 것은 다수가 가진 이점에 스스로를 헌납하는 꼴이었다.

만애청이 주춤한 사이, 약선은 적당한 엄폐물을 찾아낸 것 같았다. 보초들이 기대앉은 돌사자가 그 엄폐물이었다. 약선이 바닥 위를 재빨리 기어 돌사자 뒤로 숨어든 것과 태산검문 문도들의 공격이 퍼부어진 것은 거의 동시였다.

만애청은 벽류풍의 여섯 갈래 중 하나인 부신은영을 펼쳤다. 발바닥이 지면으로부터 반 치쯤 떨어진 상태에서 전후좌우로 얼음을 지치듯 미끄러졌다. 그는 바람에 날리는 버들가지, 혹은 버들가지를 날리는 바람이 되었다. 전방으로부터 학익鶴翼의 형태로 퍼부어지는 살벌한 칼날들을 피해 내는 한편, 삼재보를 역으로 거듭 밟으며 돌사자 쪽으로 후퇴했다.

일방적으로 피하기만 한 것은 아니었다. 다섯 걸음을 물러서는 짬짬이 쾌속한 옥호권으로 두 명을 쓰러트렸고, 그 과정에서 팔뚝한 군데를 베였다. 가죽 투수 위를 베인 덕에 상처는 깊지 않았다.

그런 식으로 물러나다가 돌사자를 등지는 위치까지 이르자 횡보橫步로 빠르게 전환하여 그 후방으로 돌아 들어갔다.

이제껏 구구도생求求圖生에만 급급하던 약선이 최초의 반격에 나선 것은 바로 그 시점이었다.

"죽엇!"

악에 받친 호통과 함께 날아든 장력은 자체만으로도 위력적이거니와, 장력에 실려 온 기묘한 향취는 약선이 무엇으로 명성을 얻었는지를 감안할 때 매우 위험한 징조가 아닐 수 없었다.

만애청은 장력과 향취, 두 가지 모두에 대응했다. 장력에는 장력으로 맞섰고, 향취는 호흡을 급히 멈춤으로써 모면하고자 했다. 사각지대인 돌사자 뒤 공간으로 들어가면서 기습에 대비하지 않았을 리는 없었다. 그럼에도 이 향취만큼은 그가 예측할 수 있는 범주 밖이었으니……

펑!

만애청이 마주 때려 낸 인자수는 약선의 장력을 격파했을 뿐만 아니라 약선의 본체마저 격파했다. 코와 입으로 피 분수를 뿜으며 날려 가는 약선을 재차 따라붙던 중, 만애청은 한 줄기 현기증이 엄습하는 것을 느꼈다. 호흡을 멈추는 것이 조금 늦은 모양이었다. 농익은 복숭아에서 풍기는 것 같은 달짝지근한 향취는 이미 그의 비강 안에서 감돌고 있었다.

독에 당한 걸까? 독이라면 어떤 독일까?

이러한 우려에도 불구하고 만애청의 육체는 자신에게 맡겨진 임무를 우직하게 수행하고 있었다. 건곤참의 푸르스름한 강기를 운용한 손날을 힘차게 내리찍고, 그 손날 아래 약선의 갈비뼈와 그 안쪽에 담긴 중요한 장기들이 치명적으로 파괴되었음을 확인한 즉시 몸을 돌렸다.

우두머리의 죽음 앞에 눈이 뒤집힌 졸자들을 상대하기 위해서였다.

향천각으로 접근하던 무리는 약선과 전대귀까지 포함하여 총 열

세 명이었다. 하지만 반 각(약 8분)이 지난 뒤에는 그들 가운데 아홉 명이 죽었고, 세 명은 빈사상태가 되었으며, 오직 한 명만이 온전히 남게 되었다. 비록 손목에 부목을 대고 있기는 하지만 이번에 부러진 것은 아니니 온전하다는 표현이 그리 잘못된 것은 아니었다.

만애청은 상체를 푹 수그린 채 거친 숨을 훅훅 몰아쉬다가 무리 가운데 온전히 남겨진 유일한 자, 표두독도 전대귀를 돌아보았다.

"히익!"

전대귀가 엉덩이를 질질 끌며 뒤로 물러났다. 저승사자처럼 무서운 살인자로부터 어떻게든 멀어지고자 하는 마음은 이해하는 바이나, 돌바닥 위를 얼룩지게 만드는 오줌 자국만큼은 차마 봐 주기가 힘들었다.

전대귀를 죽이는 것은 언제 어느 때든 손쉬운 일이었다. 그럼에도 두 차례나 살려 보낸 것은 자신을 아이가 있는 곳으로 데려다줄 길잡이라고 여겼기 때문이다. 길잡이가 길을 잃지 않았기를 바라며, 만애청이 전대귀에게 물었다.

"아이는 어디 있느냐?"

전대귀는 온몸을 와들거리기만 할 뿐 대답할 정신조차 없는 듯했다. 만애청은 다시 한번 물었다.

"아이는 어디 있느냐?"

이번에는 대답이 돌아왔다.

"귀하가 찾는 아이는 이곳에 없소."

대답을 한 사람은 전대귀가 아니었다. 그 점이 만애청의 뒷덜미를 쭈뼛하게 만들었다.

만애청은 숙이고 있던 허리를 천천히 펴 올렸다. 등에 짊어진 유소악이 이전보다 곱절은 무거워진 것처럼 느껴졌지만, 그런 기색을 드러내지 않으려고 노력하면서 천천히 몸을 돌렸다. 그리고 자신의 질문에 대답한 남자를 바라보았다.

그 남자는 해동 사람들이 즐겨 쓰는 까만 갓을 쓰고 있었다. 연분홍색 단삼에 질 좋은 청라로 지은 겉옷까지 단정히 차려입고 있어서 일견 부유한 상인 같은 분위기를 풍겼다. 그러나 갓 그늘에 자리한 한 쌍의 눈은 그 주인의 본색이 상인과는 거리가 멀다는 사실을 알려 주었다. 그 눈과 만애청 사이의 거리는 대략 오 장. 그럼에도 턱 밑에 보검이 들이밀어진 듯한 기분이 든다. 보나 마나, 물으나 마나, 저 남자는 검객이었다.

그것도 평생에 걸쳐 한번 만나 볼까 말까 한 절세적인 검객!

남자의 뒷전에는 무관 차림을 한 네 사람이 서 있지만, 남자의 기파가 어찌나 인상적인지 다른 사람들은 아예 존재하지도 않는 것 같았다.

주저앉아 있던 전대귀가 남자를 향해 울부짖듯이 외쳤다.

"김 대인!"

부모를 다시 만난 미아라도 저렇게 절절할 수 있을까 싶었다. 하지만 남자는 전대귀에게 눈길조차 주지 않았다.

"나는 조선에서 온 김이라고 하오."

남자가 만애청에게 읍례를 올렸다. 강호의 포권례와 비슷하게 두 주먹을 맞잡고 허리를 약간 숙이는데, 그 손에 쥐어진 죽장이 만애청의 눈길을 또 한 번 끌어당겼다. 석 자 조금 넘는 길이의 저 죽장이 지팡이 용도로만 쓰이지는 않을 것 같았다.

읍례를 거둔 남자가 만애청에게 물었다.

"귀하가 '만 아저씨'요?"

만애청은 마른침을 꿀꺽 삼켰다. 그를 '만 아저씨'라는 호칭으로 부르는 사람은 세상에서 오직 하나, 형아뿐이었다. 이는 김이라는 이름을 가진 저 남자가 이제껏 만나 본 어떤 자들보다 형아에 대해 많이 안다는 뜻이기도 했다.

만애청의 침묵을 긍정의 의미로 받아들인 듯, 김이가 고개를 작게 끄덕였다.

"맞는 모양이구려. 아이에게서 귀하가 뒤따라올 거라는 얘기를 들었을 때, 솔직히 믿지 않았소. 아이다운 허황된 생각이라고 여겼소. 하지만⋯⋯."

주변에 널린 사상자들을 둘러본 김이가 탄식하듯 덧붙였다.

"이제는 믿지 않을 도리가 없구려."

만애청이 김이에게 물었다.

"아이는 어디 있느냐?"

김이는 선선히 가르쳐 주었다.

"대리영에 있는 순무원에서 보호하고 있소."

만애청이 작게 되뇌었다.

"대리영, 순무원."

여기서 군영과 관청의 이름이 왜 나오는지에 대해서는 묻지 않았다. 그런 것은 중요하지 않으니까. 만일 김이가 북경의 자금성에 있다고 대답했다면 '북경, 자금성'이라고 되뇌었을 것이다. 만애청은 그런 사람이었다.

그러는 사이 사람들이 속속 몰려들었다. 대부분 비슷한 형태의 장검을 들고 있는 것으로 보아 이 장원에 머무는 태산검문 문도들이 주변에 널브러진 자들 말고도 더 있는 모양이었다. 그렇게 모여든 사람들 가운데 한 명이, 아마도 태산검문 내에서 제법 높은 지위에 있는 것으로 보이는 대머리 초로인이, 도끼로 찍힌 것처럼 가슴 한 가운데가 쩍 갈라진 약선의 시체를 발견하고는 두 눈을 홉떴다.

"장주님을 시해한 것이 네놈이냐?"

만애청은 당장이라도 달려들 것처럼 구는 대머리에게 신경 쓰지 않았다. 포안법을 통해 김이의 눈과 죽장과 발을 동시에 경계하는 한편, 자신의 몸 상태를 빠르게 점검해 보았다.

칼날에 스친 부위가 서너 군데 있지만 중상이라고 할 만한 것은 없었다. 정작 심각한 것은 몸 안쪽의 사정이었다. 기의 운행이 순조롭지 않았고, 그러한 경향은 시간이 흐를수록 심해지고 있었다. 약선의 장력에 실려 날아들었던 달짝지근한 향취가 새삼 마음에 걸렸다. 아무래도 산공독散功毒(내공을 운행하는 데 지장을 주는 독)의 일종인 모양이었다.

'잘해야 일각.'

그 이상은 공력을 이어 갈 자신이 없었다. 만애청의 마음은 무거워질 수밖에 없었다.

그사이 대머리의 분노는 극에 오른 것 같았다. 상관을 죽인 흉수로부터 철저하게 무시당하고 있다는 점이 그의 심화를 더욱 부채질했을지도 모르겠다.

"육시를 내 주마, 이놈!"

우렁찬 노호를 터뜨린 대머리가 만애청을 향해 득달같이 달려들었다. 그자의 오른손에는 일찌감치 뽑아 들고 있던 장검이 시퍼런 광채를 뿜어내고 있었다.

만애청은 그제야 대머리에게 눈길을 주었다. 분노한 눈과 사나운 검봉과 성급한 보법을 한꺼번에 포착했다. 그리고 그것들이 면전에 닥쳤을 때 표홀하게 삼 보를 후퇴했고, 마찬가지로 표홀하게 일 보를 전진했다. 후퇴하는 삼 보 안에서 벽류풍의 연궐포편을 펼쳐 그자가 쳐 낸 두 번의 횡격橫擊(옆으로 휘두름)과 한 번의 직자直刺(곧게 찌름)를 헛손질로 흘려보냈다. 그리고 전진하는 일 보로써 그자의 우측 복부에 옥호권의 일 권을 때려 넣었다. 공력이 불순해진 탓에 평소 위력의 절반도 발휘하지 못했지만, 한 인간의 복강 안에 있는 모든 내용물들을 터뜨려 놓기에는 부족하지 않았다.

"끄으으……."

대머리가 새우처럼 허리를 접으며 만애청의 발치에 고꾸라졌다. 잠시 후 피도 아니고 물도 아닌 걸쭉한 액체가 코와 입을 통해 흘러나왔지만 만애청의 시선은 이미 그자에게서 떠난 뒤였다. 그의 시선이 다시금 향한 것은 저만치 떨어진 곳에서 자신을 줄곧 주시하는 한 쌍의 눈, 바로 김이의 눈이었다.

만애청은 오른손을 들어 입가를 훔쳤다. 손등에 묻어 나온 것이 무엇인지는 굳이 보지 않아도 알 수 있었다. 비릿한 피 냄새가 입안을 맴돌고 있었다. 번천칠절은 막대한 공력을 요하는 절학, 중독된 몸으로 펼쳤으니 무리가 따르는 게 당연했다.

'저자도 눈치챘을까?'

그런 것 같았다. 저런 눈을 속이기란 불가능할 테니까.

김이가 말했다.

"아이가 말하더구려. 만 아저씨는 절대로 포기하지 않을 거라고."

만애청이 피 묻은 입술을 슬쩍 비틀었다.

"누구에게나 포기할 수 없는 것이 하나쯤은 있지."

"좋은 말이오."

공감한다는 듯이 빙긋 웃은 김이가 뒷전에 서 있는 무관들을 돌아보았다.

"경 위장님, 부탁드릴 것이 하나 있습니다."

무관 중 쇠 징이 박힌 전포를 걸친 장대한 자가 자세를 바로 하고 김이의 말에 응했다.

"말씀하시지요, 김 대인."

"지금부터 저자와 일대일로 겨루고자 합니다. 소생이 패한다면, 저자를 그냥 보내 주십시오."

무관은 난색을 지었다.

"무인끼리의 일반적인 대결이라면 그러는 것이 마땅하겠지만, 이번 행사는 순무사 영감께서 직접 나서실 만큼 중대한……."

김이가 무관의 말을 잘랐다.

"소생은 과거 순무사 영감의 목숨을 구해 드린 적이 있습니다. 그 일에 대해 혹시 아시는지?"

무관이 고개를 끄덕였다.

"물론 압니다. 십여 년 전 조선 땅에서 벌어진 전쟁에서 왜군들에게 생포된 순무사 영감을 구출해 낸 분이 김 대인이라고 들었습니다."

"그때의 일을 줄곧 빚으로 여기셨는지, 소생과 재회한 자리에서 바라는 것이 있으면 말해 보라고 여러 번 채근하시더군요. 당시에는 답변을 드리지 않았는데, 그 호의를 지금 이 대결에 쓰고 싶습니다."

무관의 이마에 굵은 주름이 잡혔다.

"그렇게까지 말씀하신다면야……. 한데 저자에게 그럴 만한 가치가 있는지 궁금합니다."

"소생도 잘 모르겠습니다. 하지만 그 아이는 가치가 있다고 믿을 것 같군요."

무관이 김이에게 포권을 올렸다. 뜻대로 하라는 의미인 것 같았다.

"잠시 이것을……."

김이는 겉옷과 갓을 벗어 무관에게 건네주었다. 그리고 무관이 수하들과 함께 멀찍이 물러나는 것을 지켜보다가, 만애청을 향해 천천히 돌아섰다.

만애청이 김이에게 물었다.

"싸울 준비는 끝난 건가?"

김이가 왼손에 쥔 죽장을 슬쩍 들어 보였다.

"나는 끝났소만, 귀하는 아직 끝나지 않은 것 같구려."

김이의 말은 옳았다. 누군가를 업은 상태로 저런 강적과 싸우는 것은 그냥 지겠다고 하는 것이나 마찬가지였다. 만애청도 준비를 할 필요가 있었다.

만애청은 두 손을 들어 자신의 목을 휘감고 있던 유소악의 팔뚝을 잡았다. 다음 순간, 손가락을 통해 전달되어 온 불길한 감촉에 흠칫 놀랐다. 차가웠고, 뻣뻣했다. 그러고 보니 목덜미를 축축하게 만들던 유소악의 숨결이 어느 시점부터인가 느껴지지 않았다는 점에 생각이 미쳤다.

목을 휘감은 유소악의 두 팔을 힘주어 풀어냈다. 반대쪽 팔오금에 갈고리처럼 박힌 좌우 손가락을 뽑아내자 검은 피가 주르륵 흘러내렸다. 만애청의 등에서 떨어지지 않으려고 죽을힘을 다했다는 증거였다.

두 사람을 한 덩어리로 연결해 주던 띠들을 끊고, 유소악의 몸을 앞으로 돌려 안았다. 유소악의 옆구리에 장검 한 자루가 꽂혀 있는 걸 발견한 것도 그때였다. 일견하기에도 치명적이었다. 몸통이 거의 관통당한 상태니까. 아마도 태산검문 문도들과 난전을 벌이던 와중에 벌어진 일일 터인데, 그 고통과 비명과 신음 따위를 이를 악물고 참아 낸 것이었다. 자신을 구출하기 위해 악전고투하는 대사형에게 부담을 주지 않겠다는 유소악의 결의가 느껴졌다.

만애청은 유소악을 안고 돌사자 쪽으로 걸어가 그 앞쪽 바닥에 내려놓았다.

"어흐으……."

바닥에 눕힌 순간, 유소악이 바람 빠지는 소리를 내며 눈을 번쩍 떴다. 하지만 그것을 회생의 기미로 볼 수는 없었다. 꺼지기 직전의 촛불이 내는 마지막 불꽃. 만애청은 유소악의 눈동자 위에서 위태롭게 가물거리는 생기를 안타까운 눈길로 내려다보았다.

"소악, 내 말이 들리……."

"만 사형!"

유소악이 만애청의 손을 덥석 잡았다.

"그 개 같은 늙은이를 죽여 줘서 고, 고맙습니다."

만애청은 입을 다물었다. 유소악의 말을 끊어서는 안 된다는 생각이 들었다.

"놈들이 소제에게서 알아내려고 한 것은……."

유소악의 입놀림이 점점 작아졌다. 입 밖으로 나오지 못한 말소리를 듣기 위해서는 그의 얼굴 위에 귀를 바싹 가져다 대어야 했다.

유소악은 죽어 가면서 말했다. 자신이 삼산파를 나온 목적은 장로원에서 비밀리에 내정한 차기 장문인의 이름을 심양에 있는 여진족 족장에게 전달하기 위함이라고. 그 이름은 바로…….

"융……비…….”

유소악의 눈동자가 돌멩이처럼 칙칙해졌다. 만애청의 손아귀 안에 잡혀 있던 손이 모래처럼 스르르 빠져나갔다.

유소악은 죽었다. 이름 하나를 남긴 채로. 그 이름이 검연이 아니라 융비라는 사실이 만애청의 머릿속을 복잡하게 만들었다.

'융비라고?'

장로원에서 비밀리에 내정한 차기 장문인은 당연히 검연일 거라고 생각했다. 그렇지 않다면 검연을 암살하기 위한 이 모든 흐름들을 설명할 길이 없어지게 된다. 하지만 유소악이 남긴 이름은 분명히 융비였다. 그가 거짓말을 할 가능성은 없었다.

'왜 융비지?'

그때 정수리 위로 뭔가가 떨어졌다.

툭. 툭.

만애청은 고개를 들어 밤하늘을 올려다보았다. 빗방울이 떨어지고 있었다.

투툭. 투투투투툭.

빗방울은 금세 빗줄기로 바뀌었다. 여름날 새벽녘에 내릴 법한 소나기였다.

전신을 빠르게 적시는 싸늘한 빗줄기가 복잡하던 머릿속을 일깨워 주었다. 만애청을 고개를 내려 느리게 돌렸다. 지금 집중해야 할 대상은 멀리 삼산파에서 잠들어 있을 검연과 융비가 아니라 이 빗줄기를 함께 맞으며 서 있는 저 조선인이었다. 만애청은 스스로에게 주지시켰다. 김이라는 남자를 꺾지 못하면 이제껏 추적해온 모든 사항들이 무의미해진다는 것을.

시간은 만애청의 편이 아니었다. 약선으로부터 말미암은 독 기운은 해묵은 체증처럼 무지근하게 만애청을 괴롭히고 있었다. 그렇다면…… 속전속결!

유소악의 시신 앞에 쭈그려 앉아 있던 만애청의 윤곽이 빗물에 씻기듯 흐릿해졌다.

일대일 대결에 임한 김이가 긴장감을 맛보는 것은 실로 오랜만의 일이었다. 거의 모든 대결에서 그는 지배자였다. 시작을 지배했고, 과정을 지배했으며, 결과마저도 지배했다. 이 규칙에서 벗어나는 경우는 극히 드물었는데, 만 아저씨라는 남자가 새로운 하나를 추가하려 하고 있었다.

김이의 눈에 비친 만 아저씨는 인간보다 맹수에 가까웠으며, 그 위험성은 가장 무서운 호랑이와 견주어도 뒤지지 않을 것 같았다. 빗물이 얼룩을 그리기 시작한 돌바닥에 가슴과 배를 거의 붙이다시피 한 자세로 쇄도해 오는 만 아저씨를 보며, 김이는 그런 생각을 잠깐 떠올렸다. 다만, 철들기 이전부터 혹독하게 단련해 온 육신은 그런 생각과 별도로 대응에 나서고 있었다.

죽장을 잡은 김이의 왼손 손등에 힘줄이 돋아 올랐다. 왼쪽 허리춤으로 돌린 오른손으로 죽장의 머리를 움켜쥐고, 오른발을 우전방으로 두 자 미끄러트리면서, 비튼 허리를 폭발적으로 펼쳐 돌리니, 범상한 껍데기 안에 감춰져 있던 비범한 검날이 빗줄기를 사선으로 자르며 은빛 본체를 드러냈다. 날의 길이가 석 자 두 치, 중국의 양날검과 달리 한 면에만 날이 있는 이 검의 이름은 충용忠勇, 내금위장에서 물러나는 김이에게 조선의 군주가 직접 하사한 명검이었다.

뽑아내기와 눌러베기는 한 동작에 이루어졌다. 우상방으로 치솟은 충용검이 김이의 오른쪽 어깨 위에 짧은 호선을 남기며 수직으로 내리꽂혔다. 검봉의 궤적 뒤로 꼬리처럼 따라붙은 하얀 수증기는 주변의 빗방울들이 기화한 것이었으니, 이 한 수의 쾌속함이 어떠한지를 짐작케 해 주었다.

만 아저씨의 몸놀림은 인간의 범주를 벗어났을 뿐만 아니라 야수의 범주마저 벗어난 것 같았다. 자연의 법칙을 비웃기라도 하듯 일직선으로 쇄도해 오던 경로를 한순간에 직각으로 꺾어 버렸고, 그럼으로써 김이의 눌러베기를 피해 냈다.

김이는 놀라지도 당황하지도 않았다. 애당초 한 수로 잡을 상대라고는 생각지 않은 터. 우전방으로 내디딘 오른발을 부드럽게 끌어당긴 것과 동시에 왼발을 좌후방으로 두 자 물렸다. 다음 순간 부아앙, 소리와 함께 김이의 얼굴 앞으로 물보라가 솟구쳐 올랐다. 콧잔등을 얼얼하게 만드는 그 물보라는 만 아저씨가 상체를 뒤집으며 올려 친 권풍의 여파였다. 저런 주먹에 당하는 날에는 머리통이 통째로 뽑혀 날아갈 것이 분명했다.

최소한의 거리를 후퇴함으로써 상대의 반격을 흘려보낸 김이가 왼발을 축으로 한 바퀴 맴돌았다. 왼쪽 어깨에 가볍게 얹힌 충용이 주인과 함께 맴돌며 반경 석 자의 원을 그렸다. 하지만 만 아저씨는 어느새 공중제비를 넘어 충용의 검봉이 그려 낸 원주 밖으로 물러난 뒤였다. 아무런 사전 동작 없이도 저런 몸놀림을 보일 수 있다는 것이 감탄스러울 따름이었다. 몸 상태가 정상이 아니라는 점을 감안하면 더더욱.

김이를 감탄하게 만든 것은 그뿐만이 아니었다. 엎어베기의 자세를 채 풀기 전인데도 만 아저씨의 다음 공격이 퍼부어진 것이었다. 이번이 아니면 기회가 없다고 여긴 듯, 저돌적인 그 공격은 단발로 그치지 않았다.

왼 주먹, 오른 주먹, 휘돌아서, 오른 손날, 다시 왼 주먹…….

만 아저씨의 연환 공격은 번갯불처럼 빨랐다. 모든 타격에는 치명적일 게 분명한 경파勁波가 뒤따랐으며, 각각의 타격에 적절한 거리를 확보하기 위해 짧게는 반 자 길게는 두 자의 진격이 수반되었다.

그래서 김이는 짧게는 한 자 길게는 두 자 반을 후퇴했다. 절심일맥의 지신밟기로 상대와의 안전거리를 유지했다. 급박해졌다 싶을 때는 자진술래의 횡보를 밟아 여유를 회복했다. 피할 수 있는 것은 피하고 피할 수 없는 것은 둘레치기의 짧은 검격으로 막아 내는데, 상대의 타격이 검면劍面을 두들길 때마다 돌 깨지는 소리가 쨍쨍 울려 나왔다. 하지만 충용은 견고했고, 김이는 굳건했다.

만 아저씨의 공격은 계속 이어졌다.

왼 손바닥, 오른발과 왼발을 거의 동시에 찬 다음, 휘돌면서 오른 손등, 다시 휘돌면서 오른 손등…….

흡사 십여 자루의 쇠몽치들이 간단없이 날아드는 것 같은 위태로운 형국임에도 김이의 표정은 여일했다. 그는 자신의 신체 곳곳을 노리는 모든 타격들을 낱낱이 파악하고 있었다. 중국의 권법가가 펼치는 그 어떤 타격도 해동 제일 검객의 눈을 벗어나지는 못했다.

김이는 전혀 위태롭지 않았다.

김이라는 남자는 풍랑이 치는 바다 위에 솟아 있는 암초 같았다. 폭풍에 휩쓸리고 너울에 뒤덮여도 곧바로 제 모습을 드러내는 그런 암초.

김이를 꺾으려면 더 빠른 바람과 더 강한 벼락이 필요했다. 그러나 지금의 만애청은 바람이 될 수도, 벼락을 만들어 낼 수도 없었다. 단전으로부터 밀려 올라오는 공허감은 기갈에 가까웠다. 빗줄기가 전신을 두들겨 대는 데도, 자신이 땡볕 아래 말라 죽어 가는 지렁이처럼 느껴졌다. 빗물에 젖은 옷이 철갑처럼 무겁게 몸뚱이를 찍어 누르고 있었다. 여기서 조금만 더 시간이 흐르면 양자 간의 우열은 명확해질 것이고, 패배의 나락으로 떨어지는 쪽은 만애청 본인이 될 것이 분명했다.

그래서 승부를 걸기로 했다.

만애청은 무익한 연환 공격을 멈췄다. 포안법으로 상대의 눈과 검봉과 발끝을 동시에 경계하면서 다섯 걸음 물러났다. 벽류풍의 토대가 되는 부신은영마저 거둔 그가 쌍장을 가슴 앞으로 천천히 들어 올렸다. 공허해진 단전을 닥닥 긁어 남아 있는 한 톨의 공력까지 끌어모았다.

그러자 김이의 자세가 바뀌었다.

김이가 이제껏 보여 준 움직임은 철저하게 효율적이었다. 한 치로 될 일에 두 치를 쓰지 않았고, 한 걸음으로 족할 일에 두 걸음을 내딛지 않았다. 한데 지금은 그 적재적소하던 최소한의 움직임을 버린 것 같았다. 해동검의 검봉을 오른쪽 어깨 뒤로 비스듬히 넘긴 상태에서, 부동不動한 존재로 장중하게 가라앉았다.

그 자세가 만애청에게 말했다.

와 보시오.

만애청은 해동에서 온 저 절세적인 검객이 자신의 뜻에 호응해 주었음을 알아차렸다. 강자의 여유일지도 모르지만, 궁지에 몰린 만애청으로서는 고마운 일이었다.

우르릉!

번천칠절의 여섯 번째 수법인 수미개천須彌蓋天이 만애청의 쌍장을 통해 뿜어 나왔다. 두 사람 사이의 공간에 떨어지던 빗줄기들이 둥글게 휘어지더니 거대한 그물의 형상을 이루어 김이에게 밀려갔다. 마치 암초를 덮쳐 가는 가장 큰 폭풍, 가장 큰 너울처럼 보이기도 했다.

쌋.

김이의 해동검이 떨어져 내렸다.

절심일맥의 지극한 묘의妙意, 마음베기.

어두운 천지간에 한 줄기 수직의 섬광이 나타났다 사라졌다. 시작과 끝이 꽉 맞물린 그 일 검은 검객을 위협하는 수미개천의 거력을 베어 버렸을 뿐만 아니라, 그 너머에 있는 권법가의 의지마저 베어 버렸다.

만애청은 무너져 내렸다.

"김 대인, 수고하셨습니다."

"대리영으로 압송할 것이니 놈을 포박하라!"

"본 문의 존장을 살해한 흉적입니다!"

"저자의 신병은 본 문이 맡겠습니다!"

"저자는 김 대인의 포로요. 태산검문은 이 일에 왈가왈부하고 나설 자격이 없소……."

"하지만……!"

분분한 소음들이 아스라해지다가, 다 탄 촛불처럼 꺼져 버렸다.

객잔의 지붕을 밤새 요란하게 두들기던 빗줄기는 새벽녘을 넘기면서 가늘어졌다. 아침 식사를 마치고 객잔에서 나올 무렵에는 활짝 갠 여름 하늘이 황다영을 기다리고 있었다. 황다영은 자신도 모르게 숨을 크게 들이마셨다. 습기를 머금은 공기는 서늘하면서도 향기로웠다. 오랜만에 느끼는 청량한 아침 기운이 반가웠다.

"공기가 참 다네요."

황다영은 밝게 말하며 곁에 서 있는 국일한을 돌아보았다. 하지만 그 훤칠한 무관은 그녀와 달리 침울한 얼굴이었다. 검게 물든 눈 밑은 지난밤 잠자리가 그리 편치 않았음을 보여 주는 듯했다. 국일한이 제법 큰 돈을 지불하고 빌린 객방은 고급스러웠고, 잠자리도 훌륭한 편이었다. 그럼에도 잠을 설쳤다는 것은…….

마차가 다가왔다. 말고삐를 잡고 걸어온 잘생긴 마부가 싱글벙글한 얼굴로 국일한과 황다영에게 인사를 올렸다.

"잘들 주무셨습니까?"

국일한은 아무 대꾸도 없이 마차로 다가가 문을 열었고, 그 앞에서 한 발짝 비켜섰다. 황다영은 자신과 눈을 마주치지 않으려고 애쓰는 국일한을 일별한 뒤 마차에 올랐다. 국일한이 뒤따라 마차에 오르고, 마차는 곧바로 출발했다.

밤새 제법 많은 비가 내렸지만 길이 진창으로 바뀌지는 않았다. 그간 가물었던 날씨가 이 경우에는 도움을 준 것 같았다.

부드럽게 흔들리는 마차 안에서도 국일한은 줄곧 황다영을 외면하고 있었다. 황다영도 굳이 눈길을 맞추려고 시도하지 않았다. 그녀는 저 남자의 마음속에서 휘몰아치고 있을 번민을 충분히 이해했고, 약간은 동정도 하고 있었다.

'나는 악당이오. 그러니 부인께서는 마음껏 비난하셔도 되오.'

이 고백을 들었을 때도 했던 말이지만, 국일한은 이런 추잡한 사건에 끼어든 것이 이상할 만큼 좋은 사람이었다. 하지만 그가 좋은 사람이라는 점이 그를 비난하지 않기로 마음먹은 이유의 전부는 아니었다.

황다영은 이번 사건에서 가장 큰 피해자였다. 하나뿐인 아들이 납치되었고, 그 몸값으로 살인을 강요받고 있었다. 그러므로 분노에 치를 떨며 사건과 관련된 모든 자들을 비난하고 저주하는 것이 마땅했고, 실제로 그러기도 했다. 그러던 것이, 소흑산으로 향하는 여정이 이어질수록 조금씩 바뀌었다.

그녀는 이번 사건을 통해 그녀 본인의 삶을 돌아보게 되었다. 자신과 맺어져 있는 몇 안 되는 관계에 대해 진지하게 생각해 보게 되었다. 그러자 사건을 대하는 시각도 바뀌었다. 단순히 선악과 호오 이상의 복잡한 의미를 부여하게 되었다.

지난 몇 년간 황다영이 걸어온 삶은 가랑잎 같았다. 말라붙어 바스러지는 순간만을 기다리는 가랑잎의 무력한 삶을 숙명처럼 받아들였다. 만일 이번 사건이 벌어지지 않았다면, 그녀는 오늘도 그런 삶을 살고 있을 것이고, 내일도 그런 삶을 살아갈 것이며, 이후로도 그렇게 늙어 갔을 것이다. 숙명이란 바뀌는 것이 아니니까.

하지만 자신 안에 변화하고 싶다는 의지가 숨어 있음을 알아차린 지금은 분명히 말할 수 있었다. 그런 삶, 앞으로는 살기 싫다고. 그따위 숙명, 더 이상은 받아들이지 않겠노라고.

그러기 위해서는 한 남자의 도움이 절실히 필요했다. 황다영은 마차 벽에 등을 기대고 눈을 감았다. 입속으로 그 남자의 이름을 작게 불러 보았다.

'만애청.'

그것만으로도 마음이 든든해지는 기분이었다. 예전에는 결코 몰랐다. 그 남자를 이 정도로 믿고 있을 줄은.

그러는 동안에도 마차는 쉼 없이 달렸다.

마차가 지나간 관도 위에 정적이 깔리고…….

우두두두두!

그 정적을 짓뭉개며 열 필의 군마가 마차의 뒤를 쫓았다. 각각의 군마 위에는 흑단으로 지은 무관복을 입은 사내들이 타고 있었다. 마차와 군마들의 거리는 대략 반 리. 마차에 탄 황다영이 그들의 존재를 눈치채지 못한 것도 이상한 일은 아니었다.

잠시 후, 가까운 숲속에서 새매 한 마리가 날아올랐다.

비응방주 예좌흔은 전서를 읽고 있었다. 새매의 발목에 묶여 그에게로 전달된 전서는 마차가 오는 경로로 파견 나간 비응방의 이급 자객이 보낸 것이었다.

전서를 다 읽은 예좌흔은 옆쪽에 있는 바위를 돌아보았다. 식탁처럼 넓적하게 생긴 그 바위에 편안한 자세로 걸터앉아 있던 대황이 예좌흔에게 물었다.

"뭐라고 쓰여 있소?"

예좌흔이 투덜거렸다.

"당신이 한 조사가 겉핥기에 불과했다고 쓰여 있소."

"무슨 뜻이오?"

"그 마차에는 사나운 검둥개가 열 마리나 달려 있다는 뜻이오."

"검둥개?"

예좌흔은 손에 쥔 전서를 대황에게 건넸다. 전서로 시선을 내린 대황이 입꼬리를 슬쩍 비틀었다.

"검은색 무관복이면 금승위에 소속된 위사들일 것이오. 아마도 장휴가 부리는 자들이겠지."

예좌흔이 팔짱을 끼며 또 한 번 투덜거렸다.

"나는 개를 싫어하오. 금빛 목줄을 찬 검둥개라면 더더욱 싫소."

"황금 백 냥을 벌기가 쉬운 줄 알았소?"

대황의 지적에 신중한 청부업자가 끙, 소리를 내더니 무겁게 말했다.

"작전을 약간 수정해야겠소."

대황이 눈을 번득였다.

"어떻게 수정하겠다는 말이오?"

"검둥개들은 마차와 반 리 거리를 유지한 채 뒤따르고 있다고 하오.”

“그 구절은 나도 봤소.”

“장소는 예정대로 결항림結項林. 마차는 아마도 신시申時(오후 네시 전후)쯤 그곳을 지날 것이오.”

“목매다는 숲이라…… 이름 한번 무시무시하군.”

예좌흔은 대황의 말을 무시하고 하던 말을 이어 갔다.

“마차가 결항림에 도착하기 직전, 담대멸궁膽大滅穹으로 하여금 검둥개들을 처리하도록 하겠소.”

담대멸궁은 비응방이 보유한 세 명의 일급 자객 중 한 명이었다. 본래 열두 명의 이급 자객들을 지휘하여 현장을 넓게 포위하는 것이 담대멸궁에게 주어진 임무였는데, 마차를 뒤따르는 열 명의 위사들을 상대하기 위해 그 전력을 빼돌리기로 한 것이었다.

대황이 고개를 갸웃거렸다.

“아끼는 수하를 무시할 의사는 없소만, 그래도 금승위 위사 열 명을 처리하기에는 역부족이라는 생각이 드는구려.”

예좌흔은 대황의 저 말을 박한 평가로 받아들이지 않았다. 비응방의 방도들 가운데 금승위 위사와 일대일로 싸워 꺾을 만한 능력을 가진 자는 방주와 일급 자객까지 포함해도 다섯 명을 넘지 않으리라는 것이 그의 판단이었다. 금승위가 ‘관부의 사자’로 불리는 데는 그럴 만한 이유가 있었던 것이다.

“정면으로 맞붙는다면 아마도 그럴 것이오. 하지만 담대멸궁에게는 남들에게 없는 특별한 재주가 있는 만큼, 검둥개들을 모두 죽이지는 못해도 붙잡아 둘 수는 있을 거라고 믿소.”

대황은 그 점에 대해 더 이상 토를 달지 않았다.

"그다음 작전은 무엇이오?"

예좌흔은 한쪽을 돌아보며 대답했다.

"천지쌍혈天地雙血과 내가 마차를 칠 것이오."

예좌흔의 외눈이 향한 곳에는 보통 사람보다 머리통 두 개쯤 작은 난쟁이와 머리통 두 개쯤 큰 꺽다리가 서로를 올려다보고 내려다보며 잡담을 나누고 있었다. 비응방의 일급 자객 중 두 명인 천지쌍혈이 바로 저들이었다.

천지쌍혈과 예좌흔을 번갈아 바라보던 대황이 실소했다.

"매우 명쾌한 작전이구려."

예좌흔이 고개를 끄덕였다.

"비응방의 행사는 언제나 명쾌했소."

"마부가 관음비도 장휴라는 걸 알면서도 그렇게 명쾌할 수 있다는 게 신기할 따름이오."

예좌흔은 조롱기 어린 대황의 말에 신중하게 반박했다.

"천지쌍혈은 합격에 능하오. 그들이 죽인 자들 가운데는 그들보다 무공이 강한 자도 여럿 있었소. 그 명단에 장휴가 추가되지 말라는 법은 없을 것이오."

대황이 잠시 생각하다가 말했다.

"천지쌍혈이 장휴를 상대하는 사이, 예 방주가 마차에 탄 자를 죽이겠다는 거구려."

"그렇소."

"만에 하나 그 마차 안에 장휴를 능가하는 고수가 타고 있다면?"

예좌흔의 표정이 슬쩍 변했다.

"그런 얘기는 사전에 없었던 것으로 아는데?"

대황이 빙긋 웃으며 손을 내저었다.

"아, 그래서 만에 하나라고 하지 않았소. 매사에 대비하는 것이 예 방주의 방식에도 어울릴 것 같아서 드린 말씀이오."

하나뿐인 눈으로 대황을 노려보던 예좌흔이 굳은 표정을 풀며 말했다.

"만에 하나 그런 고수가 마차에 타고 있다고 해도 결과는 바뀌지 않을 것이오."

대황은 조금 놀랐다는 표정을 지었다.

"신중한 분인 줄 알았는데, 자신의 실력에 대한 믿음이 대단한 모양이오."

예좌흔이 고개를 저었다.

"내가 믿는 것은 내 실력이 아니오."

"그러면 누구의 실력을 믿는단 말이오?"

"당신의 실력."

대황의 얼굴에서 웃음기가 지워졌다. 세상 어디에서나 만날 수 있을 법한 초로인은 그 순간 사라져 버렸다. 잠깐 사이에 전혀 다른 사람으로 바뀐 대황을 향해, 예좌흔이 말했다.

"당신이 직접 나서 준다면 마차 안에 누가 타고 있든 상관없지 않겠소?"

예좌흔의 얼굴에 고정된 대황의 눈이 칼끝처럼 위험한 느낌을 풍기기 시작했다.

"내가 누군지 아는 모양이군."

말투가 바뀌었지만 예좌흔은 불쾌히 여기지 않았다.

"그렇소."

"어떻게 알았나?"

예좌흔이 턱짓을 했다.

"그 칼."

대황이 걸터앉은 바위 옆에는 한 자루 칼이 기대어져 있었다. 칼 등을 따라 걸려 있는 아홉 개의 강철 고리는, 비록 지금은 아무 소리도 내고 있지 않지만, 저것들이 금속의 울음소리를 울리는 날에는 누군가의 목숨이 반드시 끊어졌다는 사실을 예좌흔은 알고 있었다.

"이러면 곤란한데……."

대황의 눈빛이 조금 더 위험해졌지만 예좌흔은 겁먹지 않았다.

"우리와 함께 움직이겠다고 했을 때부터 이런 순간이 오리라는 것을 짐작하지 않았소? 그러지 않았다면 정체가 드러날 위험을 감수하면서까지 저 인혼사자引魂使者를 가져오지도 않았을 테니 말이오."

인혼사자는 칼의 이름이자 그 칼을 무기로 쓰는 전설적인 자객의 별호이기도 했다.

잠시 생각하던 대황이 고개를 천천히 끄덕였다.

"예 방주의 입을 걱정할 필요는 없는 것 같군. 안 그래도 한곳에 너무 오래 머물렀다는 생각이 들던 참이었으니까."

예좌흔이 말했다.

"이번 일에 지불된 돈이 황금 백 냥이 전부라고 생각하지는 않았소. 일이 다 끝난 뒤 당신은 당신 몫을, 우리는 우리 몫을 챙겨서 사라지면 그만이오."

"사라진다……."

"그렇소. 동북 지방의 분위기가 예전 같지 않다는 점은 당신이 더 잘 알 것 아니오."

대황의 눈이 가늘어졌다.

"예 방주도 변란의 냄새를 맡은 모양이군."

"본래 우리 같은 사람이 냄새를 잘 맡는 법이니까."

대황이 바위에 걸터앉아 있던 몸을 일으켰다. 예좌흔은 이 바닥에서 전설처럼 알려진 청부업자가 자신의 악명 높은 칼을 잡는 모습을 숨죽이고 지켜보았다.

쩔그렁쩔그렁.

강철 고리들이 칼등에 부딪치며 금속의 울음소리가 울려 나왔다. 다행히도 이번에 울린 인혼곡引魂曲(혼을 데려가는 노래)이 데려가려는 혼은 예좌흔의 것이 아니었다.

인혼사자의 주인이 빙긋 웃었다.

"십 년 만에 다시 나서는 일을, 마음에 드는 후배와 함께 하게 되어 기쁘구먼."

예좌흔도 비로소 웃을 수 있었다.

쿵, 쿠릉, 쿵⋯⋯!

후방에서 폭음이 연속해서 울렸다.

마차를 몰던 장휴의 표정이 변했다. 뒤따라오는 위사들에게 문제가 생긴 것 같았다.

장휴는 마차를 멈추기 위해 고삐를 당겼다. 하지만 그러지 않았더라도 마차를 끄는 두 마리 말은 더 이상 달릴 수 있는 상황이 아니었다.

황다영은 등진 마차 벽 너머에서 울린 은은한 폭음을 들었다. 다음 순간, 텅 하는 소리와 함께 몸이 떠오르는 것을 느꼈다. 맞은편 의자에 앉아 있던 국일한이 몸을 던져 그녀를 안아 왔다. 그녀는 저항하는 대신 몸을 작게 웅크려 그의 품에 안겼다.

쾅!

금승위 제일위장이 빌린 마차는 더 이상 안락하지 않았다.

쾅! 쾅! 쿠다당!

나무가 쪼개지고 쇠가 깨지는 소음이 난무하는 가운데 천장이 바닥으로 바뀌었고, 다시 천장으로 바뀌었다. 상하의 구별 없이 빙글빙글 돌아가는 공간 안에서, 국일한은 외부로부터 가해져 오는 모든 충격을 자신의 몸으로 받아 내기를 바랐다. 그럼으로써 품 안에 안긴 여자가 안전하기를 바랐다.

멀쩡히 달리던 말들이 허물어지듯 주저앉았다. 그 몸뚱이에 마차의 앞바퀴가 걸렸고.

텅!

앞바퀴를 축 삼아 뒤집힌 마차가 다섯 자 넘게 솟구쳤다가 지붕을 아래로 한 채 관도에 처박혔다.

쾅!

거꾸로 처박힌 뒤로도 멈추지 못하고 지면에 지붕과 바닥을 번갈아 찍으며 관도 위를 데굴데굴 굴러갔다.

쾅! 쾅! 쿠다당!

부러진 횡목과 바퀴들이 사방으로 튀어 나가고 있었다.

장휴는 차체에 최초의 충격이 가해진 직후 마부석을 박차고 허공으로 솟구쳐 올랐다. 마차가 곤두박질칠 무렵에는 지면으로부터 열다섯 자 높이의 허공에서 몸을 뒤집고 있었는데, 말들의 앞발 발목이 모두 잘려 나갔다는 사실을 발견한 것도 그때였다.

저것이 단순한 사고일 리는 없지 않은가!

허공에서 뒤집은 몸을 바로잡기도 전, 말들에 이어 장휴에게도 공격이 가해졌다. 상방과 하방으로 순차적으로 날아든 그 공격은 각각이 빠를 뿐만 아니라, 한 묶음으로 이어지면서 놀랍도록 치밀한 효과를 발휘했다.

우선 관도 옆 교목의 꼭대기에서 떨어져 내린 갈고랑쇠가 하체를 찍어 왔고, 다음으로 관도의 지면을 뚫고 솟구쳐 오른 쇠꼬챙이가 장휴의 상체를 찔러 왔다.

꽉!

갈고랑쇠의 발톱에 오른쪽 장딴지를 찍힌 장휴가 얼굴을 일그러뜨릴 때, 쇠꼬챙이의 첨부는 이미 그의 상체 중 한 부위를 파고들고 있었다. 다만, 쇠꼬챙이가 본래 노렸던 부위는 지면과 가장 가까운 거리에 위치한 장휴의 얼굴이었다. 그 노림이 통했다면 제아무리 장휴라도 즉사를 면치 못했을 터인데…….

장휴는 반사적으로 왼팔을 끌어 내렸다. 얼굴을 노리고 솟구쳐 오른 쇠꼬챙이에 왼팔 팔꿈치를 내주었다.

끄드득!

쇠꼬챙이가 팔꿈치를 뚫고 들어갔다. 팔꿈치 뼈를 산산조각 낸 것도 모자라 상완골의 절반가량을 복구 불가능한 상태로 만들어 놓았다. 이제껏 한 번도 겪어 보지 못한 무시무시한 고통이 장휴의 머릿속을 헤집었다. 그러나 장휴는 비명을 지르지 않았다. 그 대신 욕을 퍼부었다.

"이 개새끼들아!"

이 짧은 욕이 채 끝나기도 전에 장휴의 오른손이 휘둘러졌다.

탁.

쇠꼬챙이 너머에 자리한 한 쌍의 눈이 휘둥그레졌다. 그 눈의 주인은 난쟁이였고, 정교한 인조 토피土皮 밑에 숨어 있다가 결정적인 순간 솟구쳐 올라 장휴의 얼굴에 쇠꼬챙이를 박아 넣으려고 했지만, 오히려 자신의 얼굴 한복판에 비도가 박힌 채 땅바닥으로 떨어지고 말았다.

교목의 우듬지 위에 있던 천혈은 오랫동안 호흡을 맞춰 온 단짝의 죽음을 쉽사리 납득할 수 없었다.

지혈의 쇠꼬챙이는 분명히 장휴를 찔렀다. 장휴의 다리를 찍은 갈고랑쇠, 그 갈고랑쇠에 연결된 쇠사슬, 그 쇠사슬을 붙잡은 자신의 왼손이, 장휴가 쇠꼬챙이에 찔리는 순간을 생생히 알려 주었다. 쇠사슬을 통해 전달되어 온 묵직한 타격감으로 미루어 어디 한 군데는 제대로 박살 난 게 분명했다. 그럼에도 얼굴에 비도가 박힌 채 땅바닥으로 떨어진 것은 지혈이었으니…….

갈고랑쇠에 종아리를 찍힌 채 진자振子처럼 왕복하던 장휴가 상체를 꺾어 올렸다. 천혈의 짐작대로 장휴의 왼팔은 제대로 박살 나 있었다. 하지만 지혈의 얼굴에 박힌 비도를 날린 것은 왼손이 아니라 오른손이었고, 그 무시무시한 오른손이 다시 한번 장휴의 품속으로 들어가는 것을 본 천혈은 등골이 오싹해지는 것을 느꼈다.

천혈은 쇠사슬을 쥔 왼손을 크게 휘저었다. 그럼으로써 그 끝에 매달려 진자 운동을 하고 있는 장휴의 집중력을 흩트리려고 했다. 예상대로 장휴가 당황한 기색을 드러냈다. 천혈은 그 틈을 놓치지 않고 두 번째 갈고랑쇠를 꺼내 들었다. 첫 번째 갈고랑쇠의 용도가 목표물을 찍어 거는 데 있다면, 두 번째 갈고랑쇠의 용도는 목표물의 목숨을 끊어 놓는 것이었다. 지혈이 건재하다면 필요 없는 물건이겠지만, 지금은 절대적으로 필요했다.

두 번째 갈고랑쇠에는 가죽 골무가 씌워져 있었다. 천혈은 왼손 엄지손톱을 퉁겨 그 골무를 벗겨 냈다. 그렇게 드러난 강철 미늘은 칠점사七點蛇의 맹독으로 반들거리고 있었다. 이제 준비는 끝났다. 남은 것은 목표물의 몸뚱이에 이 치명적인 강철 미늘을 박아 넣는 일뿐.

천혈은 강철 미늘처럼 반들거리는 눈으로 장휴를 노려보았다. 지금 장휴는 큰 포물선을 그리며 진자 운동의 궤도 중 최저점을 향해 내려가고 있었다. 진자 운동의 특성상 최저점을 통과할 때의 속도가 가장 빠르다. 그 뒤부터는 속도가 점점 떨어지다가, 진자가 최고점에 이르면 정지 상태에 들게 된다. 천혈은 두 번째 갈고랑쇠를 날릴 시점을 그때로 잡았다.

장휴의 판단은 달랐다.

탁.

천혈의 이마에 비도가 박혔다.

"어……."

천혈의 입에서 탄성인지 신음인지 구별하기 힘든 이상한 소리가 흘러나왔다.

장휴, 그 비도의 달인은 천혈처럼 이것저것 따지지 않았다. 궤도의 최저점을 지나는 시점에, 그러므로 가장 빠른 속도로 움직이는 가운데에도, 과감히 비도를 날렸다. 자신의 실력에 대한 확고한 믿음이 있기 때문이었다.

그 믿음이 두 사람의 생사를 결정지었다.

차체는 완전히 뒤집어져 있었다. 천장은 아래로 돌아간 상태였고, 조금 전까지 앉아 있던 의자가 머리 위에서 덜렁거리고 있었다.

국일한은 구부리고 있던 몸을 천천히 펼쳤다. 조심스럽게 움직였는데도 끙, 하는 신음이 절로 흘러나왔다. 몸뚱이 곳곳에서 크고 작은 통증들이 동시다발로 꿈틀거리고 있었다. 어디가 어떻게 다친 건지 감도 안 잡혔다. 하지만 그의 관심은 곧바로 다른 사람에게 옮겨졌다.

"괜찮소?"

입을 벌리자 핏물이 주르륵 흘러나왔다. 입안 살점이 찢긴 탓인데, 그럼에도 국일한의 관심은 오직 품 안에 끌어안은 여자에게 있었다.

"이, 이게 어떻게 된 거죠?"

황다영이 국일한을 올려다보며 물었다. 놀란 기색은 역력했지만, 목소리가 분명했고 눈빛 또한 말짱했다. 그 점을 확인한 것만으로도 눈물 나게 고마웠다. 다만, 안심할 단계는 절대 아니었다.

"조심!"

국일한은 황다영을 재차 끌어안으며 몸을 굴렸다. 다음 순간.

칵!

천장으로 바뀐 차체 바닥을 뚫고 들어온 검 한 자루가 방금까지 두 사람이 있던 공간을 찔렀다.

칵! 칵! 칵!

마차 안에 갇힌 남녀의 목숨을 노리는 검은 두 자루였다. 반 뼘 두께의 심재로 짠 차체를 종잇장 뚫듯 푹푹 뚫고 들어오는 그것들에 찔리지 않기 위해 국일한은 두 평도 안 되는 마차 안을 필사적으로 굴러다녀야 했다.

이대로 눈먼 칼에 당할 수는 없었다. 어느 순간 국일한은 굴리던 몸에 힘을 주어 뒤집힌 마차 문을 세게 들이받았다. 마차 문이 한 덩이로 엉킨 두 사람을 실은 채 바깥쪽으로 떨어져 나갔다. 국일한은 구르는 몸을 멈추지 않았다.

팍! 팍!

국일한이 지나간 지면 위에 두 자루 검이 번갈아 틀어박혔다. 하나라도 맞았다가는 두 사람의 목숨은 그 즉시 끝장날 터였다.

그렇게 대여섯 바퀴를 더 구른 다음에야, 마차로부터 충분히 멀어졌다는 판단이 선 다음에야 국일한은 구르기를 멈추고 몸을 일으켰다.

"어째 선배가 말한 그 '만에 하나'가 현실이 된 것 같지 않소?"

뒤집어진 마차 옆에 서 있던 애꾸가 국일한을 돌아보며 투덜거렸다. 양손에 검 한 자루씩을 쥔 것으로 미루어 마차에 검을 마구 쑤셔 박던 장본인인 것 같았다.

애꾸에게는 동료가 한 사람 있었다. 오십 대 초중반으로 보이는 그자가 태연한 투로 애꾸의 말을 받았다.

"이 일을 나만큼 오래 하다 보면 '만에 하나'가 '만에 구천구백구십구'보다 훨씬 자주 일어난다는 사실을 깨닫는 날이 올 걸세."

애꾸가 쌍검을 가슴 앞으로 세우며 말했다.

"그런 날이 오기 전에 은퇴할 수 있도록 노력해 보리다."

두 사람의 대화를 듣는 동안 국일한의 얼굴은 점점 굳어져 갔다.

'저 칼……'

국일한의 눈길은 초로인이 지팡이처럼 짚고 있는 칼에 고정되어 있었다. 칼등에 아홉 개의 강철 고리가 걸려 있는 그 구환도九環刀를, 국일한은 아직 잊지 않고 있었다. 아니, 잊을 리가 없었다.

"인혼사자 황패黃覇?"

무겁게 흘러나온 이 말에, 한때 천하제일 자객으로 불리던 인혼사자 황패의 표정이 확 변했다. 애꾸가 흥미롭다는 투로 말했다.

"선배의 칼이 내 생각보다 유명한가 보구려."

황패는 이번만큼은 애꾸의 말을 받아 주지 않았다. 국일한의 얼굴로 향한 황패의 눈이 점점 가늘어지다가 어느 순간 확 커졌다.

"이런, 이런…… 이게 누구신가. 그때 그 애송이 아니신가."

애꾸가 황패에게 물었다.

"아는 자요?"

"알다마다."

황패가 왼손을 눈높이로 들어 올렸다. 그 손에 달린 손가락들 가운데 인지와 중지는 유달리 깡뚱해 보였는데, 맨 위 마디들이 잘려 나간 탓이었다.

황패가 입술로만 웃으며 말했다.

"내 손을 이렇게 만든 게 바로 저 친구거든."

국일한은 왼손을 들어 상의의 옷깃을 슬쩍 열어 보였다. 그럼으로써 드러난 그의 목에는 커다란 흉터가 빙 둘려 있었다. 십 년 전

황패의 칼, 인혼사자에 당한 흔적이었다.

"피차일반이었는데 혼자서만 당한 척하면 섭섭하지."

국일한의 말에 황패의 눈빛이 차가워졌다.

"운이 좋은 친구군. 당연히 죽었을 거라고 생각했는데 말이지."

운이 좋았다는 말에는 동의할 수밖에 없었다. 목이 이 할 가까이 잘리고도 살아남은 것은 하늘이 도왔다고 할 수밖에 없을 테니까. 당시에 느꼈던 고통과 공포를 떠올리지 않으려고 애쓰면서, 국일한이 황패에게 말했다.

"황족을 암살하고도 십 년 넘게 살아남은 당신의 운도 만만치 않겠지."

황패가 마지막으로 맡은 청부는 천자의 조카를 죽이는 일이었다. 황패는 북경의 중심부에 있는 왕부王府에 단신으로 잠입, 천자의 조카를 살해함으로써 자신의 마지막 청부를 완수했다.

천자는 당연히 격노했고, 금승위를 포함한 대내의 기관들이 흉수를 잡기 위해 강호로 나왔지만, 그들이 건진 것은 황패의 구환도 아래 목숨을 잃은 동료들의 시체뿐이었다. 당시 금승위의 신참 위장으로서 그 추격전에 동참했던 국일한에게는 두 번 다시 되새기고 싶지 않은 실패와 패배의 기억이기도 했다.

인혼사자 황패가 음산하게 말했다.

"그렇다면 누구의 운이 더 좋은지 오늘 가려지겠군."

국일한은 마차에서 빠져나온 뒤로도 줄곧 끌어안고 있던 황다영을 자신에게서 떼어 놓았다.

"아쉽지만 헤어질 시간이 조금 앞당겨진 것 같소."

황다영이 걱정 어린 눈길로 국일한을 돌아보았다.

"위장님……."

국일한은 자신의 진심을 가장 짧은 말로 표현했다.

"미안하오."

황다영은 떨리는 눈으로 국일한을 바라보다가 갑자기 얼굴을 들이밀고 그의 입술 위에 입을 맞췄다.

"고마워요."

황다영이 멀어졌다.

국일한은 황다영의 입술이 누르고 간 자신의 입술을 어루만지면서 생각했다. 내가 과연 그녀로부터 고맙다는 말을 들을 자격이 있는지를. 언감생심 그런 자격이 있을 리 없었다. 그녀에게는 오직 미안한 마음뿐. 그 마음을 조금이라도 덜기 위해, 그는 지금부터 목숨을 걸 작정이었다.

황패가 황다영을 일별한 뒤 말했다.

"좋아하는 계집인가 본데 안됐군. 너와 마찬가지로 내일 해를 볼 수 없을 테니 말이야."

국일한이 불쑥 물었다.

"내 이름을 아나?"

황패가 코웃음을 쳤다.

"내가 잠시 후면 시체가 될 자의 이름까지 알아야 하나?"

국일한이 말했다.

"내 이름은 국일한이다."

황패의 눈꼬리가 파르르 떨렸다.

"국일한? 금승위 제일위장 국일한?"

"맞아."

국일한은 허리춤에 차고 있던 검을 뽑아 황패의 얼굴을 똑바로 겨누었다.

"십 년 전의 애송이로 여기면 곤란할 거야."

황패의 얼굴에도 비로소 긴장한 기색이 떠올랐다.

국일한이라는 이름을 들었을 때, 비응방주 예좌흔은 가슴 한구석이 덜컥 내려앉는 것을 느꼈다. 금승위의 다섯 위장들 가운데 첫 번째 서열을 차지하는 그 검객의 명성은 관부를 넘어 강호에까지 알려져 있었다. 마차에 탄 사람이 그렇게 대단한 인물인 줄 사전에 알았다면 이번 청부를 받아들이지 않았을지도 모른다. 장휘 하나를 상대하는 데만도 일급 자객 둘이 들러붙어야 하는 판국인데, 거기에 국일한을 더한다면 이미 비응방의 역량을 뛰어넘는 일이기 때문이었다.

하지만 변수는 이쪽에도 있었다. 어제까지는 생각지도 못했던 강력한 조력자가 등장한 것이다.

쩔그렁쩔그렁.

칼등에 걸린 아홉 개의 강철 고리로부터 인혼곡이 흘러나오기 시작했다. 칼을 천천히 흔들어 인혼곡을 연주하는 자, 바로 인혼사자 황패였다.

예좌흔이 아는 한, 황패의 이름값은 국일한의 것에 비해 결코 뒤지지 않았다. 게다가 지금의 국일한은 정상과 거리가 먼 상태로 보였다. 마차가 전복되는 과정에서 입은 크고 작은 부상은 금승위 제일위장이 검법을 펼치는 데 적잖은 장애로 작용할 것이 분명했다. 이른바 이일대로以逸待勞(편안한 상태에서 피로한 적을 기다림)의 형

256

국. 자객에게는 최적의 상황이라고 할 수 있었다.

'승산은 충분하다!'

황패가 국일한만 잡아 준다면 이번 청부는 성공한 것이나 다름 없었다. 예좌흔은 그동안 자신이 할 일이 무엇인지에 대해 생각해 보았다. 답은 금세 나왔다.

비응방주는 전장으로부터 멀찌감치 떨어져 있는 여자에게 집중했다.

삼산파를 떠난 뒤로 강호의 풍문과는 담을 쌓고 살아온 황다영이었다. 그래서 관부 제일 고수인 국일한의 이름을 듣고도 덤덤하게 넘길 수 있었던 것인데, 인혼사자 황패의 이름 앞에서는 그럴 수가 없었다. 단 한 번의 실수도 허용하지 않았다는 그 전설적인 자객의 악명은 그녀가 조그만 계집애이던 시절부터 강호를 떨게 만들었던 것이다.

이 자리에 황패가 나타난 것도 놀랍거니와, 국일한이 그 황패를 상대로 난형난제의 격전을 벌이고 있다는 것은 더욱 놀라웠다. 황패의 칼솜씨는 명불허전이었지만, 국일한의 정종 검법을 쉽사리 파훼하지는 못했다. 국일한의 몸 상태가 어떠한지를 모르지 않기에 더욱 감탄스러웠다. 저렇게 굉장한 고수와 며칠씩 동행했다는 사실이 비현실적으로 느껴질 정도였다.

자객과 무관의 격전이 절정을 향해 치달을 무렵, 전장에서 멀찍이 떨어져 있던 애꾸가 황다영을 향해 다가오기 시작했다. 그 모습을 본 황다영은 어깨를 떨었다. 그자는 하나뿐인 눈으로 그녀를 위협하고 있었다. 그녀를 주시하고, 그녀를 탐색하고, 그녀를 계산하고 있었다. 그러면서도 그녀를 향해 계속 다가오고 있었다.

잔인하면서도 신중한 살인자.

그것이 황다영의 눈에 비친 애꾸였다.

둘 사이의 거리가 이 장쯤 되었을 때 애꾸가 아래로 늘어뜨려 두었던 쌍검을 천천히 치켜올렸다. 상대에 대한 평가를 마친 듯, 그자의 얇은 입술 위로 자신감에 찬 미소가 그려졌다.

황다영은 국일한을 곁눈질로 살펴보았다. 지금은 황패와의 싸움에 완전히 몰입해 있는 것처럼 보였다. 그러나 자신에게 무슨 일이 생긴다면 그 몰입이 흔들리게 되리라는 것은 불 보듯 뻔했다. 국일한을 위해서라도 이 자리에 머물러서는 안 되었다.

그녀는 한 발 한 발 뒷걸음질을 쳤다. 왼쪽 발목이 새큰거렸다. 전복하는 마차 안에서 국일한이 보여 준 노력은 실로 가상했지만, 그럼에도 그녀를 완전히 보호해 주지는 못했다. 그녀의 왼쪽 발목은 이미 퉁퉁 부은 상태였다.

애꾸의 눈길이 황다영의 왼쪽 발목을 빠르게 훑고 올라갔다. 주춤거린 몸짓, 찡그린 이마만으로도 그녀의 약점이 어디인지를 간파한 눈치였다. 애꾸의 걸음이 빨라지고, 황다영도 이를 악물고 더 빨리 물러났다.

황다영이 뒷걸음질을 멈춘 것은 국일한의 시선으로부터 완전히 격리된 뒤였다. 이 정도 거리라면 자신에게 무슨 일이 생겨도 국일한에게 알려지지 않을 것 같았다. 그렇다고 삶을 포기하겠다는 뜻은 당연히 아니었다. 그녀는 아들을 찾아야 했고, 그러기 위해서는 반드시 살아남아야 했다.

황다영은 짊어지고 있던 봇짐 아래에서 단검을 꺼내 들었다. 한

파란미디어의
책들

e-mail paranbook@gmail.com
cafe cafe.naver.com/paranmedia
instagram @paranmedia
tel 02-3141-5589 **fax** 02-6499-5589

파란

영원의 사자들 정은궐 지음 | 각 권 15,000원(전2권)

로맨스를 대표하는 작가 정은궐, 우리 전통의 설화를 재조명하다
이렇게 또 하나의 전설이 탄생한다

그녀는 매일 밤 꿈에서 죽음을 본다. 그리고 어느 날부터 아름답
게 날아오르는 나비 떼와 함께 투명한 남자가 보이기 시작했다.
꿈에서도 현실에서도.
위태롭지만 아름다운 운명. 불멸과 필멸의 어긋난 만남.
죽음보다 시리고 사랑보다 빛나는 인간과 저승사자의 인연.

홍천기 紅天機 정은궐 지음 | 각 권 14,000원(전2권)

김유정, 안효섭 주연 SBS 드라마 '홍천기'의 원작

하늘의 무늬를 읽고 해독할 수 있지만 앞을 보지 못하는 남자 하
람. 그의 눈이 되고자 당당히 경복궁에 입성한 백유화단의 여화
공 홍천기.
그들의 운명에 번져 가는 애틋하고 몽환적인 먹선!

2021년 8월 SBS 방영!

성균관 유생들의 나날(개정판) 정은궐 지음 | 각 권 11,000원(전2권)

교보문고, 예스24, 인터파크, 알라딘 베스트셀러 종합 1위!
독자들이 뽑은 가장 재미있는 소설!

병약한 남동생 대신 남장하고 과거를 보게 된 김윤희. 왕의 눈에
들어 금녀의 성균관에 들어가는 걸로 모자라 최고의 신랑감 선
준과 한방까지 쓰게 생겼다. 여자임이 발각되는 날에는 자신의
죽음은 물론 멸문지화를 면할 수 없는데…….

규장각 각신들의 나날 정은궐 지음 | 각 권 11,000원(전2권)

《성균관 유생들의 나날》 시즌 2, 잘금 4인방의 귀환!
'공부가 가장 쉬웠던' 성균관은 아무것도 아니었다!

왕의 지나친 총애 덕분에 사이좋게 규장각으로 발령 난 잘금 4
인방. 수업도 안 나는 주제에 규장각에 출근하는 것만도 몸이 떨
릴 일인데, 윤희의 정체를 안 좌의정 대감의 진노는 윤희의 앞날
에 짙은 먹구름을 드리운다.

해를 품은 달(개정판) 정은궐 지음 | 각 권 13,000원(전2권)

드라마 '해를 품은 달' 원작
8주 연속 종합 베스트셀러 1위!
아시아 전역 번역 출간!

달과 비가 함께하는 밤. 온양행궁에서 돌아오던 길에 신비로운
무녀를 만난다. 왕과 무녀는 절대 이루어질 수 없는 관계. 이름
을 말해 주는 것조차 거부하는 그녀에게 이름을 지어 주며 그 밤
을 시작으로 인연을 이어 가고자 한다.

바람 홍수연 지음 | 각 권 12,000원(전2권)

너는 내가 이루고 싶었던 가장 아름다운 바람……
오랜 시간 한 남자만을 꿈꾼 여자

어떤 장소에서 어떤 모습으로 만났어도 결국 한 여자만을
사랑한 남자, 파리, 시드니, 그리고 서울을 오가며 그들은 성
장하고 사랑한다.
그리움의 바람도 커져 간다.

불꽃 홍수연 지음 | 값 10,000원

사랑은 법보다 강하고, 용서는 사랑보다 강하다
당신의 얼음 같은 마음도 불타는 사랑 앞에서는 녹고 말 것입니다

무엇보다 야망이 우선인 여자, 끝없이 상처받으면서도
여자를 놓지 못하는 남자.
불꽃같은 사랑과 증오, 그리고 애증의 복수가 펼쳐진다!

눈꽃(개정판) 홍수연 지음 | 값 5,000원

차라리 욕망일 뿐이었다면, 이렇게 아픈 사랑이 아니라
그들의 사랑은 시리도록 하얀……, 눈꽃

한겨울의 차가운 바람처럼 시린 10년간의 사랑.
미국 대재벌가의 상속자와 평범한 동양 여자, 그들이 넘어
야 할 두터운 얼음벽 사랑.

파란 프로젝트 1 ― 파란×카멜
김언희, 조강은, 이유진의 스테디셀러 종이책 출간!

낙원의 오후 조강은 지음 | 값 13,000원

"넌 나의 첫 번째가 될 수 없어.
그래도 나와 함께할 수 있겠어?"
시간은 느리고, 빨랐다. 사랑은 깊고, 추웠다.

론리 하트 김언희 지음 | 값 13,000원

재벌3세 건일은 자신의 스캔들을 덮기 위해 시은에게
계약 결혼을 제안하고, 시은은 아내 역할을 잘 해낸다.
계약 관계 이상의 마음은 절대 내주지 않으면서.

봄 깊은 밤 이유진 지음 | 값 13,000원

미래를 약속한다는 거짓말조차 해 주지 않는 남자, 남기준.
한없는 행복과 끝없는 불안을 동시에 주는 여자, 이지은.
모순, 혼란, 번뇌…… 연애가 시작되었다.

프렘더 김자인 지음 | 값 13,000원

너를 처음 봤을 때, 간절히 빌었어
드디어 발견한 내 오아시스가 사라지지 않기를

막막한 유학 생활과 상처뿐인 사랑, 그 모든 것을 끝내고 싶은
여자, 하나. 비밀을 숨기고 있는 남자, 헤리. 비뚤어진 사랑으로
하나를 어둠 속으로 몰아넣는 남자, 레온.
진실 혹은 거짓, 그 위태로운 경계 속에서 과연 이들은 서로의
세계에 안착할 수 있을까?

너의 바이라인 김이비 지음 | 값 13,000원

고백의 순간, 너로 인해 채워진 나의 바이라인

올곧은 신념과 의지를 가진 열혈 기자, 이다임.
정의와 반대되는 기사를 써 내라 요구하는 회사와 부딪히다가
결국 좌천되고, 설상가상으로 이별까지 겪는다.
좌절한 그녀의 앞에 대형견 같은 매력을 가진 연극배우 선우와,
능글맞은 엘리트 검사 현도준이 나타나는데……

사랑도 처방이 되나요 최준서 지음 | 값 13,000원

안하무인 건물주와 위기에 빠진 세입자
갑과 을에서 '남'과 '여'로 만나게!

영원할 것 같이 따스한 날들도 잠시, 갑작스럽게 세상을 떠난 아
버지가 남긴 많은 빚에 어린 동생까지 책임져야 하는 가장이 된
'김약국'의 약사. 꽃이 피고 따뜻해질 날들을 기다리며 꿋꿋하게
살아가지만 모든 일에 막무가내인 건물주를 만나며 그녀의 인생
이 더욱 꼬이기 시작한다

퀸 최준서 지음 | 각 권 9,000원(전2권)

잡을수록 사라지는 당신의 향기
그리움으로 만든 그 이름…… 퀸

강산 그룹의 후계자가 되기 위해 앞만 보고 달려왔으나 할아버지
의 반대에 부딪힌 세아. 충동적으로 떠난 호주 여행, 정신없이 바
쁜 한국에서의 삶과는 달리 평화로운 와인 농장과 그 풍경처럼
아름다운 딘에게 매료된다.

앤을 위하여 최준서 지음 | 값 13,000원

열두 번의 봄이 지나는 동안
그녀는 그를 애타게 기다렸고, 그는 그녀를 애써 지웠다

하나를 얻으려면 다른 것은 놓아야 한다는 남자, 윤태하.
원하는 것은 모두 손에 넣어야 한다는 여자, 서은혜.
이들이 다시 만난 순간, 돌기 시작한 운명의 수레바퀴.

자 길이의 그 단검을 가슴 앞에 세우고, 도약하기 직전의 고양이처럼 몸을 웅크렸다. 삼산파를 떠나기 전만 해도 여중고수로 이름을 날린 그녀였지만, 목숨을 건 대결에 나선 경험은 한 손으로 꼽을 정도에 불과했다. 만삭의 배를 안고 관내로 들어온 뒤에는 대결은 커녕 수련조차 접었으니, 자객의 살기 넘치는 쌍검을 앞두고서 두려운 마음이 들지 않을 리 없었다. 그러나 지금은 싸울 수밖에 없는 상황이었고, 그래서 싸워야 했다.

애꾸의 공격이 시작되었다.

쉭! 쉬쉬쉭!

애꾸가 가진 검은 일반적인 검보다 반 자 가까이 짧았다. 그래도 황다영이 가진 단검보다는 훨씬 길었고, 심지어 두 자루였다. 길이가 더 길고 숫자가 더 많다 하여 일방적으로 이롭다 할 수는 없겠지만, 더 길고 더 많은 병기를 완숙하게 사용할 수 있는 자라면 그 이로움을 고스란히 가져가는 것이 당연했다. 그런 면에서 볼 때, 애꾸의 쌍검술은 화가 날 정도로 완숙했다.

챙! 챙! 따다당!

단검을 필사적으로 휘둘러 보았지만 고작 다섯 합 만에 수세에 몰리고 말았다. 쌍검의 진퇴가 어찌나 빠르고 현란한지 왼손에 끌어올린 참룡수를 때려 낼 기회조차 잡을 수 없었다. 힘이 들어가지 않는 왼발 또한 만만찮은 악재로 작용하고 있었다. 쩔쩔매면서 다시 다섯 합을 넘기자 자신의 손발이 현저히 느려졌음을 알게 되었다. 황다영의 얼굴이 절망감으로 물들었다.

그때 한 줄기 섬광이 황다영과 애꾸 사이를 가르고 지나갔다. 그 속도가 너무도 빨라 헛것을 본 게 아닌가 의심스러웠다. 하지만 헉하고 헛바람을 삼키며 허겁지겁 물러나는 애꾸를 보니 헛것은 아닌 게 분명했다.

"아아, 비도를 배운 뒤로 이렇게 빗나가 보기는 처음이야."

툴툴거리며 두 사람 사이로 끼어든 남자가 이전에는 얼마나 멀끔했었는지를, 황다영은 똑똑히 기억하고 있었다. 그러나 지금은 아니었다. 왼쪽 팔은 팔꿈치에서 거의 끊어져 대롱거리고, 오른쪽 다리는 기괴한 각도로 구부러진 채 질질 끌려오는 데다, 얼굴 한쪽은 피에 물들어 있었다. 게다가 오른쪽 눈은…….

그나마 멀쩡한 오른손을 들어 얼굴에 묻은 피를 훔쳐 낸 장휴가 또 한 번 툴툴거렸다.

"눈깔 하나 없어졌다고 이따위로 던지다니, 사부님께서 돌아가셨으니 망정이지 아니면 뼈도 못 추렸을걸."

장휴의 오른쪽 눈에는 부러진 나뭇가지 하나가 꽂혀 있었다. 저런 것이 어쩌다 얼굴에 꽂히게 되었는지, 황다영으로서는 짐작도 가지 않았다.

애꾸가 장휴에게 물었다.

"천지쌍혈은 어떻게 되었느냐?"

"천지쌍혈? 아, 그 난쟁이와 꺽다리 말이군."

장휴는 오른손 손바닥에 묻어 나온 피를 허공에 대고 탈탈 털었다. 그런 다음 상의 가슴 자락에 대고 슥슥 문질렀는데, 그러고 나서 다시 치켜든 그 손에는 비도 한 자루가 요술처럼 생겨나 있었다.

장휴가 말했다.

"어릴 적부터 이상하게 다섯이라는 숫자가 좋더라고. 그래서 이런 걸 늘 다섯 자루 가지고 다녔어. 이번에도 그랬는데, 한 자루는 며칠 전 들개들을 쫓는 데 써 버렸고, 한 자루는 방금 멍청한 짓을 하느라 낭비해 버렸지. 그리고 여기 이 한 자루. 다 합하면 세 자루지? 그렇다면 남은 두 자루는 어디로 갔을까?"

애꾸의 표정이 경직되었다.

"그들이 실패했나 보군."

장휴는 피에 물든 얼굴로 픽 웃었다.

"당연한 말을 뭐 하러 해?"

애꾸의 눈빛이 바뀌었다. 아까 황다영을 상대로 그랬듯 장휴를 탐색하고, 계산했다. 그러더니 착 가라앉은 목소리로 말했다.

"나는 실패하지 않을 것이다."

장휴는 형편없이 망가진 자신의 몸을 내려다보았다.

"다른 때라면 터무니없는 소리라고 비웃어 줬을 텐데, 지금은 네 말대로 될지도 모른다는 생각이 드는군."

애꾸가 쌍검을 들어 올리며 같은 말을 반복했다.

"나는 실패하지 않을 것이다."

"각오가 좋네. 단, 그러기 위해선 이 녀석의 허락을 받아야 할 거야."

장휴가 오른손에 쥔 비도를 까닥거리며 말했다.

애꾸는 더 이상 아무 말도 하지 않았다. 자신의 하나뿐인 눈을 장휴의 하나뿐인 비도에 고정한 채, 한 발 한 발 아주 조심스럽게 다가가기 시작했다.

장휴가 역시 하나뿐인 눈을 애꾸에게 고정한 채 말했다.

"가십시오."

황다영은 장휴의 말이 뒤쪽에 서 있는 자신에게 한 것임을 알아차렸다.

장휴가 다시 말했다.

"여행, 즐거웠습니다."

황다영은 눈을 질끈 감고 입술을 꼭 깨물었다.

그런 다음, 다친 왼발을 절룩거리면서 두 명의 애꾸가 대치하고 있는 전장으로부터 멀어졌다.

지금까지 몇 합이나 얽혔는지 가늠이 되지 않았다. 백 합은 당연히 넘겼을 테고, 어쩌면 이백 합을 넘겼을지도 모르겠다.

"후욱, 후욱."

맹세컨대 이렇게 지독히 싸워 본 적은 머리에 털 난 뒤로 처음이었다. 전신에 새겨진 상처는 셀 수도 없을 정도. 이마에서 흘러내리는 땀방울이 두 눈을 따끔따끔하게 만들었고, 콧속과 입안에는 쇠 냄새인지 피 냄새인지 모를 불쾌한 비린내가 가득했다. 쉬고 싶다는 생각이 살고 싶다는 생각을 문득문득 앞질렀고, 그때마다 소스라치며 마음을 다잡아야 했다.

붕……! 쉭!

팔을 휘둘러 검을 휘두르고 팔을 내질러 검을 내지르면서도, 그 팔이 내 팔이고 그 검이 내 검이라는 인식이 잘 들지 않았다. 기진맥진을 넘어 정신마저 몽롱해진 상황에 이른 것인데, 다행히 국일한 본인만 그런 것이 아니었다. 병기를 맞대고 있는 황패 또한 기진맥진해지고 몽롱해졌다는 점은 명백했다.

깡! 까가가가…… 깍!

장검과 구환도가 또다시 무겁게 부딪쳤다가, 또다시 상대를 밀어붙이고 갈아붙이다가, 또다시 넌더리를 내며 떨어져 나갔다. 이제는 그 반발력도 버티기 힘들어, 국일한은 깨금발로 총총거리며 물러나고 말았다. 황패 역시도 마찬가지. 쩔그렁 소리를 토하며 인간의 혼을 빼 가야 할 구환도가 주인의 두 발과 함께 땅바닥 위에서 질질 끌리고 있었다.

여러 걸음 물러난 뒤에도 술 취한 사람처럼 비틀거리던 국일한이 어느 순간 허허롭게 웃었다.

어깨를 들썩거리며 숨을 고르던 황패가 국일한에게 물었다.

"왜 웃는 거지?"

국일한이 불쑥 말했다.

"당위當爲와 당물위當勿爲."

"뭐?"

"마땅히 해야 할 일과 마땅히 하지 말아야 할 일."

황패가 땀과 피와 그것들에 들러붙은 흙먼지로 엉망이 된 얼굴을 귀신처럼 일그러트렸다.

"갑자기 정신을 놓은 거냐? 싸우다 말고 무슨 개소리냐?"

그러나 문답처럼 들리는 이 대화의 맨 처음부터, 국일한은 황패를 상대로 말한 것이 아니었다. 혼몽해진 영육에 갑자기 찾아든 깨달음을 스스로에게 주지시키고 있을 뿐.

지금도 그랬다.

"나라와 주군을 위한 충성심으로 당위에 나섰으나, 인간의 도리 앞에서 당물위로 돌아서게 되었다. 그 당위는 옳은 것이었던가? 나는 모르겠다. 아직도 잘 모르겠다. 그렇다면 그 당물위는 옳은 것인가? 그렇다. 그것은 옳은 것이라고 해야 한다."

"이 미친놈……."

황패의 말이 아예 들리지도 않았다. 국일한은 왼손을 들어 올려 자신의 입술을 더듬었다. 사막처럼 말라붙은 그 입술 위에 신기루처럼 떠도는 그녀를 만났다.

그녀는 말했다.

'고마워요.'

저 말을 듣고서도 부끄러워하지 않기를, 바라고 또 바랐다. 그럴 수 있을까? 그럴 수 있을까?

줄곧 황패에게로 향하고 있었으나 황패를 보고 있지는 않았던 국일한의 두 눈이 그 순간 또렷해졌다.

"이제 나는 그 당물위를 달성해야 한다. 그 당물위를 달성하기 위해 해야만 하는 첫 번째 당위는 저자를 죽이는 것이다."

마침내 번민에서 벗어난 국일한이 황패에게 다가갔다. 깨달음에서 기인한 벅찬 감동이 국일한의 얼굴을 오히려 무감하게 만들었다. 국일한은 장검을 치켜올려 자객을 찌르려는 자세를 취했다.

그 모든 광경을 지켜본 황패는 뭐라 형용하기 힘든 기이한 감정에 휩싸였다. 전신을 와들와들 떨다가, 짐승처럼 괴성을 지르며 뛰쳐나가 무관에게 구환도를 휘둘렀다.

"끄아아아!"

국일한은 피하지 않았다. 황패의 구환도가 국일한의 오른쪽 가슴을 비스듬히 가르고 지나갔다. 화끈한 고통이 엄습했지만, 국일한의 얼굴은 여전히 무감하기만 했다.

"죽엇!"

황패는 몸과 칼을 함께 휘돌렸다. 그럼으로써 칼등에 걸린 아홉 개의 강철 고리를 세차게 떨쳐 냈다. 쩔그렁쩔그렁 소리와 함께 국일한의 오른쪽 얼굴에서 살점과 핏물이 솟구쳐 올랐다.

국일한은 자신의 살점과 핏물을 온몸으로 맞으며 진격했다. 당물위를 위한 당위의 검이 황패의 심장을 꿰뚫었다.

그로부터 반 각이 지난 뒤.

여섯 필의 말이 관도 위를 달려왔다. 그 위에 탄 위사들의 수는 모두 열. 하지만 그중 넷은 이미 죽어 동료의 안장 위에 짐짝처럼 실려 있었다.

이윽고 위사들의 눈에 앞발이 잘려 죽은 두 마리 말이 들어왔다. 그곳으로부터 십여 장 전방에는 깨지고 부서진 마차가 바닥을 하늘로 향한 채 엎어져 있었다.

"일위장님!"

살아남은 여섯 명의 위사들 중 선두에서 달려오던 장년 위사가 달리는 말 위에서 그대로 몸을 날렸다. 고대렴高大廉이라는 이름을 가진 그 장년 위사가 내려선 자리에는 두 남자가 몸을 포개다시피 한 채로 쓰러져 있었는데, 그중 위쪽에 엎어진 남자가 자신의 상관임을 알아본 것이었다.

남은 다섯 명의 위사들도 분분히 말에서 내렸다. 고대렴이 그들에게 지시를 내렸다.

"삼위장님과 여자가 안 보인다. 주변을 수색하도록."

다섯 명의 위사들이 전방을 향해 넓게 흩어져 달려갔다.

고대렴은 엎어져 있는 국일한의 몸을 조심스럽게 뒤집었다. 그 밑에 깔려 있는 남자에게는 크게 신경 쓰지 않았다. 국일한의 상태가 무엇보다 중요하기도 하거니와, 기다란 검에 왼쪽 가슴을 관통당한 자에게는 신경을 조금 덜 써도 되기 때문이었다.

"이런……."

고대렴의 표정이 어두워졌다. 국일한의 상태는 일견하기에도 심각했다. 두개골이 드러나 보일 만큼 심하게 갈려 나간 오른쪽 얼굴은 접어 두고라도, 오른쪽 가슴에 난 자상이 너무 깊어 보였다. 이런 상태로도 숨이 붙어 있다는 것이 신기할 따름이었다.

"선배! 저쪽에 삼위장님이 계십니다!"

전방으로 달려갔던 위사들 중 한 명이 돌아와 고대렴에게 보고했다.

"여자는?"

"여자는 없었습니다. 삼위장님의 비도에 당한 자객 한 놈이 있을 뿐이었습니다."

"삼위장님께서는 무사하신가?"

"그, 그게……."

고대렴이 급히 재촉했다.

"살아는 계시는가?"

"아직까지는……."

뒷부분이 잘린 그 대답이 많은 것을 설명해 주었다.

"끄음."

고대렴은 무겁게 신음하면서도 당황해서는 안 된다고 스스로에게 뇌까렸다. 제일위장 국일한에다 제삼위장 장휴까지 당한 이상, 이 현장에서 위사들을 지휘할 사람은 가장 고참인 고대렴 본인이었던 것이다.

"들것을 두 개 만들어라. 두 분 위장님을 지금 즉시 순무원으로 호송한다."

다른 때라면 동료들의 시체를 버리고 가는 것은 있을 수 없는 일이었다. 그러나 이 상황에서는 어쩔 수 없었다. 가장 빠르게 이동하기 위해, 그리고 이동 시 가해지는 물리적인 충격을 최소로 줄이기 위해, 그들은 타고 온 말들을 포함한 모든 것을 버리고 갈 수밖에 없었다.

부서진 마차에서 나온 바퀴 축과 깔개로 두 개의 들것이 급조되었다. 그 위에 국일한과 장휴를 실은 위사들은 각자 경신술을 펼쳐 순무원이 있는 대리영을 향해 달려갔다.

그로부터 반 각이 지난 뒤.

이제는 시체만이 남겨진 장내에 또 한 사람이 나타났다. 구릿빛 상반신에 사슴 가죽으로 만든 얼룩덜룩한 조끼를 걸친 삼십 대 초반의 남자였다.

담대멸궁이라는 이름을 가진 그 남자는 미간에 비도가 박힌 채 널브러져 있는 비응방주 예좌흔의 시체 앞에서 한동안 걸음을 떼지 못했다. 꺽다리 천혈과 난쟁이 지혈도 방주와 비슷한 몰골로 죽어 버렸다는 사실은 이미 확인한 뒤였다. 남들로부터 경원당하는 자객일망정 나름의 우애와 의리는 있었다. 몸을 돌린 담대멸궁의 눈시울은 어느덧 붉어져 있었다.

상관과 동료와 수하를 한꺼번에 잃어버린 비응방의 일급 자객은 자리를 곧바로 떠나지 않았다. 그 대신 사냥개처럼 몸을 낮추더니 땅바닥에 널려 있는 모든 흔적들을, 긁히고 파인 자국들과 낭자

하게 뿌려진 피 얼룩들을 낱낱이 살펴보았다. 그러다가 마침내 원하는 것을 발견했다.

여자의 것으로 보이는 조그만 발자국.

고개를 들어 그 발자국이 가리키는 방향을 바라보던 담대멸궁이 입술을 지그시 깨물었다.

청부는 반드시 완수되어야 한다!

7월 2일

─── ✕ ───

그 감방은 유소악이 갇혀 있던 고가장의 감방보다 훨씬 청결했고, 얄팍하기는 해도 잠자리용 깔개로 쓰기에 나쁘지 않은 이불까지 한 채 비치되어 있었다. 하지만 그래 봤자 감방은 감방, 그 안에 갇힌 이상 수인 신세가 되었음을 부정할 수는 없었다.

천장과 바닥을 포함, 다섯 면이 돌로 이루어진 그 감방에서 바깥의 동정을 살필 수 있는 유일한 통로는 남은 한 면을 차지하고 있는 쇠살문이었다. 고가장의 감방에 달린 것보다 더 굵고 튼튼해 보였지만, 평소의 만애청이라면 빠져나가는 데 큰 어려움이 없었으리라.

'하지만 지금은 힘들겠지.'

손목과 발목을 결박한 금빛 포승은 문제가 되지 않았다. 정작 문제가 되는 점은 내공이었다. 이 감방 안에서 깨어난 이후 내공을 끌어올리기 위해 온갖 시도를 해 보았지만 돌아온 것이라고는 단전을 송곳으로 찌르는 듯한 고통뿐이었다.

지난밤 약선을 때려죽일 때 맡았던 달짝지근한 향취가 계속 마음에 걸렸다. 우려한 대로 그 음험한 늙은이가 조제한 산공독에 당한 것이 맞는다면, 탈출은 고사하고 손가락 굵기밖에 안 되는 이 포승에서 벗어나는 일조차 쉽지 않을 것 같았다.

　'그건 그렇다 치고…….'

　만애청은 쇠창살 안쪽에 놓인 나무 쟁반을 노려보았다. 쟁반 위에는 커다란 사발이 두 개 놓여 있었는데, 하나에는 뜨거운 김을 피워 올리는 쌀죽이, 다른 하나에는 깨끗한 물이 담겨 있었다. 사발과 사발 사이에는 도자기로 만든 죽시粥匙(죽을 떠먹는 용도로 만든 숟가락)까지 놓여 있었다.

　청결한 공간에다 잠자리용 이불, 정갈한 음식에다 앙증맞은 죽시…….

　'수인이 아니라 환자 취급을 당하는 것 같지 않은가.'

　운신을 제한하고 있는 포승과 쇠창살만 뺀다면 누구에게라도 그렇게 보일 것 같았다.

　만애청은 바닥에 주저앉은 상태에서 포승에 묶인 두 발을 뻗어 쇠창살 아래에 놓인 나무 쟁반을 끌어왔다. 마찬가지로 포승에 묶인 두 손을 내밀어 죽시를 쥐려 하는데, 손목과 손목이 밀착된 탓에 쉽지가 않았다. 손가락을 열심히 꼼지락거려 그 일을 겨우 해낼 즈음, 쇠창살 너머로 인기척이 들려왔다. 만애청은 고개를 들었다.

　"아직도 오른손을 잘 못 쓰는 모양이군."

　쇠창살 너머에는 몇 사람이 나타나 있었다. 방금 말을 건넨 사람은 그중 가장 오른쪽에 선 노인이었다. 눈이 가늘고, 살집이 좋았고, 이 날씨에 덥지도 않은지 발목까지 내려오는 빨간 비단 장포를 입고 있었다. 그 모습이 잘 꾸며 놓은 돼지처럼 보였다.

노인을 잠시 바라보던 만애청이 짓씹듯이 중얼거렸다.

"무 사숙."

노인이 굵은 목 위에 얹힌 얼굴을 느리고 거만하게 끄덕거렸다.

"그래, 나다. 안 본 지 십 년이 넘는데도 용케 알아보는구나."

왜 못 알아보겠는가. 흰머리가 많아졌고 주름도 더 깊어졌지만, 어떻게든 위엄 있어 보이려고 애쓰는 저 가소로운 표정만은 예전 그대로인 것을.

삼산파 전대 장문인 상관욱의 사제이자 만애청에게는 사숙이 되는 저 무영충이라는 인물은 천성적으로 허세가 많은 자였다. 본인에게는 너그럽고 타인에게는 가혹했으며, 자신에게 부여된 권위에 대해서는 언제나 불만스럽게 여겼다. 저자가 돼지라면, 미덕보다 악덕이 훨씬 많은 돼지라고 해야 할 터였다.

만애청은 무영충과 함께 등장한 두 사람을 훑어보았다. 귀한 신분임을 한눈에 알 수 있는 문관과 쇠 징이 촘촘히 박힌 전포를 걸친 덩치 큰 무관. 그중 덩치 큰 무관의 얼굴이 기억에 남아 있었다. 지난밤 해동 검객의 옷을 받아 주던 바로 그 남자였다. 그러자 자신이 전력을 다해 펼친 수미개천의 거력을 완벽히 베어 내던 해동 검객의 무시무시한 일 검이 떠올랐다. 목덜미가 선뜻해졌다. 두 손이 부자유한 탓에 만져 볼 수는 없지만, 소름이 돋아난 게 분명했다.

고개를 가볍게 흔들어 불쾌한 느낌을 털어 낸 만애청이 무영충에게 물었다.

"사숙도 이 일에 가담했소?"

"제국을 위한 일이다. 황상 폐하의 은혜를 입은 신민으로서 어찌 몸을 사리겠느냐."

만애청은 왼손에 쥔 죽시를 내려다보았다. 아쉬웠다. 몸 상태만 정상이라면 저 아가리에 이걸 박아 주었을 텐데.

다시 고개를 든 만애청이 음울하게 말했다.

"그런 개소리를 들려주려고 온 것은 아닐 테고⋯⋯."

"뭐, 뭐라고?"

"날 보려는 이유가 뭐지?"

무영충의 늘어진 입가가 푸드득 떨렸다.

"놈! 사문의 존장에게 어찌 이리 무례하단 말이냐!"

만애청은 웃었다. 아가리에 뭘 박는 것 말고도 저 늙은이에게 타격을 입힐 방법이 떠올랐던 것이다.

쫙.

사발에 담겨 있던 쌀죽이 무영충에게 끼얹어졌다. 일부는 둘 사이를 가로막은 쇠창살에 걸렸지만, 대부분은 무영충의 얼굴과 장포에 맞았다.

"이, 이게 무슨⋯⋯ 네놈이 감히⋯⋯."

뜨끈하고 묽숙한 쌀죽에 뒤발이 된 채 뒷말을 잇지 못하고 바들거리는 무영충에게, 만애청이 말했다.

"차례를 기다리는 사람이 있는 것 같은데, 알고 싶은 게 있다면 빨리 묻고 꺼져."

만애청의 눈은 정확했다. 씩씩거리던 무영충이 만애청에게 물었다.

"네놈이 그 검보를 훔쳐 갔느냐?"

만애청은 고개를 저었다.

"아니."

무영충은 만애청의 얼굴을 뚫어져라 노려보았다.

"설마 이 지경이 되고서도 거짓말을 하는 건 아니겠지?"

만애청은 턱짓으로 덩치 큰 무관을 가리켰다.

"저자에게 물어봐. 내가 검을 쓰는 것을 보았느냐고."

무영충은 덩치 큰 무관을 돌아보았다. 덩치 큰 무관이 고개를 천천히 가로저었다. 무영충의 눈길이 만애청에게로 돌아왔다.

"하기야 너는 예전에도 거짓말을 하는 놈은 아니었지. 그렇다는 것은……."

교활하게 굴러다니는 무영충의 눈동자를 보며 만애청은 입술을 비틀어 올렸다.

"검보를 훔쳐 간 자가 검연이란 사실을 알고 나니 마음이 좀 놓이나 보지?"

무영충의 몸이 움찔 떨렸다. 문관과 무관의 눈치를 살핀 그가 만애청에게 항변했다.

"그, 그래, 네놈 말대로 검연이 검보를 얻었다고 치자. 그 일이 나와 무슨 상관이란 말이냐?"

"아, 알고 싶은 게 그거였어?"

만애청은 코웃음을 쳤다. 본래 긴말을 좋아하지 않지만, 이번만큼은 예외가 될 것 같았다.

"유소악에게서 다 들었어. 장로원에 있는 늙은이들이 삼산파 차기 장문인 자리에 융비를 앉히기로 했다는 것을. 검연과 검연을 미는 너 같은 작자들이 그걸 알고서도 가만히 있을 리 없지. 그래서 이번 일을 꾸민 거 아니야? 아, 내 얘기 아직 안 끝났으니 얌전히 들기나 하라고. 며칠 뒤면 칠석이고, 그날 검연은 누군가에게 암습을 받게 될 거야. 그리고 범행에 쓰인 정인무와 몽령독이 현장에서 발견되겠지. 그것들은 과거 여진족이 개발한 암기니까, 여진인인 융비가 암습의 배후자로 의심받게 되는 건 당연하지 않겠어? 검연을 미는 자들은 길길이 뛰며 융비를 성토할 테고, 그런 마당에 검연이 죽지 않고 깨어나 준다면 장로원에서도 대놓고 융비를 차기 장문인으로 앉히지는 못할 거야. 그렇다고 쉽게 포기할 수도 없을 테니, 아마도 중추절 대회 때 정정당당하게 비무를 치러 장문인을 뽑자고 하겠지. 그래서 네 마음이 놓였을 거라고 말하는 거야. 검연이 그 검보를 익혔다면 융비에게 패할 일은 없을 테니까.”

무영충의 얼굴은 푸줏간 좌판에 놓인 돼지머리처럼 보였다. 그 얼굴이 재미있어서 만애청은 조금 더 나가기로 했다.

“유소악을 태산검문에 팔아넘긴 것도 물론 너겠지? 조금 전 네 얼굴을 보았을 때 제일 궁금했던 점은, 동문 제자에게 해서는 안 되는 짓까지 해 가면서 검연을 삼산파 장문인으로 만들려고 하는 이유가 무엇일까였어. 그런데 네가 지금 입고 있는 그 옷을 보니 대충 알 것 같네. 넌 예전부터 욕심이 많았지. 그 옷처럼, 아, 지금은 아니군. 어쨌든 그 옷처럼 번쩍거리면서 살고 싶은데, 언자징을 비롯한 장로원의 늙은이들이 너무 오래 사는 거야. 기다리고 또 기다렸는데도 네 차례는 돌아오지 않았고. 그래, 어떻게든 물갈이를 하고 싶었겠지. 그런데 때마침 흑삼객이 나타나서 사부를 탁 죽여 버렸네? 게다가 서열대로라면 검연이 장문인 자리에 오르는 게 당연한데도, 장로원 늙은이들은 다른 꿍꿍이를 모색하는 눈치고. 네 입장에서는 평생 다시없을 좋은 기회를 만난 셈이지. 사실 검연이든 융비든 그게 중요한 건 아니잖아? 만일 장로원에서 검연을 밀었다면, 너는 무슨 수를 써서라도 융비를 장문인으로 만들려고 했을 테니까. 역시 넌 욕심 많은 늙은이야. 게다가 사악하기까지 하고."

무영충의 얼굴이 또 한 번 변했다. 돼지머리처럼 보이던 것이 이제는 썩은 돼지머리처럼 보였다.

무영충이 부들부들 떨리는 입술로 말했다.

"수, 순무 영감, 이자를, 이자를 당장 죽여야 합니다."

만애청은 무영충의 저 말이 향한 사람에게로 눈길을 돌렸다. 청수한 생김새와 단정한 옷차림은 물론이거니와 저렇듯 가만히 서 있는 자세만으로도 천생의 기품을 엿볼 수 있는 문관. 나이는 뜻밖에도 젊어, 만애청 본인보다 몇 살 아래로 보였다.

그 문관이 처음으로 입을 열었다.

"무 장로는 그대를 죽이라고 하는군. 그대의 생각은 어떤가?"

만애청이 이죽거렸다.

"내 생각대로 할 수만 있었다면 당신들은 이미 죽은 목숨이었을걸."

문관의 뒷전에 있던 덩치 큰 무관이 호통을 치고 나섰다.

"공께서는 동북면 순무사이시다! 죄인은 예의를 갖춰라!"

"순무사라고 해서 죽지 않는 건 아니잖아?"

만애청이 계속 이죽거리자 무관의 눈썹이 역팔자로 치솟았다.

"이놈이!"

"아아."

문관이 한 손을 슬쩍 올려 무관을 만류했다.

"우리가 차분히 대화를 나눌 수 있도록 해 주게나."

"옛!"

무관은 즉시 자세를 바로 하고 본래의 자리로 물러났다. 이곳에서 문관이 가진 권위가 어떠한지를 알게 해 주는 대목이었다.

문관이 만애청에게 말했다.

"경 위장으로부터 이미 들었겠지만, 그래도 직접 소개하는 게 예의인 것 같군. 나는 도언화라고 하네. 이 지역의 관리들이 일을 제대로 하는지 관찰하고 감시하는 것이 내 임무지."

"그렇다면 지금은 그 임무에서 많이 벗어나는 일을 한다고 생각하지 않나?"

"순무사라는 직책으로 보자면, 그대 말이 맞을지도 몰라. 하지만 나는 순무사인 동시에 당금 황실의 부마이기도 하네. 황실의 일원으로서 제국과 신민을 보위하는 임무는 순무사에게 부여된 임무보다 훨씬 막중하면서도 광범위하지. 이번 일도 그런 맥락에서 봐 주면 좋겠군."

만애청은 헛웃음을 흘렸다.

"제국과 신민을 보위한다……. 너무 거창하게 나오니까 비웃기도 힘드네."

부마 혹은 부마도위에게 실권이 주어지는 경우는 고금을 통틀어 매우 드물었다. 그 매우 드문 경우에 해당하는 도언화는 야인의 거듭된 무례에도 개의치 않는 눈치였다.

"거창한 게 사실이기는 하지. 하지만 제국과 신민의 안전이 누란의 위기에 처한 이상, 누군가는 나서서 그 거창한 일을 해야 하지 않겠는가."

만애청의 눈빛이 신랄해졌다.

"혼자 사는 여자의 어린 아들을 납치해서, 그 여자로 하여금 누구를 죽이도록 하는 것도 그 거창한 일에 포함되는지 궁금하군."

도언화의 표정이 어두워졌다.

"그대는 전쟁을 아는가?"

도언화는 만애청의 대답을 기다리지 않고 말을 이었다.

"나는 아네. 홍안의 나이 때 왜국이 조선을 침략했다는 소문을 들었네. 조선 왕은 황상께 도움을 요청했고, 황상은 조선 반도로 지원군을 파견하기로 결정하셨지. 당시 부친께서는 병부에서 근무하고 계셨네. 보급관으로 참전하시게 되었는데, 그걸 알고는 나도 데려가 달라고 부친께 졸랐네. 내 평생 가장 후회하는 일이기도 한데…… 음, 어쨌거나 내가 실제로 겪어 본 전쟁은 정말로 끔찍했다네. 전투 자체도 그랬거니와 그것이 남긴 여파도 마찬가지였어. 누구나 피살자가 될 수 있었고, 또 누구나 살인자가 될 수 있었지. 땅 위에 지옥이 펼쳐진 것 같더군. 천행으로 살아남아 귀국한 뒤, 나는 결심했다네. 내 나라에서는 절대로 전쟁이 일어나지 않게 하겠다고. 전쟁을 막기 위해 무슨 짓이든 하겠……."

만애청은 늘어지게 하품을 했다. 그 바람에 말이 끊긴 도언화가 눈살을 찌푸렸다.

만애청은 무영충을 턱짓으로 가리켰다.

"저 늙은이가 날 죽이라고 하던데, 지루해서 자살하게 만들 작정이 아니라면 요점만 말하라고. 그래서, 아이를 납치하면서까지 검연을 삼산파 장문인 자리에 앉히려는 이유가 대체 뭐야?"

도언화는 만애청의 말을 약간 수정해 주었다.

"검연을 삼산파 장문인 자리에 앉히려는 것이 아니네."

"그러면?"

"융비라는 자가 삼산파 장문인이 되는 일을 막으려는 것이지."

검연이 장문인이 되는 것과 융비가 장문인이 되지 못하는 것은, 결과는 같지만 의미는 약간 달랐다. 그 점에 관해 잠시 생각하던 만애청이 이름 하나를 불쑥 말했다.

"황태극."

도언화의 눈이 반짝 빛났다.

"무 장로에게 하는 말을 들으면서 그대가 영리한 사람이라는 생각은 했지. 하지만 내가 생각했던 것보다 더 영리한 사람이었군."

만애청은 고개를 저었다.

"그런 칭찬을 들을 만큼 영리하지는 않아. 그저 예전에 융비에게서 들은 말이 떠올랐을 뿐이지."

"그래? 무슨 말인데?"

만애청은 친근한 미소를 지으며 묻는 저 도언화라는 인물에 대해 흥미를 느꼈다. 사실 그는 대화를 나누는 데 익숙지 않았다. 그래서 늘 무뚝뚝하다는 소리를 들어 왔고, 그 점에 대해 스스로 아쉬워한 적도 몇 번 있었다. 그런데 도언화를 상대로는 대화다운 대화를 하고 있는 기분이 들었다. 도언화가 가진 특이한 기질 덕분이었다. 고상하되 거만하지 않고, 온유하되 피동적이지 않다. 그러면서 매 순간 자신이 진심이라는 것을 자연스럽게 인지시키고 있으니, 만애청 같은 야인으로서는 흉내도 내지 못할 기질이 아닐 수 없었다.

"사촌동생들 가운데 군왕의 자질을 가진 녀석이 있다고 자랑을 하더군. 아직은 꼬맹이라서 두각을 나타내지는 못하지만, 어른이 된 다음에는 반드시 주목을 받을 거라고. 어쩌면 자신이 평생 충성을 바쳐야 할 만큼."

만애청의 말에 도언화가 고개를 저었다.

"정말로 그렇게 말했다면, 융비가 틀렸네."

"틀렸다고?"

"황태극의 나이 고작 약관, 하지만 천하의 정세를 헤아릴 줄 아는 자들은 벌써부터 황태극을 주목해 왔다네. 황태극은 군왕의 자질만이 아니라 명장의 자질도 함께 갖췄네. 그런 자가 그대의 사문인 삼산파에 눈독을 들이고 있는 것이지."

만애청은 무영충을 슬쩍 돌아본 뒤 차갑게 말했다.

"삼산파는 더 이상 내 사문이 아니야."

무영충은 두 사람의 대화가 시작된 뒤부터 안절부절못하고 있었다. 그런 무영충을 일별한 도언화가 납득한다는 듯 고개를 끄덕였다.

"그대의 사문이라는 표현은 정정하겠네. 어쨌거나, 내가 조사한 바에 따르면 삼산파에는 황태극의 관심을 끌 만한 요소가 분명히 있었네. 요서와 요동을 아우르는 관동 땅은 제국과 여진족과 조선, 이 세 나라의 역량이 첨예하게 대치하는 지역이라고 할 수 있는데, 그 중심부에 터줏대감처럼 눌러앉아 세 나라 모두에게 문호를 개방하고 긴밀하게 교류해 온 집단은 흔치 않다는 뜻일세."

흔치 않은 게 아니라 삼산파 말고는 아예 없었다.

변방이라는 지역적 특성상 관동은 부침浮沈이 심한 지역이었고, 삼산파가 얻은 명성의 대부분은 그러한 부침 속에서도 문맥을 잘 보존해 왔다는 데에서 기인했다. 삼산파를 얻는다고 해서 관동 땅을 얻는 것은 아니겠지만, 삼산파를 상대에게 넘겨준다면 관동 땅을 도모하는 데 큰 지장이 생기는 것은 분명했다. 여진족을 대표하는 황태극과 한족을 대표하는 도언화 모두 그 점에 대해서는 공감하고 있었던 것이다.

'조선을 대표하는 그 검객도 마찬가지겠지.'

생각이 김이에게 미치자 갑자기 궁금한 점이 생겼다.

"나를 살려 둔 이유가 뭐지?"

김이에게 패한 뒤 자신을 죽일 기회는 너무도 많았을 것이다. 그럼에도 죽이지 않고 아이가 있는 순무원으로 압송했고, 감방이기는 해도 청결한 공간과 정갈한 음식을 제공해 주었다. 이런 대접을 받는 이유가 궁금했다.

도언화가 희미한 미소를 지으며 말했다.

"사실 그대를 살려 둬서는 안 된다는 의견이 많았다네."

저 말에 담긴 진실성은 옆에서 발발거리는 무영충이 입증해 주고 있었다.

"만일 그대의 생사에 대한 결정권이 내게 있었다면, 나는 그 의견을 외면하지 않았을 걸세."

만애청은 눈살을 찌푸리다가 다시 물었다.

"당신이 아니면 그 결정권을 누가 가졌다는 거지?"

"김 공이지. 그대를 잡은 검객."

납득이 갔다. 사로잡은 호랑이의 소유권은 사냥꾼에게 있다는 뜻이니까.

"김 공이 내게 부탁을 했네. 아, 부탁이 아니라 요구라고 정정해야겠군. 그는 내게 한 가지를 요구할 권리가 있었으니까. 어쨌거나 김 공은 그대가 죽는 것을 원하지 않았다네. 가능한 한 잘 대접해 주라고도 했고. 나는 김 공의 요구를 들어주었네."

도언화는 쇠창살 안쪽을 둘러보더니 말을 이었다.

"어제까지만 해도 이 감방은 더러웠고, 다섯 명의 죄수들이 갇혀 있었으며, 그들에게는 하루에 두 번씩 멀건 귀리죽이 주어졌다네."

생색내는 소리로 들리지는 않았다. 만애청이 입술을 비죽거렸다.

"그 검객에게 고마워해야겠군."

도언화가 고개를 작게 저었다.

"김 공보다는 아이에게 고마워해야 할 걸세."

"아이?"

"김 공이 그대를 살리려는 이유는 오직 아이 때문이니까. 김 공은 걱정하고 있네. 이번 일이 모두 끝난 뒤 고아로 남겨질 그 아이를 말일세. 그대라면 그 아이에게 좋은 보호자가 되어 줄 거라고 말하더군."

만애청의 눈빛이 음산하게 가라앉았다.

"그 아이를 고아로 만들기 위해 온갖 수작을 부리는 자들이 할 소리는 아닌 것 같은데."

도언화의 청수한 얼굴이 약간 일그러졌다. 부끄러워하는 것처럼 보였다. 하지만 그 얼굴은 곧바로 본색을 회복했다.

"어쨌거나 그대와 아이 모두 중추절까지는 이곳에 있어 줘야겠네."

만애청은 저 말에 찬성하지 않았다. 그는 칠석날까지 아이를 데리고 소흑산으로 갈 계획이었고, 그 계획은 절대적으로 지켜져야 하기 때문이었다.

그래서 다른 말을 했다.

"요구할 게 있어."

도언화의 눈이 가늘어졌다.

"요구?"

"아, 내게는 그 해동 검객처럼 당신에게 뭔가를 요구할 권리 같은 것이 있을 리 없으니, 요구가 아니라 부탁이라고 정정해야겠군."

자신이 한 말을 교묘히 틀어 반복하는 만애청을 보며 도언화가 실소했다.

"요구든 부탁이든 어디 들어나 보세."

만애청이 앉은 채로 두 손과 두 발을 내밀었다.

"우선 이 포승을 풀어 줘."

도언화는 길게 생각하지 않고 고개를 끄덕였다.

"풀어 주지."

"수, 순무사 영감!"

곁에 서 있던 무영충이 비명처럼 외쳤지만 도언화는 눈길도 주지 않았다.

"단, 산공독의 해약은 주지 않겠네. 그대가 얼마나 위험한 사람인지는 이미 충분히 알게 되었으니 말일세."

만애청은 어깨를 으쓱거렸다.

"해약을 달라고 하지는 않았잖아."

도언화가 멋쩍게 웃었다.

"그렇다면 지레 겁먹고 떤 셈이군. 그래, 포승을 풀어 주는 것 말고 또 바라는 건 없나?"

만애청은 자신의 앞에 놓인 빈 죽사발을 내려다보았다.

"하루 세 끼, 정해진 시간에 식사를 가져다줘. 죽 말고 제대로 된 식사로. 양은 많을수록 좋고, 쥐 고기나 뱀 고기라도 상관없으니 매끼 고기가 빠지면 안 돼."

이번에는 곧바로 승낙이 나오지 않았다. 도언화는 만애청을 한동안 내려다보다가 조금 가라앉은 목소리로 물었다.

"포기하지 않겠다는 건가?"

만애청은 질문으로 대답했다.

"당신이라면 평생 바라 온 일을 포기할 수 있겠어?"

도언화는 잠시 더 만애청을 내려다보다가 고개를 천천히 끄덕였다.

"원하는 대로 해 주지. 단, 순무원 주방에 쥐 고기나 뱀 고기는 없을 테니 돼지고기와 닭고기로 만족하게. 그리고…… 그 상처들을 치료할 좋은 금창약도 제공해 주겠네. 이건 김 공의 요구와는 무관한, 내 순수한 호의라는 것을 알아주었으면 좋겠군."

만애청은 씩 웃었다.

"그 호의, 기꺼이 받아 주지."

도언화는 덩치 큰 무관을 돌아보았다.

"내가 말한 대로 이행해 주게."

무관이 자세를 바로 하며 대답했다.

"옛! 옥사장에게 지시해 놓겠습니다."

도언화의 눈길이 다시 만애청에게로 돌아왔다.

"그대는 동의하지 않겠지만, 나는 이날 이때까지 선량하게 살려고 노력해 온 사람이라네. 하지만 이번 일만큼은……."

도언화는 뒷말을 잇지 못했다. 입술을 움찔거리다가, 고개를 절레절레 흔들더니, 몸을 돌려 자리를 떴다. 덩치 큰 무관이 순무사의 뒤를 엄중하게 배행했다.

도언화와 덩치 큰 무관이 떠난 뒤, 쇠창살 앞에 홀로 남겨진 무영충은 길 잃은 아이처럼 어쩔 줄 몰라 했다. 두 사람이 떠난 방향을 보았다가, 쇠창살 안의 만애청을 보았다가, 이 짓을 몇 번이고 반복하더니, 비대한 허리를 펴 올리며 갑자기 호통을 쳤다.

"순무사 영감의 하해 같은 은총 덕에 목숨을 건졌구나! 그 점을 감사히 여기고 얌전히 갇혀 있거라, 이놈!"

만애청은 실소했다. 엉망으로 무너진 위신이 저런다고 복구될 리는 없었다.

"삼산파로 돌아갈 건가?"

만애청의 이 질문이 갈팡질팡하는 무영충에게 어떤 방향성을 제시해 준 것 같았다.

"암, 당장 돌아가야지! 네놈이 나타났다는 사실을 검연도 당연히 알아야 하니까."

"갈 때 가더라도 그 얼굴은 닦고 가야 하지 않을까?"

"얼굴? 아, 이런……."

무영충은 그제야 생각난 듯 소매에서 꺼낸 손수건으로 얼굴에 들러붙은 허연 얼룩을 훔쳐 냈다.

"다음번에 만났을 때 그 얼굴에 발리는 건 죽 따위가 아닐 거야."

무영충의 안색이 홱 변했다. 만애청은 감방 벽에 등을 기대며 느긋하게 덧붙였다.

"그러니까 늙은이, 나를 다시 만나는 일이 없게 해 달라고 기도 하라고."

이 말을 끝으로 만애청은 눈을 감았다.

국일한은 눈을 떴다.

하늘이 붉었다. 한참을 올려다본 다음에야 노을빛임을 알 수 있었다.

머릿속이 멍해서 뭔가를 생각하기가 쉽지 않았다. 그래도 토막토막 떠오르는 기억들은 있었다.

그녀의 입맞춤…… '고마워요'라는 속삭임…… 쩔그렁거리던 무서운 칼…… 그 칼에 맞서 싸웠고…… 싸웠고…… 또 싸웠는데…… 누가 이겼더라…… 그 칼에 오른쪽 가슴을 깊이 베이고…… 쩔그렁 쩔그렁…… 얼굴이 아파…… 그럼에도 검을 내질렀고…… 마주한 눈이 부릅떠지더니…… 검을 박고 고꾸라지는 자객…… 아, 내가 이겼구나…… 그런데 세상이 왜 이리 출렁거리는 거지…….

얼굴 하나가 붉은 하늘을 가렸다. 그 얼굴이 소리쳤다.

"일위장님께서 정신을 차리신 모양입니다!"

출렁거리던 세상이 멈췄다. 등판이 단단한 바닥에 닿는 것이 느껴졌다.

처음의 얼굴 옆으로 다른 얼굴이 들이밀어졌다.

"일위장님, 저를 알아보시겠습니까?"

하지만 알아보기가 쉽지 않았다. 주위가 어두워서인지 초점을 맞추기가 힘들었고, 이목구비와 얼굴선 모두 흐릿하게만 보였다.

국일한은 손을 들어 눈가를 문지르려다가 신음을 흘렸다. 움직이려는 부위가 믿을 수 없을 만큼 아팠다.

누군가, 아마도 두 번째 얼굴의 주인이, 국일한의 손목을 조심히 잡아 배 위에 얹어 주었다.

"얼굴을 만지시면 안 됩니다."

"음?"

"오른쪽 얼굴이 많이 상하셨습니다. 붕대로 감아 놓기는 했지만 아직 진물이 배어 나오고 있습니다."

초점이 안 맞았던 진짜 이유를 그제야 알게 되었다. 얼굴 반면을 사납게 훑고 지나간 구환도의 강철 고리들이 떠올랐다. 쩔그렁 쩔그렁……. 그 소름 끼치는 인혼곡을 들은 직후 얼굴이 아팠었는데, 아플 만했던 것이다.

"자네는 누군가?"

입술 밖으로 겨우 내보낸 질문에 두 번째 얼굴이 즉각 대답했다.

"고대렴입니다."

다행히 고대렴이 누구인지는 바로 떠올라 주었다. 이번에 동북 지방으로 파견 나오면서 차출해 온 위사들 가운데 한 명이었다.

'맞아, 위사들에게 마차를 원거리에서 호위하라고 지시했었지.'

국일한으로부터 그 지시를 받은 사람은 마부로 위장한 장휴였다. 생각이 장휴에게 미치자 걱정이 덜컥 들었다. 마차를 습격한 자객들이 마부석에 앉은 장휴를 그냥 놔뒀을 리는 없을 터.

"삼위장은 어찌 되었나?"

고대렴의 흐릿한 얼굴이 일그러졌다. 국일한은 다시 물었다.

"그는 어찌 되었나?"

"……금승을 반납하셨습니다."

금승위는 사직하거나 은퇴할 때마저도 자신의 상징과 같은 금승과 함께했다. 그럼으로써 삶의 기념, 봉직의 증거로 삼았다. 금승위가 금승을 반납하는 경우는 오직 하나. 임무 중 순직했을 때뿐이었다. 반납한 금승을 고인의 명패에 감아 기관 내 사당에 모시는 것은 금승위만의 독특한 봉안奉安 문화라고 할 수 있었다.

"그렇군."

국일한은 눈을 감았다. 친동기처럼 지내던 후배의 부음을 들었는데도 이상하게 슬프지가 않았다. 부러운 마음마저 약간 일었다. 그러는 동안 고대렴의 말이 들려왔다.

"상세가 무척 위중하십니다. 얼굴도 얼굴이거니와 오른쪽 흉부에 입은 자상도 심각합니다. 도중에 백호소百戶所(명나라 지방군의 소규모 병영) 한 곳에 들러 응급처치는 했지만, 정식 치료는 순무원에서 받으시는 편이 나을 것 같아 급히 호송하는 중이었습니다."

시간상 약간 이상하다는 생각이 들었다. 마차가 습격당한 때는 오후였는데, 그다음 황패와 악전을 벌였고, 거의 양패구상兩敗俱傷(양쪽 모두 패하여 함께 상처를 입음)으로 의식을 잃었고, 뒤늦게 현장으로 달려온 고대렴 등에게 발견되었고, 백호소로 이송되어 응급조치를 받았고, 그리고…….

국일한은 감았던 눈을 떠 붉은 하늘을 올려다보았다. 그렇다면 저렇게 노을이 질 때는 훨씬 지났어야 하지 않겠는가?

"오늘이 며칠이지?"

국일한의 질문에 고대렴이 즉각 대답했다.

"칠월 초이틀입니다."

"초이틀……."

자객들의 습격을 받은 날은 칠월 초하루였으니, 만으로 하루가 넘는 시간 동안 의식을 잃고 있었다는 뜻이었다. 상세가 무척 위중하다는 고대렴의 말이 그제야 실감 났다.

고대렴이 조심스러운 투로 말했다.

"외람된 말씀입니다만, 임무는 잠시 잊어 주십시오. 지금은 부상을 치료하시는 것이 최우선입니다."

그런 다음 누군가를 향해 고갯짓을 보냈다. 땅바닥 위에 얹혀 있던 등판이 다시 들리고, 멈췄던 세상이 다시 출렁거리기 시작했다.

들것에 실려 이동하면서, 국일한은 방금 고대렴이 한 조언에 대해 생각해 보았다. 그래, 임무는 잊을 수 있었다. 하지만 결코 잊을 수 없는 것도 있었으니…….

국일한은 눈을 감으며 생각했다.

'그녀는 지금 어디 있을까?'

대나무로 만든 커다란 찜통이 열렸다. 달짝지근한 곡물 냄새를 실은 뜨거운 수증기가 저녁 하늘로 뭉클뭉클 피어올랐다. 찜통 안에는 커다란 만두들이 가지런히 놓여 있었다. 새하얗고 촉촉한 만두피가 보는 이의 식욕을 자극하고 있었다.

"사실 거요?"

찜통 앞에 넋 빠진 얼굴로 우두커니 서 있는 황다영에게, 만두가게 주인이 물었다. 황다영은 대답하지 않았다.

"사실 거냐고?"

황다영은 찜통으로부터 눈길을 들어 만두 가게 주인의 얼굴을 바라보았다. 만두 가게 주인이 눈살을 찌푸렸다.

"안 살 거면 남의 장사 방해하지 말고 저리 비키시오."

황다영은 왼발을 절룩거리며 몇 걸음 비켜섰다. 그런 다음, 조금 전까지 그랬던 것처럼 넋 빠진 얼굴로 우두커니 서 있었다.

만두 가게 주인은 새로 쪄 나온 만두를 몇 명의 손님에게 파는 짬짬이 황다영을 훔쳐보았다. 만두를 찾는 손님이 뜸해지자 주인이 그녀를 불렀다.

"많이 주린 것 같은데 이리 오시구려."

황다영은 자신에게 손짓을 하는 만두 가게 주인에게로 다가갔다. 댓잎에 싸인 뜨거운 만두 두 알이 그녀의 손 위에 놓였다.

"외지 사람 같은데 이 산해관에는 왜 온 거요?"

황다영은 만두를 내려다보던 눈길을 들었다. 만두 가게 주인이 혀를 쯧쯧 찼다.

"말할 기운도 없는 모양이구려. 그거 먹고 기운 차려 어서 집으로 돌아가시오. 흉흉한 시절이라 이녁처럼 젊고 예쁜 처자 혼자 돌아다니다가는 정말로 큰일 당하는 수가 있소."

만두 가게 주인은 무뚝뚝한 인상과 달리 따뜻한 마음을 가진 사람인 것 같았다. 황다영은 고개를 꾸벅 숙여 감사를 표한 뒤, 만두 두 알을 들고 만두 가게 앞을 떠났다.

그렇게 한동안 걷다가 접질린 왼쪽 발목이 욱신거려 멈춰 섰다. 어떤 골목 어귀였다.

황다영은 수중의 만두를 내려다보았다. 마지막으로 뭔가를 먹은 게 언제인지 생각해 보았다. 어제 점심이었다. 그녀는 객잔에서 준비해 온 주먹밥을 달리는 마차 안에서 먹었고, 맞은편 자리에 앉아 있던 국일한은 그녀가 내민 주먹밥을 외면했다.

'미안하오.'

국일한은 어떻게 되었을까?

'여행, 즐거웠습니다.'

잘생긴 마부는 어떻게 되었을까?

만으로 하루도 더 지난 지금에야 그들의 안위를 궁금해하는 스스로가 가증스러웠다. 변명을 하자면, 그때 이후 생각이란 걸 제대로 해 보지 못했다. 갑작스럽게 닥친 변고가 그녀를 공황 상태에 빠트렸고, 그녀는 달아나야 한다는 본능에 자신의 전부를 맡겼다. 자객들에게 습격당한 숲에서 어떻게 벗어났는지, 곳곳에 군영이 늘어선 대리영을 어떻게 지나쳤는지, 그리하여 나타난 산해관의 높은 관문 안으로는 또 어떻게 들어왔는지, 기억이 잘 나지 않는 것도 무리는 아니었다.

느슨하게 엮여 있던 행동과 사고가 단단히 결합된 것은 아까 만두 가게 앞에서였다. 만두 가게 주인이 건넨 말, 이 산해관에는 왜 온 거냐는 말에 자신이 왜 여기 있는지를 퍼뜩 깨달았다.

만두 가게 주인은 어서 집으로 돌아가라고 충고했다. 그러나 황다영은 돌아갈 수 없었다. 아들을 찾아야 했고, 그러기 위해서는 이 산해관을 통과하여, 요서 땅을 흐르는 두 개의 강을 건너, 소흑산 오작루에 가야 했다. 닷새 후인 칠석날까지.

'그다음은 어떻게 될까?'

황다영 본인을 포함한 많은 사람들의 운명이 걸린 이 질문에 대한 답은, 최소한 지금으로서는 알 길이 없었다. 황다영은 고개를 절레절레 흔들었다. 피곤이 밀려들었다. 어디라도 앉고 싶었다.

그러다가 문득 이상한 기분이 들었다. 황다영은 고개를 돌려 골목 안쪽을 바라보았다. 땅거미가 내밀 무렵이었고, 양편에 서 있는 높은 담벼락으로 인해 골목 안쪽은 밤처럼 어두컴컴했다. 황다영의 눈이 가늘어졌다. 골목 안쪽 어둠 속에 누군가가 서 있었다. 자신을 바라보고 있는 것 같았다. 갑자기 황패와 애꾸의 얼굴이 떠올랐다. 등골이 오싹해졌다.

"이보게, 처자."

등 뒤에서 갑자기 들려온 늙수그레한 목소리에 황다영은 펄쩍 뛸 듯이 놀랐다. 잔뜩 긴장하여 돌아보니 작달막한 노인 한 명이 그녀를 향해 합죽한 웃음을 짓고 있었다. 차림새가 남루한 데다 한 손에 까맣게 손때 묻은 동냥 바가지까지 들고 있는 것으로 보아 비럭질로 먹고사는 노인인 것 같았다. 그렇지 않더라도 황패나 애꾸 같은 자객으로 보이지는 않아, 황다영은 안도의 한숨을 쉬었다.

노인이 황다영에게 물었다.

"먹지 않을 건가?"

"예?"

"그 만두 말일세. 먹지 않을 거면 버리지 말고 이 거지에게 적선하는 게 어떤가?"

황다영은 천연덕스럽게 말하는 노인의 얼굴을 바라보다가, 자신이 손에 쥔 만두를 내려다보다가, 다음으로 골목 안쪽을 돌아보았다. 골목 안쪽에는 아무도 없었다. 분명히 누군가가 서 있었는데? 잘못 봤나 싶어 다시 살펴보았지만 골목은 텅 비어 있었다.

노인이 황다영의 손에 들린 만두를 뚫어져라 바라보며 다시 말했다.

"일진이 어찌나 사나운지 하루 종일 굶었단 말이지. 그 만두만 적선해 준다면 내 당장 큰절이라도 올리겠네."

황다영은 만두를 싼 댓잎을 노인에게 내밀었다.

"절은 안 하셔도 돼요."

노인의 입술이 헤벌쭉하게 벌어졌다.

"두 알 다 주는 건가? 한 알만 줘도 되는데……."

"종일 굶으셨다면서요. 사양 말고 드세요."

"고맙네, 고마워."

받은 만두 중 한 알을 당장 입으로 가져가는 노인을 지켜보다가, 다시 고개를 돌려 골목 안쪽을 살펴보았다. 역시 아무도 없었다.

'착각이었나?'

자객에게 호되게 당한 게 하루 전이니 신경이 곤두서 있을 만도 했다. 황다영은 쓴웃음을 지으며 몸을 돌렸다. 왼발을 절룩거리면서 멀어지는 여자 뒤로 거지 노인의 축원이 따라붙었다.

"처자의 앞길에 부처님의 가호가 있기를 기원하겠네."

여자로부터 적선받은 두 알의 만두가 배 속으로 사라졌다. 거지 노인은 손가락에 점점이 들러붙은 밀가루 피까지 말끔히 빨아 먹은 다음 느긋하게 트림을 했다.

사실 노인은 부처님의 가호 같은 것을 믿지 않았다. 가호란 게 정말로 있다면 인간으로부터 나와야 마땅하다고 믿었다. 그러므로 저 가련한 여자를 위해 가호를 발휘할 존재는 부처님이 아니라 노인 본인이어야 했다.

그 무렵, 인기척이 사라졌던 골목 안쪽으로부터 한 사람이 걸어나왔다. 훌렁 벗은 상체에 짐승 가죽으로 만든 조끼를 걸친 다부진 체구의 청년이었다. 눈매는 칼처럼 매서웠고, 몸놀림은 산짐승처럼 날렵했다.

그 청년이 앞을 지나갈 때, 노인이 불쑥 말했다.

"돌아가게."

청년이 걸음을 멈추고 노인을 돌아보았다.

"방금 내게 한 말이오?"

노인은 주위를 둘러보았다.

"지금 여기엔 자네와 나 두 사람뿐이니, 아마도 그런 것 같군."

청년이 고개를 갸웃거렸다.

"나는 노인장을 처음 보는데, 노인장은 나를 아시오?"

노인이 말했다.

"조금은 알지."

"조금?"

"자네가 대리영에서부터 여자의 뒤를 미행해 왔다는 것을 안다면, 조금은 아니려나?"

청년의 눈빛이 차가워졌다.

"그걸 어떻게 알았소?"

노인은 어깨를 으쓱거렸다.

"대리영부터 여자를 미행한 게 자네 하나만은 아니거든."

청년의 눈빛이 더욱 차가워졌다.

"당신은 누구요?"

"내가 누구인지는 지금 자네에게 전혀 중요하지 않아. 지금 자네가 중요하게 여겨야 할 사항은, 여기서 멈추고 돌아가지 않으면 안 된다는 것일세."

청년은 더 이상 아무 말도 하지 않았다. 노인은 청년의 오른손이 조끼의 앞섶을 향해 천천히 올라가는 것을 보았다.

"안 돼."

노인은 고개를 절레절레 젓고 말을 이었다.

"부탁이니 그러지 말게나. 자네는 아직 젊고, 삶은 오늘 하루로 결정되는 게 아니야. 그냥 이대로 여기를 떠나게. 그리고 어디 객잔에라도 들어가서 진탕 퍼마신 다음 푹 자는 거야. 장담하건대 내일 아침에 깨어나면, '아, 그 늙은이 말을 듣기를 잘했구나!' 하는 생각이 들걸. 그러니까, 하지 말라고."

청년은 노인의 충고를 듣지 않았다.

청년의 조끼 안에서 팔뚝보다 조금 긴 사냥용 예도鋭刀가 튀어나왔다. 청년은 노인에게 달려들며 예도를 휘두르기 시작했다.

싹. 싹. 싸삭.

어느덧 짙어진 땅거미가 청년이 휘두르는 예도 뒤편에서 날카롭게 베여 갈라졌다. 청년의 도법은 단순했다. 보고, 노려서, 베는 것이 전부였다. 그럼에도 대단히 위력적이었으니, 근력이 강하고 투지가 좋고 마음가짐이 독한 덕분인 것 같았다. 살인을 해 본 경험이 여러 번이라는 것은 굳이 묻지 않아도 짐작할 수 있었다.

칼바람에 갇혀 버린 노인은 당장이라도 쓰러질 것처럼 비틀거리고 휘청거렸다. 그러나 청년이 휘두르는 예도는 단 한 번도 노인을 맞히지 못했다. 비틀거리는 것은 진짜로 비틀거리는 것이 아니었고, 휘청거리는 것 또한 진짜로 휘청거리는 것이 아니었다. 노인의 움직임에는 기이하면서도 현묘한 흐름이 있었고, 위력적이지만 단순한 청년의 도법으로는 그 흐름을 결코 따라잡지 못했다.

그렇게 몇 번 더 비틀거리고 휘청거리던 노인이 순간적으로 사라졌다 싶더니 청년의 눈앞에서 불쑥 솟아올랐다. 노인의 왼손에 쥐어져 있던 새까만 동냥 바가지가 청년의 정수리를 향해 내리꽂혔다.

댕.

예도가 쇳소리를 내며 흙바닥에 떨어졌다. 청년은 눈을 허옇게 까뒤집으며 쓰러졌다.

노인은 청년의 정수리에서 흘러나온 핏물이 단단한 흙바닥으로 스며드는 것을 지켜보았다. 마음이 좋지 않았다. 젊은 시절에도 그런 편이었지만, 나이가 들수록 살인을 점점 더 멀리하게 된 노인이었다. 노인의 합죽한 입가가 자조적으로 일그러진 것도 그 때문이었다.

"이 나이를 먹고도 피 냄새를 묻히고 다니다니, 옛 친구들이 알면 뭐라고 할까?"

노인의 작달막한 신형이 그 자리에서 사라졌다.

7월 3일

───❈───

국일한이 잠에서 깨어난 것은 나이 지긋한 시녀가 미음 사발을 들고 방으로 들어왔을 때였다. 전날 밤 늦게 순무원으로 이송된 그는 고통과 고열에 신음하고 있었기에, 순무원 전속 의원은 진통과 해열 효과 외에도 황소도 잠재울 만큼 강력한 수면 효과를 가진 약을 처방할 수밖에 없었다. 덕분에 죽은 듯이 잠들 수 있었고, 다른 사람들의 일과가 끝날 무렵이 되어서야 눈을 뜨게 되었다.

국일한은 푹신한 침대에 묻혀 있던 상체를 일으켰다. 그 간단한 동작만으로도 어찌나 힘들고 아픈지 끙, 하는 소리가 절로 새어 나왔다. 시녀가 미음 사발을 재빨리 내려놓고 국일한을 부축해 주었다.

"당분간 움직이시면 안 된다는 의원의 말이 있었사옵니다."

국일한은 이렇게 말하는 시녀의 얼굴을 돌아보았다. 낯이 익었다. 기억을 조금 더 더듬어 보니 동북면 순무사인 도언화의 수발을 들던 시녀임을 알 수 있었다.

"여기는……."

국일한은 주변을 둘러보았다. 높은 천장과 화려하면서도 천박하지는 않은 가구며 장식들이 눈에 들어왔다.

"순무사 영감의 침소인가 보군."

"그렇사옵니다."

순무사가 부상당한 금승위 위장에 대한 배려로 특별히 제공해 준 모양이었다.

"영감께서는 어디 계시는가?"

"업무차 출타하셨사옵니다. 수삼 일은 소요되는 업무라시며, 그동안 위장님께서 편히 요양하실 수 있도록 시중에 만전을 기하라는 지시가 계셨사옵니다."

국일한은 자신의 가슴팍을 내려다보았다. 폭이 넓은 붕대가 친친 감겨 있었다. 방금 빤 행주처럼 깨끗한 것을 보니 감은 지 얼마 안 되는 것 같았다. 이번에는 손을 들어 얼굴을 더듬어 보았다. 왼쪽 옆머리부터 오른쪽 귀 아래까지, 마찬가지로 붕대가 감겨 있었다.

붕대에 감긴 부위는 가슴과 얼굴만이 아니었다. 팔에도 그리고 다리에도 감겨 있었다. 무게를 다 합치면 한 근이 훌쩍 넘어갈 이 붕대들이 아니더라도, 숨만 쉬어도 꿈틀거리는 크고 작은 통증들이 요양의 필요성을 강력하게 주장하고 있었다. 상식적인 사람이라면 그 주장을 당연히 받아들일 테지만…….

국일한이 시녀에게 말했다.

"나와 함께 파견 나온 사람들 가운데 경인달이라는 이름을 가진 위장이 있소."

시녀가 미미하게 웃었다.

"그 큰 분을 말씀하시는 거군요. 예, 천녀도 아옵니다."

"그를 불러 주시오."

시녀의 웃음이 지워졌다.

"지금 말씀이옵니까?"

국일한이 고개를 끄덕였다.

"그렇소. 지금 바로."

시녀는 잠시 망설이다가 고개를 숙였다.

"분부대로 따르겠나이다."

시녀가 나가고 얼마 지나지 않아 경인달의 큰 몸이 순무사의 침소로 들어왔다.

"좀 어떠십니까?"

경인달이 특유의 우렁우렁한 목소리로 말했다. 국일한은 침대에 앉은 채로 고개를 작게 끄덕였다.

"괜찮네. 공연히 걱정을 끼친 것 같아 면목이 없군."

호형호제하는 장휴와 달리, 경인달과의 사이는 그리 살가운 편이 아니었다. 한솥밥을 먹은 기간이 짧은 데다, 한쪽은 관부에서 뼈가 굵은 골수 무관이고 다른 한쪽은 강호 문파 출신의 영입 무관인 탓에 마음을 트고 교류할 만한 적당한 계기가 없었던 탓이다.

경인달이 침대 옆의 의자에 앉자 국일한이 물었다.

"삼위장의 시신은 어떻게 처리했는가?"

"격식을 갖춰 입관한 다음 북경에 있는 사택으로 보냈습니다. 순무사 영감께서 따로 하사하신 위로금이 시신과 함께 가족들에게 전달될 것입니다."

좋은 위정자와 그렇지 못한 위정자를 가장 쉽게 구별하는 방법은, 뜻하지 않은 불상사가 벌어졌을 때 어떻게 처신하는지를 살펴보면 된다. 그런 의미에서 볼 때, 도언화는 확실히 좋은 위정자였다.

"시녀로부터 순무사 영감께서 출타하셨다는 애기를 들었네. 어디로 가신 건가?"

이 질문에 경인달의 표정이 진지해졌다.

"위사들의 시신도 수습할 겸, 일위장님께서 습격당하신 현장을 제가 직접 수색해 보았습니다. 지난밤 일위장님께서 순무원으로 들어오신 직후에 출발하여 동틀 무렵 현장에 도착했지요. 현장은 인근 군영에서 나온 군졸들이 대충 정리해 둔 상태였습니다. 그 과정에서 위사들의 시신 외에 다른 자들의 시신도 몇 구 수습되었는데, 그중 십 년 넘게 수배를 받아 온 유명한 자객의 시신이 포함되어 있다는 것을 발견했습니다."

국일한은 잠시 생각하다가 중얼거렸다.

"경 위장도 황패의 구환도를 알아보았나 보군."

"알아볼 수밖에요. 십 년 전만 해도 강호에서 가장 유명한 칼 중 하나였으니까요."

"그래, 인혼사자 황패가 그 습격의 주동자였네."

경인달이 눈을 빛내며 물었다.

"그 말씀은…… 역시 일위장님께서 그자를 처치하신 건가요?"

국일한은 고개를 끄덕이고 곧바로 물었다.

"그래서, 순무사 영감께서 출타하신 것이 그 일과 무슨 연관이 있다는 건가?"

"인혼사자 황패 정도 되는 거물이 어찌 허투루 움직이겠습니까? 더구나 수배를 피해 오랜 세월 숨어 살던 자가 아닙니까? 순무사 영감께서는 이번 습격의 배후에 산해관 총병인 계염무의 입김이 작용한 것은 아닌지 의심하셨습니다. 그래서 직접 확인할 필요가 있다고 하시면서, 정식 감찰권을 발동하여 산해관으로 행차하신 겁니다."

"흔히 타초경사打草驚蛇라 하면 불필요한 행동으로 인해 안 좋은 결과를 맞는 것을 뜻하지만, 때로는 수풀을 일부러 두드림으로써 뱀을 놀라게 할 필요도 있겠지. 다만…… 워낙 만만치 않은 뱀이라서 잘 먹힐지는 모르겠군."

경인달이 어깨를 으쓱거렸다.

"어차피 한 번은 벌어질 일 아니겠습니까."

저 말이 옳았다. 선악의 판별을 떠나, 도언화와 계염무는 물과 기름 같은 존재였다. 같은 나라에 있는 것만으로도 문제가 될 두 인물이 같은 지역 안에서 길항적인 관계로 얽혀 있으니, 충돌이 벌어지는 것은 시간문제일 수밖에 없었다.

침대에 앉아 있는 시간이 길어지자 숨이 조금씩 가빠 왔다. 국일한은 시녀가 침대 머리맡에 가져다 놓은 물을 한 모금 마셨다. 그의 안색을 살피던 경인달이 조심스럽게 물어 왔다.

"괜찮으십니까? 불편하신 것 같은데, 조금 더 쉬십시오."

그러면서 의자에서 일어나려는 경인달을, 국일한은 애써 손을 들어 만류했다.

"아직 알고 싶은 게 남았네."

경인달이 엉덩이를 다시 의자에 붙이고 국일한의 다음 말을 기다렸다. 국일한은 그제야 경인달을 이 방으로 부른 진짜 이유를 꺼내 놓았다.

"아이는 지금 어디 있는가?"

경인달은 잠깐 어리둥절한 표정을 지었다가 곧바로 환하게 웃으며 대답했다.

"아, 그 아이 말씀이군요. 계획한 대로 이 순무원에 데려다 놓았습니다."

"다치거나 아픈 데는 없고?"

"아이는 건강합니다. 밥도 잘 먹고요. 본래 아이를 보호하는 것은 제 소관인데, 김 대인이 도맡아 주다시피 하고 있습니다."

"김 대인이라면, 그 조선인 검객?"

"예, 바로 그 사람입니다. 말이 나왔으니 망정인데, 며칠 전 김 대인의 검법을 견식할 기회가 있었습니다. 솔직히 대륙 끝자락에 붙어 있는 작은 나라에 무슨 인물이 있겠는가 싶었는데, 정말로 대단하더군요. 아, 일위장님께서도 오랫동안 검법을 수련하셨으니 나중에라도 한번 자리를 마련하셔서 검도의 지극한 묘리에 관해 고담준론을 나눠 보도록 하시지요. 정말이지 김 대인의 검법은……."

뒷말을 잇지 못하고 경탄만 하는 경인달에게 국일한이 물었다.

"김 대인의 검법을 직접 보았다고?"

"그렇습니다."

국일한은 고개를 갸웃거렸다. 호랑이는 호랑이를 알아보는 법이라서, 그에게는 진짜 검객을 알아볼 수 있는 안목이 있었다. 덕분에 첫 대면 때 김이가 지극히 높은 경지에 오른, 어쩌면 자신을 능가할지도 모르는 대검객임을 알아보았다. 하지만 김이는, 최소한 이 나라에서는, 감춰야 할 것이 많은 인물이었다. 그런 인물이 타인들 앞에서 자신의 가장 큰 장점을 선뜻 드러내 보였다는 것은 확실히 이상한 일이었다.

"그 일과 관련되어 보고드릴 것이 있습니다."

경인달의 말투가 신중해졌다. 국일한은 침대 난간에 기대고 있던 허리를 떼었다.

"말해 보게."

"지금 이 순무원 내의 옥사에 한 사람이 수감되어 있습니다. 그 자는……."

경인달의 이야기는 제법 길었다. 그리고 그 이야기 중에 등장하는 한 남자가 국일한을 번쩍 정신 들게 만들었다.

이야기가 끝나자 국일한이 물었다.

"그 남자의 정체는 알아냈는가?"

"이름이 만애청이라고 하더군요."

"만애청?"

이 또한 이상했다. 단신으로 오방도문을 괴멸시키고, 태산검문의 비밀 기지인 고가장을 헤집어 놓은 것으로도 모자라, 그 주인인 약선을 처참하게 때려죽이고, 약선의 산공독에 당한 몸으로도 김이를 상대로 접전을 벌였고……. 이렇게 굉장한 일을 해낸 인물이라면 그 이름은 당연히 널리 알려져 있었어야 했다. 한데 만애청이라는 이름을 가진 고수가 있다는 얘기는 이날 이때까지 한 번도 들어 본 적이 없었다.

경인달이 그제야 생각난 듯이 덧붙였다.

"과거 삼산파의 제자였다고 합니다. 삼산파 장로인 무영충이 확인해 주었으니 분명할 겁니다."

"삼산파……."

국일한의 눈빛이 변했다.

그날, 그 술자리에서, 황다영은 이렇게 말했었다.

'크고, 무뚝뚝하고, 단호하지만, 도리에 맞지 않는 행동을 하는 경우는 거의 없었죠.'

"크고, 무뚝뚝하고, 단호한 자던가?"

이 질문이 이상하게 들렸는지 경인달이 부리부리한 눈을 끔벅거렸다.

"어…… 키가 큰 것은 맞고, 성격이 무뚝뚝한지는 잘 모르겠지만 단호한 것 같기는 했습니다. 감방 안에 꽁꽁 묶인 채로도 감방 밖에 있는 무영충을 아주 절절매게 만들었으니까요."

황다영은 이런 말도 했었다.

'너무 안타까워하지 마세요. 제게는 아직 마지막 패가 남아 있으니까요.'

국일한은 눈을 지그시 감았다. 그녀가 말한 마지막 패가 바로 만애청이었던 것이다.

"내가 그때 죽지 않았던 이유가 있었구나."

국일한의 중얼거림을 들은 경인달이 놀란 목소리로 물었다.

"그게 무슨 말씀입니까?"

국일한은 세우고 있던 허리에서 힘을 빼며 힘없는 목소리로 말했다.

"피곤하군. 조금."

"아!"

경인달이 의자에서 일어섰다.

"눈치 없이 너무 오래 있었나 봅니다. 저는 이만 물러갈 테니 일위장님께서는 이것저것 신경 쓰지 마시고 조섭에만 유의토록 하십시오."

국일한은 감았던 눈을 뜨고 경인달을 돌아보았다.

"그래도 아이의 얼굴은 한번 봐야 할 것 같군."

경인달이 미간을 찌푸렸다.

"굳이 보지 않으셔도 상관없을 텐데……."

국일한은 못 들은 척 말을 이었다.

"오늘 밤 아이를 이리 데려오게. 경 위장도 여러모로 수고했을 테니 위로주라도 한잔 마련하도록 하지."

경인달의 눈이 휘둥그레졌다.

"술을 드시려고요? 말도 안 되는 말씀을……."

국일한은 손을 슬쩍 저었다.

"나 같은 환자가 술을 마시는 것은 당연히 말도 안 되겠지. 하지만 경 위장은 상관없지 않은가. 여기를 둘러보니 각지의 명주들이 수두룩하더군. 한두 병 없어진들 방주인에게 들킬 염려는 없을 것 같은데, 어떤가?"

상대가 불문의 속가제자답지 않게 호주가라는 것을 알고 한 얘기였다. 과연 경인달은 솔깃해진 표정으로 입맛을 다셨다.

"정 그러시다면야…… 알겠습니다. 오늘 밤 아이를 데리고 오겠습니다."

"지금은 눈을 좀 붙여야 할 것 같으니 해시亥時(오후 열 시 전후)쯤 시녀를 보내겠네. 음, 아이에게는 좀 늦은 시각이려나?"

"해시면 아주 늦은 시각도 아니고, 하루쯤 늦게 잔다고 큰일이 나는 것도 아니지 않습니까. 그리고 제 기억으로는 늦게 잔 날에는 주로 좋은 일이 생기더군요. 맛난 걸 먹게 된다든지…….”

국일한이 빙긋 웃으며 그 말을 받았다.

“반가운 사람을 만나게 된다든지.”

경인달이 자세를 바로 했다.

“푹 쉬십시오. 오늘 밤 다시 뵙겠습니다.”

경인달이 방을 나갔다. 국일한의 입가에 걸린 웃음이 천천히 지워졌다.

“만애청…….”

국일한은 그 남자의 이름을 작게 뇌까려 보았다.

그녀는 자신의 마지막 패가 이곳에 갇혀 있는 것을 결코 바라지 않을 터였다.

순무원 내 의방에서 오늘 일과를 정리하던 의원은 의방 문을 열고 들어선 국일한을 보고 불에 덴 사람처럼 펄쩍 뛰었다.

“아이고! 아직 움직이시면 안 됩니다, 위장님!”

자신의 손에 들린 지팡이도 의원과 비슷한 주장을 하고 있었지만, 국일한은 전부 무시했다.

“약이 필요하네.”

국일한은 평소와 달리 목소리에 권위를 한껏 실어 말했다.

“약이라고요? 필요하신 약은 때마다 시녀를 통해 보내 드리고 있는데…….”

“여기 적힌 대로 주게.”

국일한은 종이 한 장을 내밀었다. 그것을 받아 읽어 내려가던 의원이 난색을 표했다.

"진원지기眞元之氣를 속효로 끌어올리는 약재들이 없는 것은 아닙니다만, 지금 위장님께는 절대 금용禁用해야 합니다. 아니, 나중에 완쾌되신 뒤라도 웬만해서는 쓰면 안 되는 약입니다. 그리고 몰환향과 태백산은……."

"없다고 하지는 말게. 태산검문으로부터 제공받았다는 사실을 이미 알고 왔으니까."

"아, 예, 약고藥庫 안에다 보관해 놓고 있기는 합니다. 하지만 몰환향은 수면제로 쓰시기에 너무 독합니다. 게다가 태백산은 산공독을 푸는 데 외에는 쓰이지 않는 약입니다."

국일한이 말했다.

"맞아. 내가 그 산공독에 중독된 것 같네."

"예? 하지만 제가 지난밤 진맥한 바로는……."

국일한은 잘라 말했다.

"자네의 진맥이 틀렸네."

의원은 미심쩍어하는 기색을 쉽사리 거두지 않았다.

"산공독도 여러 종류라서 태백산이 위장님께서 당하신 독에 반드시 듣는다는 보장은 없습니다. 게다가 설령 듣는다고 해도 지금 위장님의 몸 상태로는 약성을 제대로 받아들이기가 힘드실 겁니다."

"그래서 안 주겠다는 건가?"

"안 드리겠다는 게 아니라 의원의 직분상 드려서는 곤란하기 때문에……."

국일한은 붕대로 가리지 않은 한쪽 눈으로 의원을 노려보며 차갑게 말했다.

"자네가 내 청을 거절했다는 걸 아시면 순무사 영감께서 좋아하지 않으실 것 같군."

순무사를 들먹이자 의원의 표정이 바뀌었다. 사실 금승위 제일 위장의 권위만 해도 관아에 소속된 의원으로서는 감당하기 어려웠을 것이다.

"분부대로 하겠습니다. 잠시만 기다리십시오."

공손히 대답한 뒤 약고의 열쇠를 찾는 의원을 보며 국일한은 안도의 한숨을 내쉬었다.

야간 근무가 시작되기 전까지 감방을 지키는 자는 만애청 본인보다 대여섯 살 연상으로 보이는 군졸이었다. 이 옥사에서 오래 근무한 것으로 보이는 그 군졸은 벙어리처럼 과묵했다. 자신에게 주어진 임무만을 묵묵히 처리할 뿐 수인에 대한 호기심은 일절 드러내는 법이 없었다.

그런데 오늘 저녁 식사를 날라다 준 남자는 그 군졸보다 훨씬 더 과묵한 것 같았다. 감방 밖 복도 벽에 걸린 횃불들이 그 남자의 괴이한 몰골을 고스란히 비춰 주고 있었다. 얼굴 반쪽을 포함, 의복 밖으로 드러난 신체 곳곳에 붕대를 둘렀는데, 붕대 겉으로 피와 진물이 비치고 있었다.

만애청은 붕대 남자의 몰골에 개의치 않았다. 건강을 걱정해 줄 생각도 전혀 없었다. 붕대 남자가 쇠창살 안으로 넣어 준 나무 쟁반을 자신의 앞으로 끌어당긴 다음, 그 위에 놓인 음식을 먹기 시작했다.

순무사가 내린 지시는 잘 이행되고 있었다. 매끼 나오는 식사의 양은 많았고, 고기가 빠진 적은 한 번도 없었다. 오늘 저녁 식단은 큰 대접 가득 담긴 쌀밥과 홍화 기름에 볶은 배추 그리고 화덕에서 통째로 구워 낸 닭고기였다.

만애청의 식사법은 독특했다. 그는 화약을 다루는 것만큼이나 신중하게 음식을 대했다. 우선 닭고기의 연한 부위를 쌀밥에 곁들여 먹은 다음, 가슴살이나 엉덩살처럼 퍽퍽한 부위는 결을 따라 가늘게 찢어 기름 양념에 적셨다가 배추 볶음과 함께 먹었다. 입안에 넣은 모든 음식을 오십 번 이상 씹어 먹었으며, 식사가 끝나기 전에는 한 방울의 물도 입에 대지 않았다. 그는 원래부터 천천히 먹는 편이었고, 소화와 섭취에 신경을 쓰는 지금은 더욱 그러했다.

때문에 만애청이 식사를 마치는 데에는 제법 긴 시간이 소요되었다. 그동안 붕대 남자는 쇠창살 앞에 서서 꼼짝도 하지 않았다. 붕대로 가리지 않은 한쪽 눈은 줄곧 쇠창살 너머 수인에게 고정되어 있었다.

식사가 끝나고, 만애청은 굶주린 개도 돌아보지 않을 만큼 말끔히 비운 그릇들을 쟁반에 담아 쇠창살 밖으로 내보냈다. 그런 다음, 이 안에서 식사를 마친 뒤에 늘 그래 왔듯이 몸을 풀기 시작했다. 붕대 남자의 눈길이 일거수일투족을 좇는다는 것을 알고 있었지만, 그는 신경 쓰지 않고 자신이 할 일을 묵묵히 그리고 부단히 수행했다.

근육과 관절이 충분히 부드러워졌다는 판단이 서자 완력을 단련하기 시작했다. 부탱俯撑(엎드려뻗쳐) 자세에서 두 팔로 굽히고 펴기를 반복하다가, 백 회를 채운 뒤에는 오른쪽 팔로만 오십 회, 다시 왼쪽 팔로만 오십 회를 번갈아 했다. 상완근에서 밧줄이 꼬일 때 울릴 법한 소리가 두둑두둑 울려 나왔다. 그럴 때마다 차오르는 고통은 쾌감에 가까웠다. 언제부터인가 땀이 흐르기 시작했는데, 부탕 단련을 마칠 무렵에는 의복을 흥건히 적실 정도였다.

그다음은 운신 단련. 내공이 회복되지 않은 탓에 벽류풍의 근간이 되는 부신은영을 펼칠 수는 없었다. 하지만 일반적인 보법을 밟는 데는 아무 문제도 없었다. 삼재보와 역삼재보로 진퇴를 반복하다가, 조금씩 속도를 높였고, 나중에는 겅중겅중 뛰다시피 했다. 이어 게처럼 옆걸음질을 쳐서 한쪽 벽을 찍고, 옆걸음질로 되돌아와서 맞은편 벽을 찍었다. 발놀림이 점점 더 경쾌해지고, 그가 지나간 자리 위로 구슬 같은 땀방울들이 후둑후둑 뿌려졌다.

만애청은 자신의 신체와 그 신체로 만들어 내는 역동적인 동작에 완전히 몰입했다.

"어이."

만애청이 붕대 남자를 불렀다. 붕대 남자가 처음 모습을 드러낸 지 한 시진 가까이 지난 뒤였다. 그때 만애청은 감방 구석에 놓인 요강 앞에서 바지춤을 풀고 있었다.

"냄새가 날 텐데, 거기 계속 있을 건가?"

붕대 남자가 피딱지가 앉은 입술을 슬쩍 비틀었다. 그러고는 몸을 돌려 쇠창살 앞을 떠났다.

김이는 반갑게 웃으며 손님을 맞아들였다.

"어서 오십시오."

그러면서도 머리 한쪽으로는 이상하다는 생각을 떠올리고 있었다. 반송장 상태로 들것에 실려 들어오는 모습을 본 게 불과 하루 전인데, 지금 방 안으로 들어서는 국일한의 움직임이 너무 멀쩡해 보였다. 국일한의 몸뚱이 곳곳에 감겨 있는 피와 진물로 얼룩진 붕대들이 가짜처럼 여겨질 정도였으니…….

"이리로."

작은 원탁을 가운데 두고 반도와 대륙의 두 검객이 마주 앉았다. 김이는 찻주전자를 기울여 두 사람 앞에 놓인 찻잔을 채웠다.

"순무사 영감께서는 다도에도 조예가 깊으시더군요. 덕분에 각지의 명차를 한곳에서 맛보는 호사를 누리고 있습니다."

김이의 말에 국일한이 담담히 웃었다. 이어 두 사람 사이에서는 친근하다는 점 외에 별다른 의미를 부여하기 힘든 대화들이 오갔다. 그러다가 고가장에서 벌어졌던 일로 화제가 옮아갔고, 국일한은 아까 경인달로부터 들은 찬사를 가감 없이 전해 주었다.

김이가 멋쩍게 웃으며 손을 내저었다.

"상대는 다수와 악전을 치른 직후였습니다. 게다가 산공독에 당한 상태였지요. 그러니 소생의 운이 좋았다고 말할 수밖에 없을 겁니다."

국일한이 눈을 번득이며 물었다.

"그자가 그렇게 강하던가요?"

김이는 웃음을 거두었다.

"소생의 고국에도 고명한 권법을 수련한 무인들이 있고, 그들 가운데는 소생을 감탄시킬 만한 달인도 몇몇 있었지요. 하지만 그자가 고가장에서 펼친 무공은 소생이 이제껏 본 것들과는 아예 차원이 달랐습니다."

김이는 말을 멈추고 다시 한번 생각해 보았다.

'그자의 몸 상태가 정상이었다면 그날의 승부는 어떻게 되었을

까?'

지난 이틀간 스스로에게 여러 번 던진 질문이기도 했다. 실제로 벌어지지 않은 데다 앞으로도 벌어질 가능성이 희박한 일이므로 질문의 답을 구하기란 쉽지 않았다. 다만 그 희박한 가능성이 현실이 된다면…….

"몸 상태가 정상인 그자와 다시 마주친다면, 아마도 소생은 그자와 싸우고 싶어 하지 않을 겁니다."

김이의 솔직한 고백에 국일한은 침묵했다.

국일한의 입이 다시 열린 것은 제법 오랜 시간이 지난 뒤였다.

"우리는 아이를 납치해서 그 어미로 하여금 누군가를 죽이게 하려고 합니다."

김이의 표정이 굳었다.

"어쩔 수 없는 일이었습니다."

"어쩔 수 없다…… 저도 그렇게 생각했습니다."

김이의 표정이 조금 더 굳었다. 양심의 가책을 느끼는 사람은 국일한 혼자만이 아니었다. 순무원에 들어온 뒤로 주인을 따르는 강아지처럼 자신만 졸졸 따라다니는 아이를 볼 때마다 저절로 일그러지는 얼굴을 펴기 위해 얼마나 애를 썼는지 모른다.

"국 위장님께서도 동의하신 일입니다."

"저도 분명히 동의했습니다."

"그런데도 왜 이런 말씀을 꺼내시는지 모르겠군요."

국일한이 착 깔린 목소리로 말했다.

"그사이 비밀 하나를 알게 되었기 때문입니다."

"비밀?"

"그 어미가 죽이려는 자는 아이의 친부였습니다."

김이는 이 말이 무슨 뜻인지를 얼른 이해하지 못했다. 하지만 오래 지나지 않아 이해하게 되었고, 그래서 큰 충격을 받았다.

"검연이 형아의 친부라고요?"

국일한은 고개를 끄덕였다.

"어, 어떻게 그런 일이…… 그렇다면 검연이 자기 친자식을 납치하라고 시켰단 말씀입니까?"

국일한은 고개를 작게 흔들었다.

"검연은 아이가 자기 친자식이라는 사실을 몰랐을 겁니다. 그 사실을 아는 사람은 세상에서 오직 두 사람, 여자 본인과 만애청뿐이었으니까요. 아, 이제는 저와 김 대인도 알게 되었으니 네 사람이 된 셈이군요."

검연이 계획하고 도언화와 태산검문이 지원함으로써 추진된 작전이었다. 일곱 살짜리 아이와 그 어미를 도구로 이용한다는 이유로 작전에 참여한 사람 대부분이 크든 작든 가책을 느꼈을 터. 하지만 조국에 대한 충성심, 혹은 이익에 대한 욕망은 그 가책보다 훨씬 높은 곳에 있었다. 그래서 자신들이 추구하는 명분으로 가책을 눌렀고, 그 점은 김이도 마찬가지였다. 그런데…….

국일한이 말했다.

"인간이라면 절대로 해서는 안 되는 일이 있다고 생각합니다. 저는 이번 일이 그런 일이라고 믿게 되었습니다."

김이가 말했다.

"국 위장님, 안 됩니다."

국일한이 힘겨운 듯 고개를 숙였다. 김이는 자신의 앞자리에서

숨을 몰아쉬는 남자에게 다시 한번 말했다.

"국 위장님, 안 됩니다."

국일한은 두 손으로 원탁을 짚고 자리에서 일어섰다. 그런 다음 원탁을 짚은 두 손을 들어 김이에게 포권을 올렸다.

"이만 하직 인사를 드려야겠습니다."

김이는 자리에 그대로 앉은 채 망연한 눈길로 국일한을 올려다보았다. 국일한은 그런 김이를 잠시 내려다보다가 몸을 천천히 돌렸다. 그때 김이는 깨달았다. 앞으로 저 남자를 다시 보게 되는 일은 없으리라는 것을.

식탁 위에는 세 병의 명주가 올라와 있었다. 그러나 경인달은 그중 한 병의 절반도 비우지 못했다. 국일한이 사전에 타 넣은 몰환향만 아니라면 호주가로 알려진 경인달이 고관대작도 쉽게 접하지 못할 명주들을 앞에 두고 저렇게 곯아떨어지는 일은 벌어지지 않았을 터이니, 저 유명한 소림사의 정종 내공도 약선이 조제한 지독한 수면제를 견뎌 내지는 못했던 것이다.

덩치가 산만 한 무관이 별안간 식탁 위에 얼굴을 박고 엎어지자 옆자리에 앉아 있던 아이가 눈을 동그랗게 떴다. 그런 아이를 국일한이 안심시켰다.

"그는 잠이 든 것뿐이니 안심하렴."

아이는 국일한의 눈치를 살피며 엉덩이를 들썩거렸다. 당장이라도 의자에서 내려와 달아나고 싶어 하는 눈치였다. 하기야 초면인 남자와, 그것도 붕대를 친친 감은 무시무시한 남자와 단둘이 남겨진 셈이니 안심할 수 있을 리가 없었다.

다행히 국일한에게는 아이를 안심시킬 방법이 있었다.

"만 아저씨를 만나러 가야지."

아이의 몸이 멈췄다.

"만 아저씨를 아세요?"

"크고 무뚝뚝하고 단호하지만, 도리에 맞지 않는 행동은 하지 않는 사람이지. 너와 네 엄마를 무척 좋아하는 사람이기도 하고."

아이의 조그만 얼굴에 희망이 꽃처럼 피어났다.

"만 아저씨는 지금 어디 계세요?"

국일한은 빙긋 웃었다.

"만 아저씨가 자존심 상해 하실지도 모르니 지금 어디 계시는지는 알려 주지 않겠다. 하지만 내가 말하는 대로만 하면 조금 뒤에는 만 아저씨와 반드시 만날 수 있다는 것을 약속하마. 그렇게 할 수 있겠느냐?"

아이는 눈을 반짝이며 고개를 끄덕였다.

옥사 앞에는 두 명의 군졸이 보초를 서고 있었다. 그사이 근무 교대를 했는지 저녁때 보았던 자들이 아니었다. 국일한은 파도처럼 밀려드는 현기증에 무너지지 않으려고 노력하면서, 군졸들 앞으로 나섰다.

"수고들 하는군."

국일한은 군졸들에게 금승위 제일위장의 철패를 제시했다. 자세히 확인하려 들지 않는 것을 보니, 얼굴을 붕대로 감고 다니는 무관에 대한 소문이 이 순무원 내에 쫙 퍼졌음을 짐작할 수 있었다. 잠시 후 벌어질 일을 생각하면 잘된 일이었다.

군졸 한 명이 철패를 돌려주며 물었다.

"위장님께서 이 시각에 어쩐 일이십니까?"

"죄수를 심문하러 왔네."

군졸들이 서로의 얼굴을 돌아보았다. 혼자서, 그것도 성치도 않은 몸으로 죄수를 심문한다는 점을 이상히 여기는 눈치였다. 국일한은 고개를 똑바로 세우고 근엄하게 말했다.

"보안을 요하는 일이니 바깥쪽 경비에 소홀함이 있어선 아니 될 것이야."

다행히 금승위 제일위장의 권위는 이곳에서도 통했다.

"알겠습니다!"

군졸들이 자세를 바로 하며 대답했다.

자정에 가까운 시각임에도 만애청은 잠들어 있지 않았다. 감방 벽 너머에서 들린 인기척 때문에 깨어난 것일지도 모르겠다.

이번에는 저녁때와 반대의 상황이 벌어졌다. 군졸에게서 받은 열쇠로 쇠창살에 걸린 자물통을 열고 감방 안으로 들어설 때까지, 국일한은 자신을 집요하게 따라붙는 눈길을 느낄 수 있었다.

툭.

만애청 앞에 베주머니 하나가 떨어졌다.

"해약일세."

만애청은 베주머니에 눈길을 주지 않았다. 국일한은 자신에게서 눈길을 떼지 않는 남자를 내려다보다가 한숨을 쉬었다.

"믿어 줄지 모르겠지만, 나는 지금 죽을힘을 다해 버티고 있는 중이라네. 부탁이니 빨리 움직여 주게."

만애청은 그제야 베주머니로 눈길을 내렸다. 주둥이 매듭을 풀고 약복지를 꺼내더니, 그 안에 담긴 붉은 분말약을 입안에 탈탈 털어 넣었다. 그 모습을 보며 국일한은 문득 이상하다는 생각이 들었다. 오늘 이전에는 만난 적이 없는 남자인데도 그 속내나 감정을 속속들이 알 것 같은 기분이 들었던 것이다. 때문에 친구를 대하듯 편히 말할 수 있었다.

"자네가 당한 자미분子美粉과 방금 복용한 태백산太白散 모두 약선의 작품이라네. 두보의 호가 자미고 이백의 호가 태백이니, 평생 품격 있는 체하며 살아온 노인네답다 해야겠지."

국일한의 말에 만애청이 신랄하게 대꾸했다.

"품격 있게 죽지는 못했지."

고개를 끄덕인 국일한이 만애청에게 물었다.

"공력을 되찾는 데 얼마나 걸릴까?"

"오래 걸리진 않을 거야."

만애청은 정좌를 하고 눈을 감았다.

만애청이 운기행공으로 자미분의 독기를 몰아내는 동안, 국일한은 감방 벽에 등을 기대고 허물어지듯 주저앉았다. 그사이 더욱 심해진 현기증이 이제는 눈앞을 가물거리게 만들고 있었다. 배 속은 불붙은 석탄을 삼킨 것처럼 뜨거웠고, 목구멍은 닭털이 걸린 듯 간질거렸다. 하지만 국일한은 자신의 신체에서 감지되는 모든 안 좋은 조짐들을 외면했다.

'조금만 더……. 이제 얼마 남지 않았어.'

만애청은 자신의 말을 지켰다. 반 각도 채 지나기 전에 다시 뜨인 만애청의 두 눈은 번갯불을 머금은 것처럼 형형히 빛나고 있었다. 그 눈빛을 마주한 국일한은 미소를 지었다. 그녀의 보호자가 될 자격이 있는 남자였다. 덕분에 마음이 놓였지만, 완전히 놓이지는 않았다. 만애청이 그 자격을 얻기 위해서는 하나의 장애물을 반드시 넘어야만 한다는 사실을 알기 때문이었다. 약선의 산공독이나 순무원의 쇠창살 따위와는 비교할 수 없을 정도로 강력한 장애물을.

'과연 넘을 수 있을까?'

그러나 이 감방 바깥에서 벌어질 모든 일들은 국일한에게 허락되지 않은 영역이었다. 국일한은 더 이상 생각하지 않기로 했다. 그저 자신에게 허락된 일들을 처리할 뿐.

국일한은 자리에서 일어나 만애청에게 다가갔다. 허리춤에서 두루마리 한 권을 꺼내어 만애청 앞에 펼쳤다.

"이곳의 배치도라네."

만애청은 번들거리는 눈으로 두루마리에 그려진 지형지물을 내려다보았다.

"지금 우리가 있는 곳이 여기지. 이리로 나가서 이렇게, 이렇게 움직이게. 그러면 여기, 순무원의 동문이 나온다네. 이 문으로 나가서 이백 보쯤 직진하면 작은 개울이 나오는데, 다리 옆에 커다란 버드나무 한 그루가 서 있을 걸세. 그 나무 아래 말과 아이를 데려다 놓았네."

사전에 준비해 두었던 설명을 빠르게 들려준 국일한이 소매 안에서 문서 한 통과 철패 한 개를 꺼냈다.

"관동으로 나가려면 이 문서가 필요할 걸세. 그리고 철패는 순무원 안에서 마주치는 보초들에게 보여 주게."

만애청이 문서와 철패를 받았다. 철패 뒤에 새겨진 '금승위 제일위장'이라는 직함에 약간 놀란 눈치였지만, 말 그대로 약간에 불과했다.

"사람이 다르다는 것을 금세 알아볼 텐데?"

"알아보지 못하게 해야지."

만애청은 보통 사람보다 한 뼘 이상 컸다. 다행히 국일한도 키가 큰 편이었다.

국일한은 입고 있던 옷을 벗었다. 경인달과 술자리를 시작하기 전에 갈아입은 금승위 제일위장의 새 무관복을 만애청에게 내밀었다. 만애청은 아무 말 없이 그 옷을 받았다.

만애청이 옷을 갈아입는 사이, 국일한은 얼굴에 감긴 붕대를 풀었다. 붕대에 쓸린 상처 부위가 쓰라렸지만 개의치 않았다. 국일한의 맨얼굴을 본 만애청은 눈살을 찌푸렸다. 반쪽이 거의 날아간 얼굴일 테니 그럴 만도 했다.

"가만있게."

국일한은 만애청의 얼굴에다 직접 붕대를 둘러 주었다. 피와 진물로 더럽혀진 붕대는 멀쩡한 남자를 잠깐 사이에 중환자로 바꾸어 놓았다.

마무리 매듭까지 세심하게 손봐 준 국일한이 한 발짝 물러났다.

"한 바퀴 돌아 봐."

만애청은 착한 아이처럼 그 자리에서 한 바퀴 돌았다. 그를 위아래로 훑어본 국일한은 고개를 끄덕였다. 완벽하다고 할 수는 없겠지만, 짧은 시간에 한 변장치고는 만족스러웠다.

국일한은 만애청이 벗어 놓은 옷을 입었다. 본래부터 그리 좋은 편이 아니었던 그 옷은, 지금은 여기저기 찢기고 갈라진 데다 고약한 냄새까지 풍기고 있었다. 이 남자가 그녀를 지키기 위해 걸어온 길이 어떠했는지를 알게 해 주었다.

이제 무관과 죄수가 바뀌었다. 죄수가 된 무관이 무관이 된 죄수에게 당부했다.

"산해관을 통과하기 전까지는 사방이 군영이라네. 소란을 일으키지 말고 무조건 피하게."

"나도 시끄러운 건 좋아하지 않아. 평화주의자거든."

국일한은 웃었다. 만애청이란 남자가 지금껏 한 일을 감안할 때, 저 말만큼은 도저히 신뢰할 수 없었다.

"그녀를 지켜 주게."

이 말을 끝으로, 국일한은 감방의 구석진 자리로 가서 벽을 보고 앉았다.

만애청은 침침한 어둠에 가려진 국일한의 뒷모습을 한동안 바라보았다. 그 강인한 남자의 입에서 조금은 먹먹해진 목소리가 흘러나왔다.

"그녀를 지키겠네."

만애청이 감방을 나갔다.

국일한은 목구멍을 비집고 올라온 뜨거운 덩어리가 입술 사이로 새어 내리는 것을 느꼈다. 순무원에 전속된 의원을 겁박하여 얻어 낸 약 가운데는 체내의 잠력潛力(숨은 힘)을 격발하여 진원지기를 끌어올리게 만드는 독약도 포함되어 있었다. 국일한은 그 독약을 의원의 처방보다 훨씬 많이 복용했다. 그러므로 빈사상태였던 금승위 제일위장이 멀쩡히 돌아다니면서 행한 모든 일들은 약기운 덕분이라고 봐야 했다.

그 약기운이 마침내 떨어졌다.

국일한은 코와 입으로 피를 흘리다가 옆으로 쓰러졌다.

그녀는 말했었다.

'고마워요.'

이제는 저 말에 미안해하지 않아도 될 것 같았다.

국일한은 웃었다.

7월 4일

※

금승위 제일위장이 만애청에게 들려준 말은 거의 들어맞았다. '거의'라는 단서를 붙인 까닭은 맨 마지막에 한 가지 사항을 빠트렸기 때문이다.

개울가 버드나무 옆에는 말과 아이가 있었다.

그리고 아이의 뒤에는 한 남자가 서 있었다.

한 손에는 대나무 지팡이를, 다른 한 손은 아이의 어깨를 짚고 서 있는 그 남자를 본 순간, 만애청은 등골이 서늘해지는 것을 느꼈다.

바로 그 해동 검객이었다.

김이가 말했다.

"국 위장은 내게 마땅히 해야 할 일을 하는 것과 마땅히 해서는 안 되는 일을 하지 않는 것에 대해 이야기했소. 귀하가 이곳에 온 것을 보니, 국 위장은 후자를 택했나 보구려."

만애청은 김이의 말을 들으면서 얼굴에 감긴 붕대를 천천히 풀었다. 그러는 한편 암암리에 공력을 끌어올려 몸 상태를 점검해 보았다. 몸 상태는 최고였다. 처음 취아숙을 떠날 때보다 오히려 나아진 것 같았다.

김이가 한숨을 쉰 뒤 말을 이었다.

"그러나 나는 전자를 택할 수밖에 없소. 그것이 내가 이 땅에 온 이유이기도 하니까."

만애청이 착 가라앉은 목소리로 말했다.

"아이를 놔줘라."

김이는 그 말에 순순히 따랐다. 애당초 아이를 이용해 무엇을 할 의향은 없던 것 같았다.

"가서 만 아저씨를 만나렴."

김이의 손이 어깨에서 떨어지자 아이가 만애청을 향해 쪼르르 달려왔다.

"만 아저씨!"

아이의 작은 몸이 품 안으로 뛰어들 때에도 만애청의 눈길은 김이에게서 떨어지지 않았다.

김이가 겉옷을 벗어 버드나무 가지에 걸었다. 대나무 지팡이에서 폭이 좁은 해동검을 뽑았고, 검집을 뒤로 던졌다. 이제부터 저자가 자신을 막기 위해 전력을 다하리라는 점은 초승달 아래 빛나는 저 칼날만큼이나 명백했다.

만애청이 속삭였다.

"저만치 떨어져 있거라."

만애청의 품에 얼굴을 묻고 있던 아이가 고개를 번쩍 들었다. 만애청의 굳은 얼굴과 검을 든 김이를 번갈아 쳐다보더니 뾰족하게 부르짖었다.

"두 분이서 싸우시면 안 돼요!"

만애청은 김이의 표정이 어두워지는 것을 보았다. 자신의 표정 또한 다르지 않으리라.

"아저씨 말을 들으렴."

아이가 고개를 세차게 저었다.

"나리는 좋은 분이에요. 저번에 나쁜 사람들이 형아를 괴롭힐 때 구해 주셨고, 만 아저씨하고 엄마한테 빚을 사 주라고 돈도 주셨고, 여기서도 잘 돌봐 주셨어요. 만 아저씨, 나리와 싸우지 마세요! 나리를 혼내시면 안 돼요!"

내가 과연 저자를 혼내 줄 수 있을까?

자신이 없었다. 만애청은 수미개천의 거력을 완벽히 베어 내던 그 일 검을 똑똑히 기억하고 있었다. 살아가는 동안 두 번 다시 적으로 마주치고 싶지 않은 인물이 있다면, 바로 저 검객이었다. 하지만 마주치고야 말았다. 마주친 이상 싸우지 않으면 안 되었다. 이기지 않으면 안 되었다.

만애청이 말했다.

"엄마를 만나러 가야지. 그러려면 싸울 수밖에 없단다."

아이는 울상이 되었다. 하지만 더 이상 고집을 부리지 못했다. 옛 주인과 새 주인 사이에서 혼란에 빠진 강아지처럼 두 사람을 번갈아 쳐다보다가, 만애청의 손길에 밀려 비칠비칠 뒷걸음질을 쳤다.

아이가 두 사람 모두에게서 충분히 떨어진 것을 확인한 만애청은 구부리고 있던 허리를 천천히 펴 올렸다. 김이가 신중한 동작으로 앞으로 걸어 나오는 것을 번들거리는 눈으로 지켜보았다.

대륙의 권법가와 반도의 검객이 이 장의 거리를 두고 마주 섰다. 공기는 깨끗했다. 개울물 소리는 잔잔했다. 검푸른 하늘에 걸린 초승달이 두 사람을 내려다보고 있었다. 운치 있는 밤이었다. 그러나 이 자리에 있는 누구도 그러한 운치를 느끼지는 못하리라.

　김이가 말했다.

　"귀하가 부럽소."

　만애청이 물었다.

　"무엇이 부럽나?"

　김이가 대답했다.

　"지금의 귀하에게는 거리낌이 없으니까. 명분과 윤리 사이에서 고민하지 않아도 되니까. 내게도 그런 때가 있었소. 명분과 윤리가 하나였을 때가, 내 검이 내 마음 그대로였던 때가."

　이렇게 말하는 김이의 얼굴은 조금 슬퍼 보였다. 만애청은 동정하지 않았다.

　"아이가 기다린다."

　김이가 저만치 떨어진 곳에 서서 울먹거리고 있는 아이를 돌아보았다.

　"그렇구려."

　사실 그들 같은 무인들에게 말이란 곁가지에 불과할지도 모른다.

　김이가 하방으로 늘어뜨렸던 검봉을 들어 올려 중단을 겨눴다. 살을 에는 듯한 검기가 한 가닥 두 가닥 생겨나더니 그물처럼 삼엄해지며 만애청을 덮어 왔다.

　만애청은 움직이기 시작했다.

　왼쪽으로 한 걸음을 내딛고, 오른쪽으로 한 걸음을 내딛고, 다시 왼쪽, 다시 오른쪽…….

만애청은 자신의 육체를 음미했다. 모든 근육과 힘줄과 관절의 움직임이 손가락으로 더듬듯 생생하게 느껴졌다. 육체가 달궈지고, 투지가 끓어오르고, 그러나 머리는 차갑게 가라앉았다. 그 머리는 금승위 제일위장에게 한 약속, 그녀를 지키겠다는 약속을 되새기고 있었다.

스으으…….

어디선가 불어온 바람이 허공의 버들가지를 부드럽게 흔들었다. 그러나 지상의 검객에게 불어닥친 바람은 결코 부드럽지 않았다.

부신은영에 이은 선양분진.

만애청은 이 장을 단숨에 지우며 김이의 면전으로 들이닥쳤고, 김이는 두 걸음 물러나며 검을 찔러 냈다. 만애청은 참룡수로 내리찍어 가던 왼손을 멈춘 것과 동시에 몸놀림에 변화를 주었다. 곧게 찔러 들어오는 칼끝을 왼쪽 팔뚝 바깥쪽으로 흘려보내는 동시에 몸을 오른쪽으로 굴렸다.

싹.

어느새 옆으로 눕혀진 칼날이 머리를 아래로 하고 구르는 만애청의 하체 위를 스치며 지나갔다.

지면에서 석 자 높이의 공간을 빠르게 맴돈 오른발이 땅바닥을 찍는 즉시, 만애청은 허리를 비틀어 몸을 날렸다. 김이를 향해 달려들며 오른손 손바닥을 매섭게 뻗어 냈다.

팡! 다시, 팡! 한 번 더, 팡!

인자수를 세 번 연속 때려 낸 것은 지금이 처음이었다. 이전까지는 두 번이 한계였는데, 극한의 상황을 돌파하는 과정에서 그 한

계를 뛰어넘은 모양이었다.

김이가 한 걸음 물러나며 몸의 중심을 좌하방으로 기울였다. 그러면서 전방에 두었던 검을 우상방으로 비스듬히 끌어당겼다.

찌이익!

공기 중에 천 찢어지는 소리가 울리면서 인자수의 경로가 바뀌었다. 자석에 들러붙는 쇳가루처럼, 물꼬로 새어 나가는 논물처럼, 검의 움직임에 이끌려 김이의 오른쪽 어깨 위로 지나가 버렸다.

다음 순간, 좌하방으로 가라앉았던 검객의 몸이 솟구쳐 올랐다. 검봉처럼 예리한 눈빛과 눈빛처럼 단호한 검봉이 만애청의 목을 노리고 함께 찔러 왔다.

만일 김이가 방금 펼친 초절한 접인검기接引劍氣에 놀라 주춤거렸다면, 뒤이어 날아든 반격에 속절없이 당하고 말았을 것이다. 만애청은 그런 실수를 범하지 않았다. 그는 김이가 최적으로 잡은 거리가 어느 정도인지를 가늠해 둔 상태였고, 그 거리에서 포착당하는 일이 없도록 신경을 곤두세우고 있었다.

오방문의 문주 갈홍석과 싸울 때보다 더 빨라지고 더 가벼워진 벽류풍이 만애청의 몸을 주르륵 미끄러트렸다. 성과를 얻지 못한 검봉은 즉시 회수되었다. 그 와중에도 빈틈 한 점 드러내지 않는 무시무시한 검객을 주시하면서, 만애청은 세 걸음을 빠르게 물러났다.

소강 국면은 잠깐에 불과했다.

이번에는 김이가 보폭 짧은 걸음으로 만애청에게 달려들었다. 만애청은 부신은영에 실린 횡보로 상대의 진격로에서 벗어났다. 김이의 발동작이 춤을 추듯 어지러워졌다. 순식간에 다섯 개로 불어난 검봉이 회피하는 만애청을 집요하게 따라붙었다.

짜자자자잣.

갈홍석이 펼친 도법 가운데도 저것과 비슷한 초식이 있었다. 다른 점이라면 당시에는 한 개의 칼끝만 진짜였는데, 지금은 다섯 개의 검봉 모두 진짜처럼 보인다는 것. 실제로도 그런지 확인할 용기는 나지 않았다.

만애청은 부신은영을 배가하는 한편, 벽류풍의 여섯 갈래 중 하나인 연굴포편을 죽을힘을 다해 펼쳤다. 부들 줄기처럼 흐느적거리며 검봉들의 살기를 피하려 했다.

찍.

넷은 피했지만 하나는 피하지 못했다. 다만, 검봉에 찔리는 순간 반사적으로 허리를 튼 덕분에 깊이 박히지는 않았다.

만애청은 오른팔 팔죽지 위에 떨어진 섬뜩한 느낌을 참으며 김이가 내지른 검 안쪽으로 파고들었다. 왼손 손날에 끌어올린 건곤참의 강기를 대각선으로 올려 쳤고, 재차 수평으로 그어 베었다.

김이의 상의 가슴팍이 쭉 갈라졌다. 그러나 대각선으로 올려 친 첫 번째 공격이 가른 것은 잘해야 살갗에 불과한 듯했고, 수평으로 그어 벤 두 번째 공격은 아예 옷자락도 맞히지 못했다. 수세에서 공세로 전환한 짧은 시간 동안, 저 놀라운 검객은 만애청의 돌진 속도와 맞먹는 속도로 물러나고 있었던 것이다.

쉬쉬쉭! 파팡! 파팡!

급급히 따라붙어 삼 권, 이 장, 이 퇴를 연발로 퍼부었지만 상대에게 타격을 입히는 데는 모두 실패했다. 김이는 방어의 정법이란 바로 이런 것임을 보여 주듯, 최소한의 움직임으로 최대의 효과를 가져갔다. 그런데다 하시라도 반격이 날아들 수 있다는 두려움은 만애청을 위축시키기에 충분했다. 결국 공격의 호흡이 끊긴 만애청은 제풀에 물러날 수밖에 없었다.

각자 상대의 공격을 한 번씩 허용한 상태에서 맞이한 두 번째 소강 국면은 앞선 것처럼 짧지 않았다. 만애청은 자신의 숨소리가 아직 거칠어지지 않은 점에 잠시 고무되었지만, 김이에게서 들려오는 숨소리도 마찬가지라는 점에 낙담하고 말았다.

맨몸과 도구, 권법과 검법의 차이는 있지만 두 사람의 실력은 막상막하라고 할 수 있었다. 이대로라면 장기전을 피할 길이 없었고, 종내 어느 쪽이 더 끈질긴가로 승패가 나뉠 공산이 컸다. 장기전이 두렵지는 않았다. 끈질기기로는 누구에게도 뒤지지 않을 자신이 있었으니까. 하지만 지금 김이와 더불어 장기전을 벌이는 것은 절대적으로 피해야 했다. 이곳은 적진이나 다름없었고, 시간을 비롯한 모든 환경은 만애청의 편이 아니었다.

만애청은 다시 움직였다.

스으으…….

김이의 눈이 가늘어졌다. 오른손으로 쥐고 왼손으로 받친 검이 김이의 어깨 위로 천천히 올라갔다.

만애청은 김이에게 다가갔다. 내딛다가 멈추고, 다시 미끄러지고, 멈췄다가 순간적으로 진로를 꺾고…… 그러면서도 상대의 집중력을 흔들기 위해 인자수와 건곤참을 간단없이 때려 보냈다.

김이는 흔들리지 않았다. 만애청은 그의 어깨에 얹힌 검날이 슬쩍슬쩍 맴돌 때마다 인자수의 경파와 건곤참의 강기가 연기처럼 흩어지는 것을 보았다.

더 빨라져야 했다. 더 가벼워져야 했다. 바람으로 부족하다면 그 이상의 것이라도 되어야 했다.

그래서 만애청은 바람 이상의 것이 되었다. 바람처럼 흐르던 그의 신형이 어느 순간부터 깜빡거리기 시작했다. 마치 여름밤 수풀 속의 반딧불처럼.

벽류풍의 여섯 갈래 중 마지막 갈래인 소행점멸遡行點滅.

이제껏 미답未踏으로 남아 있던 그 영역에 최초로 발을 들여놓은 순간이기도 했다.

츳, 츳, 츳, 츳.

초나흘 갸름한 달빛이 나타났다 사라지기를 반복하는 권법가의 잔상들 위에서 곤혹스러워하고 있었다. 김이의 눈동자 속에도 곤혹스러워하는 기색이 떠올랐다. 권법가의 몸놀림이 마침내 검객의 안목을 뛰어넘은 것이었다.

그러나 만애청은 자만하지 않았다. 김이는 한순간의 자만도 용납되지 않는 최강의 적수였고, 그러므로 자만할 게 아니라 상대가 순간적으로 드러낸 빈틈을 악착같이 붙들고 늘어져야 했다.

만애청은 그렇게 했다.

훙훙, 후우웅, 훙.

공력 소모가 상대적으로 적은 삼산파의 옥호권을 난사하며 김이와의 거리를 줄여 나갔다. 소행점멸을 유지하는 것만으로도 목덜미에 핏발들이 돋아날 만큼 힘들었기 때문이다. 그래도 이런 상태에서 김이가 최적으로 삼는 거리를 돌파할 수만 있다면, 승리는 내 것이라는 확신이 생겼다.

바로 그때, 김이의 눈동자 속에 떠올랐던 곤혹의 기색이 사라졌다. 눈 자체를 아예 감아 버린 것이었다. 하지만 검기로 이루어진 그물코는 더욱 촘촘해지고 있었다. 그러다가 별안간 뒷골이 싸늘해졌다. 만애청은 자신이 김이에게 포착되었음을 깨달았다.

만애청은 황급히 소행점멸을 풀었다. 흔들리던 몸이 안정되기도 전에 쌍장을 양쪽 옆구리로 당겨 붙였다. 지금은 양패구상이라도 불사할 수밖에 없는 상황이었다.

수미개천을 실은 만애청의 쌍장이 김이를 향해 뻗어 나갔다.

마음을 베어 내는 김이의 검이 만애청을 향해 떨어져 내렸다.

그리고 아이가 찢어지는 외침을 터뜨렸다.

"안 돼요!"

착각이었을까?

만애청은 수직으로 떨어져 내리던 김이의 검이 멈칫거리는 것을 보았다.

다음 순간, 권법가와 검객 사이에서 폭음이 터져 나왔다.

빠앙……!

김이가 피를 뿜으며 뒤로 날아갔다.

반면에 만애청은 수미개천을 때려 낸 그 자리에 우뚝 서 있었다. 턱이 서늘했다. 손을 올려 만져 보니 피가 묻어 나왔다. 턱 한가운데에서 시작된 실낱같은 검흔劍痕이 금승위 제일위장에게서 받은 질 좋은 비단 관복의 가슴팍으로 이어져 있었다. 다만, 깊이가 얕았다. 턱은 수염 아래 살갗만 겨우 베인 정도였고, 가슴팍은 의복만 베여 벌어진 정도였다. 검흔이 두 치만 더 깊었다면, 즉 검이 두 치만 더 뻗어 나왔다면, 이마부터 가슴까지 두 치 깊이로 갈라졌을 것이다. 그러고도 살아남을 재주는, 최소한 만애청에게는 없었다.

검흔이 두 치 더 깊을 수도 있었다는 생각이 들었다. 검이 두 치 더 뻗어 나올 수도 있었다는 생각이 들었다. 마지막 순간 김이가 보인 멈칫거림이 그의 검을 딱 두 치만큼 줄어들게 만들었다는 생각이 들었다. 그리고 그런 생각들이 결합해 만들어진 추측이, 검의 멈칫거림과 그 직전에 터져 나온 아이의 외침이 무관하지 않을 거라는 추측이, 만애청의 머릿속을 복잡하게 만들었다.

"나리!"

아이가 눈물을 펑펑 쏟으며 김이에게로 달려갔다. 만애청은 아이에게 뭐라 말하려다가 입술을 깨물었다. 무슨 말을 해야 할지 알 수 없었다. 그는 이번 싸움에서 승자가 되었지만, 그의 마음을 채워 오는 감정은 패배감에 가까웠다.

김이의 흉부는 엉망으로 변해 있었다. 수미개천의 거력에 직격당한 대가였다. 그럼에도 숨이 붙어 있는 것은, 마지막 순간 멈칫거린 일 검이 완전히 무효하지는 않았다는 뜻. 적을 죽이는 데는 실패했지만, 주인을 보호하는 데는 일정 부분 성공한 것으로 보였다.

만애청은 더 이상 참지 못하고 김이에게 물었다.

"왜 그랬나?"

김이는 검게 죽은 얼굴로 피 섞인 기침을 쿨룩쿨룩 토했다. 그러더니 가물거리는 눈을 아이에게 맞췄다.

"여기서 우리 둘 다 죽어 버리면 형아는 어떻게 하라고……."

둘 다 죽을 수도 있었고, 어느 한쪽만 죽을 수도 있었다. 만애청은 그 일에 대해 깊이 생각하지 않기로 했다. 실현되지 않은 일에 대한 결과를 예단하는 것은 대개 무의미했으니까.

"당신은 어리석은 사람이군."

만애청의 말에 김이가 피에 물든 입술을 비틀었다.

"설마 귀하만큼 어리석을까."

목숨을 돌보지 않는 사람은 어리석다고 할 수 있었고, 그런 면에서 본다면 그들 모두 어리석은 사람이었다.

"나리, 죽지 마세요. 예?"

김이가 한 손을 힘겹게 들어 올려 울먹이는 아이의 머리를 쓰다듬었다.

"난 괜찮단다, 얘야. 이제 만 아저씨와 엄마를 만나러 가렴."

만애청은 아이의 머리 위에 얹힌 손이 위태롭게 떨리는 것을 보았다. 헐떡이는 숨소리도 그것 못지않게 위태롭게 들렸다. 김이는 정말로 괜찮은 것일까? 만애청으로서는 알기 힘들었다. 알고 싶지 않다는 생각도 들었다.

김이의 눈길이 만애청에게로 향했다.

"좋은 싸움이었소, 만 아저씨."

만애청은 김이를 향해 고개를 숙였다.

"좋은 싸움이었소, 김 대인."

김이의 손이 아이의 머리에서 미끄러져 내려갔다. 겨우겨우 뜨고 있던 눈도 감겼다.

'죽은 걸까?'

모르겠다. 알고 싶지 않았다.

"가자."

아이가 눈물이 그렁그렁 차오른 눈으로 만애청을 올려다보았다. 만애청은 그 눈길을 외면했다.

"가자니까."

만애청은 아이의 손목을 잡아 일으켰다.

잠시 후, 만애청과 아이를 태운 말이 초나흘 달빛을 받으며 동쪽으로 달리기 시작했다.

묘시卯時(오전 여섯 시 전후) 무렵, 순무원 옥사 안에서 금승위 제일위장의 시체가 발견되었다. 순무원으로 파견 나왔던 금승위 전원이 소집되었는데, 그들을 지휘해야 할 경인달이 미약에 당해 쓰러졌다는 사실이 밝혀진 것도 그때였다.

위장들이 전부 유고 상태인 데다 순무사 도언화는 부재중이었다. 위사들 중 최고참으로서 임시 지휘를 맡은 고대렴이 이번 작전에 대해 아는 바가 거의 없는 부순무사를 설득하는 데는 약간의 시간이 걸렸다.

그렇게 편성된 추격대가 산해관을 향해 출발한 것은 아침 해가 훌쩍 떠오른 진시辰時(오전 여덟 시 전후) 말.

우두두!

요란한 말발굽 소리와 함께 대리영의 군용도로를 달려가는 무장 군관들의 수는 서른이 넘었다. 가용 가능한 위사 전원이 동원된 것인데, 이번 작전으로 금승위가 받은 피해를 고려할 때 그들 모두의 얼굴에 비장한 기운이 어린 것은 충분히 납득할 수 있는 일이었다.

순무원에서 산해관까지는 오십 리 길에 불과했다. 탈주한 죄수가 관문을 통과하여 난수爛水까지 건너는 날에는 모든 것이 끝장이었다. 난수 건너부터는 본격적인 관동 땅인데, 영토 문제를 놓고 제국과 첨예하게 대립 중인 여진족은 무장한 한족 군관들이 그리로 진입하는 것을 절대 용납하지 않을 터였다.

건장한 군마에게 오십 리는 결코 먼 길이 아니었다. 고대렴이 이끄는 삼십여 기의 인마는 정오를 앞둔 시각 산해관의 서쪽 출입문인 영은문迎恩門에 당도할 수 있었다.

산해관 총병의 점심상은 늘 풍성했지만, 오늘은 더욱 풍성할 예정이었다. 왜냐하면 그 상을 함께하는 손님이 있기 때문이었다.

"바라건대 이 사람이 사치를 즐긴다고 나무라지는 말아 주시오. 산해관山海關이라는 이름이 북쪽의 각산角山과 남쪽의 발해渤海에서 유래했다는 점은 공께서도 아실 터. 산과 바다를 함께 품고 있으니 산물이 풍성하고, 때문에 관문에 눌러앉은 이 사람의 식탁도 덩달아 풍성해진 것에 불과할 뿐이니. 허허허."

계염무는 웃고 있었지만, 커다란 식탁 건너편에 앉은 남자는 웃지 않았다. 계염무보다 스무 살 가까이 젊어 보이는 그 남자는 매우 기품 있는 생김새의 소유자였고, 생김새에 걸맞은 위계에 올라 있기도 했다.

그 남자는, 어제 오후 산해관을 대상으로 갑작스러운 군무 감찰을 개시함으로써 산해관 총병 계염무를 당황하게 만든 동북면 순무사 도언화는, 이곳의 주인과 달리 눈으로든 입으로든 전혀 웃지 않으며 대답했다.

"만리장성이 시작되는 산해관은 진나라 때부터 천하의 요충지였으며, 북적北狄(북쪽 오랑캐)의 기세가 강성해진 지금은 그 중요성이 더더욱 부각되었다 할 것이오. 그곳을 관장하는 총병께서 양질의 섭식으로 원기와 체력을 보전하는 것은 황상과 제국을 위해서도 좋은 일일 터인데, 본관이 어찌 나무랄 수 있겠소."

담담하게 흘러나오는 말과 달리 도언화의 기분은 그리 좋지 않아 보였다. 그럴 만도 했다. 순무사가 직접 참가한 감찰임에도 어제 하루 공무를 핑계로 응하지 않았고, 아침 댓바람부터 접수된 면담 요청에도 모르쇠로 일관하다가 점심나절이 다 되어서야 접견실로 맞아들인 것이었으니.

뭐, 계염무에게도 나름의 이유는 있었다. 교육적 차원이랄까, 아무리 급하더라도 이딴 식으로 불쑥 들이미는 것은 문제를 해결하는 데 도움이 되지 않는다는 점을 가르쳐 주고 싶었던 것이다.

계염무가 저 애송이에게 가르쳐 주고 싶은 것은 한 가지 더 있었다.

"자, 자, 본관은 맛난 음식을 앞두고 딴청을 피우는 것보다 어리석은 짓은 없다고 생각하는 사람이오. 황상과 제국을 위해 좋은 일 한번 해 봅시다."

계염무가 손뼉을 두 번 쳤다. 접견실의 문이 열리고, 젊고 예쁜 시녀들이 요리를 올린 커다란 쟁반을 들고 들어왔다. 오늘 점심상에 오를 요리들은 가짓수도 많거니와, 식단을 선정하는 데도 계염무의 특별한 요구가 반영되어 있었다.

시녀 두 명이 담황색 냉국이 담긴 사발을 총병과 순무사의 앞자리에 각각 내려놓고 공손히 물러났다.

사발을 내려다보며 미간을 모으는 도언화에게 계염무가 손짓을 보냈다.

"여름철 입맛을 잃은 사람에게는 그만인 산탕자酸湯子라오. 드셔 보시구려."

옥수수를 갈아 풀처럼 만든 뒤 채소와 소금을 넣어 발효한 산탕자는 새콤한 산미가 있어 식욕을 끌어올리는 효과가 있었다. 도언화가 산탕자를 비워 내자, 메기를 삶아 체에다 으깬 것에 귀리 가루를 섞어 푹 고아 낸 어죽이 나왔고, 그다음은 꿩고기로 빚은 완자 요리가 홍유에 볶은 가지와 한 접시에 담겨 나왔다. 음식의 맛은 훌륭했다. 그러나 도언화는 묵묵히 젓가락을 놀릴 뿐 의례적인 칭찬 한마디 보내 주지 않았다. 계염무는 그 이유를 짐작하고 있었고, 자신의 교육이 제대로 먹히는 중이라고 여겼다.

마침내 주요리가 나왔다. 세 종류의 육지 고기를 각기 다른 방식으로 요리한 것인데, 한족에게는 다소 생소한 말고기와 노루 고기와 토끼 고기였다. 곁들인 채소는 각종 버섯과 아직 숨이 죽지 않은 푸성귀였다. 이 또한 한족이 즐기는 방식과는 거리가 있었다.

딸깍.

도언화가 표정을 굳히며 젓가락을 내려놓았다. 계염무도 젓가락을 내려놓았지만, 이는 더욱 효과적인 도구를 사용하기 위함이었다.

"자, 먹어 볼까?"

계염무는 열 손가락 모두를 동원하여 진한 육향 속으로 탐닉해 들어갔다. 식욕을 잃은 손님은 방치되었고, 주인은 그런 손님을 배려하지 않았다.

이윽고 계염무 몫의 접시가 깨끗이 비워졌다.

"흐음."

계염무가 긴 콧소리를 내며 마지막으로 쪽쪽 빨아 먹은 토끼의 다리뼈를 식탁 위에 툭 던졌다. 시녀가 손수건을 가져와 기름 묻은 통통한 손가락들을 세심하게 닦아 주었다.

계염무의 눈길이 도언화에게로 향했다. 마치 손님 앞에 놓인 접시가 그대로인 것을 이제야 발견했다는 듯, 멋쩍어하는 기색으로 말했다.

"변방의 거친 음식이 순무사의 비위에는 맞지 않은 모양이오."

계염무를 잠시 노려보던 도언화가 물었다.

"본관이 알기로 지금까지 나온 것들 모두 여진풍의 요리 같은데, 맞소이까?"

계염무는 고개를 끄덕였다.

"맞소이다. 맨 처음 전채로 나온 산탕자부터 곧이어 후식으로 나올 점화병黏火餠(구운 찰떡)까지, 모두 여진인이 즐겨 먹는 것들이오."

"총병과 본관 모두 여진인이 아니건만, 이 자리에 굳이 여진풍의 요리를 내는 이유가 무엇인지 궁금하오."

바로 그것이 이번 교육의 핵심이기도 했다. 계염무는 의자 등받이에 등을 기대며 느긋하게 말했다.

"본관은 위장이 건강하여 하루에 한 번 변을 보오."

도언화의 얼굴이 조금 더 굳었다.

"어느 날인가, 한족의 음식을 먹고 본 변이나 여진족의 음식을 먹고 본 변이나 구리긴 마찬가지라는 것을 문득 깨달았소. 그러자 이런 생각이 들더이다. 입으로 들어가는 음식이 어떻든 간에 소화하고 흡수한 뒤에 내보내는 것은 똑같구나……. 물론 배탈이 나서 변이 안 좋아질 때도 있소. 하지만 그건 상한 음식을 먹은 탓이지 오랑캐 음식을 먹은 탓이 아닐 거요. 그러니까 내 얘기는, 부패한 한족의 음식보다 신선한 여진족의 음식이 인간의 몸에는 더 좋다는 뜻이오."

부패한 한족의 음식과 신선한 여진족의 음식.

여기서 '음식'이라는 단어만 뺀다면 부패한 한족 황조를 부여잡고 아등바등하는 부마 나리에게 내리는 완벽한 가르침이 될 테지만, 굳이 그런 무리수까지 두지는 않았다.

이제 도언화의 표정은 얼음장처럼 차가워져 있었다.

"나도 참, 비위도 안 좋은 분 앞에서 구린내 나는 얘기를 꺼내다니……. 막돼먹은 무부의 결례를 용서해 주시오."

계염무의 능청스러운 사과에, 도언화가 착 가라앉은 목소리로 대꾸했다.

"본관의 비위는 총병께서 걱정해 주실 만큼 나쁘지 않소."

계염무는 살진 얼굴을 갸웃거렸다.

"본관의 눈에는 안 그러신 것 같아 보이는데?"

"그렇다면 이 자리에서 증명해 드리지."

도언화가 뒤를 돌아보고 고갯짓을 했다. 도언화와 함께 접견실에 들어와 벽 쪽에 줄곧 시립해 있던 순무원 소속 무관 한 명이 두 손으로 물건 하나를 받쳐 들고 와서 식탁에 내려놓았다. 작은 화분 하나가 들어 있으면 적당할 크기의 상자였다.

도언화가 상자를 열었다. 그다음 내용물을 꺼내어 식탁 위에 얹었다. 식사 시중을 들던 시녀들의 입에서 짤막한 비명이 터져 나왔다. 그 자리에 털썩 주저앉은 시녀도 있었다.

"끔."

계염무는 담대한 사람이지만 이때만큼은 입술 밖으로 삐져나오는 신음을 막지 못했다. 순무사의 흰 손에 머리채가 틀어잡힌 대황의 머리통이, 피인지 진물인지 모를 액체를 매단 눈으로 식탁 반대편에 앉은 산해관 총병을 바라보고 있었다.

도언화가 목소리에 보이지 않는 칼날을 담아 말했다.

"황상의 조카를 살해하고 종적을 감춘 자객이 십 년이 지난 오늘날 총병의 관할 안에서 도도屠刀를 들고 활보하는 곡절이 무엇인지 알고 싶소."

"본관은……."

"아, 모르는 자라고 말씀하실 작정이라면, 알겠소. 이자가 총병의 비호 아래 있었다는 구체적인 증거는 나오지 않았으니까. 다만, 조금 실망스러운 기분이 드는 것은 사실이오. 호랑이인 줄 알고 열심히 몰이를 했는데 수풀 속에서 튀어나온 게 고작 승냥이라면 실망할 수밖에 없는 일 아니겠소?"

이런 모욕감은 생전 처음이었다. 계염무는 자신의 볼살이 부들부들 떨리는 것을 느꼈다. 격분한 산해관 총병의 입에서 노호성이 터져 나오려는 찰나, 그럼으로써 저 애송이에게 본인이 호랑이임을 보여 주려는 찰나…….

접견실의 문이 열리며 푸른 전포 차림의 무장 한 명이 실내로 들어왔다.

"급히 보고드릴 사안이 있습니다."

계염무는 자신의 오랜 심복인 육술의 절도 있는 표정을 보며 몸

속에서 들끓는 감정을 진정시키기 위해 노력했다. 도언화가 날린 불의의 일격에 흔들린 것은 사실이지만, 산해관의 주인은 유능한 장수이자 노회한 정객이기도 했다. 상기되었던 얼굴이 본색을 회복하는 데는 그리 긴 시간이 필요치 않았다.

"무슨 일인가?"

육술은 도언화를 비롯한 다른 사람들에게는 눈길 한번 주지 않은 채 계염무 앞으로 다가와 보고를 올렸다.

"무장한 금승위 위사 삼십오 인이 영은문 안으로 들어왔습니다."

도언화의 눈길이 육술을 향해 돌아갔다. 계염무는 눈으로는 도언화의 표정을 살피는 한편, 입으로는 육술을 상대로 산해관 총병으로서의 직무를 수행했다.

"국경을 넘겠다는 것인가?"

"그들이 제시한 협조 공문에는 월경越境에 대한 사항이 포함되어 있지 않았습니다."

계염무는 육술로부터 건네받은 공문을 훑어보았다. 내용보다는 하단에 찍힌 직인이 그의 관심을 끌었다.

"부순무사의 직인이군."

혼잣말처럼 흘려보낸 이 말에 도언화의 표정이 또 한 번 바뀌었다.

계염무는 금승위 위사들이 제시했다는 협조 공문을 내려다보며 생각에 잠겼다. 현재 금승위는 도언화를 지원하고 있었다. 이는 금승위의 모든 행사에 도언화의 의도가 개입해 있어야 정상이라는 뜻이었다. 그런데 이번만큼은 아닌 것 같았다. 공문에 찍힌 부순무사의 직인과 도언화의 저 놀란 얼굴이 그 점을 시사하고 있었다.

"재미있군."

계염무가 자리에서 일어섰다. 식탁에 얹힌 대황의 수급을 의식하지 않으려고 애쓰며 천천히 걸어가서, 도언화에게 말했다.

"변방의 풍습은 거칠고 사나워, 자칫 중앙에서 파견 나온 인사들이 박대당하는 불상사가 벌어질까 걱정되는구려. 본관이 직접 나가 볼까 하는데, 괜찮다면 동행하시는 게 어떻겠소?"

도언화는 이제는 본색을 완전히 회복한 산해관 총병을 올려다보다가 입술을 깨물며 자리에서 일어섰다.

산해관에는 총 다섯 개의 관문이 설치되어 있었다. 매 관문에는 국경을 나가려는 사람들로 긴 줄이 이어져 있어서 도망자의 마음을 조급하게 만들었다.

산해관의 동쪽 출입문이자 다섯 개의 관문 중 마지막 관문의 이름은 동쪽을 진압한다는 의미의 진동문鎭東門이었다. 금승위 제일 위장에게서 받은 통관증을 사용해 진동문까지 빠져나가는 데 성공한 만애청은 걸음을 멈추고 뒤를 돌아보았다. '천하제일관'이라는 현판을 이고 있는 저 거대한 성문 안으로 돌아갈 수 있을지에 대해 잠시 생각해 보았다.

'돌아가든 돌아가지 못하든, 세 사람이 함께여야 한다.'

만애청은 발길을 돌렸다.

만애청과 아이가 난수 나루터에 들어선 것은 중천을 지난 여름 해가 서쪽으로 서서히 기울어질 무렵이었다. 공식적인 국경선은 산해관 동쪽 끝인 진동문이지만, 난수 서쪽 지역은 여전히 제국의 관할 아래 있었다. 때문에 난수 나루터에는 산해관에서 파견 나온 군병들이 주둔하고 있었고, 그들을 위한 초소도 곳곳에 마련되어 있었다.

그나마 다행스러운 점은, 군병들의 관심이 입국하려는 자들에게 집중되어 있다는 것. 변변한 꾸러미 하나 지니지 않은 채로 출국을 기다리는 장년 남자와 어린아이는 그들의 이목을 끌 대상이 되지 않았다.

"웨에에이!"

사공의 우렁찬 회선호回船號와 함께 커다란 나룻배가 선착장에 들어왔다. 나루터 여기저기에 주저앉아 배가 들어오기를 기다리던 승객들이 각자의 짐을 챙겨 나룻배를 향해 몰려갔다.

만애청은 한 팔로 형아를 안아 올린 다음 선착장으로 나아갔다. 계선주繫船柱(배를 묶는 기둥) 앞에 서 있던 건장한 사공이 만애청을 향해 손바닥을 불쑥 내밀었다. 그 손바닥을 멀뚱히 내려다보는 만애청에게 사공이 무뚝뚝한 목소리로 말했다.

"한 사람당 오십 문. 아이라고 해서 깎아 주지는 않소."

배에 타려면 뱃삯을 내야 하는 것이 당연했다. 그러나 만애청에게는 돈이 없었다. 금승위 제일위장이 준비해 준 건마는 산해관 앞에 늘어선 잡화점 중 한 곳에다 헐값으로 넘겼고, 그럼으로써 손에 쥔 얼마 안 되는 돈으로 지금 걸치고 있는 베옷 상의와 만두 몇 알을 샀으며, 그런 뒤 남은 정말로 얼마 안 되는 돈은 다섯 개의 관문들을 지나며 통관세로 지불했다.

사공은 뱃삯을 염두에 두지 못한 스스로를 책망하며 머뭇거리는 남자를 기다려 주지 않았다.

"뱃삯이 없으면 물러서시오. 다음!"

사공을 때려눕히고 통과하는 것은 일도 아니지만, 그럼 나룻배치고 제법 큰 저 배는 누가 몬다는 말인가? 만애청은 나아갈 수도 돌아갈 수도 없는 난처한 상황에 처했다.

그때 재신財神이 등장했다.

"저 돈 있어요."

형아였다. 품속을 뒤적거리다 나온 조그만 손에는 놀랍게도 누런 금두 두 알이 얹혀 있었다. 만애청은 자신의 팔뚝에 걸터앉은 형아의 얼굴을 돌아보았다. 형아가 고개를 숙이며 웅얼거렸다.

"나리께서 주신 거예요."

김이와 두 번째 싸움을 시작하기 직전 형아가 한 말이 떠올랐다.

'나리는 좋은 분이에요. 저번에 나쁜 사람들이 형아를 괴롭힐 때 구해 주셨고, 만 아저씨하고 엄마한테 빚을 사 주라고 돈도 주셨고, 여기서도 잘 돌봐 주셨어요.'

형아가 만애청의 눈길을 외면한 채 떨리는 목소리로 물었다.

"……돌아가셨을까요?"

만애청은 고개를 저었다.

"안 죽었을 거다."

"정말요?"

만애청은 형아의 머리를 쓰다듬어 주었다.

"그런 사람은 쉽게 죽지 않는다."

아이를 안심시키기 위한 말만은 아니었다. 그 해동 검객은 만애청 본인과 비슷한 부류의 인간이었고, 그런 인간은 쉽게 죽지 않는다는 점을 만애청 본인이 입증한 바 있었다.

만애청은 형아에게서 받은 두 알의 금두 중 한 알을 사공에게 건넸다.

"거스름돈은 필요 없네."

사공의 눈이 휘둥그레졌다. 무일푼이던 남자가 별안간 갑부 행세를 하고 나오니 그럴 만도 했다. 사공은 떨리는 손으로 금두를 받았다. 속으로 횡재했다고 생각할 것이 분명한데, 그 횡재에는 조건이 붙어 있었다.

"단, 바로 출발해야 하네."

운행 시각이 정해져 있지 않은 탓에 만선이 되기 전에는 배를 띄우지 않는 것이 일반적이었다. 하지만 금두 한 알은 만선으로 버는 뱃삯보다 훨씬 큰 돈이었다. 사공은 계선주에 묶인 뱃줄을 부리나케 풀기 시작했다.

그때 산해관 쪽으로부터 말발굽 소리가 들려왔다. 지면을 동시다발로 두들겨 대는 품이 한두 필은 아닌 듯했다. 만애청은 가늘게 접은 눈으로 그쪽을 살펴보았다. 고가장에 나타났던 무관들과 같은 복장을 한 자들이 떼거리로 몰려오고 있었다. 그자들의 정체가 금승위라는 사실은 이미 아는 바, 만애청의 표정이 무거워졌다. 예상대로 추격대가 꾸려졌고, 이제는 목전에 들이닥쳐 있었다.

"멈춰라!"

선두에서 달려오는 무관의 호통이 아니더라도 겁에 질린 사공은 이미 돌처럼 굳어 버린 뒤였다. 만애청은 그것을 용납하지 않았다. 뱃줄이 감긴 계선주의 하단을 걷어차 질끈 부러뜨린 다음, 계선주째로 사공에게 안겼다.

"돈도 잃고 목숨도 잃고 싶은가?"

양쪽 다 잃고 싶지 않은 게 분명한 사공이 그제야 정신을 차리고 움직이기 시작했다.

말을 몰아 오던 무관이 다시 호통을 쳤다.

"저 배를 막아라!"

이번 호통의 대상은 선착장을 관리하던 군병들이었다. 그러나 군병들 입장에서는 난데없이 나타난 말 탄 무관들이 더욱 경계할 대상이었다. 선착장 입구로 모여든 군병들이 창두를 내밀며 맞설 태세를 취하자 무관이 노성을 터뜨렸다.

"우리는 천자의 칙명을 봉행하는 금승위다! 구족이 멸절되기 싫으면 당장…… 에잇, 물렀거라!"

금승위 위사들은 말을 탄 채 선착장으로 돌진했다. 확신이 결여된 군병들은 창질 한번 못 해 보고 뿔뿔이 흩어졌다. 군병들의 저지선을 무너트린 위사들은 저마다 경신술을 펼쳐 안장에서 솟구쳐 올랐다.

위사들이 선착장으로 진입할 무렵, 만애청이 탄 나룻배는 이미 운항에 들어간 상태였다. 우다다닥 하는 발소리가 계선장 목교를 울릴 때에는 뭍으로부터 삼 장 떨어진 거리까지 나아간 뒤였다.

지휘자로 보이는 위사가 계선장이 끝나는 곳에서 발길을 멈췄다. 나룻배에 탄 만애청을 노려보던 그자가 왼손을 어깨 위로 들어 두 번의 수신호를 척척 보냈다. 그 신호를 받고 뒤쪽에서부터 달려온 두 명의 위사가 강물을 향해 그대로 몸을 날렸다.

촥, 촥.

잠자리처럼 수면을 가볍게 찍으며 날아오는 위사들은 금승위가 왜 '관부의 사자'로 불리는지 실감하게 만들어 주었다. 다만 만애청은 이 배를 전세 냈다고 여겼고, 그래서 승객을 더 태울 의향이 없었다.

갑판을 박차고 솟구친 만애청이 벽류풍의 삼륜전도三輪轉倒를 펼쳐 세 차례 몸을 뒤집었다. 첫 번째 회전에서 휘두른 오른발에 한 위사의 목덜미가 걸렸고, 두 번째 회전에서 돌려 친 오른 팔꿈치에 다른 위사의 가슴팍이 찍혔다. 그렇게 얻은 반동을 세 번째 회전에 실어 방향을 바꾼 만애청이 나룻배로 돌아오니, 추진력을 잃고 허공에서 허우적거리던 위사들이 강물로 떨어진 것은 그 직후였다.

순식간에 두 명의 위사를 떨쳐 버린 만애청이지만 표정이 밝지만은 않았다. 계선장에는 군용으로 보이는 소형 선박들이 여러 척 묶여 있었고, 그것들이 위사들에 의해 징발당하는 광경을 보았기 때문이다. 만애청은 하얗게 질린 얼굴로 자신에게 바짝 붙어 선 형아를 내려다보았다. 활과 화살까지도 동원될 수 있는 수상전에서 아이를 끝까지 지켜 내기란 쉽지 않을 것 같았다.

'어떻게 한다?'

이 난국을 타개할 실마리는 만애청이 전혀 예상치 못한 인물들의 손에 쥐어져 있었다.

"그만두지 못할까!"

선착장 입구에 당도한 육술이 말고삐를 잡아채며 호통을 내질렀다. 선착장 내에서 부산스럽게 움직이던 금승위 위사들이 움직임을 멈추고 입구 쪽을 돌아보았다. 육술의 뒤쪽으로 속속 당도하는 일백 기의 기병과 오백 명의 창병을 발견한 위사들의 얼굴에 당혹한 기색이 떠올랐다.

위사들 중 지휘자로 보이는 자가 앞으로 나왔다.

"우리는 대내에서 파견 나온 금승위다. 죄인을 추격하는 중이니 협조 바란다."

육술은 코웃음을 쳤다.

"금승위가 아닌 누구라도 국경을 어지럽히는 것은 용납되지 않는다. 그것을 막는 일이 황상께서 이 천하제일관에 부여하신 소명인바, 당장 무기를 버리고 포박을 받아라."

위사가 노기를 드러냈다.

"감히 누구 앞에서 포박 운운하는 것이냐! 정녕 북경으로 압송되어 치도곤을 당하고 싶은 게냐?"

위사의 엄포는 제법 등등했지만, 변방의 군영에서 잔뼈가 굵은 무장에게는 먹히지 않았다.

"창병 앞으로!"

땅!

오백 대의 단단한 창자루가 지면을 힘차게 찍더니, 오백 정의 날카로운 창두가 위사들을 향해 겨누어졌다. 인근의 갈대숲 여기저기에서 쉬고 있던 물새들이 그 서슬에 놀라 푸드덕푸드덕 날아올랐다.

육술의 조치는 거기서 그치지 않았다.

"기병 장전!"

마상의 기병들이 안장에 걸린 단궁을 일제히 꺼내 들더니 강전을 메겼다.

창두들과 살촉들을 등진 육술이 거만한 표정으로 위사에게 말했다.

"어디 압송할 수 있으면 압송해 봐라."

위사의 이마에 식은땀이 배어 나오기 시작했다.

선착장 입구를 사이에 두고 대치한 군병들과 무관들 사이로 두 필의 말이 천천히 걸어 나온 것은 그 무렵이었다.

"바로 이런 일이 벌어질 것 같아 본관이 직접 나와야 한다고 말씀드린 것이오."

계염무가 애마의 안장 위에서 말했다. 옆 말에 타고 있던 도언화는 아무 대꾸도 하지 않았다. 계염무는 도언화의 눈길이 강심으로 나아가는 나룻배로 향하고 있음을 알아차렸다. 정확히는 나룻배 갑판 위에 어린아이를 데리고 서 있는 키 큰 남자를 바라보는 것 같았다. 저 남자가 누구인지는 모르지만, 도언화가 중요시하는 인물이라는 점은 짐작할 수 있었다.

잠시 생각하던 계염무가 육술을 돌아보았다.

"진형을 풀게."

산해관 총병의 지시는 즉각 이행되었고, 금승위 위사들은 창두들과 살촉들의 삼엄한 위협에서 벗어났다.

계염무가 위사들의 지휘자로 보이는 자에게 물었다.

"관등성명이 뭐냐?"

그자가 머뭇거리다가 대답했다.

"금승위 소속 일등위사 고대렴입니다."

계염무가 고개를 끄덕인 뒤 개구쟁이를 타이르는 어른처럼 점잖게 말했다.

"국경에서 소란을 일으킨 죄는 가볍지 않으나, 여기 계신 순무사의 체면을 보아 이번만큼은 특별히 용서하겠다."

348

그자는 말 위에 탄 계염무와 도언화를 번갈아 올려다본 뒤 입술을 깨물며 고개를 푹 숙였다.

계염무가 도언화를 돌아보았다. 도언화의 눈길 또한 계염무에게로 옮아왔다. 그 눈길 속에 담긴 차가운 적개심을 여유롭게 받아넘기면서, 계염무는 통통한 손가락을 들어 자신의 머리카락을 가리켰다.

"보시오. 아직 본관에게는 이렇게 검은 머리카락이 남아 있지 않소."

여전히 대꾸하지 않는 젊은 정적에게, 산해관 총병이 부드러운 목소리로 덧붙였다.

"우리가 전심전력을 드러낼 날이 반드시 오늘이어야 할 필요는 없다는 뜻이오."

도언화가 굳게 다물고 있던 입을 마침내 열었다.

"총병의 말씀, 이해했소."

계염무가 고개를 끄덕였다.

"접견실에 남기신 자객의 수급은 본관이 인수하겠소. 그자가 지난 십 년간 본관의 관할 내에서 머물렀다고 말씀하신 만큼, 원하신다면 그자에 관련된 사항을 낱낱이 조사하여 순무원으로 보내드리도록 하리다."

도언화는 잠시 생각하다가 고개를 저었다.

"이미 꺼진 불로 밥을 지을 수는 없는 법. 총병께 괜한 수고를 끼쳐 드리고 싶지는 않소."

계염무에게는 패전의 경험이 없지 않았고, 그 경험을 통해 포기하는 것과 참지 못하는 것의 미묘한 차이를 배우게 되었다. 포기가 빠른 것과 참을성이 없는 것이 언제나 같지는 않았다. 포기해야 할 때 과감히 포기할 줄 아는 자는 무서운 자일 공산이 컸다. 그런 의미로 볼 때, 저 도언화를 더 이상 애송이로만 취급해서는 안 된다는 생각이 강하게 들었다.

계염무가 말했다.

"여러모로 유익한 만남이었소. 업무가 산적한 탓에 오래 모시지 못하는 점을 양해해 주시오. 아, 강 건너에는 여진풍 음식 냄새가 진동할 테니 혹시라도 넘어가시는 일이 없길 바라오."

도언화가 쓰게 웃었다.

"그럴 리가."

산해관 총병과 동북면 순무사는 난수의 푸른 물결이 내려다보이는 강가에서 작별 인사를 나누었다. 오늘은 약간의 승리감과 약간의 패배감만을 품은 채 헤어지지만, 장차 두 사람이 다시 만나는 날에도, 각자의 전심전력을 드러낼 수밖에 없는 그날에도 저 강물이 본연의 푸른 물빛을 유지하고 있으리라고는 두 사람 모두 기대하지 않았다.

전란이란 늘 핏빛을 동반하는 법이니까.

7월 5일

※

　남쪽 바다에 태풍이 일었다. 발해만을 통해 유입된 막대한 양의 수증기가 요서 벌판에 자리 잡은 고온 건조한 대기와 만나 강력한 비구름을 형성했다.

　쏴아아…….

　잠든 형아를 업고서 캄캄한 밤길을 걸어온 만애청이지만, 점심 나절 갑자기 쏟아지기 시작한 폭우 앞에서는 발이 묶일 수밖에 없었다. 빗방울 하나하나가 작은 찻종지만큼이나 컸다. 우산은 고사하고 큰 차일마저 픽픽 주저앉을 지경이라 비를 피할 데를 찾는 것이 시급했다.

　다행히 언덕 아래쪽에서 빈 농막農幕 하나를 발견했다. 군데군데 뚫린 지붕을 통해 물줄기들이 떨어져 들어왔지만, 그래도 한데서 맨몸으로 비를 맞는 것보다는 훨씬 나았다.

　"춥니?"

　아이가 고개를 저었다. 하지만 오들오들 떨리는 어깨는 고개와 달리 거짓말을 하지 못했다.

모든 것이 흠뻑 젖은 상황이라 불을 피울 방도가 없었다. 만애청은 아이를 당겨 앞쪽에 앉혔다. 아이의 작은 등에 커다란 손바닥을 얹은 다음 눈을 감고 내공을 끌어올렸다.

만애청에게 고사부故師父(제자가 된 시점 전에 죽은 사부)가 되는 전설적인 권법가는 마경조옥심공磨鏡彫玉心功이라는 수련법을 창안했고, 그것을 통해 벼락처럼 강맹한 번천칠절과 바람처럼 유연한 벽류풍을 아우르는 완전한 공력을 이루는 데 성공했다.

문자와 그림의 형식을 빌려 후인에게 전해진 마경조옥심공에서 비조鼻祖의 완전함을 바랄 수는 없겠지만, 그래도 다년간 쏟아부은 각고의 노력을 통해 흉내를 내는 수준에는 오를 수 있었다. 이번에 약선의 산공독에 당했다가 회복되는 과정에서 오히려 한 단계 진보하기도 했다.

그 마경조옥심공이 만애청의 내부를 달구더니, 만애청이 뻗어낸 손바닥을 통해 아이의 육신으로 스며, 그간 겪은 고초로 허약해진 아이의 기혈을 온인溫仁하게 북돋아 주었다.

"아아."

기분 좋게 노곤해진 아이가 작은 소리를 내며 몸을 늘어트릴 즈음, 지붕에 뚫린 구멍 중 한 곳으로부터 거무스름한 덩어리 하나가 떨어져 내렸다. 만애청은 철퍼덕 소리를 내며 떨어져 빗물 흥건한 마룻바닥에서 버둥거리는 덩어리를 살펴보았다.

"까마귀구나."

아이가 자리에서 냉큼 일어나 까마귀에게 다가갔다.

"아직 새끼예요."

만애청은 여름날 관동 지역에 간헐적으로 쏟아지는 폭우가 초봄의 우박만큼이나 맹렬하다는 점을 알고 있었다. 섣불리 둥지를 떠난 날짐승이 폭우에 맞아 떨어지는 일은 비일비재했다.

"죽었니?"

"아뇨. 근데 다친 것 같아요."

"이런 날 밖에 나온 게 잘못이지."

아이의 표정이 어두워졌다.

"엄마 찾으러 가는 길인지도 모르잖아요."

만애청은 아이의 얼굴을 물끄러미 바라보다가 손을 내밀었다.

"이리 줘 보렴."

관동 지역은 매사냥으로 유명했다. 삼산파의 사숙들 가운데도 매사냥을 즐기는 이들이 여럿 있었는데, 그들을 따라다니면서 날짐승의 생리에 대해 어깨너머로나마 배운 만애청이었다. 까마귀의 날갯죽지를 몇 차례 만져 본 그가 말했다.

"뼈가 부드러워 부러지지는 않은 것 같다."

만애청의 손가락에 힘이 들어갔다. 까마귀가 짤막한 비명을 울리며 몸을 떨었다. 아이가 놀란 표정을 지었지만 만애청은 태연하기만 했다.

"어긋난 관절을 맞춰 주었으니 하루쯤 쉬면 다시 날게 되겠지."

까마귀를 돌려받은 아이가 품에 끌어안고 가만가만 쓰다듬어 주며 속삭였다.

"조금만 참아. 그럼 엄마를 만날 수 있을 거야."

만애청은 그런 아이를 묵묵히 바라보기만 했다.

* * *

바람이 비구름을 몰아갔다.

폭우가 지나가는 동안 강기슭에 정박해 있던 나룻배는 다시 운항을 시작했고, 탁해지고 거칠어진 요하遼河를 거슬러 올라가 압망포鴨望浦라는 이름을 가진 나루터로 들어갔다. 압망포는 그 배의 경유지 중 한 곳에 불과했지만, 지금 막 나룻배에서 내린 여자에게는 종착지에 가까웠다.

나루터를 빠져나온 황다영은 하늘을 올려다보았다. 폭우는 그쳤지만 하늘은 여전히 우중충했고, 다른 날보다 반 시진쯤 일찍 땅거미가 내려앉고 있었다.

'오늘이 칠월 초닷새…….'

압망포에서 소흑산까지는 육로로 하루 거리이니 칠석날 저녁까지 약속 장소에 당도하는 데는 문제가 없었다. 오늘 밤 이곳에서 묵고 내일 아침 일찍 소흑산으로 출발한다면 거의 하루를 벌 수도 있겠다는 생각이 들었다. 하지만 그렇게 번 하루가 자신에게 무슨 도움을 줄 수 있단 말인가? 그 하루는 무의미한 하루, 무력한 하루로 흘러갈 공산이 컸다.

이번 일에 느끼는 절박감과는 별개로, 황다영이 이번 일에 대해 아는 것은 여전히 너무 적었다. 국일한과 마부는 그녀를 위해 헌신적이었지만, 이번 일의 내막에 대해서만큼은 철저한 함구로 일관했다. 그리고 두 사람과 헤어진 지금은 그 내막으로부터 더욱 멀어진 것이 분명했다. 그녀가 할 수 있는 일이라고는 최종 목적지인 소흑산 오작루를 향해 나아가는 것뿐이었으니. 목적지는 가까워

오건만 막막함은 오히려 커져만 가고 있었다.

"만애청."

황다영은 자신도 모르게 뱉은 이름 하나에 흠칫 놀라고 말았다.
이제 그 이름은 주문이 된 것 같았다. 힘을 주는 주문, 용기를 주
는 주문, 무너지지 않도록 붙잡아 주는 마지막 버팀목.

취아숙을 떠나기 전날 밤 만애청이 한 말이 귓가에 울리는 듯
했다.

'형아는 내게 맡겨. 칠석까지 소흑산 오작루로 형아를 데리고
갈 테니까.'

황다영은 다시 한번 그 주문을 읊어 보았다.

"만애청."

간절함만큼 커진 믿음이 피폐해진 여자의 몸을 곧게 세워 주
었다.

7월 6일

⊗

모사재인謀事在人 성사재천成事在天이라는 말이 있다. 일을 꾸미는 것은 인간이지만 일을 이루는 것은 하늘의 뜻에 달렸다는 뜻이다.

하늘의 뜻은 광역하면서도 은밀하여 인간의 눈이 미치지 않는 곳에서 작동하는 경우가 많았다. 어제 관동 땅을 가로지른 비구름에도 그런 하늘의 뜻이 숨어 있었다.

아침 벌판에는 아이들이 득시글거렸다. 하늘이 내려 준 선물을 줍기 위해서였다.

드넓은 벌판 곳곳에는 어제 내린 비에 맞아 떨어진 산새들이 널브러져 있었다. 장정이 맞아도 어이쿠 소리가 나올 지경이었으니, 작고 가벼운 산새들에게는 날벼락이나 다름없었을 터.

한 아이가 비둘기 한 마리를 주웠다. 몸집이 크고 살도 통통하게 올라 시장에 내다 팔아도 될 만한 비둘기였다.

기쁨으로 반짝이던 아이의 눈에 호기심이 어렸다. 비둘기의 한쪽 발목에 조그만 철통 하나가 묶여 있는 것을 발견했기 때문이다. 아이는 철통을 열었다. 그 안에는 잘 접힌 쪽지 한 장이 들어 있었다. 쪽지를 펴 본 아이가 눈을 찌푸렸다. 아이는 이 벌판을 뒤지고 다니는 여느 아이들처럼 까막눈이었고, 그래서 쪽지 위에 적힌 글자들을 한 개도 읽을 수 없었다.

글자를 몰라도 종이는 귀한 물건이었다. 뒤를 본 다음 밑씻개로 쓰면 황홀할 정도였다.

"누나 갖다 줘야지, 히히."

아이는 쪽지를 잘 접어 바지춤에 끼웠다.

일견 대수롭지 않은 이 상황 속에도 하늘의 뜻이 깃들어 있었다. 아이가 챙긴 쪽지에는, 즉 태산검문의 문주 이환이 삼산파의 검연에게 보낸 전서에는 다음과 같은 내용이 적혀 있었던 것이다.

작전이 노출되었음. 만애청이라는 자가 아이와 함께 소흑산으로 이동 중임. 여자를 죽이고 모든 증거를 인멸할 것.

7월 7일

———— ❈ ————

 아침부터 바깥이 소란스러웠다. 아니, 오작루에 들어선 엊저녁에도 주변은 이미 소란스러웠다. 이 오작루를 관동의 여름철 명소로 부각시킨 칠석제七夕祭는 칠석인 오늘 저녁에 시작되지만 이를 구경하려는 인파는 여러 날 전부터 몰려든 탓이었다.

 황다영은 부스스한 머리카락을 정돈할 생각도 하지 못한 채 침대에 걸터앉아 창문 틈으로 흘러들어 오는 다종다양한 소음에 정신을 맡겼다. 머릿속이 멍했다. 같은 생각만 뱅뱅 맴돌고 있었다.

 '오늘이 그날인가? 정말로 그날이 온 건가?'

 눈을 뜨면 자신의 낡은 초당이기를 바랐다. 잠투정하는 형아를 깨워 서당에 보내고 싸리 울타리 너머 어딘가에서 자신을 지켜보고 있을 대사형에게 타박을 주는, 따지고 보면 그리 좋을 것도 없는 일상이 이토록 그리울 줄은 몰랐다.

 하지만 그녀는 지난밤을 뜬눈으로 지새워야 했고, 그래서 그녀에게는 마법처럼 바뀐 세상을 기대하면서 눈을 뜨는 일조차 허락

되지 않았다.

"끙."

침대에 걸터앉은 몸을 일으키는 데만도 저런 소리가 절로 나왔다. 몸 상태가 그 정도로 엉망이라는 증거였다. 왼쪽 발목의 붓기가 대부분 빠졌다는 점이 유일한 희소식일 텐데, 멍해진 머리는 그조차도 제대로 감지하지 못했다. 힘과 용기가 필요했다.

"만애청."

황다영은 다시 한번 주문을 외워 보았다. 하지만 그 목소리는 잔뜩 쉬고 갈라져 그녀 본인의 귀에도 겁에 질린 것처럼 들렸다.

대사형이 약속을 지키는 남자라는 것은 안다. 사문을 훌쩍 떠날 적에도 돌아오겠다는 약속을 했었고, 예상보다 훨씬 긴 시간이 걸리긴 했지만 그래도 돌아오기는 했다. 대사형은 이번에도 약속을 지킬 수 있을까? 형아를 데리고 칠석까지 온다고 했으니 오늘 중에는 나타나야 하는데?

'만일 대사형이 오지 않으면 어떻게 하지?'

이제껏 수없이 떠올린 질문인 동시에 그때마다 답을 미룬 질문이기도 했다. 하지만 더는 미룰 수가 없었다. 이제는 스스로 질문의 답을 생각해 내야만 했다.

황다영은 창가로 걸어가며 생각했다.

'어떻게 하지?'

비단 휘장이 걷히고 창문이 열렸다. 찬란한 아침 햇살이 넓고 고급스러운 방 안으로 쏟아져 들어왔다. 황다영은 반사적으로 눈가를 가리며 생각했다.

'어떻게 하지?'

눈을 가린 손이 천천히 내려왔다. 황다영의 눈길이 창 아래 거리로 향했다.

삼층에서 내려다본 거리에는 많은 사람들이 오가고 있었다. 한족의 복장을 한 사람도 있었고 여진족의 복장을 한 사람도 있었고 해동인처럼 보이는 사람도 있었다. 다들 빠르게든 느리게든 움직이고 있었는데, 유독 한 사람만이 한자리에 붙박여 있었다. 그 사람은 남루한 행색을 한 노인이었고, 맞은편 담벼락 밑에 서서 그녀의 객방 창문을 올려다보고 있었다. 창가에 선 여자와 거리에 선 노인의 눈이 마주쳤다. 노인의 꾀죄죄한 하관에 히죽 웃음이 걸렸다.

어제저녁 오작루에 들어왔을 때, 그녀의 객방은 이미 예약되어 있었다. 안내한 점소이의 말에 따르면 이 가게에서 가장 크고 가장 고급스러운 방이라고 했다. 이제 그녀는 이 객방을 누가 예약했는지 알게 되었다.

황다영은 한동안 노인을 내려다보다가 몸을 돌렸다.

그녀는 더 이상 주문을 외우지 않았다.

반 각쯤 지난 뒤, 황다영은 오작루에서 조금 떨어진 노점의 좌판에서 그 노인과 마주 앉아 있었다. 식탁을 대신한 나무 궤짝은 무척 작았고, 그 위에는 찜통에서 방금 나온 두 알의 커다란 만두가 하얀 김을 무럭무럭 피워 올리고 있었다.

"오! 이번에도 두 알 다 먹으라는 건가?"

황다영과 마주 앉은 노인이, 산해관에서 그녀로부터 만두 두 알을 적선받았던 거지 노인이 입맛을 다시며 말했다.

황다영은 아무 말 없이 만두 한 알을 집어 들었다. 입으로 가져가 꼭꼭 씹어 다 먹은 다음, 두 번째 만두로 손을 뻗었다. 노인의 표정이 변했다. 만두를 먹지 못해 실망하는 기색은 아니다. 그 대신 얼굴의 주름살처럼 매달고 다니던 장난기를 지웠다. 그러자, 남루하고 꾀죄죄한 행색이야 이전과 똑같지만, 완전히 다른 사람으로 바뀌었다.

만두를 다 먹은 황다영이 잠깐 사이에 탈속해지고 근엄해진 노인에게 물었다.

"노인장은 누구신가요?"

노인이 말했다.

"밝히고 싶지 않네."

"비밀이라서요?"

"아니, 부끄러워서."

진심처럼 들렸다. 그러나 지금은 진심이 미덕이 될 수 있는 상황과 거리가 멀었다. 황다영이 다시 물었다.

"산해관에서부터 저를 감시한 건가요?"

"보호한 것이라고 말해 주고 싶군. 실제로 그런 적도 있으니까."

사실 같았지만, 역시 마찬가지. 지금은 소용이 없었다. 황다영은 질문을 이어 갔다.

"제 아들은 무사한가요?"

노인이 입술을 실룩거리다가 대답했다.

"그렇다네."

황다영이 물었다.

"검연을 죽이면 제 아들을 다시 만날 수 있는 건가요?"

노인은 대답하지 않았다. 황다영은 노인을 노려보며 같은 질문을 반복했다.

"검연을 죽이면 제 아들을 다시 만날 수 있는 건가요?"

노인이 그제야 대답했다.

"아이는 무사할 걸세."

이후에 벌어질 일들에 대해 많은 부분을 알려 주는 말이었다. 황다영의 눈이 가늘어졌다.

"당신의 진짜 임무가 무엇인지 알 것 같군요."

노인이 어깨를 움찔거렸다.

"당신의 진짜 임무는 저를 감시하는 것도, 저를 보호하는 것도 아닐 거예요. 이곳의 객방을 예약하는 일 따위는 더더욱 아닐 테고요."

노인은 조금 당황한 것 같았다.

"그렇다면 내 진짜 임무가 뭐란 말인가?"

"이번 일이 끝난 뒤 저를 죽이는 것."

황다영의 눈빛이 칼끝처럼 매서워졌다.

"왜냐하면 당신들은 복잡한 음모를 꾸미는 중이고, 그 음모에 대한 어떤 단서도 남겨지는 것을 원하지 않을 테니까."

살아오는 동안 어리석은 시기를 보낸 적이 있기는 하지만, 황다영은 본래 어리석은 사람이 아니었다. 노인을 만나 몇 가지 정보를 얻게 되자 그 이상의 것들로 생각이 뻗어 나갔다.

노인이 탄식했다.

"아무리 대의를 위해서라지만…… 이건 정말 견디기 힘든 일이구먼."

"저런, 그것참 안됐군요. 부디 잘 견디시길 바라요."

황다영은 품속으로 손을 넣으며 덧붙였다.

"단, 내가 노인장을 가증스러워한다는 사실만은 알아 두세요."

그녀는 객방을 나서기 전 두 가지 물건을 놓고 망설였다. 그중 하나는 집에서부터 가져온 단검이었는데, 포기했다. 자신의 무공으로는 노인을 죽일 수 없다는 것을 아는 데다, 설령 죽일 수 있다고 해도 죽여서는 안 된다는 것을 알기 때문이었다. 그래서 단검 대신 다른 물건을 가져왔다.

황다영이 품속에서 꺼낸 물건을 본 노인이 눈썹을 찌푸렸다.

"그건……."

"당신들이 준 정인무예요. 하지만 지금은 빈껍데기에 불과하죠."

황다영은 노인의 얼굴에다 정인무를 던졌다. 지척이라고 할 만큼 가까운 거리였지만, 노인은 귀신같은 손놀림으로 그것을 받아 냈다.

"새것으로 바꿔 주세요. 그러면 당신들이 원하는 대로 검연을 죽여 드리죠."

황다영이 돌처럼 견고하게 말했다. 하지만 그녀의 마음은 여전히 미심쩍어하고 있었다.

내가 과연 그 남자를 죽일 수 있을까?

만애청은 아이를 업고 달렸다. 사람들이, 수레들이, 말들이 뒤쪽으로 쭉쭉 멀어지고 있었다.

저 멀리 소흑산의 산자락이 보였다. 만애청의 눈빛이 흔들렸다. 저 산자락 어딘가에는 두 번 다시 돌아오지 않겠노라 맹세한 옛 사문이 있었다. 그리고 그녀도 있었다.

그녀가 그를 기다리고 있었다.

관도 위를 화살처럼 질주하는 남자의 눈빛은 더 이상 흔들리지 않았다.

검연은 동경銅鏡 앞에 섰다. 동경이 보여 주는 자신의 모습을 세심히 관찰했다. 대체로 만족스러웠다. 다만 이 콧수염은……. 그녀를 만나던 시절에는 콧수염을 기르지 않았다는 기억이 났다. 콧수염에 대한 자부심이 작지 않았지만 날카로운 면도를 잡아 가는 그의 손길에는 주저함이 없었다.

잠시 후 동경 앞에는 콧수염을 깨끗이 민 남자가 서 있었다. 생각보다 어색하지 않았다. 조금은 젊어진 것 같은 기분마저 들었다. 검연은 입꼬리를 끌어 올려 그 남자가 씩 미소를 짓게 만들었다.

이제 의관을 갖출 차례였다. 여기에도 세심함이 필요했다.

검연은 옷장을 열고 오늘을 위해 준비해 둔 연청색 옷을 꺼냈다. 봄에서 여름으로 넘어가는 초목들은 이 옷과 비슷한 색깔을 냈고, 그녀는 그 시기를 사랑했다. 지금도 그래 주면 좋을 텐데.

옷에 몸을 맞추듯 깃과 주름 하나까지 신경을 써 가며 옷을 입었다. 주먹 모양으로 틀어 올린 머리카락을 황금 동곳으로 잘 고정한 다음, 그 위에 옷보다 조금 짙은 색깔의 청색 각건角巾을 썼다. 각건의 끈을 턱 아래에서 매듭짓는 것으로, 여느 때보다 길었던 치장이 끝났다.

"괜찮군."

검연은 동경 속 미남자를 칭찬했다.

동경은 키 작은 서랍장 위에 놓여 있었다. 그 서랍장에는 자물통이 걸린 서랍도 있었다. 검연은 품에서 열쇠를 꺼내어 자물통을 열었다. 그러고는 서랍 깊숙이 감춰 둔 작은 자기병을 꺼냈다.

자기병 안에는 검고 걸쭉한 액체가 담겨 있었다. 검연은 자기병을 기울여 액체를 마셨고, 잠깐 인상을 찌푸렸다. 좋은 약은 입에 쓴 법. 해독약도 그런 모양이었다.

파삭.

내용물을 잃은 자기병이 검연의 손안에서 가루로 바뀌었다.

두 손을 창밖에 대고 탁탁 털고 있을 때, 여자 한 명이 실내로 들어왔다. 검연은 눈썹을 살짝 찌푸렸지만 뭐라 하지는 않았다. 이 방은 부부의 내실이었고, 저 여자에게는 이 방에 무시로 출입할 권리가 있었다.

"어머, 웬일로 콧수염을 다 깎았네요?"

여자가 활짝 웃었다. 검연은 여자의 보라색 잇몸을 보지 않으려고 노력하며 담담히 대꾸했다.

"기분 전환을 할 겸 깎아 보았소."

여자의 눈길이 그의 차림새를 훑었다.

"어디 가시게요?"

검연은 고개를 끄덕였다.

"잠시 바깥에 다녀올까 하오."

여자의 눈이 반짝 빛났다.

"아이, 그럼 미리 말씀해 주시지. 저도 빨리 준비해야겠네요."

검연은 이렇게 호들갑을 떨며 옷장 쪽으로 다가가는 자신의 아내를 바라보았다. 그는 사치하는 사람이 아니었다. 하지만 별로 특별하지도 않은 옷을 칠 년 넘게 입어 주었으면, 그 옷에 대한 의무는 그런대로 채웠다고 여겼다. 물론 그 옷이 특별하던 때도 있었다. 그 시절 그 옷에는 철검선생 이대창이라는 크고 빛나는 단추가 달려 있었다. 하지만 단추는 이미 떨어졌고, 대용으로 달린 단추는 원래의 단추와 비교할 수 없을 만큼 작고 조잡했다.

하기야 이제는 옷이나 단추 따위로 치장할 나이를 넘기기도 했다. 남자는 어느 순간부터 자신의 힘으로 빛나야 했고, 검연이 빛날 시점은 얼마 남지 않았다. 그런 의미에서…….

검연은 벽 가에 설치된 검가劍架(검을 걸어 두는 시렁) 쪽으로 걸어가 그 위에 놓인 검을 잡아 들었다. 사람들은 궁술로 유명한 삼산파의 대제자가 비싼 돈을 주고 좋은 검을 구한 것에 대해 이상하게 여겼지만, 검연 본인은 전혀 이상하게 여기지 않았다. 자신이 빛나는 그날 이 검이 함께하고 있을 것임을 의심하지 않기 때문이었다.

검을 요대에 찬 검연이 아내를 돌아보았다.

"미안하지만 만날 사람이 있어서 당신을 데려갈 수는 없을 것 같소."

벌써 다섯 벌도 넘는 옷을 꺼내어 몸에 대 보던 여자가 얼굴을 일그러트렸다.

"만나는 사람이 누구죠? 혹시 여잔가요?"

검연은 고소를 지었다. 여자의 직감은 놀랍구나, 생각하면서 거짓말을 했다.

"아니오. 검을 차고 가는 것을 보면 모르겠소?"

그제야 표정을 조금 펴는 여자에게 검연이 부드럽게 말했다.

"칠석이니 친구들을 불러 차 모임이라도 갖도록 하시오."

검연은 몸을 돌렸다. 여자가 그제야 생각난 듯 급히 말했다.

"장로원에서 오늘 저녁 융비를 또 불러들였다는 걸 아세요? 그 자리에는 삼대장로가 모두 참가한다고 하더라고요. 그치 마누라가 직접 떠벌리고 다니는데 어찌나 꼴 보기 싫던지……."

여자의 말이 끊겼다. 남편의 표정이 바뀐 것을 알아차린 눈치였다. 검연은 평소 좀처럼 드러내지 않는 차가운 목소리로 아내에게 말했다.

"융비는 내 사제고, 삼대장로는 사문의 존장들이시오. 당신은 언행에 조금 더 주의를 기울일 필요가 있소."

여자의 고개가 아래로 떨어졌다.

"중요한 일이니 조금 늦을지도 모르오. 기다리지 마시오."

검연은 내실을 나갔다.

칠석제는 유시酉時(오후 여섯 시 전후) 정각에 시작된다고 했다. 정인무를 새것으로 바꿔다 준 노인이 말한 약속 시간도 바로 그때였다. 그 전에 단장을 하고 싶었다. 모든 것을 떠나서, 이렇게 엉망인 몰골로 옛 연인과 재회하는 것은 그녀의 자존심이 용납하지 않았다. 이렇게 엉망인 몰골로 죽는 것도 싫었다.

그래서 남은 노자를 탈탈 털어 새 옷과 몇 가지 화장품을 사 왔다. 점소이에게는 욕조와 더운물을 방으로 가져다 달라고 청했다.

공들여서 목욕을 하고, 새 옷을 입었다. 장미 가지 목탄으로 눈썹을 그리고, 까칠해진 입술을 순지臙脂(고대 중국의 입술 화장품)로 가렸다. 긴 머리카락은 하나로 묶어 등 뒤로 자연스럽게 늘어뜨렸다. 머리 장식을 도와줄 사람이 없으니 어쩔 수 없었다.

단장을 다 마친 뒤 양쪽 귀 밑에 향수를 조금 뿌렸다. 이런 향수를 마지막으로 뿌려 본 것이 언제인지 기억도 나지 않았다.

'앞으로는 뿌릴 일이 없겠지.'

다 식은 목욕물에 남은 향수를 따라 버리면서, 황다영은 약해지면 안 된다고 스스로를 채찍질했다.

"손님, 시간이 얼추 되었습니다."

문밖에서 점소이의 목소리가 들렸다. 칠석제가 시작되기 직전에 알려 달라고 부탁했던 것이 기억났다. 황다영은 오른쪽 소매 안에 넣어 둔 앙증맞은 살인 도구가 제자리에 있는지 확인한 다음, 문가로 다가갔다.

"불꽃놀이는 해가 떨어진 다음에…… 어…….."

객방 문이 열렸다. 단장을 막 마친 미녀가 모습을 드러내자 점소이의 입이 헤 벌어졌다.

황다영이 물었다.

"자리는 잡아 두었겠죠?"

점소이가 고개를 열심히 끄덕였다.

"부, 분부하신 대로 오작교가 보이는 제일 좋은 자리를 비워 놨습니다."

칠석날 견우와 직녀를 만나게 해 주기 위해 까마귀들과 까치들이 하늘에 놔 주었다는 오작교는, 오작루 앞 인공 연못을 가로지른 구름다리의 이름이기도 했다.

"고마워요."

황다영은 전낭 속에 마지막으로 들어 있던 동전들을 점소이에게 몽땅 건네주었다.

점소이는 수고비를 받을 자격이 있었다. 그가 잡아 준 자리는 이층 창가였고, 거기서 내다보는 풍경은 매우 훌륭했다. 여름 해가 아직 남아 있어 축제의 꽃이라고 할 수 있는 불꽃놀이는 시작되지 않았지만, 오작교 부근에 구름처럼 모여든 사람들은 이미 충분히 흥겨워하는 것 같았다. 사방에서 취타 소리가 들려왔고, 호반에 설치된 희대戱臺(공연장)에서는 연극 공연도 시작된 것 같았다. 그러나 모든 쾌락들은 황다영에게서 아득히 떨어져 있었다. 그녀의 마음은 동토처럼 차갑기만 했다.

"오랜만이야."

목소리가 들렸다. 황다영은 창밖에 두었던 눈길을 천천히 돌렸다. 식탁 앞에 연청색 옷을 입은 장년 남자가 서 있었다. 희고 편편한 이마와 미끈한 눈썹, 곧게 뻗은 콧날과 자신감에 찬 입술을 한꺼번에 가진 미남자였다.

검연이었다.

"앉아도 될까?"

검연은 대답을 기다리지 않고 황다영의 맞은편에 앉았다.

탁자를 마주하고 앉은 두 사람 사이에는 한동안 아무 말도 오가지 않았다. 단지 서로의 눈만을 뚫어지게 바라볼 뿐이었다. 두 쌍의 눈동자가 토해 놓은 수많은 감정들이 바깥의 소음들과 뒤엉켜 시간 속으로 녹아 흘렀다.

먼저 입을 연 것은 검연이었다.

"전갈을 받고 놀랐어. 당신을 다시 만날 수 있으리라고는 꿈에도 생각지 못했거든."

검연의 목소리는 낮고 부드러웠다. 그 목소리가 황다영이 죽을 힘을 다해 봉인해 놓았던 기억들을 일깨우려 하고 있었다. 그 기억들 위에 두껍게 내리깔렸던 고통의 더께는 놀랍도록 희미해져 있었다. 저기서 자신을 바라보는 검연의 얼굴과 과거 자신을 간병하다가 잠들어 버린 검연의 얼굴이 겹쳐졌다. 마음이 뛰고, 달콤한 기분이 들었다.

점소이가 차를 내왔다.

차를 마신 검연이 왼쪽 눈썹을 슬쩍 올렸다가 내렸다. '기대했던 것보다 좋은걸'이라는 뜻이었다. 그는 눈썹의 작은 움직임으로도 감정을 표현할 줄 아는 사람이었다. 그리고 그녀는 여전히 그 표현을 읽어 낼 수 있었다. 그 사실이 그녀를 두렵게 만들었다. 아니, 어쩌면 기쁘게 만들었는지도 모른다.

찻잔을 내려놓은 검연이 다시 눈을 맞춰 왔다.

"여전히 아름답군."

단장하길 잘했다는 생각이 들었다. 흠칫 놀라 그 생각을 지우려고 했지만, 검연의 눈길이 입술을 스칠 때는 조금 더 연한 색의 순지로 사지 않은 것을 후회했다. '천박해 보이면 어쩌지?' 그러자 '이런 미친년!'이라는 욕이 떠올랐고, 그러면서도 '괜찮을 거야. 너무 진한 색은 아니었으니까'라고 스스로를 안심시켰다.

검연이 미소를 지으며 말했다.

"사매는 하나도 나이를 먹지 않은 것 같아. 나는 이렇게 늙은 남자가 돼 버렸는데."

하지만 황다영의 눈에 비친 검연은 절대로 늙은 남자가 아니었다. 그사이 흐른 칠 년의 시간은 그에게 나이에 걸맞은 무게감을 실어 주었다. 사실 과거 검연이라는 남자에게 가장 부족했던 점이 바로 그 무게감 아니었을까? 그러므로 검연은 이제 완전해진 것 같았고……. 미친년! 미친년! 미친년!

황다영은 자신을 찌르는 심정으로 물었다.

"부인은 안녕하신가요?"

검연의 미소가 굳었다.

"그녀는…… 음……."

황다영은 검연의 눈가로 슬픔과 자책이 차오르는 것을 보았다. 그녀 안에 있는 미친년이 쓸데없는 질문을 한 건 아니냐고 그녀에게 따지고 있었다.

검연이 가라앉은 목소리로 말했다.

"미안해."

황다영은 입술을 깨물었다. 저 한마디로 지난 칠 년간 그가 누린 영화와 자신이 겪은 오욕을 지울 수는 없었다. 그 사실을 너무나 잘 알면서도, 미친년의 가슴은 벌렁거리고 있었다.

검연이 다시 말했다.

"미안해, 사매."

황다영이 떨리는 입술을 뗴었다.

"당신……."

그때, 이번 칠석제의 첫 번째 폭죽이 지상으로부터 솟구쳐 올랐다.

삐이이이…… 펑!

색색의 불꽃들이 저녁 빛에 물들어 가는 하늘을 아름답게 수놓았다.

그것이 시작이었다.

펑! 펑! 삐이이…… 퍼펑! 퍼퍼펑!

자리에 앉아 있던 사람들이 창가로 분분히 몰려들었다.

"우리도 구경 좀 할까?"

검연이 일어섰다. 탁자 맞은편에 앉은 황다영에게 손을 내밀었다. 미친년이 그 손을 잡았다. 정수리부터 발끝까지 관통하는 짜릿한 전율에 자지러졌다. 미친년이 혐오스러웠지만, 황다영은 이미 검연에게 이끌려 자리에서 일어서고 있었다.

밤이 시작되고 있었다.

견우와 직녀가 만난다는 칠석야七夕夜.

검푸른 하늘은 청동으로 만들어진 것 같았다. 그 위로 폭죽들이 만들어 낸 길고 짧고 가늘고 덩어리지고 곧고 구부러진 빛들이 나타났다 사라졌다. 세상은 다채로운 불꽃들의 향연 속에서 단순해지고, 굉음이 모든 소리를 삼켜 오히려 적막한 기분마저 들었다.

검연의 손이 황다영의 어깨를 살며시 짚어 왔다. 황다영은 그의 손길을 거부하지 않았다.

검연이 그녀의 귓가에 입술을 대고 속삭였다.

"여기는 사람이 너무 많은 것 같군."

황다영이 검연을 돌아보았다.

"내 방으로 올라갈래요?"

검연은 환한 미소를 지었다.

작은 술 단지와 두 가지 요리가 얹힌 쟁반을 들고 온 점소이가 어리둥절한 표정을 지었다. 식탁의 주인이 바뀐 사실을 알아차린 눈치였다.

미남 미녀 대신 식탁을 차지한 노인이 점소이에게 말했다.

"놓고 가게."

행색은 꾀죄죄했지만 점소이는 노인의 지시에 따랐다. 노인이 한 사람의 미녀를 위해 이 오작루에서 가장 비싼 객방과 가장 비싼 자리를 예약한 사람임을 알아보았던 것이다.

점소이가 물러가자 노인은 술 단지를 뜯었다. 연거푸 석 잔을 마셨다. 이 술은 객방과 이 자리를 예약하며 노인이 직접 주문했던, 애주가로 유명한 개선丐仙 이춘李春 본인도 무척 좋아하는, 최고의 명주였다. 하지만 오늘은 쓸개즙처럼 쓰기만 했다. 입이 너무도 써서, 마음이 너무도 써서, 이춘은 얼굴을 일그러트리고 말았다.

"아직 계셨군요! 제가 너무 늦지 않아서 다행입니다!"

누군가 이춘이 앉은 자리로 다가왔다. 피둥피둥한 어깨를 들썩거리며 숨을 몰아쉬는 그 사람은 덥지도 않은지 발목까지 내려오는 빨간 장포를 입고 있었다.

"자네는 삼산파의 무 장로로군."

삼산파의 장로 중 한 명인 무영충이 반색을 했다.

"아, 후배를 알아보시는군요!"

같은 배를 탄 데다, 저렇게 눈에 띄는 차림을 하고 다니니 알아보지 못하기가 더 힘들었다. 단, 이춘은 고고한 사람이었고, 같은 배에 탔다고 해서 모두 동료로 대접할 의향은 처음부터 없었다.

"일이 다 끝날 때까지 관내에 있기로 한 자네가 여긴 어쩐 일인가?"

이춘의 냉랭한 응대에 무영충은 어깨를 움찔거렸다.

"과, 관내에서 벌어진 불상사를 보고드리기 위해 온 것입니다."

이춘의 눈썹이 꿈틀거렸다.

"불상사?"

"예, 고가장에 계시던 약선 어른께서…….."

"왜? 그 친구가 뭐라고 하던가?"

무영충은 극도로 조심스러운 목소리로 말을 이었다.

"약선 어른께서 운명하셨습니다."

이춘은 순간적으로 멍해졌다.

"그 친구가 죽었다고?"

무영충의 고개가 낮아졌다.

"……예."

팍.

이춘의 손아귀 안에 있던 술잔이 가루가 되어 흩어졌다. 약선은 비록 편벽한 구석이 있는 위인이기는 하지만, 이춘에게는 오십 년 넘게 곁자리를 함께한 친구요 동지였다. 특유의 점잔 빼는 모습을 본 게 보름도 안 지났는데, 죽어? 무엇 때문에?

이춘이 떨리는 목소리로 말했다.

"자세히 고하라."

"본래 삼산파의 전대 장문인인 상관욱에게는 만애청이라는 제자가 있었습니다. 오래전 사문에 큰 죄를 저질러 파문당한 뒤 종적을 감춘 자인데, 이번에 갑자기 나타나 우리 일을 들쑤시고 다니기 시작했다고 합니다. 약선 어른께서 어떻게든 막아 보려고 하셨지만 안타깝게도 그자의 암수에 걸려……."

"틀렸어."

무영충의 말을 자른 사람은 이춘이 아니었다.

이춘의 눈길이 무영충 뒤쪽에 서 있는 키 큰 남자에게로 향했다. 식당 안의 분위기가 어수선한 것은 사실이었다. 친구의 부음에 이춘의 주의력이 흐트러진 것도 사실이었다. 하지만 이춘은 심후한 공력과 풍부한 경험을 겸비한 진짜배기 고수였고, 그러므로 인지하지 못한 누군가가 저렇게 툭 튀어나왔다는 것은 이상한 일이 아닐 수 없었다.

뒤늦게 남자를 발견한 무영충이 괴상한 소리를 터뜨렸다.

"으어헉!"

남자가 식탁 건너편에 앉아 있는 이춘에게 말했다.

"암수를 쓴 건 내가 아니라 그 늙은이였거든."

무영충이 덜덜 떨리는 손가락으로 남자의 얼굴을 가리키며 새된 소리를 질렀다.

"저, 저자가 바로 만애청입니다!"

만애청이라는 남자의 눈길이 무영충에게로 돌아갔다.

"기억해? 나를 다시 만나는 일이 없게 해 달라고 기도하라고 했던 말."

남자가 차갑게 웃었다.

"기도가 부족했던 모양이야."

객방에 들어온 뒤로 한동안은 아무 일도 일어나지 않았다.

황다영은 침대 가에, 검연은 창가에 각각 서서 서로를 돌아보지 않았다. 그러다가 황다영이 작게 말했다.

"바깥이 시끄럽군요."

검연이 어느덧 깜깜해진 창밖을 바라보며 대꾸했다.

"축제란 늘 그렇지."

황다영은 한숨을 쉬었다.

"시끄러운 게 좋았던 때도 있었죠."

검연이 황다영을 돌아보았다.

"지금은 아니라는 뜻인가?"

황다영도 검연을 돌아보았다. 그러고는 처연한 미소로 대답을 대신했다.

"아니야, 사매는 젊어. 전혀 바뀌지 않은 것처럼 보여."

황다영은 아무 말도 하지 않았다.

"하지만 지쳐 보이는군."

황다영은 역시 아무 말도 하지 않았다.

검연의 표정이 바뀌었다. 눈빛도 바뀌었다.

"사매."

검연이 황다영을 향해 걸음을 내디뎠다.

황다영은 이제부터 무엇인가 시작되려고 한다는 것을 직감했다.

무영충에게는 시작도 순식간, 끝도 순식간이었을 것이다.

빨간 장포를 두른 삼산파 장로의 비대한 육신은 이춘이 자리한 식탁에, 정확히는 그 식탁의 맞은편 모서리에 빨래처럼 널려 있었다.

인간의 허리란 주로 앞으로 접히도록 되어 있는 것이라서 뒤로 꺾는 데에는 무리가 따르기 마련이었다. 무영충처럼 살진 인간이라면 더더욱 그럴 터인데, 그럼에도 무영충의 허리는 과하리만치 뒤로 꺾여 있었다. 허리와 엉덩이가 만나는 부위를 기준으로, 아래쪽은 식탁 밑으로 쑥 들어갔고 위쪽은 식탁 상판을 깔고 누웠다. 허리가 저렇게 꺾인 인간은 온전하기 힘들었다. 하지만 무영충을 즉사시킨 원인은 따로 있는 듯했다.

이춘은 요리 접시 위에 뒤통수를 처박고 있는 무영충을 내려다보았다. 식당 천장을 향한 무영충의 얼굴은 그자가 몸에 걸친 장포의 색깔보다 더 붉었다. 그 얼굴에서 흘러내린 시뻘건 핏물이 뒤통수를 적신 요리 국물을 덮어 가고 있었다.

이춘은 방금 무슨 일이 있었는지를 떠올려 보았다. 식탁을 등지고 선 무영충에게서 퍽, 퍽, 소리가 연달아 울려 나왔다. 첫 번째 소리에 굵은 목이 덜컥 젖혀졌다. 두 번째 소리에 몸뚱이가 쭉 밀려와 식탁 모서리에 부딪혔다. 이춘이 할 수 있는 일이라고는 식탁이 자신까지 밀어붙이지 못하게끔 손바닥으로 버텨 낸 것뿐. 그러니 무영충의 허리가 저렇게 심한 각도로 꺾인 데에는 이춘의 책임도 작지 않다고 하겠다.

식당 안은 손님들로 가득했지만, 순식간에 벌어진 살인에 대한 반응은 예상보다 더디게 나왔다.

"꺅!"

어떤 여자가 비명을 질렀고.

"사, 사람이 죽었다!"

어떤 남자가 고함을 터뜨렸다.

그다음은 엄청난 혼란이 기다리고 있었다.

오작루는 반경 오십 리 내에서 가장 고급스러운 업소였고, 축제가 열리는 칠석날에는 평소의 곱절이 넘는 식대를 받았다. 그런 유흥을 누릴 수 있는 손님이라면 당연히 부유층일 테니, 고상하고 안전한 삶을 살아가던 그들로서는 날벼락을 맞은 셈이었다.

아비규환이라고 해도 무방할 혼란 속에서, 그 혼란을 야기한 장본인은 미동도 않고 서서 이춘을 노려보고 있었다.

이춘이 자리에서 일어섰다. 달아나려고는 하지만 그리 효과적으로 달아나지는 못하고 있는 손님들을 침중한 눈으로 둘러본 뒤, 살인자에게 말했다.

"무고한 사람이 다치는 것을 바라지 않는다. 상대해 줄 테니 밖으로 나가자."

만애청이라는 남자의 입술이 슬쩍 비틀렸다.

"그럴 시간 없어."

이춘의 동공이 점처럼 수축되었다.

"나는 개선 이춘이다. 내 명호는 들어 보았겠지?"

만애청의 눈이 가늘어졌다. 개선 이춘이 누구인지 알고 있다는 뜻인데, 눈만 가늘어진 게 아니라 자세도 조금씩 낮아지고 있었다. 저것은 무슨 뜻일까?

만애청이 맹수의 목울음 소리처럼 낮은 목소리로 물었다.

"여자는 어디 있지?"

"여자?"

그 여자가 누구인지 알아차린 것은 다음 순간이었다. 이춘은 자신도 모르게 여자와 검연이 올라간 삼층 객방 쪽을 올려다보았다. 그러는 바람에 상대의 눈알이 얼마나 위험하게 번들거렸는지를 놓치고 말았다.

"거기군."

이춘의 눈길이 다시 아래로 내려왔을 때, 만애청은 이미 이춘을 향해 돌진하고 있었다.

검연의 왼손이 황다영의 오른 어깨를 넘어가더니 안쪽으로 방향을 틀었다. 묶어 늘어뜨린 긴 머리카락을 지나쳐, 왼쪽 목덜미를 쓰다듬고, 왼쪽 귀 밑의 여린 살갗을 간질이며 올라와, 왼쪽 볼에 얹혔다. 손바닥과 네 손가락으로는 볼을 부드럽게 감싸고, 엄지손가락으로는 관자놀이 부위를 살살 문지르면서 검연이 속삭였다.

"나는 지금도 사매를 사랑해."

황다영의 입술이 바들바들 떨렸다.

"사매가 그렇게 말 한마디 없이 떠나고 난 뒤, 내가 얼마나 슬퍼했는지 모르지?"

부드러운 애무와 다정한 속삭임이 지난날의 추억을 깨우고 있었다. 황다영은 자신에게서 이미 제거되었다고 믿은 감각들이 돌아오는 것을 느꼈다. 이성에게 외면당한 영역에서 타오르기 시작한 열락의 불꽃이 이제는 그 이성마저 태우고 있었다. 그녀 안의 미친년은 불꽃을 너울거리며 미친 듯이 춤을 추었고, 그녀는 이제 미친년이 되어 가고 있었다.

검연의 얼굴이 천천히 다가왔다.

'안 돼.'

가물거리는 이성이 경고했고, 황다영은 입술을 질끈 깨물었다. 미친년이 이성을 찍어 누르며 그녀를 설득하려고 했다.

'둘 다 오늘이 마지막이잖아. 둘 다 내일이 없잖아. 네 손에 죽을 남자야. 뭐가 아깝다는 거야? 그냥 줘 버려. 나한테 맡기라고.'

검연의 체취를 맡을 수 있었다. 검연의 숨결을 느낄 수 있었다. 황다영은 깨물고 있던 입술을 천천히 벌렸다.

남자와 여자의 입술이 단단히 결합했다.

황다영의 머릿속에서 우렛소리가 울렸다.

우르릉!

우르릉!

혼란에 빠진 식당 안에서 우렛소리가 울렸다.

다음 순간, 무영충의 시체와 식탁을 한꺼번에 건너뛰어 온 만애청의 일 장이 개선 이춘이 급히 받아친 동냥 바가지, 생사표生死瓢와 맞부딪쳤다.

빵!

개선 이춘의 공력은 친구이자 동지인 약선과는 비교할 수 없을 만큼 심후했다. 오직 본신의 능력만으로 천하십대고수 반열에 올랐으며, 비록 패하기는 했지만 강북제일인 흑삼객을 상대로 펼친 한판의 명승부는 십여 년이 지난 오늘날까지도 강호의 호사가들에게 좋은 이야깃거리로 회자되고 있었다. 삼산파 차기 장문인 자리를 둘러싸고 펼쳐진 이번 작전을 마무리 짓는 임무가 이춘에게 맡겨진 것도 그 때문인데, 그 이춘이 경악으로 눈을 부릅뜬 채 주춤주춤 물러나고 있었다.

만애청도 물러나기는 마찬가지였다. 무쇠보다 무겁고 단단한 흑철목黑鐵木으로 만들어진 생사표는 강호에서 손꼽히는 신병이기였다. 그 생사표에 실린 이춘의 독문절기 일기혼원공—氣混元功은 실로 막강하여 인간의 육신으로는 감당키 힘든 것이었다.

그러나 한 번의 공중제비로 거리를 벌린 직후 마룻바닥을 찍으며 재차 돌진하는 만애청에게서는 한 톨의 주저함도 찾아볼 수 없었다.

우르릉!

우렛소리가 다시 울렸다.

이춘은 생사표를 휘둘러 전방을 삼엄히 방어하면서도 만애청의 장력이 수반하는 그 우렛소리에 신경을 집중했다. 강호의 물을 반백 년 가까이 마셔 온 이춘은 과거의 고사들에 대한 견문이 풍부했다. 지금 들리는 저 우렛소리로부터 오래전 천하를 주름잡았던 전설적인 권법가를 떠올릴 수 있었던 것도 그 풍부한 견문 덕분이었다. 그렇지만…….

'비천장왕飛天掌王 학성螫誠은 제자를 두지 않은 것으로 알려져 있는데?'

이 생각을 떠올린 순간, 식탁 위 허공에 떠 있던 만애청의 몸이 사라졌다. 다음 순간 식탁 좌측에서 나타나더니, 그다음에는 식탁 우측에서 나타나더니, 이춘의 전면으로 불쑥 솟아올랐다.

우르릉!

뇌성이 작렬하고, 엄청난 풍압이 주변에 있던 집기들을 날려 버렸다. 이춘은 죽을힘을 다해 생사표를 휘둘렀다. 개선 이춘 본인에게는 삶을, 강호의 악한들에게는 죽음을 안겨 주었던 그 신통방통한 바가지가…….

빠가각!

중심부부터 깨지더니 산산이 흩어져 버렸다.

깨져 흩어진 것은 바가지만이 아니었다. 이춘이 자랑하던 일기혼원공도 똑같은 신세가 되어 버렸다. 이춘은 울컥 피를 토하며 한쪽 무릎을 바닥에 꿇었다. 죽을 것처럼 메스꺼웠다. 배 속의 장기들이 온전하지 않을 거라는 암울한 느낌이 들었다. 다만, 천하의 개선을 이 지경으로 만들어 놓은 자도 무사한 것 같지만은 않았다. 이춘은 만애청의 오른손과 오른쪽 팔뚝이 피투성이로 변한 것을 보았다. 팔꿈치 관절도 망가진 것으로 보였다.

그러나 만애청에게는 왼손이 남아 있었다.

그 왼손이 이춘의 얼굴로 떨어져 내렸다.

검연의 왼손이 황다영의 얼굴에서 떨어져 나갔다.

그 손이 상의를 파고들어 그녀의 젖가슴을 감싸 잡을 때, 반대편 오른손은 그녀의 허리띠 매듭을 풀어 가고 있었다.

황다영은 저항하지 않았다. 벗겨진 상의가 어깨 아래로 흘러내릴 때에도, 뜨거운 입술이 목과 겨드랑이의 예민한 부위로 파고들 때에도, 치마 속으로 파고든 오른손이 속곳을 벗겨 내릴 때에도, 그리하여 맨몸에 주요主腰(명나라 때 여성용 속옷, 가슴 가리개)와 홑치마만 걸친 낯 뜨거운 차림이 되었을 때마저도, 그녀는 어떠한 저항도 하지 않는 것처럼 보였다.

그러나 그녀의 오른손은 은밀히 움직이고 있었다. 상의가 동체에서 떨어져 나가기 직전, 그녀의 오른손은 상의 오른쪽 소매 안에 넣어 두었던 물체를 움켜잡았다. 크기가 작은 데다 손가락 사이에 끼울 수 있는 돌기들이 나 있는 물체라서, 가볍게 그러쥔 그녀의 오른손은 아무것도 감추고 있지 않은 것처럼 보였다.

검연이 자신의 요대를 풀어 던졌다. 요대에 걸린 장검이 쩔꺽 소리를 내며 바닥에 떨어졌다. 검연의 바지가 아래로 내려갈 때, 황다영의 눈길은 위로 올라왔다.

검연이 말했다.

"사랑해, 사매."

치미는 욕정 속에서 살의를 가다듬는 것은 너무도 어려운 일이 었지만, 황다영은 죽을힘을 다해 그 일을 수행했다.

검연은 황다영을 침대 쪽으로 밀어붙였다. 검연의 힘에 밀린 그녀가 침대 위에 주저앉았다. 검연의 손이 그녀의 치마를 걷어 내고 그녀의 다리 한쪽을 벌리게 만들었다. 그녀는 양손을 들어 그런 검연의 목을 끌어안았다.

남자의 단단해진 부위와 여자의 단단한 물체가 상대를 향해 노골적으로 혹은 은밀하게 겨눠지더니, 접근하더니, 접촉했다.

'결국⋯⋯.'

황다영은 피가 나도록 입술을 씹었다. 검연의 남성이 자신의 개방된 하체에 와 닿는 것을 느끼면서, 오른손에 쥔 정인무의 끄트머리를 검연의 목덜미에 갖다 붙였다. 목숨처럼 덧없어진 눈물 한 방울이 그녀의 볼을 타고 또르륵 흘러내렸다.

바로 그때였다.

쾅!

굳게 닫힌 객방 문이 화탄에 맞은 것처럼 박살 났다.

피어오른 먼지를 헤치고, 바닥에 널린 목편을 밟으며, 크고 작은 두 사람이 실내로 들어왔다. 큰 쪽은 산 사람이고 작은 쪽은 죽은 사람인데, 큰 산 사람이 작은 죽은 사람을 질질 끌고 오고 있었다.

황다영은 눈물이 그렁그렁한 눈으로 자신을 마지막까지 버티게 해 주었던 주문을 외쳤다.

"만애청!"

옥호권으로 객방 문을 깨부수기 전, 만애청은 냉정을 잃어서는 안 된다고 스스로에게 충고했다. 그러나 부서진 문 안쪽에서 만애청을 기다리는 장면은 그런 충고를 깡그리 잊게 만들 만큼 충격적이었다. 바지를 내린 검연이 치마가 들춰진 황다영에게 하체를 들이밀고 있었다. 황다영의 두 팔은 그런 검연의 목에 뱀처럼 휘감겨 있었다.

으드득!

만애청은 자신의 턱관절이 토해 놓은 섬뜩한 소리를 들었다.

그때 황다영이 외쳤다.

"만애청!"

그 부름에 담긴 무시무시한 절절함이 만애청으로 하여금 냉정을 되찾게 해 주었다. 그러자 비로소 보였다. 황다영의 오른손에 들려 검연의 목에 대어진 작고 하얀 물체가.

만애청은 머리가 부서져 죽은 노인을 질질 끌고 침대 쪽으로 다가갔다. 두 사람이 황급히 떨어졌다. 만애청은 검연의 발치에 노인의 시체를 던져 놓았다.

"이 늙은이가 막더군."

검연이 창백해진 얼굴로 개선 이춘의 시체를 내려다보았다.

만애청은 황다영의 오른쪽 손목을 붙잡아 들어 올렸다. 암기의

384

뚜껑이 아직 열리지 않은 것을 확인하고는 안도의 한숨을 내쉬었다.

"잘했어."

만애청은 황다영의 손에서 정인무를 빼내어 이춘의 시체 위에 툭 던졌다. 검연의 얼굴이 한층 더 창백해지는 것을 보며, 만애청은 황다영을 한 번 더 칭찬했다.

"정말 잘했어."

저 정인무가 본래의 기능을 할 수 있는지의 여부는 중요하지 않았다. 황다영은 검연을 죽어서는 안 되었다. 죽으려는 시도조차 해서는 안 되었다. 만일 그랬다면, 그녀는 자신이 내린 결단에 대한 짐을 평생토록 짊어지고 살게 될 것이다. 만애청은 그렇게 되는 것을 결코 바라지 않았다.

황다영이 흐트러진 치맛자락을 바로잡았다. 속곳을 주워 소매 속에 넣고, 상의를 걸쳤다. 그러나 검연은 발목에 걸린 바지를 치켜올릴 생각도 하지 못하고 있는 듯했다. 과거 사제였던 남자의 눈길은 이제 만애청에게로 향하고 있었는데, 만애청은 그의 눈길이 피투성이로 변해 버린 자신의 오른팔로 내려오는 것을 보았다.

만애청은 저만치 떨어져 있는 요대 쪽으로 걸어가 그것에 걸려 있는 장검을 뽑았다. 객방 안을 밝히는 궁촉의 불빛이 푸르스름한 검신 위에서 일렁거리고 있었다.

"좋은 검이군."

만애청은 검을 던졌다. 검봉이 이춘의 시체 가슴팍에 꽂혔다. 검자루는 검연이 팔만 뻗으면 잡을 수 있는 거리에서 건들거리고 있었다.

만애청이 검연에게 말했다.

"잡아."

검연이 만애청을 바라보았다. 만애청은 검연을 향해 오른팔을 들어 보였다.

"보다시피 난 다쳤어. 좌씨검보를 익힌 너에겐 더없이 좋은 기회잖아. 안 그래?"

검보 얘기가 나오자 황다영이 손바닥으로 입을 가렸다.

검연의 눈길이 만애청의 얼굴로 향했다가, 만애청의 오른팔로 향했다가, 검자루로 향했다.

만애청이 웃었다.

"갑자기 기억나네. 어릴 적 장백산으로 사냥 나갔다가 네가 절벽에서 실족하는 바람에 난리가 났던 일 말이야. 그때 너는 절벽에 매달려서 살려 달라고 울부짖고 있었지. 나는 절벽의 가장자리까지 다가가서 너한테 손을 뻗어 주었고, 그때 넌 내 얼굴을 보고, 내 손을 보고, 그다음엔 네 허리춤에 걸린 비수를 보았지. 사실 넌 내가 생각했던 것처럼 위험하지 않았어. 아마 처음부터 자신이 위험해지지 않을 적당한 장소를 골랐겠지. 나는 그걸 몰랐고, 그 대가로 이날 이때까지 오른손 세 손가락을 못 쓰고 있어. 그런데 말이야, 너……."

만애청의 웃음이 지워졌다.

"지금 그날하고 비슷한 얼굴이라는 거 알아? 그러니까, 덤벼봐, 이 개자식아."

황다영이 검연을 죽여서는 안 되듯, 만애청도 검연을 죽여서는 안 되었다. 검연을 죽인다면 황다영에게는 옛 연인을 죽인 사람이, 형아에게는 친부를 죽인 사람이 되기 때문이었다. 그 점을 잘 알고 있음에도, 만일 검연이 저 검자루를 잡는다면 가차 없이 죽여 버릴 작정이었다. 냉정해지려고 무진 애를 쓰고 있기는 하지만 만애청은 분노한 상태였고, 처음 이 객방에 발을 들여놓았을 때 보았던 장면은 그의 머릿속에 여전히 남아 있었다.

만애청은 검연의 오른손이 들썩거리는 것을 지켜보며 무릎과 허리를 낮추었다. 뒷전에 서 있는 황다영에게서 흡 하고 숨 들이켜는 소리가 들렸다. 그러나 만애청은 검연에게서 눈을 떼지 않았다. 잡아, 어서 잡으라고.

검연은 검자루를 잡지 못했다. 그에게 있어서 만애청은 절벽으로 유인하여 손가락을 찍어 버릴 수밖에 없었던 존재였다. 검보를 훔쳐 갔다고 모함하여 파문당하게 만들 수밖에 없었던 존재였다. 경외의 대상이자 단 한 번도 넘어 보지 못한 아득한 벽 앞에서는 전설적인 검법도 아무 소용이 없었던 것이다.

만애청은 낮추었던 무릎과 허리를 천천히 펴 올렸다. 그는 더 이상 검연을 상대하지 않았다.

"나가자, 사매. 형아가 밖에서 기다려."

만애청은 황다영을 데리고 객방을 나갔다.

잠시 후 오작루 삼층에 한 남자의 처절한 절규가 울려 퍼졌다.

형아는 오작교 인근에 정박해 있는 작은 놀잇배 위에서 만 아저씨가 엄마를 데려오기를 기다리고 있었다.

"엄마!"

"형아야!"

모자의 상봉은 눈물겨웠지만, 만애청은 지체하지 않았다. 그는 방금 사람을 둘이나 죽였고, 그 광경을 목격한 이들은 헤아릴 수 없이 많았다.

한 알 남은 금두로 놀잇배는 살 수 있었지만 사공까지 구하지는 못했다. 그래서 만애청이 직접 삿대를 잡아야 했다.

인공적으로 만들어진 호수이기는 해도 물길이 완전히 막힌 것은 아니었다. 소흑산에서 청춘을 보낸 만애청이기에, 그 물길을 따라 이틀쯤 가면 요하의 큰 강물이 나온다는 것을 알고 있었다.

요하로 들어간 다음 어떻게 하겠다는 계획 같은 것은 세우지 않았다. 만애청과 모자 모두가 무사히 만날 가능성은 너무도 희박했기 때문이다. 그러나 그 희박한 가능성이 이루어졌고, 이제는 앞일에 대한 계획을 세워 볼 필요가 있었다.

'뭐, 급할 건 없겠지.'

인공 호수를 벗어나 좁은 물길로 접어든 지 일각쯤 지났을 때, 황다영이 만애청에게 물었다.

"어떻게 된 일인지 설명 안 해 줄 거예요?"

만애청은 잠시 생각하다가 대답했다.

"악당들이 아이를 데려갔어. 그래서 되찾아 왔지."

황다영의 눈썹이 발끈 올라갔다.

"그게 다예요?"

만애청은 씩 웃었다.

"자세한 건 나중에, 더 나중에 얘기해 줄게."

삿대는 기운차게 움직였고, 놀잇배는 쭉쭉 나아갔다.

황다영이 말했다.

"사형, 부탁이 하나 있어요."

만애청이 그녀를 돌아보았다.

"뭔데?"

"노래를 불러 줘요."

만애청은 강적과 마주쳤을 때보다 더 당황했다.

그런 만애청에게 황다영이 덧붙였다.

"옛날에 저한테 불러 주었던 그 노래로요."

만애청은 잠시 망설이다가, 잠시 주저하다가, 노래를 부르기 시작했다.

그 남자의 장력은 벼락처럼 강맹했고, 그 남자의 몸놀림은 바람처럼 가벼웠지만, 그 남자의 노래만큼은 촌스럽고 투박하기만 했다. 여자와 아이는 그래도 웃어 주었다.

이것이 그들의 희망이 될 수 있을까?

7월 13일

—— ✖ ——

    모든 것이 엉망으로 끝났다.

    황다영을 나 자신을 죽이는 암살자로 사용한다는 계획은 지금 돌아봐도 감탄이 나올 만큼 훌륭했다. 그녀에게는 나를 죽여야 하는 이유가 있었고, 그 점을 기억해 낸 융비가 정인무와 몽령독을 그녀에게 보내 나를 암살하도록 사주했다는 구성에는 작은 허점도 없었다.

    게다가 이 계획을 통해 부수적인 효과까지 얻을 수 있었다. 아이를 납치하고 여자를 이용한다는 가책을 공유함으로써 나를 포섭한, 혹은 내가 포섭한 각계각층의 공모자들을 하나로 묶을 수 있었던 것이다.

    그러나 이 계획에는 만애청의 존재가 포함되어 있지 않았다. 비록 그자를 잊은 적은 없지만, 그자가 이렇게 갑자기 나타날 줄은 꿈에도 예상하지 못했다. 그것이 내가 저지른 유일한 과오일 텐데, 그 과오로 인해 계획이 송두리째 무너질 줄이야.

도언화는 이번 일에 대해 깨끗이 손을 털었다. 고상하신 부마도위께서는 앞으로는 정공법을 통해 산해관 총병에게 맞설 작정이라고 했다. 흐흐. 손을 떼도 무사할 수 있는 그의 탄탄한 뒷배가 부러울 따름이다.

장사치인지 첩자인지 검객인지 아리송한 그 조선인은 감쪽같이 사라졌다. 처음 보았을 때부터 신비한 자였고, 그래서 어울리는 퇴장이라는 생각이 든다.

아내는 오라비 이환의 호출을 받고 친정인 태산검문으로 떠났다. 원체 머리가 나쁜 여자라서 출발하기 직전까지도 무슨 일이 벌어지고 있는지 전혀 감을 잡지 못한 눈치였다. 아내 본인을 위해서라도 그편이 훨씬 낫다.

언자징을 비롯한 삼대장로가 본격적인 움직임을 보이기 시작한 것은 오늘 아침부터지만, 나와 내 처소에 감시의 눈길이 따라붙은 것은 사나흘 되었다. 그들은 이번 일의 전모를 파악하고, 정리하고, 최종적인 판결까지 확정하기 전에는 최대한 티를 내지 않으려고 했다. 과연 늙은 너구리들다웠다.

밖에서 발소리가 들린다. 가까워지고 있었다. 야박한 늙은이들. 그래도 점심은 먹게 해 줄 줄 알았는데.

지금 내 앞에는 작고 하얀 물건 하나가 놓여 있다. 만애청이 이춘의 시체 위에 던져 놓고 간 정인무. 저 안에는 바로 그날 새로 채워 넣은 몽령독이 가득 들어 있을 것이다.

황다영이 그날 이 정인무의 독침을 내게 꽂았다면, 기껏해야 벌에 쏘인 정도의 통증만 느끼고 끝났을 것이다. 나는 이미 몽령독의 해약을 복용한 상태였고, 하루 이틀 환자 연기를 하는 것만으로도 융비를 능히 낙마시킬 수 있었을 것이다.

해약은 그날 다 써 버렸고, 이제 몽령독은 내게도 치명적으로 작용할 것이 분명하다. 하지만 뭐…… 해약이 남아 있다고 해도 쓸 일은 없겠지. 웃음이 나온다. 자승자박이라고 해야 하나? 진짜로 정인무와 몽령독이 내 운명을 결정하게 되다니 말이다.

문 두드리는 소리가 난다. 누군가 내 이름을 함부로 불러 댄다. 어린놈 같은데 누굴까?

누구면 어떠랴.

정인무의 돌기를 손가락 사이에 끼운다. 그 차가운 끄트머리를 목 아래 동맥에 갖다 붙인다.

그리고…….

〈다시, 칠석야〉 끝

삼
휘
도
에

관
한 열
두

가
지
이
야
기

1. 사적思積

불구란 남들 모두 가진 부위를 가지지 못한 것을 가리키는 말이다. 하지만 엄밀히 말한다면 그것만이 불구가 아니다. 남들 모두 가지지 않은 부위를 가진 것도, 굳이 조어하여 본다면 과구過具인 것도 어떤 의미로 본다면 불구다.

동생은 과구여서 불구였다. 태어날 때부터 빗장뼈와 등뼈가 만나는 부근에 찻종지만 한 혹을 달고 나온 곱사등이였다. 아니, 생각해 보니 그에겐 등의 혹 말고도 남들이 가지지 않은 또 다른 과구의 요소가 있었다. 바깥세상을 향한 격렬하고도 맹목적인 증오심이 바로 그것이다.

동생의 혹은 선천적인 것이다. 그렇다면 그의 증오심도 선천적인 것일까? 아닐 게다. 갓 태어난 아이는 말 그대로 백지. 동생의 혹은 최소한 자타를 구별할 수 있는 눈이 만들어지기 전인 어린 시절에는 증오와 같은 선명한 감정으로 전화되지 않았을 것이다.

그러나 성장이란 잔인한 것. 찻종지만 하던 혹이 점점 자라 술

단지만 하게 바뀌는 동안 그는 부끄러워하다가, 자학하다가, 마침내 증오하게 되었다. 네 살 터울인 그와 유년을 함께 보낸 나는 그러한 과정을 똑똑히 지켜보았다.

아! 선천적으로 과한 것은 선천적으로 모자란 것만큼이나 후천의 삶에 영향을 끼친다. 물론 바람직하게 과한 것은 바람직한 쪽으로, 바람직하지 못하게 과한 것은 바람직하지 못한 쪽으로.

각설하고, 동생은 죽었다. 그가 오십 생일을 얼마 앞둔 지난달 죽었다는 소식을 나는 그의 유일한 친구이자 조수이자 제자인 심당에게서 들었다.

심당은 내 고향 집, 정확히 말하면 선친께서 고향을 등진 나 대신 동생에게 물려주신 그 오래된 집의 대문 앞 돌계단에 넋 빠진 모습으로 앉아 있었다. 여느 해처럼 어머니의 제사를 치르기 위해 그 집을 찾은 내게 심당은 슬픔이 촛농처럼 뚝뚝 흘러 떨어지는 얼굴로 그의 부고를 전했다.

"형님, 유부재가 죽었어요."

유부재는 동생의 자호自號다. 동생의 부고가 가져온 첫 번째 감정은 혈육을 잃은 슬픔도, 마침내 혈혈단신이 되었다는 허탈함도 아니었다. 단지 주인 잃은 이 집을 어떻게 처리해야 하나 하는, 부담이라 하기도 뭣하고 책임감이라 하긴 더욱 어울리지 않는 묽숙한 곤혹뿐이었다. 동기간의 정이 이 정도밖에 안 된다는 것에 스스로 놀라면서 나는 심당에게 물었다.

"어쩌다 그 애가 죽었는가?"

"그게…… 대체 어디서부터 설명드려야 할지……."

"시간은 많네. 찬찬히 이야기해 보게."

"실은 얼마 전에 일을 하나 맡았어요."

"일?"

"예."

심당은 조금 주저하다가 덧붙였다.

"바로 유부재가 하는 일이죠."

사람은 일을 해야 한다. 하지만 동생의 일이란 그런 보편적 당위에서 비롯된 것이 아니었다. 동생은 오십 생애에 걸쳐 키워 온 후천적인 과구, 즉 바깥세상을 향한 격렬하고도 맹목적인 증오심을 위해 일했다. 고통과 슬픔, 파괴와 죽음을 위한 일. 바로 병기 제작이었다.

심당은 내 눈치를 슬쩍 살핀 뒤 말을 이어 갔다.

"강호에서 이름난 병기 하나를 수리하는, 음…… 수리라기보다는 보완한다는 쪽이 맞겠네요. 망가진 데는 없었으니까요. 아무튼 그런 일이었어요."

"강호에서 이름난 병기라면?"

"칠보비산七寶秘傘이라고, 꼭 우산처럼 생긴 병기죠. 혹시 들어 보셨어요?"

들어 보았을 리 없을 거라는 투의 반문이지만 나는 그 이름을 알고 있었다. 칠보비산은 병기의 이름인 동시에 한 사람의 별호이기도 하다. 칠보비산 이부심李富心. 산서 강호에선 제법 명성을 얻은 무인.

강호에 대한 견문으로 말할 것 같으면, 답답한 공방에 틀어박혀 종일 풀무질이나 하고 사는 심당 따위가 어찌 나를 당할까. 강호 십팔대명인十八大名人의 한자리를 당당히 차지하고 있는 나를. 그러나 심당은 전혀 그렇게 생각하지 않는 눈치다. 이는 동생의 입이 생각보다 무거웠다는 뜻. 하나뿐인 친구에게마저 형의 신분을 숨겨 준 모양이니 말이다.

하아!

그러자 비로소 슬픔이란 감정이 일어나기 시작했다. 우습게도, 아니 슬프게도, 한번 일어난 슬픔은 눈 비탈을 굴러 내려오는 눈덩이처럼 걷잡을 수 없이 불어났다. 그러면 그렇지. 동기간의 정이 없는 것이 아니었다. 예기치 못한 상실감이 그 정을 잠시 마비시킨 것뿐. 나는 급작스레 달아오르는 눈두덩을 왼손 엄지와 인지로 지그시 누르며 말했다.

"계속…… 계속 이야기해 보게."

"의뢰인의 요구는 꽤나 까다로웠지만 유부재의 솜씨야 형님도 잘 아시지 않습니까. 그리 큰 문제는 되지 않았지요. 약속한 날짜보다 이틀이나 앞당겨 일을 끝내니 그 친구도 무척 기뻤던 모양이에요. 자정이 다 돼 가는 시간임에도 불구하고 제게 술과 안주를 사 오라고 하더군요."

동생이 기뻐했다는 것은 꽤나 위험한 물건이 만들어졌음을 의미한다. 그는, 그의 세상에 대한 증오심은 그런 식이었다. 그래서 철들기 전부터 뾰족하고 날카롭고 치명적인 살의에 매혹당했다.

마장魔匠. 강호에서도 음지가 아니고선 들을 수 없는 이 이름은 천하에서 가장 위험한 병기를 만드는 자를 가리켰다. 바로 유부재幽不再, 이제는 유부로 가 두 번 다시 돌아오지 못할 내 동생이다.

"시간이 늦어 가까운 술집은 다 문을 닫았더라고요. 문 연 술집을 찾아다니다가 시간을 꽤나 허비했죠. 그러고는 돌아와 보니……."

"그 애가 죽어 있더라 이 말이군."

"예. 여기…… 바로 여기에 비수가 한 자루 꽂힌 채로요."

심당은 자신의 심장 어름을 가리켰다. 마치 내 가슴에 비수가 꽂힌 듯한 환통幻痛 속에서도 다행이라는 생각이 들었다. 상처가 그것뿐이라면 고통을 느낀 시간은 매우 짧았을 테니까.

"흉수가 누군지는 밝혀졌는가?"

심당은 고개를 저은 뒤 육선문六扇門(관아)에서 나온 사람들도 밝혀낸 것이 없다고 했다. 그러면서 사라진 재물이 전혀 없는 탓에 원한에 의한 살인으로 결론 내려져 애꿎은 주변 사람들만 곤욕을 치렀다고 했다.

"자네가 욕봤겠군."

심당은 초췌해 보이는 하관에 차마 미소라 부르기 힘든 비틀림을 만들어 냄으로써 긍정을 표했다. 물론 나는 그를 눈곱만큼도 의심하지 않았다. 어린 시절부터 그에게 있어서 동생은 하늘 같은 스승인 동시에 절대적인 군주였다. 낳아 준 생모를 해칠지언정 동생은 해치지 못한다. 그게 심당이다.

"육선문에다가 밝히지 않은 것이 있어요."

심당이 갑자기 눈을 빛내며 말했다.

"사라진 재물이 전혀 없지는 않았어요."

퍼뜩 떠오르는 물건 하나가 있다.

"칠보비산?"

"예, 바로 그 물건이 사라졌지요."

왜 육선문에다 이야기하지 않았냐고는 묻지 않았다. 강호와 동떨어진 이 한적한 산골 마을에서 마장이란 이름은 그저 먼 세상 이야기일 뿐. 동생은 조금 괴팍하고 조금 비밀스러운 구석이 있긴 하지만 대체로는 평범하다고 할 수 있는 곱사등이 장인에 지나지 않았다. 칠보비산 같은 물건이 드러나면, 조사하는 쪽이나 조사받는 쪽이나 피차 곤란해지는 것이다. 그러고 보니 우리 형제는 통하는 구석이 있다. 나도 그리고 동생도 많은 것을 감추고 살아왔다. 은신도 가전家傳되는 걸까?

"혹시 칠보비산을 맡긴 사람이 흉수일까요?"

나는 잠시 생각하다가 고개를 저었다. 이부심이 비록 군자는 아니어도 품삯이 아까워 사람을 해칠 좀팽이는 아니었다. 게다가 약정한 날짜보다 이틀이나 빨리 공방에 찾아와 동생을 해치고 물건을 강탈해 간다? 완성되지 않았거나 하자가 있으면 어쩌려고? 필연성이 없다. 그 날짜보다 뒤라면 모르지만.

"장례는 어찌 치렀는가?"

"육선문 사람들이 다녀간 뒤 곧바로 치렀어요. 묏자리는 어르신들 계신 곳에서 멀지 않은 데에 잡았고요."

나는 고향 집 왼편으로 길게 누워 있는, 부모님 두 분을 몸뚱이 한구석에 품고 있는 야트막한 동산으로 눈길을 주었다. 부모님은, 특히 아버지는 둘째 아들의 등에 난 혹과 그로 말미암은 비뚤어진 집착을 모두 당신의 탓으로 돌리시곤 했다. 그래서 그가 성인이 된 후로도 슬하에 두고 거두려고만 애쓰셨는데 이제는 그리될 수밖에 없게 되었다. 아버지는…… 만족하실까?

자꾸 불어나려는 감상을 한차례 고갯짓으로 털어 내고는 다시 심당을 돌아보았다.

"자네가 여러모로 고생 많았군."

"형님, 전 지금이라도 그 친구가 당장 저 문을 열고 나올 것만 같아요. 그러고는 공방은 어쩌고 여기서 게으름 피우는 거냐며 제게 호통을 칠 것만 같아요. 그런데 그 친구가 죽었어요. 누가 죽였는지 아무도 모른대요. 어떻게 하죠? 분해요, 너무 분해요."

낡은 춘첩이 붙은 대문을 등지고 선 심당은 이렇게 중얼거리며 어깨를 부들부들 떨었다. 소처럼 순박하기만 한 그가 하늘 같은 스승, 절대적인 군주의 유고 앞에서 진심으로 분노하고 있었다.

"일단 사라진 물건의 주인부터 만나 봐야겠군."

"안 그래도 그럴 생각이었지요. 형님이 오실 때가 되어서 잠시 미뤄 두고 있었을 뿐이에요."

심당의 결연한 말에 나는 미안하게도 실소를 금치 못했다. 말인즉슨 옳다. 흉수까지는 아니더라도 단서는 분명 이부심과 칠보비산에 있을 것이다. 단서가 있다면 사건을 해결하는 일도 불가능하지는 않을 터. 하지만 그것은 사건을 해결하는 주체가 최소한 십팔대명인 중 한 사람 정도나 되어야 가능한 이야기였다. 심당이라면? 어림도 없었다.

"자넨 이미 많은 일을 했네. 내가 돌아왔으니 내 집 일은 이제 내게 맡기게."

"하지만……."

"그 사람은 내가 찾아가겠네."

나는 심당에게 조금 힘주어 말하고는 몸을 돌렸다.

"자, 잠깐만요. 그 사람이 누군지는 듣고 가셔야……."

그러나 나는 심당의 말에 대답할 수 없었다. 고향 집 대문으로 이어진 오솔길 위를 터벅터벅 걸어오는 삼휘도를 보았기 때문이다.

2. 심당 沈當

---⊗---

삼휘도라면 몇 번 본 적이 있는 청년이다. 그는 유부재의 고객이었다. 낫이나 가마솥을 찾는 그런 드러난 고객이 아닌 훨씬 비밀스러운 고객.

유부재는 삼휘도를 좋아했다. 내놓고 표현하지는 않았지만 나는 눈빛만 봐도 안다. 그가 삼휘도를 얼마나 마음에 들어 하는지를. 삼휘도를 바라보는 그의 눈빛은 뾰족하고 날카롭고 치명적인 병기를 바라볼 때만큼이나 반짝였다. 이는 또한 삼휘도가 그런 병기만큼이나 위험한 존재임을 의미했다.

한데 그런 삼휘도가 유부재가 죽은 지 한 달 만에 공방도 아닌 유부재의 집으로 직접 찾아왔다. 나는 형님의 어깨너머로 그 삼휘도가 지친 듯 권태로운 듯 터벅터벅 걸어오는 모습을 바라보았다. 헝클어진 머리카락과 낡은 상의, 어깨 위에 뽀얀 먼지를 덮어쓴 삼휘도는 과거 몇 번의 만남에서 그랬듯 이십 대 청년에겐 어울리지 않는 표정을 하고 있었다. 맷돌에 한참 갈리다 남은 콩 찌꺼기처럼 달콤 고소한 즙이 깡그리 제거된 무감한 표정. 대체 무엇이 그리 길지 않은 그의 삶을 저토록 무자비하게 갈아 댄 것일까?

형님 앞에 선 삼휘도가 거두절미하고 말했다.

"찾아가려는 사람이 이부심이라면 그럴 필요 없소."

형님은 삼휘도를 잠시 바라보다가 물었다.

"자네는 누군가?"

"삼휘도."

"행색을 보아하니 강호인 같군. 동생의 고객이었나?"

형님의 목소리에는 탐탁지 않은 기색이 그대로 드러나 있었다. 하긴 유부재가 하는 일을 예전부터 못마땅하게 여기던 형님이었으니.

"강호인 맞소. 고인의 고객이었던 것도 맞고. 궁금한 점이 또 있소?"

삼휘도에게 어울리는 대답이란 생각이 들었다. 주위로부터 경원당하지 않을까 두려워하는 듯한 반항적인 태도. 유부재를 반하게 만든 요소 중 하나일 것이다.

"있네. 이부심을 찾아갈 필요가 없다는 말의 뜻은 뭔가?"

"문상을 하고 싶다면 말리지 않겠소."

이부심이 칠보비산을 맡긴 의뢰인의 이름이란 사실을 떠올린 것은 그즈음이었다. 그런데 문상이라니? 하면 이부심이 죽었단 말인가?

"누가 그를 죽였는가?"

"관음비觀音臂 홍독洪督."

형님은 침묵했다. 그러고 보니 형님은 칠보비산의 주인이 이부심이란 것도, 그리고 나로서는 처음 듣는 관음비 홍독이란 자의 이름도 모두 알고 있는 눈치였다. 신기했다. 강남의 어느 권문가에서 글 선생 노릇을 한다는 형님이 어떻게 강호 인사들의 명호에 해박한 걸까? 구름 같은 의혹에 휩싸여만 가는 나는 아랑곳하지 않고 두 사람의 대화는 점입가경으로 이어졌다.

"내 아우를 죽인 자도 홍독인가?"

"그렇소."

"왜? 무슨 원한이 있어서?"

"홍독은 본디 고인에게 아무런 원한도 없었소. 다만 칠보비산의 주인에게 원한이 있을 뿐."

"이부심에게?"

형님은 이마를 짚고 뭔가를 생각하다 고개를 끄덕였다.

"그렇군. 이부심은 홍독의 형제를 죽인 일이 있었지."

"그래서 홍독은 이레 전 단옷날에 이부심과 결투를 하기로 약속해 놓았소. 하지만 이길 자신은 없었던 모양이오. 이부심에겐 그에게 상극이 되는 기문병기가 있었기 때문이오."

"홍씨 형제의 장기는 강호에 널리 알려진 바, 비도술飛刀術이지. 이부심의 칠보비산은 그와 상극이라 할 만하고."

"형제의 원수를 갚기 위해 홍독은 칠보비산을 없앨 필요가 있었소. 그래서 고인에게 손을 쓴 거요."

"그랬군. 이부심을 찾아갈 필요 없다는 말, 이제는 이해하겠네."

덕분에 흉수의 정체를 알게 되었으니 고마워할 만도 하련만 형님은 흔한 목례 한번 없이 발길을 옮겼다. 삼휘도는 옆을 스쳐 지나가는 형님을 특유의 무감한 눈길로 바라보다가 불쑥 물었다.

"홍독을 찾아갈 작정이오?"

형님의 발길이 멎었다. 형님은 삼휘도와 어깨를 나란히 한 채 말했다.

"물론이네."

"복수하기 위해?"

"목숨은 오직 목숨으로만 갚을 수 있는 법이지."

"그렇다면 굳이 홍독을 찾아갈 필요 없소."

형님의 시선이 왼쪽 어깨 건너 삼휘도의 얼굴로 향했다.

"그건 또 무슨 뜻인가?"

삼휘도는 대답 대신 뒤춤에 매달고 있던 물건을 끌러 발치에 툭 내려놓았다. 양가죽으로 만든, 호박 하나 정도 들어갈 크기의 주머니였다. 그 주머니를 본 나는 부르르 진저리를 쳤다. 주머니 군데군데 묻어 있는 무척이나 불길한 느낌을 풍기는 검붉은 얼룩들 때문이었다.

형님은 주머니를 내려다보다가 조금 가라앉은 목소리로 물었다.

"홍독?"

"그렇소."

"자네가 그를 죽였나?"

"그렇소."

"이유를…… 물어도 되겠나?"

삼휘도의 입술이 살짝 비틀렸다.

"고인의 원수를 갚아 줬으니 고맙다는 인사가 우선이 아니겠소?"

이 말이 이제껏 두 사람의 대화를 멍청히 듣기만 하던 나를 일깨웠다.

"원수를…… 원수를 갚았다고?"

나는 무엇에 홀리기라도 한 듯 삼휘도가 던져 놓은 가죽 주머니를 향해 비척걸음으로 다가갔다.

　"그러면 이, 이 주머니 안에 원수의 머리통이……?"

　삼휘도의 시선이 이곳에 온 이후 처음으로 나를 향했다.

　"그렇소."

　나는 이를 악물고 가죽 주머니를 풀어 헤쳤다. 그 안에는 대머리 사내의 머리통 하나가 들어 있었다. 얼굴 전체를 뒤덮은 횟가루와 그 가운데 자리 잡은 한 쌍의 부릅뜬 눈이 심장을 오그라들게 만들었다. 그러나 나는 웃었다. 세상이 떠나가라 크게 웃었다.

　"와, 와하하! 유부재의 원수를 갚았구나! 원수 놈의 머리통이 여기 있어! 으하하!"

　웃음은 곧 통곡으로 바뀌었다. 눈물이 웃음처럼 철철 흘러나왔다.

　"으허헝! 친구야! 이놈이야, 이놈이 널 죽였어!"

　나는 주먹으로 대머리의 머리통을 후려갈기기 시작했다.

　"어허헝! 죽어라, 이놈! 죽어라, 이 개 같은 놈! 개 같은 악당 놈!"

　부패가 시작된 머리통이 내 주먹질 아래에서 붉은 진물을 흘리며 조금씩 뭉그러졌다. 구역질이 나올 만큼 무섭고 끔찍했지만 나는 주먹질을 멈추지 않았다.

　"그만하게."

　보다 못한 걸까? 형님이 말렸다. 나는 눈물 콧물로 범벅이 된 얼굴로 형님을 올려다보았다.

　"이제 그만하게."

　그러고는 형님은 조그만 목소리로 덧붙였다.

"고맙네."

형님도 이상한 사람이었다. 진정으로 고마워해야 할 대상은 죽은 자의 머리통에 주먹질이나 해 대는 정신 나간 놈이 아니지 않은가. 내 마음을 읽었는지 형님이 삼휘도를 돌아보며 물었다.

"내가 자네에게 고마워하길 바라는가?"

삼휘도는 고개를 저었다.

"내가 바라는 건 당신의 감사가 아니오."

누그러져 있던 형님의 눈가가 슬쩍 굳었다.

"하면 무엇을 바라는가?"

"돈."

나는 참지 못하고 두 사람의 대화에 끼어들었다.

"돈이라면 내가, 내가 주겠네!"

삼휘도가 나를 돌아보았다.

"물론 당신에게도 바라는 것이 있소. 하지만 그것은 돈이 아니오."

무감하게 울려 나오는 목소리에 나는 적잖이 당황했다. 상대가 사람의 목을 잘라 주머니에 넣고 다니는 무시무시한 살인자라는 사실이 새삼스레 다가왔다.

"그, 그럼 내게 뭘 바라는가?"

"무원환無怨環의 주인."

순간적으로 말문이 턱 막혔다. 어떻게 알고 있는지 미치도록 궁금했다. 유부재가 만들어 낸 필생의 역작, 무원환의 존재를 말이다.

"말하시오."

삼휘도는 판관처럼 당당히 내 대답을 요구했다. 나는 원수를 갚

아 준 일에 보답하기 위해, 아니 솔직히 말하면 삼휘도에게서 뿜어
나오는 기이한 압박감을 이기지 못해 무원환의 현 소유주가 누구
인지를 밝혔다.

"역시 그였군. 번거롭지 않게 되어 다행이라고 해야 하나?"

삼휘도는 알 수 없는 소리를 혼잣말처럼 중얼거린 뒤 시선을 돌
렸고, 그 이후 두 번 다시 내게 시선을 주지 않았다.

"내게 바라는 게 돈이라고 했나?"

형님이 삼휘도에게 물었다.

"그렇소."

"얼마를 원하는가?"

"동전 하나."

나는 하도 어처구니가 없어서 두 눈을 끔뻑거렸지만 형님의 반
응은 의외로 담담했다.

"내가 누군지 알고 있군."

삼휘도는 대답 없이 형님을 빤히 바라보기만 했다.

"그래서 홍독을 죽인 건가?"

역시 아무 대답도 나오지 않았다. 형님은 삼휘도의 얼굴을 한동
안 노려보다가 오른손을 품속으로 집어넣었다. 다시 나온 형님의
오른손 인지와 중지 사이엔 납작한 동전 한 닢이 끼여 있었다.

"노반전魯班錢에 대해 안다면, 그 시한도 알고 있겠지."

삼휘도는 동전을 받으며 고개를 끄덕였다.

"물론이오."

그러고는 몸을 돌리기 직전 말했다.

"곧 연락하겠소."

삼휘도는 떠났다. 뒤도 한번 돌아보지 않고서. 형님은 그가 떠나는 모습을 지켜보지 않았다. 그저 흙바닥에 떨어진 원수 놈의 머리통을 가죽 주머니에 수습하셨을 뿐이다.

"제단은 안에 차려져 있는가?"

허리를 편 형님이 필시 얼빠진 얼굴을 하고 있을 나를 돌아보며 물었다. 나는 눈물 콧물로 범벅이 된 얼굴을 소매로 훔치며 꺽꺽 대답했다.

"후, 후원…… 후원 사당에 차려 놓았어요."

"들어가세. 원수를 갚았으니 향이라도 몇 대 올려야지."

형님은 대문을 열고 집으로 들어갔다. 나는 뿌연 먼지 속으로 작아진 삼휘도를 바라보다가 형님을 따라 집 안으로 들어섰다. 형님의 뒷모습을 보노라니 유부재의 굽은 등이 떠올랐다. 다시 눈물이 쏟아졌다.

3. 조궁曹弓

────────❈────────

사흘째 내리는 늦여름 폭우로 세상은 엉망이 되어 있었다. 그 비를 고스란히 맞으며 길인지 진창인지 모를 산길을 오르려니 죽을 맛이란 게 정말로 무슨 맛인지 알 것 같았다. 하지만 나보다 더 죽을 맛이 분명할 사람들도 있는 탓에 싫은 내색을 드러낼 수도 없었다.

뒤따라오는 네 명의 유룡대幼龍隊 대원들. 앞뒤로 각각 두 명씩, 장정 허벅지만큼이나 굵은 대나무 봉을 어깨에 인 그들은 거친 숨을 헐떡이는 와중에도 대나무 봉 위에 얹힌 가마가 흔들리지 않도록 노력하는 기색이 역력했다. 대견하기도 하고 미안하기도 한 마음에 걸음을 늦춰 그들 곁으로 섰다.

"이 고개 너머에 황주가 기막힌 객점이 있다네. 오늘은 거기서 묵도록 하지."

따끈한 황주와 잘 마른 이부자리로 고단한 몸을 달래는 장면을 떠올린 걸까? 빗물로 번들거리는 유룡대원들의 얼굴에 흐릿한 미소가 떠올랐다. 하지만 그들의 미소는 그리 오래가지 못했다.

"오늘 중에 부로 돌아가고 싶어요."

나는 목소리가 흘러나온 가마를 노려보며 목구멍까지 치밀어 오른 젠장 소리를 억눌러야만 했다. 누구는 오늘 중에 가고 싶지 않은 줄 아나? 하지만 부까지는 아직 사십 리 가까이 남았고 시간은 이미 중화참을 훌쩍 넘어서 있었다. 퍼붓는 빗줄기와 진창길을 감안하지 않더라도 오늘 중에 돌아가려면 젖 먹던 힘까지 쏟아야 하는 것이다. 나는 목소리를 애써 부드럽게 꾸며 가마를 향해 말했다.

"아가씨, 길이 너무 험하오. 행보를 서두르다 자칫 낙상이라도 하는 날엔……."

"대大 청룡부靑龍府의 미래를 짊어진 유룡대원들이 빗길에 미끄러지기라도 한단 말인가요? 석 오라버니가 들으면 웃겠군요."

청룡부의 미래를 짊어졌는지 아닌지는 몰라도 지금 자신이 탄 가마를 짊어진 것이 바로 그 유룡대원들임을 생각한다면 차마 못 할 뻔뻔한 소리였다. 더구나 말 속에 등장한 석 오라버니가 유룡대주인 석량石亮을 가리키는 호칭이 분명하다면 같은 남자의 입장에서 참으로 분통 터지는 일이 아닐 수 없었다.

석량과 가마 속 여자가 그렇고 그런 사이였음은 알 만한 이들은 다 아는 사실. 그런 석량을 헌신짝처럼 팽개치고 강호 제일 부귀가라는 남궁세가의 상속인에게 시집갔다가 처녀 적의 추문이 제대로 들통나는 바람에 옷가지도 챙기지 못하고 내쫓기다시피 부로 돌아가는 주제에, 석 오라버니가 어쩌고 어째? 아! 계집이란 원래 그런 건지, 아니면 저 계집만 그런 건지……. 아들놈 셋 있는 거 모두 중을 만들어 버릴까 하는 생각마저 들었다. 나는 결국 참지 못하고 고개를 외로 꼬며 젠장 소리를 내뱉고 말았다.

"운수소관이라 여기세요."

가마를 멘 네 명의 유룡대원들 중 가장 고참인 전흥田興이 가마 안에서는 듣지 못할 조그만 목소리로 말했다.

"운수소관……."

실소가 절로 나왔다. 비록 말석이긴 해도 명색이 청룡부를 수호하는 팔신장八神將의 한자리를 차지하고 있는 내게 소박데기나 호위해 오는 임무가 맡겨진 것도 운수소관인가? 서방에게 소박맞고서도 처녀 시절 도도하고 꼬장꼬장한 성질머리를 고치지 못한 저 잘난 계집이 하는 짓거리도 운수소관인가? 아! 그리고 보니 운수 탓으로 돌릴 만한 일이 아주 없진 않았다. 하필이면 행보를 떠날 즈음부터 시작된 이놈의 지긋지긋한 장마는 필시 운수소관일 터였다. 하지만 나머지는 모두…….

"웬 놈이냐!"

빗소리를 뚫고 울린 갑작스러운 호통에 퍼뜩 상념에서 깨어났다. 일행의 선두를 맡은 곽맹상郭孟上의 목소리였다. 걸음을 재촉하여 앞쪽으로 달려가 보았다. 허리춤의 철검 손잡이를 잡은 채 전방을 노려보고 있는 곽맹상의 뒷모습이 자욱한 우막雨幕을 배경으로 보였다.

"곽 부대주, 무슨 일인가?"

유룡대의 세 부대주 중 한 사람인 곽맹상은 내 물음에 대답하지 않았다. 다만 검집에서 검이 약간 뽑히는 짤깍, 하는 소리만 들릴 뿐이다. 나는 이마까지 눌러쓴 죽립을 슬쩍 치켜 전방을 바라보았다. 십여 보쯤 떨어진 허연 돌무더기 아래 누군가 앉아 있었다. 그자의 존재를 발견하는 데 시간이 약간 걸린 것은 시야를 가리는 억수 같은 빗줄기 때문만은 아니었다. 그자는 주위의 돌무더기와 놀랄 만큼 동화되어 있었다. 나는 곧 그 이유를 알 수 있었다. 그자가 몸에 걸친 것이 허연 화강암 돌무더기와 잘 어울리는 백포 효복孝服(상복)이었기 때문이다. 만일 옆에 세워 둔, 자루에 붉은 칠을 한 길쭉한 봉이 없었다면 그자를 발견하는 데 좀 더 시간이 걸렸을지도 모른다.

"탁발씨拓拔氏*의 종자인가?"

곽맹상의 딱딱한 목소리가 전방을 향해 날아갔다. 나는 탁발씨라는, 보통 사람들은 좀처럼 접하기 힘든 복성複姓으로부터 그자가 걸친 효복의 의미를 깨달았다. 지난 반년간 중원 각지에서 부의 행사를 끈질기게 훼방 놓아 온 거머리 같은 종자들. 그들의 성이 바로 탁발이라고 했다. 그리고 그들은 항상 효복 차림만 고집했다고 한다. 그 까닭은……

"탁발씨라면, 아빠의 손에 가주를 잃었다는 오랑캐 종자들 말인가요?"

나는 뒤를 돌아보았다. 어느새 등 뒤까지 다가온 가마가 진창 위에 내려져 있었다. 가마에서 나온 사람은 두꺼운 기름종이를 발라 만든 우산을 손에 든 소박데기였다.

"존체라도 상하면 어쩌려고 나오셨소? 가마 안에서 기다리시오."

"아니에요. 백호보白虎堡 문제로 부가 골치를 썩는 틈을 타 파리 떼처럼 왱왱거리며 달려드는 작자들이 있다기에 안 그래도 한번 만나 보고 싶었어요."

---

* 선비鮮卑의 한 씨족. 2세기 후반부터 선비 중 가장 강성한 부족이 되어 368년에는 탁발규拓拔珪가 북위北魏를 건국했음. 이후 북위가 멸망한 뒤 성을 고치고 대부분 한화漢化됨.

그럼 그러시든지. 마음에도 없는 보비위는 더 이상 하고 싶지 않아서 눈길을 다시 전방으로 돌렸다.

"방수가 있을지도 모르니 조 사부께선 아가씨를 보호해 주십시오. 저자는 유룡대가 처리하겠습니다."

곽맹상의 말에 나는 고개를 끄덕였다. 강호인답지 않은 소리라 하겠지만, 병기를 들고 드잡이를 벌이는 일은 솔직히 내 장기가 아니었다. 내 장기로 말할 것 같으면 두터운 인덕과 격 높은 예도를 바탕으로 한 넓은 교분에 있었다. 그래서 얻은 별호가 사해우四海友. 때문에 부주는 내게 손발을 쓰는 일보다는 얼굴을 쓰는 일을 주로 맡겼다. 예를 들면…… 에…… 소박맞을 위기에 처한 딸을 별다른 잡음 없이 시댁에서 빼내 오는 일 같은…… 젠장, 그러고 보니 운수소관이 아니잖아.

"전흥, 우측을 맡아라! 상관초上官草, 넌 좌측으로! 나머지 둘은 조 사부를 도와 아가씨를 지킨다."

"옛!"

가마꾼 노릇보다는 훨씬 신나는 일이라 여겼는지, 곽맹상의 명을 받는 유룡대원들의 대답에는 기합이 잔뜩 들어가 있었다.

"마지막으로 묻겠다. 탁발씨가 맞는가?"

곽맹상이 전방을 향해 다시 물었다. 스렁! 마지막이라는 말을 증명이라도 하듯 철검의 검신이 검집 안감을 긁으며 그 모습을 완전히 드러냈다. 그러자 효복 차림의 사내가 자리에서 일어섰다. 사내는 오른손을 뻗어 옆에 세워 둔 붉은 봉을 잡더니 산길 가운데로 천천히 내려와 섰다. 오십 줄의 나이, 빗물을 줄줄 흘리는 북슬북슬한 잿빛 턱수염이 무척이나 강인한 인상을 풍기고 있었다.

"언월도偃月刀라면 흔한 병기가 아닌데……."

나는 눈을 가늘게 접으며 중얼거렸다. 사내가 쥔 붉은 봉의 정체는 자루의 길이만 한 길에 달하는 언월도였다. 칼날 부분을 진창에 깊이 박아 놓았던 탓에 단순한 봉으로 착각했던 것이다. 마상 전투를 주로 하는 장수라면 모를까, 강호인들로선 좀체 선호하지 않는 거추장스러운 병기가 바로 저런 언월도였다. 어디 보자, 언월도를 전문으로 쓰는 자라면…….

내가 교분만큼이나 방대한 강호 견문을 더듬을 즈음, 효복 차림의 사내가 입을 열었다.

"네가 죄인 역해심易海心의 딸이냐?"

일행 중 딸 소리를 들을 사람은 오직 하나뿐이니 저 질문의 대상이 소박데기임은 물론이다. 그나저나 죄인 역해심이라. 청룡부주 역해심도 아니고 북천노룡北天怒龍 역해심도 아닌 죄인 역해심이라. 최소한 청룡부가 위치한 이 하북에서는 파천황에 가까운 언사라 아니할 수 없었다.

"미친놈! 죽고 싶어 환장했구나!"

아니나 다를까, 소박데기가 새하얀 목에 핏대를 세워 가며 악을 썼다. 그러자 사내의 북슬북슬한 턱수염 위로 하얀 금이 히죽생겼다.

"맞는 모양이군."

언월도가 움직였다. 바닥을 향하던 칼날이 머리 위로 돌아가며 섬뜩한 칼 빛이 자욱한 빗줄기를 뚫고 얼핏 비치는 듯했다. 그 순간 빗줄기의 방향이 바뀌었다. 마치 직사된 화살처럼 수평으로 진로를 튼 빗줄기가 전방을 가득 메우며 일행 쪽으로 밀려들었다.

"이런!"

나는 소박데기의 앞을 막아서며 양 소매를 크게 휘둘렀다. 와다다닥! 포천철수包天鐵袖의 공력으로 철판처럼 단단해진 소맷자락 위를 빗방울이 마치 우박처럼 두들겨 댔다. 그 기세며 내력이 무명지배의 수준은 결코 아니었다.

"조심하게!"

내 이 짧은 외침이 채 끝나기도 전에 요란한 금속성이 터져 나왔다.

까강! 까가가각!

한 자루 언월도와 세 자루 철검이 빗줄기를 가르며 연속적으로 부딪쳤다. 검풍도기劍風刀氣에 휩쓸린 빗방울들이 소용돌이치듯 주위로 퍼져 나갔다.

큽, 하는 외마디 비명과 함께 둥근 물체 하나가 전권 밖으로 튀어나왔다. 비탈에 떨어져 질척한 경사면을 따라 미끄러지는 그 물체의 정체는 바로 전흥의 수급이었다. 겨우 네댓 합 만에?

그것을 확인하고 시선을 다시 전장으로 돌리자 상관초가 숙달된 무희처럼 양팔을 우아하게 펼친 채 맴도는 모습이 보였다. 상관초의 상체 전면에는 균열 하나가 가로지르고 있었다. 의복 위에 생긴 한 줄 금에 지나지 않던 그 균열은, 상관초가 회전을 마치고 바닥에 엎어질 즈음에 가서는 분홍빛 장기를 쏟아 낼 만큼 활짝 벌어져 있었다.

"꼼짝없이 가마 메게 생겼군."

나는 손가락을 꼽아 보다가 인상을 찌푸렸다. 전흥에 상관초까지 죽었으니 곽맹상이 거든다 해도 어깨 하나가 모자라는 것이다.

416

철검을 휘두르며 힘겹게 버티고 있는 저 곽맹상까지 죽는다면 소박데기가 과연 제 발로 걸어가 줄까? 그래만 준다면 얼마든지 기다릴 용의가 있지만 그럴 리 없다는 것은 나부터가 잘 알고 있었다. 다 죽고 나 혼자 남으면 내 등에라도 업혀 가려 들겠지. 환갑 나이에 당나귀 신세라니! 나는 부르르 진저리를 친 뒤 가슴 앞에 비끄러맨 붓통에서 두 자루 철필을 뽑아 들었다.

"자네들 둘은 여기서 아가씨를 보호하게."

나는 두 명의 유룡대원을 돌아보며 말했다. 소박데기를 걱정해서라기보다는 두 마리 예비 당나귀를 보존하기 위한 조치였다. 그런 뒤 전장을 향해 달려 나가자 탁발씨 사내가 조롱하듯 말했다.

"타혈쌍필打穴雙筆, 누군가 했더니 오지랖 넓으신 사해보상四海褓商 조궁 나리였군."

사해보상. 사해를 두루 돌아다니는 보따리장수. 일부 버르장머리 없는 놈들이 내게 붙인 별명이었다. 하기야 없는 자리에선 나라님도 욕한다는데 내가 뭐 대단한 사람이라고 뒷구멍으로 새 나오는 말까지 막겠는가. 하지만 그렇긴 해도…….

"이렇듯 대놓고 듣기는 처음이라 조금 당황스럽군. 그래, 내가 바로 그 보따리장술세. 자넨 누군가?"

"직접 알아내 보시지."

탁발씨 사내가 산처럼 묵직한 걸음걸이로 다가왔다. 나는 눈을 빛내며 양손에 꼬나 쥔 타혈철필에 공력을 끌어올렸다.

에…… 앞서 밝혔다시피 내 장기는 싸움이 아니다. 하지만 강호란 데가 어디 친분 하나만으로 살아남을 수 있을 만큼 만만한 바닥이던가. 때문에 나 또한 천하 어느 곳을 가더라도 명숙 소리를 들을 만한 재주 하나쯤은 가지고 있었다. 도가 명문 무당파의 심후한 내공과 그것을 바탕으로 창안한 팔십일 초의 진무타혈법眞武打穴法이 바로 그것이었다. 합! 허이압!

……그러나 뛰는 자 위에 나는 자 있는 법. 사내가 휘두르는 언월도는 진무타혈법의 교묘함을 뒤덮어 버릴 만큼 위력적이었다. 폭우마저 압도하며 뿜어지는 노도 같은 도기에 나는 그만 열 합도 지나지 않아 수세에 빠졌다. 곽맹상의 도움을 바랄 수도 없었다. 이미 피투성이로 변한 그는 쓰러지지 않고 버티는 게 신기한 상태였다.

"대체 이런 자가 어떻게……?"

탁발씨의 패악을 겪어 본 문도들이 공통적으로 하는 말은 귀찮을지언정 위협적이지는 않다는 것이었다. 한데 이자는 아니었다. 최소한 이자는 청룡부 팔신장 중 으뜸이라는 포염라包閻羅급이었다. 강호 십팔대명인 중 한 사람에 꼽히는 그 포염라 말이다. 가만…… 십팔대명인?

문득 십팔대명인 중에 언월도를 쓰는 자가 하나 있다는 사실이 떠올랐다. 일정한 거처 없이 떠도는 자라 사해우의 넓은 오지랖으로도 안면을 틀 기회가 없었지만 하루 싸워 하루 먹고사는 낭인 세계에선 이미 전설이 된 이름이라고 했다. 이름하여 혈운장血雲長. 후한의 관운장이 건강과 재물을 가져다주는 무재신武財神이라면 당금의 혈운장은 파괴와 죽음을 몰고 다니는 사신이라나 뭐라나. 그런데 그 혈운장이 탁발씨라고?

그 순간 빗줄기가 십자로 쩍 갈라지며 뇌전 같은 도기가 사방을 뒤덮어 갔다. 뿌드득! 왼손에 든 철필이 손가락 두 개와 함께 처참하게 뭉개졌다. 혈관을 따라 치고 올라온 끔찍한 고통에 정신이 아찔해졌다. 저 앞에서 머리통의 반쪽을 잃어버린 곽맹상이 비척거리다가 쓰러지는 모습이 보였다.

단 한 수로 청룡부의 늙고 젊은 두 정예를 한꺼번에 패퇴시킨 수법은 아마도 응축된 도기를 종횡으로 쳐 내어 천지를 함께 가른다는 건곤십자참乾坤十字斬일 터. 바로 혈운장의 성명절기였다. 젠장, 저 탁발씨는 진짜 혈운장이다.

"죄인의 주구들, 하나도 남김없이 베어 주마."

공기는 습기로 가득 찼고 혈운장의 목소리는 살기로 가득 찼다. 나는 손가락 두 개가 잘려 나간 왼손을 급히 지혈하며 소박데기가 있는 뒤쪽으로 주춤주춤 물러났다.

"소, 손가락이……! 괜찮으세요?"

소박데기가 내 왼손을 바라보며 두려움에 물든 목소리로 물었다. 나는 시선을 돌려 소박데기의 얼굴을 쳐다보았다. 흠, 저렇게 겁에 질리니 옛날 얼굴이 조금 나오려나? 꽤나 귀엽던 아이였는데. 징징거리긴 했어도 말이다. 나는 어린 시절의 얼굴을 조금 되찾은 청룡부주의 외동딸 역이화易梨花에게 애써 웃음을 지어 보였다.

"이런, 또 울려는 거냐? 징징거리는 버릇은 커서도 고치지 못했나 보구나."

하늘 높은 줄 모르는 소박데기에겐 존대를 써 주었다. 하지만 친조카처럼 귀여워하던 화아花兒에겐 굳이 존대를 쓸 필요가 없었다.

"조 아저씨……."

나는 울먹이는 화아에게 눈을 찡긋해 보인 뒤, 두 명의 유룡대원에게 말했다.

"오래 버틸 자신 없다. 아가씨를 모시고 어서 피해라."

"그, 그러면 조 사부께선……."

"바보들, 길게 말할 시간 없으니 어서……."

'떠나라'는 뒷말까지는 허락되지 않았다. 나는 전신을 휩쓸어 오는 폭풍 같은 도기 앞에 옥청대보신공玉淸大寶神功을 극한까지 끌어올렸다. 혈류가 빨라지며 손가락이 잘려 나간 단면에서 피 화살이 쭉 뿜어 나왔다. 술에 취한 듯 얼굴이 달아오르고, 입고 있던 장포가 붕 부풀어 올랐다. 진원까지 토해 내는 극렬한 고통 속에서도 미소를 잃지 않으려고 애썼다.

그래, 한번 가면 돌아오지 못하는 게 장부라 하지 않던가. 보따리장수처럼 유들유들 살았을망정 갈 때만큼은 명숙다운 면모를 보여줘야지. 이보게, 혈운장. 지금은 사해보상이 아니라 사해우라네.

"이야압!"

한 자루 남은 타혈철필이 이글거리는 도기의 정중앙을 찔렀다. 팔십일 초 진무타혈법 중 가장 자신 있는 화룡점정畵龍點睛의 수법이었다.

꽝!

그게…… 대여섯 살 무렵이었을 게다. 북경성 천단天壇에서 열린 원단 폭죽놀이 때에 어머니 손을 잡고 구경 나온 내 앞에서 어른 몸통만 한 구룡폭죽이 터진 적이 있다. 생전 처음 들은 천둥 같은 굉음에 어찌나 놀랐던지. 자지러지게 우는 날 달래느라 그 장하던 축제 구경은 하나도 못 했다는 어머니의 애정 섞인 푸념은 당신께서 세상을 뜨시던 날까지 몇 번이고 반복되었다.

아스라한 기억 탓인지 아니면 어머니의 푸념 탓인지, 나는 이 세상에 구룡폭죽의 폭음보다 더 큰 소리가 존재한다고는 믿지 않고 살아왔다. 하지만 이젠 믿어야만 했다. 내 필생의 공력이 도기의 장막을 꿰뚫었을 때 울린 폭음은 분명 구룡폭죽의 그것보다 훨씬 컸다. 그리고 그것은 내가 들은 마지막 소리가 되었다. 양쪽 고막이 한순간에 찢어졌기 때문이다.

거센 충격파가 전신을 관통했다. 모든 근육과 모든 뼈마디가 어긋나는 고통은 촌각에 불과했다. 그다음에 밀려온 것은 꿈길을 거니는 듯한 나른함. 잘된 일이다. 어릴 때부터 아픈 건 질색이었으니까.

내 회광반조廻光反照는 듣던 것과 조금 다른 식으로 나타났다. 완전히 사라진 청각과는 반대로 시각이 이상하리만치 선명해진 것이다. 얼굴 앞을 지나가는 빗방울 하나하나까지 또렷하게 보였다. 그 너머에 서 있는 혈운장의 왼쪽 겨드랑이 부근엔 붉은 점 하나가 찍혀 있었다. 젠장, 심장을 노렸는데 빗나가 버렸군. 하지만 아쉽진 않았다. 스스로 평하기에도 최고로 멋진 화룡점정이었다. 그걸 피하다니, 저 친구는 명인 소리 들을 자격이 있다.

세상이 천천히 거꾸로 뒤집혔다. 비구름 가득한 하늘이 시야를 가득 메웠다. 등이 시원했다. 진창이란 게 더러운 줄만 알았지 이렇게 시원한 줄은 미처 몰랐네그려.

뒤집힌 세상의 한쪽 끄트머리엔 화아와 유룡대원 둘이 거꾸로 매달려 있었다. 저런 바보들, 오래 버티지 못한다고 분명히 말했건만 아직까지 저기서 어물거리고 있다니.

혈운장의 얼굴이 시야 아래쪽으로 불쑥 들어왔다. 나를 내려다보고 입술을 달싹거리는데…… 이 친구야, 나는 자네 때문에 귀머거리가 되었다고. 뭐라 하는지 알 수는 없지만 표정으로 미루어 최소한 보따리장수라고 놀리는 것 같지는 않았다. 그것으로 됐지, 뭐.

그러나 말을 마친 혈운장이 화아 쪽으로 발길을 돌리자 마음이 언짢아졌다. 부주에게 미안했다. 최소한 화아는 지켜 줬어야 하는데. 지독한 나른함이 밀려들었다. 나는 내 삶의 마지막 촛불이 꺼져 간다는 사실을 알아차렸다.

그런데 하필이면 그때, 이승에서의 시간이 얼마 남지 않은 바로 그때, 거뭇한 그림자가 눈앞을 휙 지나갔다. 어떤 무례한 놈 하나가 산길 한복판에 누운 나를 훌쩍 타 넘은 것이다.

청년이었다. 거짓말처럼 예민해진 시각은 순식간에 스쳐 지나간 청년의 모든 것을 똑똑히 잡아낼 수 있었다. 빗물에 젖은 머리카락, 칼날처럼 날카로운 눈빛, 모종의 결의로 앙다문 입술. 그리고 오른손에 움켜쥔 날 선 귀두도鬼頭刀까지.

그렇게 내 위를 통과한 청년은 그 기세 그대로 혈운장을 덮쳐 갔다. 문답은 무용이라는 듯 빗물을 가르며 떨어지는 귀두도. 뭐라 외치며 언월도를 마주쳐 내는 혈운장. 두 자루 서로 다른 칼이 난마처럼 얽혀 들었다. 절대적인 정적 속, 우막을 뚫고 솟구치는 살벌한 불꽃들은 눈이 시릴 정도였다. 승부를 예단하기 힘든 용호상박의 격전이 거꾸로 뒤집힌 세상 속에서 펼쳐지고 있었다.

허! 저 나이에 혈운장과 막상막하라니 대단하군. 잘하면 부주에게 미안하지 않을 수도 있겠어. 그나저나…… 저 무례하면서도 대단한 청년…….

……대체 누굴까?

이 의문을 잔향殘香으로 남긴 채 내 삶의 마지막을 사르던 촛불이 꺼졌다.

4. 원보국元寶國

"이번엔 정말 위험했어."

문대광文大光이 붕대 끝에 매듭을 지으며 말했다. 상처 부위가 눌리는 것이 꽤나 아팠지만 나는 신음 한번 내지 않았다. 그런 날 향해 문대광이 엄지손가락을 치켜세웠다.

"과연 투귀鬪鬼답군. 간장이 뚫릴 뻔했는데도 눈 하나 깜빡이지 않다니."

"객쩍은 소리 집어치우고 저기 정삼丁三이 놈 팔이나 봐 주쇼."

문대광은 다리 난간에 등을 기댄 채 축 늘어져 있는 정삼을 흘 끗 본 뒤 고개를 저었다.

"됐어. 피도 나지 않는걸, 뭐."

정삼의 왼팔은 절반으로 줄어들어 있었다. 팔꿈치 아랫부분이 싹둑 잘려 나간 것이다. 단부는 불로 지진 듯 시커멓게 그을려 있 었다.

"화령검기火靈劍氣에 당한 게 차라리 잘된 일이야. 다른 것에 잘렸다면 출혈 때문에라도 이미 죽었을 테니까."

문대광의 말이 옳았다. 난전 중에 팔 하나가 잘리면 십중팔구 죽는다. 적의 도검으로부터 용케 목숨을 부지하더라도 쏟아지는 핏물을 막을 여유는 도저히 없을 테니까. 그런 의미로 볼 때 팔이 잘리고도 살아남은 정삼은 분명 행운아였다.

행운아라, 빌어먹을! 외팔이가 된 그를 행운아로 부를 만큼 이번 전투는 치열했다. 이십 년 넘게 강호에서 굴러먹으며 싸움이라면 제법 이력이 난 나조차 그저 되새기는 것만으로도 욕지기가 나올 만큼.

물고기의 것처럼 공허하게 열린 정삼의 눈을 바라보던 나는 붕대를 감느라 벗어 놓은 상의 안쪽에서 작은 주석 병 하나를 꺼냈다. 없는 주머니까지 만들어 달아 주면서, 비싸게 구했으니 남 주지 말고 꼭 당신이 먹으라고 몇 번이나 당부하던 마누라의 빼빼 마른 얼굴이 떠올랐다. 정신 나간 여편네, 그럴 돈 있으면 애새끼들이랑 고기나 사 먹을 것이지. 나는 만지작거리던 주석 병을 문대광에게 휙 던져 주었다.

"저놈에게 처먹이쇼."

"이게 뭔가?"

"공청석유空淸石乳요."

"뭐?"

문대광의 눈이 휘둥그레졌다.

"지랄, 그걸 믿소? 하여튼 몸에 좋은 약이라고 하니 처먹여도 뒈지지는 않을 거요."

"그런 약이면 자네가 먹어야지 왜 남에게……."

"피곤하게 자꾸 말 시킬 거요?"

"아, 알았네."

한번 눈을 부릅뜨면 적아 불문하고 벌벌 떨게 만드는 게 바로 철익당鐵翼堂의 싸움 귀신, 바로 나였다. 문대광이 비록 나보다 연장자라고는 하지만 감히 내 비위를 거스를 담량은 없을 터였다.

문대광을 정삼에게 보낸 뒤 자리에서 일어섰다. 싸늘한 아침 공기가 맨살에 소름을 돋게 만들었다. 발치에 떨어져 있는 상의에 절로 눈길이 갔다. 하지만 그것은 이미 옷이 아니었다. 남과 나의 피로 물든 더러운 천 쪼가리에 불과했다. 고뿔에 걸릴망정 그런 걸 걸치고 싶진 않았다.

주위를 둘러보았다. 목교木橋 근처 여기저기에 흩어져 있는 당원들의 모습이 보였다. 죽은 사람이 산 사람보다 많았고, 산 사람의 대부분도 크고 작은 부상을 입었지만 그래도 적에 비하면 나았다. 적은, 그러니까 백호보白虎堡의 세 창귀단倀鬼團 중 으뜸이라는 굴각단屈閣團은 단주 화염검마火焰劍魔의 사망을 포함, 괴멸에 가까운 피해를 입었다. 승자는 우리였다. 백호보가 청룡부의 아성에 도전한 이래 변변한 전공 하나 세우지 못한 우리 철익당이 마침내 대공을 세운 것이다.

"작전이 좋았어."

콧잔등을 문지르며 터덜터덜 다가온 사람은 철익당의 부당주인 맹간孟幹이었다.

"적의 주력을 다리 가운데에 묶어 두고 암기를 뿌린 다음, 앞뒤로 협공한 게 제대로 먹혀든 것 같아."

"화염검마의 솜씨입니까?"

턱짓으로 부당주의 얼굴을 가리키며 물었다. 부당주의 콧잔등은 허물이 홀랑 벗겨져 있었다.

"놈의 화령검기는 듣던 대로 무섭더군. 피했다고 생각했는데 이 모양이니 말이야."

"정삼은 팔이 날아갔습니다."

"목이 날아간 주고영朱高永보다는 낫지. 그리고 보면 새로 온 당주는 정말 대단한 사람이야. 혈운장과 대등하게 싸웠다는 이야기가 헛소문만은 아닌 것 같아."

내키지 않지만, 화염검마와 신임 당주의 싸움을 목격한 나로선 동의하지 않을 도리가 없었다. 주고영이야 풋내기였다. 정삼 또한 거기서 거기였다. 하지만 부당주는 오늘 당장 당주 자리에 올라도 무방한 진짜배기 검객이었다. 그런 부당주를 열댓 수 만에 궁지로 몰아넣은 자가 바로 화염검마인데, 신임 당주는 그를 죽였다. 그 것도 아이 가지고 놀듯 일방적으로 몰아붙이다가.

당시의 상황을 정리해 본다면, 내가 직접 목격한 것은 부당주가 위기에 빠졌을 때부터였다. 부당주를 도우러 달려가는 나를 누군가 휙 앞질러 지나갔고, 나는 빠르게 멀어지는 재수 없는 뒷모습으로부터 그자가 지난달에 부임한 신임 당주임을 알아차렸다.

부당주를 대신하여 화염검마를 상대한 신임 당주의 무공은 상상 이상이었다. 스치기만 해도 살이 익어 버리는 무시무시한 화령검기도 신임 당주에겐 전혀 통하지 않았다. 그야말로 눈부시다고밖에 표현할 길이 없는 쾌도. 화령검기의 열기는 그 쾌도가 만들어 낸 무형의 방벽에 막혀 힘없이 사그라졌고, 그렇게 이십여 합이 지나자 승기는 신임 당주 쪽으로 눈에 띄게 기울었다.

그런데…… 여기부터가 조금 이상했다. 열심히 싸우던 화염검마가 돌연 화령검기를 거두더니 아무것도 없는 왼손을 쭉 뻗어 신임 당주를 가리킨 것이다.

생각해 보니 그때 신임 당주가 보인 행동도 정상이라고 할 수는 없었다. 마치 화염검마의 손가락질에 걸리면 큰일이라도 난다는 양 땅바닥 위를 데굴데굴 구르기 시작했으니까.

그러자 화염검마가 신임 당주를 향해 크게 부르짖었다. 뭔가에 놀란 기색이 역력했는데…… 뭐라고 했더라? 네놈은 무엇을 아는구나, 식의 말인데 아쉽게도 그 '무엇'이 무엇인지는 정확히 잡아내지 못했다. 난전의 아수라장은 웬만한 목소리쯤은 묻혀 버릴 만큼 시끄러웠고, 더구나 당시의 나는 위기에 빠진 상관을 돕기 위해 악착같이 달려드는 굴각단 졸개들을 막아 내기에 급급했으니.

"혹시 들으셨습니까?"

"뭘?"

"화염검마가 싸우다 말고 신임 당주에게 한 말 말입니다. 뭔가에 놀란 눈치였는데, 정확히 무슨 말인지를 듣지 못했습니다."

부당주는 어리둥절해하다가 대답했다.

"나는 그 근처에 없었네. 당주가 몸을 뺄 수 없으니 나라도 당원들을 돌봐야지."

잠시 고개를 갸우뚱거리던 부당주가 이맛살을 찌푸리며 덧붙였다.

"자네 얘기를 들어 보니 죽어도 싼 놈이었군. 목숨이 왔다 갔다 하는 판국에 주둥이나 놀렸다니."

실제로도 그랬다. 화염검마가 한 짓은 주고영 같은 풋내기도 저

지르지 않을 터무니없는 실수가 분명했고, 신임 당주는 그것을 놓치지 않고 응징했다.

신임 당주를 가리키던 왼손 손목이 먼저 날아갔고, 이어 옆구리에 제대로 한칼 맞은 다음, 옆구리를 부여잡고 앞으로 고꾸라지기 직전 목이 날아갔다. 열화 같은 검기로 하북 땅을 주름잡던 화염검 마로선 실로 허망한 최후라 아니할 수 없었으니……

그 뒤, 남아 있던 굴각단 졸개들은 일패도지. 죽을 놈은 죽고 달아날 놈은 달아나 결국 이 지경에 이른 것이다.

작전을 입안, 총지휘하고 적당의 수괴까지 죽였으니 이번 승리의 일등 공신은 누가 뭐래도 신임 당주였다. 그런 만큼 부당주 이하 생존자 전원은 그에게 감사하여야 마땅했다. 그러나……

"세상엔 뭘 해도 재수 없는 작자가 있는 모양입니다."

불퉁스러운 마음이 그대로 덧씌워진 내 말에 허물이 벗겨진 콧잔등을 만지작거리던 부당주가 빙그레 웃으며 물었다.

"좋아하려고 노력해 보기는 했는가?"

좋아하는 데 노력이 필요한 건 마누라 하나로 족했다. 사내가 사내를 좋아하는 데 노력은 무슨 노력. 사귈 만한지 아닌지는 척 보면 아는 것이다. 그런 의미로 볼 때 신임 당주는 분명 재수 없는 인간이었다. 본명인지 별명인지 구분 가지 않는 이름부터가 재수 없었고, 시건방지고 삐딱한 말투 또한 재수 없었으며, 사내 갈아치우기를 밥 먹듯이 하는 걸레 같은 계집의 기둥서방이라는 점이 재수 없었다. 이렇듯 골고루 재수 없는 인간과 친해지기 위해 쏟을 노력 따위는 최소한 이 원보국에겐 없었다.

"카악! 퉤!"

내 불편한 심사를 알아차렸는지 부당주가 부드러운 목소리로 말했다.

"세상에 완벽한 사람이 어디 있던가. 모자란 부분은 서로 채워 주며 사는 게 인생이지. 당주에게 너무 많은 걸 바라지 말라고."

"속도 참 편하십니다그려. 철익당 당주 자리는 원래……."

"됐네. 능력 있는 사람이 높은 자리를 차지하는 게 당연하겠지. 나는 이 자리에 만족하네. 잊지 말게, 오늘 당주가 아니었다면 나도 그리고 자네도 무사하기 힘들었다는 사실을."

안다. 그래서 더 싫은 것이다. 철익당의 싸움 귀신이 재수 없는 놈 덕분에 목숨을 부지하다니!

그때 다리 건너편에서 다가오는 재수 없는 놈이 보였다. 아침 햇살을 등진 채 귀두도를 어깨에 척 걸고 터덜터덜 걸어오는 놈은 세상 모든 것들로부터 동떨어져 존재하는 양 오만하고 무감해 보였다.

"끙!"

배때기에 큼직한 구멍이 뚫려도 신음 한번 내지 않던 철익당 투귀 입에서 마침내 앓는 소리가 튀어나오고야 말았다.

5. 이정 李程

────⊗────

얼마 만인지 기억도 나지 않는다. 오늘처럼 가슴을 활짝 펴고 보고하는 것이 말이다.

"……결과적으로 기존의 굴각단은 완전히 괴멸되었고, 제백석 諸白石은 그 빈자리를 메우기 위해 감숙으로 사람을 급파했다고 합니다."

"감숙? 으하하! 천하의 제백석이 급하긴 급했구나. 그 깔끔 떠는 성격에 낭인 시장까지 기웃거리다니 말이야. 통쾌하군. 이건 정말 통쾌해!"

상석에 앉은 부주가 의자 팔걸이를 두드려 대며 웃었다. 부주는 굴각단을 괴멸시킨 일보다 백호보주 제백석의 체면 깎인 일이 더 즐거운 모양이었다.

"다 쓸데없는 짓이외다. 어중이떠중이 끌어모아 봤자 기강만 문란해질 뿐, 실제 싸움이 벌어지면 제 편 발목이나 붙잡을 놈들이 바로 낭인이니까."

총집법總執法 포숭包崇이 점잖게 말했다. 그러자 수석 당주 변용 卞勇이 누가 포숭과 견원지간 아니랄까 봐 딴죽을 걸고 나섰다.

"낭인이라고 다 그런 것은 아니지. 이번에 대공을 세운 우리 철 익당주도 따지고 보면 낭인 출신이 아니겠소. 천하는 넓고 고인은 많은 법이외다. 아시겠소, 포 형?"

나는 찻잔을 들어 입가로 가져갔다. 자꾸만 입술을 비집고 나오 려는 웃음을 가리기 위해서였다. 지난달 그를 철익당주에 임명하 는 안건에 길길이 뛰며 반대했던 사람이 누군데, 이제 와 우리 철 익당주가 어쩌고 어째? 변용의 철패공鐵覇功이 경지에 올랐다고 하 던데 내 보기엔 철피공鐵皮功으로 바꿔 불러야 할 것 같았다.

"이 총관, 우리 측 피해는 어떤가?"

포숭은 깐죽대는 변용에게 대거리하는 대신 내게 질문을 던졌다. 나는 들고 있던 찻잔을 급히 내려놓고 문서를 들여다보았다.

"에…… 우리 측 피해도 적은 것은 아니었습니다. 사망이 서른 여덟에 부상이 스물둘, 그중 열둘은 더 이상 전투가 불가능한 중상 입니다."

"서른여덟에 열둘이면 딱 오십을 버렸군. 그래도 굴각단을 없앤 대가치고는 싼 편이지."

청룡부엔 오 당이 있고, 백호보엔 삼 단이 있다. 상식적으로 생 각한다면 의당 다섯 쪽이 유리하겠지만 이제까지의 결과는 주로 셋 쪽이 이겼다. 가장 큰 이유는 우두머리들의 수준 차이였다. 청 룡부의 다섯 당주가 덜 자란 구렁이라면 백호보의 세 단주는 닳고 닳은 창귀였다. 호랑이에게 잡아먹힌 사람은 창귀가 되어 자신을 잡아먹은 호랑이에게 붙는다. 그러고는 다른 사람을 유인해 호랑이에게 바친다. 덜 자란 구렁이들은 그렇게 창귀들의 손에 이끌려 호랑이의 먹이가 되었다. 그런데 이번에 새로 구렁이의 대열에 합류한 신임 철익당주가 그 규칙을 깨트렸다. 호랑이의 먹이가 되기는커녕 오히려 창귀의 목을 잘라 청룡의 아가리에 처넣은 것이다. 그것도 화염검마라는, 청룡부 문도들에겐 사신처럼 여겨지는 일등 창귀의 목을.

"철익당주는 아직 돌아오지 않았는가?"

부주가 물었다.

"오늘 새벽에 귀환했습니다."

"하면 데려오지 않고?"

변용이 고개를 주억거리며 끼어들었다.

"아무렴요. 그런 대공을 세운 사람은 당연히 부주께 배알을 시켜야 마땅하지요."

저러다 양자라도 삼겠다고 나서는 건 아닌지, 원. 나는 가볍게 헛기침을 한 뒤 부주에게 말했다.

"얘기를 안 한 건 아닙니다만 먼저 들러야 할 데가 있다고 해서……."

부주의 긴 눈썹이 살짝 꿈틀거렸다. 때를 기다렸다는 듯 포숭이 나섰다.

"쯧! 이 청룡부에서 부주님을 배알하는 일보다 더 중요한 일이 어디 있다고!"

"어디를 간다던가?"

부주도 조금 노한 표정으로 물었다. 하지만 나는 저 노기가 그리 오래가지 않으리라 확신했다. 왜냐하면…….

"이원입니다."

이원梨園. 바로 부주의 외동딸인 역이화의 처소였다. 부주는 경직된 입가를 몇 번 실룩이다가 결국 실소를 흘리고 말았다.

"허, 그 녀석이 이젠 아비 머리 위에서 놀려고 하는군."

부주의 눈치를 살피던 변용이 음충맞은 목소리로 내게 물었다.

"하면 이원의 아가씨와 철익당주가 가까운 사이란 소문이 사실인가 보지?"

이런 질문에까지 대답해 줄 필요는 없었다. 그저 애매모호한 미소 한번이면 질문한 사람도 충분히 만족할 테니까.

"참 잘된 일이 아닌가. 한창나이에 홀로 되신 아가씨께 좋은 연분이 생겼으니 말일세."

변용은 제 딸의 일인 양 헤벌쭉거렸지만, 정작 제 딸의 일인 사람은 그리 탐탁지 않은 기색이었다.

"자숙하고 근신해도 모자랄 판국에……. 내 딸이지만 정말 어쩔 수 없는 아이로군."

인간의 관계에는 타성이란 게 있다. 맞고 사는 남편이 많아진 건 여자들의 근력이 강해져서가 아니다. 한 번 맞고 두 번 맞고…… 맞고 사는 일상이 그렇게 반복되다 보면, 마치 아무리 사나운 맹수도 자신을 사육한 조련사 앞에선 꼼짝 못 하듯 영혼 깊숙이 각인된 타성에 의해 굴종당하고 마는 것이다. 부주와 아가씨의 관계도 그렇다. 세간엔 북천노룡 역해심의 분노는 온 하북을 두려움에 떨게 만든다 알려져 있지만, 어린 시절부터 수염을 쥐고 흔들던 고명딸에겐 통하지 않는다. 자식 농사의 지난함은 바로 여기에 있는 것이다.

아차차! 그렇다고 부주를 오래 겪어 온 사람들 모두가 북천노룡의 분노로부터 자유롭다는 의미로 해석하면 곤란하다. 저들이 딸인가? 그런데 일부 멍청한 무부들은 종종 그러한 사실을 망각하곤 한다.

"석 대주만 불쌍하게 되었군."

포숭이 혼잣말처럼 중얼거렸지만 혼잣말도 일단 남의 귀에 들어가면 더 이상 혼잣말이 될 수 없다.

"석 대주가 왜 불쌍한가?"

춘풍 온화하던 회의장의 분위기가 순식간에 엄동설한으로 바뀌었다. 작고 또렷하게 응축된 부주의 동공이 포숭의 얼굴에 고정되었다.

"아, 아니 전 그저…… 떠도는 소문을 듣고…….."

"그 아이의 신세를 망친 것이 바로 그따위 말도 안 되는 소문 때문이란 걸 모르는가!"

강호인들은 청룡부의 총집법 포숭을 포염라라 부른다. 만일 그 별명이 죽어 염라대왕이 되었다는 북송北宋의 명판관 포증包拯에게서 유래하였다면, 한마디로 아니올시다였다. 황제 앞에서도 소신을 굽히지 않았다는 석년 포염라의 기개는 최소한 당금의 포염라에겐 없었다. 그리고 또 하나, 어떠한 난제도 귀신같이 해결해 내는 명철한 판단력도 없었다. 당금의 포염라가 석년의 포염라보다 나은 점이 있다면, 단전만으론 부족해 두개골 속까지 가득 들어찼으리라 여겨지는 무지막지한 내공 정도랄까.

"죄송합니다. 용서해 주십시오."

그래도 뇌 있을 자리가 아주 없지는 않은 모양이다. 포숭은 얼른 일어나 부주를 향해 머리를 조아렸다. 깐죽대기 좋아하는 변용이 어찌 이 기회를 놓칠쏜가.

"쯧쯧. 할 말이 있고 해서는 안 되는 말이 있는 법이거늘, 오늘 따라 유달리 말실수가 잦은 것 같소이다, 포 형."

그러더니 부주를 향해 넌지시 말했다.

"모처럼 좋던 분위기를 망칠까 두렵습니다. 이쯤에서 진노를 푸시지요."

설마 변용의 진언 때문은 아니겠지만 북천노룡의 분노는 더 이상 뻗어 나가지 않았다. 포숭도 포숭이지만 보고할 게 아직 남은 나로서도 무척 다행스러운 일이 아닐 수 없었다.

"음! 계속하게, 이 총관."

부주의 말에 나는 들고 있던 서류 쪽으로 눈길을 돌렸다.

"다음 안건은…… 그것참 공교롭게도, 이번 건도 철익당주와 연관된 것입니다."

"허허! 재미있지 않은가. 그 친구, 이러다가 부에서 제일 유명 인사가 되는 거나 아닌지 모르겠군."

변용이 추임새를 넣어 주었다. 하지만 듣고 보면 그다지 재미는 없을걸.

"실은 오늘 아침 만난 자리에서 철익당주가 전출을 요청해 왔습니다."

전출이란 말에 변용의 안색이 확 바뀌었다. 그럴 줄 알았다니까. 나는 내심 고소해하며 보고를 이어 갔다.

"철익당주는 내전內殿 일을 보기를 원한다고 하였습니다."

청룡부의 편제는 크게 내전과 외당으로 나뉜다. 내외라는 문자 그대로 안살림과 바깥살림을 나누어 담당하는데, 내전은 내전 총관인 내가 관장하고 외당은 수석 당주인 변용이 관장한다. 포숭을 위시한 팔신장이 관장하는 집법원은 타 문파의 장로원 성격을 띤 별정 조직으로, 그와 같은 별정 조직에는 부주 일족의 호위를 전담하는 호룡대護龍隊와 서른 이전의 청년 기대주들로 구성된 유룡대가 있다. 유룡대의 대주는 아까 포숭을 곤란에 빠뜨렸던 석량. 얼굴도 잘생기고 능력도 출중한데 여자 하나 잘못 만나 앞날이 꼬여 버린 불쌍한 청춘이다.

"아니, 왜? 지난달 부임한 철익당주가 왜 한 달도 안 되어 내전 일을 보겠다고 하는 건가?"

변용은 일견하기에도 몸이 달아 있었다. 눈 뜨고 양자를 뺏기게 생겼으니 그럴 만도 했다.

"사유가 있긴 한데, 부주께서 못마땅하게 여기실 얘기 같아서……."

나는 짐짓 부주의 눈치를 살피며 말끝을 흐렸다. 부주가 어깨를 으쓱거렸다.

"싫은 얘기도 들을 땐 들어야겠지. 어디 해 보게."

"실은 철익당주가 전출을 요청한 데엔 아가씨의 입김이 적잖이 작용한 것 같습니다."

"화아가?"

"예. 아가씨께선 처음부터 그가 내전에 근무하기를 바라셨습니다."

"하지만 그를 철익당주에 추천한 건 이 총관이잖나?"

나는 짐짓 난감하다는 표정을 지었다.

"거기엔 몇 가지 사정이 있었습니다. 가장 큰 이유는 철익당주 자리가 공석이었다는 점입니다. 또한 내전에서 필요한 사무 능력이 검증되지 않았다는 점도 크게 작용했지요. 하나 더 덧붙인다면, 부를 위해 세운 공 또한 전무하여……. 아! 물론 탁발씨들의 마수로부터 아가씨를 구한 공은 절대 작다 할 수 없지만, 제 판단으로 그것은 어디까지나 사적인 일인지라……."

"하긴, 화아를 구한 게 공적인 공로라고는 할 수 없겠지."

나는 내 판단을 존중해 준 부주에게 고개를 한번 숙임으로써 감사의 뜻을 표한 뒤 말을 마무리 지었다.

"그래서인지 그때엔 그도 철익당주 자리를 바라는 눈치였습니다. 내직을 맡기 위해선 그에 합당한 공로를 세울 필요가 있다고 여겼는지도 모르지요."

목숨은 누구에게나 소중한 법. 청룡부가 하북의 패주로 독주하던 반년 전이라면 모르지만 백호보니 탁발씨 같은 무리들이 사방에서 발호하는 요즘 같아선 외당 밥 먹기가 여간 껄끄러운 게 아니었다. 오죽하면 지난달 부의 총지출 중 절반이 전투에서 죽은 문도들의 장례비와 그들의 자리를 대신할 신입 문도 채용에 들어갔을까. 이런 시기엔 뭐니 뭐니 해도 내직이 최고였다. 어쩌면 저기 저 자리에 앉아 '청룡부는 이 몸이 지킨다!'고 웅변하는 듯한 표정을 하고 있는 수석 당주 변용조차도 내심으론 내 자리를 노리고 있을지도 모른다. 그런 의미로 볼 때, 적당한 시기에 내직으로의 전출을 꾀하는 신임 철익당주는 영리한 자임이 분명했다. 시의를 아는 자가 준걸이라는 말은 그러므로 고래로 진리인 것이다.

"흐음. 하면 이번 승리가 그 공로다?"

한데 그 진리에 동의하지 않는다는 듯 부주가 턱수염 끝을 손가락으로 꼬며 삐딱하게 물었다. 쯧쯧, 누구보다 시의를 잘 아는 양

반께서 왜 이러시나.

"비단 그 문제가 아니더라도, 오늘 아침 철익당주가 직접 밝힌 전출 사유는 제가 판단하기에 무척 사리에 맞았습니다."

"그래? 그 사유가 뭐라던가?"

"두 가지를 얘기하더군요. 첫째, 철익당에는 이미 훌륭한 당주 재목이 있어서 자신의 존재가 당원 간의 화합에 오히려 걸림돌이 된다는 것이었습니다."

듣고 있던 변용이 갑자기 한숨을 푹 내쉬더니 푸념하듯 중얼거렸다.

"맹간 얘기로군. 하긴 당주 자리가 아깝지 않은 친구지."

부주가 변용을 바라보았다.

"맹간이라면 철익당 부당주로 아는데…… 자세히 좀 말해 보게."

"실은 저번에 그를 철익당주에 임명하는 건에 제가 반대하고 나선 까닭도 바로 맹간 때문이었습니다. 말씀하셨다시피 철익당 부당주를 맡은 친구인데, 검술 실력도 괜찮고 당원들로부터 인망도 좋아서 당주로 승진시킬 작정이었거든요."

"그런 일이 있었나? 눈썰미는 쓸 만한 자인가 보군. 한 달 만에 그런 분위기까지 파악했으니 말이야."

부주는 고개를 끄덕이더니 이번에는 내게 물었다.

"그래, 두 번째 사유는 뭐라던가?"

"아시다시피 저희 내전에선 백호보와의 싸움이 본격화된 반년 전부터 암도暗道의 보수공사를 진행해 왔습니다."

아차차, 실수를……. 실룩거리는 부주의 눈두덩을 보며 나는 혀를 얼른 안으로 말았다.

438

"듣기에 조금 거북스럽구먼. 그 사업이 백호보와는 무관하다는 것, 이 총관 자네도 잘 알잖나."

"물론입니다. 시기가 공교로웠을 뿐이지요."

"흐음! 그래, 그 공사가 뭐 어쨌다고?"

다행히 부주는 더 이상 말꼬리를 잡지 않고 본 주제로 돌아가주었다. 그래도 조심에 조심할 일.

"에…… 암도를 보수하는 일에 자신이 적임자라고 하더군요. 그가 직접 한 말입니다."

부주는 어리둥절한 눈치였다.

"칼밥을 먹는 무인이 토목공사에 적임자라? 그건 좀 이상하게 들리는군."

"저도 처음엔 그렇게 생각했습니다. 하지만 한 사람의 이름을 듣고 나선 생각을 고쳐먹게 되었습니다."

"누구?"

나는 잠시 뜸을 들이다가 대답했다.

"사노반思魯班입니다."

예상대로 부주를 포함한 세 사람의 얼굴이 변했다.

"사노반? 삼무불三無不 중 무불축無不築이라는 그 사노반 말인가?"

당금 강호를 주름잡는 열여덟 명의 기인, 십팔대명인 중에는 목표로 삼은 방면이 유별나다는 이유로 따로 분류되는 세 사람이 있다. 만들지 못하는 기관이 없다는 무불축 사노반, 구하지 못하는 환자가 없다는 무불구無不救 성심자聖心子, 죽이지 못하는 자가 없다는 무불살無不殺 흑과부黑寡婦가 바로 그들이다. 세인들은 이들 셋을 한데 묶어 삼무불이라 칭하곤 했다.

"그렇습니다. 자신이 그 사노반과 친분이 있다고 하더군요. 부로 초빙하여 공사를 맡길 수 있을 만큼."

"사노반이라면 강남대동회江南大同會의 일등 빈객이 아닌가?"

"말씀대로입니다."

"그 사노반을 초빙할 수 있다? 이거 놀랍군. 대동회주조차도 마음대로 다루지 못하는 고고한 위인이라고 들었는데."

부주는 믿기 어렵다는 듯 고개를 절레절레 흔들다가 포숭을 돌아보며 불쑥 물었다.

"자네도 사노반과 마찬가지로 십팔대명인에 속하지?"

"그렇습니다."

"어떻게 생각하는가?"

"예? 뭘……?"

"서른도 안 된 그가 사노반과 친분이 있다는 얘기 말일세."

아까의 일 때문인지 포숭은 한동안 머뭇거리다가 조심스럽게 대답했다.

"사노반과는 한 번도 만나 본 적이 없어서 부주의 질문에 뭐라 답변하기가 힘들군요. 용서해 주시길……."

몰라서 모른다는 게 뭐 그리 죄송한 일일까? 정도 이상으로 쩔쩔매는 모습이 안쓰러워 나는 슬쩍 거들어 주었다.

"십팔대명인이라고 모두 친교가 있는 것은 아닙니다. 사해우 조궁, 조 사부를 해친 혈운장도 그 십팔대명인 중 하나였지요."

"흠! 하긴 사존四尊에 속하는 나 또한 다른 세 사람과 그리 친한 사이는 아니지."

사존은 중원의 동서남북을 나누어 관장하는 네 명의 패주를 가리키는 호칭. 북천노룡은 물론 북쪽의 패주였다.

"어쨌거나 사노반을 초빙할 수 있다는 그의 말이 사실이면, 현재 진행 중인 공사는 물론이거니와 향후 부의 사업에 큰 도움을 얻을 수 있겠군."

기관토목의 명인이라는 사노반이라면 정말 그랬다. 힘쓸 데를 제외하곤 아무짝에도 쓸모없는 포숭과는 그 용도에 있어 차원이 다른 것이다.

"말씀하신 대로입니다."

내가 동의하자 부주는 고개를 끄덕였다.

"좋아. 그렇다면 그를 내전으로 발령 내지. 한데 적당한 자리…… 있는가?"

나는 자세를 조금 고쳐 앉았다. 물론 그를 위해 생각해 둔 자리는 있었다. 당연한 이야기지만 내 딴에는 적당하다 여긴 자리였다. 하지만 부주도 그렇게 생각할까? 말하는 도중 부주가 잠시 잡아 늘인 그 여백이 마음에 걸렸다. 어찌한다? 그러다 갑자기 육의생陸宜生의 자리가 떠올랐다.

"내전 부총관 자리면 어떨까 합니다."

포숭의 눈이 커졌다. 변용의 눈도 커졌다. 하지만 부주의 눈은 오히려 실처럼 가늘어졌다. 속이 든든해져 만족스러운 짐승들이 하는 눈. 용도 짐승이다.

"내전 부총관이면…… 그 육의생이 하던?"

"그렇습니다. 그 사건 이후 줄곧 공석으로 놔둔 자리지요."

몇 달 전 실종된 부총관을 생각하면 지금도 마음이 안 좋다. 전날까지만 해도 멀쩡히 일하던 인간 하나가 그처럼 종적 없이 자취를 감출 수 있다는 것은 실로 괴사가 아닐 수 없었다. 하물며 내겐 수족 같던 사람이었음에랴.

"흠, 과한 면도 없잖아 있지만 이 총관이 그렇게 생각했다면 합당한 이유가 있겠지. 그 일은 이 총관이 알아서 진행하게."

부주의 중얼거림을 들으며 포숭과 변용은 바보처럼 눈을 끔뻑였고, 나는 순간적으로 발휘한 스스로의 기지를 칭찬해 주었다. 하긴, 포숭과 변용이 저리 구는 것도 이해 못 할 바는 아니다. 서른도 안 된, 게다가 입부 한 달 남짓한 작자에게 내전 부총관 자리가 과하다는 것, 나도 잘 아니까. 그러나 중요한 것은 내 판단도, 포숭과 변용의 판단도 아닌 부주의 판단이었다. 딸자식 사랑에 팔이 안으로 잔뜩 굽어 버린 부주의 판단.

그나저나 부총관에 그 작자라, 빌어먹을 일이군. 내일부터는 시어머니를 직속 수하로 두게 생겼으니. 나는 가벼운 헛기침으로 불편한 심사를 달랜 뒤 다음 안건으로 넘어갔다.

"마지막으로 방 태감太監에 대한 안건입니다."

제독태감提督太監 방략方掠. 황제의 옥좌 뒤에 서서 정사를 쥐락펴락하는 대내 최고 권력자의 이름이 언급되자 사람들의 얼굴엔 긴장의 빛이 떠올랐다. 긴장하지 않은 사람은 오직 하나, 오늘 준비한 보고 내용이 긍정적인 것임을 아는 나뿐이었다. 그런 의미로 볼 때 보름 전 천단시회天壇詩會에서 만난 왕 대인은 내게 있어서나 부에 있어서나 크나큰 행운이 아닐 수 없었다.

나는 침착한 목소리로 마지막 안건에 대한 보고를 시작했다.

6. 십이악十二萼

"네 아가씨는 숫자를 참 좋아하는 모양이구나."

소소少巢 언니의 말에 나는 눈을 깜빡이다가 물었다.

"왜요?"

"왜긴 왜야, 사실이니까 그렇지. 좋아하는 사람의 이름에도 숫자가 들어 있고, 수발드는 시비의 이름에도 숫자가 들어 있고······."

"헤에? 정말이네."

생각해 보니 정말 그랬다. 아가씨가 좋아하는 분의 이름엔 삼三이 들어가고 아가씨를 수발드는 내 이름엔 십이十二가 들어간다. 우리 아가씬 정말 숫자를 좋아하나 봐. 근데 내 숫자가 더 크니 나를 더 좋아할지도 모른다.

저만치 떨어진 촛불 앞에서 바느질을 하던 오 씨 아주머니가 날보며 혀를 찼다.

"쟤는 정말 맹꽁이라니까. 제 이름 가지고 놀리는 줄도 모르고 히죽거리기는."

"에헤헤, 그런가요?"

맹꽁이는 내 본명이다. 작을 소小 맹꽁이 맹黽, 합쳐서 소맹. 맹해서 맹꽁이가 된 게 아니고 비가 많이 오던 날 태어났다고 해서 맹꽁이다. 두꺼비하고도 비슷하고 개구리하고도 비슷한 게 맹꽁이지만, 맹꽁이는 두꺼비나 개구리와는 달리 귀엽다. 그래서 나는 맹꽁이라는 이름을 좋아한다. 이 맹꽁이란 이름이 열두 번째 꽃받침이란 뜻의 십이악으로 바뀐 것은 모두 아가씨 때문이다.

내가 아가씨를 모신 건 아가씨가 짧은 시집살이를 청산하고 부로 돌아온 두 달 전부터였다. 처음 내 이름을 밝혔을 때 아가씨는 '이 이원에는 어울리지 않는 이름이구나. 오늘부터 네 이름은 십이악이다'라고 하셨다.

나는 한참이 지나고 나서야 알게 되었다. 옛날부터 아가씨를 모시던 시녀들이 몽땅 같은 돌림자를 썼다는 사실을. 일악, 이악, 삼악…… 그렇게 십이악까지. 하지만 그 많던 꽃받침들은 다 떨어지고 지금은 열두 번째 꽃받침 한 장밖에 남지 않았다. 나랑 한 이불을 덮는 소소 언니만 해도 이원을 나가던 날, 아가씨가 지어 주신 팔악이란 이름을 버리고 원래의 이름으로 돌아갔다고 한다. 나도 그렇게 되겠지?

"쟤만 놀린 게 아니에요. 그 유별난 성질머리를 생각하면…… 어휴, 내가 그 지옥에서 일찍 빠져나오길 잘했지."

바르르 진저리까지 치는 걸 보면 언니는 아가씨를 모시는 일이 정말 싫었나 보다. 하긴, 그러니까 꽃받침이 열두 장씩이나 필요했겠지. 어떤 대갓집 소저는 한 장만 가지고서도 죽을 때까지 써먹었다는데. 하지만 아무리 그렇다고 쳐도 지옥은 너무했다. 음……

하긴 오늘은 좀 지옥 같기도 했지. 꼭 나쁘다고만은 할 수 없는 지옥이긴 했지만.

"회초리부터 드는 그 못된 버릇은 요즘 좀 고쳤다니?"

"음…… 가끔 회초리를 드시기도 하지만 그건 제가 잘못했을 때고요. 그럴 때도 몇 대 때리시지 않아요."

"얼씨구! 죽을 때가 됐나, 사람이 바뀌게?"

"옛날엔 많이 때리셨나 보죠?"

"넌 이 집에 들어온 지 얼마 되지 않아서 모를 거야. 옛날엔 우리들 사이에서 불리던 별명이 나찰이었다고. 나찰. 너 나찰이 뭔지 알아?"

"알아요."

"그 나찰이 있는 데가 어디야? 바로 지옥이지? 그러니까 이원이 바로 지옥이었다, 이 말이야."

나찰은 용화사龍華寺 지장전地藏殿 벽화에서 봤다. 거기엔 십나찰녀가 그려져 있는데, 하나같이 흉악해서 꿈에 볼까 두려울 지경이었다.

"음…… 하지만 아가씨는 예쁘잖아요."

"예뻐? 흥! 꾸미기만 잘 꾸미면 나도……."

"잘하는 짓이다. 어린것 앞에서 윗사람 흉이나 보고. 아가씨께서 아시면 좋아하시겠구나."

오 씨 아주머니가 핀잔을 주자 언니는 진짜 나찰을 본 것 같은 표정을 지었다.

"고, 고자질하려는 건 아니죠?"

"고자질이 무서우면 주둥이를 함부로 놀리질 말았어야지."

"아줌마!"

"안 한다, 이년아. 안 할 테니 너도 앞으론 주둥이 간수 좀 잘해라."

주방에서 일하는 오 씨 아주머니는 이 집에 들어온 지는 오래되지 않지만 음식 솜씨 하나만큼은 웬만한 숙수 저리 가라 할 만큼 좋다. 그중에서도 특히 맛있는 건 사천식 두부 요리인데, 미식가로 소문난 부주님께서도 종종 주방으로 사람을 보내 아주머니의 두부 요리를 찾으신다고 하니 말 다 했지, 뭐. 음…… 근데 두부 얘기 하니까 배가 꼬르륵거리네.

"근데 요즘은 어때?"

언니가 이불을 확 끌어 올려 내 머리까지 한데 덮더니 조그만 목소리로 물었다.

"뭐가요?"

"그 두 사람 말이야. 여전히…… 뜨거워?"

나는 머뭇거리다가 대답했다.

"음…… 난 그런 거 잘 몰라요."

"모르긴 뭘 몰라, 요것아. 모른다는 년이 요기만 만져 주면 왜 그리 좋아할까?"

나는 속곳 속으로 파고들려는 언니의 손을 밀어냈다.

"아유, 언니도 참! 알았어요. 얘기해 줄 테니까 제발 가만히 좀 있어 봐요."

"그래그래, 어서 얘기해 봐. 요즘 그 두 사람 어때?"

"음…… 그러니까 삼 공자님이 내전 부총관이 되신 다음에……."

"얘, 삼 공자가 뭐니? 넌 그 사람을 그렇게 불러?"

"맞잖아요. 성이 삼이니까."

"이런 맹꽁이! 세상에 삼씨가 어디 있어. 척 보면 모르니? 그건 가짜 이름이라고. 괜히 아가씨에게 걸려 경치지 말고 다음부턴 그냥 공자님이라고 불러. 삼 공자 하니까 왠지 바보같이 들린다."

"그렇구나. 알았어요. 다음부턴 그렇게 부를게요. 음…… 하여튼 내전 일을 보시게 된 다음부터 이원 출입이 부쩍 잦아지셨어요. 어떤 날은 아침저녁으로 찾아와 아가씨를 만나실 때도 있고요. 이제 됐어요?"

"되긴 뭐가 돼."

언니는 내 위에 올라타더니 무르팍으로 사타구니를 쿡쿡 찔러 댔다. 꼭 싫은 건 아니지만 아주머니도 있는 자리에서…… 주무신 다음에나 할 것이지.

"알았어요, 알았어! 내가 진짜 재미있는 얘기를 해 줄 테니까 그만 내려와요. 무거워 죽겠어요."

"진작 그렇게 나올 것이지. 어서 얘기해 봐. 재미있는 얘기가 뭔데?"

언니가 옆자리에 모로 누우며 말했다.

"음…… 실은 오늘 그 방에 있었어요."

"그 방? 누구 방?"

"언니도 참, 그 방이면 아가씨 방이지 설마 이 방이겠어요?"

"아가씨 방에 왜? 아니, 아니지. 그 방에 있었던 게 뭐 대단한 얘기야? 넌 매일 그 방에 들락거리잖아."

"에이, 자꾸 말 끊지 말고 좀 진득하니 들어 봐요."

"응? 아, 알았어."

"해 질 녘에 침소 정리를 해 드리려고 아가씨 방에 들어갔지요. 근데 실수로 경대 위에 있던 비녀를 바닥에 떨어뜨렸는데 그게 또르르 굴러서 침대 밑으로 들어가는 게 아니겠어요? 쥐라도 물어 가는 날엔 큰일 나겠다 싶어 급히 침대 밑으로 기어들어 갔지요. 하필이면 그때 문밖에서 인기척이 들리는 거예요, 글쎄."

"누가 온 거야? 그 두 사람?"

"맞아요. 방문이 열리고 두 사람이 안으로 들어왔어요. 아가씨 하고 공자님이었죠. 근데 침대 밑에서 나갈 수가 없었어요. 방문을 닫아걸기가 무섭게 뽀뽀를 해 대면서 서로 막 더듬고 문질러 대는데 거기다 대고 어떻게, '나 여기 있으니까 나가고 난 다음에 하세요'라며 고개를 내밀겠어요? 숨도 제대로 쉬지 못하고 그저 바닥에 찰싹 달라붙어 있었죠."

"그래서? 그래서 어떻게 됐는데?"

언니가 꼴깍꼴깍 침 삼키는 소리를 냈다. 손가락을 내 젖꼭지 위에서 오락가락하면서 말이다. 덩달아 몸이 달아오른 나는 언니처럼 침을 꼴깍거리며 얘기를 계속했다.

"음…… 처음엔 옷가지들이 막 떨어졌어요. 남자 거 여자 거 가리지 않고 말이에요. 그러고는 바위가 떨어진 것처럼 침대가 털썩 울렸지요. 그다음엔 흔들흔들 삐꺽삐꺽, 머리 위가 어찌나 요란한지 정신이 하나도 없더라고요."

"소리는? 사람 말소리는 안 들렸어?"

"왜 안 들려요. 사랑해, 저도 사랑해요, 엎드려, 앉아, 올라와, 내려가, 으흥, 아항, 너무해요, 나 죽어, 온갖 소리가 다 들렸죠."

"어머, 어머……."

"그러다가 뚝 그쳤어요. 그러더니 헐떡이는 숨소리만 간간이 들리더라고요."

"시간은 얼마나 걸렸는데?"

나는 한숨을 쉬었다. 언닌 정말 별게 다 궁금한 모양이다.

"들킬까 봐 무서워 발발 떨기만 했는데 무슨 여유가 있어서 그 시간을 재고 앉았겠어요."

"그것도 그러네. 그래서? 그래서 그다음엔 어떻게 됐는데?"

"음…… 숨소리가 가라앉자 공자님께서 침대에서 내려와 옷을 입으셨어요. 아! 다리에 흉터가 많더라고요. 특히 왼쪽 장딴지에는 손바닥만 한 흉터가 있는데, 꼭 호랑이에게라도 물린 것처럼 생긴 게……."

"누가 그딴 흉터 얘기하래? 다른 데는? 거기도 봤어?"

"히힛!"

나는 몸을 움츠리며 키득거렸다. 젖꼭지를 간질이는 손가락도 손가락이지만 실은 그때 훔쳐본 게 생각나서였다. 그 광경을 생각하면……. 발가락까지 짜릿한 느낌에 나도 모르게 진저리를 쳤다.

"요게! 생긴 건 맹꽁이 같은 게 사람 애도 태울 줄 아네!"

언니가 내 겨드랑이 사이로 양손을 찔러 넣었다.

"아! 항복, 항복! 무지 컸어요. 이만했어요."

"진짜? 그건 숫제 말이잖아? 겉보기에 호리호리하다고 거기까지 그런 건 아닌 모양이네."

"에이, 진짜 이만한 건 아니고 그냥 큰 거 같았어요. 다른 남자 건 얼마나 큰지 몰라요. 음…… 본 적이 있어야 알죠."

"이런 맹꽁이! 그걸 꼭 봐야 아니? 보통은 요만하고 큰 건 이만

해. 이 정도는 상식이라고."

언니는 내 배꼽 아래에다가 손 뼘을 만들어 가며 설명했다. 기분만 야릇할 뿐 뭐가 얼마나 큰 건지는 잘 모르겠다.

"그러고 나서 둘 사이에 아무 얘기도 없었어? 그냥 그 짓 한번 하고 안녕이야?"

"아뇨, 두 사람은 침대에 나란히 걸터앉아서 얘기를 좀 나눴어요. 기억나는 얘기는…… 아! 아가씨가 말했어요. 우리 사이를 모두에게 정식으로 밝히겠다고. 그러자 공자님께선 그래도 괜찮을까, 하고 조금 걱정하시는 눈치였어요. 아가씨가 조금 성난 목소리로 '왜요? 헌계집이라서 싫어요?'라고 따졌죠. 공자님은 '과거 따위는 중요하지 않아. 내가 걱정하는 건 유룡대주지' 하시더라고요."

"어머! 그 사람이 유룡대주 얘기를 꺼냈어?"

"예."

"어머, 어머, 이 일을 어쩌니. 유룡대주와의 일을 전부 알고 있었나 보네. 그래서? 그래서 아가씨는 뭐라 하데?"

"아가씨는 한동안 말을 못 하다가 떨리는 목소리로 물으셨죠. '언제 알았어요?' 공자님은 덤덤하게 말하셨어요. '철익당에 있을 때 당원들이 수군거리는 걸 들었소', '그들이 뭐라고 수군거리던가요? 날더러 창녀라고 욕하던가요?' 아가씨가 또 물으시자 공자님께서 대답하셨어요. '당신 욕은 없었소. 주로 내 욕이었지. 하지만 날 기둥서방이라 부른 걸 보면, 창녀라는 당신의 얘기가 아주 틀리진 않은 것 같소'."

"잔인하구나, 그 사람."

"음…… 난 그렇게 생각하지 않아요."

"왜?"

"공자님이 그 얘기를 하면서 옆에 앉은 아가씨를 꼭 끌어안아 주었기 때문이죠."

침대 밑에서도 알 건 다 안다. 숨소리, 살 비비는 소리만으로도 알 수 있었다.

"끌어안고서 그런 얘기를 했다면…… 더 잔인한 거잖아."

"잔인한 게 아니에요. 아가씨에게 진실하려고 노력하셨을 뿐이에요. 그 진실이 잔인하게 보일까 봐 아가씨를 끌어안아 주신 거죠."

"얘 말하는 것 좀 보게. 네가 그 사람 속이라도 들어가 봤니? 어떻게 그리 잘 알아?"

"알죠. 굳이 마음속에 안 들어가 봐도 어떤 건 그냥 알 수 있어요."

언니는 컴컴한 이불 속에서 내 얼굴을 빤히 쳐다보다가 코웃음을 쳤다.

"흥! 이제 보니 주인과 종이 모두 한 남자에게 반한 모양이구나."

진실은 때론 잔인하다. 마음이 조금 아팠다.

"나 같은 맹꽁이가 감히 공자님 같은 분을 바라볼 수나 있겠어요? 두 분이 잘되기만 바랄 뿐이죠."

"어쭈! 꼬맹이가 제법 어른 같은 소리를 하고 앉았네. 어디 얼마나 어른이라서 그런 소리를 하는지 조사해 보자."

언니가 다시 나를 덮쳤다. 손장난 칠 기분은 아니지만 어른도 아닌 꼬맹이가 어쩔 수 있나. 도리 없이 바라는 곳을 내줄 수밖에 없었다.

"미친년들! 머리에 쇠똥도 안 마른 것들이 까지기만 발랑 까져

밤마다 요망들을 떨어 대는구나. 에그, 저 꼴 보기 싫어서라도 내
얼른 죽어야지."

오 씨 아주머니가 우릴 욕하며 촛불을 껐다.

7. 역해심 易海心

꿈…… 꿈이었나?

흩어진 사고의 조각들이 하나둘씩 모여들고 있었다. 늪에 잠긴 동물의 사체 같던 몸뚱이에 비로소 의지가 흘러들기 시작했다. 그 의지를 닥닥 긁어모아 무용하게 열린 눈에 힘을 주었다. 그 눈에 비친 세상은 온통 깜깜하기만 했다. 기다렸다는 듯이 찾아온 눈경련. 한 차례, 두 차례, 세 차례, 그러고는 가라앉는다. 요즘 들어 부쩍 잦아진 증세였다.

"부주님, 괜찮으신지요?"

한참이 지나서야 저 목소리가 누구의 것인지 알 수 있었다.

"어어, 괘, 괜찮……."

말라붙은 입술이 제대로 움직여 주지 않았다. 깔깔한 혓바닥으로 아랫입술을 한번 축인 뒤 목소리를 가다듬었다.

"송 대주, 들어와서 불을 좀 켜 주겠나?"

문이 소리 없이 열리고 방 안 가득한 깜깜함 속으로 작은 노란

빛덩이를 던지며 호롱대주 송평宋平이 들어왔다. 그는 내가 있는 침상 쪽으로 허리를 한번 숙인 뒤, 가지고 들어온 작은 양각등羊角燈에서 불씨를 꺼내어 침탁 위 등잔으로 옮겼다.

"땀을 많이 흘리셨습니다. 냉차라도 한잔 올릴까요?"

송평은 대답을 기다리지 않고 등잔 옆에 놓인 찻주전자를 들었다. 찻잔에 찻물 떨어지는 소리가 목구멍을 간질간질하게 만들었다.

"시간이 어찌 되었는가?"

건네받은 냉차를 단숨에 들이켠 뒤 묻자 송평이 대답했다.

"묘시가 다 되어 갑니다. 조금 있으면 동이 트겠지요."

묘시라면 다시 잠을 청하기도 뭣한 시간. 나는 여전히 어둑한 사창 밖을 잠시 바라보다 슬그머니 물었다.

"한데 밖에서 어찌 알고…… 혹 내가 무슨 소리를 내던가?"

"고함을 치셨지요. 몹쓸 꿈이라도 꾸신 모양입니다."

"고함……."

아니다. 비명이다. 막판 피에 물든 두 손이 내 목줄을 파고들 때 터뜨린 그 비명. 그 비명이 나를 깨웠고 송평을 놀라게 했다. 다시금 떠오른 그때의 생생한 이물감에 나도 모르게 목덜미를 더듬었다.

"송구한 말씀입니다만 살려 달라고까지 소리치셨습니다. 대체 어떤 악몽을 꾸셨기에……."

"더 자야겠으니 그만 나가 보게."

송평의 조심스러운 질문은 싸늘한 내 한마디에 뚝 끊겼다.

"알겠습니다."

송평이 깍듯이 허리를 숙인 뒤 방을 나갔다. 입단속을 시킬 걸 그랬나 하는 생각도 들었지만 그냥 놔두기로 했다. 송평이라면 삼

갈 것이다. 북천의 노룡이 수하의 잘못에 그리 관대한 사람이 아님을 잘 알 터이기에.

찻잔을 침탁에 내려놓다 문득 돌아보니 침의의 겨드랑이 부분이 흥건했다. 악몽 중에 흘린 식은땀이었다. 악몽. 피에 물든 그 손이, 갈라진 벽 틈으로 고개를 내미는 다족류처럼 불쾌한 감촉을 몰고 스멀스멀 떠올랐다.

'너와 네 식솔들을 씨알머리 하나 남기지 않고 죽일 것이다! 반드시!'

반년 전, 탁발이란 희성稀姓을 쓰던 그자가 내게 남긴 저주였다. 당시 그자는 땅바닥에 벌레처럼 누운 주제에도 제 피로 젖은 두 손을 가만히 두려 하지 않았다. 마치 닿기라도 한다면 당장에 쥐어뜯고 말겠다는 양 내 쪽을 향해 휘젓고 있는 그 손을 내려다보며, 나는 그저 비소誹笑했다. 원귀가 돼서라도 어떻게 하겠느니 운운하는 소리, 한 갑자 넘는 생을 살아오며 참으로 여러 번 들은, 어쩌면 가장 자주 들었을지도 모르는 유언이 아닐까 싶다.

강호인의 임종이란 친인보다는 원수와 함께할 공산이 컸고, 나로 말할 것 같으면 그런 임종을 누구보다도 많이 지킨 사람이니까. 그러니 마음에 담아 두어선 안 되는 것이다. 악몽 따위를 꾸어선 더더욱 안 되는 것이다. 그런데…….

"……왜냐?"

반년 전 죽은 그자가 넉 달이란 시간을 훌쩍 뛰어넘어 처음 꿈에 나타났을 때만 해도 그저 당시에 받은 인상이 조금 강한 탓이겠거니 하며 가벼이 넘길 수 있었다. 사실 내가 임종을 지킨, 나를 원수로 생각하며 죽어 간 자들 가운데 그자처럼 확신에 찬 어조로 유언을 남긴 인물도 드물었으니까.

별일 아니야, 그러다 사그라지겠지.

하지만 그것은 오산이었다. 그날 이후 내 안락한 수면이 그자로 인해 짓밟히는 횟수는 점차 늘어만 갔고, 이제는 하루걸러 하루꼴로 내 꿈에 난입하여 급기야 이 입에서 살려 달라는 낯부끄러운 비명까지 뽑아내게 만든 것이다. 왜일까? 왜일……

"그렇군."

곰곰이 생각해 보니 첫 악몽을 꾼 날과 화아가 탁발씨에게 피습당한 날이 엇비슷 맞아떨어졌다. 사해우 조궁이 혈운장에게 죽은 날, 또 내전 부총관이 화아를 구한 날. 딸자식을 잃을 뻔했다는 위기감과 혈운장이 탁발씨의 종자였다는 놀라움이 한데 얽혀, 까맣게 잊고 있던 반년 전 그자의 유언을 되새기게 만들었던 모양이다.

"흐으으응."

움츠려 있던 마음이 풀어지며 긴 콧바람이 흘러나왔다. 악몽이란 이렇듯 현실의 파편. 그 연결 고리를 파악한 이상 그것으로 인해 생긴 모든 불길함도 한갓 미신으로 치부해 버릴 수 있었다. 아무렴, 다 이유가 있었어. 사존의 한 명인 이 역해심이 그깟 헛소리에 휘둘릴쏘냐.

가만, 그리고 보니 요사이 사존의 위상도 예전 같지는 않다. 백호보의 제백석으로 골머리를 앓고 있는 이쪽도 그렇거니와 동, 서, 남방의 세 지존들도 역병처럼 창궐하기 시작한 새로운 물결들로 인해 자리를 위협받고 있었던 것이다. 몇이나 살아남을까. 둘? 하나? 물결이 거센 만큼 물갈이는 피할 수 없을 것이다. 강호란 그곳을 사는 자들이 차고 다니는 칼날만큼이나 역동적인 세계니까. 하지만 달란다고 쉽게 내줘서야 이 손에 생을 마감한 숱한 목숨들이 우스워지지 않겠는가.

"어림없지. 어림없어."

경천백호驚天白虎 제백석. 분명 만만히 볼 자는 아니다. 무공과 담량도 여간내기가 아닌 데다 정치력 또한 비상하다. 좋다. 인정해 주마. 이제껏 내게 칼끝을 겨눈 수많은 도전자들 중 가장 강하고 가장 위험하다는 것을. 오죽하면 천하의 역해심으로 하여금 제 집 아래에 두더지처럼 땅굴을 파게 만들겠는가. 만사 불여튼튼이란 말도 있지만 부끄럽지 않다면 거짓일 게다.

그나마 다행인 것은, 만들지 못하는 게 없다는 무불축 사노반의 도움 덕분에 암도 공사가 기대 이상으로 잘 마무리되었다는 점이다. 그러고 보면 편지 한 장으로 그 고고하다는 사노반을 사역 시킨 내전 부총관도 대단한 친구다.

"삼휘도."

그 이름을 나직이 입에 담아 보았다. 여전히 혀에 낯선 느낌. 본명은 필시 아닐 테고……. 세 가지를 싫어하는 칼잡이란 저 이름에는 과연 어떤 사연이 담겨 있을까?

그런데 삼휘도를 입에 담자 화아의 얼굴이 떠오른다. 그 흐름이 너무하다 싶을 만큼 자연스럽다. 이런, 나도 속으로는 벌써 인정한 건가? 그 삼휘도를 화아의 짝으로?

갑자기 분노가 치밀었다. 화아가 깨끗한 몸이었던들 삼휘도 같은 사고무친의 낭인 따위가 언감생심 넘볼 수 있었을까. 그러나 화아는 금 간 화병 신세였다. 그것도 장님이 아니고선 똑똑히 볼 수 있을 선명한 금.

끄득!

이가 절로 갈린다. 누굴까, 화아와 유룡대주 간의 과거지사를 남궁세가에 찌른 쥐새끼는? 분명 부내의 인사일 텐데 도무지 짐작이 가질 않는다.

당사자인 유룡대주? 아니, 아니다. 이런 종류의 일에서 필시 첫 번째 혐의를 받을 유룡대주는 화아가 남궁세가에서 돌아올 무렵까지 폐관수련에 들어 있었다. 화아의 혼사 발표를 즈음하여 그의 폐관수련을 명한 것이 바로 나이기에 그가 쥐새끼가 될 수 없음을 누구보다 잘 안다. 그렇다면 누굴까? 대체 어떤 놈일까?

끄드득!

남궁세가를 생각하니 또 한 번 이가 갈린다. 강호에서 돈이란 곧 칼이요, 힘이다. 그것을 알기에, 첫사랑과 헤어질 수 없다고 울며불며 발악하는 화아에게 난생처음 손찌검까지 해 가며 그리로 시집보낸 것이다. 산처럼 쌓아 놓았다는 남궁세가의 돈만 융통할 수 있다면 하늘 높은 줄 모르고 날뛰는 제백석의 백호보 따위는 간단히 뭉개 버릴 터이기에.

그런데 결과는? 최악이었다. 금지옥엽은 금이 갔고 남궁세가와는 척을 지게 되었다. 다 쥐새끼 한 마리의 고변 때문이었다. 내 반드시 그 쥐새끼를 찾아내서…….

"부주님, 기침하셨는지요?"

문밖에서 울린 송평의 목소리가 악몽에서 깨어난 이후 줄곧 이어진 긴 상념을 깨트렸다. 사창을 돌아보니 푸른 물이 얼핏 비치고 있었다. 나는 고개를 갸웃거렸다. 묘시를 훌쩍 넘긴 시각이긴 하지만 송평이 전례를 파하면서까지 애써 깨울 만큼 늦은 시각은 아니었다.

"무슨 일인가?"

"내전 총관이 부주님께서 기침하셨느냐 여쭙고 있습니다."

"내전 총관? 아!"

어젯밤 일이 생각났다. 처소로 은밀히 찾아온 내전 총관 이정은 오늘 아침 잡아 놓았다는 한 가지 약속을 일러 주었다. 왕균王均이란 상인과의 조찬 약속.

'어렵사리 만든 자리오니 늦으면 곤란하겠지요. 명일 아침 일찍 찾아뵙겠습니다.'

이정이란 놈, 영리하긴 한데 가끔 그렇게 내 자존심을 긁어 놓는다. 고자 놈 사택에 향수와 비단 따위를 대 주는 장사치와 아침 한 끼 먹는 일이 뭐 그리 중요하다고!

……그러나 중요하다. 중요하다는 걸 십분 통감하기에 나는 그리하라고 대답할 수밖에 없었다. 그 고자 놈이 제독태감 방략이라면 통감하지 않을 도리가 없는 것이다.

"의관과 소세를 갖출 테니 시비를 넣어 주게. 이 총관에겐 잠시 기다리라 전하고."

"알겠습니다."

아랫도리를 덮고 있던 이불을 걷고 침대에서 내려섰다. 두 다리를 딛는 순간 위잉, 하는 이명과 함께 가벼운 현기증이 밀려왔다. 머리채를 어느 놈이 당기기라도 하듯 뒤통수가 묵직했고 심장의 맥동도 거북살스러울 만큼 생생히 잡혔다. 모두 눈 경련과 비슷한 무렵에 시작된, 아마도 육신의 노쇠를 알려 주는 반갑지 않은 전령들일 게다.

"그런가, 나도 피해 갈 수 없는 건가?"

양손을 펼쳐 내려다보았다. 원활하지 못한 혈류 탓인지 저릿한 기운이 감도는 그것들은 어제와는 또 다르게 창백해 보였다. 이대로, 낙엽처럼, 바스러지고 말 텐가.

아니다!

펼친 손으로 양 뺨을 짝짝 소리 나게 때린 뒤 주먹을 힘껏 움켜쥐었다.

나는 역해심! 하북 강호의 패주, 북천노룡 역해심이다! 나이 열여섯에 강호에 나와 무수한 적수, 무수한 도전자를 물리치고 청룡부라는 천하 굴지의 기업을 이룩한 게 바로 나다. 천추를 이어 가진 못할지언정 내 대에서 흔들리는 꼴은 보고 싶지 않다. 내가 바라지 않는 한, 그것이 설령 조물주의 손에 들린 시간이라는 이름의 보검일지라도, 타의에 의한 쇠락은 용납할 수 없다. 반드시 강강해질 것이다. 몸도, 또 마음도.

그 순간, 떠오르는 누군가의 목소리가 있었다.

'화에게서 들었습니다. 근자 들어 존체가 불편하시다고요. 성심자가 멀지 않은 곳에 머문다 들었습니다. 한번 진맥을 받아 보심이 어떨지요?'

며칠 전 화아와 함께한 저녁 만찬에서, 동석한 삼휘도가 한 말이었다. 당시엔 화아를 향해 눈을 한번 찡그리는 것으로 흘려버렸다. 내가 요사이 겪고 있는 급격한 노쇠에 대해 아는 이는 이 청룡부 내에서 오직 하나, 화아뿐이었다. 헤픈 년, 아무리 약혼 날짜가 내일모레기로서니 그런 은밀한 부분까지 털어놓다니.

그런데 그날 삼휘도가 한 말이, 그 말 속에 들어 있는 이름 하나가 지금 이 순간만큼은 구명줄처럼 절박하게 느껴졌다.

"성심자, 성심자라……."

십팔대명인의 한 사람인 동시에 구하지 못하는 환자가 없다는 무불구 성심자라면 온 천하가 인정하는 최고의 의원이 아닐 수 없다. 그러면 요사이 나를 곤혹스럽게 만드는 모든 건강상의 문제들을 말끔히 씻어 줄 수 있을 거라 생각하자 갑자기 몸에 힘이 들어가는 느낌이다. 하! 명의란 참으로 놀랍지 않은가! 이름[名]만으로도 의술[醫]을 발휘하니 말이다.

"부주님, 들어가도 될는지요?"

문밖에서 시비의 목소리가 들려왔다. 나는 나도 모르는 새 구부정해 있던 허리를 힘주어 폈다.

"들어오너라."

북천노룡다운 위엄 있는 목소리. 오늘 조찬 약속이 끝나는 대로 성심자를 수배해야겠다는 생각이 들었다.

8. 나목羅穆

술이 썼다. 마음도 썼다. 오장을 쥐어짜는 듯한 그 씁쓸함에 절로 욕이 떠올랐다.

"뭔 놈의 우라질 술집이 이따위 말 오줌 같은 술밖에 없는 거야!"

욕은 옆자리에 앉은 철용鐵勇에게서 터져 나왔다. 다른 탁자에 앉아 말 오줌을 마시던 몇몇의 시선이 이쪽 탁자로 꽂혔다. 기다렸다는 듯 철용이 퉁방울눈을 부라렸다.

"뭘 봐, 이 씨부럴 것들아!"

시선이 한순간에 사라졌다. 황급히 돌린 고개와 바싹 오그라든 어깨엔 온통 비루함뿐이었다. 그 모습을 보노라니 씁쓸함이 더욱 커졌다. 철용도 그랬을까? 주먹을 불끈 쥐고 벌떡 일어서는 품이 아무나 하나 골라 흠씬 두들겨 줄 작정인 듯했다. 그러면 마음속의 씁쓸함이야 잠시 달랠 수 있겠지. 하지만 그건 곤란했다.

"철 형님, 그만하세요."

놈을 만류한 건 경우 바르기로 소문난 호유성胡有誠이었다. 철

462

용의 각진 얼굴, 부리부리한 눈알이 호유성에게로 홱 돌아갔다. 호유성은 그 눈길을 피하지 않고 조곤조곤 말했다.

"기분 나쁘다고 애먼 사람을 괴롭히는 건 뒷골목 건달들이나 하는 짓이잖아요."

"허! 군자 나셨네. 그러니까 내가 뒷골목 건달 짓이나 하는 놈이라 이거지?"

호유성은 대답하지 않았다. 그러자 마디가 좀 더 도드라진 두 번째 질문이 날아들었다.

"그러니까, 내가, 뒷골목 건달 짓이나 하는 놈이라, 이거냐고?"

나는 맞은편에 앉은 부대주를 슬쩍 쳐다보았다. 양봉梁峯, 양 부대주로 말할 것 같으면 처신이 바르고 눈치도 좋은 양반. 눈깔 돌아간 철용을 제지할 사람이 최소한 이 자리에선 자신밖에 없음을 잘 알고 있을 터였다.

"호유성의 말이 맞다. 철용, 너는 인내심을 좀 더 키워야 할 것 같다."

부대주와 호유성을 번갈아 쳐다보던 철용이 어깨를 와들거리더니 움켜쥔 주먹을 식탁에 내리꽂았다.

쾅!

접시들이 왜각대각 춤을 추고 안주 국물이 사방으로 튀어 올랐다. 직제상 양 부대주는 이 자리에 앉은 다섯 명 평대원의 직속상관이었다. 직속상관의 면전에서 이 같은 패악을 부리다니, 평소 엄정한 유룡대의 기강대로라면 태형 몇 대로 넘어갈 일이 절대 아니었다.

그러나 의당 호통치고 나서야 할 부대주는 손에 쥔 술잔 속만 들여다볼 뿐 아무 말도 하지 않았다. 그라고 왜 모를까. 식탁을 내리친 저 주먹이, 신물까지 불러오는 이 씁쓸함이 단지 철용 혼자만의 것은 아니라는 사실을. 다만 주먹질 한번으로 해소할 수 없는 씁쓸함이란 게 한스러울 따름일 것이다.

"앉아라."

부대주가 차분한 목소리로 말했다. 화급하다는 소리는 들을망정 악기는 없다고 알려진 철용이었다. 식탁 앞에 버티고 선 채로 씩씩대던 그는 이윽고 황소 숨넘어가는 소리 같은 긴 탄식을 토해놓으며 의자에 털썩 몸을 실었다.

날 선 분위기가 조금 진정되는 듯하자 부대주가 점소이를 불러 안주 몇 가지와 함께 새 술을 내오라 했다. 홍로주紅老酒라면 나보다 곱절 이상 많은 부대주 녹봉으로도 무리한 감이 있는 상등의 술. 괜찮다는 철용의 말에도 부대주는 주문을 물리지 않았다. 좋은 술로나마 철용을, 또 우리를 위로해 주고 싶은 모양이었다.

그랬다. 지금 우리에게 필요한 건 위로였다.

"요즘엔 무슨 영문인지 탁발씨들이 잠잠하네요."

화제를 바꿀 필요가 있다고 생각했는지, 눈이 유난히 커서 청정자蜻蜓子(잠자리)라는 별명이 붙은 모금위毛金位가 조심스럽게 운을 뗐다. 그러고는 옆자리 앉은 화개華岾에게 눈짓을 보내는데, 화개도 눈치가 빠른 놈이라 그 의미를 금방 알아채고는 대거리를 하고 나섰다.

"누가 아니래나. 그 지독한 종자들이 겨우 보따리장수 목숨 하나로 손 털고 물러날 리도 없을 텐데 말이야."

화개의 말에서도 드러나듯이 초여름에 죽은 조궁, 조 사부는 방도들에게 제대로 된 원로 대접을 받지 못한 양반이었다. 가끔씩 저지르는 채신머리없는 짓 때문이기도 했지만, 내 보기에 근본적인 이유는 조 사부 스스로가 그런 대접을 바라지 않은 데에 있었다. 있는 듯 없는 듯 바람처럼 구름처럼 살길 바라던 양반. 쯧, 그렇게 허망하게 갈 줄 알았다면 평소 좀 더 고분고분 대해 드릴 것을.

"임무를 위해 목숨을 바친 어른이시다. 그리고 그날 목숨을 잃은 사람은 그 어른만이 아니다. 우린 곽 부대주와 대원 둘도 함께 잃었다. 말조심하도록."

부대주의 말에 화개가 찔끔 어깨를 움츠렸다. 그러나 철용의 입에서는 또다시 불퉁한 한마디가 튀어나왔다.

"개죽음이었어, 개죽음!"

"말이 심하구나."

철용은 화개처럼 꼬리를 말지 않았다.

"개죽음이 아니면요! 그 임무란 게 대체 뭡니까? 아무 사내에게나 덥석덥석 안기는 화냥년 하나를 데려오는 게 아니었습니까! 그따위 임무에 목숨을 잃다니, 그게 개죽음이 아니면 뭐가 개죽음이겠습니까!"

"철용!"

"헹, 부대주님이 설령 때리신다 해도 이놈, 할 말은 해야겠습니다."

"이놈이 그래도!"

"안 그러면, 안 그러면…… 우리 대주님이 너무 불쌍해서 견딜 수가 없단 말입니다!"

철용의 마지막 말은 차라리 울부짖음에 가까웠다. 당장이라도 자리를 박차고 일어설 듯 엉덩이를 들썩거리던 부대주도 철용의 그 말에 그만 실 끊어진 인형처럼 의자 등받이에 몸을 떨어뜨리고 말았다.

"지금 속으로 피눈물을 흘리면서도 그 계집의…… 그 화냥년의 약혼식을 지켜보고 있을 우리 대주님이 불쌍해서…… 견딜 수가 없단…… 말입니다……."

탁자에 올린 철용의 두 주먹이 부르르 떨렸다. 푹 숙인 놈의 얼굴에서 떨어진 물방울이 앞에 놓인 술잔 속으로 후드득 떨어졌다.

무겁고 또 무거운 시간이 얼마나 흘렀을까. 부대주는 앞에 놓인 술잔을 비운 뒤 철용에게 내밀었다. 흠칫 고개를 든 철용이 주먹으로 눈가를 훔쳤다. 마음속의 울화를 푸는 데엔 눈물이 주먹질보다 윗길인 듯, 물기로 얼룩진 철용의 얼굴은 아까보다 한결 후련해 보였다.

"죽은 곽맹상은 내게 친동기보다 가까운 친구였다. 또한 대주님은 내게 우상과도 같은 분이다. 나라고 속이 편하겠느냐? 하지만 무사에게 무엇보다 중요한 것은 주군에 대한 충성심. 더 이상 불경한 말은 용서치 않을 테니, 이 술 한잔으로 마음속에 남은 울분을 훌훌 털어 버려라."

부대주가 철용의 잔에 술을 채워 주며 말했다.

"맞아요, 철 형님. 그런…… 년이 만일 대주님 짝이 되었다고 생각해 보세요. 우린 그 집 가서 식은 밥 한 덩이도 못 얻어먹을 겁니다."

"암요, 대주님께선 분명히 그런…… 년과는 비교도 안 되는 훌륭한 배필을 얻으실 거예요."

화개와 모금위가 앞서거니 뒤서거니 철용을 위로했다. 부대주의 귀를 의식해서인지 '그런…… 년'이 구체적으로 어떤 년인지는 얼버무리고 있었다. 둘을 흘겨보던 부대주도 결국에는 실소하고 말았다. 그것이 스스로도 민망했던 걸까? 부대주가 헛기침으로 주의를 환기시켰다.

"흠! 흐흠! 어차피 탁발씨는 부를 위협할 만한 존재가 못 된다. 혈운장 하나가 더해진다 한들 그러한 사실은 변하지 않지. 현재 부의 주적은 누가 뭐래도 제백석의 백호보! 놈들이 두 달 전 철익당에게 당한 패배를 설욕하기 위해 전열을 가다듬는 중이라는 첩보가 속속 들어오고 있다. 대비에 만전을 기해야 할 것이다."

부대주의 이야기를 들으며 나는 속으로 중얼거리지 않을 수 없었다.

철익당이면…… 결국 그자 이야기로 다시 이어지는군.

그자는 당시 철익당의 당주로 있으며, 백호보 내에서 다섯 손가락 안에 드는 강자인 화염검마의 수급을 베는 공을 세웠다. 부주의 딸을 구출한 일부터 철익당의 대승까지. 지난 한 계절, 청룡부에서 가장 유명세를 탄 사람은 북천노룡 역 부주도 아니고 천외유룡天外幼龍 석 대주도 아닌 바로 그자였다. 오늘부로 대 청룡부주의 사위로 공인받은 자, 삼휘도!

철익당 얘기에 그자를 떠올린 건 나만이 아닌 듯했다. 화개가 철용의 눈치를 힐끔힐끔 살피며 조심스럽게 말을 꺼냈다.

"저…… 그 작자 말입니다."

앞서도 말했거니와 부대주는 눈치 빠른 양반이다. 그에게 무슨 말을 거는 데엔 따로 사설을 붙일 필요가 없었다.

"그가 왜?"

"철익당주 자리에서 물러나 내전으로 들어간 뒤엔 통 코빼기도 보이지 않아서 말이죠."

"그 밥맛없는 얼굴 안 보면 다행이지, 봐서 뭐 하려고?"

예상대로 철용이 당장 쌍심지를 돋우며 나섰다.

"제가 뭐, 그 작자 보고 싶어서 그런대요? 그냥 지난 한 달간 그랬다 이 얘긴데, 형님도 참."

"음, 그건 화개더러 뭐라 할 일이 아니다. 나도 그의 얼굴을 보지 못한 지 꽤 되니까."

부대주가 거들어 주자 화개가 반색을 하며 '그렇죠? 그렇죠?' 호들갑을 떨었다.

"쳇! 이원에 틀어박혀 이 짓 하느라 바깥출입할 겨를도 없나 보지."

철용은 오른 주먹으로 왼 손바닥을 철썩철썩 내리찍으며 말했다. 그 짓거리가 보기에 심히 거북한 듯 부대주가 눈살을 찌푸리며 말했다.

"꼭 그런 것만은 아닌 모양이다. 듣기에 내전에서 무슨 공사인가를 추진한다고 하던데, 그 일을 맡은 것 같더구나."

"공사요? 땅 파고 집 짓는?"

"그래."

"헹, 갈수록 웃기는 짓만 하는군. 칼밥 먹던 낭인 놈이 공사에 대해 뭘 안다고. 부대주님이 순진하셔서 그러는데, 내 말이 맞을 겁니다. 그 새끼, 내전에 적당한 자리 꿰차고 앉은 다음에 매일매일 지극 정성으로 그⋯⋯ 여자에게 육보시하고 있는 게 분명하다니까요."

"허, 녀석하고는."

일단 박힌 미운털은 쇠지레로도 뽑지 못하는 법이다. 나무라 봐야 소용없다고 생각했는지 부대주는 그저 헛웃음만 흘렸다. 그때 주루의 이층 난간 아래를 내려다보던 호유성이 깜짝 놀라며 말했다.

"어? 대주님이 오시네요."

대주님이? 나는 의아하여 호유성을 좇아 시선을 주루 아래로 옮겼다. 북적거리기 시작한 저녁 인파를 뚫고 걸어오는 후리후리한 사내 하나가 시야 속으로 꽂히듯 들어왔다. 오 년 전인 스물셋 나이에 강북군영대회江北群英大會에서 당당히 우승, 강북 강호의 다음 세대를 짊어지고 나갈 일등 재목으로 꼽힌 바 있는 유룡대의 자랑, 유룡대의 얼굴, 바로 천외유룡 석량 대주였다. 한데……

짊어진 짐은 뭘까? 붉은 비단으로 싼 것이 제법 귀해 보이는데…….

"대주님께서 오시는 걸 보니 약혼식이 끝났나 보군. 자네들은 예 있게. 내가 내려가서 모셔 올 테니."

부대주가 자리에서 일어섰다. 아까 한 우상이라는 말에 한 치의 꾸밈도 없는 듯, 그는 세 살 연하인 대주를 대함에 있어 언제나 이렇게 깍듯했다. 그리고 진심으로 말하거니와, 대주는 존경받을 만한 사람이었다.

잠시 뒤 부대주의 안내로 대주가 주루 이층으로 올라왔다. 우리는 일제히 자리에서 일어나 대주에게 포권을 올렸다. 부내에서는 엄정한 위계를 지키지만 사석에서만큼은 젊은이들답게 격의 없이 어울리는 유룡대였다. 대주는 전에 없이 정중하게 구는 우리들을 둘러보며 고개를 갸웃거렸다.

"무슨 일 있었나? 분위기가 왜들 이래?"

"대, 대주님……."

벌써부터 눈가가 불그죽죽해진 철용이 또 한 번 쓸데없는 소리를 늘어놓으려 하는데, 부대주가 재빨리 가로막고 나섰다.

"약혼식은 잘 마무리되었습니까?"

대주는 어깨를 으쓱거렸다.

"마무리까지는 보지 못했네. 하지만 뭐, 그만하면 부주님의 얼굴에 누가 되진 않겠지."

나는 고개를 슬쩍 들어 대주의 표정을 살폈다. 마무리를 보지 못했다는 저 말은 혹시 아직도 그녀를 마음에 두고 있다는 방증이 아닐까? 하지만 대주의 표정은 평소와 다름없어서 그 속마음을 짐작하기 힘들었다.

"저…… 괜찮으십니까?"

"괜찮지 않으면?"

대주는 부대주의 질문에 대수롭지 않다는 듯 대답하고는 등에 메고 있던 붉은 비단 궤짝을 탁자 위에 내려놓았다. 조심스러운 동작임에도 불구하고 쿵, 하는 묵직한 소리가 울려 나왔다.

"그건……?"

"예식의 마무리를 보지 못하고 일어난 이유가 바로 이 물건 때문이네."

잠시 말을 멈춘 대주는 의자 하나를 가져다 앉더니 우리를 향해 오른손을 까닥였다. 뭔가 자줏빛이 어른거려 유심히 보니 대주의 오른손 중지엔 못 보던 반지 하나가 끼여 있었다. 장신구치고는 조

금 굵은 감이 있어, 검을 잡는 데 거치적거릴 것 같았다. 무슨 반
지일까? 잠깐 궁금증이 일었지만 사람들이 너나없이 탁자 가운데
로 머리를 들이미는 통에 금방 잊어버리고 말았다.

"실은 오늘 아침 부주께서 날 은밀히 불러 임무 하나를 맡기시
더군."

대주는 눈을 빛내더니 목소리를 더욱 낮춰 덧붙였다.

"이 궤짝을 북경의 방 태감에게 전하는 일이라네."

방 태감이란 말에 화개 놈이 힉, 하고 숨을 들이켰다. 부대주가
궤짝을 일별한 뒤 대주에게 물었다.

"북경 방 태감이라면…… 설마 제독태감 말씀입니까?"

"바로 그 방 태감일세. 외인은 물론이거니와 방도들의 눈마저
조심하라 하셨으니 아마도……."

"……뇌물이군요."

대주가 짧게 고개를 끄덕이자 부대주가 탄식하듯 말했다.

"백호보주 제백석이 태사太師 쪽에 줄을 댔다는 소문은 들었지
요. 그러니 이쪽에선 그보다 끗발 좋은 패를 잡는다 이건가요? 허!
아무리 그래도 그렇지, 그 패가 환복천자宦服天子라니……."

환관 옷 입은 천자. 이는 일인지하 만인지상, 아니 실제로는 오
롯한 만인지상일지도 모르는 제독태감 방략을 가리키는 말이었다.

"그 이름을 듣고 나도 깜짝 놀랐다네. 위에서 어렵사리 연줄을
대었다고 하는군."

"조금 의외입니다. 물론 연줄로야 방 태감만 한 위인이 없겠지
만 너무 거물이라 그런지 어째 걱정부터 드는군요."

부대주가 찜찜하다는 표정으로 말했고, 그 점은 나 또한 동감이

었다. 연줄이란 세다고 무조건 좋은 것은 아니다. 자칫하다간 그렇게 댄 연줄에 제 목이 감겨 죽을 수도 있는 것이다. 그런 의미로 볼때 방략은 함부로 연줄 삼기엔 고약한 인물임이 분명했다. 십수 년제독태감 자리를 지키는 동안 그의 손에 해침을 당한 숱한 목숨 모두가 그의 정적이었던 것은 아니다. 그중 절반 이상은 그에게 함부로 연줄을 대었다가 쓸모를 잃고 버림받은 비참한 사냥개들이었으니, 부대주가 저런 표정을 짓는 것은 당연하다 할 것이다.

"젠장, 대체 누가 그 고자 놈에게 연줄을 대었답니까?"

어느 시대나 그러하듯 득세한 환관에게 민심은 멀 수밖에 없다. 철용이 그러한 민심을 반영하듯 뻐딱한 목소리로 묻자 대주가 조금 망설이다가 대답했다.

"내전 총관이라고 하더군."

"이 총관이…… 그 또한 의외군요. 매사에 그토록 신중한 양반이……."

부대주가 말을 받아 중얼거렸다. 내전 총관 이정의 별호는 삼고이불행三顧而不行, 세 번 생각하고서도 행하지 않는다는 뜻이었다. 그런 위인이 감히 방략 같은 위험인물을 물어 오다니, 놀라운 일이 아닐 수 없었다.

어쨌거나 세세한 속사정이야 우리 같은 말단들에겐 다른 세상 이야기나 마찬가지고, 정작 중요한 것은 그러한 일을 대주가 우리에게 하고 있다는 점이었다.

"저희도 데려가실 생각입니까?"

부대주의 질문에 대주는 당연하다는 표정으로 대꾸했다.

"아니면 내가 왜 자네들에게 이곳에서 보자고 했겠는가. 설마

472

계집애처럼 질질 짜면서 위로주나 얻어먹으려고?"

그때, 이제껏 잠잠히 듣기만 하던 철용이 불쑥 끼어들었다.

"전…… 다행이라고 생각합니다."

대주의 미끈한 눈썹이 살짝 찌부러졌다.

"뜬금없이 그건 또 무슨 소린가?"

"전, 전…… 대주님께서…… 아직도 그 여자를……."

내가 급히 철용의 옆구리를 찔렀지만 나올 말은 이미 다 나온 셈. 대주는 철용의 얼굴을 잠시 바라보다가 정색을 하고 말했다.

"결정되었군."

"예?"

"누가 이 궤짝을 메고 북경까지 가야 하는지 말일세."

철용은 한 방 맞은 사람처럼 멍한 표정을 짓다가 갑자기 커다란 웃음을 터뜨렸다.

"으하하! 까짓 등짐이야 짊어지면 그만이죠. 유룡대에서 힘 하면 이 철용이 아닙니까! 북경이 아니라 장성 너머 초원까지 지고 가라고 해도 지겠습니다. 암요, 지고말고요."

놈의 호기에 빙긋 웃던 대주가 표정을 고쳐 말했다.

"초이레 오전에 방 태감의 사택을 방문하기로 약조했다 하니 시간은 넉넉한 편일세. 물건의 안전을 위해 마편을 사용하기보다는 관도를 따라 도보로 천천히 북행하는 쪽이 나을 것 같군."

"하면 지금 당장 출발하는 겁니까?"

양 부대주의 물음에 대주는 고개를 저었다.

"급한 행보도 아닌데 굳이 밤을 도와 갈 필요가 있겠는가. 하나, 신혼인 호유성에겐 미안한 얘기네만 보안상 귀가는 허락하지 않겠네. 오늘은 가까운 객방에서 함께 보내고 내일 아침 날이 밝는 대로 출발하는 것으로 하세."

"객방? 객방 좋죠. 흐흐, 이렇게 모인 것도 오랜만인데 마작이나 한판 돌릴까요?"

철용의 음충스러운 말에 대주가 그의 등짝을 철썩 후려쳤다.

"예끼! 출발은 내일 아침이지만 임무는 이 순간부터 시작된 거라고. 임무 중에 태만하면 아무리 짐꾼이 귀해도 봐주지 않을 테니 정신 똑바로 차리게."

"어구구! 농담입니다, 농담. 어이구, 아파라."

철용의 엄살을 들으며 나는 머릿속을 정리해 보았다. 대주를 위로하기 위한 자리인 줄 알았는데 어쩌다 보니 뇌물을 운송하는 임무가 떨어진 것. 그것도 보통 뇌물이 아니었다. 당대 최고의 권력자에게 가는 뇌물이면 부의 앞날이 걸린 임무라 해도 과장은 아닐 터였다. 하지만…….

그 임무가 반드시 무겁게만 다가오지 않는 까닭은 과거의 아픔을 훌훌 털고 일어선 대주의 씩씩한 모습 때문이리라.

9. 포숭包崇

————— ✕ —————

집법이면 법을 관장, 집행한다는 뜻이다. 거기에 묶을 총總이 붙은 총집법이면 그런 집법들을 아우르고 다스린다는 뜻이니, 가히 법을 만지는 자들이라면 누구나 탐낼 만한 자리라 아니 할 수 없다.

솔직히 말해서 법? 잘 모른다. 먹물들이 좋아하는 법전 따위 읽어 본 적도 없거니와 부내의 형규를 축약해 놓은 용령십조龍令十條도 셋째 줄부터 헷갈리는 게 바로 나다. 그런 내가 엄법으로 이름 난 청룡부의 총집법 자리에 앉아 있으니…….

하지만 별수 없다. 내겐 외당의 얄미운 변가 놈 같은 잔머리도, 내전의 구렁이 이가 놈 같은 치밀함도 없으니까. 내가 그나마 잘하고 또 좋아하는 일은 사람 잡아 족치는 것. 그래서 법 어긴 놈 잡아 족치는 총집법이 되었다.

물론 법이란 원체 시시콜콜하여 함부로 잡아 족쳤다간 문제 생기기 십상인 것도 사실이다. 나름 행정적이면서도 기술적인 접근이 필요하다는 얘긴데, 그래서 둔 게 열두 명의 집법사령執法使令,

바로 쟤들이다.

"이보오, 아주머니. 한솥밥 먹는 처지에 피차 얼굴 붉힐 일은 피하는 게 좋은 거 아니오? 버틴다고 해결될 일이 아니니 이쯤에서 우리 해결을 봅시다."

"어허! 참으로 독한 계집이로고! 손자 볼 나이에 손발 힘줄 끊겨 창굴에 내돌려지기 싫으면 배후가 어떤 놈인지 어서 이실직고하지 못할까!"

어르고 뺨 치고, 당근 주고 채찍 치고, 하여튼 주둥이질 하나만큼은 야무진 놈들이 아닐 수 없다. 하긴 집법사령 하는 일이란 게 엄포가 절반에 나머지 절반은 고문이나 마찬가지니, 저 정도 입심 없으면 못 해 먹을 자리긴 하다. 근데 이번 상대도 보통은 아니었다.

"아이고, 서러워라! 지난 반년 이 집에 부쳐지내며 바느질해 오라는 옷 손가락이 해지도록 바느질하고, 만들어 오라는 음식 발바닥이 부르트도록 만들어다 바쳤더니, 이제 와서 늙고 오갈 데 없는 년이라고 없는 죄 갖다 붙여 잡아 죽이려 하는구나! 아이고, 아이고!"

이름도 없이 그냥 오 씨라는 저 여편네, 웬만한 사내 간담으로도 차마 버텨 내지 못할 집법원 심문에 저렇게 일일이 맞받아치기가 장장 반 시진이었다.

'저거…… 진짜 잘못 짚은 거 아냐? 어디…….'

나는 눈을 가늘게 뜨고 오 씨의 노구를 다시 한번 찬찬히 살펴보았다. 하지만 반 시진 전 살핀 것과 마찬가지로 무공을 익힌 흔적은 전혀 찾아볼 수 없었다. 기우뚱한 자세에 더펄거리는 행동거지, 오랜 가사 노동으로 해지고 불거진 손가락 마디만 봐도 침모 일, 찬모 일로 평생을 보낸 팔자 사나운 늙은 계집에 불과함을 알 수 있었다. 기억하기로 그나마 특출한 점이 있다면 매콤한 두부 요리 하나만큼은 일품이라는 정도인데, 그런 오 씨가 사존 중 하나인 북천노룡을 암살하려 했다고? 허, 그것참…….

"말로는 도저히 꺾을 수 있는 계집이 아닙니다. 총집법님, 저 계집에게 삼대독형三大毒刑을 베푸는 것을 허하여 주십시오."

당근과 채찍 중 채찍 쪽을 전담하던 한호韓鎬가 장이 배배 꼬인 것 같은 얼굴을 하고서 청해 왔다. 집법사령들 중 두령 격이기도 한 놈인데, 상대를 잘못 만나 고생이 이만저만이 아니었다.

"그래도 무공도 모르는 아녀자에게 삼대독형은 좀 심한 것 아닌가?"

"하지만 이 계집이 범인이 분명하니 배후를 반드시 밝혀내라는 내전의 전갈이……."

"이봐, 한호."

묵직이 깔려 나온 내 부름에 한호의 어깨가 주춤 굳었다.

"예?"

"자네가 언제부터 내전 소속이 되었지? 난 그런 인사 발령을 당최 보고받은 기억이 없는데 말이야."

"죄, 죄송합니다!"

한호는 얼른 고개를 숙였다. 그 뒤통수를 내려다보며 나는 작게 한숨을 쉬었다. 못난 놈이라 탓할 수만은 없는 게, 요즘 내전 끗발이 장난이 아니었다. 무공도 모르는 늙은 계집 하나 심문하는 일에 자그마치 총집법인 나까지 나선 이면에는 바로 그처럼 급상승한 내전의 끗발이 크게 작용한 것이다.

"아무리 그래도 그렇지, 증거 하나 보내 주지 않고 무작정 잡아 족치라니. 우리 집법원이 생사람 잡는 데인 줄……."

……잡는 데 맞구나. 그간 내 손에 잡혀 망가진 생사람들의 면면이 떠오른 나는 늘어놓던 푸념의 꼬리를 삼킬 수밖에 없었다. 하지만 그렇게 삼킨 꼬리가 어찌나 쓴지 어떤 식으로든 뱉지 않으면 안되었다. 그래서 뱉은 게 돌멩이 얘기였다.

"그놈의 돌멩이만 아니었어도……."

따지고 보면 이게 다 돌멩이 하나 때문이다. 어디서 굴러왔는지 알 수 없는 돌멩이 하나.

"하면…… 이대로 심문을 이어 갈까요?"

혼자서 주절거리는 상관이 이상스러웠던지 한호가 의아해하는 낯빛으로 조심스레 물었다. 나는 잠시 생각하다가 고개를 흔들었다.

"아니다. 너나 나나 빨리 끝내는 게 좋겠지. 그 삼대독형…… 시작하려무나."

변태가 아니고서야 무공도 모르는 늙은 계집을 고문했다는 소리, 누가 반기겠는가. 하지만 언제까지나 이러고만 있을 수도 없는 노릇이었다.

"알겠습니다."

비장한 표정을 지으며 오 씨를 향해 돌아서는 한호를 보며 나는 기억을 더듬었다. 삼대독형의 첫 번째가 뭐더라? 맞아, 십지출가十指出家! 그다음이 간담상조肝膽相照 그리고 마지막이…….

"형을 멈추시오!"

나는 눈살을 찌푸리며 목소리가 들려온 방향으로 고개를 돌리다가 흠칫 놀라고 말았다. 집법원 문을 통해 들어오는 호룡대주 송평의 모습을 발견했기 때문이다. 송평은 부주의 그림자, 그가 왔다는 것은 부주 또한 왔음을 뜻한다. 부주가 왔으니 얼른 자리에서 일어서서…….

이 대목에서 나는 고개를 갸우뚱거리지 않을 수 없었다. 이상하잖아? 부주는 중독된 몸을 치료하기 위해 침거 중인데?

과연 송평을 뒤따라 모습을 드러낸 것은 부주가 아니었다. 바로 내전의 끗발을 올린 일등 공신, 문제의 '굴러온 돌멩이'였다.

"내전 부총관? 자네가 여긴 어쩐 일인가?"

묻는 목소리가 뜨악할 수밖에 없었다. 그도 그럴 것이, 입부한 지 한 달도 안 되어 내전 부총관이란 고위직을 따내더니만 뒤이어 부주의 딸을 후리는 데에도 성공, 이제는 그 사위 자리마저 널름 먹어치운 위인이 바로 저자였다. 굴러온 돌멩이치고는 그 기세가 자못 사나운지라 박혀 있던 돌멩이들의 우두머리 격인 내 마음에 탐탁할 리 없는 것이다. 한데 내 질문에 대답한 것은 굴러온 돌멩이가 아닌 송평이었다.

"소식을 못 들으신 모양이군요. 이제는 내전 부총관이 아니십니다."

"아니면?"

"금일 정오, 부주께선 사위 될 분께 본 청룡부의 부부주副府主 자리를 내리심과 동시에 부주께서 정양하시는 기간 동안 부주의 업무를 대행케 하라는 명을 내리셨습니다."

"뭐야? 누구 마음대로!"

자리에서 벌떡 일어나 나오는 대로 뱉어 놓고는, 아차 싶었다. 누구 마음대로긴 부주 마음대로지. 청룡부란 데가 원래 그런 곳이었다. 처음에도 그랬거니와 지금도 그렇다. 그러니 부주가 정한 이상 나머지는 끽소리 없이 따라야 하는 것이다. 게다가 이런 추세라면 부의 실권이 저 굴러온 돌멩이 손아귀에 들어가는 것도 시간문제였다. 다시 말해, 이제는 굴러왔느니 박혀 있었으니 따질 계제가 아니라는 얘기다.

나는 송평의 뒷전에 서 있는 굴러온 돌멩이, 아니 부부주의 눈치를 조심스럽게 살폈다. 표정이 심상치 않아 보여 조금 켕기는 마음이 일었는데, 다행히 그 시선이 향한 곳은 내 쪽이 아니었다. 그 시선이 향한 곳은 심문장 한가운데 무릎 꿇려 있는 오 씨. 저 건방지고 무감한 시선 뒤엔 무슨 생각이 감춰져 있는 걸까?

이윽고 부부주가 내게로 시선을 돌렸다.

"곧바로 왔어야 하는데, 물건 하나를 급히 보낼 일이 있어서 조금 늦었군요. 인사드립니다. 오늘부로 대행부주 직을 맡게 되었습니다."

영리한 놈. 부부주보다 대행부주 쪽이 끗발 좋다 이거지? 좋아, 원하는 쪽으로 불러 주지.

"흠, 흠! 대행부주로의 영전을 축하⋯⋯드리오."

나는 마음에도 없는 말을 하기 위해 그 방면의 달인인 외당의 변가 놈 얼굴을 떠올려야만 했다. 그 노력이 통했는지 부부주, 아니 대행부주가 슬쩍 미소를 지었다.

"스스로 부족하다는 것을 잘 압니다. 미력하나마 부를 이끌어 나가기 위해서는 총집법님 같은 선배분들의 도움이 필요합니다."

"그야 물론이오. 부를 위해서라면 이 늙은 몸 땀나는 것이 무에 대수겠소."

아부도 하다 보면 느나 보다. 나는 처음보다 훨씬 매끈거리는 목소리로 대행부주의 입발림 말에 호응할 수 있었다.

"그리 말씀해 주시니 고맙군요."

대행부주가 내게 걸어왔다. 나는 그 의중이 뭘까 잠시 생각하다가 한 발짝 비켜섰고, 대행부주는 그런 나를 당연하다는 듯 지나쳐 조금 전까지 내가 앉아 있던 의자에 자연스럽게 몸을 묻었다. 밥알이 곤두서는 기분이었지만, 참지 못할 정도는 아니었다.

"심문은 어찌 진행되었습니까?"

푹 찌르듯 날아온 질문에 나는 곤두선 밥알을 재빨리 눕히며 대답했다.

"지독한 년이외다. 어찌나 완강하게 부인하는지, 이제 슬슬 독형을 가해 볼까 생각하던 참이었소."

대행부주는 수염 자국 파릇한 턱을 쓰다듬다가 심문장의 오 씨를 향해 물음을 던졌다.

"범행 사실을 부인한다고?"

오 씨의 걸쭉한 입심은 상대가 대행부주라 하여 봐주지 않았다.

"거기 젊은 양반! 이년이 대체 무슨 죄를 지었기에 댓바람부터 잡아 와 이리 핍박하는 게요? 이 집을 위해 뼈 빠지게 일해 준 게 죄란 말이오? 아이고, 억울해서 못 살겠네!"

"무엄하다! 이분이 감히 누군 줄 알고!"

호룡대의 송평이 으름장을 놓았지만 대행부주는 그리 개의치 않는 기색이었다. 손을 슬쩍 들어 송평을 만류한 그가 오 씨를 굽어보며 말했다.

"하면 부주를 '독살'하려 한 죄를 인정하지 못한다?"

"독살이라니! 대관절 아무것도 모르는 나 같은 늙은이에게 무슨 대단한 재주가 있다고 그런 끔찍한 죄를 뒤집어씌우는지 모르겠구려!"

독살이었나? 그거 제법 전문적인 건데. 내가 이렇게 생각하며 고개를 갸우뚱거리는데, 대행부주의 입술 사이로 낮은, 하지만 장내의 모든 이들이 다 들을 만한 웃음소리가 흘러나왔다. 오 씨가 발끈한 얼굴로 따져 물었다.

"왜 웃으시오? 이 늙은이의 말이 우습게 들리오?"

"우습잖소. 천하의 무불살 흑과부가 스스로를 아무것도 모르는 늙은이라 칭하다니."

장내가 대행부주의 말 속에 담긴 명호 하나에 짓눌려 고요해졌다. 그 사이에서 나는 바보처럼 눈만 끔뻑거릴 수밖에 없었다. 무불살? 무불축 사노반, 무불구 성심자와 더불어 강호 삼무불의 한 자리를 차지하고 있는 그 무불살?

충격에 빠진 사람들을 일깨운 것은 대행부주의 작은 몸짓이었다. 그는 소매 속에서 뭔가를 꺼내어 오 씨 앞에 던졌다. 툭, 소리와 함께 바닥에 떨어진 것은 싸구려 천으로 만든 작은 쌈지. 겉에 길고 짧은 바늘들이 여럿 꽂힌 것으로 미루어 침모들이 가지고 다니는 바늘 쌈지인 듯했다.

"당신의 반짇고리에서 찾은 물건이오. 당신 것이 아니라 부인하진 않겠지?"

대행부주의 말에 오 씨는 아무 대꾸도 하지 못했다. 다만 웃는 것도 아니고 우는 것도 아닌 기묘한 표정으로 눈앞에 떨어진 바늘 쌈지를 바라볼 뿐이었다.

"그 안에는 재밌는 게 들어 있는데…… 누가 좀 열어 봐 주시겠소?"

나는 한호에게 눈짓을 보냈다. 한호가 잽걸음으로 나아가 바늘쌈지 속에 든 물건들을 꺼냈다. 골무나 실패 따위의 규중물에 섞여 한지로 싼 첩약 몇 포가 나왔다.

"웅황雄黃이라고 하더구려. 화공들의 염료나 사이비 도사들의 연단 재료로 흔히 사용되지만 독성 때문에 위험 물품으로 분류되는 물건이기도 하오."

대행부주가 의자에서 몸을 일으켰다. 그는 심문장 중앙으로 천천히 걸어 내려오며 말을 이었다.

"사람들은 미처 짐작도 못 했겠지. 천하에 이름 높은 무불살 흑과부가 일초반식의 무공도 모르는 평범한 아낙이란 사실을. 그리고……."

잠시 말을 멈춘 그는 한호의 손에서 첩약 봉지들을 받아 들더니 오 씨의 눈앞에 한 포씩 툭툭 떨어뜨렸다.

"그 흑과부가 애용하는 독물이 특별한 기독畸毒이 아닌, 중원의 약령시 어디서든 쉽게 구할 수 있는 웅황이란 사실 또한. 어떻소, 우습지 않소?"

오 씨는, 최소한 이때에는, 웃지 않았다. 대신에 지금껏 고래고래 악을 써 가며 대들던 여편네와 같은 사람인지 의심이 들 만큼 차분한 목소리로 물었다.

"내가…… 흑과부라고?"

대행부주의 대답은 빠르고, 짧았으며, 단호했다.

"물론."

오 씨는 그런 대행부주의 얼굴을 잠시 올려다보더니, 그제야 웃기 시작했다.

"호, 호호호…… 오호호호호!"

웃음소리가 높아지는 것과 반대로 그녀의 고개는 점점 아래로 숙어졌다. 그러던 어느 순간, 오 씨의 웃음소리가 칼로 친 듯 뚝 잘렸다. 잔경련이 채 가시지 않은 그녀의 어깨너머로 음울한 중얼거림이 흘러나왔다.

"그렇다면 나도 그에 걸맞게 대해 줘야겠지."

"바라는 바요."

대행부주가 낮게 대답하자 오 씨가 착 소리 나게 고개를 젖히며 그를 올려다보았다.

"궁금하구나. 흑과부가 무공을 모른다는 것, 또 웅황을 애용한다는 것은 천하의 누구도 모르는 일. 한데 너 같은 애송이가 어떻게 안 거지?"

나는 머리가 지끈거려 오는 것을 느꼈다. 저 말인즉 자신이 흑과부임을 시인하는 것과 다름없는데, 그렇다면 정말로 저 여편네가 천하에 죽이지 못하는 자 없다는 그 무불살이란 말인가?

"솔직히 말해 확신은 없었소. 다만 낭인으로 떠도는 동안 흑과부에게 죽은 자들이 하나같이 비소중독 증세를 보였다는 얘기를 들은 적이 있고, 일전에 부주와 함께 식사를 하며 살핀바 손톱에 비흔砒痕이 얼핏 엿보이기에 그럴지도 모른다 추측했을 뿐이오. 하여 성심자 어른을 청하여 부주를 진맥하게 하였는데, 과연 비소중독이 확실하다는 진단을 얻었소."

"호오! 성심자까지 불렀다고? 애송이 네놈도 그동안 어지간히 바빴겠구나."

대행부주는 못 들은 척 이야기를 이어 나갔다.

"당신이 더 잘 알겠지만 비소중독의 가장 흔한 경로는 바로 음식을 통해서가 아니겠소. 그래서 나는 부주의 일상생활, 그중에서도 특히 식습관을 위주로 조사하였소. 그나저나 농축한 웅황을 향료 삼아 맛을 낸 두부 요리라니, 정말이지 흑과부의 교묘함에 감탄하지 않을 수 없었소."

히끅.

나는 나도 모르게 딸꾹질을 하며 열 손가락 손톱들을 황급히 살펴보았다. 오 씨의 두부 요리를 즐긴 사람은 비단 부주 한 사람만이 아니었기 때문이다.

"걱정 마라. 너 같은 잔챙이나 잡으려고 익힌 독술이 아니니까."

이 소리에 고개를 들다가 오 씨와 눈이 마주쳤다. 아아! 내게 한 말이구나!

"저, 저 발칙한 년이 감히 누구더러……!"

입으로는 이리 말하면서도 나는 내심 크게 안도했다. 죽은 용보다 산 잔챙이가 백배 낫기 때문이다.

"자! 이제는 말이 좀 통할 것 같은 분위기구려."

대행부주는 단상으로 돌아와 의자에 다시 앉았다. 그러고는 오 씨를 향해 물었다.

"자객이 있으면 청부자 또한 있는 법. 청룡부 대행부주의 이름을 걸고 약속하리다. 청부자가 누구인지 밝히면 고통 없이 죽여 주겠소."

산발 아래 자리 잡은 오 씨의 눈이, 비웃음을 한껏 머금은 그 눈이 잠시 대행부주의 얼굴에 머물다가 심문장 주위에 모인 모든 사람들의 얼굴 위를 천천히 훑고 지나갔다. 그 눈길을 받은 사람은 지위

고하를 막론하고 어깨를 움츠려야만 했다. 나? 나도 물론이었다. 그럴 수밖에 없는 것이, 저 독한 년이 혹시 독형을 가하라 했던 말에 앙심을 품고 나를 청부자로 지목하지 말란 법이 없기 때문이다.

다행히 걱정했던 일은 벌어지지 않았다.

"청부자는 없다."

오 씨의 말에 대행부주가 실소했다.

"이거야 원, 만천하 살수들의 귀감이 되겠군. 이 마당인데도 청부자의 신원을 보호하겠다 이거요?"

"믿기 싫으면 안 믿어도 좋다. 청부자가 없는 것은 사실이니까."

대행부주는 오 씨의 얼굴을 잠시 내려다보다가 고개를 절레절레 흔들었다.

"좋소, 그럼 다시 묻지. 그렇다면 당신은 왜 부주를 독살하려 했소?"

"내가 오 씨로 불리는 것은 죽은 남편의 성이 오 씨이기 때문이다. 너는 내 본명이 무엇인지 아느냐?"

이 반문이 뜻밖인 듯 대행부주는 아무 대답도 하지 않았다. 그러나 이어진 오 씨의 말에는 그를 포함한 모든 사람들이 벙어리가 될 수밖에 없었다.

"내 본명은 탁발연拓拔燕, 죄인 역해심의 손에 유명을 달리하신 탁발가의 가주가 바로 내 오라버니 되는 분이시다. 이제 내가 왜 죄인을 죽이려 했는지 알겠느냐?"

공황 같은 정적이 얼마나 지속되었을까? 이번에도 정적을 깬 것은 대행부주였다.

"당신이 왜 부주를 독살하려 했는지 알겠소. 혈운장에 흑과부까지…… 이제 보니 탁발씨도 대단한 일족이었구려."

하도 놀라 그저 멍해만 있다가, 그 말을 듣고 보니 진짜 그렇다는 생각이 들었다. 혈운장 하나만 해도 놀랄 일인데 거기에 무불살 흑과부도 탁발씨였다니!

"부주는 대체 무슨 짓을 한 거람."

난 조그맣게 중얼거렸다. 개미집인 줄로만 알고 밟았더니, 알고 보니 말벌들이 우글거리는 벌집이었던 것이다. 빌어먹을! 이러다간 천하제일 고수라는 철면자鐵面子까지도 사실은 나도 탁발씨라고 나오는 거 아닌지 모르겠네.

"하지만 당신은 결국 성공하지 못했소. 한 달만 더 지났다면 회생이 불가능했겠지만, 부주는 적시에 치료를 받고 현재 회복 중이니 말이오."

대행부주는 말을 멈추고 심문장 주위에 선 문도들을 천천히 둘러보았다. 그의 입가에 묘한 미소가 맺혔다.

"그러고 보면 당신들도 참 불운하다고 볼 수 있소. 왜냐하면…… 내가 이 청룡부에 들어오게 되었으니까."

인정하고 싶진 않지만 사실이었다. 혈운장의 언월도에 맞서 부주의 딸을 구해 낸 것도, 또 흑과부의 암수를 간파하여 부주를 지켜 낸 것도 모두 저 대행부주의 공이기 때문이다.

"불운이라, 정말 그런 것 같다."

모든 것을 포기한 때문일까? 자신을 조롱하는 듯한 말에도 오씨는 선선히 동의했다. 어이없게도 미소까지 지어 가면서 말이다.

"어쨌거나 약속은 지키겠소. 바라던 것을 대답해 준 보답이오."

직접 손을 쓰려는 것일까? 자리에서 일어서서 심문장으로 내려가는 대행부주는 어느새 시퍼런 귀두도를 뽑아 들고 있었다. 그 모습을 지켜보던 오 씨가 천천히 고개를 흔들었다.

"관둬라. 너 같은 애송이에게 그런 수고까지 끼치고 싶지 않다."

의중을 묻기라도 하듯 대행부주가 말끄러미 바라보자 오 씨가 픽 웃었다.

"죽이지 못할 자 없다는 무불살이 바로 나다. 거기엔 내 목숨도 포함되겠지. 안 그래도 예전부터 궁금하던 참이었다. 저 금백웅황산金白雄黃散 한 포가 사람의 목숨을 얼마나 빨리 앗아 가는지 말이다. 그동안 단작스럽게 찔끔찔끔 쓰려니 어찌나 감질이 나던지, 원⋯⋯. 자, 어서 이 밧줄이나 풀려무나."

대행부주는 이 말이 나온 다음에도 한동안 오 씨의 얼굴을 내려다보다가 귀두도를 내리그어 그녀를 결박한 밧줄을 잘랐다. 오 씨는 뒤로 묶였던 양손을 앞으로 돌려 풀어 헤쳐진 머리카락을 가다듬더니, 바닥에 떨어진 첩약 한 포를 집어 종이 매듭을 풀었다.

"비록 죄인을 벌하는 데엔 실패했으나 아쉬워하지는 않겠다. 이는 죄인과 죄인의 권속들에게 더욱 끔찍한 종말이 기다림을 알기 때문이다. 부디 마음껏 즐겨라, 얼마 남지 않은 너희들의 생을."

오 씨는 저주라 하기엔 너무도 차분한 말을 흘려 낸 그 입으로 황백색의 가루들을 단숨에 털어 넣었다. 다섯을 채 헤아리기도 전에 그녀의 입술 주위로 좁쌀 같은 돌기들이 우툴두툴 돋아나기 시작했다. 그 돌기들은 금세 손톱만 한 물집으로 자라나더니 이내 괴상한 모양으로 말려 갈라지며 불그죽죽한 진물을 흘렸다. 잠시 후 그녀는 누런 위액을 토하고 눈알을 뒤집으며 모로 자빠진 다음, 사지를 덩굴식물처럼 비비 꼬았다.

침묵 속에서 단계적으로 진행된 이 죽음의 과정은 아마도 그리 오래 걸리지 않았을 것이다. 그러나 그것은 지켜보는 이들에게 이루 표현하기 힘들 만큼 심한 공포감을 안겨 주었다.

"흐읏!"

누군가 진저리 치는 소리를 들은 다음에야 나는 내가 주먹을 말아 쥐고 있음을 알아차렸다. 어찌나 세게 쥐었던지 손바닥 위에 남은 손톱자국이 꼭 손금처럼 보였다.

"기분 나쁘다. 빨리 내다 버려라."

나는 손바닥을 신경질적으로 바지에 문지르며 한호에게 지시했다. 그제야 정신을 차린 듯 한호가 흠칫 어깨를 떨었다.

"뭐 해? 내다 버리란 말 못 들었나?"

"예? 아, 알겠습니다."

심문장으로 달려 나가는 한호의 뒷모습을 보며 나는 큰 숨을 내쉬었다. 돌이켜 보면 꼭 뭔가에 홀린 것 같은 하루였다. 굴러온 돌멩이가 대행부주로 둔갑하질 않나, 잡아 놓은 늙은 여편네가 무불살로 둔갑하질 않나. 이젠 진짜 둔갑하는 여우가 나타난대도 놀라지 않을 자신이 있었다.

드물게 재수 없는 날이었어. 아무래도 한잔 걸쳐야겠군.

나는 노을빛으로 물들어 가는 서쪽 하늘을 쳐다보며 이렇게 생각했다.

그러나 오늘은, 드물게 재수 없는 이날은 아직 끝나지 않았다. 그것을 일깨워 준 것은 집법원 정문을 박차고 뛰어 들어온 외당 총당주 변용이었다.

"여기들 계셨구려! 지, 지금 큰일 났소이다!"

10. 사마자의司馬自宜

─────※─────

　　동그란 눈과 조그만 코. 거기에 규중처자처럼 아담한 체구와 얼음판 위를 딛는 듯한 조심스러운 발놀림. 휘장을 젖히고 군막軍幕 안으로 들어선 경천백호 제백석의 첫인상은 호랑이라기보다는 고양이 쪽에 오히려 가까웠다. 하기야 호랑이와 고양이는 먼 친척뻘이라 하니, 아주 틀린 별호도 아니라는 생각이 들었다.

　　"백호보의 제백석이 천하에 명성 드높으신 철면자 사마 첩형帖刑께 인사 올립니다."

　　제백석이 나를 향해 허리를 굽혔다. 하북을 양분하는 거물답지 않은 공손한 읍례揖禮였다. 저 공손함이 내가 가진 철면자라는 별호에서 비롯되었을까, 아니면 첩형이란 관작에 비롯되었을까 궁금해하며, 나는 걸터앉은 접의자에서 천천히 몸을 일으켰다.

　　"반갑소, 내가 사마자의司馬自宜요."

　　나는 허리는커녕 고갯짓 한번 까딱하지 않았지만 그것으로도 충분했다. 천하제일 고수인 철면자에게는, 또 동창東廠의 실세인

490

좌첩형에게는 그럴 만한 자격이 있었다.

"자리로."

나는 맞은편에 마련된 접의자를 가리켰다. 제백석은 내가 좌정하기를 기다려 몸을 앉혔다. 나는 휑한 군막 안을 둘러보며 어깨를 으쓱거렸다.

"보시다시피 이런 처지라 대접할 게 없소. 양해해 주길."

"군무軍務의 엄정함 정도는 아는 사람입니다. 괘념치 마십시오. 그나저나 제독태감께선 차도가 어떠하신지······?"

나는 대답 대신 제백석의 얼굴을 지그시 바라보아 주었다. 눈빛이 잠깐 흔들렸을 뿐, 위축된 기색을 드러내지 않는 것을 보면 효웅 기질은 있는 자였다.

"공공께선 여전히 의식을 회복하지 못하고 계시오."

"저런!"

"저런? 귀하라면 의당 기뻐해야 할 일 아니오?"

이 한마디에 혀를 끌끌거리던 제백석의 낯빛이 딱딱하게 굳었다.

"무슨····· 말씀이신지?"

"공공께서 이대로 깨어나지 못하시면 대내의 실권은 자연 태사의 무리에게 넘어가겠지. 그쪽에 줄을 댄 귀하로선 못내 반길 일이 아닌가 싶은데······. 아니 그렇소?"

제백석은 자리에서 벌떡 일어서더니 나를 향해 깊이 허리를 구부렸다.

"황감한 말씀을! 제가 태사와 안면이 있는 것은 처가 쪽으로 혈연이 있는 까닭일 따름입니다. 부디 제독태감을 경외하는 제 단심을 시험하지 말아 주십시오."

이 비장한 언행에서 나는 제백석에게 만만치 않은 정보력이 있음을 알아차릴 수 있었다. 그는 알고 있었다. 공공이 이미 의식을 회복했음을. 하긴 알지 못했다면 애당초 이 자리에 오지도 않았을 테지만.

"보기 거북하니 앉으시오."

보기 거북하다기보다는 참기 어려웠다. 코앞에 들이밀어진 제백석의 머리꼭지를 조금만 더 바라보다간 나도 모르게 일 장을 후려갈길 것 같았기 때문이다.

철면자.

강호인들이 나를 일컫는 이름이다. 얼굴이 두껍다는 그 이름이 그리 명예스럽지 못하다는 것, 나도 안다. 천하제일의 무공을 가지고도 고자의 주구가 되어 권력을 위해 뛰어다닌 내가 그들의 눈에 좋게 비쳤을 리 없다.

그런데 그들은 알까, 진짜 철면자들은 따로 있다는 것을? 가면을, 그것도 남보다 두꺼운 가면을 쓴 자만이 성공할 수 있는 세계가 바로 강호다. 나는 그런 강호가 싫어 떠났을 뿐. 지금 내가 하는 일은, 비록 세간에서 비열하고 추잡하다 손가락질당할지라도, 뭔가를 애써 꾸미지 않아도 된다. 하기 싫은 말 안 해도 되고, 보기 싫은 자 안 봐도 된다. 그렇게 십수 년을 간간이 떨어지는 명령만 처리하면서 나는 내가 가장 좋아하는 무공 수련에만 몰두했고, 그래서 천하제일 고수가 되었다. 그런데 저 낯 두꺼운 제백석을 제쳐 두고 내가 철면자라고? 얼간이들.

"내가 귀하를 청한 것은, 귀하 처가의 가계 따위나 들춰내기 위함이 아니오."

과연 이 정도 핀잔쯤은 아무것도 아니라는 듯, 제백석은 여일한 안색으로 뒷말을 기다렸다.

"귀하가 이끄는 백호보가 청룡부라는 도당과 경쟁 관계에 있다고 들었소만……."

"무도한 자들이지요. 천자의 위세가 사해에 엄엄하거늘 감히 칭룡稱龍을 하다니."

실소가 픽, 절로 나왔다. 당초 저쪽이 백호부였다면 청룡보라는 이름으로 덤볐을 위인이…….

"내가 이번에 강호에 나온 것은 바로 그 청룡부를 토멸하기 위함이오. 본디 금군禁軍을 냄이 마땅하나, 민심에 안 좋은 영향을 끼칠 거라는 판단에 동창과 금의위의 병력만 이끌고 나오게 되었소."

"옳으신 판단입니다. 추수가 한창인 시기에 군사를 내는 것은 민초들 보기에 아무래도 좋지 않겠지요."

제백석이 추임새를 넣었다.

"그래서 귀하를 청한 것이오. 국법을 바로 세우는 일에 한 손 거들어 줄 수 있겠소?"

이 제안에 제백석은 잠시 궁리하는 시늉을 하다가 조심스럽게 물었다.

"한데 대체 그들이 무슨 죄를 지었기에 토멸하려 하시는지?"

정말 몰라서 묻는 것일까? 물론 그럴 리 없다. 알면서도 묻는 것은 단지 의뭉 떨기 위함이 아닐 게다. 강호에서 사갈시하는 동창과 연수하려면 그에 합당한 명분이 필요할 터. 내 입을 통해 그 명분을 듣고 싶은 것이다. 영리한 자, 그래서 더 싫은 자. 그 명분, 지금 주마.

"이것을 읽어 보시오."

나는 제백석의 코앞에 두루마리를 내밀었다. 그것을 냉큼 받아 읽어 내려가는 그의 입에서 연방 탄성이 터져 나왔다.

"허! 놈들이 감히 천자를 암살하려 했다고요? 한데…… 저런! 이제 보니 제독태감께서 위독하신 것도 천자를 노린 놈들의 암수를 몸소 막아 내시느라 그런 것이었군요."

나는 쓰게 웃었다. 순전히 태감전 골방마다 들어찬 먹물들이 일으킨 손바람이었다. 공공 암살 기도가 천자 암살 기도로 부풀려진 일 말이다.

"어허! 이런 후안무치한 자들을 봤나! 명색이 강호인이란 자들이 기문암병奇門暗兵까지 동원해 가며 역모를 꾸미다니! 그 기문암병이란 게 대체 뭡니까?"

고개를 번쩍 들고 강개하게 묻는 제백석은 마치 충신열사의 표본 같은 얼굴을 하고 있었다. 그 얼굴이 너무 가증스러워 한번 골려 주고 싶은 마음이 일었다. 나는 그를 향해 왼손 인지를 내밀었다.

"바로 이 물건이오."

팍. 제백석이 쥐고 있던 비단 두루마리에 무언가가 꽂혔다. 제백석은 눈을 홉떴다. 비단 천을 앞뒤로 꿴 채 하얗게 빛나는 쇠털 같은 침 하나. 만일 일 푼의 힘만 더 주었다면 저 침이 꽂혀 있을 자리는 비단 천이 아닌 제백석의 심장이었을 것이다. 이것이 내 장난인데, 이 장난에 대해 제백석이 보인 반응은 무척이나 뜻밖의 것이었다.

"무, 무원환! 그 물건이 어떻게 이곳에……!"

제백석은 황급히 말끝을 감아 들였지만 이미 엎질러진 물.

494

"호, 이 물건을 알아보는구려. 그것도 단지 침만 보고서."

나는 제백석을 향해 왼손 인지를 들어 보였다. 거기엔 장신구치고는 조금 두툼한 자줏빛 반지 하나가 끼여 있었다. 석량이라고 했던가? 공공을 저격한 청룡부 문도가 지니고 있던 물건이었다.

"일단 체내로 파고들면 흔적도 남기지 않고 사라지는 무서운 독침을 감춘 암기요. 한데 그 이름이 무원환이라……. 당한 자는 자신이 무엇에 당했는지조차 모른 채 목숨을 잃을 테니 원한 같은 게 남을 리 없겠지. 정말 어울리는 이름이구려."

나는 왼손을 이리저리 돌려 무원환을 살펴보다가 제백석에게 시선을 고정했다.

"그 보고서를 읽어 봤으니 알겠지만, 이 무원환을 사용한 석량이란 자는 현장에서 자진했고, 함께 온 여섯 명의 일행 중 넷도 그곳을 벗어나지 못하고 관병들에게 주살당했소. 생포한 것은 단지 둘뿐인데, 하나는 나목이라는 벙어리였고 다른 하나는 호유성이라는 애송이였소. 두 사람 모두 이번 사건에 대해 아무것도 모른다고 잡아떼더구려. 물론 이 반지에 대해서도 모르는 물건이라고 완강히 부인했고. 그들의 진술은 거짓이 아니었소. 둘 다 저희 몸뚱이에 가해진 혹독한 고문들로써 그 점을 입증했으니까."

돌이켜 보면 괴이한 구석이 적잖은 사건이었다.

강호의 네 패주 중 한 곳인 청룡부 쪽에서 배알을 청한다는 소식을 접했을 때, 공공은 모처럼 활짝 웃으며 기꺼운 마음을 감추지 못했다.

그러한 청룡부의 움직임에는 납득할 만한 사유가 있었다. 경쟁 관계에 있는 백호보가 태사 쪽에 연줄을 대었다는 점, 그것만으로도 청룡부의 동인動因은 충분히 이해할 수 있었다. 소개자로 나선 왕균 또한 태감전과 거래한 햇수가 적지 않은 믿을 만한 상인인지라, 이번에 맺을 관계를 통해 쌍방 모두 좋은 이득을 얻어 갈 수 있으리라 누구도 의심치 않았다.

그런데 관계는 시작조차 해 보지 못하고 깨져 버렸다. 예물을 들고 온 무리 중 책임자라는 청년이 바로 이 반지, 무원환을 사용하여 공공을 저격한 것이다. 그것도 태감전의 한복판, 중인들의 이목이 집중된 자리에서.

"자, 이제 귀하가 대답해 줄 차례군. 이 반지가 무원환이란 것을 어떻게 알았소?"

내가 칼끝 같은 기세를 담아 노려보자, 제백석은 군색한 표정으로 잠시 어물거리다가 한숨을 푹 내쉬었다.

"기왕 이렇게 된 것, 사실대로 말씀드리겠습니다. 기실 그 반지는 제 수하 중 한 사람이 지니고 있던 물건입니다."

"수하라면……?"

"반풍般楓이라고, 별호는 화염검마라 합니다."

화염검마 반풍이라면 나도 들어 본 이름이다. 화령검기라는 기공으로 하북 일대를 주름잡은…… 가만!

"그는 얼마 전 죽었다고 하던데?"

"그렇습니다. 얼마 전 청룡부와의 싸움에서 목숨을 잃었지요."

"하면, 그가 죽은 뒤 무원환은 어떻게 되었소?"

"시신을 수습해 보니 무원환은 물론이거니와 그것이 끼여 있던 손 자체가 온데간데없이 사라진 상태였지요. 아마도 당시 그와 싸운 청룡부 무리들이 가져간 게 아닌가 생각됩니다."

나는 당장이라도 곡성을 터뜨릴 듯 처연한 얼굴을 하고 있는 제백석을 지그시 노려보다가 천천히 물었다.

"사실이오?"

"이 제백석, 비록 권모술수를 모른다 할 수는 없지만 방금 올린 말씀에는 단 한 점의 거짓도 없음을 맹세하겠습니다."

나는 저 말을 믿기로 했다. 진정이 느껴졌다기보다는 거짓말로 넘길 수 있는 문제가 아니었기 때문이다. 제백석은 그리 착한 놈 같아 보이진 않지만 내일이면 탄로 날 거짓말로 화를 키우는 얼간이 같지도 않아 보였다.

"당시 청룡부 무리를 지휘한 자가 누군지 아시오?"

제백석은 입술을 질끈 깨물다가 한 음절씩 천천히 뱉어 냈다.

"삼, 휘, 도."

"삼휘도?"

"그렇습니다."

나는 우측 간이 탁자 쪽으로 손을 뻗어 수북이 쌓여 있는 두루마리들 중 하나를 뽑아냈다. 청룡부 핵심 인사들의 인적 사항이 기재된 두루마리였다.

"삼휘도. 북천노룡 역해심이 요양에 든 이후부터 현재까지 청룡부의 대소사를 책임지는 대행부주 역할을 수행하고 있음."

여기까지 읽은 나는 고개를 갸웃하지 않을 수 없었다. 이 정도 비중의 인사라면 기재할 내용이 빼곡해야 마땅할 텐데 두루마리 위에 적힌 것은 몹시도 부실하였다. 문서를 작성한 자가 게으름을 부려서가 아니었다. 출신 불명에 사문 불명, 거기에 나이까지도 불명……. 그나마 밝혀진 것이라곤 역해심의 딸과 정혼하였다는 정도

뿐. 미간이 절로 모아졌다. 대체 뭐지, 이자는?

"그렇다면 이 삼휘도라는 자가 화염검마를 죽이고 무원환을 손에 넣었다고 봐도 무방하겠구려."

"아마도, 아니 필시 그러하리라 생각합니다."

삼휘도가 가져간 무원환이 석량의 손에 들려 공공에게 겨누어졌다. 그렇다면 석량의 배후에 삼휘도가 있다는 얘긴가? 아니, 아니지. 나는 삼휘도 바로 아래에 기재된 '역이화'라는 항목을 읽어보았다.

역이화. 출신······ 나이······ 올 초 남궁세가의 상속자인 남궁개호의 본처로 들어갔고······ 청룡부 유룡대주인 석량과의 혼전 관계가 드러나 시댁에서 축출, 부로 귀환하였음······. 금년 모월 모일, 당시 청룡부 내전 부총관 자리에 있던 삼휘도와 약혼식을 거행하였고······.

나는 두루마리에서 시선을 떼고 생각에 잠겼다. 여기 적힌 내용대로라면 석량의 배후는 결코 삼휘도가 될 수 없었다. 당시 태감전 심처에서 천하제일 고수인 나를 앞두고서 석량이 보인 기개는 동량지재의 그것이라고 해도 과언이 아닐 만큼 뛰어났다. 최소한 제 여자를 앗아 간 자 밑으로 머리 조아리고 들어갈 만큼 줏대 없는 자는 아니었던 것이다. 그렇다면 삼휘도가 입수한 무원환이 어떤 경로로 석량의 손에 들어간 거지? 또 석량은 왜 공공을 저격했고?

"이상하군. 분명히 뭔가가 있어."

나도 모르게 흘린 혼잣말에 제백석이 의아한 눈빛을 보내왔다. 나는 불쾌해졌다. 저자에게서 내가 받아야 할 것은 저따위 눈빛이 아니기 때문이다.

"그나저나 귀하는 아직 대답을 주지 않았군."

"예?"

"국법을 세우는 일에 동참하라는 내 제안에 대해 말이오. 자, 어떻게 하겠소?"

제백석은 벌떡 일어나 두 손을 앞으로 모았다.

"천자의 땅을 딛고 사는 신민으로서 대역죄인들을 토멸하는 일에 어찌 몸을 사리리까. 이 제백석, 총력을 바쳐 나리를 보필하겠습니다."

"좋소."

이로써 받아야 할 것은 받아 낸 셈. 이제는 알아야 할 것을 알아낼 차례였다. 나는 자리를 박차고 일어나 입구 쪽으로 걸어갔다.

"어딜 가십니까?"

제백석의 질문을 무시한 채 닫힌 휘장을 활짝 젖히고 군막 밖으로 나갔다. 이곳은 청룡부가 멀리 내다보이는 둔덕에 건설해 놓은 숙영지. 동창과 금의위에서 차출해 온 당두堂頭며 사령使令들이 갑작스러운 상관의 출현에 놀라 우르르 몰려들었다. 나는 그들을 향해 물었다.

"역도들은?"

"별다른 움직임을 보이지 않습니다."

동창 당두 하나가 앞으로 나서서 보고했다.

"빠져나간 자들은 물론 없겠지?"

"요소요소에 감시를 배치해 놓았습니다. 개새끼 한 마리 빠져나가지 못하도록 지시해 두었지요."

나는 픽 웃었다.

"개새끼는 잡아 뭐 하려고."

"예? 그, 그게……."

"말을 가져오너라."

당황하던 동창 당두가 황급히 달려가 내 애마를 대령했다. 나는 말 위에 뛰어올라 뒤를 돌아보았다. 군막 앞에 우두커니 선 제백석이 얼빠진 얼굴을 하고서 나를 올려다보고 있었다.

"충력을 바쳐 나를 보필하겠다는 말, 믿어도 되겠소?"

"무, 물론입니다."

"그렇다면 따라오시오. 이랴!"

나는 애마의 배를 발꿈치로 내질렀다. 녀석은 앞다리를 세우고 푸르르, 투레질을 한 뒤 기운찬 질주를 시작했다.

"처, 첩형 나리!"

제백석의 외침이 뒤통수에 실렸지만 나는 아랑곳하지 않았다. 따라오라면 따라와야 하는 게 현재 그의 입장. 남의 다리를 빌려 따라오든 제 다리를 놀려 따라오든 그것까지 신경 써 주고 싶진 않았다.

그렇게 반 각가량 달렸을까. 금장 편액이 높이 걸린 청룡부의 정문이 눈앞에 나타났다. 고삐를 당겨 애마를 세운 뒤, 세월의 냄새가 제법 밴 정문을 찬찬히 살펴보며 말에서 내렸다.

등 뒤로 와다닥 하는 소리가 가까워졌다. 힐끔 돌아보니 동창 당두 십여 명이 말을 몰아 오고 있었다. 그중 한자리를 지키고 있는 제백석의 얼굴에 나도 모르게 실소가 나왔다. 악명 높은 동창에서 탈것을 빌려 낼 만큼 넉살 좋은 위인이니 천하 어디에 가서든 밥 굶고 다니지는 않을 것 같았다.

"첩형 나리, 이 인원으로는 무리입니다. 병력이 갖춰질 때까지

기다리시는 편이 옳을 듯하옵니다."

말에서 뛰어내린 당두 하나가 헐떡거리는 호흡으로 급히 간언해 왔다. 하지만 내 마음은 이미 결정된 지 오래. 나는 양손을 들어 귀를 막는 시늉을 했다. 당두가 눈이 휘둥그레져 뒷걸음질을 쳤다. 다음 순간, 나는 청룡부의 정문을 향해 고함을 질렀다.

"삼, 휘, 도!"

"왁!"

뒷걸음질 치던 당두가 피를 토하며 고꾸라졌고, 그 뒤로 몰려 있던 모든 이들이 두 귀를 틀어막고선 괴로워했다. 그나마 버틴 것은 제백석 정도인데.

"사암, 휘이, 도오오!"

천하제일 고수의 십 성 공력이 담긴 사자후獅子吼에 현판을 품고 있던 기왓장들이 우수수 떨어지고 정문 양쪽에 달린 강철 문고리가 덜그럭덜그럭 춤을 추었다. 당두들은 숫제 바닥을 기어 다니고 있었고, 제백석 또한 두 손을 단전에 갖다 붙인 채 신음을 흘렸다. 그러나 그런 소란은 바깥쪽의 사정일 뿐, 굳게 닫힌 정문 안쪽은 한참을 기다려도 쥐 죽은 듯 고요하기만 했다. 나는 씩 웃으며 오른 주먹을 말아 쥐었다.

"안 나오겠단 말이지?"

단전이 활짝 열리며 코끼리도 단숨에 거꾸러뜨릴 만한 거력이 오른팔 기맥을 통해 물밀려 나갔다.

꽝!

백보신권百步神拳의 호쾌한 일격 앞에 두 자 반 두께의 철목鐵木으로 만들어진 정문 한가운데가 유리판처럼 터졌다.

"나리를…… 나리를 보호하라!"

웬만한 고통으로는 저들의 투철한 계급의식을 허물지 못하는 듯, 당두들이 뚫린 정문으로 우르르 몰려갔다. 계급의식과는 무관한 제백석 혼자만이 나아가지도 물러나지도 못한 채 주춤댈 뿐이었다.

"쯧쯧, 누가 누구를 보호한다고. 너희들은 들어가 내가 왔다고 전하기나 해라."

당두들에게 명을 내린 뒤 나는 제백석을 돌아보며 말했다.

"싸우러 온 것이 아니니 그리 겁먹을 필요 없소. 난 단지 삼휘도란 자를 한번 만나 보려는 것뿐이니까."

"하, 하지만 그들이 과연 순순히 삼휘도를 내주려 할까요? 아무리 대행이라 해도 명색이 이곳의 수장인데……."

"그렇다면 그들은 이 사마자의가 어떤 사람인지 알게 되겠지."

그러나 그런 일이 벌어질 가능성은 극히 낮다는 게 내 판단이었다. 나는, 비록 가슴속에 생겨난 호기심이 아무리 거대할지라도, 그것을 풀기 위해 칼날 밭에 몸을 던질 만큼 무모한 사람은 못 되었다. 그럼에도 불구하고 이렇듯 무모해 보이는 짓을 감행한 까닭은 청룡부의 문도들에게 꼭 알려 주고 싶은 사실이 있기 때문이었다.

저들은 반드시 알아야 했다. 공공 저격에 동원된 무원환이란 반지가 자신들이 대행부주로 삼은 삼휘도로부터 나왔다는 사실을. 그 사실이 드러난 이후에도 삼휘도가 대행부주 자리를 유지할 수 있을까? 나는 그럴 리 없다고 확신했고, 그래서 이렇듯 무모해 보이는 짓을 감행할 수 있었다.

자! 나와라, 삼휘도! 어서 나와서 네가 누군지를 똑똑히 밝혀라.

그러나…….

얼마의 시간이 지난 뒤, 정문의 뚫린 구멍을 통해 고개를 내민 한 당두의 말에 내 얼굴은 일그러질 수밖에 없었다.

"첩형 나리, 아무도…… 아무도 없습니다."

12. 사적思積

장손오長孫塢라는 이름을 가진 당두는 동창에서 나온 자답게 뱀처럼 차가운 눈빛을 하고 있었다. 그러나 그런 눈빛도 통하는 데가 있고 통하지 않는 데가 있다. 그자에게는 못내 아쉬운 일이겠지만, 강남대동회는 후자였다.

"……하면 삼휘도라는 자의 행방을 정녕 모르신다는 말씀이오?"

나를 향한 장손오의 질문에 대답한 사람은 저 위에 앉은 회주였다.

"어허, 귀머거리도 아니고 몇 번을 말해야 알아듣겠는가. 선생께서 분명 모른다고 대답하시지 않았나."

장손오가 떨떠름한 얼굴로 회주를 향해 말했다.

"송구하옵니다만 사안이 사안인지라……."

"사안이 어떻든 간에 저 멀리 북쪽에서 벌어진 일을 수천 리 떨어진 이곳 강남까지 가지고 와서 언급한다는 자체가 마음에 들지 않는군. 혹시 제독태감은 나까지 그 어설픈 역모에 얽어 넣으려는 속셈인가?"

삐딱하게 구부러지는 회주의 말투에 장손오의 고개가 방아깨비처럼 처박혔다.

"그, 그럴 리가 있겠습니까! 왕야께서는 황감한 말씀을 거두어주시기 바랍니다!"

그랬다. 강남대동회가 강호 네 곳의 패주들 중 가장 굳건하다 알려진 까닭은 회를 이끄는 사람이 황족이기 때문이다. 동창의 뱀눈이 제아무리 매섭다 한들 왕야 앞에선 무용지물에 지나지 않는다. 반 시진 가까이 이어진 이 취조가 제대로 이루어지지 못한 까닭도 바로 여기에 있었다. 취조답지 못한 취조는 하는 자와 받는 자 모두에게 시간 낭비일 뿐. 하여 나는 장손오에게 말했다.

"앞서도 밝혔거니와, 나는 삼휘도라는 자의 행방에 대해 아는 바가 전혀 없소. 그러니 그렇게 알고 이만 돌아가시오."

장손오의 시선이 내게로 향했다. 눈동자 깊숙한 곳에서 번뜩이는 광채가 제법 매서워 보였지만, 그래 봤자 이미 삼촌혈三寸穴을 잡힌 뱀 신세.

"알겠소. 선생께서 하신 진술은 소생이 잘 정리하여 상부에 보고하겠소이다."

장손오의 말 뒤에 회주가 은근한 으름장을 달았다.

"반드시 '잘' 정리할 것이라 믿네, 장손오 당두."

황족이 이름까지 직접 언급하며 당부하는데 일개 하급 관리가 어찌 뻗댈 수 있으랴. 장손오는 고분고분 복명한 뒤 하직 인사를 고했고, 그의 모습은 곧 회주의 집무실에서 사라졌다. 나는 회주를 향해 허리를 숙였다.

"덕분에 곤욕을 면했습니다."

"하하! 천하의 사노반이 동창 당두 따위에게 무슨 곤욕을 치른 단 말이오?"

"그것은 회주께서 모르시는 말씀입니다. 강호에서 얻은 허명 따위, 거대한 권력 앞에선 모래성에 불과하지요. 그러한 사실은 석 달 전 청룡부의 멸문을 통해 똑똑히 드러나지 않았습니까."

"청룡부……."

회주가 잘 손질된 콧수염을 만지작거리다가 은근한 눈으로 물었다.

"한데 그 건에 관해선 정녕 아는 바가 없으시오?"

나는 대답 대신 쓰게 웃었다. 다행히 내 대답을 기대하지는 않은 듯, 회주는 부담스러운 시선을 거두며 혼잣말처럼 중얼거렸다.

"거참 이상한 일이지. 북천노룡의 사위란 그자, 정말 둔갑술이라도 배운 걸까? 한두 사람도 아니고 자그마치 칠백 명이 넘는 인원인데, 대체 무슨 조화를 부렸기에 그렇듯 감쪽같이 빼돌릴 수 있었을까?"

둔갑술 같은 것은 없었다. 다만 어둡고 축축한 흙벽 뒤로 치명적인 위험을 감춘 긴 암도가 있을 뿐. 사라진 칠백여 명은 아마도…….

나는 고개를 짧게 흔들었다. 그 암도에 치명적인 위험을 감춰 놓은 사람은 바로 나였다. 비록 의지와는 무관한, 노반전이라는 신표를 통해 거래된 타의에 의한 공사였지만, 칠백 명이 넘는 목숨이 걸린 사건이었다. 죄의식이 일지 않는다면 사람도 아닐 터. 문득 동생의 불거진 등이 떠올랐다. 동생이라면 이런 죄의식을 오히려 즐겼겠지. 불쌍한 녀석…….

나는 회주를 향해 허리를 숙였다.

"이만 물러가겠습니다."

회주의 집무실을 나서 긴 회랑을 지나자 눈발이 날리고 있었다. 첫눈인가? 여느 해보다 며칠 늦은 듯했다. 나는 벽돌 길에 쌓이기 시작한 눈 위에, 분명 얼마 안 지나 덮여 지워질 덧없는 발자국을 남기며 숙소 쪽으로 걸음을 옮겼다.

"어르신, 표국에서 오신 분이 기다리고 있습니다요."

숙소로 난 월동문 앞에서 노복 하나가 말을 걸어왔다. 나는 고개를 갸웃거렸다. 이 강남대동회에 몸을 의탁한 지 이십 년이 넘었지만 표국 같은 곳과 거래한 적은 한 번도 없었다. 의아한 마음으로 숙소에 드니 푸른 옷을 걸친 사십 대 사내 하나가 기다리고 있었다.

"강남대동회의 사노반 선생이십니까?"

"그렇소만."

사내는 삐죽한 수염들로 덥수룩한 하관에 웃음을 머금었다.

"저는 구주표행九州鏢行에서 나온 정대丁大라고 합니다. 선생께 전해 달라는 표물이 있어 이렇게 찾아뵈었습니다. 먼저 이것을……."

정대라는 사내가 허리에 찬 피낭皮囊에서 장부 한 권을 꺼내더니 갈피에 끼워져 있던 종이 두 장을 내게 내밀었다. 표물이 제대로 전달되었는지를 확인하는 수령증이었다.

"표물을 보낸 사람은 누구요?"

"그게……."

정대는 장부를 뒤적거리다가 나를 보며 넉살 좋게 웃었다.

"보낸 분의 이름은 기재되어 있지 않군요. 사람들은 잘 모르지만 이런 표물이 의외로 제법 있답니다."

발송인 불명의 표물이라……. 꺼림칙한 기분이 들지 않은 것은 아니지만 그 이상의 호기심이 인 것도 사실이었다.

"물건을 주시오."

"아! 당연히 드려야지요. 어디 보자, 어이구! 표인鏢印들을 보니 참 멀리도 돌아온 물건이네요. 하북에서 하남으로, 다시 호광, 거기서 강을 따라 남경……. 보내신 분 취향이 참 특이합니다그려. 이리로 곧바로 오는 표행도 없진 않았을 텐데 굳이 중원 방방곡곡으로 돌렸네요."

표물은 기름종이로 여러 겹 감싼 죽간竹簡 크기의 봉투였다. 정대의 말대로 겉봉에 표물이 머문 표국 지부들의 도장이 빽빽이 찍혀 있었는데, 내 눈길을 잡아끈 것은 그 도장 아래로 쓰인 한 개의 글자였다.

삼三

단순한 만큼 많은 것을 연상케 하는 글자였지만 내게 떠오른 것은 오직 하나뿐이었다. 봉투를 받은 나는 아까 받은 두 장의 수령증에 각각 수결을 한 뒤 그중 한 장을 돌려주었다. 정대는 수령증을 장부 갈피에 끼워 피낭에 갈무리한 뒤, 포권해 보였다.

"저희 구주표행은 고객의 물품을 안전하게 호송하기 위해 불철주야 노력하고 있습니다. 다음에도 꼭 이용해 주시기 바랍니다."

정대가 돌아가자 나는 방문을 닫아걸고 사창에 덧창까지 내렸다. 그러고는 유등의 심지에 불을 붙인 뒤 봉투의 밀봉된 부분에 가위를 가져다 댔다.

13. 삼휘도三諱刀

나는 싫어하는 게 세 가지 있소.

첫 번째는 개.

어릴 때 집에서 키우던 개에게 왼쪽 장딴지를 물린 적이 있소. 아마도 그리 큰 개는 아니었을 텐데, 당시에 느낀 두려움이 뇌리에 깊게 새겨진 탓인지 지금도 나는 개를 볼 때마다 흠칫흠칫 놀라곤 하오. 창피한 얘기지만 모든 개들이 꼭 송아지만 하게 보인다고나 할까.

두 번째는 가문.

가문이 내게 준 것은 그리 많지 않소. 태어나서 열다섯 살이 될 때까지 먹여 주고 재워 준 것, 거기에 세상 어디에서도 찾아보기 힘든 희귀한 성씨를 물려준 것 정도. 반면 가문이 내게 요구한 것은, 열다섯 살 어린 나이에 모질고 험한 세파 속에 내동댕이쳐진 감수성 예민한 소년이 감당해 내기에는 너무도 무거운 것이었소.

아, 열다섯 살 얘기를 하려면 먼저 가문에서 수백 년간 이어 내려온 곰팡내 나는 가법家法부터 이야기해야겠구려. 숱한 선대의 가주들이 그러했듯, 내 부친은 희소한 성씨를 보존한다는 명목으로 자그마치 일곱 명의 아내를 거느렸고 그녀들을 통해 열한 명의 아들과 일곱 명의 딸을 보았소. 그중 적출嫡出은 겨우 둘. 나머지는 모두 서출庶出이었고 나도 그중 하나요. 적출과 서출은 별다른 차별 없이 함께 양육되지만, 언제까지나 그런 것은 아니오. 적출과 달리 서출은 성인이 되기 전 바깥세상으로 나가 가문을 수호하기 위한 그림자가 되어야만 하기 때문이오.

호가영護家影.

태어나는 순간부터 우리 서출들은 남녀 불문하고 호가영이 될 수밖에 없는 운명이었소. 그렇게 호가영이 되면 우리는 이름을 잃게 되오. 좀 야박하다 생각되지 않소? 가문이 물려준 몇 안 되는 선물 중 하나인 그 잘난 성씨를, 그러나 성인이 된 이후로는 마음대로 사용할 수 없다는 사실이. 그래서 서출들은 혈운장이 되고, 오 씨 아주머니가 되고, 왕균이 되고, 석량이 되고, 또 삼휘도가 되었소. 적출들의 가문을 위해 존재하는 서출들. 본체로부터 떨어져서는 존재할 수 없는 그림자 인생들.

내가 세 번째로 싫어하는 것은…….

그것에 관해선 조금 뒤에 적기로 하겠소. 문득, 이제는 분명 세상에 없을 한 사람에 관한 이야기부터 하고 싶어졌기 때문이오. 하긴, 세 번째를 이야기하기 위해 도움이 될 것 같기도 하고.

내겐 나보다 앞서 가문을 떠나 호가영의 길에 오른 작은형이 한 분 계시오. 나와는 두 살 터울인 작은형은 서먹하고 어렵기만 한 부친과는 비교조차 할 수 없는, 누구 한 사람 제대로 마음 주지 못한 내 삭막한 일생에 있어 유일한 아름다운 추억이자 안식처와도 같은 존재였소. 열다섯에 가문을 떠날 적에 내가 눈물을 보이지 않은 까닭은, 아마도 작은형이 떠난 두 해 전 평생에 흘릴 눈물을 모두 흘렸기 때문일 것이오. 그래서 밝고 당당하며 재능 또한 특출한 그 작은형을 청룡부에서 다시 만났을 때, 나는 내게 부여된 모든 임무를 망각한 채 앞으로 달려 나가 그의 어깨를 부둥켜안을 뻔했소. 그런 나를 일깨운 것은 작은형이었소.

'계획을 잊지 마라!'

아아! 계획!

가주가 피살당한 액을 겪은 가문이 청룡부의 내전 부총관인 육의생이란 자를 납치, 고문하여 캐낸 정보들을 바탕으로 수립한 바로 그 잔인한 계획!

그 계획에 의하면 나는 숙부와 칼을 맞대고 싸워야 했고, 작은형의 옛 애인을 가로채야 했으며, 올봄 청룡부에 잠입해 역해심에게 만성독을 쓴 고모의 정체를 밝혀내야만 했소. 그런데 그것도 모자라 이젠 작은형까지 죽음의 길로 내몰라고? 나는 하기 싫었소. 정말로 하기 싫었소. 그때 작은형이 말했소.

'지금 네가 할 일은 역해심을 움직여 방략에게 갈 예물을 내가 운송할 수 있도록 꾸미는 것이다. 우리가 호가영이라는 사실을 너는 한시도 잊어서는 안 된다.'

호가영이 대체 뭐기에, 그깟 그림자 인생 따위가 대체 뭐기에 내 일생 유일한 아름다운 추억을, 안식처를 죽음의 길로 내몰아야 한단 말이오?

나는 작은형에게 이렇게 외치고 싶었소. 그러나…… 어릴 적부터 강제된 운명이란 내 왼쪽 장딴지에 남겨진 개의 이빨 자국만큼이나 선명한 것이었소. 나는 작은형에게 그렇게 외치는 대신 반지 하나를 내밀고 있었소. 무원환. 마장이 일생일대의 역작이라 자랑해 마지않던 죽음의 상징.

반지를 받아 든 작은형이 말했소.

'부탁이 하나 있다. 최후의 순간이 오면 그녀를 가장 먼저 죽여다오.'

'예?'

'사람들이 잘못 알고 있는 것이 있다. 내가 그녀와 헤어진 것은 그녀가 나를 버려서가 아니다. 내가 그녀를 버린 거다. 남궁세가에서 혼담이 들어왔을 때 그녀는 나를 찾아와 함께 달아나자고 애원했다. 나는…… 거절했다. 그때까지만 해도 호가영으로서 내게 부여된 임무는 이 청룡부 내에 머물며 가문을 위해 일하는 것이었으니까.'

그때 작은형의 얼굴은 차마 눈 뜨고는 지켜보기 힘들 만큼 일그러져 있었소. 그 얼굴로부터 나는 그가 그녀를 얼마나 사랑했는지, 또 지금도 얼마나 사랑하고 있는지를 짐작할 수 있었소. 작은형은 내 어깨 위에 가만히 손을 얹으며 말했소.

'불쌍한 여자다. 그날 나에게 한 번, 우리 가문이 퍼트린 소문으로 인해 남궁세가에 한 번, 그리고 마지막으로 너에게 또 한 번 버림받을 운명이니. 그래서 그녀가 마지막 순간만큼은 자신이 버림받은 사실을 모른 채 죽을 수 있길 바란다. 내 부탁을 들어줄 수 있느냐?'

나로선 차마 들어주기 힘든 부탁이었소. 내 바람을 말하라면 오히려 그 반대였기 때문이오. 나는 다른 사람이 아닌 바로 그녀의 손에 죽어야만 한다고 생각해 왔으니까. 그런 것을 보면 아마 나도 그녀를 사랑한 모양이오. 작은형만큼은 아닐 테지만.

그러나 나는 고개를 끄덕일 수밖에 없었소. 생각해 보시오. 부친이 남긴, 자신을 죽인 자 하나만이 아니라 그 권솔 모두를 깡그리 죽이라는 어마어마한 유언과 비교하면, 작은형이 내게 남긴 유언은 참으로 소박하다 할 수 있지 않겠소? 나는 들어준다고 약속했소. 또 반드시 그리할 것이오.

이제 내가 세 번째로 싫어하는 것에 관해 이야기할 차례인 것 같구려.

나는, 태어날 때부터, 이미 결정되어 버린, 그 모든, 운명이, 싫소. 개보다도, 가문보다도, 세상 그 무엇보다도 싫소. 지금까지 내 이야기를 읽었다면 따로 이유를 설명할 필요는 없을 것이라 생각하오.

그래서 나는 내 이름을 삼휘도라 지었소. 내가 싫어하는 세 가지 모두를 베어 낼 수 있는 거침없는 칼이고 싶었소. 그러나 나는 단 한 마리의 개도, 별로 해 준 것도 없이 요구만 해 대는 야박한 가문도, 그리고 이날 이때까지 나를 억압해 온 저주스러운 운명도 베지 못했소.

그것이 못내 한스러울 따름이오.

이 글을 당신에게 보내는 이유는, 먼 훗날 당신이 청룡부의 옛 터를 지날 기회가 있으면 그 밑에 잠들어 있는 이들을 위해 향이라도 몇 대 살라 주길 바라는 마음에서요. 그들이 어디쯤 묻혀 있는지 알 사람은, 이제는 분명 당신밖에 없을 터이니.

모두 가련한 운명을 타고난 자들이오. 그녀도, 역해심도, 그리고 나도.

　참, 내 본명은…….

〈삼휘도三諱刀에 관한 열두 가지 이야기〉 끝

문지기

1

————— ✦ —————

　내 아버지는 문지기였다. 내가 태어나기 한참 전에 문지기가 된 것으로 아는데, 그 일을 시작하게 된 계기에 대해서는 딱히 들은 적이 없어 알지 못한다. 아버지는 평범한 문지기였고, 세상의 모든 평범한 문지기들이 그렇듯, 살다 보니 어쩌다 그 일을 시작하게 되었으리라 추측할 따름이다.

　나도 얼마 전 문지기가 되었다. 아버지가 세상을 뜬 뒤 그 자리를 물려받았다. 아버지가 일하던 시절도 그랬지만 지금도 문지기는 그리 좋은 직업이 아니다. 아버지의 장례가 끝난 날 세가의 총관인 유 노대劉老大는 숙소에서 고인의 유품을 정리하던 나를 불러다 놓고 말했다.

　"네 아비는 좋은 문지기였지. 그렇다고 네게까지 그 일을 강요할 생각은 없다. 원한다면 다른 자리를 알아봐 주마."

　나는 고개를 저었다.

　"저는 문지기가 좋습니다."

그날부터 나는 문지기가 되었고, 아버지의 일터였던 열두 자 높이의 정문은 그대로 내 일터가 되었다.

정식으로 문지기 일을 시작한 첫날, 얼마 전 세가에 들어온 수문 무사 손 형孫兄이 물었다.

"어이, 짝귀. 창고 하나만 맡아도 떨어지는 게 훨씬 많을 텐데 왜 하필 문지기지? 선대인께서 무슨 유언이라도 남기셨나?"

"그런 유언 없었소."

"그런데 왜? 설마하니 어릴 적 꿈이 문지기였을 리는 없을 테고."

나는 씁쓸하게 웃을 뿐 적당한 대답을 찾지 못했다. 손 형의 말이 맞기도 하고 틀리기도 하기 때문이다. 한 가지 분명한 것은, 맞든 틀리든, 내 어릴 적 꿈이 문지기와 매우 밀접한 관계가 있다는 사실이다.

나는 문지기에게 매료당하기도 했고, 문지기를 혐오하기도 했다. 반드시 문지기가 되겠다고 다짐하기도 했으며, 절대로 문지기는 되지 않겠다고 맹세하기도 했다.

만일 누군가 있어 그것에 대해 자세히 알고 싶어 한다면, 나는 여섯 살 눈 내린 아침과 아홉 살 피비린내 자욱한 밤과 열한 살 그 따가운 가을볕 속에서 만난 한 문지기에 대한 이야기를 들려줄 작정이다. 내 아버지, 그리고 나와는 조금 다른 '특별한' 문지기에 대한 이야기를.

2

—⊗—

새벽부터 눈이 내렸다. 양이 무척 많아서 정문 앞 돌사자가 꼭 눈사람처럼 보였다.

하늘은 아직 침침했지만 사방을 덮은 눈빛 덕분에 어둡다는 느낌은 들지 않는 이른 시각, 나는 키보다 곱절은 긴 눈 밀대를 들고 정문 앞에 나와 있었다.

돌이켜 보면 한 자 가까이 쌓인 눈을 여섯 살짜리가 치운다는 게 참 말도 안 되는 일이긴 하다. 하지만 어린 마음에 뭘 알까. 눈앞에서 기다리고 있는 노동의 버거움도 모른 채, 그저 나는 몽글몽글 떨어지는 커다란 눈송이들과 그렇게 새하얘진 세상을 마냥 신기해하고 있었다. 그때 누군가 내게 말을 걸었다.

"⋯⋯느냐?"

목소리가 울린 곳으로 고개를 돌렸을 때 내 눈앞에는 그 사람이 서 있었다. 그 사람의 첫 모습은 세월이 꽤 지난 지금도 똑똑히 기억한다.

하얀 눈을 배경으로 한 검은 옷. 여섯 살 눈높이로 올려다보는 까마득한 키.

그 사람은 반나절은 갈아 댄 먹물처럼 새카매 보였고 후원 가산假山의 보탑寶塔처럼 커다래 보였다. 부스스한 머리칼과 텁수룩한 수염은 그 사람을 더욱 새카맣게, 더욱 커다랗게 보이도록 만들었다. 그러나 나는 갑자기 나타난 새카만 거인을 보면서도 전혀 무서움을 느끼지 않았다. 그 이유에 대해 훗날 여러 번 생각해 보았지만 딱히 무엇 때문이다 할 만한 답을 얻지는 못했다.

"누구세요?"

내가 말똥말똥 올려다보며 묻자 그 사람은 한쪽 볼따구니를 실룩거리더니 뒷머리를 북북 긁었다.

"남의 물음에 대답하지 않고 자신의 물음에 답하길 바란다면 공정하지 못한 일이겠지. 내 물음에 먼저 대답하면 내가 누군지 가르쳐 주마."

그러나 나는 그 사람의 물음에 대답하는 대신 또다시 물을 수밖에 없었다.

"뭘 물었는데요?"

"이런, 아예 듣지도 못한 거냐?"

그 사람은 더욱 세차게 머리를 긁더니 내게 얼굴을 바짝 가져다 내리며 말했다.

"지금 꼬맹이 네가 눈을 치우려고 나온 게 맞느냐고 물었다."

나는 이마 바로 위에 떠 있는 투박한 얼굴을 향해 고개를 끄덕여 주었다.

"이 눈을 네가 치우겠다고? 그걸로?"

그 사람은 내 얼굴과 내가 어깨에 기대 잡고 있는 눈 밀대를 번갈아 보더니 헛웃음을 흘렸다.

"허! 아무리 현판을 내렸기로서니 천하의 운검가雲劍家에서 요런 꼬맹이에게까지 문지기 일을 시킬 리는 없고, 별일 다 보겠군."

당시의 나는 '운검가'가 등지고 선 장원의 이름이란 걸 알지 못했다. 그 장원 안에서 '운검가'란 세 글자를 입에 담는 일은 혹독한 제재가 뒤따르는 금기라는 사실도 몰랐고, 그것이 이때로부터 오 년 뒤인 내가 열한 살이 되는 해까지 계속되리라는 것 또한 알지 못했다.

"근데 아저씬 누구세요?"

나중에도 여러 번 든 생각이지만 그 사람의 가장 큰 미덕은 공정함이었다. 그 사람은 공정한 사람답게 내 물음에 대답해 주었다.

"난 양업梁業이라고 한다. 음, 양 형이라고 불러 주면 좋겠지만 곤란하면 양 아저씨라고 불러도 된다."

정확한 나이는 모르지만 아마도 그때 그 사람은 삼십 대 중반이었을 것이다. 일찍 결혼했으면 나보다 큰 자식을 두었을 어른에게 양 형이란 호칭은 가당치 않겠지만, 나는 왠지 그쪽이 마음에 들었다.

"그럼 양 형이라고 부를게요."

어째서 형 소리를 아저씨 소리보다 좋아하는지는 지금까지도 궁금하다. 어쨌든 내 말을 들은 그 사람, 아니 양 형은 키만큼이나 커다란 웃음을 보여 주었다.

"그렇다면 새로 생긴 동생을 위해 이 늙은 형이 힘 좀 써야겠군."

양 형은 길고 튼튼해 보이는 손을 쭉 뻗어 내가 쥔 눈 밀대의 끄트머리를 잡았다. 그토록 높아 보이던 끄트머리가 그에겐 겨우 가슴 높이였다. 나는 그제야 조금 무서워졌다. 양 형이 무서운 건 아니었다. 아버지는 빗자루나 마대, 눈 밀대 같은 물건들을 무척이나 귀히 여겼다. 한번은 싸릿대 인형을 만들기 위해 빗자루 살을 한 움큼 뽑은 적이 있는데, 아버지는 그 뽑은 살들을 모아 잡고 내 등이 해지도록 때렸다. 그러니 이 눈 밀대를 잃어버리는 날엔······.

"늙은 형을 믿지 못하는 거냐?"

내가 눈 밀대를 더욱 세게 움켜쥐자 양 형은 한쪽 볼따구니를 실룩거리더니 눈 밀대를 잡지 않은 손으로 뒷머리를 벅벅 긁었다. 당시에는 몰랐던, 난처하거나 무안할 때면 양 형이 보이는 버릇이었다.

"모르는 사람한테 아빠 물건을 주면 나중에 아빠한테 혼나요."

"아빠 물건?"

잠시 갸웃거리던 양 형이 갑자기 탄성을 터뜨렸다.

"아하! 네가 노칠魯七의 아들이구나!"

"우리 아빠를 알아요?"

"알다마다. 노칠도 문지기, 나도 문지기. 같은 일을 하는데 내가 그를 모를 리가 있나."

"어? 그럼 양 형도 아빠처럼 문지기예요?"

양 형은 고개를 크게 끄덕였다. 하지만 조금 부족하다 여겼는지 곧 덧붙였다.

"어느 쪽을 지키느냐가 조금 다르긴 하지만."

다음 순간 나는 깜짝 놀라고 말았다. 두 손으로 꼭 붙잡고 있던 눈 밀대가 어느새 사라져 버린 것이다. 내가 어, 할 새도 없이 눈 밀대를 채 간 양 형은 커다란 손으로 내 머리통을 잡아 돌려세운 뒤 등을 툭툭 밀었다.

"처마 밑에서 눈이나 피하고 있으렴. 너 같은 꼬맹이에겐 감기 걸리기 딱 좋은 날씨니까."

아닌 게 아니라 그 며칠은 나 같은 꼬맹이가 아니더라도 감기 걸리기 딱 좋은 날씨였다. 눈 치우는 일에 문지기 아들이 나선 것도 그 일을 해야 할 문지기가 감기에 된통 걸려 앓아누운 탓이었으니까.

얼마 동안 나는 정문의 처마 밑에 쪼그리고 앉아 양 형이 눈을 치우는 모습을 구경했다. 양 형은 아버지보다 능력 있는 문지기 같았다. 최소한 눈 치우는 일에서만큼은 분명히 그래 보였다. 눈 밀대가 드르륵 미끄러질 때마다 숨어 있던 바닥의 전석塼石이 모습을 드러내고, 눈 밀대를 탕 터는 곳에는 어김없이 작은 눈 동산이 쌓였다. 게다가 빠르기는 어찌나 빠른지, 이쪽을 미나 싶다가도 눈을 한 번 깜빡이면 어느새 저쪽에서 눈가루를 날리고 있었다.

"어, 땀난다."

여섯 살 눈에 평원처럼 넓게만 보이던 정문 앞 공터를 잠깐 사이에 다 치운 양 형이 눈 밀대를 어깨에 걸치고 터덜터덜 다가왔다. 벌어진 앞섶 사이로 훤히 드러난 가슴팍은 내 입김보다 훨씬 더 많은 김을 무럭무럭 피워 올리고 있었다. 마지막으로 가벼운 발길질 한 번에 정문 앞 눈사람이 돌사자로 되돌아오는 요술까지 구경하게 되자, 나는 그에게 홀딱 반해 버리고 말았다.

"나, 이다음에 꼭 양 형 같은 문지기가 될래요!"

갑자기 터져 나온 내 외침에 양 형의 한쪽 볼따구니가 그날 본 것 중 가장 크게 실룩거렸다. 뒷머리도 거죽이 벗겨지지 않을까 걱정될 만큼 벅벅 긁혔고.

"그게 말이다⋯⋯."

양 형이 뭐라 말하려는 순간, 끼익 소리와 함께 정문이 열리고 낡은 수건을 목에 친친 두른 사람이 얼굴을 내밀었다. 이 집의 진짜 문지기인 아버지였다.

정문 앞에 서 있던 나와 양 형을 본 아버지의 눈이 휘둥그레졌다. 그러고는 심하게 기침을 하는데, 그 이유가 목에 피풍건避風巾까지 두르게 만든 감기 때문만은 아닌 것 같았다.

기침을 겨우겨우 수습한 아버지가 나를 향해 크게 말했다.

"아복阿福, 이리 와라!"

말로는 부족했던지 아버지는 내 손목을 붙잡아 세게 낚아챘다. 팔이 떨어져 나갈 듯 아팠지만 나는 신음조차 내지 못했다. 무슨 이유인지는 모르지만 아버지는 분명 화가 나 있었고, 여섯 살 적 내게 있어서 화난 아버지는 세상에서 가장 무서운 존재였다.

아버지는 품에 당겨 넣은 내 쪽으로 눈길조차 주지 않았다. 아버지의 눈길은 오직 양 형의 얼굴 위에만 고정되어 있었다.

"이달엔 일찍 오셨습니다."

곱지 않은 심사가 그대로 드러나는 아버지의 말에 양 형은 어깨를 으쓱거렸다.

"매달 언제나 같은 시각에 오네. 자네가 문을 열어 주기를 기다렸을 뿐이지."

아버지는 시선을 돌려 그사이 또 내린 눈으로 희끗희끗 번져 가는 공터를 둘러보았다. 나는 입술이 마르는 것을 느꼈다. 저 눈 밀대, 빨리 받아 놨어야 하는 건데.

"자식 놈이 수고를 끼친 모양입니다. 쇤네가 대신 사과드리지요."

내 손목을 움켜잡은 아버지의 손에 힘이 들어가는 것이 느껴졌다. 고통으로 일그러진 내 얼굴을 보았는지, 양 형이 무거운 목소리로 말했다.

"오랜만에 큰 눈이 내려 어릴 적 기분을 내 보았네. 대수롭지 않은 일이니 괜히 죄 없는 아이를 혼내지는 말게나."

"쇤네 같은 천것들 사정까지 다 신경 써 주시고, 뭐라고 감사를 드려야 할지 모르겠습니다."

아버지의 빈정거림에 양 형은 조금은 슬퍼 보이는 웃음을 짓더니 어깨에 걸치고 있던 눈 밀대를 내게 내밀었다.

"이건 돌려주마."

엉겁결에 마주 손을 내밀었지만 잡은 것은 없었다. 아버지가 한 발 앞서 눈 밀대를 가로챈 것이다. 양 형은 어쩔 수 없다는 듯 한숨을 내쉬고는 아버지에게 물었다.

"들어가도 되는가?"

아버지는 나를 끌고 한 걸음 비켜섰고, 양 형은 아버지가 내준 길을 걸어 반쯤 열린 정문으로 들어갔다. 정문을 지날 때 잠깐 고개를 돌려 내 얼굴을 보았지만, 아마도 썩 좋은 표정을 보여 주지는 못했을 것이다.

양 형이 장원 안으로 사라지자 아버지는 나를 품에서 떼 놓고는 무서운 눈으로 내려다보았다. 나는 겁에 질려 고개도 제대로 들지 못했다. 이번에는 무엇으로 얻어맞을까 상상하는 것은 여섯 살 아이에게 너무 잔인한 시간이 아닐 수 없었다.

"아침밥을 먹기 전에는 절대로 숙소 밖으로 나오지 말라고 했을 텐데."

　나뿐 아니라 이 장원에서 일하는 모든 일꾼의 자식들은 아침밥을 먹기 전까지는 숙소 밖으로 나올 수 없었다. 당시만 해도 나는 그것이 세상 모든 아이들이 지켜야만 하는 공통의 규칙인 줄 알았다.

　"한데 숙소도 아니고 장원 밖으로 나오다니, 그것도 눈 밀대까지 꺼내 가지고. 대체 무슨 짓을 할 작정이었느냐?"

　"……눈을 치우려고요."

　"뭐?"

　"아침에 깨 보니까 눈이 많이 오잖아요. 그런데 아빠는 감기에 걸려 아프고. 그래서 대신 눈을 치워 놓으려고 나왔어요. 아빠 힘들지 말라고요."

　말하며 나는 울었다. 딱히 잘못한 것도 없는데 맞을까 봐 무서워해야 하는 현실이 억울해서라기보다는, 그냥 무서워서였던 것 같다. 아버지는 그런 나를 잠시 내려다보았다. 후우, 하는 긴 숨소리와 함께 아버지가 바위처럼 딴딴해진 어깨에서 힘을 빼는 것이 느껴졌다.

　"오늘 일은 없었던 것으로 해 두마."

　맞지 않게 되었으니 기뻐야 할 텐데 어쩐 영문인지 눈물만 더 나왔다. 나는 대답도 못 하고 오리처럼 꺽꺽거리기만 했다.

　"하지만 한 가지는 반드시 기억해야 한다."

　나는 눈물 맺힌 눈에 의문을 담아 아버지를 올려다보았고, 아버지는 그런 내게 한 자씩 힘을 주어 말했다.

　"아까 그 사람과는 두 번 다시 알은체를 해서는 안 된다. 만일 그 모습이 이 집 어른들의 눈에 띄는 날에는, 우리는 더 이상 이 집에서 살지 못하게 될지도 모른다."

　눈이 펑펑 쏟아지던 여섯 살의 어느 겨울날 아침, 나는 문지기가 되겠다는 꿈을 처음으로 마음에 새겼다. 그러나 무슨 까닭인지 세상은 내게 그 꿈을 꾸게 해 준 사람을 멀리하도록 강요하고 있었다.

3

———⊗———

아홉 살이면 제법 많은 것들에 대해 알 나이다. 나는 아버지와 나를 품은 커다란 장원이 운검가라는 이름의 강호세가江湖世家임을 알게 되었고, 그곳의 주인인 채씨蔡氏들이 한 가지 검법으로 세상에 이름을 떨쳤다는 사실 또한 알게 되었다.

모든 것은 여섯 살 때와 비슷했다. 여전히 정문 위 현판이 걸리는 곳은 빈자리였고, 여전히 '운검가'라는 석 자는 입에 담아서 안 되는 금기였으며, 여전히 아이들은 아침밥을 먹기 전까지는 숙소 밖으로 나갈 수 없었다.

그러나 아무리 날 선 규칙, 금기도 차곡차곡 쌓이는 시간 속에선 어떤 식으로든 무뎌지는 법. 반항과 거역에 이제 막 재미를 붙이기 시작한 개구쟁이들은 많은 은밀한 이야기들을 공유하려 하였고, 이를 눈치챈 몇몇 어른들도 딱히 문제 삼으려 들지는 않았다.

나는, 다른 사내아이들도 마찬가지였지만, 운검가의 주인들이 가졌다는 한 가지 검법에 대해 커다란 호기심을 느꼈다. 흐르는 구름처럼 신비하다는 그 검법은 십 년 전에만 해도 천하에서 가장 뛰어난 열 가지 무공 중 하나로 꼽혔다고 했다. 흙바닥이 허옇게 보일 만큼 가물고 무더운 어느 여름날, 내게 그 얘기를 들려준 것은 유 총관네 막내아들인 유덕劉德이었다. 나보다 두 살 많은 유덕은 비슷한 종류의 이야기들을 사람 좋은 부친으로부터 듣고서 아이들에게 전해 주곤 했다.

"난 봤지, 그 검법."

"진짜?"

"응. 밤중에 귀뚜라미 잡으러 정원에 나갔다가 둘째 도련님이 수련하는 걸 몰래 봤어. 휙! 쉭쉭! 그리고 붕 떠서 차차착! 씨발, 진짜로 죽여주는 검법이더라고."

효과음에 욕설까지 섞어 낸 유덕의 이야기는 내 상상력을 한껏 자극했다. 고요한 정원. 춤추는 그림자. 구름처럼 흐르는 검광. 그리고 그 끝에서 점점이 부서지는 달빛. 그것은 이제 막 사내가 돼가는 아홉 살짜리를 후끈 달아오르게 만들기에 부족함이 없었다. 그래서일 것이다. 그날 밤 아버지의 코 고는 소리를 뒤로하고 숙소를 살금살금 빠져나온 것은.

아버지와 내가 살던 방 하나짜리 조그만 사옥舍屋은 문지기라는 아버지의 직책으로 인해 정문에서 얼마 떨어지지 않은 곳에 자리 잡고 있었다. 그곳에서 정원까지는 얕은 담을 둘이나 지나야 하지만, 쪽문은 항시 열려 있고 지키는 사람도 없었다. 아버지에게만 들키지 않으면 문제 될 게 없겠지 싶었다.

결과적으로 나는 그날 정원에 가지 못했다. 그러나 둘째 도련님은 볼 수 있었다. 유덕처럼 몰래 본 것이 아니었다. 몰래 본 쪽은 둘째 도련님이었다.

"아복."

석등 뒤에서 울려온 낮은 목소리가 안 그래도 켕기는 게 많은 나를 소스라치게 했다. 비명이라도 지를까 봐 걱정했던지 목소리의 주인은 곧바로 모습을 드러냈다. 그러나 그 모습이 더욱 놀라워 나는 비명을 지르지 않기 위해 스스로 입을 틀어막아야만 했다. 달빛에 드러난 둘째 도련님은 얼굴과 의복, 신발까지 온통 새빨갰다. 저렇게 많은 양은 본 적이 없지만 그 빨간색의 정체가 무엇인지는 금방 알 수 있었다.

"피, 피가……!"

가까스로 입을 열었지만 그 입은 곧바로 다시 틀어막혔다. 이번에는 내 손에 의해서가 아니었다. 어느새 다가온 둘째 도련님의 손이 한 일이었다. 뒤따라 밀려온 짙은 피비린내.

"너 혼자냐?"

속이 뒤집힐 것 같은 피비린내 속에서도 나는 정신없이 고개를 끄덕였다. 그것에 긴장이 풀렸는지 둘째 도련님은 크게 휘청거렸다. 엉겁결에 둘째 도련님의 허리를 받친 나는 길게 갈라진 의복 사이로 들여다보이는 시뻘건 속살에 하마터면 토할 뻔했다.

"아빠를 불러올게요."

"안 돼!"

둘째 도련님은 황급히 소리쳤다가 그 울림에 놀랐는지 얼른 목소리를 깔았다.

"아무에게도 알리면 안 된다."

"하지만……."

"걷기가 힘들구나. 처소에 갈 때까지 네가 도와줘야겠다."

아무리 사내가 되기 시작했다고 해도 아홉 살이면 여섯 살과 별로 다를 게 없는 꼬맹이다. 덜 자란 그 어깨로 건장한 이십 대 청년을 부축해 움직인다는 것이 쉬울 리 없었다. 낑낑거리며 댓 발짝쯤 떼어 놓을 무렵, 나는 둘째 도련님을 받치던 오른쪽 어깨가 갑자기 허전해짐을 느끼고 고개를 돌렸다.

곧이어 목격하게 된 둘째 도련님의 검법은 내 조잡한 안목으로도 '씨발, 진짜로 죽여주는' 것과는 거리가 한참이나 멀었다. 하긴, 지금이야 얼마든지 이해할 수 있다. 당시의 둘째 도련님은 아홉 살짜리의 부축이라도 받아야 할 만큼 망가진 몸이었으니.

어느 틈엔가 나타난 두 명의 괴한이 뒤뚱거리며 검을 휘젓는 둘째 도련님을 병기 부딪는 소리 한번 없이 가볍게 제압하더니 내게로 시선을 돌렸다.

"뭐지, 이 꼬마는?"

"차림을 보니 이 집 일꾼의 자식 놈인 것 같구려."

"그런데 왜 비명을 지르지 않는 거지? 우리가 무섭지 않은가?"

"그러게 말이오."

두 명의 괴한 중 주로 질문을 던지던 쪽이 내게로 얼굴을 가져다 댔다. 양쪽 뺨에 자벌레만큼이나 큼직한 칼자국이 난 사내였다.

"꼬마야, 무서우면 비명을 질러도 된다."

물론 무서웠다. 비명이 아니라 그보다 더한 것이라도 지르고 싶을 만큼. 하지만 목구멍이 말라붙었는지 어떤 소리도 낼 수 없었다.

"굳어 버렸군."

뒷전에서 둘째 도련님을 붙잡고 있던 땅딸한 괴한이 말하자, 칼자국은 혀를 차며 오른손을 슬쩍 움직였다. 왼쪽 볼에 선뜻한 기운이 감돌더니 후드득 소리가 어깨 위로 떨어졌다. 화들짝 놀라 만져 보니…… 귀가 사라지고 없었다!

"꺅! 꺄아악!"

"목청이 좋구나."

칼자국이 만족한 듯 몸을 돌렸다. 내가 목구멍이 찢어져라 악을 쓰는 동안 도련님을 둘러멘 칼자국과 땅딸보는 앞서거니 뒤서거니 담장을 넘어가 버렸다.

한밤중에 울린 내 비명은 커다란 장원을 순식간에 잠에서 깨웠다. 가장 가까운 거리에서 자고 있던 아버지보다 한발 앞서 모습을 드러낸 것은 내원 깊숙한 곳에서 자고 있었을 주인어른이었다. 이부자리에서 곧바로 빠져나왔는지 연자주색 얇은 침의 차림의 주인어른은 왼쪽 얼굴에 피를 흘리며 악을 써 대는 나를 보더니 목덜미와 뒤통수의 몇 곳을 아프게 눌러 주었다.

"아복! 이, 이게 대체……!"

뒤늦게 당도한 아버지가 놀라 외치자 주인어른이 아버지를 돌아보며 말했다.

"지혈을 했으니 별일은 없을 걸세."

어느새 내 주위엔 많은 사람들이 모여들어 있었다. 평소라면 눈길조차 제대로 마주치지 못할 채씨 집안의 사람들이 대부분이었다.

"아복, 무슨 일이냐?"

어느 정도 진정되었다고 여겼는지 주인어른이 비로소 내게 물었다. 그러나 한쪽 귀가 잘린 아홉 살 아이가 그 짧은 시간에 무슨 진정이 되었겠는가. 그런 날 대신하여 주인어른을 상대해 준 사람이 있었다. 물론 내 입장에서는 조금도 고맙지 않았지만.

"오호파五虎派의 두 호랑이가 운검가의 가주 어른을 뵙고자 하오."

정문 너머에서 들려온 음산한 목소리에 주인어른의 표정이 어두워졌다. 주위의 채씨들이 수군거렸다.

"오호파가 어떤 자들이지?"

"근래에 이 부근까지 세력을 넓힌 흑도 놈들입니다."

"허! 이젠 그런 조무래기들까지……."

주인어른은 한 손을 들어 그들을 조용히 시킨 뒤 내 머리통을 붙잡고 쩔쩔매던 아버지에게 명했다.

"노칠, 문을 열게."

정문이 양쪽으로 활짝 열렸다. 정문에서 스무 걸음 정도 떨어진 곳에는 아까 본 두 괴한이 서 있고, 그들의 앞에는 피투성이인 둘째 도련님이 무릎 꿇은 채 고개를 숙이고 있었다. 환한 달빛은 정문 앞 모든 풍경을 가감 없이 옮겨다 주고 있었다.

"으음!"

주인어른의 입에서 무거운 신음이 흘러나왔다. 곁에 있던 큰 도련님이 성큼 나서며 호통을 터뜨렸다.

"자면호刺面虎 이립李砬! 왜호矮虎 정춘방丁春坊! 죽고 싶어 환장을 했느냐? 뒷골목에서 노략질이나 일삼던 놈들이 감히 여기가 어디라고……!"

목청이 크고 성미가 급하여 나 같은 아랫것들 사이에선 '벼락통'이라는 별명으로 통하던 큰 도련님은 여느 때와 달리 내지른 호통을 마무리 짓지 못했다. 칼자국이 둘째 도련님의 목덜미를 한쪽 발로 찍어 눌렀기 때문이다.

"여기가 운검무적雲劍無敵 채씨세가의 정문 앞이라는 것쯤은 견문 짧은 이 호랑이들도 알고 있지요."

땅딸보가 칼자국의 말을 받았다.

"채씨 나리들께선 그 문 바깥에서 절대로 무적의 운검을 펼칠 수 없다는 것 또한 알고 있고요."

이 말이 아주 무거운 짐이라도 되는 듯 주인어른을 비롯한 모든 채씨들이 짓눌린 표정을 지었다. 즐기는 듯한 눈길로 그 모습을 바라보던 칼자국이 목소리를 높였다.

"이 집안 둘째 도령께선 참으로 풍류가 높더이다. 영웅호색英雄好色이라. 월장하여 기방 출입을 한 것까지야 얼마든지 이해해 줄 수 있소. 하지만 아무리 아랫도리 사정이 급하기로서니 새치기를 해서야 쓰나. 더구나 그걸 따지는 우리 형제들에게 그 무적의 운검을 휘두른 것은 더더욱 곤란한 일 아니겠소?"

"그녀는, 그녀는 기녀가 아니다! 그녀는 내…… 으윽!"

둘째 도련님의 항변은 칼자국이 인상을 찡그림과 함께 끊겼다. 목덜미를 밟은 발에 힘을 주었는지, 둘째 도련님의 얼굴과 맞닿은 전석 바닥에 검붉은 얼룩이 번져 나왔다.

"뭐, 어제까지는 둘째 도령의 숨겨 둔 정인이었는지도 모르지. 하지만 기녀가 별거요? 빚을 갚지 못해 기루에 팔려 가면 그게 곧 기녀 아니겠소. 게다가 우리는 아직 그 빚을 다 받지 못했단 말씀이야. 해서 우리 다섯이 오늘 밤 그 계집의 머리를 올려 주는 것으로 잔금을 청산하려 했던 것인데, 갑자기 난입해서 그 무적의 운검으로……. 쯧쯧, 결국 오호파의 다섯 호랑이 중 셋이 오늘로 염라전 신세를 지게 생겼으니 이 노릇을 어쩌면 좋겠소?"

534

주인어른이 정문 너머 칼잡이와 땅딸보에게 물었다.

"너희들은 내가 어떻게 했으면 좋겠느냐?"

칼자국이 야비하게 웃으며 손가락 세 개를 펼쳐 보였다.

"호랑이 한 마리당 은자 천 냥씩, 총 삼천 냥. 아! 물론 둘째 도령이 '규칙'을 어긴 일을 불문에 부치는 대가는 따로 계산해야겠지요."

"이놈들!"

챙! 큰 도련님이 더 이상 참지 못하고 검을 뽑아 들었다. 당장이라도 정문 밖으로 뛰쳐나가 두 사내를 쳐 죽일 기세였다. 둘째 도련님도 셋을 잡았다는데 큰 도련님이라면 둘쯤은 문제도 아니지 않을까? 나는 이렇게 기대했지만, 칼자국은 조금도 두려워하지 않는 눈치였다.

"하하! 호랑이 몇 마리 죽는 거야 아쉽지 않지만, 이 일로 인해 큰 도령과 둘째 도령 모두 근맥이 잘릴 터이니 채씨세가의 운검무적도 오늘로 대가 끊기게 생겼구려. 게다가 직계 중 둘이나 규칙을 어기게 되면 비봉문飛鳳門으로부터 받을 핍박은 오죽할까? 아쉽구나, 아쉬워!"

주인어른이 큰 도련님에게 말했다.

"검을 거둬라."

"아버지!"

"검을 거두래도!"

주인어른이 버럭 고함을 질렀다. 큰 도련님은 어깨를 와들와들 떨 뿐 쉽게 검을 거두지 못했다. 하지만 그렇다고 명을 뿌리치고 뛰쳐나가 성질을 풀 형편도 못 되는 눈치였다.

그때 한 사람이 주인어른의 앞으로 나섰다. 주인어른에겐 당질이 되는, 그리고 나 같은 아랫것들에겐 '소보살少菩薩'로 통하는 후당後堂의 작은 도련님이었다.

"가주님, 청이 있습니다."

난데없는 말에 주인어른의 눈이 가늘어졌다.

"청이라니?"

"소질은 이 시간부로 세가를 떠나겠습니다."

"뭐라고?"

후당 작은 도련님은 그 자리에 털썩 무릎을 꿇더니 주인어른을 향해 큰절을 올렸다. 그런 다음 다시 일어서서 비장한 목소리로 말했다.

"어려운 시기에 세가를 버린 죄, 훗날 귀신이 되어서라도 반드시 갚겠습니다."

나는 큰 의혹에 빠졌다. 후당 작은 도련님이 갑자기 왜 집을 나간다는 걸까? 어렵기만 한 이 집안의 다른 채씨들과 달리 우리 같은 아랫것들에게도 무척 살갑게 대해 주는 좋은 분인데.

후당 작은 도련님은 주인어른의 대답을 기다리지 않고 몸을 돌렸다. 굳은 얼굴로 발길을 향한 곳은 정문. 누구도 말릴 새 없이 허리춤에서 뽑혀 나온 검끝에선 내가 그토록 보고파 하던 신비한 구름이 일렁이고 있었다.

"검을 거두게."

이 말을 한 사람은 주인어른이 아니었다. 그 사람은, 믿을 수 없게도, 양 형이었다. 삼 년 전 여섯 살 때 본 것과 마찬가지로 새카맣고 커다란 양 형이 정문 위 어딘가에서 유령처럼 뚝 떨어져 내리더니 이제 막 문지방을 넘어서려는 후당 작은 도련님의 앞을 가로

막은 것이다. 검끝으로 그려 내던 신비한 구름이 양 형의 눈앞에서
뚝 끊겼다. 검끝과 양 형의 얼굴은 그야말로 지척. 구름이 다시 피
어나면 금세 양 형의 얼굴을 삼켜 버릴 것 같았다.

"비키시오."

양 형을 향한 후당 작은 도련님의 목소리는 그것만으로도 사람
을 찔러 죽일 만큼 뾰족하게 들렸다. 그러나 양 형은 비키지 않았
다. 대신 후당 작은 도련님의 어깨너머로 고개를 뽑더니 멀찍이 서
있는 주인어른을 향해 물었다.

"조카분을 세가에서 내치시겠소?"

"나는 그 아이의 청을 받아들이지 않았네."

주인어른의 대답이 끝난 순간 양 형이 움직였다. 양 형의 얼굴
에 바짝 들이밀어진 후당 작은 도련님의 검은 어느새 원래 들어 있
던 검집 속으로 들어가 있었다. 칼자루를 쥔 후당 작은 도련님의
손은 삼 년 전 내게서 눈 밀대를 채 갔던 그 커다란 손에 붙잡혀 있
었다. 주인어른이 신음하듯 중얼거렸다.

"흑삼객黑衫客의 탈인조화수奪刃造化手는 명불허전이군."

양 형은 코앞에서 무서운 눈으로 자신을 노려보고 있는 후당 작
은 도련님에게 말했다.

"어둠은 왕왕 피를 뜨겁게 만들지. 자네는 그만 집 안으로 들어
가는 게 좋겠네."

작은 도련님은 양 형의 얼굴을 노려보다가 한 자 한 자 짓씹듯
이 내뱉었다.

"본 가의 가원들이 세가 밖에서 무공을 펼칠 수 있게 되는 날, 운
검무적의 검끝이 가장 먼저 향할 곳은 당신의 심장일지도 모르오."

양 형은 작은 도련님의 손을 놔주며 차분히 말했다.

"자네는 안 믿겠지만, 나도 그날이 오길 기다린다네."

후당 작은 도련님이 채씨들이 모여 있는 곳으로 돌아오자 양 형은 천천히 몸을 돌려 정문 바깥쪽을 향해 섰다. 활짝 열린 정문이 그 크고도 넓은 등에 꽉 막혀 버린 것 같았다.

"호랑이 값을 청산받기 전에 나와의 계산부터 청산해 주면 좋겠군."

양 형의 말에 칼자국은 둘째 도련님의 목에 얹어 놓은 발을 슬그머니 내려놓았다.

"흑삼객 대협 같은 분께서 저희들과 청산할 게 뭐가 있다고……?"

"내 어린 동생의 귀를 자른 값."

큰 칼로 내리친 듯 단호히 떨어진 저 말이 무슨 뜻인지 내가 채 깨닫기도 전, 양 형의 커다란 몸이 정문 문지방 위에서 사라졌다. 삼 년 전 정문 앞 공터에서 눈을 치울 때처럼 나는 그저 눈 한번 깜빡였을 뿐인데 머물던 자리에서 순식간에 꺼져 버린 것이다. 어라, 하는데 시커먼 뭔가가 내 눈앞을 가렸다. 곁에 있던 아버지의 손바닥이었다. 그러고는 두 마디 비명이 귓전을 두드렸다.

"악!"

"끅!"

아버지가 내 눈을 가린 손바닥을 치웠을 때, 정문 너머에 서 있는 사람은 오직 양 형뿐이었다. 바닥에는 셋. 둘째 도련님은 처음 문이 열렸을 때와 마찬가지로 무릎을 꿇은 채 엎어져 있고, 칼자국과 땅딸보라 생각되는 몸뚱이 두 개는 내가 까치발을 하지 않으면 보이지 않을 높이로 납작하게 깔려 있었다.

둘째 도련님을 일으켜 데려오는 양 형을 보며 나는 박수라도 보내고 싶었다. 헤, 아버지 같은 문지기라고 하더니만 엉큼하긴! 삼년 전 사건 저 늙은 형은 주인어른도 어쩌지 못한 고약한 악당 둘을 순식간에 해치울 만큼 굉장한 고수였던 것이다. 그런 고수가 다른 사람도 아닌 바로 내 복수를 위해 솜씨를 드러내다니! '내 어린 동생의 귀를 자른 값'이라, 이 얼마나 '씨발, 진짜로 죽여주는' 말인가!

양 형이 멋지고 존경스럽고 자랑스러워 가슴이 터질 것만 같았다. 그래서 막 정문으로 들어서는 그를 향해 나는 이렇게 외치고 싶었다.

양 형! 나는 이다음에 꼭 양 형 같은 문지기가 될 거예요!

그러나 나는 양 형을 향해 박수도, 외침도 보낼 수 없었다. 귀하지 못한 집 자식답게 나는 눈치가 빨랐다. 그 빠른 눈치가 내게 잠자코 가만있으라는 경고를 보냈다. 주인어른을 비롯한 채씨들의 분위기는 두 악당이 멀쩡하게 서 있을 때보다 오히려 험악해져 있었다.

그런 분위기를 아는지 모르는지, 무표정한 얼굴로 집 안으로 들어온 양 형은 부축해 데려온 둘째 도련님을 주인어른 쪽으로 밀쳤다. 주인어른은 금방이라도 넘어질 듯 허우적거리며 다가오는 둘째 도련님에게 엄한 목소리로 말했다.

"또다시 부끄러운 꼴을 보이면 용서하지 않겠다."

다행히 둘째 도련님은 몸을 추스를 수 있었다. 그 모습을 못마땅한 듯 쳐다보던 주인어른의 시선이 천천히 움직였다. 그 시선이 향한 곳에는 물론 양 형이 있었다. 양 형이 기다렸다는 듯 말했다.

"귀가의 둘째 도령은 봉문오조封門五條의 제사 조를 위반했소. 인정하시오?"

봉문……오조?

나는 무슨 소리인지 알 수가 없어 눈을 깜빡거리다가 주위를 둘러보았다. 주위의 모든 채씨들, 심지어 채씨가 아닌 아버지의 얼굴에까지 참괴하고 비통한 기색이 그늘처럼 깔려 있었다. 봉문오조가 뭐기에?

주인어른이 한참을 아무 대답도 하지 않자 양 형이 다시 말했다.

"봉문오조의 제사 조, 운검가의 가원은 세가 밖에서 무공을 사용할 수 없다. 귀가의 둘째 도령은 이 조항을 위반했소. 인정하시오?"

주인어른의 굳게 붙은 입술은 그러고도 한참이 더 지난 뒤에야 떨어졌다.

"인정하네."

"나 양업은 봉문오조를 관장하는 봉문사封門事로서 제사 조를 위반한 귀가의 가원을 징계할 책임이 있소."

양 형이 하는 말을 듣는 동안 내 심장은 미친 듯이 뛰기 시작했다. 봉문오조가 뭐야? 봉문사는 또 뭐지? 이봐요, 양 형! 당신은 내게 문지기라고 했잖아요?

"제사 조의 부칙, 위반한 자는 양 손목의 근맥을 자른다. 지금부터 부칙을 시행하겠소."

양 형은 허리춤에서 비수를 꺼냈다. 나는 눈앞에서 정신없이 치달려 가는 현실을 도저히 받아들일 수 없었다. 뭘 자르겠다고? 남달리 빠른 눈치도 이번만큼은 나를 막지 못했다.

"안 돼요!"

540

사람들의 시선이 일제히 내게로 꽂혔다.

"무슨 짓이에요! 양 형, 당신은 문지기랬잖아요! 문지기라면……!"

"이놈!"

그때 아버지가 득달같이 내달아 내 뺨을 후려갈겼다. 어찌나 호되게 맞았는지 나는 단번에 코피가 터지고 입안이 찢어진 채 바닥에 나뒹굴고 말았다. 피비린내, 아까 둘째 도련님을 부축할 때 맡은 것보다 더 짙은 피비린내가 내 조그만 머릿속을 주걱처럼 휘젓고 있었다.

"어린것이 너무 놀라서 머리가 돌아 버린 모양입니다. 당장 끌고 들어가 혼찌검을 내 줄 테니 저놈의 미친 짓을 부디 용서해 주십시오."

허락이 있었는지 없었는지는 기억나지 않는다. 그러나 아버지의 손에 의해 개처럼 끌려가면서도, 또 질식할 것 같은 피비린내에 헛구역질을 해 대면서도, 마음속으로 부르짖은 외침만큼은 생생히 기억하고 있다.

무슨 문지기가 저래! 문지기라면 우리를 지켜야 하잖아! 저따위 엉터리 문지기라면 난 절대로 되고 싶지 않아!

시작과 끝을 피비린내와 함께한 아홉 살의 어느 여름날 밤, 나는 문지기가 되겠다는 꿈을 또 한 번 마음에 새겼다. 그러나 그 꿈을 꾸게 해 준 사람은 곧바로 내 믿음을 저버렸고, 나는 치 떨리는 배신감 속에 그 꿈을, 그리고 그 사람을 함께 묻어야 했다.

4

열한 살이면 절반쯤은 어른 취급을 받는다. 너무 어리지 않느냐고? 물정 모르는 소리 하지 말기를. 열한 살에 제 몫을 다하지 못하면 어른 취급은 물론 아이 취급도 받지 못한다. 운검가만 그런게 아니다. 하루하루가 죽도록 고되고, 그런데도 항상 뭔가가 부족하고, 그래서 관계에 야박할 수밖에 없는 시대를 살아야 하는 모든 집들의 사정도 마찬가지일 테니까.

제 몫을 다한다는 것은 의무인 동시에 권리이기도 했다. 나는 커다란 장원이 날을 바꿔 가며 배정해 주는 갖가지 자질구레한 노동들을 해야만 했고, 그 대가로 오래전부터 궁금하게 여기던 몇 가지 사실에 대해 알게 되었다. 그것들의 중심에는 이 장원 안에서 금기인 세 글자 '운검가'와 이 년 전 그 밤 나를 의혹 속으로 몰아넣은 정체불명의 직책 '봉문사'가 자리 잡고 있었다.

이때로부터 십 년 전, 그러니까 내가 첫돌을 넘길 무렵에 운검가는 강호의 신흥 강자로 떠오른 비봉문과 이 지역의 패권을 놓고 겨루다가 패했다. 이런 경우 패한 쪽은 기둥이 뽑히고 주춧돌이 불타는 게 강호의 관례라지만, 누대에 걸쳐 유지해 온 명문가로서의 입지 덕분에 운검가는 멸문의 화만큼은 가까스로 모면할 수 있었다. 제아무리 기고만장한 비봉문이지만 천하에 이름 높은 소림 고승까지 나서는 데야 망나니 칼춤을 함부로 내두를 수 없었던 것이다.

그러나 그 어떤 영예로운 과거도 현실에서의 승패 자체를 바꿔 놓을 수는 없는 법. 비봉문은 운검가를 비호하기 위해 나선 소위 명숙, 대협들을 상대로 운검가로 하여금 패배의 합당한 대가를 치르게 만들 것을 요구했다. 그 결과 운검가는 음양으로 관리하던 사업체들의 대부분을 비봉문에게 넘겨야 했고, 그것으로도 모자라 십 년 봉문이라는 치욕마저 당하게 되었다.

이는 비봉문으로서도 결코 나쁘지 않은 조건이었을 것이다. 생색은 생색대로 내면서 실리는 실리대로 취하고, 거기에 더하여 한때 모든 것을 걸고 싸운 호적수에게 죽음보다 더한 치욕까지 안겨 주게 되었으니 어찌 만족하지 않겠는가.

전후 처리는 비봉문주인 육도귀陸刀鬼와 운검가주인 주인어른 그리고 중재에 나섰던 소림 고승 등 몇 사람이 모인 자리에서 진행되었다. 승자에게는 만족할 만한 이익이 돌아갔고 패자에게는 씻을 수 없는 수모가 돌아갔다. 운검가 담장 안에 사는 사람이라면 성씨 불문하고 이부터 가는 '봉문오조'는 그렇게 탄생되었다.

봉문오조.
제일 조, 운검가는 봉문 기간 중 가문을 상징하는 어떤 종류의 현판도 올
       릴 수 없다.

제이 조, 운검가는 봉문 기간 중 강호의 공식 행사에 가문을 상징하는 어떤 이름으로도 참가할 수 없다.

제삼 조, 운검가는 봉문 기간 중 자연 탄생한 혈족을 제외한 누구도 새로운 가원으로 받아들일 수 없다.

제사 조, 운검가의 가원은 세가 밖에서 무공을 사용할 수 없다.

부칙: 제사 조를 위반한 가원은 양손의 근맥을 자른다.

제오 조, 운검가의 가주는 매일 아침 공근한 심신으로 '봉비승운鳳飛乘雲' 넉 자의 참회문을 작성해야 하며, 봉문사는 매달 초하루 그것들을 수거하여 비봉문에 제출한다.

위 다섯 조항의 준수 여부는 봉문사에 의해 관리, 감독된다. 봉문사는 임무를 수행함에 있어 비봉문과 운검가 양측 모두에 불편부당함을 지켜야하며, 이를 위해 양측의 동의하에 임명, 위임받은 자로 삼는다.

유 총관네 막내아들 유덕으로부터 봉문오조에 대해 듣고 나서야 나는 그간 궁금하게 여기던 몇 가지 의문들을 해소할 수 있었다.

정문 위 현판 자리가 언제나 비어 있던 것은 물론 첫 번째 조항 때문이었다.

'운검가'라는 석 자를 입에 담지 못하게 한 것은 두 번째 조항 때문이었다. 밖에서 새지 않으려면 안에서부터 새지 않도록 훈련해야 할 필요가 있었던 것이다.

아이들이 아침밥을 먹기 전 숙소에서 나가지 못하도록 한 것은 다섯 번째 조항 때문이었다. 젠장! 하늘 같은 주인어른이 매일 아침 의관을 정제하고 앉아 '비봉이 훨훨 날아 운검에 올라탄다' 따위의 수치스러운 글을 써 내려가는 광경이라니! 아이들뿐만 아니라 누구의 눈에도 띄어선 안 되었을 것이다.

그리고 봉문사는…… 양 형은 거짓말을 하지 않았다. 봉문사는 문지기가 맞았다. 그러나 바깥쪽의 문제로부터 안쪽을 지켜 주는 평범한 문지기는 아니었다. 바깥쪽의 위세를 등에 업고 안쪽을 괴롭히는 '거꾸로 문지기'였다. 내가 처음 그를 만난 여섯 살 눈 내린 아침, 아마도 그는 봉문오조의 다섯 번째 조항을 이행하기 위해 이 장원을 찾아왔을 것이다. 그러고는 가증스럽게도 내 마음을 홀딱 앗아 가 버렸다. 아무것도 모르는, 평범한 문지기의 자식인 내 마음을.

"근데 너희들, 그 봉문사가 누군 줄 아니?"

늦가을답지 않게 따가운 햇볕이 내리쬐는 날, 동쪽 담장 밑 배추밭에 점점이 박혀 앉아 벌레 먹은 배추 이파리를 솎아 내던 아이들 틈에서 유덕이 목소리를 높였다. 아이들은 고개를 저으며 기대감에 찬 눈길을 놈에게 보냈다. 물론 나는 거기에 포함되지 않았다. 그런 나를 보며 놈이 입술을 슬쩍 비틀었다.

"아하! 짝귀, 너는 알겠구나. 그자가 너더러 동생이라고 불렀다며?"

나는 화가 났다. 짝귀라고 불려서 화가 난 게 아니었다.

"말조심해. 난 그런 형 둔 적 없으니까."

내가 말끝에 침까지 뱉자 놈이 찔끔하며 목을 몸통에 파묻었다. 코밑이 거뭇거뭇하면 무엇 하나. 아버지를 닮아 삶은 무처럼 물러 빠진 놈이라면 두 살 더 먹었어도 얼마든지 두들겨 패 줄 자신이 있었다. 놈은 사납게 변한 내 눈초리를 피해 얼른 본래의 화제를 이어 갔다.

"그 봉문사가 바로 흑삼객이야. 너희들 흑삼객이란 별호는 들어 봤지? 몰라? 이런 덜떨어진 새끼들, 흑삼객은 말이야……."

나는 엉덩이를 털며 자리에서 일어섰다.

"어? 일하다 말고 어딜 가?"

놈이 불렀지만 나는 대꾸도 하지 않았다. 이어질 흑삼객에 대한 호화찬란한 이력을 듣느니 농땡이를 피웠다고 매를 맞는 편이 나았다. 일권파산一拳破山? 쌍장개천雙掌蓋天? 거기에 천하십대고수 중 하나라고? 흥! 내겐 그저 문지기일 뿐이다. 그것도 누구를 지켜야 하는지 알지도 못하는 '거꾸로 문지기'.

이 무렵 나는 양 형에 대해 품었던 모든 좋은 감정을 깡그리 지워 버린 뒤였다. 이 년 전 그 밤의 일로 인해 나는 아버지로부터 한동안 절룩거리고 다녀야 할 만큼 호된 매질을 당했다. 그러나 그것은, 심지어 매질당한 내 입장에서조차, 그리 대단한 일이 아니었다. 양쪽 손목의 힘줄이 잘려 제힘으로는 젓가락질도 못 하게 되었다는 둘째 도련님도 있었으니까.

그날 이후 벼락통 큰 도련님은 언제나 노기등등해 돌아다녔고, 소보살 후당 작은 도련님도 더 이상 보살이기를 거부하였다. 그리고 주인어른은…… 주인어른은 얼마 전 자리에 누웠다. 의원이 몇 번 다녀가기도 했는데, 의원의 진맥과는 별개로 지난 십 년간 켜켜이 쌓인 심통心痛이 주인어른을 앓아눕게 만들었다는 얘기가 돌았다. 이 모든 고약한 변화의 중심에는 양 형이 있었다. 스스로 문지기라던, 그러나 사실은 '거꾸로 문지기'인.

췻! 빠진 앞니 사이로 뱉은 침이 누군가의 신발 앞에 떨어졌다. 고개를 들어 보니 아버지였다. 나는 흠칫 놀라 한 발짝 물러섰다.

이 시간이면 정문 앞에 있어야 될 아버지가 왜?

"아이들은 어디 있느냐?"

"저기 배추밭에……."

이렇게 대답하면서 속으로는 '염병할!' 욕을 삼켰다. 제대로 농땡이도 못 쳤는데 딱 걸려 버렸으니 진짜 염병할 일이었다. 이번엔 뭐로 때리려나? 나는 아버지의 눈치를 조심스럽게 살폈다.

그런데 뜻밖에도 아버지는 화를 내지 않았다. 오히려 기쁨을 참지 못해 어쩔 줄 모르는 기색이었다.

"아이들을 모두 정문 안마당으로 데려와라. 가내의 모든 식솔들을 그곳에 모으라는 큰 도련님의 명이 계셨다."

"큰 도련님이요?"

"서둘러라. 늦으면 안 되니까."

아버지는 들뜬 목소리로 나를 재촉하고는 종종걸음으로 가 버렸다. 큰 도련님의 명을 장원 구석구석 전하고 다닐 모양이었다. 영문을 몰라 어리둥절했지만 어쨌거나 맞지 않아도 될 것 같으니 나로선 천만다행. 나는 부리나케 배추밭으로 달려가 이 소식을 전했다.

햇살이 가장 따가울 하오의 머리맡. 정문 안마당엔 늙은이와 어린애, 사내와 계집 가릴 것 없이 많은 사람들이 모여 있었다. 풍을 맞아 반쪽을 못쓰게 됐다던 오 영감의 모습도 보였고, 주방의 이씨 아줌마는 돌쟁이 아기까지 업고 나와 있었다. 전에는 장원 넓이에 비해 사는 사람 수가 적다 생각했는데, 이렇게 모아 놓고 보니 꼭 그렇지만도 않은 모양이었다.

잠시 후 장원의 주인인 채씨들 중에서도 핵심이라 할 만한 사람들이 모습을 드러냈다. 여느 때보다 훨씬 흥분한 얼굴의 큰 도련님, 그 큰 도련님에게 당숙이 되는 후당 어른과 동각東閣 어른, 그리고 두 어른의 소생인 도련님 세 분. 다만 주인어른과 둘째 도련님은 보이지 않았다. 편치 않은 몸이 이유일 거라 생각했다.

"모두 모였는가?"

큰 도련님의 물음에 채씨들을 제외한 모든 이들의 우두머리 격인 유 총관이 대답했다.

"그렇습니다."

큰 도련님은 가슴을 펴고 모인 사람들을 한차례 둘러보았다. 그러고는 벼락통다운 우렁찬 목소리로 말을 꺼냈다.

"알려 줄 소식이 있어 이렇게 모이라 했다."

사람들의 얼굴에 긴장이 감돌았다.

"그동안 온갖 패악으로 천하의 질서를 어지럽히던 비봉문의 도당이 바로 어젯밤, 그들의 만행을 보다 못한 뜻있는 강호 동도들의 연합 공격 아래 멸문당했다는 소식이다."

감돌던 긴장은 곧바로 터져 나온 믿을 수 없을 만큼 큰 함성에 순식간에 삼켜져 버렸다.

"와아아아아!"

나 또한 깡충깡충 뛰면서 목이 터져라 고함을 질러 댔다. 이 장원에서 먹고 자고 십일 년을 보내는 동안 '나도 세가의 일원'이라는 소속감이 마음 한구석에 자리를 잡은 모양이었다.

큰 도련님은 사람들이 한동안 함성을 지르도록 놔두다가 한 손을 번쩍 치켜들었다. 함성이 뚝 잘렸다.

"그대들에게 묻는다. 기쁜가? 진정으로 기쁜가?"

548

대답은 없었다. 큰 도련님의 부릅뜬 눈이 대답을 막고 있었다.

"나는 전혀 기쁘지 않다. 비봉문은 더 이상 이 세상에 없다. 그렇다면 나는! 그리고 우리 운검가는! 놈들에게서 받은 그 크나큰 치욕을 어떻게 씻는단 말인가! 무엇으로 설욕한단 말인가!"

크게 부르짖은 큰 도련님이 고개를 푹 숙였다. 넓은 어깨가 삭이지 못한 분기로 들썩거리고 있었다. 곁에 서 있던 후당 어른이 그 어깨를 두드렸다.

"우리 손으로 놈들의 더러운 목숨을 끊어 놓지 못한 것은 분명 억울한 일이나, 상황이 그리된 것을 어찌하겠는가. 조카는 그만 진정하시게."

동각 어른도 다가가 큰 도련님을 위로했다.

"이 시점에서 더욱 중요한 것은 가문이 하루속히 과거의 영광을 되찾는 일일 걸세."

큰 도련님이 고개를 들었다. 벼락이라도 뿜어낼 것 같던 눈빛이 어느덧 많이 누그러져 있었다.

"못난 놈이 욱할 줄만 알아서 당숙 어른들께 심려를 끼쳐 드렸군요. 죄송합니다."

"원, 별말을 다 하는구먼."

큰 도련님은 큰 숨을 훅 내쉰 다음 뒤를 돌아보며 말했다.

"그것을 가져오너라!"

내원에서 일하는 비복 하나가 붉은 천으로 감싼 판때기 하나를 들고 왔다. 높이 석 자에 길이는 일곱 자에 달하는 커다란 판때기였다. 그것을 한 손으로 받아 든 큰 도련님이 겉을 싼 붉은 천을 조심스레 벗겨 냈다. 곁에 있던 아버지가 떨리는 목소리로 중얼거렸을 때, 나는 그것이 무엇인지 알게 되었다.

"오오, 저 현판을 다시 보게 되는 날이 오다니……."

감개무량한 눈으로 현판을 내려다보던 큰 도련님이 모두가 볼 수 있도록 그것을 번쩍 치켜들었다.

"이것이 무엇인지 아느냐? 운, 검, 무, 적! 바로 우리 가문을 상징하는 현판이다! 우리는 지난 십 년간 이 현판을 사당 깊숙한 곳에 감춰 놓고 살아야만 했다. 도둑이 장물 숨기듯 누가 볼세라 두려워 전전긍긍하면서 말이다. 그러나 이제는 아니다. 마침내 이 운검무적의 현판이 제자리를 찾을 때가 온 것이다."

큰 도련님은 눈길을 돌려 모인 사람들 속에서 누군가를 찾았다. 그 눈길이 멎은 곳은 나, 아니 내 옆에 서 있는 아버지였다.

"노칠, 당장 정문을 열어라. 나는 이 현판을 정문 위에 내걺으로써 운검가가 다시 강호에 나가게 되었음을 온 천하에 알리겠다."

"예!"

아버지는 이제까지 내가 한 번도 들은 적이 없는 우렁찬 대답을 토해 놓고는 정문을 향해 달려갔다. 모든 사람들의 눈길이 아버지의 뒷모습에 달라붙었다.

끼이익!

정문이 열렸다. 그리고 아버지의 뒷모습은 그대로 굳어 버렸다. 정문 앞에는 한 사람이 서 있었다. 바로 양 형이었다.

하오의 따가운 가을볕 아래 서 있는 양 형은 이 년 전보다 훨씬 초췌한 모습을 하고 있었다. 흰빛이 간간이 섞인 머리카락은 그때보다 더욱 헝클어졌고, 짧은 수염으로 덮인 얼굴엔 피곤한 기색이 역력했다.

"흑삼객이다!"

"봉문사가 왔다!"

양 형의 정체에 대해 알고 있는 채씨들이 웅성거렸다. 얼이 빠져 양 형을 쳐다보던 나는 슬그머니 고개를 돌렸다. 아니나 다를까, 큰 도련님의 두 눈이 기어이 벼락을 뿜어내기 시작했다. 보이진 않지만 느낄 수는 있는 그 벼락이 갈라선 사람들 사이를 지나 양 형의 얼굴에 똑바로 꽂혀 들었다.

이윽고 큰 도련님이 현판을 옆구리에 낀 채 걸음을 옮기기 시작했다. 양 형은 무표정한 얼굴로 가까워지는 큰 도련님을 쳐다보다가 불쑥 입을 열었다.

"봉문오조의 제일 조, 운검가는 봉문 기간 중 가문을 상징하는 어떠한 종류의 현판도 올릴 수 없다."

큰 도련님의 발길이 우뚝 멎었다.

"봉문오조는 이제 효력을 잃었소. 본 가를 구속할 그 무엇도 세상에 존재하지 않소."

양 형은 짧게 고개를 흔들었다.

"봉문오조는 여전히 유효하네. 구 년 하고 이백칠십팔 일이 지났으니 봉문 기간은 오늘을 포함하여 정확히 칠십육 일 남았네."

이 셈법에 충격을 받은 듯 큰 도련님은 잠시 아무 말도 하지 않다가 이윽고 성난 개처럼 으르렁거렸다.

"지금 나와 말장난하자는 거요?"

"나는 봉문사를 맡기로 한 뒤 이 집의 누구와도 말장난을 한 적이 없네."

착각이었을까? 양 형의 눈길이 큰 도련님의 뒤쪽, 사람들 틈에 끼어 있는 내 얼굴을 스쳐 간 기분이 들었다. 큰 도련님이 사나운 기세로 다시 물었다.

"하면 비봉문이 사라졌는데 우리가 왜 봉문오조를 지켜야 한다는 말이오?"

"봉문오조는 자네 가문과 비봉문 그리고 봉문사인 나를 포함한 중재자들이 함께 만들었네. 그들 중 하나가 사라졌다고 해서 약속 자체가 무효가 되는 것은 아니네."

조금 전의 착각 혹은 기분과는 별개로, 나는 큰 도련님의 말에 차분히 대꾸하는 저 양 형이 너무 얄미웠다. 양 형은 이번에도 '거꾸로 문지기' 짓을 하기 위해 운검가를 찾아온 것이다. 원수 같은 비봉문 놈들이 멸망하여 우리 운검가가 오랜 잠에서 깨어나게 된 바로 그 역사적인 순간을 훼방 놓기 위해.

큰 도련님은 노기를 참지 못했다. 옆구리에 끼고 있던 현판을 후당 어른에게 넘긴 큰 도련님은 허리춤의 칼자루를 꾹 움켜잡더니 양 형을 향해 힘주어 말했다.

"흑삼객 양업! 세상에 다시 나가게 된 운검무적의 첫 번째 제물이 되고 싶나?"

기억해 뒀다가 써먹고 싶을 만큼 멋진 말이지만 양 형은 눈곱만치도 두려워하지 않는 것 같았다.

"운검무적을 펼치려거든 그 자리에 있게. 내가 그곳으로 가겠네."

그러고는 성큼성큼 걸음을 내딛기 시작했다. 큰 도련님은 정문 문지방을 넘어 집 안으로 들어오는 양 형을 노려보다가 코웃음을 쳤다.

"굳이 이 집 안에 들어와서 죽으려는 이유가 뭐지? 시신이라도 곱게 거둬 달라는 뜻인가?"

양 형은 큰 도련님을 똑바로 쳐다보며 말했다.

"봉문오조의 제사 조, 운검가의 가원은 세가 밖에서 무공을 사용할 수 없다. 자네가 이 문 밖에서 검을 휘두르면 나는 자네의 양손 근맥을 잘라야만 하네. 나는 자네를 자네 동생처럼 만들고 싶지 않아."

"익!"

동생의 이야기가, 폐인이 된 둘째 도련님의 이야기가 큰 도련님으로 하여금 기어이 검을 뽑게끔 만든 것 같았다. 챙, 소리와 함께 눈부신 검광이 피어났다. 그 검광은 이 년 전 유덕 놈이 말한 신비한 구름을 뭉클뭉클 피워 올리며 열 발짝쯤 떨어진 양 형을 향해 폭풍처럼 몰려갔다. 양 형은 꼼짝도 하지 않았다. 심지어 눈조차 깜빡이지 않았다. 그 모습을 지켜보다가 나도 모르게 두 주먹을 꼭 움켜쥐었다. 바보, 양 형! 어서 피하지 않고 뭐 해!

그때 두 가닥 늙은 목소리가 동시에 울렸다.

"멈춰라!"

"아미타불!"

나중에 들은 얘기지만, 그때 큰 도련님이 내찌른 검은 양 형의 가슴 바로 앞에서 멈췄다고 한다. 한 뼘만 더 나아갔다면 양 형의 심장을 어김없이 꿰뚫었을 거라는데, 어른이 된 뒤로도 허풍은 조금도 줄지 않은 유덕 놈의 말이니 당최 믿을 수가 있어야지.

어쨌거나 당시 나는 양 형이 꼼짝 못 하고 죽을 줄로만 알았다. 그래서 양 형의 앞모습과 큰 도련님의 뒷모습이 하나로 포개지는 순간 생각했다. 여섯 살 때도, 또 아홉 살 때도 그랬듯 내가 눈을 깜빡이면 양 형은 사라지고 없을 거야.

하지만 눈을 깜빡이고 났을 때 사라진 사람은 없었다. 대신 새로 나타난 사람은 하나 있었다. 허연 수염이 가슴까지 내려온 뚱뚱한 늙은 중이었다.

"아미타불, 소림의 땡초 철목鐵木이 운검가의 소가주께 인사 올리겠소."

뚱뚱한 늙은 중이 내밀고 있던 손을 천천히 옆으로 밀어냈다. 그때 나는 볼 수 있었다. 신비한 구름을 피워 내던 검끝이 포동포동한 그 인지와 중지 사이에 집혀 있음을. 큰 도련님은 화들짝 놀라며 뒤로 물러섰다.

"운검가의 채강蔡江이 소림의 철목 대사께 인사 올립니다!"

큰 도련님이 검을 거두고 급히 포권하자 뚱뚱한 늙은 중, 철목 대사는 미륵불의 것 같은 넉넉한 웃음을 지으며 고개를 끄덕였다.

"십 년 전 여드름투성이였던 소년이 어느새 이런 헌헌장부가 되었구려. 장하시겠소, 채 가주."

말을 하는 동안 철목 대사의 시선이 옮아간 곳은 안마당에 모여 있는 사람들의 뒤쪽. 그곳에는 조금 전 나타나 큰 도련님에게 '멈춰라!' 하고 외친 주인어른이 있었다. 병으로 인해 혼자서는 거동이 힘든 듯 주인어른은 독륜거獨輪車(바다 중앙에 바퀴가 하나 달린 손수레) 위에 두꺼운 방석을 깔고 앉아 있었다. 그런데 놀랍게도 그 독륜거의 밀대를 잡고 있는 사람은 젓가락질도 제대로 못 한다는 둘째 도련님이었다. 팔이 다 나은 건가?

"장하긴요, 미욱한 놈이라 아직 가르칠 것이 많지요. 일전에 보내 주신 소림의 속령고速靈膏는 잘 썼습니다. 불구가 된 아들놈을 위해 귀한 영약까지 베풀어 주시고, 아비 된 몸으로 뭐라 감사드려야 할지 모르겠습니다. 둘째야, 너도 어서 인사 올리지 않고 뭐 하느냐?"

둘째 도련님은 즉시 철목 대사에게 고개를 숙였다.

"대사의 크신 은혜에 진심으로 감사드립니다."

"허허, 강호의 동량지재棟梁之材를 보존하기 위한 일인데 그깟 구린내 나는 고약 따위가 무에 대단하다고 그러시오. 보아하니 아직도 조금 불편한 모양인데, 나중에 시간이 나면 소림으로 한번 보내시오. 약왕당藥王堂에 있는 사형의 솜씨라면 제법 효과를 볼 수 있을 게요."

주인어른은 병색이 완연한 얼굴로도 기쁨을 감추지 못하며 두 손을 앞으로 모아 보였다.

"약왕당 철선鐵宣 대사의 신묘한 의술이야 천하가 한목소리로 칭송하는 바가 아닙니까. 폐가로서는 오로지 감사할 따름입니다."

그때 큰 도련님이 주인어른께 물었다.

"하면 둘째를 치료한 고약을 소림에서 보내 주었단 말입니까?"

주인어른은 큰 도련님을 지그시 바라보다가 끌끌 혀를 찼다.

"미욱한 놈, 그새를 참지 못하고 이런 소동을 벌이다니. 그 급한 성정을 고치지 못한다면 조만간 호되게 당할 날이 있을 게다."

"아버지, 소, 소자는……."

"속령고는 분명 소림의 물건이다. 하지만 소림을 찾아가 속령고를 얻어 내고, 비봉문의 눈을 피해 그것을 우리 가문으로 가져다준 사람은 따로 있느니라. 그 사람이 누군 줄 알겠느냐?"

큰 도련님은 잠시 명해 있다가 뭔가를 깨달은 듯 부르르 어깨를 떨고는 문가에 서 있는 양 형을 돌아보았다. 주인어른이 또 물었다.

"큰애야, 너는 내가 양 대협을 원망한다고 생각하느냐?"

큰 도련님은 대답을 못 하였다. 다만 복잡한 감정이 담긴 눈으로 주인어른과 양 형을 번갈아 바라볼 뿐이었다.

"너는 양 대협을 단지 우리 가문의 가원들이 세가 밖으로 나가 활동하는 것을 막아서는 밉살스러운 문지기 정도로만 여겼겠지?"

그게 어디 큰 도련님뿐일까. 나는 마치 저 물음이 나를 향하기라도 한 것처럼 고개를 주억거리며 마음속으로 대답했다. 맞아요, 그래서 나는 그를 '거꾸로 문지기'라고 부르지요.

실제로 주인어른의 말에 대답한 것은 철목 대사였다.

"문지기가 맞긴 하오. 양쪽 모두를 막아야 한다는 점에서 여느 문지기들과 다르긴 하지만."

주인어른이 다시 큰 도련님께 물었다.

"세상에는 전혀 알려지지 않은 일이지만 비봉문은 지난 십 년간 여러 가지 경로를 통해 우리 가문을 능멸하고 또 파멸하려는 공작을 획책했다. 그런데도 우리가 무탈할 수 있었던 것이, 너는 가문이 가진 무적의 운검 때문이라고 생각하느냐?"

"하면 그것도……?"

그때 철목 대사와 주인어른이 등장한 이후 한마디도 꺼내지 않던 양 형이 입을 열었다.

"나는 안을 위해 바깥을, 바깥을 위해 안을 막는 봉문사로서의 책임을 다하였을 뿐이오. 봉문사는 임무를 수행함에 있어 양측 모두에 불편부당함을 지켜야 한다. 이는 봉문오조에 딸린 부가 조항이오."

양 형의 말에 철목 대사가 너털웃음을 터뜨렸다.

"허허허! 바로 어젯밤 비봉문주 육도귀를 거꾸러뜨린 사람이 불편부당이라니? 함께 싸운 이 땡초의 귀에는 조금 이상하게 들리는구먼."

이 말에 놀라지 않은 사람이 없었다. 심지어는 시종 담담하던 주인어른마저도 벌린 입을 잠시 다물지 못했다. 그러나 양 형의 표정에는 아무런 변화가 없었다.

"비봉문으로 인해 생긴 폐해는 날이 갈수록 심해져, 노인과 아이가 핍박을 당하고 선비와 열녀가 욕을 보는 참극이 하루가 멀다 하고 벌어지기에 이르렀소. 하여 강호인의 한 사람으로서 뜻을 같이하는 동도들을 모아 그들을 쳤을 뿐이오. 내가 귀가를 위해 나섰다고는 생각하지 마시오."

그러자 주인어른이 물었다.

"하면 둘째를 위해 속령고를 가져다준 것은? 둘째의 근맥을 자른 그다음 달 초하루, 양 대협이 다녀간 자리에 그 물건이 놓여 있던데, 그렇다면 그건 귀신이 부린 조화라는 말인가?"

이때 처음으로 양 형의 표정이 바뀌었다. 그는, 여섯 살 눈 내린 날 내게 보여 주었던 것처럼, 한쪽 볼을 실룩거리더니 뒷머리를 북북 긁었다.

"나는 사람을 상하게 하는 것을 좋아하지 않소. 죄 없는 사람일 경우에는 더욱 그렇지. 봉문사로서 어쩔 수 없이 사람을 상하게 하였지만, 봉문사가 아닌 양 형이라면 고약 정도 가져다줄 수도 있는 일일 게요. 안 그런가, 어린 동생?"

갑자기 내 쪽을 돌아보며 한 그 끝말에 어찌나 놀랐는지 히끅, 딸꾹질까지 하고 말았다. 양 형은 뒷머리를 긁던 손을 내리고 주인어른을 똑바로 쳐다보았다.

"봉문사로서 묻겠소. 운검가의 봉문이 아직 칠십육 일 남았음을 인정하시오?"

주인어른은 방석에 구부정하게 묻은 허리와는 다르게 싱싱한 대나무처럼 곧게 뻗은 목소리로 대답했다.

"운검무적세가雲劍無敵世家의 가주로서 답하겠네. 인정하네."

"좋소. 아주 좋소."

양 형은 몸을 돌렸다. 한데 정문을 나가기 직전 그가 걸음을 멈추더니 뒷머리를 북북 긁는 것이었다. 얼굴도 보나 마나겠지. 나는 터져 나오려는 웃음을 가까스로 참았다. 어이, 양 형! 이번엔 또 뭐가 무안해서 그래요?

"봉문오조의 제오 조는…… 명필이 쓴 것도 아닌 그깟 종이 쪼가리, 아무리 모아 봤자 이제는 가져다가 보여 줄 사람도 없어졌구려. 봉문사의 권한으로 그 조항을 삭제할 테니 앞으로 매달 초하루마다 얼굴 볼 일도 없을 게요. 칠십육 일 뒤에 다시 오겠소."

말이 끝나자 양 형은 달아나듯 휙 몸을 날렸다. 철목 대사가 껄껄 웃더니 출렁거리는 뱃살이 무색할 몸놀림으로 그 뒤를 따라붙었다.

"같이 가세! 이 땡초가 요즘에 만든 무공이 있는데 말이야, 자네가 꼭 한번 봐 주었으면 하거든."

문은 기준이다.

공간은 문을 기준 삼아 안쪽과 바깥쪽으로 구분된다.

그 기준 위에 서서 안쪽을 지키기 위해 바깥쪽을 막아서는 사람이 있다.

바로 문지기다.

나는 이제 문지기가 되었다. 아버지가 그랬듯 안쪽을 지키기 위해 바깥쪽을 막아서는 평범한 문지기.

그러나 세상에는 나와는, 또 아버지와는 조금 다른 문지기도 있다. 양쪽 모두를 지키기 위해 양쪽 모두를 막아서야 하는, 그러므로 공정함을 가장 큰 덕목으로 삼아야 하는 특별한 문지기 말이다.

따가운 볕살이 쏟아지던 열한 살의 어느 가을날 오후, 나는 이 세상에 그런 문지기도 있음을 알게 되었다. 그 문지기는 강하고, 따뜻하며, 무엇보다도 공정했다—공정함에 대해서만큼은 동의하지 않는 누군가가 있을 것 같기도 하다. 하지만 그게 무슨 대수겠는가. 모두가 동의하는 공정함 같은 건 원래 없다.

그 문지기가 나를 동생이라고 불러 주었다.

나는 그 사실이 지금도 자랑스럽다.

〈문지기〉 끝